देवकीनन्दन खत्री

देवकीनन्दन खत्री का जन्म 18 जून, 1861 को मुजफ्फरपुर, बिहार (ननिहाल) में हुआ था। हिन्दी और संस्कृत की प्रारम्भिक शिक्षा ननिहाल में ही हुई। फारसी से स्वाभाविक लगाव था लेकिन पिता की अनिच्छावश शुरू में उसे नहीं पढ़ सके। इसके बाद 18 वर्ष की अवस्था में, जब गया स्थित टिकरी राज्य से सम्बद्ध अपने पिता के व्यवसाय में स्वतंत्र रूप से हाथ बँटाने लगे तब फारसी और अंग्रेजी का भी अध्ययन किया। सितम्बर 1898 में लहरी प्रेस की स्थापना की। 'सुदर्शन' नामक मासिक पत्र भी निकाला। 'चन्द्रकान्ता' और 'चन्द्रकान्ता सन्तति' (छह भाग) के अतिरिक्त उनकी अन्य रचनाएँ हैं—'नरेन्द्र मोहिनी', 'कुसुमकुमारी', 'वीरेन्द्र वीर या कटोरा-भर खून', 'काजर की कोठरी', 'गुप्त गोदना' तथा 'भूतनाथ' (प्रथम छह भाग)।

1 अगस्त, 1931 को उनका निधन हुआ।

चन्द्रकान्ता सन्तति

2

देवकीनन्दन खत्री

राधाकृष्ण पेपरबैक्स

पहला संस्करण 1894 में प्रकाशित

राधाकृष्ण पेपरबैक्स में
पहला संस्करण : 2012
तीसरा संस्करण : 2025

राधाकृष्ण पेपरबैक्स : उत्कृष्ट साहित्य के जनसुलभ संस्करण

राधाकृष्ण प्रकाशन प्राइवेट लिमिटेड
जी-17, जगतपुरी, दिल्ली-110 051
द्वारा प्रकाशित

शाखाएँ : अशोक राजपथ, साइंस कॉलेज के सामने, पटना-800 006
पहली मंजिल, दरबारी बिल्डिंग, महात्मा गांधी मार्ग, प्रयागराज-211 001
1, अनमोल सोराबजी सन्तुक लेन, धोबी तलाव, मरीन लाइंस, मुम्बई-400 002
वेबसाइट : www.radhakrishnaprakashan.com
ई-मेल : info@radhakrishnaprakashan.com

विकास कम्प्यूटर एंड प्रिंटर्स
ट्रॉनिका सिटी-201 102
द्वारा मुद्रित

मूल्य : ₹950
(छह खंडों का सम्पूर्ण सैट)

CHANDRAKANTA SANTATI-2
Novel by Devaki Nandan Khatri

ISBN : 978-81-8361-517-4

चन्द्रकान्ता सन्तति-2

पांचवां भाग

पहिला बयान

बेचारी किशोरी को चिता पर बैठाकर जिस समय दुष्टा धनपति ने आग लगाई, उसी समय बहुत-से आदमी, जो उसी जंगल में किसी जगह छिपे हुए थे, हाथों में नंगी तलवारें लिये 'मारो! मारो!' कहते हुए उन लोगों पर आ टूटे। उन लोगों ने सबसे पहले किशोरी को चिता पर से खेंच लिया और इसके बाद धनपति के साथियों को पकड़ने लगे।

पाठक समझते होंगे कि ऐसे समय में इन लोगों के आ पहुंचने और जान बचने से किशोरी खुश हुई होगी और इन्द्रजीतसिंह से मिलने की कुछ उम्मीद भी उसे हो गई होगी मगर नहीं, अपने बचानेवालों को देखते ही किशोरी चिल्ला उठी और उसके दिल का दर्द पहले से भी ज्यादे बढ़ गया। किशोरी ने आसमान की तरफ देखकर कहा, "मुझे तो विश्वास हो गया था कि इस चिता में जलकर ठंढे-ठंढे बैकुण्ठ चली जाऊंगी, क्योंकि इसकी आंच कुंअर इन्द्रजीतसिंह की जुदाई की आंच से ज्यादे गर्म न होगी, मगर हाय, इस बात का गुमान भी न था कि यह दुष्ट आ पहुंचेगा और मैं एक सचमुच की तपती हुई भट्ठी में झोंक दी जाऊंगी। मौत, तू कहां है? तू कोई वस्तु है भी या नहीं, मुझे तो इसी में शक है!"

वह आदमी जिसने ऐसे समय में पहुंचकर किशोरी को बचाया, माधवी का दीवान अग्निदत्त था जिसके चंगुल में फंसकर किशोरी ने राजगृही में बहुत दुःख उठाया था और कामिनी की मदद से—जिसका नाम कुछ दिनों तक किन्नरी था—छुट्टी मिली थी। किशोरी को अपने मरने की कुछ भी परवाह न थी और वह अग्निदत्त की सूरत देखने की बनिस्बत मौत को लाख दर्जे उत्तम समझती थी, यही सबब था कि इस समय उसे अपनी जान बचाने का रंज हुआ।

अग्निदत्त और उसके आदमियों ने किशोरी को तो बचा लिया, मगर जब उसके दुश्मनों को, अर्थात् धनपति और उसके साथियों को पकड़ने का इरादा किया तो लड़ाई गहरी हो पड़ी। मौका पाकर धनपति भाग गई और गहन वन में किसी झाड़ी के अन्दर छिपकर उसने अपनी जान बचाई। उसके साथियों में से एक भी न बचा,

सब मारे गए। अग्निदत्त भी केवल दो ही आदमियों के साथ बच गया। उस संगदिल ने रोती और चिल्लाती हुई बेचारी किशोरी को जबर्दस्ती उठा लिया और एक तरफ का रास्ता लिया।

पाठक आश्चर्य करते होंगे कि अग्निदत्त को तो राजा बीरेन्द्रसिंह के ऐयारों ने राजगृही में गिरफ्तार करके चुनार भेज दिया था, वह यकायक यहां कैसे आ पहुंचा? इसलिए अग्निदत्त का थोड़ा-सा हाल इस जगह लिख देना हम मुनासिब समझते हैं।

राजा बीरेन्द्रसिंह के ऐयारों ने दीवान अग्निदत्त को गिरफ्तार करके अपने बीस सवारों के पहरे में चुनारगढ़ रवाना कर दिया और एक चीठी भी सब हाल की महाराज सुरेन्द्रसिंह को लिखकर उन्हीं लोगों की मार्फत भेजी। अग्निदत्त हथकड़ी डाल घोड़े पर सवार कराया गया और उसके पैर रस्सी से घोड़े की जीन के साथ बांध दिए गए। घोड़े की लम्बी बागडोर दोनों तरफ से दो सवारों ने पकड़ ली और सफर शुरू किया। तीसरे दिन जब वे लोग सोन नदी के पास पहुंचे, अर्थात् जब वह नदी दो कोस दूर रह गई, तब उन लोगों पर डाका पड़ा। पचास आदमियों ने चारों तरफ से घेर लिया। घण्टे-भर की लड़ाई में राजा बीरेन्द्रसिंह के कुल आदमी मारे गए। खबर पहुंचाने के लिए भी एक आदमी न बचा और अग्निदत्त को उन लोगों के हाथों से छुट्टी मिली। वे डाकू सब अग्निदत्त के तरफदार और उन लोगों में से थे जो गयाजी में फसाद मचाया करते और उन लोगों की जानें लेते और घर लूटते थे, जो दीवान अग्निदत्त के विरुद्ध जाने जाते। इस तरह अग्निदत्त को छुट्टी मिली और बहुत दिन तक इस डाके की खबर राजा बीरेन्द्रसिंह या उनके आदमियों को न मिली।

यद्यपि दीवान अग्निदत्त के हाथ से गया की दीवानी जाती रही और वह एक साधारण आदमी की तरह मारा-मारा फिरने लगा तथापि वह अपने साथी डाकुओं में मालदार गिना जाता था क्योंकि उसके पास जुल्म की कमाई हुई दौलत बहुत थी और वह उस दौलत को राजगृही से थोड़ी दूर पर एक मढ़ी में, जो पहाड़ी के ऊपर थी, रखता था, जिसका हाल दस-बारह आदमियों के सिवाय और किसी को भी मालूम न था। उस दौलत को निकालने में अग्निदत्त ने विलम्ब न किया और उसे अपने कब्जे में लाकर साथी डाकुओं के साथ अपनी धुन में चारों तरफ घूमने तथा इस बात की टोह लेने लगा कि राजा बीरेन्द्रसिंह की तरफ क्या-क्या होता है।

थोड़े ही दिन बाद मौका समझकर वह रोहतासगढ़ के चारों तरफ घूमने लगा और जिस तरह किशोरी से मिला, उसका हाल आप ऊपर पढ़ चुके हैं।

जिस जगह अग्निदत्त किशोरी से मिला था, उससे थोड़ी ही दूर पर एक पहाड़ी थी जिसमें कई खोह और गार थे। वह किशोरी को उठाकर उसी पहाड़ी पर ले गया। रोते और चिल्लाते-चिल्लाते किशोरी बेहोश हो गई थी। अग्निदत्त ने उसे खोह के अन्दर ले जाकर लिटा दिया और आप बाहर चला आया।

पहर रात जाते-जाते जब किशोरी होश में आई तो उसने अपने को अजब हालत में पाया। ऊपर-नीचे चारों तरफ पत्थर देखकर वह समझ गई कि मैं किसी खोह में हूं। एक तरफ चिराग जल रहा था। गुलाब के फूल-सी नाजुक किशोरी की अवस्था इस समय बहुत ही नाजुक थी। अग्निदत्त की याद से उसे घड़ी-घड़ी रोमांच होता था, उसके धड़कते हुए कलेजे में अजब तरह का दर्द था और इस सोच ने उसे बिलकुल ही निकम्मा कर रखा था कि देखें चाण्डाल अग्निदत्त के पहुंचने पर मेरी क्या दुर्दशा होती है। घण्टों की मेहनत में बड़ी कोशिश करके उसने अपने होश-हवास दुरुस्त किए और सोचने लगी कि अब क्या करना चाहिए। उसने इस इरादे को तो पक्का कर ही लिया था कि अगर अग्निदत्त मेरे पास आवेगा तो पत्थर पर सिर पटककर अपनी जान दे दूंगी, मगर यह भी सोचती थी कि पत्थर पर सिर पटकने से जान नहीं जा सकती, किसी तरह खोह के बाहर निकलकर ऐसा मौका ढूंढ़ना चाहिए कि अपने को इस पहाड़ के नीचे गिराकर बखेड़ा तय कर दिया जाए, जिसमें हमेशा के लिए इस खिंचाखिंची से छुट्टी मिले।

किशोरी चिराग बुझाने के लिए उठी ही थी कि सामने से पैर की चाप मालूम हुई। वह डरकर उसी तरफ देखने लगी कि यकायक अग्निदत्त पर नजर पड़ी। देखते ही वह कांप गई, ऐसा मालूम हुआ कि रगों में खून की जगह पारा भर गया। वह अपने को किसी तरह सम्हाल न सकी और जमीन पर बैठकर रोने लगी। अग्निदत्त सामने आकर खड़ा हो गया और बोला–

अग्निदत्त–तुमने मुझको बड़ा ही धोखा दिया, अपने साथ मेरी लड़की को भी मुझसे जुदा कर दिया। अभी तक मुझे इस बात का पता न लगा कि मेरी स्त्री पर क्या बीती और बीरेन्द्रसिंह ने उसके साथ क्या सलूक किया, और यह सब तुम्हारी बदौलत हुआ।

किशोरी–फिर भी मैं कहती हूं कि मुझे सताकर तुम सुख न पाओगे।

अग्निदत्त–इस समय तुम्हें पाकर मैं बहुत खुश हूं, दीन-दुनिया की फिक्र जाती रही, आगे जो होगा देखा जाएगा।

किशोरी–मैं तुमसे वादा करती हूं कि यदि मुझे छोड़ दोगे, तो मैं राजा बीरेन्द्रसिंह से कहकर तुम्हारा कसूर माफ करा दूंगी और तुम्हारी जीविका-निर्वाह के लिए भी बन्दोबस्त हो जाएगा, नहीं तो याद रखना, तुम्हारी स्त्री भी...

अग्निदत्त–जो तुम कहोगी, सो मैं समझ गया। मेरी स्त्री पर चाहे जो बीते इसकी परवाह नहीं, न मुझे बीरेन्द्रसिंह का डर है। मुझे दुनिया में तुमसे बढ़कर कोई चीज नहीं दिखाई देती। देखो, तुम्हारे लिए मैंने कितना दुख भोगा और भोगने को तैयार हूं, क्या अब भी तुमको मुझ पर तरस नहीं आता! मैं कसम खाकर कहता हूं कि तुम्हें अपनी जान से ज्यादे प्यार करूंगा, यदि मेरी होकर रहोगी।

किशोरी–अरे दुष्ट चाण्डाल, खबरदार, फिर ऐसी बात मुंह से न निकालियो!

अग्निदत्त—चाहे जो हो, मैं तुम्हें किसी तरह नहीं छोड़ सकता!

किशोरी—जान जाए तो जाए, मगर तेरी हवा अपने बदन से लगने न दूंगी।

अग्निदत्त—(हंसकर) देखूं तो तू अपने को मुझसे क्योंकर बचाती है!

इतना कहकर अग्निदत्त किशोरी को पकड़ने के लिए आगे बढ़ा। किशोरी घबड़ाकर उठ खड़ी हुई और दूर हट गई। थोड़ी देर तक तो इस तंग जगह में दौड़-धूप कर किशोरी ने अपने को बचाया, मगर कहां तक? आखिर मर्द के सामने औरत की क्या पेश आ सकती थी! अग्निदत्त को क्रोध आ गया। उसने किशोरी को पकड़ लिया और जमीन पर पटक दिया।

दूसरा बयान

पाठक अभी भूले न होंगे कि कुंअर इन्द्रजीतसिंह कहां हैं। हम ऊपर लिख आए हैं कि उस मकान में जो तालाब के अन्दर बना हुआ था, कुंअर इन्द्रजीतसिंह दो औरतों को देखकर ताज्जुब में आ गए। कुमार उन औरतों का नाम नहीं जानते थे मगर पहचानते जरूर थे, क्योंकि उन्हें राजगृही में माधवी के यहां देख चुके थे और जानते थे कि ये दोनों माधवी की लौंडियां हैं, परन्तु यह जानने के लिए कुमार व्याकुल हो रहे थे कि ये दोनों यहां क्योंकर आईं, क्या इस औरत से, जो इस मकान की मालिक है, और उस माधवी से कोई सम्बन्ध है? इसी समय उन दोनों औरतों के पीछे-पीछे वह औरत भी आ पहुंची जिसने इन्द्रजीतसिंह के ऊपर एहसान किया था और जो उस मकान की मालिक थी। अभी तक इस औरत का नाम मालूम नहीं हुआ, मगर आगे इससे काम बहुत पड़ेगा, इसलिए जब तक इसका असल नाम मालूम न हो कोई बनावटी नाम रख दिया जाए तो उत्तम होगा, मेरी समझ में तो कमलिनी नाम कुछ बुरा न होगा।

जिस समय कुंअर इन्द्रजीतसिंह की निगाह उन दोनों औरतों पर पड़ी, वे हैरान होकर उनकी तरफ देखने लगे, उसी समय दौड़ती हुई कमलिनी भी आई और दूर ही से बोली—

कमलिनी—कुमार, इन दोनों हरामखोरियों का कोई मुलाहिजा न कीजिएगा और न किसी तरह की जुबान ही दीजिएगा, अपनी जान बचाने के लिए ही दोनों आपके पास आई हैं।

इन्द्रजीत—क्या मामला है, ये दोनों कौन हैं?

कमलिनी—ये दोनों माधवी की लौंडियां हैं और आपकी जान लेने आई थीं, मेरे आदमियों के हाथ गिरफ्तार हो गईं।

इन्द्रजीत—तुम्हारे आदमी कहां हैं? मैंने तो इस मकान में सिवाय तुम्हारे किसी को भी नहीं देखा!

कमलिनी–बाहर निकलकर देखिए, मेरे सिपाही मौजूद हैं जिन्होंने इन्हें गिरफ्तार किया।

इन्द्रजीत–अगर ये गिरफ्तार होकर आई हैं तो इनके हाथ-पैर खुले क्यों हैं?

कमलिनी–इसके लिए कोई हर्ज नहीं, ये मेरा कुछ नहीं बिगाड़ सकतीं, जब तक कि मैं जागती हूं या अपने होश में हूं।

इन्द्रजीत–(उन दोनों की तरफ देखकर) तुम क्या कहती हो?

एक–(कमलिनी की तरफ इशारा करके) ये जो कुछ कहती हैं, ठीक है। परन्तु आप वीर पुरुष हैं, आशा है कि हम लोगों का अपराध क्षमा करेंगे!

कुंअर इन्द्रजीतसिंह इन बातों को सुनकर सोच में पड़ गए। उन्हें उन दोनों औरतों की और कमलिनी की बातों का विश्वास न हुआ, बल्कि यकीन हो गया कि ये लोग किसी तरह का धोखा दिया चाहती हैं। आधी घड़ी तक सोचने के बाद कुमार बंगले के बाहर निकले तो देखा क्या कि तालाब के बाहर लगभग बीस सिपाही खड़े आपस में कुछ बातें कर रहे हैं और घड़ी-घड़ी इसी तरफ देख रहे हैं। कुमार वहां से लौट आए और कमलिनी की तरफ देखकर बोले–

इन्द्रजीत–खैर, जो तुम्हारे जी में आए करो, हम इस बारे में कुछ नहीं कह सकते।

कमलिनी–करना क्या है, इन दोनों का सिर काटा जाएगा।

इन्द्रजीत–खुशी तुम्हारी। मैं जरा इस तालाब के बाहर जाना चाहता हूं।

कमलिनी–क्यों?

इन्द्रजीत–यह समय मजेदार है, जरा मैदान की हवा खाऊंगा और उस घोड़े की भी खबर लूंगा जिस पर सवार होकर आया था।

कमलिनी–इस मकान की छत पर चढ़ने से अच्छी और साफ हवा आपको मिल सकती है, घोड़े के लिए चिन्ता न करें, या फिर ऐसा ही है तो सबेरे जाइएगा!

न मालूम, क्या सोचकर इन्द्रजीतसिंह चुप हो रहे। कमलिनी ने उन दोनों औरतों का हाथ पकड़ा और धमकाती हुई न जाने कहां ले गई, इसका हाल कुमार को न मालूम हुआ और न उन्होंने जानने का उद्योग ही किया।

यद्यपि इस औरत अर्थात् कमलिनी ने कुमार की जान बचाई थी, तथापि उन्हें विश्वास हो गया कि कमलिनी ने दोस्ती की राह पर यह काम नहीं किया, बल्कि किसी मतलब से किया है। उस मकान में गुलदस्ते के नीचे से जो चीठी कुमार ने पाई थी उसके पढ़ने से कुमार होशियार हो गए थे तथा समझ गए थे कि यह मुझे मकर में लाया चाहती और किशोरी के साथ भी किसी तरह की बुराई किया चाहती है। इसमें कोई शक नहीं कि कुमार इसे चाहने लगे थे और जान बचाने का बदला चुकाने की फिक्र में थे, मगर उस चीठी के पढ़ते ही उनका रंग बदल गया और वे किसी दूसरी ही धुन में लग गए।

कुमार चाहते तो शायद यहां से निकल भागते, क्योंकि उस औरत की तरफ से होशियार हो चुके थे, मगर इस काम में उन्होंने यह समझकर जल्दी न की कि इस औरत का कुछ हाल मालूम करना चाहिए और जानना चाहिए कि यह कौन है। पर कमलिनी को कुमार के दिल की क्या खबर थी, उसने तो सोच रखा था कि मैंने कुमार पर अहसान किया है और वे किसी तरह भी मुझसे बदगुमान न होंगे।

कुमार के पास इस समय सिवाय कपड़ों के कोई चीज ऐसी न थी जिससे वे अपनी हिफाजत करते या समय पड़ने पर मतलब निकाल सकते।

कुछ दिन बाकी था, जब कुमार उस मकान की छत पर चढ़ गए और चारों तरफ के पहाड़, जंगल तथा मैदान की बहार देखने लगे। कुमार को यह जगह बहुत ही पसन्द आई और उन्होंने दिल में कहा कि यदि ईश्वर की इच्छा हुई तो सब बखेड़ों से छुट्टी पाकर किशोरी के साथ कुछ दिनों तक इस मकान में जरूर रहेंगे। थोड़ी देर तक प्रकृति की शोभा देखकर दिल बहलाते रहे, जब सूर्य अस्त हो गया तो कमलिनी भी वहां पहुंची और कुमार के पास खड़ी होकर बातचीत करने लगी।

कमलिनी—यहां से अच्छी बहार दिखाई देती है।

कुमार—ठीक है, मगर यह छटा मेरे दिल को किसी तरह नहीं बहला सकती।

कमलिनी—सो क्यों?

कुमार—तरह-तरह की फिक्रों और तरद्दुदों ने मुझे दुखी कर रखा है, बल्कि यहां आने और तुम्हारे मिलने से तरद्दुद और भी ज्यादे हो गया।

कमलिनी—यहां आकर कौन-सी फिक्र बढ़ गई?

कुमार—यह तो तब कह सकता हूं, जब कुछ तुम्हारा हाल मुझे मालूम हो, अभी तो मैं यह भी नहीं जानता कि तुम कौन हो और कहां की रहनेवाली हो और इस मकान में आके रहने का सबब क्या है?

कमलिनी—कुमार, मुझे आपसे बहुत कुछ बातें कहनी हैं। इसमें कोई शक नहीं कि मेरे बारे में आप तरह-तरह की बातें सोचते होंगे, कभी मुझे खैरख्वाह तो कभी बदख्वाह समझते होंगे, बल्कि बदख्वाह समझने का मौका ही ज्यादे मिलता होगा। अकसर उन लोगों ने जो मुझे जानते हैं, मुझे शैतान और खूनी समझ रखा है, और इसमें उनका कोई कसूर भी नहीं। मैं उन लोगों का जिक्र इस समय केवल इसीलिए करती हूं कि शायद उन लोगों ने जो केवल दो-तीन ऐयार मात्र हैं, कुछ चर्चा आपसे की हो।

कुमार—नहीं, मैंने किसी से कभी तुम्हारा जिक्र नहीं सुना।

कमलिनी—खैर, ऐसा मौका न पड़ा होगा पर मेरा मतलब यह है कि जब तक मैं अपने मुंह से कुछ न कहूंगी, मेरे बारे में कोई भी अपनी राय ठीक नहीं कर सकता और...

इतने ही में सीढ़ी पर किसी के पैर की धमधमाहट मालूम हुई जिसे सुनकर दोनों चौंके और उसी तरफ देखने लगे।

कुमार–इस मकान में तो केवल तुम्हीं रहती हो।

कमलिनी–नहीं, और भी कई आदमी रहते हैं, मगर वे लोग उस समय नहीं थे, जब आप आए थे।

तीन लौंडियां आती हुई दिखाई पड़ीं। एक के हाथ में छोटा-सा गलीचा था, दूसरी के हाथ में शमादान और तीसरी पानदान लिये हुए थी। गलीचा बिछा दिया गया, शमादान और पानदान रखकर लौंडियां हाथ जोड़े सामने खड़ी हो गईं। कमलिनी के कहने से कुमार गलीचे पर बैठ गए और कमलिनी भी पास बैठ गई। इस समय इन तीनों लौंडियों का वहां पहुंचकर बातचीत में बाधा डालना कुमार को बहुत बुरा मालूम हुआ, क्योंकि वे बड़े ही गौर से कमलिनी की बातें सुन रहे थे और इस बीच में उनके दिल की अजीब हालत थी। कुमार ने कमलिनी की तरफ देखके कहा, "हां, तुम अपनी बातों का सिलसिला मत तोड़ो।"

कमलिनी–(लौंडियों की तरफ देखकर) अच्छा, तुम लोग जाओ! बहुत जल्दी खाने का बन्दोबस्त करो।

कुमार–अभी खाने के लिए जल्दी न करो।

कमलिनी–खैर, ये लोग अपना काम पूरा कर रखें, आप जब चाहें, भोजन करें।

कुमार–अच्छा हां, तब?

कमलिनी–(डिब्बे से पान निकालकर) लीजिए, पान खाइए।

कुमार ने पान हाथ में रख लिया और पूछा, "हां, तब?"

कमलिनी–पान खाइए, आप डरिए मत, इसमें बेहोशी की दवा नहीं मिली है। हां, अगर आप ऐसा खयाल करें भी तो कोई बेमौका नहीं!

कुमार–(हंसकर) इसमें कोई शक नहीं कि इतनी खैरख्वाही करने पर भी मैं तुम्हारी तरफ से बदगुमान हूं। मगर तुम्हारी बातें अजब ढंग पर चल रही हैं। (पान खाकर) अब जो हो, जब तुमने मेरी जान बचाई है तो कब हो सकता है कि तुम अपने हाथ से मुझे जहर दो।

कमलिनी–(हंसकर) कुमार, यह कोई ताज्जुब की बात नहीं है कि आप मुझ पर शक करें। माधवी की दोनों लौंडियों का मामला भी जो अभी थोड़ी देर पहले हुआ, आप देख चुके हैं, मुझ पर शक करने का मौका आपको देगा। मगर नहीं, आप पूरा विश्वास रखिए कि मैं आपके साथ कभी बुराई न करूंगी। कई आदमी मेरी शिकायत आपसे करेंगे, आप ही के कई ऐयार असल हाल न जानने के कारण मेरे दुश्मन हो जाएंगे, मगर सिवाय कसम खाकर कहने के और किस तरह आपको विश्वास दिलाऊं कि मैं आपकी खैरख्वाह हूं। आप यह भी सोच सकते हैं कि मैं आपके साथ इतनी खैरख्वाह क्यों हो रही हूं! दुनिया का कायदा है कि बिना मतलब कोई किसी का काम नहीं करता और मैं भी दुनिया के बाहर नहीं हूं, अस्तु, मैं भी आपसे बहुत-कुछ उम्मीद करती हूं मगर उसे जुबान से कह नहीं सकती। अभी आपको मुझसे वर्षों तक

काम पड़ेगा, जब आप हर तरह से निश्चिन्त हो जाएंगे, आपकी किशोरी, जो इस समय रोहतासगढ़ में कैद है, आपको मिल जाएगी। इसके अतिरिक्त एक और भी भारी काम आपके हाथ से हो लेगा, तब कहीं मेरी मुराद पूरी होगी, अर्थात् उस समय मुझे जो कुछ आपसे मांगना होगा, मांगूंगी। आप मेरी बात याद रखिएगा कि आप ही के ऐयार मेरे दुश्मन होंगे और अन्त में झख मारके मुझ ही से दोस्ती के तौर पर सलाह लेनी पड़ेगी। आप यह भी न समझिए कि मैं आज-ही-कल से आपकी तरफदार बनी हूं, नहीं, बल्कि मैं महीनों से आपका काम कर रही हूं और इस सबब से सैकड़ों आदमी मेरे दुश्मन हो रहे हैं। दुश्मनों ही के डर से मैं इस तालाब में छिपकर बैठी रहती हूं क्योंकि जिन्हें इसका भेद मालूम नहीं है, वे इस मकान के अन्दर पैर नहीं रख सकते। आप मुझे अकेली समझते होंगे, मगर मैं अकेली नहीं हूं। लौंडी, सिपाही और ऐयार मिलाकर इस गई-गुजरी हालत में भी पचास आदमी मेरी ताबेदारी कर रहे हैं।

कुमार–वे लोग कहां हैं?

कमलिनी–उनमें से कई आदमियों को तो आप इसी जगह बैठे देखेंगे, बाकी सभी को मैंने काम पर भेजा है। जब मैं आपकी खैरख्वाह हूं तो किशोरी की मदद भी जरूर ही करनी पड़ेगी, इसलिए मेरी एक ऐयारा रोहतासगढ़ किले के अन्दर भी घुसकर बैठी है और किशोरी के हाल-चाल की खबर दिया करती है, अभी कल ही उसने एक चीठी भेजी थी, (कमर से चीठी निकालकर और कुमार के हाथ में देकर) लीजिए यही चीठी है, पहले आप इसे पढ़ लीजिए फिर और कुछ कहूंगी।

कुमार हाथ में चीठी लेकर गौर से पढ़ने लगे। यह वही चीठी थी, जिस पर पहले कुमार की निगाह पड़ चुकी थी और जिसे एक गुलदस्ते के नीचे से निकालकर कुमार पढ़ चुके थे। कुमार ने चोरी से उस चीठी को पढ़ने का हाल कमलिनी से कहना मुनासिब न समझा और उसे इस तौर पर पढ़ गए जैसे पहली दफे वह चीठी उनके हाथ में पड़ी हो। परन्तु इस समय इस तरह कमलिनी के हाथ से इस चीठी को पाकर कुमार का खयाल बिलकुल बदल गया और कमलिनी उनकी दुश्मन नहीं है इस बात को वे अच्छी तरह समझ गए, मगर साथ-ही-साथ उनके दिल में एक दूसरी ही तरह की उत्कण्ठा बढ़ गई और वे यह जानने के लिए व्याकुल हो गए कि कमलिनी और इसकी ऐयारा ने रोहतासगढ़ किले में पहुंचकर क्या किया!

पाठक, शायद आप इस चीठी का मजमून भूल गए होंगे, मगर आप उसे याद करें या पुनः पढ़ जाएं, क्योंकि उसके एक-एक शब्द का मतलब इस समय कमलिनी से कुमार पूछना चाहते हैं।

कुमार–मैं नहीं कह सकता और न मुझे मालूम ही है कि तुम इतनी भलाई मेरे साथ क्यों कर रही हो, तो भी मैं उम्मीद करता हूं कि तुम इस समय मुझे चिन्ता में डालकर दुःख न दोगी, बल्कि जो मैं पूछूंगा उसका ठीक-ठीक जवाब दोगी।

कमलिनी–आप मेरी तरफ से किसी तरह का बुरा खयाल न रखें। आज मैं इस बात पर मुस्तैद हूं कि अगर आपको कष्ट न हो तो रात-भर जागके बहुत कुछ हाल जो अब तक आपको मालूम नहीं है और आपके मतलब का है, आपसे कहूं और जो-जो सवाल आप करें, उनका जवाब दूं।

कुमार–मुझे तुम्हारे इस कहने से बड़ी खुशी हुई, अच्छा पहले इस बात का जवाब दो कि तुम्हारी वह ऐयारा, जो रोहतासगढ़ में है और इस चीठी के पढ़ने से जिसका नाम तारा मालूम होता है, रोहतासगढ़ में किस तौर पर है? जहां तक मैं सोचता हूं, वह भेष बदलकर नौकरी करती होगी?

कमलिनी–नहीं, उसने नौकरी नहीं की, बल्कि वहां इस तौर पर छिपकर रहती है कि वहां के किसी आदमी को उसका पता लग जाना कठिन ही नहीं बल्कि असम्भव है।

कुमार–अच्छा, तो उसने यह क्या लिखा है कि–'किशोरी का आशिक भी यहां मौजूद है!'

कमलिनी–यह कटाक्ष माधवी के दीवान अग्निदत्त पर है, क्योंकि हम लोगों के हिसाब से वह किशोरी पर आशिक है! सच्चा आशिक आपकी तरह नहीं है, मगर बेईमान ऐयारों की तरह पर जरूर आशिक है।

कुमार–नहीं-नहीं, उसे तो हमारे आदमियों ने गिरफ्तार करके चुनार भेज दिया है!

कमलिनी–आपका यह खयाल गलत है। वह चुनार नहीं पहुंचा, न मालूम किस तरह उसने अपनी जान बचा ली है। इसका हाल आपको लश्कर में जाने या किसी को चुनारगढ़ भेजने से मालूम होगा।

कुमार–तो क्या वह भी रोहतासगढ़ पहुंच गया?

कमलिनी–पहुंच ही गया, तभी तो तारा ने लिखा है।

कुमार–अच्छा, तो ये लाली और कुन्दन कौन हैं?

कमलिनी–आपकी और मेरी दुश्मन, इन दोनों को मामूली दुश्मन न समझिएगा।

कुमार–इसमें किशोरी के आशिक के बारे में लिखा है कि 'उसे किशोरी से बहुत-कुछ उम्मीद भी है'–इसका मतलब क्या है?

कमलिनी–सो ठीक अभी मालूम नहीं हुआ।

कुमार–यह जवाब तुमने बड़े खुटके का दिया।

कमलिनी–(हंसकर) आप चिन्ता न करें। किशोरी तन-मन-धन आपको समर्पण कर चुकी है, वह किसी दूसरे की न होगी।

कुमार–खैर, जब खुलासा हाल मालूम ही नहीं है तो जो कुछ सोचा जाए, मुनासिब है। इसमें लिखा है कि 'किशोरी ने भी पूरा धोखा खाया'–सो क्या?

कमलिनी–इसका भी हाल अभी नहीं मालूम हुआ। शायद आजकल में कोई दूसरी चीठी आवेगी तो मालूम होगा, बल्कि और भी कुछ लिखा है, इशारा ही भर है, असल में क्या बात है, सो मैं नहीं कह सकती।

कुमार–अच्छा, अब मैं तुम्हारा पूरा हाल जानना चाहता हूं और इसी के साथ रोहतासगढ़ में रहनेवाली लाली और कुन्दन का वृत्तान्त भी तुम्हारी जुबानी सुनना चाहता हूं।

कमलिनी–मैं सब हाल आपसे कहूंगी और इसके अलावा एक ऐसे भेद की खबर भी आपको दूंगी कि आप खुश हो जाएंगे, मगर इसके लिए आपको तीन-चार दिन तक और सब्र करना चाहिए, इसी बीच में तारा भी रोहतासगढ़ से आ जाएगी या मैं खुद उसे बुलवा लूंगी।

कुमार–इन सब बातों को जानने के लिए मैं बहुत बेचैन हो रहा हूं, कृपा करके जो कुछ तुम्हें कहना हो, अभी कहो।

कमलिनी–नहीं-नहीं, आप जल्दी न करें, मेरा दो-चार दिन के लिए टालना भी आप ही के फायदे के लिए है। आप यह न समझें कि मैं आपको जानबूझकर यहां अटकाया चाहती हूं। आप यदि मुझ पर भरोसा रखें और मुझे अपना दुश्मन न समझें तो यहां रहें। मैं लौंडियों की तरह आपकी ताबेदारी करने को तैयार हूं, और यदि मुझ पर ऐतबार न हो तो अपने लश्कर चले जाएं, चार-पांच दिन के बाद मैं स्वयं आपसे मिलकर सब हाल कहूंगी।

कुमार–बेशक मैं तुम्हारे बारे में तरह-तरह की बातें सोचता था और तुम पर विश्वास करना मुनासिब नहीं समझता था, मगर अब तुम्हारी तरफ से मुझे किसी तरह का खुटका नहीं है। तुम्हारी बातों का मेरे दिल पर बड़ा ही असर हुआ। इसमें कोई सन्देह नहीं कि तुम सिवाय भलाई के मेरे साथ बुराई कभी न करोगी। मैं जरूर यहां रहूंगा और जब तक अपने दिल का शक अच्छी तरह न मिटा लूंगा, न जाऊंगा।

कमलिनी–अहोभाग्य! (हंसकर) मगर ताज्जुब नहीं कि इसी बीच में आपके ऐयार लोग यहां पहुंचकर मुझे गिरफ्तार कर लें।

कुमार–क्या मजाल!

तीसरा बयान

कुमार कई दिनों तक कमलिनी के यहां मेहमान रहे, जिसने बड़ी खातिरदारी और नेकनीयती के साथ इन्हें रखा। इस मकान में कई लौंडियां भी थीं जो दिलोजान से कुमार की खिदमत किया करती थीं, मगर कभी-कभी वे सब दो-दो पहर के लिए न मालूम कहां चली जाया करती थीं।

एक दिन शाम के वक्त उस मकान की छत पर कमलिनी और कुमार बैठे बात कर रहे थे, इसी बीच में कुमार ने पूछा–

कुमार–कमलिनी, अगर किसी तरह का हर्ज न हो तो इस मकान के बारे में कुछ कहो। इन पुतलियों की तरफ, जो इस मकान के चारों कोनों में तथा इस छत के बीचोबीच में हैं, जब मेरी निगाह पड़ती है तो ताज्जुब से अजब हालत हो जाती है।

कमलिनी–बेशक, इन्हें देख आप ताज्जुब करते होंगे। यह मकान एक तरह का छोटा-सा तिलिस्म है जो इस समय बिलकुल मेरे अधीन है, मगर यहां का हाल बिना मेरे कहे थोड़े ही दिनों में आपको पूरा-पूरा मालूम हो जाएगा।

कुमार–उन दोनों औरतों के साथ, जो माधवी की लौंडियां थीं, तुमने क्या सलूक किया?

कमलिनी–अभी तो वे दोनों कैद हैं।

कुमार–माधवी का भी कुछ हाल मालूम हुआ है?

कमलिनी–उसे आपके लश्कर और रोहतासगढ़ के चारों तरफ घूमते कई दफे मेरे आदमियों ने देखा है। जहां तक मैं समझती हूं, वह इस धुन में लगी है कि किसी तरह आप दोनों भाई और किशोरी उसके हाथ लगें और वह अपना बदला ले।

कुमार–अभी तक रोहतासगढ़ का कुछ हाल नहीं मालूम हुआ, न लश्कर का कोई समाचार मिला।

कमलिनी–मुझे भी इस बात का ताज्जुब है कि मेरे आदमी किस काम में फंसे हुए हैं, क्योंकि अभी तक एक ने भी लौटकर खबर न दी। (चौंककर और मैदान की तरफ देखके) मालूम होता है, इस समय कोई नया समाचार मिलेगा। मैदान की तरफ देखिए, दो आदमी एक बोझ लिये इसी तरफ आते दिखाई दे रहे हैं, ताज्जुब नहीं कि ये मेरे ही आदमियों में से हों।

कुमार–(मैदान की तरफ देखकर) हां ठीक है, इसी तरफ आ रहे हैं। उस गट्ठर में शायद कोई आदमी है।

कमलिनी–बेशक ऐसा ही है, (हंसकर) नहीं तो क्या मेरे आदमी मालअसबाब चुराकर लावेंगे! देखिए, वे दोनों कितनी तेजी के साथ आ रहे हैं। (कुछ अटककर) अब मैंने पहचाना, बेशक इस गठरी में माधवी होगी।

थोड़ी देर तक दोनों आदमी चुपचाप उसी तरफ देखते रहे, जब वे लोग इस मकान के पास पहुंचे तो कमलिनी ने कुमार से कहा–

कमलिनी–मुझे आज्ञा दीजिए तो जाकर इन लोगों को यहां लाऊं।

कुमार–क्या बिना तुम्हारे गए वे लोग यहां नहीं आ सकते?

कमलिनी–जी नहीं, जब तक मैं खुद उन्हें किश्ती पर चढ़ाकर यहां न लाऊं, वे लोग नहीं आ सकते। वे क्या, कोई भी नहीं आ सकता।

कुमार–क्या हर एक के लिए, जब वह इस मकान में आना या जाना चाहे तुम्हीं को तकलीफ करनी पड़ती है? मैं समझता हूं कि जिस आदमी को तुम एक दफे भी किश्ती पर चढ़ाकर ले जाओगी, उसे रास्ता मालूम हो जाएगा।

कमलिनी–अगर ऐसा ही होता तो मैं इस मकान में बेखटके क्योंकर रह सकती थी? आप जरा नीचे चलें, मैं इसका सबब आपको बतला देती हूं।

कुमार खुशी-खुशी उठ खड़े हुए और कमलिनी के साथ नीचे उतर गए। कमलिनी उन्हें उस कोठरी में ले गई जो नहाने के काम में लाई जाती थी और जिसे कुमार देख चुके थे। उस कोठरी में दीवार के साथ एक आलमारी थी जिसे कमलिनी ने खोला। कुमार ने देखा कि उस दीवार के साथ चांदी का एक मुट्ठा, जो हाथ-भर से छोटा न होगा, लगा हुआ है। इसके सिवाय और कोई चीज उसमें नहीं थी।

कमलिनी–मैं पहले ही आपसे कह चुकी हूं कि इस तालाब में चारों ओर लोहे का जाल पड़ा हुआ है।

कुमार–हां, ठीक है। मगर उस रास्ते में जाल न होगा, जिधर से तुम किश्ती लेकर आती-जाती हो।

कमलिनी–ऐसा खयाल न कीजिए, उस रास्ते में भी जाल है, मगर उसे यहां आने का दरवाजा कहना चाहिए, जिसकी ताली यह है। देखिए, अब आप अच्छी तरह समझ जाएंगे। (उस चांदी के मुट्ठे को कई दफे घुमाकर) अब उतनी दूर का या उस रास्ते का जाल, जिधर से किश्ती लेकर मैं आती-जाती हूं, हट गया, मानो दरवाजा खुल गया, अब मैं क्या, कोई भी जिसको आने-जाने का रास्ता मालूम है, किश्ती पर चढ़के आ-जा सकता है। जब मैं इसको उलटा घुमाऊंगी तो वह रास्ता बन्द हो जाएगा अर्थात् वहां भी जाल फैल जाएगा, फिर किश्ती आ नहीं सकती।

कुमार–(हंसकर) बेशक यह एक अच्छी बात है।

इसके बाद कमलिनी किश्ती पर सवार होकर तालाब के बाहर गई और उन दोनों आदमियों को गठरी सहित सवार कराके मकान में ले आई तथा तालाब में आने का रास्ता उसी रीति से, जैसे कि हम ऊपर लिख चुके हैं, बन्द कर दिया। इस समय यहां कई लौंडियां भी मौजूद थीं, उन्होंने कमलिनी के इशारे से छत के ऊपर रोशनी का बन्दोबस्त कर दिया और सब कोई छत के ऊपर चले गए। कुमार के पास ही कमलिनी गलीचे पर बैठ गई और वे दोनों आदमी भी गठरी सामने रखकर बैठ गए। इस छत की जमीन चिकने पत्थर की बहुत साफ-सुथरी बनी हुई थी, अगर नजाकत की तरफ खयाल न किया जाए तो फर्श या बिछावन बिछाकर वहां बैठने की कोई जरूरत न थी।

कमलिनी–कुमार, देखिए, इन दोनों आदमियों को मैंने माधवी को गिरफ्तार करने को भेजा था, मालूम होता है कि ये लोग अपना काम पूरा कर आए हैं और इस गठरी में शायद माधवी को ही लाए हैं। (दोनों आदमियों की तरफ देखकर) क्यों जी, माधवी ही है या किसी दूसरे को लाए हो?

एक–जी, माधवी को ही लाए हैं।

कमलिनी–गठरी खोलो, जरा इसकी सूरत देखूं।

उन दोनों ने गठरी खोली, कमलिनी और कुमार ने बड़े चाव से माधवी की सूरत देखी, परन्तु यकायक कमलिनी चौंकी और बोली, "क्या यह जख्मी है?"

एक–जी हां, मुझे उम्मीद नहीं कि इसकी जान बचेगी क्योंकि चोट भारी है।

कुमार–इसे किसने जख्मी किया है?

एक–किसी औरत ने रोहतासगढ़ के तिलिस्मी तहखाने में इसे चोट पहुंचाई है।

कुमार–(कमलिनी की तरफ देखकर) क्या रोहतासगढ़ में कोई तिलिस्मी तहखाना भी है?

कमलिनी–जी हां, पर उसका भेद बहुत आदमियों को मालूम नहीं है, बल्कि जहां तक मैं समझती हूं, वहां का राजा दिग्विजयसिंह भी उसका पूरा-पूरा हाल न जानता होगा। वहां का मामला भी बड़ा ही विचित्र है, किसी समय मैं आपसे उसका हाल कहूंगी।

एक–मगर अब उस तहखाने की रंगत बदल गई।

कमलिनी–सो क्या?

एक–(कुमार की तरफ इशारा करके) आपके ऐयारों ने उसमें अपना दखल कर लिया, बल्कि ऐसा कहना चाहिए कि रोहतासगढ़ ही ले लिया।

कमलिनी–(कुमार की तरफ देखकर) मुबारक हो, खबर अच्छी आई है।

कुमार–बेशक, इस खबर ने मुझे खुश कर दिया। ईश्वर करे, तुम्हारी तारा भी जल्दी आ जाए और किशोरी का कुछ हाल मालूम हो। (माधवी को गौर से देख और चौंककर) यह क्या? माधवी की दाहिनी कलाई दिखाई नहीं देती।

कमलिनी–(हंसकर) इसका हाल आपको नहीं मालूम?

कुमार–कुछ नहीं।

कमलिनी–पूरा हाल तो मुझे भी नहीं मालूम, मगर इतना सुना है कि कहीं गयाजी में इससे और इसके दीवान अग्निदत्त की लड़की कामिनी से लड़ाई हो गई थी। उसी लड़ाई में यह अपनी दाहिनी कलाई खो बैठी। यह भी सुनने में आया है कि यह लड़ाई उसी मकान में हुई थी जिसमें आप लोग रहते थे और इसमें कमला भी शामिल थी।

कमलिनी की यह बात सुनकर कुमार को वे ताज्जुब की बातें याद आ गईं जो बीमारी की हालत में गयाजी में महल के अन्दर कई दफे रात के समय देखने में आई थीं और जबकि अन्त में कोठरी के अन्दर एक लाश और औरत की कलाई पाई गई थी।

कुमार–हां, अब याद आया, वह मामला भी बड़ा ही विचित्र हुआ था, अभी तक उसका ठीक-ठीक पता न लगा।

कमलिनी–क्या हुआ था, जरा मैं भी सुनूं?

कुमार ने वह सब हाल कहा और जो कुछ देखने और सुनने में आया था, वह भी बताया।

कमलिनी–कमला से मुलाकात हो तो कुछ और सुनने में आवे (दोनों आदमियों की तरफ देखकर) पहले माधवी को यहां से ले जाओ, लौंडियों के हवाले करो और कह दो, इसे कैदखाने में रखें और होश में लाकर इसका इलाज करें, इसके बाद आओ तो तुम्हारी जुबानी वहां का सब हाल सुनें। शाबाश, तुम लोगों ने बेशक अपना काम पूरा किया, जिससे मैं बहुत ही खुश हूं।

'बहुत अच्छा' कहकर दोनों आदमी माधवी को वहां से उठाकर नीचे ले गए और इधर कमलिनी और कुमार में बातचीत होने लगी।

कमलिनी–(मुस्कुराकर) लीजिए आपकी मुराद पूरी हुआ चाहती है, पहले-पहल यह खुशखबरी मेरे ही सबब से आपको मिली है, सो सबसे भारी इनाम मुझी को मिलना चाहिए।

कुमार–बेशक, ऐसी ही बात है, मेरे पास ऐसी कोई चीज नहीं जो तुम्हारी नजर के लायक हो, खैर इसके बदले में मैं खुद अपने को तुम्हारे हाथ में देता हूं।

कमलिनी–वाह, क्या खूब!

कुमार–सो क्यों?

कमलिनी–आपको अपने बदन पर अख्तियार ही क्या है, यह तो किशोरी की मिल्कियत है!

कुमार लाजवाब हो गए और हंसकर चुप हो रहे। कमलिनी बड़ी ही खूबसूरत थी, इसके साथ-ही-साथ उसकी अच्छी चाल-चलन, मुरौवत, अहसान और नेकियों ने कुमार को अपना ताबेदार बना लिया था। उसकी एक-एक बात पर कुमार प्रसन्न होते थे और दिल में बराबर उसकी तारीफ करते थे।

कुमार–कमलिनी, मैं तुमसे एक बात पूछता हूं, मगर ईश्वर के लिए सच-सच जवाब देना, बात बनाकर टालने की सही नहीं।

कमलिनी–कहिए तो सही, क्या बात है? रंग, बेढंग मालूम होता है!

कुमार–अगर सच जवाब देने का वादा करो तो पूछूं, नहीं तो व्यर्थ मुंह क्यों दुखाऊं।

कमलिनी–आपकी नजाकत तो औरतों से भी बढ़ गई, जरा-सी बात कहने में मुंह दुखा जाता है, दम फूलने लगता है। खैर पूछिए, मैं वादा करती हूं कि सच्चा जवाब दूंगी, अगर कहिए तो कागज पर लिख दूं!

कुमार–(मुस्कुराकर) यह तो तुम वादा कर ही चुकी हो कि अपना हाल पूरा-पूरा मुझसे कहोगी, मगर इस समय मैं तुमसे केवल इतना ही पूछता हूं कि तुम्हारा कोई वली-वारिस भी है या नहीं? तुम्हारे व्यवहार से स्वतन्त्रता मालूम होती है और यह भी जाना जाता है कि तुम कुंआरी हो।

कमलिनी–यह सवाल जवाब देने योग्य नहीं है। (मुस्कुराकर) परन्तु क्या किया जाए, वादा करके चुप रहना भी मुनासिब नहीं। वास्तव में मैं स्वतन्त्र हूं। कुंआरी तो हूं परन्तु शीघ्र ही मेरी शादी होनेवाली है।

कुमार–कब और कहां?

कमलिनी–यह दूसरा सवाल है, इसका सच्चा जवाब देने के लिए मैंने वादा नहीं किया है, इसलिए आप इसका उत्तर न पा सकेंगे।

कुमार–अगर इसका भी जवाब दो, तो क्या कोई हर्ज है?

कमलिनी–हां हर्ज है, बल्कि नुकसान है।

कुमार चुप हो रहे और जिद करना मुनासिब न जाना, मगर यह सुनकर कि 'शीघ्र ही मेरी शादी होनेवाली है' कुमार को कुछ रंज हुआ। क्यों रंज हुआ? इसमें कुमार की हानि ही क्या थी? क्या कुछ दूसरा इरादा था? नहीं, नहीं, कुमार यह नहीं चाहते थे कि हम ही इससे शादी करें, वे किशोरी के सच्चे प्रेमी थे, मगर खूबसूरती के अतिरिक्त कमलिनी के अहसानों ने कुमार को ताबेदार बना लिया था और अभी उन्हें कमलिनी से बहुत-कुछ उम्मीद थी तथा यह भी सोचते थे कि ऐसी तरकीब निकल आवे जिससे इस अहसान का बदला चुक जाए, मगर इन बातों से कुमार के रंज होने का मतलब नहीं खुला। खैर, जो हो, पहले यह तो मालूम हो कि कमलिनी है कौन!

वे दोनों आदमी भी, छत पर आ पहुंचे जो माधवी को लाए थे, और हाथ जोड़ कर सामने बैठ गए। कमलिनी ने उनसे खुलासा हाल कहने के लिए कहा और उन दोनों ने इस तरह कहना शुरू किया–

"हम दोनों हुक्म के मुताबिक यहां से जाकर माधवी को खोजने लगे, मगर उसका पता गयाजी और राजगृही के इलाकों में कहीं न लगा। लाचार होकर रोहतासगढ़ किले के पास पहुंचे और पहाड़ी के चारों तरफ घूमने लगे। कभी-कभी रोहतासगढ़ की पहाड़ी के ऊपर भी जाते और घूम-घूमकर पता लगाते कि वहां क्या हो रहा है। एक दिन रोहतासगढ़ पहाड़ी के ऊपर घूमते-फिरते यकायक हम दोनों एक खोह के मुहाने पर जा पहुंचे और वहां कई आदमियों के धीरे-धीरे बातचीत करने की आवाज सुनकर एक झाड़ी में, जहां से उन लोगों की आवाज साफ सुनाई देती थी, छिप रहे। अन्दाज से यह मालूम हुआ कि वे लोग कई आदमी हैं और उन्हीं के साथ एक औरत भी है। नीचे लिखी बातें हम लोगों ने सुनीं–

एक–न मालूम हम लोगों को कब तक यहां अटकना और राह देखना पड़ेगा।

दूसरा–अब हम लोगों को यहां ज्यादे दिन न रहना पड़ेगा, या तो काम हो जाएगा या खाली ही लौटकर चले जाने की नौबत आवेगी।

तीसरा–रंग तो ऐसा ही नजर आता है, भाई, जो हो, हमें तो यही विश्वास होता है कि बीरेन्द्रसिंह के ऐयार लोग तहखाने में घुस गए क्योंकि पहले कभी एक

आदमी तहखाने में आता-जाता दिखाई नहीं देता था, बल्कि मैं तो यहां तक कह सकता हूं कि कल उस कब्रिस्तान में हम लोगों ने जिसे देखा था, वह कोई ऐयार ही था।

चौथा–खैर, और दो-तीन दिन में मालूम हो जाएगा।

औरत–तुम लोगों का काम चाहे जब हो, मगर मेरा काम तो आज हुआ ही चाहता है। माधवी और तिलोत्तमा को मैंने खूब ही धोखा दिया है। आज उसी कब्रिस्तान की राह से मैं उन दोनों को तहखाने में ले जाऊंगी।

एक–अब तुम्हें वहां जाना चाहिए, शायद माधवी वहां पहुंच गई हो।

औरत–हां, अब जाती हूं, पर अभी समय नहीं हुआ।

दूसरा–दम-भर पहले ही पहुंचना अच्छा है।

ये बातें सुनकर मैं उन लोगों को पहचान गया। वे रामू वगैरह धनपतिजी के सिपाही लोग और औरत चमेला थी।

इतना सुनते ही कमलिनी ने रोका और पूछा, "जिस खोह के मुहाने पर वे लोग बैठे थे, वहां कोई सलई का पेड़ भी है?"

इसके जवाब में उन दोनों ने कहा, "हां-हां, दो पेड़ सलई के वहां थे, पर उनके सिवाय और दूर-दूर तक कहीं सलई का पेड़ दिखाई नहीं दिया।"

कमलिनी–बस मैं समझ गई, वह खोह का मुहाना भी तहखाने से निकलने का एक रास्ता है, शायद धनपति ने अपने आदमियों को कह रखा होगा कि मैं किशोरी को लिये हुए इसी राह से निकलूंगी, तुम लोग मुस्तैद रहना, इसी से वे लोग वहां बैठे थे।

एक–शायद ऐसा ही हो।

कुमार–धनपति कौन है?

कमलिनी–उसे आप नहीं जानते। ठहरिए, इन लोगों का हाल सुन लूं तो कहूंगी। (उन दोनों की तरफ देखकर) हां, तब क्या हुआ?

उसने फिर यों कहना शुरू किया–

"थोड़ी ही देर में चमेला वहां से उठी और एक तरफ को रवाना हुई, हम दोनों भी उसके पीछे-पीछे चले और सुबह की सुफेदी निकलना ही चाहती थी कि उस कब्रिस्तान के पास पहुंच गए जो तहखाने में जाने का दरवाजा है। हम दोनों एक आड़ की जगह में छिप रहे और तमाशा देखने लगे, उसी समय माधवी और तिलोत्तमा भी वहां आ पहुंचीं। तीनों में धीरे-धीरे कुछ बातें होने लगीं जिसे दूर होने के सबब मैं बिलकुल न सुन सका, आखिर वे तीनों तहखाने में घुस गईं और पहरों गुजर जाने पर भी बाहर न निकलीं, हम दोनों यह निश्चय कर चुके थे कि जब तक वे तहखाने से न निकलेंगी, यहां से न टलेंगे। सबेरा हो गया बल्कि धीरे-धीरे तीन पहर दिन बीत गया। आखिर हम दोनों तहखाने में घुसने के इरादे से कब्रिस्तान में

गए। वहां पहुंचकर हमारे साथी ने कहा, "आखिर हम लोग दिन-भर परेशान हो ही चुके हैं, अब शाम हो लेने दो, तो तहखाने में चलें।" मैंने भी यही मुनासिब समझा और हम दोनों आदमी वहां से लौटना ही चाहते थे कि तहखाने का दरवाजा खुला और चमेला दिखाई पड़ी, हम दोनों को भी चमेला ने देखा और पहचाना, मगर उसको ठहरने या कुछ कहने का साहस न हुआ। वह कुछ परेशान मालूम होती थी और खून से भरा हुआ एक छुरा उसके हाथ में था। हम दोनों ने भी उसको कुछ टोकना मुनासिब न समझा और यह विचार कर कि शायद कोई और भी इस तहखाने से निकले, एक कब्र की आड़ में छिपकर बिचली कब्र, अर्थात्, तहखाने के दरवाज़े की तरफ देखने लगे। चमेला हम लोगों के देखते-देखते भाग गई और थोड़ी देर तक सन्नाटा रहा।

"थोड़ी देर बाद हम लोगों ने दूरसे राजा बीरेन्द्रसिंह के ऐयार पण्डित बद्रीनाथ को आते देखा। वह तहखाने के दरवाजे पर पहुंचे ही थे कि अन्दर से तिलोत्तमा निकली और पण्डित बद्रीनाथ ने उसे गिरफ्तार कर लिया। इसके बाद ही एक बूढ़ा आदमी तहखाने से निकला और पण्डित बद्रीनाथ से बातें करने लगा। हम लोगों को कुछ-कुछ वे बातें सुनाई देती थीं। इतना मालूम हो गया कि तहखाने के अन्दर खून हुआ है और इन दोनों ने तिलोत्तमा को दोषी ठहराया है, मगर हम लोगों ने खून से भरा हुआ छुरा हाथ में लिये चमेला को देखा था, इसलिए विश्वास था कि अगर तहखाने में कोई खून हुआ है तो जरूर चमेला के ही हाथ से हुआ, तिलोत्तमा निर्दोष है।

"पण्डित बद्रीनाथ और वह बूढ़ा आदमी तिलोत्तमा को लेकर फिर तहखाने में घुस गए। हम लोगों ने भी वहां अटकना मुनासिब न समझा और थोड़ी ही देर बाद हम लोग भी तहखाने में घुस गए तथा तहखाने की पचासों कोठरियों में घूमने और देखने लगे कि कहां क्या होता है। बद्रीनाथ थोड़ी ही देर बाद तहखाने के बाहर निकल गए और हम लोगों ने तिलोत्तमा को एक खम्भे के साथ बंधे हुए पाया। हम्मामवाली कोठरी में माधवी को पड़े हुए पाकर, हम लोग बड़े खुश हुए और उसे उठाकर ले भागे, फिर न मालूम, पीछे क्या हुआ और किस पर क्या गुजरी।"[1]

कमलिनी–ताज्जुब नहीं कि वहां के दस्तूर के मुताबिक तिलोत्तमा की बलि दे दी गई हो!

एक–जो हो।

इतने ही में नीचे से एक लौंडी दौड़ी हुई आई और हाथ जोड़कर कमलिनी से बोली, "तारा आ गई, तालाब के बाहर खड़ी है!"

---

1. यहां पर तो पाठक समझ ही गए होंगे कि तहखाने में बड़ी मूरत के सामने जिस औरत की बलि दी गई थी, वह माधवी की ऐयारा तिलोत्तमा थी और माधवी की लाश को ले भागने वाले ये ही दोनों कमलिनी के नौकर थे।

तारा के आने की खबर सुनकर कमलिनी बहुत खुश हुई और खुशी के मारे कुंअर इन्द्रजीतसिंह की घबड़ाहट का तो ठिकाना ही न रहा, क्योंकि तारा ही की जुबानी रोहतासगढ़ का हाल और बेचारी किशोरी की खबर सुननेवाले थे और इसी के बाद कमलिनी का असल भेद उन्हें मालूम होने को था।

कमलिनी–(कुमार की तरफ देखकर) जिस तरह इन दोनों आदमियों को मैं तालाब से बाहर लाई हूं, उसी तरह तारा को भी लाना पड़ेगा।

कुमार–हां-हां, उसे बहुत जल्द लाओ, मैं भी तुम्हारे साथ चलता हूं।

कमलिनी–आप क्यों तकलीफ करते हैं। बैठिए, मैं उसे अभी लाती हूं। (दोनों आदमियों की तरफ देखकर) चलो, तुम दोनों को भी तालाब के बाहर पहुंचा दूं।

लाचार कुमार उसी जगह बैठे रहे। उन दोनों आदमियों को साथ लेकर कमलिनी वहां से चली गई तथा थोड़ी देर में तारा को लेकर आ पहुंची। कुंअर इन्द्रजीतसिंह को देखकर तारा चौंकी और बोली–

तारा–क्या कुमार यहां विराज रहे हैं?

कमलिनी–हां, कई दिनों से यहां हैं और तुम्हारी राह देख रहे हैं। तुम्हारी जुबानी रोहतासगढ़ और किशोरी तथा लाली और कुन्दन का असल भेद और हाल सुनने के लिए बड़े बेचैन हो रहे हैं। आओ, मेरे पास बैठ जाओ और कहो, क्या हाल है?

तारा–(ऊंची सांस लेकर) अफसोस, मैं इस समय बैठ नहीं सकती और न कुछ वहां का हाल ही कह सकती हूं, क्योंकि हम लोगों का यह समय बड़ा ही अमूल्य तहै। कुमार को यहां देख मैं बहुत खुश हुई, अब वह काम बखूबी निकल जाएगा! (कुमार की तरफ देखकर) बेचारी किशोरी इस समय बड़े ही संकट में पड़ी हुई है। अगर आप उनकी जान बचाना चाहते हैं तो इस समय मुझसे कुछ न पूछिए, बस तुरन्त खड़े होइए और जहां मैं चलती हूं, चले चलिए, हां यदि बन पड़ा तो रास्ते में मैं वहां का हाल आपसे कहूंगी। (कमलिनी की तरफ देखकर) आप भी चलिए और कुछ आदमी अपने साथ लेती चलिए, मगर सब कोई घोड़े पर सवार और लड़ाई के सामान से दुरुस्त रहें।

कमलिनी–ऐसा ही होगा।

कुमार–(खड़े होकर) मैं तैयार हूं।

तीनों आदमी छत के नीचे उतरे और तारा के कहे मुताबिक कार्रवाई की गई।

सुबह की सुफेदी आसमान पर निकलना ही चाहती है। आओ, देखो, हमारा बहादुर नौजवान कुंअर इन्द्रजीतसिंह किस ठाठ से मुश्की घोड़े पर सवार मैदान की तरफ घोड़ा फेंके चला जा रहा है और उसकी पेटी से लटकती हुई जड़ाऊ नयाम (म्यान) की तलवार किस तरह उछल-उछलकर घोड़े के पेट में थपकियां मार रही है, मानो उसकी चाल की तेजी पर शाबाशी दे रही है। कुमार के आगे-आगे घोड़े पर सवार तारा जा रही है, कुमार के पीछे सब्ज घोड़े पर कमलिनी सवार है और घोड़े की तेजी को बढ़ाकर कुमार के बराबर हुआ चाहती है। उसके पीछे दस दिलावर और

बहादुर सवार घोड़ा फेंके चले जा रहे हैं और इस जंगली मैदान के सन्नाटे को घोड़ों के टापों की आवाज से तोड़ रहे हैं।

चौथा बयान

हम ऊपर लिख आए हैं कि देवीसिंह को साथ लेकर शेरसिंह कुंअर इन्द्रजीतसिंह को छुड़ाने के लिए रोहतासगढ़ से रवाना हुए। शेरसिंह इस बात को तो जानते थे कि कुंअर इन्द्रजीतसिंह फलां जगह हैं परन्तु उन्हें तालाब के गुप्त भेदों की कुछ भी खबर न थी। राह में आपस में बातचीत होने लगी।

देवी–लाली का भेद कुछ मालूम न हुआ।

शेर–अफसोस, उसके और कुन्दन के बारे में मुझसे बड़ी भारी भूल हुई, ऐसा धोखा खाया कि शर्म के मारे कुछ कह नहीं सकता।

देवी–इसमें शर्म की क्या बात है ऐसा कोई ऐयार दुनिया में न होगा जिसने कभी धोखा न खाया हो, हम लोग कभी धोखा देते हैं, कभी स्वयं धोखे में आ जाते हैं, फिर इसका अफसोस कहां तक किया जाए!

शेर–आपका कहना बहुत ठीक है, खैर, इस बारे में मैंने जो कुछ मालूम किया है, उसे कहता हूं! यद्यपि थोड़े दिनों तक मैंने रोहतासगढ़ से अपना सम्बन्ध छोड़ दिया था, तथापि मैं कभी-कभी वहां जाया करता और गुप्त राहों से महल के अन्दर जाकर वहां की खबर भी लिया करता था। जब किशोरी वहां फंस गई तो अपनी भतीजी कमला के कहने से मैं वहां दूसरे-तीसरे बराबर जाने लगा। लाली और कुन्दन को मैंने महल में देखा, यह न मालूम हुआ कि ये दोनों कौन हैं। बहुत कुछ पता लगाया मगर कुछ काम न चला, परन्तु कुन्दन के चेहरे पर जब मैं गौर करता तो मुझे शक होता कि वह सरला है।

देवी–सरला कौन?

शेर–वही सरला जिसे तुम्हारी चम्पा ने चेली बनाकर रखा था और जो उस समय चम्पा के साथ थी, जब उसने एक खोह के अन्दर माधवी के ऐयार की लाश काटी थी।

देवी–हां वह छोकरी, मुझे अब याद आया, मालूम नहीं कि आजकल वह कहां है। खैर, तब क्या हुआ? तुमने समझा कि वह सरला है मगर उस खोह का और लाश काटने का हाल तुम्हें कैसे मालूम हुआ?

शेर–वह हाल स्वयं सरला ने कहा था, वह मेरे आपसवालों में से है, इत्तिफाक से एक दिन मुझसे मिलने के लिए रोहतासगढ़ आई थी, तब सब हाल मैंने सुना था, मगर मुझे यह नहीं मालूम कि आजकल कहां है।

देवी–अच्छा, तब क्या हुआ?

शेर—एक दिन यही भेद खोलने की नीयत से मैं रात के समय रोहतासगढ़ महल के अन्दर गया और छिपकर सरला के सामने जाकर बोला, "मैं पहचान गया कि तू सरला है, फिर तू अपना भेद मुझसे क्यों छिपाती है?" इसके जवाब में कुन्दन ने पूछा, "तुम कौन हो?"

मैं—शेरसिंह।

सरला—मुझे जब तक निश्चय न हो कि तुम शेरसिंह ही हो, मैं अपना भेद कैसे कहूं?

मैं—क्या तू मुझे नहीं पहचानती?

सरला—क्या जाने कोई ऐयार सूरत बदलके आया हो, अगर तुम पहचान गए कि मैं सरला हूं तो कोई ऐसी छिपी हुई बात कहो जो मैंने तुमसे कही हो।

इसके जवाब में मैं वही खोहवाला अर्थात् लाश काटनेवाला किस्सा कह गया और अन्त में मैं बोला कि यह हाल स्वयं तूने मुझसे बयान किया था।

उस किस्से को सुनकर कुन्दन हंसी और बोली, "हां, अब मैं समझ गई। मैं चम्पा के हुक्म से यहां का हाल-चाल लेने आई थी और अब किशोरी को छुड़ाने की फिक्र में हूं, मगर लाली मेरे काम में बाधा डालती है। कोई ऐसी तरकीब बताइए जिसमें लाली मुझसे दबे और डरे।"

मैं उस समय यह कहकर वहां से चला आया कि अच्छा, सोचकर इसका जवाब दूंगा।

देवी—तब क्या हुआ?

शेर—मैं वहां से रवाना हुआ और पहाड़ी के नीचे उतरते समय एक विचित्र बात मेरे देखने और सुनने में आई।

देवी—वह क्या?

शेर—जब मैं अंधेरी रात में पहाड़ी के नीचे उतर रहा था तो जंगल में मालूम हुआ कि दो-तीन आदमी जो पगडण्डी के पास ही हैं, आपस में बातें कर रहे हैं। मैं पैर दबाता हुआ उनके पास गया और छिपकर बातें सुनने लगा, मगर उस समय उनकी बातें समाप्त हो चुकी थीं, केवल एक आखिरी बात सुनने में आई।

देवी—फिर क्या हुआ?

शेर—एक ने कहा—'भरसक तो लाली और कुन्दन दोनों उन्हीं में से हैं, नहीं तो लाली तो जरूर इन्द्रजीतसिंह की दुश्मन है! मगर इसकी पहचान तो सहज ही में हो सकती है। केवल 'किसी के खून से लिखी हुई किताब' और 'आंचल पर गुलामी की दस्तावेज' इन दोनों जुमलों से अगर वह डर जाए, तो हम समझ जाएंगे कि बीरेन्द्रसिंह की दुश्मन है। खैर, बूझा जाएगा, पहले महल में जाने का मौका भी तो मिले।' इसके बाद और कुछ सुनने में न आया और वे लोग उठकर न मालूम कहां चले गए। दूसरे दिन मैं फिर कुन्दन के पास गया और उससे बोला कि "तू लाली के सामने 'किसी

के खून से लिखी हुई किताब' और 'आंचल पर गुलामी की दस्तावेज' का जिक्र करके देख, क्या होता है!''

देवी–फिर क्या हुआ?

शेर–तीन-चार दिन बाद जब मैं कुन्दन के पास गया तो उसकी जुबानी मालूम हुआ कि कुन्दन के मुंह से वे बातें सुनकर लाली बहुत डरी और उसने कुन्दन का मुकाबला करना छोड़ दिया। मगर मुझे थोड़े ही दिनों में मालूम हो गया कि कुन्दन सरला न थी, उसने मुझे धोखा दिया और चालाकी से मेरी जुबानी कई भेद मालूम करके अपना काम निकाल लिया। मुझे इस बात की बड़ी शर्म है कि मैंने अपने दुश्मन को दोस्त समझा और धोखा खाया।

देवी–अकसर ऐसा धोखा हो जाया करता है। खैर, लाली तो अभी हम लोगों की कैद ही में है, कहीं जाती नहीं, रही कुन्दन, सो इन्द्रजीतसिंह को लेकर लौटने पर कोई तरकीब ऐसी जरूर निकाली जाएगी, जिसमें बाकी लोगों का असल हाल मालूम हो।

इसी तरह की बातें करते हुए दोनों ऐयार चलते गए। रात को एक जगह दो-तीन घण्टे आराम किया और फिर चल पड़े। सबेरा होते-होते एक ऐसी जगह पहुंचे जहां एक छोटा-सा टीला ऐसा था, जिस पर चढ़ने से दूर-दूर तक की जमीन दिखाई देती थी तथा वहां से कमलिनी का तालाबवाला मकान भी बहुत दूर न था। दोनों ऐयार उस टीले पर चढ़ गए और मैदान की तरफ देखने लगे। यकायक शेरसिंह ने चौंककर कहा, ''अहा, हम लोग क्या अच्छे मौके पर आए हैं! देखो, वह कुंअर इन्द्रजीतसिंह और वह औरत, जिसने उन्हें फंसा रखा है, घोड़े पंर सवार इसी तरफ चले आ रहे हैं!''

देवी–हां, ठीक तो है, उनके साथ और भी कई सवार हैं।

शेर–मालूम होता है, उस औरत ने उन्हें अच्छी तरह अपने वश में कर लिया है। बेचारे इन्द्रजीतसिंह क्या जानें कि यह उनकी दुश्मन है। चाहे जो हो, इस समय इन लोगों को आगे न बढ़ने देना चाहिए।

देवी–सबके आगे एक औरत घोड़े पर सवार आ रही है। मालूम होता है कि उन लोगों को रास्ता दिखानेवाली यही है।

शेर–बेशक, ऐसा ही है, तभी तो सब कोई उसके पीछे-पीछे चल रहे हैं। पहले उसी को रोकना चाहिए, मगर घोड़ों की चाल बहुत तेज है।

देवी–कोई हर्ज नहीं, हम दोनों आदमी घोड़े की राह पर अड़कर खड़े हो जाएं और अपने को घोड़े से बचाने के लिए मुस्तैद रहें, अच्छी नस्ल का घोड़ा यकायक आदमी के ऊपर टाप न रखेगा, वह लोगों को राह में देख जरूर अड़ेगा या झिझकेगा, बस, उसी समय घोड़े की बाग थाम लेंगे।

दोनों ऐयारों ने बहुत जल्द अपनी राय ठीक कर ली और दोनों आदमी एक साथ

घोड़ों की राह में अड़के खड़े हो गए। बात-की-बात में वे लोग भी आ पहुंचे। तारा का घोड़ा रास्ते में आदमियों को खड़ा देखकर झिझका और आड़ देकर बगल की तरफ घूमना चाहा, उसी समय देवीसिंह ने फुर्ती से लगाम पकड़ ली। इस समय तारा का घोड़ा लाचार रुक गया और उसके पीछे आनेवालों को भी रुकना पड़ा। कुंअर इन्द्रजीतसिंह शेरसिंह को तो नहीं जानते थे, मगर देवीसिंह को उन्होंने पहचान लिया और समझ गए कि ये लोग मेरी ही खोज में घूम रहे हैं। आखिर वे देवीसिंह के पास आए और बोले–

कुमार–यद्यपि आप सब काम मेरी भलाई ही के लिए करते होंगे, परन्तु इस समय हम लोगों को रोका सो अच्छा न किया।

देवी–क्या मामला है, कुछ कहिए तो?

कुमार–(जल्दी में घबड़ाए हुए ढंग से) बेचारी किशोरी एक आफत में फंसी हुई है, उसी को बचाने जा रहे हैं।

देवी–किस आफत में फंसी है?

कुमार–इतना कहने का मौका नहीं है।

देवी–यह औरत आपको अवश्य धोखा देगी जिसके साथ आप जा रहे हैं।

कुमार–ऐसा नहीं हो सकता, यह बड़ी ही नेक और मेरी हमदर्द है।

इतना सुनते ही कमलिनी आगे बढ़ आई और देवीसिंह से बोली–

"मैं खूब जानती हूं कि आप लोगों को मेरी तरफ से शक है, तथापि मुझे कहना ही पड़ता है कि इस समय आप हम लोगों को न रोकें, नहीं तो पछताना पड़ेगा। यदि आप लोगों को मेरी और कुमार की बात का विश्वास न हो तो मेरे सवारों में से दो आदमी घोड़ों पर से उतर पड़ते हैं, उनके बदले में आप दोनों आदमी घोड़ों पर सवार होकर साथ चलें और देख लें कि हम आपके खैरख्वाह हैं या बदख्वाह।"

देवी–हां, बेशक यह अच्छी बात है और मैं इसे मंजूर करता हूं।

कमलिनी के इशारा करते ही दो सवारों ने घोड़ों की पीठें खाली कर दीं। उनके बदले में देवीसिंह और शेरसिंह सवार हो गए और फिर उसी तरह सफर शुरू हुआ। इस समय कुछ-कुछ सूरज निकल चुका था और सुनहरी धूप ऊंचे पेड़ों के ऊपरवाले हिस्सों पर फैल चुकी थी।

आधे घण्टे और सफर करने के बाद वे लोग उस जगह पहुंचे जहां धनपति ने किशोरी को जलाकर खाक कर डालने के लिए चिता तैयार की थी और जहां से दीवान अग्निदत्त लड़-भिड़कर किशोरी को ले गया था। इस समय भी वह चिता कुछ बिगड़ी हुई सूरत में तैयार थी और इधर-उधर बहुत-सी लाशें पड़ी हुई थीं, उस जगह पहुंचकर तारा ने घोड़ा रोका और इसके साथ ही सब लोग रुक गए तारा ने कमलिनी की तरफ देखकर कहा–

तारा–बस, इसी जगह मैं आप लोगों को लानेवाली थी, क्योंकि इसी जगह

धनपति के बहुत-से आदमी मौजूद थे और यहीं वह किशोरी को लेकर आनेवाली थी। (लाशों की तरफ देखकर) मालूम होता है, यहां बहुत खून-खराबा हुआ है!

कमलिनी–तूने कैसे जाना कि किशोरी को लेकर धनपति इसी जगह आनेवाली थी और धनपति को तूने कहां छोड़ा था?

तारा–रात के समय छिपकर धनपति के आदमियों की बात मैंने सुनी थी जिससे बहुत-कुछ हाल मालूम हुआ था और धनपति को मैंने उसी खोह के मुहाने पर छोड़ा था जो रोहतासगढ़ तहखाने से बाहर निकलने का रास्ता है और जहां सलई के दो पेड़ लगे हैं। उस समय बेहोश किशोरी धनपति के कब्जे में थी और धनपति के कई आदमी भी वहां मौजूद थे। उन लोगों की बातें सुनने से मुझे विश्वास हो गया था कि वे लोग किशोरी को लिये हुए इसी जगह आवेंगे। (एक लाश की तरफ देखके और चौंकके) देखिए, पहचानिए।

कमलिनी–बेशक यह धनपति का नौकर है। (और लाशों को भी अच्छी तरह देखकर) बेशक धनपति यहां तक आई थी, पर किसी से लड़ाई हो गई, जो इन लाशों को देखने से जाना जाता है, मगर इनमें बहुत-सी लाशें ऐसी हैं जिन्हें मैं नहीं पहचानती। न मालूम इस लड़ाई का क्या नतीजा हुआ, धनपति गिरफ्तार हो गई या भाग गई, और किशोरी किसके कब्जे में पड़ गई! (कुमार की तरफ देखकर) शायद आपके सिपाही या ऐयार लोग यहां आए हों?

कुमार–नहीं। (देवीसिंह की तरफ देखकर) आप क्या खयाल करते हैं?

देवी–खयाल तो मैं बहुत-कुछ करता हूं, इसका हाल कहां तक पूछिएगा, मगर इन लाशों में हमारे तरफवालों की कोई लाश नहीं है जिससे मालूम हो कि वे लोग यहां आए होंगे।

सब लोग इधर-उधर घूमने और लाशों को देखने लगे। यकायक देवीसिंह एक ऐसी लाश के पास पहुंचे जिसमें जान बाकी थी और वह धीरे-धीरे कराह रहा था। उसके बदन में कई जगह जख्म लगे हुए थे और कपड़े खून से तर थे। देवीसिंह ने कुमार की तरफ देखके कहा, "इसमें जान बाकी है, अगर बच जाए और कुछ बातचीत कर सके, तो बहुत-कुछ हाल मालूम होगा।"

कई आदमी उस लाश के पास आ मौजूद हुए और उसे होश में लाने की फिक्र करने लगे। उसके जख्मों पर पट्टी बांधी गई और ताकत देनेवाली दवा भी पिलाई गई। घोड़े नंगी पीठ करके दम लेने, हरारत मिटाने और चरने के लिए लम्बी बागडोरों से बांधकर छोड़ दिए गए।

आधे घण्टे बाद उस आदमी को होश आया और उसने कुछ बोलने का इरादा किया, मगर जैसे ही उसकी निगाह कमलिनी पर पड़ी, वह कांप उठा और उसके चेहरे पर मुर्दनी छा गई। उसके दिल का हाल कमलिनी समझ गई और उसके पास जाकर मुलायम आवाज में बोली, "बांकेसिंह, डरो मत, मैं वादा करती हूं कि तुम्हें

किसी तरह की तकलीफ न दूंगी। हां, होश में आओ और मेरी बात का जवाब दो।"

कमलिनी की बात सुनकर उसके चेहरे की रंगत बदल गई, डर की निशानी जाती रही, और यह भी जाना गया कि वह कमलिनी की बातों का जवाब देने के लिए तैयार है।

कमलिनी—किशोरी को लेकर धनपति यहां आई थी?

बांके—(सिर हिलाकर धीरे से) हां, मगर...

कमलिनी—मगर क्या?

बांके—उसने किशोरी को जला देना चाहा था, मगर एकाएक अग्निदत्त और उसके साथी लोग आ पहुंचे और लड़-भिड़कर किशोरी को ले गए। हम लोग उन्हीं के हाथ से जख्मी...

बांकेसिंह ने इतनी बातें धीरे-धीरे रुक-रुककर कहीं, क्योंकि जख्मों से ज्यादे खून निकल जाने के कारण वह बहुत ही कमजोर हो रहा था, यहां तक कि बात पूरी न कर सका और गश में आ गया। इन लोगों ने उसे होश में लाने के लिए बहुत-कुछ उद्योग किया मगर दो घण्टे तक होश न आया। इस बीच में देवीसिंह ने उसे कई दफे दवा पिलाई।

देवी—इसमें कोई शक नहीं कि यह बच जाएगा।

शेर—(देवीसिंह की तरफ देखकर) हमने (कमलिनी की तरफ इशारा करके) इनके बारे में भी धोखा खाया, वास्तव में यह कुमार के साथ नेकी कर रही हैं।

देवी—बेशक यह कुमार की दोस्त हैं, मगर तुमने इनके बारे में कई बातें ऐसी कही थीं कि अब भी...

कुमार—नहीं-नहीं, देवीसिंहजी, मैं इन्हें अच्छी तरह आजमा चुका हूं; सच तो यों है कि इन्हीं की बदौलत आज आप लोगों ने मेरी सूरत देखी।

इसके बाद कुमार ने शुरू से अपना पूरा किस्सा देवीसिंह से कह सुनाया और कमलिनी की बड़ी तारीफ की।

कमलिनी—आप लोगों ने मेरे बारे में बहुत-सी बातें सुनी होंगी और वास्तव में मैंने जो-जो काम किए हैं वे, ऐसे नहीं कि कोई मुझ पर विश्वास कर सके। हां, जब आप लोग मेरा असल भेद जान जाएंगे तो अवश्य कहेंगे कि तुम्हारे हाथ से कभी कोई बुरा काम नहीं हुआ। अभी कुमार को भी मेरा हाल मालूम नहीं, समय मिलने पर मैं अपना विचित्र हाल आप लोगों से कहूंगी और उस समय आप लोग कहेंगे कि बेशक शेरसिंह और उनकी भतीजी कमला ने मेरे बारे में धोखा खाया।

शेर—(ताज्जुब में आकर) आप मुझे और मेरी भतीजी कमला को क्योंकर जानती हैं?

कमलिनी—मैं आप लोगों को बहुत अच्छी तरह जानती हूं; हां, आप लोग मुझे नहीं जानते और जब तक मैं स्वयं अपना हाल न कहूं, जान भी नहीं सकते।

इसके बाद कुमार ने देवीसिंह से शेरसिंह का हाल पूछा और उन्होंने सब हाल

कहा। इसी समय उस जख्मी ने आंखें खोलीं और पीने के लिए पानी मांगा, जिसका इलाज ये लोग कर रहे थे।

अबकी दफे बांकेसिंह अच्छी तरह होश में आया और कमलिनी के पूछने पर उसने इस तरह बयान किया–

"इसमें कोई सन्देह नहीं कि अग्निदत्त किशोरी को ले गया क्योंकि मैं उसे बखूबी पहचानता हूं, मगर यह नहीं मालूम कि किशोरी की तरह धनपति भी उसके पंजे में फंस गई या निकल भागी, क्योंकि लड़ाई खतम होने के पहले ही मैं जख्मी होकर गिर पड़ा था। मैं जानता था कि अग्निदत्त बहुत-से बदमाशों और लुटेरों के साथ यहां से थोड़ी दूर एक पहाड़ी पर रहता है और इसी सबब से धनपति को मैंने कहा भी था कि इस जगह आपका अटकना मुनासिब नहीं, मगर होनहार को क्या किया जाए। (हाथ जोड़कर) महारानी, न मालूम क्यों आपने हम लोगों को त्याग दिया? आज तक इसका ठीक पता हम लोगों को न लगा।"

बांकेसिंह की आखिरी बात का जवाब कमलिनी ने कुछ न दिया और उससे उस पहाड़ी का पूरा पता पूछा, जहां अग्निदत्त रहता था। बांकेसिंह ने अच्छी तरह वहां का पता दिया। कमलिनी ने अपने सवारों में से एक को बांकेसिंह के पास छोड़ा और बाकी सभों को साथ ले वहां से रवाना हुई। इस समय कुंअर इन्द्रजीतसिंह की क्या अवस्था थी इसे अच्छी तरह समझना जरा कठिन था। कमलिनी की नेकी, किशोरी की दशा, इश्क की खिंचाखिंची और अग्निदत्त की कार्रवाई के सोच-विचार में ऐसे मग्न हुए कि थोड़ी देर के लिए तन-बदन की सुध भुला दी, केवल इतना जानते रहे कि कमलिनी के पीछे-पीछे किसी काम के लिए कहीं जा रहे हैं। सूर्य अस्त होने के बाद ये लोग उस पहाड़ी के नीचे पहुंचे जिस पर अग्निदत्त रहता था और जहां खोह के अन्दर किशोरी की अन्तिम अवस्था ऊपर के बयान में लिख आए हैं।

इन लोगों का दिल इस समय ऐसा न था कि इस पहाड़ी के नीचे पहुंचकर किसी जरूरी काम के लिए भी कुछ देर तक अटकते। घोड़ों को पेड़ों से बांध तुरत चढ़ने लगे और बात-की-बात में पहाड़ी के ऊपर जा पहुंचे। सबसे पहले जिस चीज पर इन लोगों की निगाह पड़ी, वह एक लाश थी जिसे इन लोगों में से कोई भी नहीं पहचानता था और इसके बाद भी बहुत-सी लाशें देखने में आईं, जिससे इन लोगों का दिल छोटा हो गया और सोचने लगे कि देखें, किशोरी से मुलाकात होती है या नहीं।

इस पहाड़ी के ऊपर एक छोटी-सी मढ़ी बनी हुई थी जिसमें बीस-पच्चीस आदमी रह सकते थे और इसी के बगल में एक गुफा थी जो बहुत लम्बी और अंधेरी थी। पाठक, यह वही गुफा थी जिसमें बेचारी किशोरी दुष्ट अग्निदत्त के हाथ से बेबस होकर जमीन पर गिर पड़ी थी।

इस पहाड़ी के ऊपर बहुत-सी लाशें पड़ी हुई थीं, किसी का सिर कटा हुआ था, किसी का तलवार ने जनेवा काट गिराया था, कोई कमर से दो टुकड़े था, किसी का

हाथ कटकर अलग हो गया था, किसी के पेट को खंजर ने फाड़ डाला था और आंतें बाहर निकल पड़ी थीं, मगर किसी जीते आदमी का नाम-निशान वहां न था। ऐसी अवस्था देखकर कुंअर इन्द्रजीतसिंह बहुत घबड़ाए और उन्हें किसी के मिलने से नाउम्मीदी हो गई। ऐयारों ने बटुए से सामान निकालकर बत्ती जलाई और खोह के अन्दर घुसकर देखा तो वहां भी एक लाश के सिवाय और कुछ न दिखाई पड़ा। निगाह पड़ते ही देवीसिंह ने पहचान लिया कि यह अग्निदत्त की लाश है। एक खंजर उसके कलेजे में अभी तक चुभा हुआ मौजूद था, केवल उसका कब्जा बाहर था और दिखाई दे रहा था, उसके पास ही एक लपेटा हुआ कागज पड़ा था। देवीसिंह ने वह कागज उठा लिया और दोनों ऐयार उस लाश को बाहर लाए।

सभों ने अग्निदत्त की लाश को देखा और ताज्जुब किया।

शेर–इस हरामजादे को इसके कुकर्मों की सजा न मालूम किसने दी!

कमलिनी–हाय, इस कमबख्त की बदौलत बेचारी किशोरी पर न मालूम क्या-क्या आफतें आईं और अब वह कहां या किस अवस्था में है!

देवी–(चीठी दिखाकर) इसकी लाश के पास यह चीठी भी मिली है, शायद इससे कुछ पता चले।

कमलिनी–हां-हां, इसे पढ़ो तो सही, देखें, क्या लिखा है।

सभों का ध्यान उस चीठी पर गया। कुंअर इन्द्रजीतसिंह ने वह चीठी देवीसिंह के हाथ से ले ली और पढ़कर सभी को सुनाई। यह लिखा था–

"आखिर हरामजादी किशोरी मेरे हाथ लगी! इसमें कोई शक नहीं कि अब यह अपने किए का फल भोगेगी। इसकी शैतानी ने मुझे जीते-जी मार ही डाला था, मगर मैंने भी पीछा न छोड़ा। कमबख्त अग्निदत्त की क्या हकीकत थी जो मेरे हाथ से अपनी जान बचा ले जाता। मैं उन लोगों को ललकारता हूं, जो अपने को बहादुर, दिलेर और राजा मानते हैं! कहां हैं बीरेन्द्रसिंह, इन्द्रजीतसिंह और आनन्दसिंह, जो अपनी बहादुरी का दावा रखते हैं? आवें और मेरा चरण छूकर माफी मांगें। कहां हैं उनके ऐयार, जो अपने को विधाता ही समझ बैठे हैं? आवें और मेरे ऐयारों के सामने सिर झुकावें। मुझे विश्वास है कि उन लोगों में से कोई-न-कोई किशोरी को खोजता यहां जरूर आवेगा और इसलिए मैं यह चीठी लिखकर यहां रखे जाता हूं कि ऊपर लिखे व्यक्ति या उनके साथी और मददगार लोग, चाहे जो कोई भी हों, अपनी-अपनी जान बचावें, क्योंकि उनकी मौत आ चुकी है और अब वे लोग मेरे हाथ से किसी तरह बच नहीं सकते। कोई यह न कहे कि मैं छिपकर अपना काम करता हूं और किसी को अपनी सूरत नहीं दिखाता। जिसको मेरी सूरत देखनी हो मेरे घर चला आवे, मगर होशियार रहे क्योंकि मेरे सामने आनेवाले की भी वही दशा होगी जो यहां वालों की हुई। लो, मैं अपना पता भी बताए देता हूं, जिसको आना हो, मेरे पास चला आवे। यहां से पांच कोस पूरब एक नाला है उसी के किनारे दक्खिन रुख दो कोस तक

चले जाने के बाद मेरा मकान दिखाई पड़ेगा।

—बहादुरों का दादागुरु।"

इस चीठी ने सभों को अपने आपे से बाहर कर दिया। मारे क्रोध के कुंअर इन्द्रजीतसिंह की आंखें कबूतर के खून की तरह सुर्ख हो गईं। देवीसिंह और शेरसिंह दांत पीसने लगे।

कुमार—चाहे जो हो, मगर इस हरामजादे से मुकाबला किए बिना मैं किसी तरह आराम नहीं कर सकता।

देवी—बेशक इसको इस ढिठाई की सजा दी जाएगी।

कुमार—अब यहां ठहरना व्यर्थ है, चलकर उसे ढूंढ़ना चाहिए।

कमलिनी—बेशक, उसने बड़ी बेअदबी की है, उसे जरूर सजा देनी चाहिए। मगर आप लोग बुद्धिमान हैं, मुझे विश्वास है कि बिना समझे-बूझे किसी काम में जल्दी न करेंगे।

कुमार—ऐसे समय में विलम्ब करना अपनी बहादुरी में बट्टा लगाना है।

कमलिनी—आप इस समय क्रोध में हैं इसलिए ऐसा कहते हैं, नहीं तो आप स्वयं पहले किसी ऐयार को भेजना मुनासिब समझते। इतनी बड़ी शेखी के साथ पत्र लिखनेवाले को मैं सच्चा नहीं समझ सकती। खुल्लमखुल्ला आप लोगों का मुकाबला करना हंसी-खेल है? क्या यह केवल उन्हीं आदमियों का काम है जो दगाबाज नहीं, बल्कि सच्चे बहादुर हैं? कभी नहीं, कभी नहीं, बेशक वह कोई बेईमान और हरामजादा आदमी है। इसके अतिरिक्त आप जरा इस रात के समय और अपने घोड़ों की हालत पर तो ध्यान दीजिए कि अब वे एक कदम भी चलने लायक नहीं रहे।

यद्यपि कुमार और उनके ऐयार इस समय बड़े क्रोध में थे परन्तु कमलिनी की सच्ची हमदर्दी के साथ मीठी-मीठी बातों ने उन्हें ठंडा किया और इस लायक बनाया कि वे नेक और बद को सोच सकें। कमलिनी के आदमियों के साथ और ऐयारों के बटुए में बहुत-कुछ खाने का सामान था। पहाड़ी के नीचे एक छोटा-सा चश्मा बह रहा था, वहां से जल मंगवाया गया और सभों ने कुछ खाकर जल पीया, इसके बाद फिर सोचने लगे कि अब क्या करना चाहिए।

देवी—जिस मकान का इस चीठी में पता दिया गया है यदि वहां न जाना चाहिए तो यहां रहना भी मुनासिब नहीं, क्योंकि वे दगाबाज लोग इस जगह से भी बेफिक्र न होंगे। मेरी राय तो यही है कि शेरसिंह के साथ कुमार विजयगढ़ जाएं और मैं उस मकान की खोज में जाकर देखूं कि वहां क्या है।

कमलिनी—आपका कहना बहुत ठीक है, मैं भी यही मुनासिब समझती हूं, इस बीच में मुझे भी दो-एक दुश्मनों का पता लगा लेने का मौका मिलेगा, क्योंकि जहां तक मैं समझती हूं, यह एक ऐसे आदमी का काम है जिसे सिवाय मेरे आप लोग

नहीं जानते और न इस समय उसका नाम आप लोगों के सामने लेना ही मैं मुनासिब समझती हूं।

कुमार–क्या नाम बताने में कोई हर्ज है?

कमलिनी–बेशक हर्ज है। हां, यदि मेरा गुमान ठीक निकला तो अवश्य उन लोगों का नाम बताऊंगी और पता भी दूंगी।

कुमार–खैर, मगर जो कुछ राय आप लोगों ने दी है उसके अनुसार चलने में तो कई दिन व्यर्थ लग जाएंगे, इसलिए मेरी राय कुछ दूसरी ही है।

देवी–वह क्या?

कुमार–मैं खुद आपके साथ उस मकान की तरफ चलता हूं जिसका पता इस चीठी में दिया गया है। यदि केवल उस मकान के अन्दर रहनेवाले हमारे दुश्मन हैं तो हिम्मत हारने की कोई जरूरत नहीं, इसी समय उन्हें जीतकर किशोरी को छुड़ा लाऊंगा, और यदि उन लोगों के पास फौज होगी तो जरूर मकान के बाहर टिकी हुई होगी जिसका पता लगाना कुछ कठिन न होगा। उस समय जो कुछ आप लोग राय देंगे, किया जाएगा।

इसी तरह की बातचीत करने में पहर रात बीत गई। आखिर वही निश्चय ठहरा जो कुमार ने सोचा था, अर्थात् इसी समय सब कोई उस मकान की तरफ जाने के लिए मुस्तैद हुए और पहाड़ी के नीचे उतर आए। पेड़ों के साथ बागडोर से बंधे हुए घोड़े वहीं पर चर रहे थे जो अपने सवारों को देखकर हिनहिनाने लगे, जिससे जाना गया कि वे इस समय फिर सफर को तैयार हैं और पहर-भर चरने और आराम करने से उनकी थकावट कम हो चुकी है। सब लोग घोड़ों पर सवार होकर वहां से रवाना हुए।

जो कुछ उस चीठी में लिखा था, वह ठीक मालूम होने लगा, अर्थात् पूरब में पांच कोस चले जाने के बाद एक नाला मिला और उसी के किनारे-किनारे दो कोस दक्खिन जाने के बाद एक मकान की सुफेदी दिखाई पड़ी। मालूम होता था कि यह मकान अभी नया बना है या आज-ही-कल में इसके ऊपर चूना फेरा गया है। रात दो पहर से ज्यादे जा चुकी थी, चन्द्रमा अपनी पूर्ण कला से आकाश के बीच में दिखाई दे रहे थे, शीतल किरणें चारों तरफ फैली हुई थीं और मालूम होता था कि जमीन पर चांदी का पत्र जड़ा हुआ है। ये लोग घना जंगल पीछे छोड़ आए थे और इस जगह पेड़ बहुत कम और छोटे-छोटे थे, उस मकान के चारों तरफ दो सौ बिगहे के लगभग साफ मैदान था।

अच्छी तरह जांच करने और खयाल दौड़ाने से मालूम हो गया कि इस जगह पर फौज नहीं है और न लड़ाई का कुछ सामान ही है, अगर कुछ है तो उसी मकान के अन्दर होगा। आखिर थोड़ी देर तक सोच-विचार कर ये लोग मकान के पास पहुंचे।

यह मकान बहुत बड़ा न था, लगभग पचास गज के लम्बा और इसी कदर चौड़ा होगा। इसकी ऊंचाई भी पैंतीस गज से ज्यादे न होगी। चारों तरफ की दीवारें साफ थीं, न तो किसी तरफ कोई दरवाजा था और न कोई खिड़की। ये लोग चारों तरफ घूमे, मगर अन्दर जाने का रास्ता न मिला, आखिर सब लोग घोड़ों पर से उतरकर एक तरफ खड़े हो गए देवीसिंह ने कमन्द फेंका और उसके सहारे से दीवार पर चढ़कर देखना चाहा कि अन्दर क्या है।

ऊपर की दीवार बहुत चौड़ी थी। सभों ने देखा कि देवीसिंह दीवार पर खड़े होकर अन्दर की तरफ बड़े गौर से देख रहे हैं। यकायक देवीसिंह खिलखिलाकर हंसे और बिना कुछ कहे उस मकान के अन्दर कूद पड़े।

यह देख सभों को ताज्जुब हुआ। कमलिनी ने तारा के कान में कुछ कहा जिसके जवाब में उसने सिर हिला दिया। थोड़ी देर तक देवीसिंह की राह देखी गई, आखिर उसी कमन्द के सहारे शेरसिंह चढ़ गए और उनकी भी वही अवस्था देखने में आई अर्थात् कुछ देर तक गौर से देखने के बाद देवीसिंह की तरह हंसकर शेरसिंह भी उस मकान के अन्दर कूद गए।

अब तो कुमार के आश्चर्य की कोई हद न रही। वे ताज्जुब में आकर सोचने लगे कि यह क्या मामला है और इस मकान के अन्दर क्या है जिसे देख दोनों ऐयारों ने ऐसा किया? "जो हो, अब मैं भी ऊपर चढूंगा और देखूंगा कि क्या है!" कहकर कुमार भी उसी कमन्द के सहारे ऊपर चढ़ने को तैयार हुए, मगर कमलिनी ने हाथ पकड़ लिया और कहा, "ऐसा नहीं हो सकता, अभी हमारे कई आदमी मौजूद हैं, पहले इन्हें जा लेने दीजिए।" लाचार कुमार को रुकना पड़ा। कमलिनी ने अपने उन सवारों की तरफ देखा जो उसके साथ आए थे और कहा, "तुम लोगों नें से एक आदमी ऊपर जाकर देखो कि क्या है?"

हुक्म पाकर उसी कमन्द के सहारे एक आदमी ऊपर गया और उसकी भी वही दशा हुई, दूसरा गया वह भी कूद पड़ा, फिर तीसरा गया वह भी न लौटा, यहां तक कि कमलिनी के कुल आदमी इसी तरह उस मकान के अन्दर जा दाखिल हुए। कमलिनी ने बहुत रोका और मना किया मगर कुमार ने उसकी बात पर ध्यान न दिया। वे भी उसी कमन्द के सहारे ऊपर चढ़ गए और अपने साथियों की तरह गौर से थोड़ी देर तक देखने के बाद हंसते हुए मकान के अन्दर कूद पड़े।

अब सबेरा हो गया, आसमान पर पूरब की तरफ सूर्य की लालिमा दिखाई देने लगी, कमलिनी ने हंसकर अपनी ऐयारा तारा की तरफ देखा, वह गर्दन हिलाकर हंसी और बोली, "चलिए, अब देर करने की कोई जरूरत नहीं।"

बाकी घोड़े उसी तरह उसी जगह छोड़ दिए गए दो घोड़ों पर कमलिनी और तारा सवार हुईं और हंसती हुई एक तरफ को चली गईं।

पांचवां बयान

अब हम फिर रोहतासगढ़ की तरफ मुड़ते हैं और वहां राजा बीरेन्द्रसिंह के ऊपर जो-जो आफतें आईं, उन्हें लिखकर इस किस्से के बहुत से भेद, जो अभी तक छिपे पड़े हैं, खोलते हैं। हम ऊपर लिख आए हैं कि रोहतासगढ़ फतह करने के बाद बीरेन्द्रसिंह वगैरह उसी किले में जाकर मेहमान हुए, वहीं एक छोटी-सी कमेटी की गई तथा उसी समय कुंअर इन्द्रजीतसिंह का पता लगाने और उन्हें ले आने के लिए शेरसिंह और देवीसिंह रवाना किए गए।

उन दोनों के चले जाने के बाद यह राय ठहरी कि यहां का हाल-चाल और रोहतासगढ़ के फतह होने का समाचार महाराज सुरेन्द्रसिंह के पास चुनारगढ़ भेजना चाहिए। यद्यपि यह खबर उन्हें पहुंच गई होगी तथापि किसी ऐयार को वहां भेजना मुनासिब है और इस काम के लिए भैरोसिंह चुने गए। राजा बीरेन्द्रसिंह ने अपने हाथ से पिता को पत्र लिखा और भैरोसिंह को तलब करके चुनारगढ़ जाने के लिए कहा।

भैरो–मैं चुनारगढ़ जाने के लिए तो तैयार हूं परन्तु दो बातों की हवस जी में रह जाएगी।

बीरेन्द्र–वह क्या?

भैरो–एक तो फतह की खुशी का इनाम बंटने के समय मैं न रहूंगा, इसका...

बीरेन्द्र–यह हवस तो अभी पूरी हो जाएगी, दूसरी क्या है?

तेज–यह लड़का बहुत ही लालची है, यह नहीं सोचता कि यदि मैं न रहूंगा तो मेरे बदले का इनाम मेरे पिता तो पावेंगे!

भैरो–(हाथ जोड़कर और तेजसिंह की तरफ देखकर) यह उम्मीद तो हुई है, परन्तु इस समय मैं आपसे भी कुछ इनाम लिया चाहता हूं।

बीरेन्द्र–अवश्य ऐसा होना चाहिए, क्योंकि तुम्हारे लिए हम और ये एक समान हैं।

तेज–आप और भी शह दीजिए जिसमें यदि और कुछ न मिल सके तो मेरा ऐयारी का बटुआ ही ले ले।

भैरो–मेरे लिए वही बहुत है।

बीरेन्द्र–दो, अब सस्ते में छूटते हो, बटुआ देने में उज्र न करो।

तेज–जब आप ही इसकी मदद पर हैं तो लाचार होकर देना ही पड़ेगा।

राजा बीरेन्द्रसिंह ने अपना खास सन्दूक मंगाया और उसमें से एक जड़ाऊ डिब्बा जिसके अन्दर न मालूम क्या चीज थी, निकाल, बिना खोले, भैरोसिंह को दे दिया। भैरोसिंह ने इनाम पाकर सलाम किया और अपने पिता तेजसिंह की तरफ देखा, उन्हें भी लाचार होकर ऐयारी का बटुआ, जिसे वे हरदम अपने पास रखते थे, भैरोसिंह के हवाले करना ही पड़ा।

राजा बीरेन्द्रसिंह ने भैरोसिंह से कहा, “इनाम तो तुम पा चुके, अब बताओ, तुम्हारी दूसरी हवस क्या है, जो पूरी की जाए?”

भैरो–मेरे जाने के बाद आप यहां के तहखाने की सैर करेंगे। अफसोस यही है कि इसका आनन्द मुझे कुछ भी न मिलेगा।

बीरेन्द्र–खैर, इसके लिए भी हम वादा करते हैं कि जब तुम चुनारगढ़ से लौट आओगे, तब यहां के तहखाने की सैर करेंगे, मगर जहां तक हो सके, तुम जल्द लौटना।

भैरोसिंह सलाम करके विदा हुए, मगर दो-ही-चार कदम आगे बढ़े थे कि तेजसिंह ने पुकारा और कहा, “सुनो-सुनो! बटुए में से एक चीज मुझे ले लेने दो, क्योंकि वह मेरे ही काम की है।”

भैरो–(लौटकर और बटुआ तेजसिंह के सामने रखकर) बस, अब मैं यह बटुआ न लूंगा, जिसके लोभ से मैंने बटुआ लिया, जब वही आप निकाल लेंगे तो इसमें रह क्या जाएगा?

बीरेन्द्र–नहीं जी, ले जाओ, अब तेजसिंह उसमें से कोई चीज न निकालने पाएंगे, जो चीज यह निकालना चाहते हैं, तुम भी उस चीज को रखने योग्य पात्र हो!

भैरोसिंह ने खुश होकर बटुआ उठा लिया और सलाम करने के बाद तेजी के साथ वहां से रवाना हो गए।

पाठक तो समझ ही गए होंगे कि इस बटुए में कौन-सी ऐसी चीज थी जिसके लिए इतनी खिंचा-खिची हुई! खैर, शक मिटाने के लिए हम उस भेद को खोल ही देना मुनासिब समझते हैं। इस बटुए में वे ही तिलिस्मी फूल थे जो चुनारगढ़ के इलाके में तिलिस्म के अन्दर से तेजसिंह के हाथ लगे थे और जिन्हें किसी प्राचीन वैद्य ने बड़ी मेहनत से तैयार किया था।

अब हम भैरोसिंह के चले जाने के बाद तीसरे दिन का हाल लिखते हैं। दिग्विजयसिंह अपने कमरे में मसहरी पर लेटा-लेटा न मालूम क्या-क्या सोच रहा है, रात आधी से ज्यादे जा चुकी है, मगर अभी तक उसकी आंखों में नींद नहीं है, दरवाजे की तरफ मुंह किए हुए मालूम होता है, किसी के आने की राह देख रहा है क्योंकि किसी तरह की जरा-सी भी आहट आने पर चौंक जाता है और चैतन्य होकर दरवाजे की तरफ देखने लगता है। यकायक चौखट के अन्दर पैर रखते हुए, एक वृद्ध बाबाजी की सूरत दिखाई पड़ी। उनकी अवस्था अस्सी वर्ष से ज्यादे होगी, नाभी तक लम्बी दाढ़ी और सिर के फैले हुए बाल रूई की तरह सुफेद हो रहे थे! कमर में केवल एक कौपीन पहने और शेर की खाल ओढ़े वे कमरे के अन्दर आ पहुंचे। उन्हें देखते ही राजा दिग्विजयसिंह उठ खड़े हुए और मुस्कुराते हुए दण्डवत करके बोले, “आज बहुत दिनों के बाद दर्शन हुए हैं, समय टल जाने पर सोचता था कि शायद आज आना न हो!”

बाबाजी ने आशीर्वाद देकर कहा–"राह में एक आदमी से मुलाकात हो गई, इसी से विलम्ब हुआ।"

इस समय कमरे में एक सिंहासन मौजूद था। दिग्विजयसिंह ने उसी सिंहासन पर साधू को बिठाया और स्वयं नीचे फर्श पर बैठ गया, इसके बाद यों बातचीत होने लगी–

साधु–कहो, क्या निश्चय किया?

दिग्विजय–(हाथ जोड़कर) किस विषय में?

साधु–यही, बीरेन्द्रसिंह के विषय में।

दिग्विजय–सिवाय ताबेदारी कबूल करने के और कर ही क्या सकता हूं?

साधु–सुना है, तुम उन्हें तहखाने की सैर कराना चाहते हो? क्या यह बात सच है?

दिग्विजय–मैं उन्हें रोक ही क्योंकर सकता हूं?

साधु–ऐसा कभी नहीं होना चाहिए। तुम्हें मेरी बातों का विश्वास है कि नहीं?

दिग्विजय–विश्वास क्यों न होगा? आपको मैं गुरु के समान मानता हूं और आज तक जो कुछ मैंने किया, आप ही की सलाह से किया।

साधु–केवल यही आखिरी काम बिना मुझसे राय लिए किया सो उसमें यहां तक धोखा खाया कि राज्य से हाथ धो बैठे!

दिग्विजय–बेशक ऐसा ही हुआ, खैर, अब जो आज्ञा हो, किया जाए।

साधु–मैं नहीं चाहता कि तुम बीरेन्द्रसिंह के ताबेदार बनो, इस समय वे तुम्हारे कब्जे में हैं और तुम उन्हें हर तरह से कैद कर सकते हो।

दिग्विजय–(कुछ सोचकर) जैसी आज्ञा, परन्तु मेरा लड़का अभी तक उनके कब्जे में है।

साधु–उसे यहां लाने के लिए बीरेन्द्रसिंह का आदमी जा ही चुका है, बीरेन्द्रसिंह वगैरह के गिरफ्तार होने की खबर जब तक चुनार पहुंचेगी, उसके पहले ही कुमार वहां से रवाना हो जाएगा। फिर वह उन लोगों के कब्जे में नहीं फंस सकता, उसको ले आना, मेरा जिम्मा।

दिग्विजय–हर एक बात को विचार लीजिए, मैं आज्ञानुसार चलने को तैयार हूं।

इसके बाद घण्टे-भर तक साधु महाराज और राजा दिग्विजयसिंह में बातें होती रहीं जिसे यहां लिखने की कोई आवश्यकता नहीं है। पहर-रात रहे बाबाजी वहां से विदा हुए।

उसके दूसरे ही दिन राजा बीरेन्द्रसिंह को खबर मिली कि लाली का पता नहीं लगता, न मालूम वह किस तरह कैद से निकलकर भाग गई, उसका पता लगाने के लिए कई जासूस चारों तरफ रवाना किए गए।

अब महाराज दिग्विजयसिंह की नीयत खराब हो गई और वे इस बात पर उतारू हो गए कि राजा बीरेन्द्रसिंह, उनके लड़के और दोस्तों को गिरफ्तार कर लेना चाहिए, खाली गिरफ्तार नहीं, मार डालना चाहिए।

राजा बीरेन्द्रसिंह तहखाने में जाकर वहां का हाल देखना और जानना चाहते थे, मगर दिग्विजयसिंह हीले-हवाले में दिन काटने लगा। आखिर यह निश्चय हुआ कि कल तहखाने में अवश्य चलना चाहिए। उसी दिन रात को दिग्विजयसिंह ने राजा बीरेन्द्रसिंह की फिर ज्याफत की और खाने की चीजों में बेहोशी की दवा मिलाने का हुक्म अपने ऐयार रामानन्द को दिया। बेचारे राजा बीरेन्द्रसिंह इन बातों से बिलकुल बेखबर थे और उनके ऐयारों को भी ऐसी उम्मीद न थी, आखिर नतीजा यह हुआ कि रात को भोजन करने के बाद सभी पर दवा ने असर किया। उस समय तेजसिंह चौंके और समझ गए कि दिग्विजयसिंह ने दगा दिया, मगर अब क्या हो सकता था? थोड़ी देर बाद राजा बीरेन्द्रसिंह, कुंअर आनन्दसिंह, तेजसिंह, पण्डित बद्रीनाथ, ज्योतिषीजी और तारासिंह वगैरह बेहोश होकर जमीन पर लेट गए और बात-की-बात में हथकड़ियों और बेड़ियों से बेबस कर उसी तिलिस्मी तहखाने में कैद कर दिए गए। उस तहखाने से बाहर निकलने के लिए जो दो रास्ते थे, उनका हाल पाठक जान ही गए हैं, क्योंकि ऊपर उसका बहुत-कुछ हाल लिखा जा चुका है। उन दोनों रास्तों में से एक रास्ता, जिससे हमारे ऐयार लोग और कुंअर आनन्दसिंह गए थे, बखूबी बन्द कर दिया गया, मगर दूसरा रास्ता, जिधर से कुन्दन (धनपति) किशोरी को लेकर निकल गई थी, ज्यों का त्यों रहा क्योंकि उसकी खबर राजा दिग्विजयसिंह को न थी, उस रास्ते का हाल वह कुछ भी न जानता था।

राजा बीरेन्द्र उनके लड़के और साथी लोग जब कैदखाने में भेज दिए गए। उस समय राजा बीरेन्द्रसिंह के थोड़े से फौजी आदमी, जो उनके साथ किले में आ चुके, यह दगाबाजी देखकर जान देने के लिए तैयार हो गए। उन्होंने राजा दिग्विजयसिंह के बहुत से आदमियों को मारा और जब तक जीते रहे, मालिक के नमक का ध्यान उनके दिल में बना रहा, पर आखिर कहां तक लड़ सकते थे! शेष में सब-के-सब बहादुरी के साथ लड़कर बैकुण्ठ चले गए। राजा दिग्विजयसिंह ने किले का फाटक बन्द करवा दिया, सफीलों पर तोपें चढ़वा दीं और राजा बीरेन्द्रसिंह के लश्कर से, जो पहाड़ के नीचे था, लड़ाई का हुक्म दे दिया। राजा बीरेन्द्रसिंह के लश्कर में दो सरदार मौजूद थे जो अभी तक रोहतासगढ़ में नहीं आए थे, एक नाहरसिंह और दूसरे फतहसिंह, ये दोनों सेनापति थे।

पाठक, देखिए, जमाने ने कैसा पलटा खाया! किशोरी की धुन में कुंअर इन्द्रजीतसिंह अपने दो ऐयारों के साथ ऐसी जगह जा फंसे कि उनका पता लगना भी मुश्किल है, इधर राजा बीरेन्द्रसिंह वगैरह की यह दशा हुई, अगर भैरोसिंह चीठी लेकर चुनार न भेज दिए गए होते तो वह भी फंस जाते। आप भूले न होंगे कि

रामनारायण और चुन्नीलाल चुनारगढ़ में हैं और पन्नालाल को राजा बीरेन्द्रसिंह गयाजी में छोड़ आए हैं, राजगृही भी उन्हीं के सुपुर्द है, वे किसी तरह वहां से टल नहीं सकते, क्योंकि वह शहर नया फतह हुआ है और वहां एक सरदार का हरदम बने रहना बहुत ही मुनासिब है।

जिस समय रोहतासगढ़ किले से तोप की आवाज आई, दोनों सेनापति बहुत घबराए और पता लगाने के लिए जासूसों को किले में भेजा, मगर उनके लौट आने पर दिग्विजयसिंह की दगाबाजी का हाल दोनों सेनापतियों को मालूम हो गया, उन्होंने उसी समय इस हाल की चीठी लिख दो सवार चुनारगढ़ रवाना किए और इसके बाद सोचने लगे कि अब क्या करना चाहिए।

छठवां बयान

आज बहुत दिनों के बाद हम कमला को आधी रात के समय रोहतासगढ़ पहाड़ी के ऊपर पूरब की तरफवाले जंगल में घूमते देख रहे हैं। यहां से किले की दीवार बहुत दूर और ऊंचे पर है। कमला न मालूम किस फिक्र में है या क्या ढूंढ़ रही है। यद्यपि रात चांदनी थी, परन्तु ऊंचे-ऊंचे और घने पेड़ों के कारण जंगल में एक प्रकार से अन्धकार ही था। घूमते-घूमते कमला के कानों में किसी के पैर की आहट मालूम हुई, वह रुकी और एक पेड़ की आड़ में खड़ी होकर दाहिनी तरफ देखने लगी, जिधर से आहट मिली थी। दस-पन्द्रह कदम की दूरी से दो आदमी जाते हुए दिखाई पड़े, बात और चाल से दोनों औरतें मालूम पड़ीं। कमला भी पैर दबाए और अपने को हर तरफ से छिपाए, उन्हीं दोनों के पीछे-पीछे धीरे-धीरे रवाना हुई। लगभग आध कोस जाने के बाद ऐसी जगह पहुंची, जहां पेड़ बहुत कम थे, बल्कि उसे एक प्रकार से मैदान ही कहना चाहिए। थोड़ी-थोड़ी दूर पर पत्थर के बड़े-बड़े अनगढ़ ढोंके पड़े हुए थे जिनकी आड़ में कई आदमी छिप सकते थे। सघन पेड़ों की आड़ में से निकलकर मैदान में कई कदम जाने के बाद वे दोनों अपने ऊपर से स्याह चादर उतारकर एक पत्थर की चट्टान पर बैठ गईं। कमला ने भी अपने को बड़ी चालाकी से उन दोनों के करीब पहुंचाया और एक पत्थर की आड़ में छिपकर उन दोनों की बातचीत सुनना चाही। चन्द्रमा अपनी पूर्ण किरणों से उदय हो रहे थे और निर्मल चांदनी इस समय अपना पूरा जोबन दिखा रही थी, हर एक चीज अच्छी तरह और साफ नजर आती थी। जब वे दोनों औरतें चादर उतारकर पत्थर की चट्टान पर बैठ गईं, तब कमला ने उनकी सूरत देखी। बेशक, वे दोनों नौजवान औरतें थीं जिनमें से एक तो बहुत ही हसीन थी और दूसरी के विषय में कह सकते हैं कि शायद उसकी लौंडी या ऐयारा हो।

कमला बड़े गौर से उन दोनों औरतों की तरफ देख रही थी कि इतने ही में सामने से एक लम्बे कद का आदमी आता हुआ दिखाई पड़ा जिसे देख कमला चौंकी और उस समय तो कमला का कलेजा बेहिसाब धड़कने लगा, जब वह आदमी उन दोनों औरतों के पास आकर खड़ा हो गया और उनसे डपटकर बोला, "तुम दोनों कौन हो?" उस आदमी का चेहरा चन्द्रमा के सामने था, विमल चांदनी उसके नक्शे को अच्छी तरह दिखा रही थी, इसलिए कमला ने उसे तुरन्त पहचान लिया और उसे विश्वास हो गया कि वह लम्बे कद का आदमी वही है जो खण्डहरवाले तहखाने के अन्दर शेरसिंह से मिलने गया था और जिसे देख, उनकी अजब हालत हो गई थी तथा जिद करने पर भी उन्होंने न बताया कि यह आदमी कौन है।

कमला ने अपने धड़कते हुए कलेजे को बाएं हाथ से दबाया और गौर से देखने लगी कि अब क्या होता है। यद्यपि कमला उन दोनों औरतों से बहुत दूर न थी और इस रात के सन्नाटे में उनकी बातचीत बखूबी सुन सकती थी, तथापि उसने अपने को बड़ी सावधानी से उस तरफ लगाया और सुनना चाहा कि दोनों औरतों और लम्बे व्यक्ति में क्या बातचीत होती है।

उस आदमी के डपटते ही ये दोनों औरतें चैतन्य होकर खड़ी हो गईं और उनमें से एक ने, जो सरदार मालूम होती थी, जवाब दिया–

औरत–(अपनी कमर से खंजर निकालकर) हम लोग अपना परिचय नहीं दे सकतीं और न हमें यही पूछने से मतलब है कि तुम कौन हो?

आदमी–(हंसकर) क्या तू समझती है कि मैं तुझे नहीं पहचानता? मुझे खूब मालूम है कि तेरा नाम गौहर है, मैं तेरी सात पुश्त को जानता हूं, मगर आजमाने के लिए पूछता था कि देखूं, तू अपना सच्चा हाल मुझे कहती है या नहीं! क्या कोई अपने को भूतनाथ से छिपा सकता है?

'भूतनाथ' नाम सुनते ही वह औरत घबरा गई, डर से बदन कांपने लगा और खंजर उसके हाथ से गिर पड़ा। उसने मुश्किल से अपने को सम्हाला और हाथ जोड़कर बोली, "बेशक मेरा नाम गौहर है, मगर..."

भूतनाथ–तू यहां क्यों घूम रही है? शायद इस फिक्र में है कि इस किले में पहुंचकर आनन्दसिंह से अपना बदला ले!

गौहर–(डरी हुई आवाज से) जी हां।

भूतनाथ–पहले भी तो तू उन्हें फंसा चुकी थी, मगर उनका ऐयार देवीसिंह उन्हें छुड़ा ले गया। हां, तेरी छोटी बहिन कहां है?

गौहर–वह तो गया की रानी माधवी के हाथ से मारी गई।

भूतनाथ–कब?

गौहर–जब वह इन्द्रजीतसिंह को फंसाने के लिए चुनारगढ़ के जंगल में गई थी तो मैं अपनी छोटी बहिन को साथ लेकर आनन्दसिंह की धुन में उसी जंगल में

गई हुई थी। दुष्टा माधवी ने व्यर्थ ही मेरी बहिन को मार डाला। जब वह जंगल काटा गया तो बीरेन्द्रसिंह के आदमी उसकी लाश उठाकर चुनार ले गए थे, मगर (अपनी साथिन की तरफ इशारा करके) बड़ी चालाकी से यह ऐयारा उस लाश को वहां से उठा लाई थी।[1]

भूतनाथ—हां ठीक है, अच्छा तो तू इस किले में घुसा चाहती है और आनन्दसिंह की जान लिया चाहती है?

गौहर—यदि आप अप्रसन्न न हों तो।

भूतनाथ—मैं क्यों अप्रसन्न होने लगा? मुझे क्या गरज पड़ी है कि मना करूं। जो तेरा जी चाहे कर। अच्छा, अब मैं जाता हूं लेकिन एक दफे फिर तुझसे मिलूंगा।

वह आदमी तुरत चला गया और देखते-देखते नजरों से गायब हो गया। इसके बाद उन दोनों औरतों में बातचीत होने लगी।

गौहर—गिल्लन, इसकी सूरत देखते ही मेरी जान निकल गई थी। न मालूम, यह कमबख्त इस वक्त कहां से आ गया।

गिल्लन—तुम्हारी तो बात ही दूसरी है, मैं ऐयारा होकर अपने को सम्हाल न सकी। देखो, अभी तक कलेजा धड़-धड़ करता है।

गौहर—मुझको तो यही डर लगा हुआ था कि कहीं वह मुझे आनन्दसिंह से बदला लेने के बारे में मना न करे।

गिल्लन—सो तो उसने न किया, मगर एक दफे मिलने के लिए कह गया है, अच्छा, अब यहां ठहरना मुनासिब नहीं।

वे दोनों औरतें, अर्थात् गौहर तथा गिल्लन, वहां से चली गईं और कमला ने भी एक तरफ का रास्ता लिया। दो घण्टे के बाद कमला उस कब्रिस्तान में पहुंची जो रोहतासगढ़ के तहखाने में आने-जाने का रास्ता था। इस समय चन्द्रमा अस्त हो चुका था और कब्रिस्तान में भी सन्नाटा था। कमला बीचवाली कब्र के पास गई और तहखाने में जाने के लिए दरवाजा खोलने लगी, मगर खुल न सका। आधे घण्टे तक वह इसी फिक्र में लगी रही, पर कोई काम न चला, लाचार उठ खड़ी हुई और कब्रिस्तान के बाहर की तरफ चली। फाटक के पास पहुंचते ही वह अटकी, क्योंकि सामने की तरफ थोड़ी ही दूर पर कोई चमकती हुई चीज उसे दिखाई पड़ी, जो इसी तरफ बढ़ी आ रही थी। आगे जाने पर मालूम हुआ कि यह बिजली की तरह चमकने वाली चीज एक नेजा है, जो किसी औरत के हाथ में है। वह नेजा कभी तेजी के साथ चमकता है और इस सबब से दूर-दूर तक चीजें दिखाई भी देती हैं और कभी उसकी चमक बिलकुल ही जाती रहती है और यह भी नहीं मालूम होता है कि नेजा या नेजे को हाथ में रखनेवाली औरत कहां है। थोड़ी देर में वह औरत इस कब्रिस्तान के बहुत पास आ गई और नेजे की चमक ने कमला को उस औरत की सूरत-शक्ल

---

1. देखिए, चन्द्रकान्ता-सन्तति, पहला भाग, चौथा बयान।

अच्छी तरह दिखा दी। उस औरत का रंग स्याह था, सूरत डरावनी और बड़े-बड़े दो-तीन दांत मुंह के बाहर निकले हुए थे। काली साड़ी पहने हुए वह औरत पूरी राक्षसी मालूम होती थी। यद्यपि कमला ऐयारा और बहुत दिलेर थी मगर इसकी सूरत देखते ही थर-थर कांपने लगी। उसने चाहा कि कब्रिस्तान के बाहर निकलकर भाग जाए मगर वह इतना डर गई थी कि पैर न उठा सकी। देखते-ही-देखते वह भयंकर मूर्ति कमला के सामने आकर खड़ी हो गई और कमला को डर के मारे कांपते देखकर बोली, ''डर मत, होश ठिकाने कर, और जो कुछ मैं कहती हूं, उसे ध्यान देकर सुन!''

सातवां बयान

रोहतासगढ़ फतह होने की खबर लेकर भैरोसिंह चुनार पहुंचे और उसके दो ही तीन दिन बाद राजा दिग्विजयसिंह की बेईमानी की खबर लेकर कई सवार भी जा पहुंचे। इस समाचार के पहुंचते ही चुनारगढ़ में खलबली पड़ गई। फौज के साथ-ही-साथ रिआया भी राजा बीरेन्द्रसिंह और उनके खानदान को दिल से चाहती थी, क्योंकि उनके जमाने में अमीर-गरीब सभी खुश रहते थे! आलिम और कारीगरों की कदर की जाती थी, अदना-से-अदना भी अपनी फरियाद राजा के कान तक पहुंचा सकता था, उद्योगियों और व्यापारियों को दरबार से मदद मिलती थी, ऐयार और जासूस लोग छिपे-छिपे रिआया के दुःख-सुख का हाल मालूम करते और राजा को हर तरह की खबर पहुंचाते थे। शादी-ब्याह में इज्जत के माफिक हर एक को मदद मिलती थी और इसी से रिआया भी तन-मन-धन से राजा की मदद के लिए तैयार रहती थी। राजा बीरेन्द्रसिंह कैद हो गए इस खबर को सुनते ही रिआया जोश में आ गई और इस फिक्र में हुई कि जिस तरह हो, राजा को छुड़ाना चाहिए।

रोहतासगढ़ के बारे में क्या करना चाहिए और दुश्मनों पर क्योंकर फतह पानी चाहिए, यह सब सोचने-विचारने के पहले महाराज सुरेन्द्रसिंह और जीतसिंह ने भैरोसिंह, रामनारायण और चुन्नीलाल को हुक्म दिया कि तुम लोग तुरन्त रोहतासगढ़ जाओ और जिस तरह हो सके अपने को किले के अंदर पहुंचाकर राजा बीरेन्द्रसिंह को रिहा करो, हम दोनों में से भी कोई आदमी मदद लेकर शीघ्र पहुंचेगा।

हुक्म पाते ही तीनों ऐयार तेज और मजबूत घोड़ों पर सवार हो रोहतासगढ़ की तरफ रवाना हुए और दूसरे दिन शाम को अपनी फौज में पहुंचे। राजा बीरेन्द्रसिंह की आधी फौज अर्थात् पच्चीस हजार फौज तो पहाड़ी के नीचे किले के दरवाजे की तरफ खड़ी हुई थी और बाकी आधी फौज पहाड़ी के चारों तरफ इसलिए फैला दी गई थी कि राजा दिग्विजयसिंह को बाहर से किसी तरह की मदद न पहुंचने पाए।

पांच-पांच, सात-सात सौ बहादुरों को लेकर नाहरसिंह कई दफे उस पहाड़ी पर चढ़ा और किले के दरवाजे तक पहुंचना चाहा, मगर किले के बुर्जों पर से आए हुए तोप के गोलों ने उन्हें वहां तक न पहुंचने दिया और हर दफे लौटना पड़ा। जाहिर में तो वे लोग सामने की तरफ अड़े हुए थे और घड़ी-घड़ी हमला करते थे, मगर नाहरसिंह के हुक्म से पांच-पांच, सात-सात करके जंगल-ही-जंगल रात के समय छिपे हुए रास्तों से बहुत से सिपाही, जासूस और सुरंग खोदनेवाले पहाड़ पर चढ़ गए थे तथा बराबर चढ़े चले जाते थे और उम्मीद पाई जाती थी कि दो-ही-तीन दिन में हजार-दो-हजार आदमी पहाड़ के ऊपर हो जाएंगे। तब नाहरसिंह छिपकर अकेला पहाड़ पर चढ़ जाएगा और अपने आदमियों को बटोरकर किले के दरवाजे पर हमला करेगा। पहाड़ पर पहुंचकर सुरंग खोदनेवाले सुरंग खोदकर बारूद के जोर से किले का फाटक तोड़ने की धुन में लगे हुए थे और इन बातों की खबर राजा दिग्विजयसिंह को बिलकुल न थी।

भैरोसिंह ने पहुंचकर यह सब हाल सुना और खुश होकर सेनापतियों की तारीफ की तथा कहा कि यद्यपि पहाड़ के ऊपर का घना जंगल ऐसा बेढब है कि मुसाफिरों को जल्दी रास्ता नहीं मिल सकता, तथापि हमारे आदमी यदि ऊंचाई की तरफ ध्यान न देकर चढ़ना शुरू करेंगे तो लुढ़कते-पुढ़कते किले के पास पहुंच ही जाएंगे खैर, आप लोग जिस काम में लगे हैं, लगे रहिए। हम तीनों ऐयार पहाड़ पर जाते हैं और किसी तरह किले के अन्दर पहुंचने का बन्दोबस्त करते हैं।

पहर रात बीत गई थी जब भैरोसिंह, रामनारायण और चुन्नीलाल पहाड़ी के ऊपर चढ़ने लगे। भैरोसिंह कई दफे उस पहाड़ी पर जा चुके थे और उस जंगल में अच्छी तरह घूम चुके थे, इसलिए इन्हें भूलने और धोखा खाने का डर न था। ये लोग बेधड़क पहाड़ पर चले गए और रोहतासगढ़ के रास्तेवाले कब्रिस्तान में ठीक उस समय पहुंचे, जिस समय कमला धड़कते हुए कलेजे के साथ उस राक्षसी के सामने खड़ी थी जिसके हाथ में बिजली की तरह चमकता हुआ नेजा था। जिस समय वह नेजा चमकता था, देखनेवाले की आंखें चौंधिया जाती थीं। भैरोसिंह ने दूर से चमकते हुए नेजे को देखा जिसे देखकर दोनों साथी ऐयार भी डरकर खड़े हो गए। भैरोसिंह चाहते थे कि जब वह औरत वहां से चली जाए, तो कब्रिस्तान में जाएं, मगर वे ऐसा न कर सके, क्योंकि नेजे की चमक में उन्होंने कमला की सूरत देखी जो इस समय जान से हाथ धोकर उस राक्षसी के सामने खड़ी थी।

हम ऊपर कई जगह इशारा कर आए हैं कि भैरोसिंह कमला को चाहते थे और वह भी इनसे मुहब्बत रखती थी। इस समय कमला को एक राक्षसी के सामने देख, उसकी मदद न करना भैरोसिंह से कब हो सकता था? वे लपककर कमला के पास पहुंचे। दो ऐयारों को साथ लिए भैरोसिंह को अपने पास मौजूद देखकर कमला का जी ठिकाने हुआ और उसने जल्दी से भैरोसिंह का हाथ पकड़के कहा–''खूब पहुंचे!''

भैरो–तुम यहां क्यों खड़ी हो और तुम्हारे सामने यह औरत कौन है?

कमला–मैं इसे नहीं पहचानती।

राक्षसी–मेरा हाल कमला से क्यों पूछते हो, मुझसे पूछो। इस समय तुम्हें देखकर मैं बहुत खुश हुई, मैं भी इसी फिक्र में थी कि किसी तरह भैरोसिंह से मुलाकात हो।

भैरो–तुमने मुझे क्योंकर पहचाना, क्योंकि आज तक मैंने तुम्हें कभी नहीं देखा!

इतना सुनकर वह औरत बड़ी जोर से हंसी और उसने नेजे को हिलाया। हिलाने के साथ ही नेजे में चमक पैदा हुई और उसकी डरावनी हंसी से कब्रिस्तान गूंज उठा, इसके बाद उस औरत ने कहा–

राक्षसी–ऐसा कौन है जिसे मैं नहीं पहचानती होऊं? खैर, इन बातों से कोई मतलब नहीं। यह कहो कि अपने मालिकों के छुड़ाने की क्या फिक्र कर रहे हो? दिग्विजयसिंह दो-ही-तीन दिन में तुम्हारे मालिक को मारकर निश्चिन्त हुआ चाहता है।

भैरोसिंह उस राक्षसी से बातें करने को तैयार थे, परन्तु यह नहीं जानते थे कि वह इनकी दोस्त है या दुश्मन, और उससे अपने भेदों को छिपाना चाहिए कि नहीं। यह सोच ही रहे थे कि इसकी बातों का क्या जवाब दिया जाए कि इतने में कई आदमियों के आने की आहट मालूम हुई। उस औरत ने घूमकर देखा तो चार आदमियों को इसी तरफ आते पाया। उन पर निगाह पड़ते ही वह क्रोध में आकर गरजी और नेजे को हिलाती हुई उसी तरफ लपकी। नेजे की चमक ने उन चारों की आंखें बन्द कर दीं। औरत ने बड़ी फुर्ती से उन चारों को नेजे से घायल किया। हिलाने के साथ-ही-साथ उस नेजे में गजब की चमक पैदा होती थी, मालूम होता था कि आंखों के आगे बिजली दौड़ गई। वे बेचारे देख भी न सके कि उनको मारनेवाला कौन है या कहां पर है। मालूम होता है कि वह नेजा जहर में बुझाया हुआ था क्योंकि वे चारों जख्मी होकर जमीन पर ऐसे गिरे कि फिर उठने की नौबत न आई।

इस तमाशे को देखकर भैरोसिंह डरे और सोचने लगे कि इस औरत के हाथ में तो बड़ा विचित्र नेजा है। इससे तो यह बात-की-बात में सैकड़ों आदमियों का नाश कर सकती है, कहीं ऐसा न हो कि हम लोगों को भी सतावे।

उन चारों को जख्मी करने के बाद वह औरत फिर भैरोसिंह की तरफ लौटी। अब उसने अपने नेजे को आड़ा किया अर्थात् उसे इस तरह थामा कि उसका एक सिरा बाईं तरफ और दूसरा दाहिनी तरफ रहे, तब तीनों ऐयारों और कमला को नेजे का धक्का देकर एक साथ पीछे की तरफ हटाना चाहा। यह नेजा एक साथ चारों के बदन में लगा। उसके छूते ही बदन में एक तरह की झनझनाहट पैदा हुई और सब आदमी बदहवास होकर जमीन पर गिर पड़े।

जब उन चारों–अर्थात् भैरोसिंह, रामनारायण, चुन्नीलाल और कमला–की आंखें खुलीं, तो उन्होंने अपने को किले के अन्दर राजमहल के पिछवाड़े की तरफ एक दीवार की आड़ में पड़े पाया। उस समय सुबह की सुफेदी आसमान पर धीरे-धीरे अपना दखल जमा रही थी।

आठवां बयान

बहुत दिनों से कामिनी का हाल कुछ भी मालूम न हुआ, आज उसकी सुध लेना भी मुनासिब है। आपको याद होगा कि जब कामिनी को साथ लेकर कमला अपने चाचा शेरसिंह से मिलने के लिए उजाड़ खण्डहर और तहखाने में गई थी तो वहां से बिदा होते समय शेरसिंह ने कमला से कहा था कि 'कामिनी को मैं ले जाता हूं, अपने एक दोस्त के यहां रख दूंगा, जब सब तरह का फसाद मिट जाएगा तब यह भी अपनी मुराद को पहुंच जाएगी।' अब हम उसी जगह से कामिनी का हाल लिखना शुरू करते हैं।

गयाजी से थोड़ी दूर पर लालगंज नाम से मशहूर एक गांव फलगू नदी के किनारे ही पर है। उसी जगह के एक नामी जमींदार के यहां जो शेरसिंह का दोस्त था, कामिनी रखी गई थी। वह जमींदार बहुत ही नेक और रहमदिल था तथा उसने कामिनी को बड़ी हिफाजत से अपनी लड़की के समान खातिर करके रखा, मगर उस जमींदार का एक नौजवान और खूबसूरत लड़का भी था जो कामिनी पर आशिक हो गया। उसके हाव-भाव और कटाक्ष को देखकर कामिनी को उसकी नीयत का हाल मालूम हो गया। वह कुंअर आनन्दसिंह के प्रेम में अच्छी तरह रंगी हुई थी इसलिए उसे इस लड़के की चाल-ढाल बहुत ही बुरी मालूम हुई। ऐसी अवस्था में उसने अपने दिल का हाल किसी से कहना मुनासिब न समझा, बल्कि इरादा कर लिया कि जहां तक हो सके, जल्द इस मकान को छोड़ ही देना मुनासिब है और अन्त में लाचार होकर उसने ऐसा ही किया।

एक दिन मौका पाकर आधी रात के समय कामिनी उस घर से बाहर निकली और सीधे रोहतासगढ़ की तरफ रवाना हुई। इस समय वह तरह-तरह की बातें सोच रही थी। एक दफे उसके दिल में आया कि बिना कुछ सोचे-विचारे बीरेन्द्रसिंह के लश्कर में चले चलना ठीक होगा, मगर साथ ही यह भी सोचा कि यदि कोई सुनेगा तो मुझे अवश्य ही निर्लज्ज कहेगा और आनन्दसिंह की आंखों में मेरी कुछ इज्जत न रहेगी।

इसके बाद उसने सोचा कि जिस तरह हो, कमला से मुलाकात करनी चाहिए। मगर कमला से मुलाकात क्योंकर हो सकती है? न मालूम अपने काम की धुन में

वह कहां-कहां घूम रही होगी? हां, अब याद आया, जब मैं कमला के साथ शेरसिंह से मिलने के लिए उस तहखाने में गई थी, तो शेरसिंह ने उससे कहा था कि मुझसे मिलने की जब जरूरत हो तो इसी तहखाने में आना। अब मुझे भी उसी तहखाने में चलना चाहिए, वहां कमला या शेरसिंह से जरूर मुलाकात होगी और वहां दुश्मनों के हाथ से भी निश्चिन्त रहूंगी। जब तक कमला से मुलाकात न हो, वहां टिके रहने में भी कोई हर्ज नहीं है, वहां खाने के लिए जंगली फल और पीने के लिए पानी की भी कोई कमी नहीं।

इन सब बातों को सोचती हुई बेचारी कामिनी उसी तहखाने की तरफ रवाना हुई और अपने को छिपाती हुई, जंगल-ही-जंगल चलकर, तीसरे दिन पहर रात जाते-जाते वहां पहुंची। रास्ते में जंगली फल और चश्मे के पानी के सिवाय और कुछ उसे न मिला और न उसे किसी चीज की इच्छा ही थी।

वह खंहडर कैसा था और उसके अन्दर तहखाने में जाने के लिए छिपा हुआ रास्ता किस ढंग का बना हुआ था, यह पहले लिखा जा चुका है, पुनः यहां लिखने की कोई आवश्यकता नहीं। कमला या शेरसिंह से मिलने की उम्मीद में उसी खण्डहर और तहखाने को कामिनी ने अपना घर बनाया और तपस्विनियों की तरह कुंअर आनन्दसिंह के नाम की माला जपती हुई दिन बिताने लगी। बहुत-सी जरूरी चीजों के अतिरिक्त ऐयारी के सामान से भरा हुआ एक बांस का पिटारा शेरसिंह का रखा हुआ उस तहखाने में मौजूद था जो कामिनी के हाथ लगा। यद्यपि कामिनी कुछ ऐयारी भी जानती थी परन्तु इस समय उसे ऐयारी के सामान की विशेष जरूरत न थी, हां, शेरसिंह की जायदाद में से एक कुप्पी तेल कामिनी ने बेशक खर्च किया, क्योंकि चिराग जलाने की नित्य ही आवश्यकता पड़ती थी।

कमला और शेरसिंह से मिलने की उम्मीद में कामिनी ने उस तहखाने में रहना स्वीकार किया, परन्तु कई दिन बीत जाने पर भी किसी से मुलाकात न हुई। एक दिन सूरत बदलकर कामिनी तहखाने से निकली और खण्डहर के बाहर हो सोचने लगी कि किधर जाए और क्या करे। एकाएक कई आदमियों की बातचीत की आवाज उसके कानों में पड़ी और मालूम हुआ कि वे लोग आपस में बातचीत करते हुए इसी खण्डहर की तरफ आ रहे हैं। थोड़ी ही देर में चार आदमी भी दिखाई पड़े। उस समय कामिनी अपने को बचाने के लिए खण्डहर के अन्दर घुस गई और राह देखने लगी कि वे लोग आगे बढ़ जाए तो फिर निकलूं, मगर ऐसा न हुआ, क्योंकि बात-की-बात में वे चारों आदमी एक लाश उठाए हुए इसी खण्डहर के अन्दर आ पहुंचे।

इस खण्डहर में अभी तक कई कोठरियां मौजूद थीं। यद्यपि उनकी अवस्था बहुत ही खराब थी, किवाड़ के पल्ले तक उनमें न थे, जगह-जगह पर कंकड़-पत्थर-कतवार के ढेर लगे हुए थे, परन्तु मसाले की मजबूती पर ध्यान दे आंधी-पानी अथवा

तूफान में भी बहुत आदमी उन कोठरियों में रहकर अपनी जान की हिफाजत कर सकते थे। खण्डहर के चारों तरफ की दीवार यद्यपि कहीं-कहीं से टूटी थी, तथापि बहुत ही मजबूत और चौड़ी थी। कामिनी एक कोठरी में घुस गई और छिपकर देखने लगी कि वे चारों आदमी उस खण्डहर में आकर क्या करते और उस लाश को कहां रखते हैं।

लाश उठाए हुए चारों आदमी इस खण्डहर में जाकर इस तरह घूमने लगे, जैसे हर एक कोठरी, दालान बल्कि यहां की बित्ता-बित्ता भर जमीन उन लोगों की देखी हुई हो। चूने पत्थर के ढेरों में घूमते और रास्ता निकालते हुए वे लोग एक कोठरी के अन्दर घुस गए जो उस खण्डहर-भर में सब कोठरियों से छोटी थी और दो घण्टे तक बाहर न निकले। इसके बाद जब वे लोग बाहर आए तो खाली हाथ थे अर्थात् लाश न थी, शायद उस कोठरी में गाड़ या रख आए हों।

जब वे आदमी खण्डहर से बाहर हो मैदान की तरफ चले गए, बल्कि बहुत दूर निकल गए तब कामिनी भी कोठरी से बाहर निकली और चारों तरफ देखने लगी। उसे आज तक यही विश्वास था कि इस खण्डहर का हाल शेरसिंह, कमला, मेरे और उस लम्बे आदमी के सिवाय, जो शेरसिंह से मिलने के लिए यहां आया था, किसी पांचवें को मालूम नहीं है। मगर आज की कैफियत देखकर उसका खयाल बदल गया और वह तरह-तरह के सोच-विचार में पड़ गई। थोड़ी देर बाद वह उसी कोठरी की तरफ बढ़ी जिसमें वे लोग लाश छोड़ गए थे मगर उस कोठरी में ऐसा अंधकार था कि अन्दर जाने का साहस न पड़ा। आखिर अपने तहखाने में गई और शेरसिंह के पिटारे में से एक मोमबत्ती निकालकर और बालकर बाहर निकली। पहले उसने रोशनी के आगे हाथ की आड़ देकर चारों तरफ देखा और फिर उस कोठरी की तरफ रवाना हुई। जब कोठरी के दरवाजे पर पहुंची तो उसकी निगाह एक आदमी पर पड़ी जिसे देखते ही चौंकी और डरकर दो कदम पीछे हट गई, मगर उसकी होशियार आंखों ने तुरन्त पहचान लिया कि वह आदमी असल में मुर्दे से भी बढ़कर है अर्थात् पत्थर की एक खड़ी मूरत है जो सामने की दीवार के साथ चिपकी हुई है। आज के पहले इस कोठरी के अन्दर कामिनी नहीं आई थी, इसलिए वह हर एक तरफ अच्छी तरह गौर से देखने लगी परन्तु उसे इस बात का खटका बराबर लगा रहा कि कहीं वे चारों आदमी फिर न आ जाएं।

कामिनी को उम्मीद थी कि इस कोठरी के अन्दर वह लाश दिखाई देगी जिसे चारों आदमी उठाकर लाए थे, मगर कोई लाश दिखाई न पड़ी। आखिर उसने खयाल किया कि शायद वे लोग लाश की जगह मूरत को लाए हों जो सामने दीवार के साथ खड़ी है। कामिनी उस कोठरी के अन्दर घुसकर मूरत के पास जा खड़ी हुई और उसे अच्छी तरह देखने लगी। उसे बड़ा ताज्जुब हुआ जब उसने अच्छी तरह जांच करने पर निश्चय कर लिया कि वह मूरत दीवार के साथ है, अर्थात् इस तरह से जड़ी हुई

है कि बिना टुकड़े-टुकड़े हुए किसी तरह दीवार से अलग नहीं हो सकती। कामिनी की चिन्ता और बढ़ गई। अब उसे इसमें किसी तरह का शक न रहा कि वे चारों आदमी जरूर किसी की लाश को उठा लाए थे, इस मूरत को नहीं, मगर वह लाश गई कहां? क्या जमीन खा गई या किसी चूने के ढेर के नीचे दबा दी गई! नहीं, मिट्टी या चूने के नीचे वह लाश दाबी नहीं गई, अगर ऐसा होता तो जरूर देखने में आता। उन लोगों ने जो कुछ किया, इसी कोठरी के अन्दर किया।

कामिनी उस मूरत के पास खड़ी देर तक सोचती रही, आखिर वहां से लौटी और धीरे-धीरे अपने तहखाने में आकर बैठ गई, वहां एक ताक (आले) पर चिराग जल रहा था इसलिए मोमबत्ती बुझाकर बिछौने पर जा लेटी और फिर सोचने लगी।

इसमें कोई शक नहीं कि वे लोग कोई लाश उठाकर लाए थे, मगर वह लाश कहां गई। खैर, इससे कोई मतलब नहीं, मगर अब यहां रहना भी कठिन हो गया, क्योंकि यहां कई आदमियों की आमदरफ्त शुरू हो गई। शायद कोई मुझे देख ले, तो मुश्किल होगी। अब होशियार हो जाना चाहिए क्योंकि मुझे बहुत-कुछ काम करना है। कमला या शेरसिंह भी अभी तक न आए, अब उनसे भी मुलाकात होने की कोई उम्मीद न रही। अच्छा, दो-तीन दिन और यहां रहकर देखा चाहिए कि वे लोग फिर आते हैं या नहीं।

कामिनी इन सब बातों को सोच ही रही थी कि एक आवाज उसके कान में आई। उसे मालूम हुआ कि किसी औरत ने दर्दनाक आवाज में यह कहा, "क्या दुःख ही भोगने के लिए मेरा जन्म हुआ था!" यह आवाज ऐसी दर्दनाक थी कि कामिनी का कलेजा कांप गया। इस छोटी ही उम्र में वह भी बहुत तरह के दुःख भोग चुकी थी और उसका कलेजा जख्मी हो चुका था, इसलिए बर्दाश्त न कर सकी, आंखें भर आईं और आंसू की बूंदें टपाटप गिरने लगीं। फिर आवाज आई, "हाय, मौत को भी मौत आ गई!" अबकी दफे कामिनी बेतरह चौंकी और यकायक बोल उठी, "इस आवाज को तो मैं पहचानती हूं, जरूर उसी की आवाज है!"

कामिनी उठ खड़ी हुई और सोचने लगी कि यह आवाज किधर से आई? बन्द कोठरी में आवाज आना असम्भव है, किसी खिड़की, सूराख या दीवार में दरार हुए बिना आवाज किसी तरह नहीं आ सकती। वह कोठरी में हर तरफ घूमने और देखने लगी। यकायक उसकी निगाह एक तरफ की दीवार के ऊपरी हिस्से पर जा पड़ी और वहां एक सूराख, जिसमें आदमी का हाथ बखूबी जा सकता था, दिखाई पड़ा। कामिनी ने सोचा कि बेशक इसी सूराख में से आवाज आई है। वह सूराख की तरफ गौर से देखने लगी, फिर आवाज आई–"हाय, न मालूम मैंने किसी का क्या बिगाड़ा है!"

अब कामिनी को विश्वास हो गया कि यह आवाज उसी सूराख में से आई है। वह बहुत ही बेचैन हुई और धीरे-धीरे कहने लगी, "बेशक यह उसी की आवाज है। हाय मेरी प्यारी बहिन किशोरी, मैं तुझे क्योंकर देखूं और किस तरह मदद करूं? इस

कोठरी के बगल में जरूर कोई दूसरी कोठरी है जिसमें तू कैद है, मगर न मालूम उसका रास्ता किधर से है? मैं क्योंकर तुझ तक पहुंचूं और इस आफत से तुझे छुड़ाऊं? इस कोठरी की कमबख्त संगीन दीवारें भी ऐसी मजबूत हैं कि मेरे उद्योग से सेंध भी नहीं लग सकती। हाय, अब मैं क्या करूं? भला पुकारके देखूं तो सही कि आवाज भी उसके कानों तक पहुंचती है या नहीं?"

कामिनी ने मोखे (सूराख) की तरफ मुंह करके कहा, "क्या मेरी प्यारी बहिन किशोरी की आवाज आ रही है?"

जवाब–हां, क्या तू कामिनी है? बहिन कामिनी, क्या तू भी मेरी ही तरह इस मकान में कैद है?

कामिनी–नहीं बहिन, मैं कैद नहीं हूं, मगर...

कामिनी और कुछ कहा ही चाहती थी कि धमधमाहट की आवाज सुनकर रुक गई और डरकर सीढ़ी की तरफ देखने लगी। उसे मालूम हुआ कि कोई यहां आ रहा है।

नौवां बयान

गिल्लन को साथ लिये हुए, बीबी गौहर रोहतासगढ़ किले के अन्दर जा पहुंची। किले के अन्दर जाने में किसी तरह का जाल न फैलाना पड़ा और न किसी तरह की कठिनाई हुई। वह बेधड़क किले के उस फाटक पर चली आई जो शिवालय के पीछे की तरफ था और छोटी खिड़की के पास खड़ी होकर खिड़की (छोटा दरवाजा) खोलने के लिए दरबान को पुकारा, जब दरबान ने पूछा, "तू कौन है?" तो उसने जवाब दिया कि "मैं शेरअलीखां की लड़की गौहर हूं।"

उन दिनों शेरअलीखां पटने का नामी सूबेदार था। वह शख्स बड़ा ही दिलेर, जवांमर्द और बुद्धिमान था, साथ ही इसके कुछ-कुछ दगाबाज भी था, मगर इसे वह राजनीति का एक अंग मानता था। उसके इलाके-भर में जो कुछ उसका रोआब था उसे कहां तक कहा जाए, दूर-दूर तक के आदमी उसका नाम सुनकर कांप जाते थे। उसके पास फौज तो केवल पांच ही हजार थी मगर वह उससे पचीस हजार फौज का काम लेता था क्योंकि उसने अपने ढंग के आदमी चुन-चुनकर अपनी फौज में भरती किए थे। गौहर उसी शेरअलीखां की लड़की थी और वह गौहर की मौसेरी बहिन थी जो चुनारगढ़ के पासवाले जंगल में माधवी के हाथ से मारी गई थी।

शेरअलीखां अपनी जोरू को बहुत चाहता था और उसी तरह अपनी लड़की गौहर को भी हद से ज्यादे प्यार करता था। गौहर को दस वर्ष की छोड़कर उसकी मां मर गई थी। मां के गम में गौहर दीवानी-सी हो गई। लाचार दिल बहलाने के लिए शेरअलीखां ने गौहर को आजाद कर दिया और वह थोड़े से आदमियों को साथ लेकर

दूर-दूर तक सैर करती फिरती थी। पांच वर्ष तक वह इसी अवस्था में रही, इसी बीच में आजादी मिलने के कारण उसके चाल-चलन में भी फर्क पड़ गया था। इस समय गौहर की उम्र पन्द्रह वर्ष की है। शेरअलीखां दिग्विजयसिंह का दिली दोस्त था और दिग्विजयसिंह भी उसका बहुत भरोसा रखता था।

गौहर का नाम सुनते ही दरबान चौंका और उसने उस अफसर को इत्तिला दी जो कई सिपाहियों को साथ लेकर फाटक की हिफाजत पर मुस्तैद था। अफसर तुरन्त फाटक पर आया और उसने पुकारकर पूछा, "आप कौन हैं?"

गौहर–मैं शेरअलीखां की लड़की गौहर हूं।

अफसर–इस समय आपको संकेत बताना चाहिए।

गौहर–हां बताती हूं–"जोगिया।"

'जोगिया' सुनते ही अफसर ने दरवाजा खोलने का हुक्म दिया और गिल्लन को साथ लिए हुए गौहर किले के अन्दर पहुंच गई। मगर गौहर बिलकुल नहीं जानती थी कि थोड़ी ही दूर पर एक लम्बे कद का आदमी दीवार के साथ चिपका खड़ा है और उसकी बातें, जो दरबान के साथ हो रही थीं, सुन रहा है।

जब गौहर किले के अन्दर चली गई, उसके आधे घण्टे बाद एक लम्बे कद का आदमी, जिसे अब भूतनाथ कहना उचित है, उसी फाटक पर पहुंचा और दरवाजा खोलने के लिए उसने दरबान को पुकारा।

दरबान–तुम कौन हो?

भूतनाथ–मैं शेरअलीखां का जासूस हूं।

दरबान–संकेत बताओ।

भूतनाथ–"जोगिया।"

दरवाजा तुरन्त खोल दिया गया और भूतनाथ भी किले के अन्दर जा पहुंचा। गौहर वही परिचय देती हुई राजमहल तक चली गई। जब उसके आने की खबर राजा दिग्विजयसिंह को दी गई, उस समय रात बहुत कम बाकी थी और दिग्विजयसिंह मसहरी पर बैठा हुआ राजकीय मामलों की तरह-तरह की बातें सोच रहा था। गौहर के आने की खबर सुनते ही दिग्विजयसिंह ताज्जुब में आकर उठ खड़ा हुआ, उसे अन्दर आने की आज्ञा दी, बल्कि खुद भी दरवाजे तक इस्तकबाल के लिए आया और बड़ी खातिरदारी से उसे अपने कमरे में ले गया। आज पांच वर्ष बाद दिग्विजयसिंह ने गौहर को देखा, इस समय इसकी खूबसूरती और उठती हुई जवानी गजब करती थी। उसे देखते ही दिग्विजयसिंह की तबीयत डोल गई, मगर शेरअलीखां के डर से रंग न बदल सका।

दिग्विजय–इस समय आपका आना क्योंकर हुआ और यह दूसरी औरत आपके साथ कौन है?

गौहर–यह मेरी ऐयारा है। कई दिन हुए, केवल आपसे मिलने के लिए सौ सिपाहियों को साथ लेकर मैं यहां आ रही थी, इत्तिफाक से बीरेन्द्रसिंह के जालिम

आदमियों ने मुझे गिरफ्तार कर लिया। मेरे साथियों में से कई मारे गए और कई कैद हो गए। मैं भी चार दिन तक कैद रही, आखिर इस चालाक ऐयारा ने, जो कैद होने से बच गई थी, मुझे छुड़ाया। इस समय सिवाय इसके कि मैं इस किले में आ घुसूं और कोई तदबीर जान बचाने की न सूझी। सुना है कि बीरेन्द्रसिंह वगैरह आजकल आपके यहां कैद हैं?

दिग्विजय–हां, वे लोग आजकल यहां कैद हैं। मैंने यह खबर आपके पिता को भी लिखी है।

गौहर–हां, मुझे मालूम है। वे भी आपकी मदद को आनेवाले हैं। उनका इरादा है कि बीरेन्द्रसिंह के लश्कर पर, जो इस पहाड़ी के नीचे है, छापा मारें।

दिग्विजय–हां, मुझे तो एक उन्हीं का भरोसा है।

यद्यपि शेरअलीखां के डर से दिग्विजयसिंह गौहर के साथ अदब का बर्ताव करता रहा, मगर कमबख्त गौहर को यह मंजूर न था। उसने यहां तक हाव-भाव और चुलबुलापन दिखाया कि दिग्विजयसिंह की नीयत आखिर बदल गई और वह एकान्त खोजने लगा।

गौहर तीन दिन से ज्यादे अपने को न बचा सकी। इस बीच में उसने अपना मुंह काला करके दिग्विजयसिंह को काबू में कर लिया और दिग्विजयसिंह से इस बात की प्रतिज्ञा करा ली कि बीरेन्द्रसिंह वगैरह जितने आदमी यहां कैद हैं, सभी का सिर काटकर किले के कंगूरों पर लटका दिया जाएगा और इसका बन्दोबस्त भी होने लगा। मगर इसी बीच में भैरोसिंह, रामनारायण और चुन्नीलाल ने, जो किले के अन्दर पहुंच गए थे, वह धूम मचाई कि लोगों की नाक में दम कर दिया और मजा तो यह कि किसी को कुछ पता न लगता था कि यह कार्रवाई कौन कर रहा है।

दसवां बयान

बीरेन्द्रसिंह के तीनों ऐयारों ने रोहतासगढ़ के किले के अन्दर पहुंचकर अंधेर मचाना शुरू किया। उन लोगों ने निश्चय कर लिया कि अगर दिग्विजयसिंह हमारे मालिकों को नहीं छोड़ेगा तो ऐयारी के कायदे के बाहर काम करेंगे और रोहतासगढ़ का सत्यानाश करके छोड़ेंगे।

जिस दिन दिग्विजयसिंह की मुलाकात गौहर से हुई थी, उसके दूसरे ही दिन दरबार के समय दिग्विजयसिंह को खबर पहुंची कि शहर में कई जगह हाथ के लिखे हुए कागज दीवारों पर चिपके हुए दिखाई देते हैं, जिनमें लिखा है–"बीरेन्द्रसिंह के ऐयार लोग इस किले में आ पहुंचे। यदि दिग्विजयसिंह अपनी भलाई चाहें तो चौबीस

घण्टे के अन्दर राजा बीरेन्द्रसिंह वगैरह को छोड़ दें, नहीं तो देखते-देखते रोहतासगढ़ का सत्यानाश हो जाएगा और यहां का एक आदमी जीता न बचेगा।"

राजा बीरेन्द्रसिंह के ऐयारों का हाल दिग्विजयसिंह अच्छी तरह जानता था। उसे विश्वास था कि उन लोगों का मुकाबला करनेवाला दुनिया-भर में कोई नहीं है। विज्ञापन का हाल सुनते ही वह कांप उठा और सोचने लगा कि अब क्या करना चाहिए। इस विज्ञापन की खबर बात-की-बात शहर-भर में फैल गई। मारे डर के वहां की रिआया का दम निकला जाता था। सब कोई अपने राजा दिग्विजयसिंह की शिकायत करते थे और कहते थे कि कमबख्त ने बेफायदे राजा बीरेन्द्रसिंह से वैर बांधकर हम लोगों की जान ली।

तीनों ऐयारों ने तीन काम बांट लिए। रामनारायण ने इस बात का जिम्मा लिया कि किसी लोहार के यहां चोरी करके बहुत-सी कीलें इकट्ठी करेंगे और रोहतासगढ़ में जितनी तोपें हैं सभी में कीलें ठोंक देंगे[1], चुन्नीलाल ने वादा किया कि तीन दिन के अन्दर रामानन्द ऐयार का सिर काट शहर के चौमुहाने पर रखेंगे, और भैरोसिंह ने तो रोहतासगढ़ ही को चौपट करने का प्रण किया था।

हम ऊपर लिख आए हैं कि जिस समय कुन्दन (धनपति) ने तहखाने में से किशोरी को निकाल ले जाने का इरादा किया था तो बारह नम्बर की कोठरी में पहुंचने के पहले तहखाने के दरवाजे में ताला लगा दिया था। मगर रोहतासगढ़ दखल होने के बाद तहखानेवाली किताब की मदद से, जो दारोगा के पास रहा करती थी, वे दरवाजे पुनः खोल दिए गए थे और इसलिए दीवानखाने की राह से तहखाने में फिर आमदरफ्त शुरू हो गई थी।

एक दिन आधी रात के बाद राजा दिग्विजयसिंह के पलंग पर बैठी हुई गौहर ने इच्छा प्रकट की कि मैं तहखाने में चलकर राजा बीरेन्द्रसिंह वगैरह को देखा चाहती हूं। राजा दिग्विजयसिंह उसकी मुहब्बत में चूर हो रहे थे, दीन-दुनिया की खबर भूले हुए थे, तहखाने के कायदे पर ध्यान न देकर गौहर को तहखाने में ले चले।

अभी पहला दरवाजा भी खोला न था कि यकायक एक भयानक आवाज आई। मालूम हुआ कि मानो हजारों तोपें एक साथ छूटी हैं, तमाम किला हिल उठा। गौहर बहदवास होकर जमीन पर गिर पड़ी, दिग्विजयसिंह भी खड़ा न रह सका।

जब दिग्विजयसिंह को होश आया, छत पर चढ़ गया और शहर की तरफ देखने लगा। शहर में बेहिसाब आग लगी हुई थी, सैकड़ों घर जल रहे थे, अग्निदेव ने अपना पूरा दखल जमा लिया था, आग के बड़े-बड़े शोले आसमान की तरफ उठ रहे थे। यह हाल देखते ही दिग्विजयसिंह ने सिर पीटा और कहा, "यह सब फसाद बीरेन्द्रसिंह के ऐयारों का है! बेशक उन लोगों ने मेगजीन में आग लगा दी और वह भयंकर आवाज मेगजीन के उड़ने की ही थी। हाय, सैकड़ों घर तबाह हो गए होंगे! इस समय

---

1. तोप में रञ्जक देने की जो प्याली होती है, उसके छेद में कील ठोंक देने से तोप बेकाम हो जाती है।

वह कमबख्त साधु अगर मेरे सामने होता तो मैं उसकी दाढ़ी नोंच लेता, जिसके बहकाने से बीरेन्द्रसिंह वगैरह को कैद किया!"

दिग्विजयसिंह घबड़ाकर राजमहल के बाहर निकला और तब उसे निश्चय हो गया कि जो कुछ उसने सोचा था, ठीक है। नौकरों ने खबर दी कि न मालूम किसने मेगजीन में आग लगा दी, जिसके सबब से सैकड़ों घर तबाह हो गए। उसी समय शहर में ऐसी आग लग गई जो अभी तक बुझाए नहीं बुझती। इस खबर के सुनते ही दिग्विजयसिंह अपने कमरे में लौट गया और बदहवास होकर गद्दी पर गिर पड़ा।

बेशक, यह सब काम बीरेन्द्रसिंह के ऐयारों का था। इस आग-लगी में रामनारायण को भी तोपों में कीलें ठोंकने का खूब मौका हाथ लगा। रामानन्द दीवान घबराकर घर से बाहर निकला और तहकीकात करने के लिए अकेला ही शहर की तरफ चला। रास्ते में चुन्नीलाल ने हाथ पकड़ लिया और कहा, "दीवानजी, बन्दगी!" बेमौके की बन्दगी से रामानन्द कुढ़ उठा और उसने चुन्नीलाल पर तलवार चलाई। चुन्नीलाल उछलकर दूर जा खड़ा हुआ और उस वार को बचा गया, मगर चुन्नीलाल के वार ने रामानन्द का काम तमाम कर दिया। उसकी भुजाली रामानन्द की गर्दन पर ऐसी बैठी कि सिर कटकर दूर जा गिरा।

अब हमको यह भी लिखना चाहिए कि भैरोसिंह ने किस तरह मेगजीन में आग लगाई। भैरोसिंह ने एक मोमबत्ती ऐसी तैयार की जो केवल दो घण्टे तक जल सकती थी अर्थात् उसमें दो घण्टे से ज्यादेदेर तक जलने लायक मोम न था, और उस मोमबत्ती के बीचोबीच में आतिशबाजी का एक अनार बनाया जिसमें आधी मोमबत्ती जब जल जाए तो आप-से-आप अनार में आग लगे। जब इस तरह की मोमबत्ती तैयार हो गई तो उसने अपने दोनों साथियों से कहा कि 'मैं मेगजीन में आग लगाने जाता हूं, अपनी फिक्र आप कर लूंगा। तुम लोग किसी ऐसी जगह जाकर छिपो जहां मैदान या किले की मजबूत दीवार हो, मगर इसके पहले शहर में आग लगा दो।' इसके बाद भैरोसिंह मेगजीन के पास पहुंचे और इस फिक्र में लगे कि मौका मिले तो कमन्द लगाकर उसके अन्दर जाएं।

यह इमारत बहुत बड़ी तो न थी, मगर मजबूत थी। दीवार बहुत चौड़ी और ऊंची थी। फाटक बहुत बड़ा और लोहे का था। पहरे पर पचास आदमी नंगी तलवारें लिये हर वक्त मुस्तैद रहते थे। इस मेगजीन के चारों तरफ से कोई आदमी आग लेकर नहीं जाने पाता था।

चन्द्रमा अस्त हो गया और पिछली रात की अंधेरी चारों तरफ फैल गई, निद्रादेवी की हुकूमत में सभी पड़े हुए थे, यहां तक कि पहरेवालों की आंखें भी झिपी पड़ती थीं, उसी समय मौका पाकर भैरोसिंह ने मेगजीन के पिछली तरफ कमन्द लगाई। दीवार के ऊपर चढ़ जाने के बाद कमन्द खैंच ली और फिर उसी के सहारे उतर गए। मेगजीन के अन्दर हजारों थैले बारूद के गंजे हुए पड़े थे, तोप के गोलों का ढेर लगा

हुआ था, बहुत-सी तोपें भी पड़ी हुई थीं। भैरोसिंह ने यह मोमबत्ती जलाई और बारूद के थैलों के पास जमीन पर लगाकर खड़ी कर दी, इसके बाद फुर्ती से मेगजीन के बाहर हो गए और जहां तक दूर निकल जाते बना, निकल गए। उसी के घण्टे-भर बाद (जब मोमबत्ती का अनार छूटा होगा) बारूद में आग लगी और मेगजीन की इमारत जड़बुनियाद से नष्ट हो गई, हजारों आदमी मरे और सैकड़ों मकान गिर पड़े, बल्कि यों कहना चाहिए कि उसकी आवाज से रोहतासगढ़ का किला दहल उठा, जरूर कई कोस तक इसकी भयानक आवाज गई होगी। पहाड़ी के नीचे बीरेन्द्रसिंह के लश्कर में जब यह आवाज पहुंची तो दोनों सेनापति समझ गए कि मेगजीन में आग लगी, क्योंकि ऐसी भयानक आवाज सिवाय मेगजीन उड़ने के और किसी तरह से नहीं हो सकती। बेशक यह काम भैरोसिंह का है।

मेगजीन उड़ने का निश्चय होते ही दोनों सेनापति बहुत प्रसन्न हुए और समझ गए कि अब रोहतासगढ़ का किला फतह कर लिया, क्योंकि जब बारूद का खजाना ही उड़ गया तो किलेवाले तोपों के जरिए से हमें क्योंकर रोक सकते हैं। दोनों सेनापतियों ने यह सोचकर कि अब विलम्ब करना मुनासिब नहीं है, किले पर चढ़ाई कर दी और दो हजार आदमियों को साथ ले नाहरसिंह पहाड़ पर चढ़ने लगा। यद्यपि दोनों सेनापति इस बात को समझते थे कि मेगजीन उड़ गई है, तो भी कुछ बारूद तोपखाने में जरूर होगी, मगर यह खयाल उनके बढ़े हुए हौसले को किसी तरह रोक न सका।

इधर दिग्विजयसिंह अपनी जिन्दगी से बिलकुल नाउम्मीद हो बैठा। जब उसे यह खबर पहुंची कि रामानन्द दीवान या ऐयार भी मारा गया और बहुत-सी तोपें भी कील ठुक जाने के कारण बर्बाद हो गईं, तब वह और बेचैन हो गया और मालूम होने लगा कि मौत नंगी तलवार लिये सामने खड़ी है। वह पहर दिन चढ़े तक पागलों की तरह चारों तरफ दौड़ता रहा और तब एकान्त में बैठकर सोचने लगा कि अब क्या करना चाहिए। जब उसे जान बचाने की तरकीब न सूझी और यह निश्चय हो गया कि अब रोहतासगढ़ का किला किसी तरह नहीं रह सकता और दुश्मन लोग भी मुझे किसी तरह जीता नहीं छोड़ सकते, तब वह हाथ में नंगी तलवार लेकर उठा और तहखाने की ताली निकालकर यह कहता हुआ तहखाने की तरफ चला कि 'जब मेरी जान बच ही नहीं सकती तो बीरेन्द्रसिंह और उनके लड़कों वगैरह को क्यों जीता छोड़ूं? आज मैं अपने हाथ से उन लोगों के सिर काटूंगा!'

दिग्विजयसिंह हाथ में नंगी तलवार लिये हुए अकेला ही तहखाने में गया, मगर जब उस दालान में पहुंचा, जिसमें हथकड़ियों और बेड़ियों से कसे हुए बीरेन्द्रसिंह वगैरह रखे गए थे, तो उसको खाली पाया। वह ताज्जुब में आकर चारों तरफ देखने और सोचने लगा कि कैदी लोग कहां गायब हो गए। मालूम होता है कि यहां भी ऐयार लोग आ पहुंचे, मगर देखना चाहिए कि किस राह से पहुंचे?

दिग्विजयसिंह उस सुरंग में गया जो कब्रिस्तान की तरफ निकल गई थी। वहां का दरवाजा उसी तरह बन्द पाया जैसा कि उसने अपने हाथ से बन्द किया था। आखिर लाचार सिर पीटता हुआ लौट आया और दीवानखाने में बदहवास होकर गद्दी पर गिर पड़ा।

ग्यारहवां बयान

इस जगह मुख्तसर ही में यह भी लिख देना मुनासिब मालूम होता है कि रोहतासगढ़ तहखाने में से राजा बीरेन्द्रसिंह, कुंअर आनन्दसिंह और उनके ऐयार लोग क्योंकर छूटे और कहां गए।

हम ऊपर लिख आए हैं कि जिस समय गौहर 'जोगिया' का संकेत देकर रोहतासगढ़ किले में दाखिल हुई, उसके थोड़ी ही देर बाद एक लम्बे कद का आदमी भी, जो असल में भूतनाथ था, 'जोगिया' का संकेत देकर किले के अन्दर चला गया। न मालूम उसने वहां क्या-क्या कार्रवाई की, मगर जिस समय मेगजीन उड़ाई गई थी, उस समय वह एक चोबदार की सूरत बना राजमहल के आसपास घूम रहा था। जब राजा दिग्विजयसिंह घबराकर महल के बाहर निकला था और चारों तरफ कोलाहल मचा हुआ था, वह इस तरह महल के अन्दर घुस गया कि किसी को गुमान भी न हुआ। इसके पास ठीक वैसी ही ताली मौजूद थी जैसी तहखाने की ताली राजा दिग्विजयसिंह के पास थी। भूतनाथ जल्दी-जल्दी उस घर में पहुंचा, जिसमें तहखाने के अन्दर जाने का रास्ता था। उसने तुरन्त दरवाजा खोला और अन्दर जाकर उसी ताली से फिर बन्द कर दिया। उस दरवाजे में एक ही ताली बाहर-भीतर दोनों तरफ से लगती थी। कई दरवाजों को खोलता हुआ यह उस दालान में पहुंचा जिसमें बीरेन्द्रसिंह वगैरह कैद थे और राजा बीरेन्द्रसिंह के सामने हाथ जोड़कर खड़ा हो गया। राजा बीरेन्द्रसिंह उस समय बड़ी चिन्ता में थे। मेगजीन उड़ने की आवाज उनके कान तक भी पहुंची थी, बल्कि मालूम हुआ कि उस आवाज के सदमे से समूचा तहखाना हिल गया। वे भी यही सोच रहे थे कि शायद हमारे ऐयार लोग किले के अन्दर पहुंच गए। जिस समय भूतनाथ हाथ जोड़कर उनके सामने जा खड़ा हुआ, वे चौंके और भूतनाथ की तरफ देखकर बोले, "तू कौन है और यहां क्यों आया?"

भूतनाथ–यद्यपि मैं इस समय एक चोबदार की सूरत में हूं, मगर मैं हूं कोई दूसरा ही, मेरा नाम भूतनाथ है, मैं आप लोगों को इस कैद से छुड़ाने आया हूं और इसका इनाम पहले ही ले लिया चाहता हूं।

बीरेन्द्र–(ताज्जुब में आकर) इस समय मेरे पास क्या है जो मैं इनाम में दूं?

भूतनाथ–जो मैं चाहता हूं वह इस समय भी आपके पास मौजूद है।

बीरेन्द्र–यदि मेरे पास मौजूद है तो मैं देने को तैयार हूं। मांग, क्या मांगता है?

भूतनाथ–बस, मैं यही मांगता हूं कि आप मेरा कसूर माफ कर दें! और कुछ नहीं चाहता।

बीरेन्द्र–मगर मैं कुछ नहीं जानता कि तू कौन है और तूने क्या अपराध किया है जिसे मैं माफ कर दूं।

भूतनाथ–इसका जवाब मैं इस समय नहीं दे सकता। बस, आप देर न करें, मेरा कसूर माफ कर दें जिससे आप लोगों को यहां से जल्द छुड़ाऊं। समय बहुत कम है, विलम्ब करने से पछताना पड़ेगा।

तेज–पहले तुम्हें कसूर साफ-साफ कह देना चाहिए।

भूतनाथ–ऐसा नहीं हो सकता!

भूतनाथ की बातें सुनकर सभी हैरान थे और सोचते थे कि यह विचित्र आदमी है जो जबर्दस्ती अपना कसूर माफ करा रहा है और यह भी नहीं कहता कि उसने क्या किया है। इसमें शक नहीं कि यदि हम लोगों को यहां से छुड़ा देगा तो भारी अहसान करेगा, मगर इसके बदले में यह केवल इतना ही मांगता है कि इसका कसूर माफ कर दिया जाए। तो यह मामला क्या है! आखिर बहुत-कुछ सोच-समझकर राजा बीरेन्द्रसिंह ने भूतनाथ से कहा, "खैर जो हो, मैंने तेरा कसूर माफ किया।"

इतना सुनते ही भूतनाथ हंसा और बारह नम्बर की कोठरी के पास जाकर उसी ताली से, जो उसके पास थी, कोठरी का दरवाजा खोला। पाठक महाशय भूले न होंगे, उन्हें याद होगा कि इसी कोठरी में किशोरी को दिग्विजयसिंह ने डाल दिया था और इसी कोठरी में से उसे कुन्दन ले भागी थी।

कोठरी का दरवाजा खुलते ही हाथ में नेजा लिये वह राक्षसी दिखाई पड़ी जिसका हाल ऊपर लिख चुके हैं और जिसके सबब से कमला, भैरोसिंह, रामनारायण और चुन्नीलाल किले के अन्दर पहुंचे थे। इस समय तहखाने में केवल एक चिराग जल रहा था जिसकी कुछ रोशनी चारों तरफ फैली हुई थी, मगर जब वह राक्षसी कोठरी के बाहर निकली तो उसके नेजे की चमक से तहखाने में दिन की तरह उजाला हो गया। भयानक सूरत के साथ उसके नेजे ने सभों को ताज्जुब में डाल दिया। उस औरत ने भूतनाथ से पूछा, "तुम्हारा काम हो गया?" इसके जवाब में भूतनाथ ने कहा–"हां!"

उस राक्षसी ने राजा बीरेन्द्रसिंह की तरफ देखकर कहा, "सभों को लेकर आप इस कोठरी में आवें और तहखाने के बाहर निकल चलें, मैं इसी राह से आप लोगों को तहखाने के बाहर कर देती हूं।" यह बात सभों को मालूम ही थी कि इसी बारह नम्बर की कोठरी में से किशोरी गायब हो गई थी, इसलिए सभों को विश्वास था कि इस कोठरी में से कोई रास्ता बाहर निकल जाने के लिए जरूर है।

सभों की हथकड़ी-बेड़ी खोल दी गई। इसके बाद सब कोई उस कोठरी में घुसे और उस राक्षसी की मदद से तहखाने के बाहर हो गए। जाते समय राक्षसी ने उस

कोठरी को बन्द कर दिया। बाहर होते ही राक्षसी और भूतनाथ राजा बीरेन्द्रसिंह वगैरह से बिना कुछ कहे चले गए और जंगल में घुसकर देखते-ही-देखते नजरों से गायब हो गए। उन दोनों के बारे में सभों को शक बना ही रहा।

बारहवां बयान

दो पहर दिन चढ़ने के पहले ही फौज लेकर नाहरसिंह, रोहतासगढ़ पहाड़ी के ऊपर चढ़ गया। उस समय दुश्मनों ने लाचार होकर फाटक खोल दिया और लड़-भिड़कर जान देने पर तैयार हो गए। किले की कुल फौज फाटक पर उमड़ आई और फाटक के बाहर मैदान में घोर युद्ध होने लगा। नाहरसिंह की बहादुरी देखने योग्य थी। वह हाथ में तलवार लिये जिस तरफ को निकल जाता था, सफाई कर देता था। उसकी बहादुरी देखकर उसकी मातहत फौज की भी हिम्मत दूनी हो गई और वह ककड़ी की तरह दुश्मनों को काटने लगी। उसी समय पांच सौ बहादुरों को साथ लिये राजा बीरेन्द्रसिंह, कुंअर आनन्दसिंह और तेजसिंह वगैरह भी आ पहुंचे और उस फौज में मिल गए जो नाहरसिंह की मातहती में लड़ रही थी। ये पांच सौ आदमी उन्हीं की फौज के थे, जो दो-दो, चार-चार करके पहाड़ के ऊपर चढ़ाए गए थे। तहखाने से बाहर निकलने पर राजा बीरेन्द्रसिंह से इनकी मुलाकात हुई थी और सब एक जगह हो गए थे।

जिस समय किलेवालों को यह मालूम हुआ कि राजा बीरेन्द्रसिंह वगैरह भी उस फौज में आ मिले, उस समय उनकी हिम्मत बिलकुल जाती रही। बिना दिल का हौसला निकाले ही उन लोगों ने हथियार रख दिए और सुलह का डंका बजा दिया। पहाड़ी के नीचे से और फौज भी पहुंच गई और रोहतासगढ़ में राजा बीरेन्द्रसिंह की अमलदारी हो गई। जिस समय राजा बीरेन्द्रसिंह दीवानखाने में पहुंचे, वहां राजा दिग्विजयसिंह की लाश पाई गई। मालूम हुआ कि उसने आत्मघात कर लिया। उसकी हालत पर राजा बीरेन्द्रसिंह देर तक अफसोस करते रहे।

राजा बीरेन्द्रसिंह ने कुंअर आनन्दसिंह को गद्दी पर बैठाया। सभों ने नजरें दीं। उसी समय कमला भी आ पहुंची। उसने किले में पहुंचकर कोई ऐसा काम नहीं किया था जो लिखने लायक हो। हां, गिल्लन के सहित गौहर को जरूर गिरफ्तार कर लिया था। दिग्विजयसिंह की रानी अपने पति के साथ सती हुई। रामानन्द की स्त्री भी अपने पति के साथ जल मरी। शहर में कुमार के नाम की मुनादी करा दी गई और यह कहला दिया गया कि जो रोहतासगढ़ से निकल जाना चाहे वह खुशी से चला जाए! दिग्विजयसिंह के मरने से जिसे कष्ट हुआ हो वह यदि हमारे भरोसे पर यहां रहेगा तो उसे किसी तरह का दुःख न होगा। हर एक की मदद की जाएगी और जो जिस

लायक है उसकी खातिर की जाएगी। इन सब कामों के बाद राजा बीरेन्द्रसिंह ने कुल हाल की चीठी लिखकर अपने पिता के पास रवाना की।

दूसरे दिन राजा बीरेन्द्रसिंह ने एकान्त में कमला को बुलाया। उस समय उनके पास कुंअर आनन्दसिंह, तेजसिंह, भैरोसिंह, तारासिंह वगैरह ऐयार लोग ही बैठे थे, अर्थात् सिवाय आपसवालों के कोई भी बाहरी आदमी नहीं था। राजा बीरेन्द्रसिंह ने कमला से पूछा, "कमला, तू इतने दिनों तक कहां रही, तेरे ऊपर क्या-क्या मुसीबतें आईं, और तू किशोरी का क्या-क्या हाल जानती है, सो मैं सुना चाहता हूं।"

कमला–(हाथ जोड़कर) जो कुछ मुसीबतें मुझ पर आईं और जो कुछ किशोरी का हाल मैं जानती हूं, सब अर्ज करती हूं। अपनी प्यारी किशोरी से छूटने के बाद मैं बहुत ही परेशान हुई। अग्निदत्त की लड़की कामिनी ने जब किशोरी को अपने बाप के पंजे से छुड़ाया और खुद भी निकल खड़ी हुई तो पुनः मैं उन लोगों से जा मिली और बहुत दिनों तक गयाजी में रही और वहीं बहुत-सी विचित्र बातें हुईं।

बीरेन्द्र–हां, गयाजी का बहुत-कुछ हाल तुम लोगों के बारे में देवीसिंह की जुबानी मुझे मालूम हुआ था और यह भी जाना गया था कि जिन दिनों इन्द्रजीतसिंह बीमार था, उसके कमरे में जो-जो अद्‌भुत बातें देखने-सुनने में आईं, वह सब कामिनी ही की कार्रवाइयां थीं, मगर उनमें से कई बातों का भेद अभी तक मालूम नहीं हुआ

कमला–वह क्या?

बीरेन्द्र–एक तो यह कि तुम लोग उस कोठरी में किस रास्ते से आती-जाती थीं दूसरे, लड़ाई किससे हुई थी, वह कटा हाथ जो कोठरी में पाया गया, किसका था और बिना सिर को लाश किसकी थी?

कमला–वह भेद भी मैं आपसे कहती हूं। गयाजी में फलगू नदी के किनारे एक मन्दिर श्री राधाकृष्णजी का है। उसी मन्दिर में से एक रास्ता महल में जाने का है जो उस कोठरी में निकला है जिसका हाल माधवी, अग्निदत्त और कामिनी के सिवाय किसी को मालूम नहीं, कामिनी की बदौलत मुझे और किशोरी को मालूम हुआ। उसी रास्ते से हम लोग आते-जाते थे। वह रास्ता बड़ा ही विचित्र है, उसका हाल मैं जुबानी नहीं समझा सकती, गयाजी चलने के बाद जब मौका मिलेगा तो ले चलकर उसे दिखाऊंगी। हम लोगों का उस मकान में आना-जाना नेकनीयती के साथ होता था मगर जब माधवी गयाजी में पहुंची तो बदला लेने की नीयत से एक आदमी और अपनी ऐयारा को साथ ले उसी राह से महल की तरफ रवाना हुई। उसे उस समय तक शायद हम लोगों का हाल मालूम न था। इत्तिफाक से हम तीनों आदमी भी उसी समय सुरंग में घुसे, आखिर नतीजा यह हुआ कि उस कोठरी में पहुंचकर लड़ाई हो गई, माधवी के साथ का आदमी मारा गया। वह कलाई माधवी की थी और मेरे हाथ से कटी थी। अन्त में उसकी ऐयारा उस आदमी का सिर और माधवी को लेकर चली गई, हम लोगों ने उस समय रोकना मुनासिब न समझा।

बीरेन्द्र–हां ठीक है, ऐसा ही हुआ है, यह हाल मुझे मालूम था, मगर शक मिटाने के लिए तुमसे पूछा था।

कमला–(ताज्जुब में आकर) आपको कैसे मालूम हुआ?

बीरेन्द्र–मुझसे देवीसिंह ने कहा था और देवीसिंह को उस साधु ने कहा था जो रामशिला पहाड़ी के सामने फलगू नदी के बीचवाले भयानक टीले पर रहता था। देवीसिंह की जुबानी बाबाजी ने मुझे एक सन्देशा भी कहला भेजा था, मौका मिलने पर मैं जरूर उनके हुक्म की तामील करूंगा।

कमला–वह सन्देशा क्या था?

बीरेन्द्र–सो इस समय न कहूंगा। हां, यह तो बता कि कामिनी का और उन डाकुओं का साथ क्योंकर हुआ जो गयाजी की रिआया को दुःख देते थे।

कमला–कामिनी का उन डाकुओं से मिलना केवल उन लोगों को धोखा देने के लिए था। वे डाकू सब अग्निदत्त की तरफ से तनख्वाह और लूट के माल में कुछ हिस्सा भी पाते थे। वे लोग कामिनी को पहचानते थे और उसकी इज्जत करते थे। उस समय उन लोगों को यह नहीं मालूम था कि कामिनी अपने बाप से रंज होकर घर से निकली है, इसलिए उससे डरते थे और जो वह कहती थी, करते थे। आखिर कामिनी ने धोखा देकर उन लोगों को मरवा डाला और मेरे ही हाथ से उन डाकुओं की जानें गईं। वे डाकू लोग जहां रहते थे, आपको मालूम हुआ ही होगा।

बीरेन्द्र–हां, मालूम हुआ है। जो कुछ मेरा शक था, मिट गया, अब उस विषय में विशेष कुछ मालूम करने की कोई जरूरत नहीं है। अब मैं यह पूछता हूं कि इस रोहतासगढ़ वाले आदमी जब किशोरी को ले भागे, तब तेरा और कामिनी का क्या हाल हुआ?

कमला–कामिनी को साथ लेकर मैं उस खण्डहर से, जिसमें नाहरसिंह से और कुंअर इन्द्रजीसिंह से लड़ाई हुई थी, बाहर निकली और किशोरी को छुड़ाने की धुन में रवाना हुई, मगर कुछ कर न सकी, बल्कि यों कहना चाहिए कि अभी तक मारी फिरती हूं। यद्यपि इस रोहतासगढ़ के महल तक पहुंच चुकी थी, मगर मेरे हाथ से कोई काम न निकला।

बीरेन्द्र–खैर, कोई हर्ज नहीं, अच्छा यह बता कि अब कामिनी कहां है?

कमला–कामिनी को मेरे चाचा शेरसिंह ने अपने एक दोस्त के घर में रखा है, मगर मुझे यह नहीं मालूम कि वह कौन है और कहां रहता है।

बीरेन्द्र–शेरसिंह से कामिनी क्योंकर मिली?

कमला–यहां से थोड़ी ही दूर पर एक खण्डहर है। शेरसिंह से मिलने के लिए कामिनी को साथ लेकर मैं उसी खण्डहर में गई थी, मगर अब सुनने में आया है कि शेरसिंह ने आपकी ताबेदारी कबूल कर ली और आपने उन्हें कहीं भेजा है।

बीरेन्द्र–हां, वह देवीसिंह को साथ लेकर इन्द्रजीत को छुड़ाने के लिए गए हैं, मगर न मालूम क्या हुआ कि अभी तक नहीं लौटे।

कमला–कुंअर इन्द्रजीतसिंह तो यहां से दूर न थे और चाचा को वह जगह मालूम थी, अब तक उन्हें लौट आना चाहिए था।

बीरेन्द्र–क्या तुझे भी वह जगह मालूम है?

कमला–जी हां, यहां से शायद पचीस या तीस कोस से ज्यादे दूर न होगा। एक छोटा-सा तालाब है, जिसके बीच में एक खूबसूरत मकान बना हुआ है, कुमार उसी में है।

बीरेन्द्र–क्या तू वहां तक मुझे ले जा सकती है?

कमला–जी हां, आप जब चाहें चलें, मुझे रास्ता बखूबी मालूम है।

इस समय कुंअर आनन्दसिंह ने, जो सिर झुकाए सब बातें सुन रहे थे, अपने पिता की तरफ देखा और कहा, "यदि आज्ञा हो तो मैं कमला के साथ भाई की खोज में जाऊं?" इसके जवाब में राजा बीरेन्द्रसिंह ने सिर हिलाया अर्थात् उनकी अर्जी नामंजूर की।

राजा बीरेन्द्रसिंह और कमला में जो कुछ बातें हो रही थीं, सब कोई गौर से सुन रहे थे। यह कहना जरा मुश्किल है कि उस समय कुंअर आनन्दसिंह की क्या दशा थी। कामिनी के वे सच्चे आशिक थे, मगर वाह रे दिल, इस इश्क को उन्होंने जैसा छिपाया, उन्हीं का काम था। इस समय वे कमला की बातें बड़े गौर से सुन रहे थे। उन्हें निश्चय था कि जिस जगह शेरसिंह ने कामिनी को रखा है, वह जगह कमला को मालूम है, मगर किसी कारण से बताती नहीं, इसलिए कमला के साथ भाई की खोज में जाने के लिए पिता से आज्ञा मांगी। इसके सिवाय कामिनी के विषय में और भी बहुत-सी बातें कमला से पूछना चाहते थे, मगर क्या करें, लाचार कि उनकी अर्जी नामंजूर की गई और वे कलेजा मसोसकर रह गए।

इसके बाद आनन्दसिंह फिर अपने पिता के सामने गए और हाथ जोड़कर बोले, "मैं एक बात और अर्ज किया चाहता हूं।"

बीरेन्द्र–वह क्या?

आनन्द–इस रोहतासगढ़ की गद्दी पर मैं बैठाया गया हूं परन्तु मेरी इच्छा है कि बतौर सूबेदार के यहां का राज्य किसी के सुपुर्द कर दिया जाए।

आनन्दसिंह की बात सुन राजा बीरेन्द्रसिंह गौर में पड़ गए और कुछ देर तक सोचने के बाद बोले, "हां, मैं तुम्हारी इस राय को पसन्द करता हूं और इसका बन्दोबस्त तुम्हारे ही ऊपर छोड़ता हूं। तुम जिसे चाहो, इस काम के लिए चुन लो।"

आनन्दसिंह ने झुककर सलाम किया और उन लोगों की तरफ देखा जो वहां मौजूद थे। इस समय सभों के दिल में खुटका पैदा हुआ और सभी इस बात से डरने लगे कि कहीं ऐसा न हो कि यहां का बन्दोबस्त मेरे सुपुर्द किया जाए, क्योंकि उन लोगों में से कोई भी ऐसा न था जो अपने मालिक का साथ छोड़ना पसन्द करता। आखिर आनन्दसिंह ने सोच-समझकर अर्ज किया–

आनन्द–मैं इस काम के लिए पण्डित जगन्नाथ ज्योतिषी को पसन्द करता हूं।

बीरेन्द्र–अच्छी बात है, कोई हर्ज नहीं।

ज्योतिषीजी ने बहुत कुछ उज्र किया, बावेला मचाया, मगर कुछ सुना नहीं गया। उसी दिन से मुद्दत तक रोहतासगढ़ ब्राह्मणों की हुकूमत में रहा और यह हुकूमत हुमायूं के जमाने में 944 हिजरी तक कायम रही। इसके बाद 945 में दगाबाज शेर खां ने (यह दूसरा शेरखां था) रोहतासगढ़ के राजा चिन्तामन ब्राह्मण को धोखा देकर किले पर अपना कब्जा कर लिया।

तेरहवां बयान

तहखाने में बैठी हुई कामिनी को जब किसी के आने की आहट मालूम हुई, तब वह सीढ़ी की तरफ देखने लगी, मगर आनेवाले अभी छत ही पर थे, उसने समझा कि कमला या शेरसिंह आते होंगे, मगर जब उसे कई आदमियों के पैरों की धमधमाहट मालूम हुई तब वह घबराई। उसका खयाल दुश्मनों की तरफ गया और वह अपने बचाव का ढंग करने लगी।

ऊपर के कमरे से तहखाने में उतरने के लिए जो सीढ़ियां थीं, उसके नीचे एक छोटी कोठरी बनी हुई थी। इसी कोठरी में शेरसिंह का असबाब रहा करता था और इस समय भी उनका असबाब इसी के अन्दर था। इसके अन्दर जाने के लिए एक छोटा-सा दरवाजा था और लोहे का मजबूत मगर हलका पल्ला लगा हुआ था। दरवाजा बन्द करने के लिए बाहर की तरफ कोई जंजीर या कुण्डी न थी, मगर भीतर की तरफ एक अड़ानी लगी हुई थी जो दरवाजा बन्द करने के लिए काफी थी। दरवाजे के पल्ले में एक सूराख था जिस पर गौर करने से मालूम होता था कि वह ताली लगाने की जगह है।

कामिनी ने तुरन्त चिराग बुझा दिया और अपने बिछावन को बगल में दबाकर उसी कोठरी के अन्दर चले जाने के बाद भीतर से दरवाजा बन्द कर लिया। यह काम कामिनी ने बड़ी जल्दी और दबे-पैर किया। थोड़ी ही देर में कामिनी को मालूम हुआ कि आनेवाले सब सीढ़ी उतर रहे हैं और साथ ही इसके ताली लगानेवाले छेद में से मशाल की रोशनी भी उस कोठरी के अन्दर पहुंची जिसमें कामिनी छिपी हुई थी। वह छेद में आंख लगाकर देखने लगी कि कौन आया है और क्या करता है।

सिपाहियाना ठाठ के पांच आदमी ढाल-तलवार लगाए हुए दिखाई पड़े। एक के हाथ में मशाल थी और चार आदमी एक सन्दूक को उठाकर लाए थे। जमीन पर सन्दूक रख देने के बाद पांचों आदमी बैठकर दम लेने और आपुस में यों बातचीत करने लगे–

मशालवाला–जहन्नुम में जाए ऐसी नौकरी, दौड़ते-दौड़ते हैरान हो गए, ओफ!

दूसरा–खैर, दौड़ना और हैरान होना भी सुफल होता अगर कोई नेक काम हम लोगों के सुपुर्द होता।

तीसरा–भाई, चाहे जो हो, मगर बेगुनाहों का खून नाहक मुझसे तो नहीं किया जाता!

चौथा–मुश्किल तो यह है कि हम लोग इनकार भी नहीं कर सकते और भाग भी नहीं सकते।

पांचवां–परसों जो हुक्म हुआ है, सो तुमने सुना या नहीं!

मशालवाला–हां, मुझे मालूम है।

तीसरा–मैंने नहीं सुना, क्योंकि मैं नानक का पता लगाने गया था।

पांचवां–परसों यह हुक्म दिया गया है कि जो कोई कामिनी को पकड़ लाएगा या पता लगा देगा उसे मुंहमांगी चीज इनाम में दी जाएगी।

तीसरा–हम लोगों की ऐसी किस्मत कहां कि कामिनी हाथ लगे!

दूसरा–(चौंककर) चुप रहो, देखो, किसी की आवाज आ रही है!

किशोरी से बात करते-करते जब किसी के आने की आहट मालूम हुई तो कामिनी चुप कर गई थी। किशोरी को ताज्जुब मालूम हुआ कि यकायक कामिनी चुप क्यों हो गई? थोड़ी देर तक राह देखती रही कि शायद अब बोले, मगर जब देर हो गई तो उसने खुद पुकारा और कहा, ''क्यों बहिन, चुप क्यों हो गई?'' यही आवाज उन पांचों आदमियों ने सुनी थी। उन लोगों ने बातें करना छोड़ दिया और आवाज की तरफ ध्यान लगाया। फिर आवाज आई–''बहिन कामिनी, कुछ कहो तो सही, तुम चुप क्यों हो गईं? क्या ऐसे समय में तुमने भी मुझे छोड़ दिया! बात करना भी बुरा मालूम होता है!''

किशोरी की बातें सुनकर पांचों आदमी ताज्जुब में आ गए और उन लोगों को किस प्रकार की खुशी हुई।

एक–उसी किशोरी की आवाज है, मगर वह कामिनी को क्यों पुकार रही है? क्या कामिनी उसके पास पहुंच गई?

दूसरा–क्या पागलपन की बातें कर रहे हो? कामिनी अगर किशोरी के पास पहुंच जाती तो वह पुकारती क्यों, धीरे-धीरे आपुस में बात करती या इस तरह उसे लानतें देती?

तीसरा–अजी, यह तो वही है, मैं समझता हूं कि कामिनी इस कोठरी में जरूर आई थी।

दूसरा–आई थी तो गई कहां?

चौथा–हम लोगों के आने के पहले ही कहीं चली गई होगी।

दूसरा–(हंसकर) क्या खूब! अजी किशोरी का यह कहना कि–''क्यों बहिन, चुप क्यों हो गईं!'' इस बात को साबित करता है कि वह अभी-अभी इस कोठरी में मौजूद थी।

पांचवां–तुम्हारा कहना ठीक है मगर यहां तो कामिनी की बू तक नहीं आती।

दूसरा–(चारों तरफ देख और उस कोठरी की तरफ इशारा करके) इसी में होगी।

पांचों ही यह कहने लगे कि 'कामिनी जरूर इसी कोठरी में होगी, हम लोगों के आने की आहट पाकर छिप गई है।' आखिर सब उस कोठरी के पास गए, एक ने दरवाजे में धक्का मारा और किवाड़ बन्द पाकर कहा, "है-है, जरूर इसी में है!"

कोठरी के अन्दर छिपकर बैठी बेचारी कामिनी सब बातें सुन रही थी और ताली के छेद में से सभों को देख भी रही थी। ऊपर लिखी बातों ने उसका कलेजा दहला दिया, यहां तक कि वह अपनी जिन्दगी से नाउम्मीद हो गई और उसे निश्चय हो गया कि अब ये लोग मुझे गिरफ्तार कर लेंगे।

पांचों आदमी इस फिक्र में लगे कि किस तरह दरवाजा खुले और कामिनी को गिरफ्तार कर लें। एक ने कहा, "दरवाजा तोड़ दो!" दूसरे ने हंसकर जवाब दिया, "शायद यह तुम्हारे किए हो सकेगा।"

उन पांचों ने बहुत कुछ जोर मारा, कामिनी को पुकारा, दिलासा दिया, धमकी दी, जान बचा देने का वादा किया और समझाया मगर कुछ काम न चला। कामिनी बोली तक नहीं। आखिर उनमें से एक ने जो सबसे चालाक और होशियार था, कहा, "अगर इस दरवाजे को हम पहले कभी बन्द देखते तो जरूर समझते कि किसी जानकार ने बाहर से ताला लगाकर बन्द किया है, मगर अभी थोड़े ही दिन हुए इस कोठरी को मैंने खुला देखा था, इसमें किसी का असबाब पड़ा हुआ था। जो हो, यह तो निश्चय हो गया कि कामिनी इस कोठरी के अन्दर घुसकर बैठी है, अब बाबाजी आवें तो इस कोठरी का दरवाजा खुले। (कुछ सोचकर) अब तो यही मुनासिब है कि हम लोगों में से एक आदमी जाए और बाकी चार आदमी बारी-बारी से यहां पहरा दें, जिसमें कामिनी निकलकर भाग न जाए। आखिर इस कोठरी में कब तक छिपकर बैठी रहेगी या अपनी भूख-प्यास का क्या बन्दोबस्त करेगी?"

सभों ने इस राय को पसन्द किया। एक आदमी अपने मालिक को खबर करने चला गया, एक तहखाने में उसी जगह बैठा रहा और तीन आदमी बाहर खण्डहर में निकल आए और इधर-उधर टहलने लगे। सबेरा हो गया और पूरब की तरफ सूर्य की लालिमा दिखाई देने लगी।

बेचारी कामिनी की जान आफत में फंस गई, देखना चाहिए क्या होता है, मगर उसने निश्चय कर लिया है कि भूख और प्यास से चाहे जान निकल जाए, मगर कोठरी के बाहर न निकलूंगी।

उस बेचारी को कोठरी के अन्दर घुसकर बैठे तीन दिन हो गए। भूख और प्यास से उस बेचारी की क्या अवस्था हो गई होगी, यह पाठक स्वयं समझ सकते हैं। लिखने की कोई आवश्यकता नहीं।

हम ऊपर लिख आए हैं कि उन पांचों में से एक आदमी अपने मालिक को

खबर करने चला गया और बाकी चार इसलिए रह गए कि बारी-बारी से पहरा दें, जिससे कामिनी निकलकर भाग न जाए।

तीसरे दिन इनमें से तीन आदमी आपुस में बातें करते और घूमते-फिरते खण्डहर के बाहर निकले और फाटक पर खड़े होकर बातें करने लगे।

एक–इसमें कोई शक नहीं कि हम लोगों का नसीब जाग गया।

दूसरा–नसीब जागा तो हम नहीं कह सकते, हां इतनी बात है कि रकम गहरी हाथ लगेगी।

तीसरा–मुंहमांगा इनाम क्या हम नहीं पा सकते?

दूसरा–नहीं।

तीसरा–सो क्यों?

दूसरा–हम लोग कामिनी को अगर पकड़ ले जाते तो मुंहमांगा इनाम पाते, सो तो हुआ नहीं, कामिनी कोठरी के अन्दर घुस बैठी और हम लोग दरवाजा खोलकर उसे निकाल न सके, लाचार हो बाबाजी को बुलाना पड़ा, ऐसी अवस्था में जो कुछ इनाम मिल जाए वही बहुत है।

पहला–इतना तो कहला भेजा कि हम लोगों ने कामिनी को इस तहखाने में फंसा रखा है।

दूसरा–खैर जो होगा, देखा जाएगा, इस समय तो हम लोगों की जीत-ही-जीत मालूम होती है। कामिनी और किशोरी दोनों ही को हमारे मालिक की किस्मत ने इस तहखाने में कैद कर रखा है।

तीसरा–(चौंककर) जरा इधर तो देखो ये लोग कौन हैं, मालूम होता है कि इन लोगों ने हमारी बातें सुन लीं।

खण्डहर के बाहर बाएं तरफ कुछ हटकर एक नीम का पेड़ था और उस पेड़ के नीचे एक कुआं था। इस समय दो साधु उस कुएं पर बैठे इन तीनों की बातें सुन रहे थे। जब उन तीनों को यह बात मालूम हुई तो डरे और उन साधुओं के पास जाकर बातचीत करने लगे–

एक आदमी–तुम दोनों यहां क्यों बैठे हो?

एक साधु–हमारी खुशी!

एक आदमी–अच्छा, अब हम कहते हैं कि उठो और यहां से चले जाओ।

एक साधु–तू है कौन, जो तेरी बात मानें?

एक आदमी–(तलवार खेंचकर) यह न जानना कि साधु समझके छोड़ दूंगा, नाहक गुस्सा मत दिलाओ।

साधु–(हंसकर) वाह रे बन्दर-घुड़की! अबे, क्या तू हम लोगों को साधु समझ रहा है?

इतना सुनते ही तीनों आदमियों ने गौर करके साधुओं को देखा और यकायक

यह कहते हुए कि 'हाय, गजब हो गया, यहां से भागो, यहां से भागो' वहां से भागे। जहां तक हो सका, उन लोगों ने भागने में कसर न की। दोनों साधुओं ने उन लोगों को रोकना मुनासिब न समझा, और भागने दिया।

अब वे दोनों साधु वहां से उठे और बातें करते हुए खण्डहर के अन्दर घुसे। घूमते-फिरते दालान में पहुंचे और दरवाजा खोलते हुए उस तहखाने में उतर गए जिसमें कामिनी थी। इस तहखाने और दरवाजे का हाल हम ऊपर लिख आए हैं, पुनः लिखने की कोई जरूरत नहीं मालूम होती। हां, इतना जरूर कहेंगे कि रंग-ढंग से मालूम होता था कि ये दोनों साधु तहखाने और उसके रास्ते को बखूबी जानते हैं, नहीं तो ऐसा आदमी जो दरवाजे का भेद न जानता हो, उस तहखाने में किसी तरह नहीं पहुंच सकता था।

जब दोनों साधु तहखाने में पहुंचे तो वहां एक सिपाही को पाया और सन्दूक पर भी नजर पड़ी। एक मोमबत्ती आले पर जल रही थी। वह सिपाही इन दोनों को देख चौंका और तलवार खैंचकर सामना करने पर मुस्तैद हुआ। एक साधु ने झपटकर उसकी कलाई पकड़ ली और दूसरे ने उसकी गर्दन में एक ऐसा घूंसा जमाया कि वह चक्कर खाकर गिर पड़ा। उसकी तलवार छीन ली गई और बेहोश कर चादर से जो कमर में लपेटी हुई थी, उसकी मुश्कें बांध दी गईं। इसके बाद दोनों साधु उस सन्दूक की तरफ बढ़े। सन्दूक में ताला लगा हुआ न था, बल्कि एक रस्सी उसके चारों तरफ लपेटी हुई थी। रस्सी खोली गई और उस सन्दूक का पल्ला उठाया गया, एक साधु ने मोमबत्ती हाथ में ली और झांककर सन्दूक के अन्दर देखा, देखते ही "हाय!" कहकर जमीन पर गिर पड़ा। इसके बाद दूसरे ने देखा और उसकी भी यही अवस्था हुई।

॥ पांचवां भाग समाप्त ॥

छठवां भाग

पहिला बयान

वे दोनों साधु जो सन्दूक के अन्दर झांक न मालूम क्या देखकर बेहोश हो गए थे, थोड़ी देर बाद होश में आए और चीख-चीखकर रोने लगे। एक ने कहा, "हाय, इन्द्रजीतसिंह, तुम्हें क्या हो गया! तुमने तो किसी के साथ बुराई न की थी, फिर किस कमबख्त ने तुम्हारे साथ बदी की? प्यारे कुमार, तुमने बड़ा बुरा धोखा दिया, हम लोगों को छोड़कर चले गए, क्या दोस्ती का हक इसी तरह अदा करते हैं? हाय, अब हम लोग जीकर क्या करेंगे, अपना काला मुंह लेकर कहां जाएंगे? हमको अपने भाई से बढ़कर माननेवाला अब दुनिया में कौन रह गया! तुम हमें किसके सुपुर्द करके चले गए?"

दूसरा बोला–"प्यारे कुमार, कुछ तो बोलो! जरा अपने दुश्मनों का नाम तो बताओ, कुछ कहो तो सही कि किस बेईमान ने तुम्हें मारकर इस सन्दूक में डाल दिया? हाय, अब हम तुम्हारी मां बेचारी चन्द्रकान्ता के पास कौन मुंह लेकर जाएंगे? किस मुंह से कहेंगे कि तुम्हारे प्यारे होनहार लड़के को किसी ने मार डाला! नहीं-नहीं, ऐसा न होगा, हम लोग जीतेजी लौटकर घर न जाएंगे, इसी जगह जान दे देंगे। नहीं-नहीं, अभी तो हमें उससे बदला लेना है जिसने हमारा सर्वनाश कर डाला। प्यारे कुमार, जरा तो मुंह से बोलो, जरा आंखें खोलकर देखो तो सही, तुम्हारे पास कौन खड़ा रो रहा है। क्या तुम हमें भूल गए? हाय, यह यकायक कहां से गजब आकर टूट पड़ा!"

अब तो पाठक समझ गए होंगे कि इस सन्दूक में कुंअर इन्द्रजीतसिंह की लाश थी और ये दोनों साधु उनके दोस्त भैरोसिंह और तारासिंह थे। इन दोनों के रोने से कामिनी असल बात समझ गई, झट कोठरी के बाहर निकल आई और मोमबत्ती की रोशनी में कुमार की लाश देख जोर-जोर से रोने लगी। किशोरी इस तहखाने के बगलवाली कोठरी में थी। उसने जो कुंअर इन्द्रजीतसिंह का नाम ले-लेकर रोने की आवाज सुनी तो उसकी अजब हालत हो गई। उसका पका हुआ दिल इस लायक न था कि इतनी ठेस सम्हाल सके, बस एक दफे 'हाय' की आवाज तो उसके मुंह

से निकली मगर फिर तनोबदन की सुध न रही। वह ऐसी जगह न थी कि कोई उसके पास जाए या उसे सम्हाले और देखे कि उसकी क्या हालत है।

भैरोसिंह और तारासिंह ने जो कामिनी को देखा तो वह लोग फूट-फूटकर रोने लगे। तहखाने में हाहाकर मच गया। घण्टे-भर यही हालत रही। जब कामिनी ने रोकर यह कहा कि 'इसी बगलवाली कोठरी में बेचारी किशोरी भी है, हाय, हम लोगों का रोना सुनकर उस बेचारी की क्या अवस्था हुई होगी।' तब भैरोसिंह और तारासिंह चुप हुए और कामिनी का मुंह देखने लगे।

भैरो–तुम्हें कैसे मालूम हुआ कि यहां किशोरी भी है?

कामिनी–मैं उससे बातें कर चुकी हूं।

तारा–क्या तुम बड़ी देर से इस तहखाने में हो?

कामिनी–देर क्या, मैं तो कई दिनों से भूखी-प्यासी इस तहखाने में कैद हूं। (उस आदमी की तरफ इशारा करके) यह मेरा पहरा देता था।

भैरो–खैर, जो होना था सो हो गया। अब हम लोग अगर रोने-धोने में लगे रहेंगे तो इनके दुश्मन का पता न लगा सकेंगे और न उससे बदला ही ले सकेंगे। यों तो जन्म-भर रोना ही है परन्तु जब इनके दुश्मन से बदला ले लेंगे तो कलेजे में कुछ ठण्डक पड़ेगी। तुम यहां कैसे आईं और इन दुष्टों के हाथ क्योंकर फंसीं, खुलासा कहो तो शायद कुछ पता लगे।

कामिनी ने अपना खुलासा हाल कहा और इसके बाद पूछा, "तुम दोनों का आना कैसे हुआ?"

भैरो–कमला ने इस तहखाने का पता देकर हम लोगों को यहां भेजवाया है, थोड़ी ही देर में राजा बीरेन्द्रसिंह और कुंअर आनन्दसिंह भी बहुत से आदमियो को साथ लिये आया ही चाहते हैं, कमला भी उनके साथ होगी, हम लोग कुंअर इन्द्रजीतसिंह को छुड़ाने के लिए किसी दूसरी जगह जानेवाले थे, मगर हाय, यह क्या खबर थी कि रास्ते में ही हम लोगों पर यह पहाड़ टूट पड़ेगा। हाय, जब महाराज यहां आएंगे तो हम किस मुंह से कहेंगे कि तुम्हारे प्यारे लड़के की लाश इस तहखाने में पाई गई।

इसके बाद भैरोसिंह ने इस तहखाने में आने का बाकी हाल कहा तथा यह भी बताया कि 'जब खण्डहर के बाहर कुएं पर हम दोनों आदमी बैठे थे, तभी तीन आदमियों की बातचीत से मालूम हो गया कि तुमको उन लोगों ने कैद कर लिया है, परन्तु यह आशा न थी कि हम तुम्हें इस अवस्था में देखेंगे। उन लोगों ने मुझे देखा तो पहचानकर डरे और भाग गए, मगर मुझे यह न मालूम हुआ कि वे लोग कौन हैं और उन्होंने मुझे कैसे पहचाना?'

कामिनी–(हाथ का इशारा करके) उन्हीं लोगों में से एक यह भी है जिसे तुमने बांध रखा है।

भैरो–(उस आदमी से) बता, तू कौन है?

आदमी–बताने को तो मैं सबकुछ बता सकता हूं, परन्तु मेरी जान किसी तरह न बचेगी।

भैरो–क्या तुझे अपने मालिक का डर है?

आदमी–जी हां।

भैरो–मैं वादा करता हूं कि तेरी जान बचाऊंगा और तुझे बहुत-कुछ इनाम भी दिलाऊंगा।

आदमी–इस वादे से मेरी तबीयत नहीं भरती, क्योंकि मुझे तो आप लोगों के ही बचने की उम्मीद नहीं। हाय, क्या आफत में जान फंसी है! अगर कुछ कहें तो मालिक के हाथ से मारे जाएं और न कहें तो इन लोगों के हाथ से दुःख भोगें!

भैरो–तेरी बातों से मालूम होता है कि तेरा मालिक बहुत जल्द यहां आया चाहता है?

आदमी–बेशक ऐसा ही है।

यह सुनते ही भैरोसिंह ने तारासिंह के कान में कुछ कहा और उनका ऐयारी का बटुआ लेकर, अपना बटुआ उन्हें दे दिया, जिसे ले वे तुरन्त वहां से रवाना हुए और तहखाने के बाहर निकल गए। तारासिंह ने जल्दी-जल्दी खण्डहर के बाहर होकर उस कुएं में से एक लुटिया पानी खींचा और बटुए में से कोई चीज निकालकर पत्थर पर रगड़ जल में घोलकर पीया। फिर एक लुटिया जल निकालकर वही चीज पत्थर पर घिस पानी में मिलाई और बहुत जल्द तहखाने में पहुंचे, जल की लुटिया भैरोसिंह के हाथ में दी, भैरोसिंह ने बटुए से कुछ खाने की चीज निकाली और कामिनी से कहा, "इसे खाकर यह जल पी लो।"

कामिनी–भला खाने और जल पीने का यह कौन-सा मौका है? यद्यपि मैं कई दिनों से भूखी हूं, परन्तु क्या कुमार की लाश के सिरहाने बैठकर खा सकूंगी, क्या यह अन्न मेरे गले के नीचे उतरेगा?

भैरो–हाय! इस बात का मैं कुछ भी जवाब नहीं दे सकता। खैर, इस पानी में से थोड़ा तुम्हें पीना ही पड़ेगा। अगर इससे इनकार करोगी तो हम सब लोग मारे जाएंगे। (धीरे से कुछ कहकर) बस, देर न करो।

कामिनी–अगर ऐसा है तो मैं इनकार नहीं कर सकती।

भैरोसिंह ने उस लुटिया में से आधा जल कामिनी को पिलाया और आधा आप पीकर लुटिया तारासिंह के हवाले की। तारासिंह तुरन्त तहखाने में से बाहर निकल आए और जहां तक जल्द हो सका, इधर-उधर से सूखी हुई लकड़ियां और कण्डे बटोरकर खण्डहर के बीच में एक जगह रखा, तब बटुए में से चकमक पत्थर निकाला और उसमें से आग झाड़कर गोठों और लकड़ियों को सुलगाया।

तारासिंह यह सब काम बड़ी फुर्ती से कर रहे थे और घड़ी-घड़ी खण्डहर के बाहर मैदान की तरफ देखते भी जाते थे। आग सुलगाने के बाद, जब तारासिंह ने मैदान की तरफ देखा तो बहुत दूर पर गर्द उड़ती हुई दिखाई दी। वह अपने काम में फिर जल्दी करने लगे। बटुए में से एक शीशी निकाली जिसमें किसी प्रकार का तेल था, वह तेल आग में डाल दिया, आग पर दो-तीन दफे पानी का छींटा दिया, फिर मैदान की तरफ देखा। मालूम हुआ कि दस-पन्द्रह आदमी घोड़ों पर सवार बड़ी तेजी से इसी तरफ आ रहे हैं। उस समय तारासिंह के मुंह से यकायक निकल पड़ा–"ओफ, अगर जरा भी देर होती तो काम बिगड़ ही चुका था, खैर, अब ये लोग कहां जा सकते हैं!"

आग में से बहुत ज्यादे धुआं निकला और खण्डहर-भर में फैल गया। इसके बाद तारासिंह खण्डहर के बाहर निकले और कुएं के पास जाकर नीम के पेड़ पर चढ़ गए तथा अपने को घने पत्तों की आड़ में छिपा लिया। वह पेड़ इतना ऊंचा था कि उस पर से खण्डहर के भीतर का मैदान साफ नजर पड़ता था। वे सवार, जिन्हें तारासिंह ने दूर से देखा था, अब खण्डहर के पास आ पहुंचे, तारासिंह ने पेड़ पर चढ़े-चढ़े गिना तो मालूम हुआ कि बारह सवार हैं। उनमें सबके आगे एक साधु था जिसकी सुफेद दाढ़ी नाभी तक पहुंच रही थी।

पाठक, यह वही बाबाजी हैं जिन्होंने रोहतासगढ़ में राजा दिग्विजयसिंह के पास रात के समय पहुंचकर उन्हें भड़काया और राजा बीरेन्द्रसिंह वगैरह को कैद कराया था।

खण्डहर के पास पहुंचकर वे लोग रुके। घोड़ों की बागडोरें पत्थरों से अटकाकर दस आदमी तो खण्डहर के अन्दर घुसे और दो आदमी घोड़ों की हिफाजत के लिए बाहर रह गए।

खण्डहर के अन्दर धुआं देखकर बुड्ढे साधु ने कहा, "यह धुआं कैसा है?"

एक–किसी मुसाफिर ने आकर रसोई बनाई होगी।

दूसरा–मगर धुआं बहुत कड़वा है।

तीसरा–ओफ, आंख-नाक से पानी बहने लगा।

साधु–अगर किसी मुसाफिर ने यहां आकर रसोई पकाई होती तो हांडी, पत्तल और पानी का बर्तन इत्यादि कुछ और भी तो यहां दिखाई देता! (एक आदमी की तरफ देखकर) हमें इस धुएं का रंग बेढब मालूम होता है, इसकी कड़वाहट, इसकी रंगत और इसकी बू कहे देती है कि धुएं में बेहोशी का असर है। है, है, जरूर ऐसा ही है, कुछ अमल भी आ चला और सिर भी घूमने लगा! (जोर से) अरे बहादुरो, बेशक तुम लोग धोखे में डाले गए, यहां कोई ऐयार आ पहुंचा है, क्या ताज्जुब है, अगर तहखाने में से कामिनी को निकालकर ले गया हो।

नीम के पेड़ पर बैठे हुए तारासिंह उस साधु की सब बातें सुन रहे थे क्योंकि वह नीम का पेड़ खण्डहर के फाटक के पास ही था। साधु की बातें अभी पूरी न

होने पाई थीं कि खण्डहर के पिछवाड़े की तरफ से एक आदमी दौड़ता हुआ आया। मालूम होता है कि साधु की आखिरी बात उसने सुन ली थी, क्योंकि पहुंचने के साथ ही उसने पुकारकर कहा, "नहीं-नहीं, कामिनी को कोई निकालकर नहीं ले गया मगर इसमें भी सन्देह नहीं कि बीरेन्द्रसिंह के दो ऐयार यहां आए हैं, एक तहखाने के अन्दर है, दूसरा (हाथ का इशारा करके) उस नीम के पेड़ पर चढ़ा हुआ है।"

साधु–बस, तब तो मार लिया। बेशक हम लोग आफत में फंस गए हैं परन्तु कामिनी और इन्द्रजीत, जिन्हें तुम लोग तहखाने में पहुंचा चुके हो, अब बाहर नहीं जा सकते। ताज्जुब नहीं कि इन ऐयारों ने इन्द्रजीतसिंह को मुर्दा समझ लिया हो! देखो, मैं शाहदरवाजे को अभी ऐसा बन्द करता हूं कि फिर ऐयार का बाप भी तहखाने में नहीं जा सकेगा।

इसके जवाब में उस आदमी ने जो अभी दौड़ता हुआ आया था कहा, "हमारा एक आदमी भी तहखाने में ही है।"

साधु–खैर, अब तो उसका भी उसी तहखाने में घुटकर मर जाना बेहतर है।

तारासिंह ने उस आदमी को पहचान लिया जो खण्डहर के पिछवाड़े की तरफ से दौड़ता हुआ आया था। यह उन्हीं दोनों आदमियों में से एक था, जो भैरोसिंह और तारासिंह को कुएं पर देख डर के मारे भाग गए थे, न मालूम कहां छिपा रहा था, जो इस समय बाबाजी को देखकर बेधड़क आ पहुंचा।

साधु ने धुएं का खयाल बिलकुल ही न किया और खण्डहर के अन्दर जाकर न मालूम किस कोठरी में घुस गया।

तारासिंह को कुंअर इन्द्रजीतसिंह के मरने का जितना गम था, उसे पाठक स्वयं समझ सकते हैं, परन्तु उनको उस समय बड़ा ही आश्चर्य हुआ, जब साधु के मुंह से यह सुना कि 'ताज्जुब नहीं कि ऐयारों ने इन्द्रजीतसिंह को मुर्दा समझ लिया हो!' बल्कि यों कहना चाहिए कि इस बात ने तारासिंह को खुश कर दिया। वे अपने दिल में सोचने लगे कि बेशक हम लोगों ने धोखा खाया, मगर न मालूम उन्हें कैसी दवा खिलाई गई जिसने बिलकुल मुर्दा ही बना दिया। यदि इस समय भैरोसिंह के पास पहुंचकर यह खुशखबरी सुनाई जाती है तो क्या ही अच्छी बात थी, मगर कमबख्त साधु तो कहता है कि मैं शाहदरवाजे को ही बन्द कर देता हूं जिसमें फिर कोई आदमी तहखाने में न जा सके। यदि ऐसा हुआ तो बड़ी ही मुश्किल होगी, इन्द्रजीतसिंह अगर जीते भी हैं तो अब मर जाएंगे! न मालूम यह शाहदरवाजा कौन-सा है और किस तरह खुलता और बन्द होता है?

वे लोग तो सुन ही चुके थे कि बीरेन्द्रसिंह का एक ऐयार नीम के पेड़ पर चढ़ा हुआ है। बाबाजी शाहदरवाजा बन्द करने चले गए, मगर तारासिंह को इसकी कुछ भी चिन्ता नहीं थी, क्योंकि वे इस बात को बखूबी जानते थे कि बेहोशी का धुआं जो इस खण्डहर में फैला हुआ है, अब इन लोगों को ज्यादे देर तक ठहरने न देगा,

थोड़ी ही देर में बेहोशी आ जाएगी और फिर किसी योग्य न रहेंगे, और आखिर वैसा ही हुआ।

यद्यपि वे लोग ज्यादे धुएं में नहीं फंसे थे, तो भी जो कुछ उन लोगों की आंखों में लगा था और नाक की राह से पेट में चला गया था, वही उन लोगों को बेदम करने के लिए काफी था। वे लोग कुएं पर आ पहुंचे और चारों तरफ से उस नीम के पेड़ को घेर लिया। इस समय उन लोगों की अवस्था शराबियों की-सी हो रही थी। उसी समय तारासिंह ने पेड़ पर से चिल्लाकर कहा, "ओ हो हो हो, क्या अच्छे वक्त पर हमारा मालिक आ पहुंचा। अब जरूर इन कमबख्तों की जान जाएगी!"

तारासिंह की बात सुनते ही वे लोग ताज्जुब में आ गए और मैदान की तरफ देखने लगे। वास्तव में पूरब की तरफ गर्द उठ रही थी और मालूम होता था कि किसी राजा की सवारी इस तरफ आ रही है। उन लोगों के दिमाग में अब बेहोशी का असर अच्छी तरह हो चुका था। वे लोग बैठ गए और फिर जमीन पर लेटकर दीन-दुनिया से बेखबर हो गए।

तारासिंह की निगाह उसी गर्द की तरफ थी। धीरे-धीरे आदमी और घोड़े दिखाई देने लगे और जब थोड़ी दूर रह गए तो साफ मालूम हो गया कि कई सवारों को साथ लिये राजा बीरेन्द्रसिंह आ पहुंचे। ऐयारों में तेजसिंह और पण्डित बद्रीनाथ उनके साथ थे और मुश्की घोड़े पर सवार कमला आगे-आगे आ रही थी। जब तक वे लोग खण्डहर के पास आवें, तब तक तारासिंह पेड़ के नीचे उतरे, कुएं में से एक लुटिया जल निकालकर मुंह-हाथ धोया और कुछ आगे बढ़कर उन लोगों से मिले। बीरेन्द्रसिंह ने तारासिंह से पूछा, "कहो, क्या हाल है?"

तारा–विचित्र हाल है।

बीरेन्द्र–सो क्या, भैरो कहां है?

तारा–भैरोसिंह इसी खण्डहर के तहखाने में हैं, और किशोरी, कामिनी तथा कुंअर इन्द्रजीतसिंह भी उसी तहखाने में कैद हैं।

तारासिंह ने कुंअर इन्द्रजीतसिंह का जो कुछ हाल तहखाने में देखा था, वह किसी से कहना मुनासिब न समझा, क्योंकि सुनते ही वे लोग अधमरे हो जाते और किसी काम लायक न रहते और बीरेन्द्रसिंह की तो न मालूम क्या हालत होती, सिवाय इसके यह भी मालूम हो ही चुका था कि कुंअर इन्द्रजीतसिंह मरे नहीं हैं, ऐसी अवस्था में उन लोगों को बुरी खबर सुनाना बुद्धिमानी के बाहर था, इसलिए तारासिंह ने इन्द्रजीतसिंह के बारे में बहुत-सी बातें बनाकर कहीं, जैसा कि आगे चलकर मालूम होगा।

कुंअर आनन्दसिंह ने जब तारासिंह की जुबानी यह सुना कि कामिनी भी इसी तहखाने में कैद है तो बहुत ही खुश हुए और सोचने लगे कि अब थोड़ी देर में माशूका

से मुलाकात हुआ ही चाहती है। ईश्वर ने बड़ी कृपा की कि ढूंढ़ने और पता लगाने की नौबत न पहुंची। उन्होंने सोचा कि बस, अब हमारे दुःखान्त नाटक का अन्त हुआ ही चाहता है।

बीरेन्द्रसिंह ने फिर तारा से पूछा, "क्या तुमने अपनी आंखों से उन लोगों को इस तहखाने में कैद देखा है?"

तारा–जी हां, कुंअर इन्द्रजीतसिंह और कामिनी से तो हम दोनों आदमी मिल चुके हैं और भैरोसिंह उन दोनों के पास ही हैं, मगर किशोरी को हम लोग न देख सके, कामिनी की जुबानी मालूम हुआ कि जिस तहखाने में वह है, उसी के बगलवाली कोठरी में किशोरी भी कैद है। पर कोई तरकीब ऐसी न निकली जिससे हम लोग किशोरी तक पहुंच सकते।

बीरेन्द्र–क्या यहां की कोठरियों और दरवाजों में किसी तरह का भेद है?

तारा–भेद क्या, मुझे तो यह एक छोटा तिलिस्म ही मालूम होता है!

बीरेन्द्र–भला तुम और भैरोसिंह इन्द्रजीतसिंह के पास तक पहुंच गए तो उसे तहखाने के बाहर क्यों न ले आए?

तारा–(कुछ अटककर) मुलाकात होने पर हम लोग उसी तहखाने में बैठकर बातें करने लगे। दुश्मन का एक आदमी उस तहखाने में कैदियों की निगहबानी कर रहा था। कैदी हथकड़ी और बेड़ी के सबब बेबस थे। जब हम दोनों ने उस आदमी को गिरफ्तार किया और हाल जानने के लिए बहुत-कुछ मारा-पीटा, तब वह राह पर आया। उसकी जुबानी मालूम हुआ कि हम लोगों का दुश्मन अर्थात् उसका मालिक बहुत से आदमियों को साथ ले यहां आया ही चाहता है। तब भैरोसिंह ने मुझे कहा कि इस समय हम लोगों को इस तहखाने से बाहर निकलना मुनासिब नहीं है, कौन ठिकाना, बाहर निकलकर दुश्मनों से मुलाकात हो जाए वे लोग बहुत होंगे और हम लोग केवल तीन आदमी हैं, ताज्जुब नहीं कि तकलीफ उठानी पड़े, इससे यही बेहतर है कि तुम बाहर जाओ और जब दुश्मन लोग इस खण्डहर में आ जाएं तो उन्हें किसी तरह गिरफ्तार करो। उन्हीं की आज्ञा पाकर मैं अकेला तहखाने के बाहर निकल आया और मैंने दुश्मनों को गिरफ्तार भी कर लिया।

तेज–(खुश होकर और हाथ का इशारा करके) मालूम होता है कि वे लोग जो उस पेड़ के नीचे पड़े हैं और कुछ खण्डहर के दरवाजे पर दिखाई देते हैं, सब तुम्हारी ही कारीगरी से बेहोश हुए हैं, उन्हें किस तरह बेहोश किया?

तारा–खण्डहर के अन्दर आग सुलगाई और उसमें बेहोशी की दवा डाली, जब तक वे लोग आए तब तक धुआं अच्छी तरह फैल गया। ऐसी कड़वी दवा से वे लोग क्योंकर बच सकते थे, जरा-सा धुआं आंख में लगना बहुत था। दुश्मन के केवल दो आदमी बच गए हैं, (घोड़ों की तरफ देखकर) मालूम होता है, आपको आते देख वे लोग भाग गए, यह क्या हुआ!

तेज–(चारों तरफ देखकर) जाने दो, क्या हर्ज है। हां, तो अब हम लोगों को तहखाने में चलना चाहिए।

तारा–शायद अब हम लोग तहखाने में न जा सकें।

कमला–सो क्यों?

तारा–उन लोगों में एक साधु भी था, वह बड़ा ही चालाक और होशियार था। आंख में धुआं लगते ही समझ गया कि इसमें बेहोशी का असर है, अब दम-के-दम में हम लोग बेहोश हो जाएंगे। उसी समय एक आदमी ने जो पहले हम लोगों को देखकर भाग गया था और छिपकर मेरी कार्रवाई देख रहा था, पहुंचकर उसे हम लोगों के आने की खबर दे दी और यह भी कह दिया कि अभी तक कामिनी, किशोरी और इन्द्रजीतसिंह तहखाने में हैं बल्कि राजा बीरेन्द्रसिंह का एक ऐयार भी तहखाने में है। यह सुनते ही वह कुछ खुश हुआ और बोला, "अब हम लोग तो बेहोश हुआ ही चाहते हैं, धोखे में पड़ ही चुके हैं, मगर अब हम यहां के शाहदरवाजे को बन्द कर देते हैं, फिर किसी की मजाल नहीं कि तहखाने में जा सके और उन लोगों को निकाल सके जो तहखाने के अन्दर अभी तक बैठे हुए हैं।" इस बात को सुनकर उस जासूस ने कहा कि 'हम लोगों का एक आदमी भी उसी तहखाने में है।' साधु ने जवाब दिया कि 'अब उसका भी उसी में घुटकर मर जाना बेहतर होगा।' फिर न मालूम क्या हुआ और उस साधु ने क्या किया अथवा शाहदरवाजा कौन है और किस तरह खुलता या बन्द होता है!

तारासिंह की इस बात ने सभों को तरद्दुद में डाल दिया और थोड़ी देर तक वे लोग सोच-विचार में पड़े रहे, इसके बाद कमला ने कहा, "पहले खण्डहर में चलकर तहखाने का दरवाजा खोलना चाहिए, देखें खुलता है या नहीं, अगर खुल गया तो सोच-विचार की कुछ जरूरत नहीं, यदि न खुल सका तो देखा जाएगा।"

इस बात को सभों ने पसन्द किया और राजा बीरेन्द्रसिंह ने कमला को आगे चलने और तहखाने का दरवाजा खोलने के लिए कहा। खण्डहर में इस समय धुआं कुछ भी न था, सब साफ हो चुका था। कमला सभों को साथ लिये हुए उस दालान में पहुंची जहां से तहखाने में जाने का रास्ता था। मोमबत्ती जलाकर हाथ में ली और बगलवाली कोठरी में जाकर मोमबत्ती तारासिंह के हाथ में दे दी। इस कोठरी में एक आलमारी थी जिसके पल्लों में दो मुट्ठे लगे हुए थे, इन्हीं मुट्ठों के घुमाने से दरवाजा खुल जाता था और फिर एक कोठरी में पहुंच जाने से तहखाने में उतरने के लिए सीढ़ियां मिलती थीं। इस समय कमला ने इन्हीं दोनों मुट्ठों को कई बार घुमाया, वे घूम तो गए मगर दरवाजा न खुला। इसके बाद तारासिंह ने और फिर तेजसिंह ने भी उद्योग किया मगर कोई काम न चला। तब तो सभों का जी बेचैन हो गया और विश्वास हो गया कि उस बेईमान साधु ने जो कुछ कहा, सो किया। इस खण्डहर में कोई शाहदरवाजा जरूर है जिसे साधु ने बन्द कर दिया और जिसके सबब से यह दरवाजा अब नहीं खुलता।

सब लोग उस कोठरी से बाहर निकले और साधु को ढूंढ़ने लगे। खण्डहर में और नीम के पेड़ के नीचे आठ आदमी बेहोश पड़े हुए थे जो सब इकट्ठे किए गए। दो आदमी जो घोड़ों की हिफाजत करने के लिए रह गए थे और बेहोश नहीं हुए थे. वे तो न मालूम कहां भाग ही गए थे, अब साधु रह गए सो उनके शरीर का कहीं पता न लगा। चारों तरफ खोज होने लगी।

राजा बीरेन्द्रसिंह, तेजसिंह और तारासिंह को साथ लिये हुए कमला उस कोठरी में पहुंची जिसमें दीवार के साथ लगी हुई पत्थर की मूरत थी, जिसमें एक दफे रात के समय कामिनी जा चुकी थी और जिसका हाल ऊपर के किसी बयान में लिखा जा चुका है। इसी कोठरी में पत्थर की मूरत के पास ही साधु महाशय बेहोश पड़े हुए थे।

तेज–(मूरत को अच्छी तरह देखकर) मालूम होता है कि शाहदरवाजे से इस मूरत का कोई सम्बन्ध है।

बीरेन्द्र–शायद ऐसा ही हो, क्योंकि मुझे यह खण्डहर तिलिस्मी मालूम होता है। हाय, बेचारा लड़का इस समय कैसी मुसीबत में पड़ा हुआ है। अब दरवाजा खुलने की तरकीब किससे पूछी जाए और उसका कैसे पता लगे? मेरी राय तो यह है कि इस खण्डहर में जो कुछ मिट्टी-चूना पड़ा है, सब बाहर फिंकवाकर जगह साफ करा दी जाए और दीवार तथा जमीन भी खोदी जाए।

तेज–मेरी भी यही राय है।

तारा–जमीन और दीवार खुदने से जरूर काम चल जाएगा। तहखाने की दीवार खोदकर हम लोग अपना रास्ता निकाल लेंगे, बल्कि और भी बहुत-सी बातों का पता लग जाएगा।

बीरेन्द्र–(तेजसिंह की तरफ देखकर) बहुत जल्द बन्दोबस्त करो और दो आदमी रोहतासगढ़ भेजकर एक हजार आदमी की फौज बहुत जल्द मंगवाओ। वह फौज ऐसी हो कि सब काम कर सके, अर्थात् जमीन खोदने, सेंध लगाने, सड़क बनाने इत्यादि का काम बखूबी जानती हो।

तेज–बहुत खूब।

राजा बीरेन्द्रसिंह के साथ-साथ सौ आदमी आए हुए थे, वे सब-के-सब काम में लग गए। बेहोश दुश्मनों के हाथ-पैर बांध दिए गए और उन्हें उठाकर एक दालान में रख देने के बाद सब लोग खण्डहर की मिट्टी उठा-उठाकर बाहर फेंकने लगे, जल्दी के मारे मालिकों ने भी काम में हाथ लगाया।

रात हो गई। कई मशाल भी जलाए गए, मिट्टी की सफाई बराबर जारी रही, मगर तारासिंह का विचित्र हाल था, उन्हें घड़ी-घड़ी रुलाई आती थी, और उसे वे बड़ी मुश्किल से रोकते थे। यद्यपि तारासिंह ने कुंअर इन्द्रजीतसिंह का हाल बहुत-कुछ झूठ-सच मिलाकर राजा बीरेन्द्रसिंह से कहा था, मगर वे बखूबी जानते थे कि

इन्द्रजीतसिंह की अवस्था अच्छी नहीं है, उनकी लाश तो अपनी आंखों से देख ही चुके थे, परन्तु साधु की बातों ने उनकी कुछ तसल्ली कर दी थी। वे समझ गए थे कि इन्द्रजीतसिंह मरे नहीं, बल्कि बेहोश हैं, मगर अफसोस तो यह है कि यह बात केवल तारासिंह को ही मालूम है, भैरोसिंह को भी यदि इस बात की खबर होती, तो तहखाने में बैठे-बैठे कुमार को होश में लाने का कुछ उद्योग करते। कहीं ऐसा न हो कि बेहोशी में ही कुमार की जान निकल जाए, ऐसी कड़ी बेहोशी का नतीजा अच्छा नहीं होता है, इसके अतिरिक्त कई दिनों से कुमार बेहोशी की अवस्था में पड़े हैं, बेहोशी भी ऐसी कि जिसने बिलकुल ही मुर्दा बना दिया, क्या जाने, जीते भी हैं या वास्तव में मर ही गए।

ऐसी-ऐसी बातों के विचार से तारासिंह बहुत ही बेचैन थे, मगर अपने दिल का हाल किसी से कहते नहीं थे।

यहां से थोड़ी दूर पर एक गांव था, कई आदमी दौड़ गए और कुदाल-फावड़ा इत्यादि जमीन खोदने का सामान वहां से ले आए। और बहुत से मजदूरों को साथ लिवाते आए। रात-भर काम लगा रहा और सवेरा होते-होते तक खण्डहर साफ हो गया।

अब उस दालान की खुदाई शुरू हुई, जिसके बगलवाली कोठरी के अन्दर से तहखाने में जाने का रास्ता था। हाथ-भर तक जमीन खुदने के बाद लोहे की सतह निकल आई, जिसमें छेद होना भी मुश्किल था। यह देखकर बीरेन्द्रसिंह को भी बहुत रंज हुआ और उन्होंने खण्डहर के बीच की जमीन अर्थात् चौक खोदने का हुक्म दिया।

दूसरे दिन चौक की खुदाई से छुट्टी मिली, खुद जाने पर वहां एक छोटी-सी खूबसूरत बावली निकली, जिसके चारों तरफ छोटी-छोटी संगमरमर की सीढ़ियां थीं। यह बावली दस गज से ज्यादे गहरी न थी और इसके नीचे की सतह तीन गज चौड़ी और इतनी ही लम्बी होगी। दो पहर दिन चढ़ते-चढ़ते उस बावली की मिट्टी निकल गई और नीचे की सतह में पीतल की एक मूरत दिखाई पड़ी। मूरत बहुत बड़ी न थी, एक हरिन का शेर ने शिकार किया था, हरिन की गर्दन का आधा हिस्सा शेर के मुंह में था। मूरत बहुत ही खूबसूरत और कीमती थी, मगर मिट्टी के अन्दर बहुत दिनों तक दबे रहने से मैली और खराब हो रही थी। बीरेन्द्रसिंह ने उसे अच्छी तरह झाड़-पोंछकर साफ करने का हुक्म दिया।

बीरेन्द्रसिंह ने तेजसिंह से कहा, "इस खुदाई में समय भी नष्ट हुआ, और कुछ काम भी न निकला।"

तेज–मैं इस मूरत पर अच्छी तरह गौर कर रहा हूं, मुझे आशा है कि कोई अनूठी बात जरूर दिखाई पड़ेगी।

बीरेन्द्र–(ताज्जुब में आकर) देखो-देखो, शेर की आंखें इस तरह घूम रही हैं जैसे वह इधर-उधर देख रहा हो!

आनन्द–(अच्छी तरह देखकर) हां, ठीक तो है!

इसी समय एक आदमी दौड़ता हुआ आया और हाथ जोड़कर बोला, "महाराज, चारों तरफ से दुश्मन की फौज ने आकर हम लोगों को घेर लिया है। दो हजार सवारों के साथ शिवदत्त आ पहुंचा, जरा मैदान की तरफ देखिए।"

न मालूम शिवदत्त इतने दिनों तक कहां छिपा हुआ था और क्या कर रहा था। इस समय दो हजार फौज के साथ उसका यकायक आ पहुंचना और चारों तरफ से खण्डहर को घेर लेना बड़ा ही दुखदायी हुआ, क्योंकि बीरेन्द्रसिंह के पास इस समय केवल सौ सिपाही थे।

सूर्य अस्त हो चुका था, चारों तरफ से अंधेरी घिरी चली आती थी। फौज सहित राजा शिवदत्त जब तक खण्डहर के पास पहुंचे, तब तक रात हो गई। राजा शिवदत्त को यह तो मालूम ही हो चुका था कि केवल सौ सिपाहियों के साथ राजा बीरेन्द्रसिंह, कुंअर आनन्दसिंह और उनके ऐयार लोग इसी खण्डहर में हैं, परन्तु राजा बीरेन्द्रसिंह, कुमार और उनके ऐयारों की वीरता और साहस को भी वह अच्छी तरह जानता था, इसलिए रात के समय खण्डहर के अन्दर घुसने की उसकी हिम्मत न पड़ी। यद्यपि उसके साथ दो हजार सिपाही थे, मगर खण्डहर के अन्दर डेढ़-दो सौ सिपाहियों से ज्यादे नहीं जा सकते थे, क्योंकि उसके अन्दर ज्यादे जमीन न थी, और बीरेन्द्रसिंह तथा उनके साथी इतने आदमियों को कुछ भी न समझते, इसलिए शिवदत्त ने सोचा कि रात-भर इस खण्डहर को घेरकर चुपचाप पड़े रहना ही उत्तम होगा। वास्तव में शिवदत्त का विचार बहुत ठीक था और उसने ऐसा ही किया भी। राजा बीरेन्द्रसिंह को भी रात भर सोचने-विचारने की मोहलत मिली। उन्होंने कई सिपाहियों को फाटक पर मुस्तैद कर दिया और उसके बाद अपने बचाव का ढंग सोचने लगे।

दूसरा बयान

इस समय शिवदत्त की खुशी का अन्दाज करना मुश्किल है और यह कोई ताज्जुब की बात भी नहीं है, क्योंकि लड़ाकों और दोस्त-ऐयारों के सहित राजा बीरेन्द्रसिंह को उसने ऐसा बेबस कर दिया कि उन लोगों को जान बचाना कठिन हो गया है। शिवदत्त के आदमियों ने अब खण्डहर को चारों तरफ से घेर लिया और उसे निश्चय हो गया कि अब हम पुनः चुनार की गद्दी पावेंगे और इसके साथ ही नौगढ़, विजयगढ़, गयाजी और रोहतासगढ़ की हुकूमत भी बिना परिश्रम हाथ लगेगी।

एक घने वटवृक्ष के नीचे अपने दोस्तों और ऐयारों को साथ लिये शिवदत्त गप्पें उड़ा रहा है। ऊपर एक सुफेद चंदोवा तना हुआ है। बिछावन और गद्दी उसी प्रकार की है, जैसी मामूली सरदार अथवा डाकुओं के भारी गिरोह के अफसर की होनी

चाहिए। दो मशालची हाथ में मशालें लिये सामने खड़े हैं और इधर-उधर कई जगह आग सुलग रही है। बाकरअली, खुदाबक्श, यारअली और अजायबसिंह ऐयार शिवदत्त के दोनों तरफ बैठे हैं और सभों की निगाह उन शराब की बोतलों और प्यालों पर बराबर पड़ रही है जो शिवदत्त के सामने काठ की चौकी पर रखे हुए हैं। धीरे-धीरे शराब पीने के साथ-साथ सब कोई शेखी बघार रहे हैं। कोई अपनी बहादुरी की तारीफ कर रहा है, तो कोई बीरेन्द्रसिंह को सहज ही गिरफ्तार करने की तरकीब बता रहा है। शिवदत्त ने सिर उठाया और बाकरअली ऐयार की तरफ देखकर कुछ कहना चाहा, परन्तु उसी समय उसकी निगाह सामने मैदान की तरफ जा पड़ी, और वह चौंक उठा। ऐयारों ने भी पीछे फिरकर देखा और देर तक उसी तरफ देखते रहे।

दो मशालों की रोशनी, जो कुछ दूर पर थी, इसी तरफ आती दिखाई पड़ी। वे दोनों मशाल मामूली न थे, बल्कि मालूम होता था कि लम्बे नेजे या छोटे-से बांस के सिरे पर बहुत-सा कपड़ा लपेटकर मशाल का काम लिया गया है और उसे हाथ में लिये बल्कि ऊंचा किए हुए दो सवार घोड़ा दौड़ाते इसी तरफ आ रहे हैं। उन्हीं मशालों को देखकर शिवदत्त चौंका था।

बाकरअली ऐयार पेड़ के ऊपर चढ़ गया और थोड़ी देर में नीचे उतरकर बोला, "मशाल लेकर केवल दो सवार ही नहीं हैं, बल्कि और भी कई सवार उनके साथ मालूम होते हैं।"

थोड़ी ही देर में शिवदत्त के कई आदमी उन सवारों को अपने साथ लिये हुए वहीं आ पहुंचे, जहां शिवदत्त बैठा हुआ था। उन सवारों में से एक ने घोड़े पर से उतरने में शीघ्रता की। शिवदत्त ने पहचान लिया कि वह उसका लड़का भीमसेन है। भीमसेन दौड़कर शिवदत्त के कदमों पर गिर पड़ा, शिवदत्त ने प्रेम के साथ उठाकर गले लगा लिया। दोनों की आंखों में आंसू भर आए और देर तक मुहब्बत-भरी निगाहों से एक-दूसरे को देखते रह गए। इसके बाद लड़के का हाथ थामे हुए शिवदत्त अपनी गद्दी पर जा बैठा, और भीमसेन से बातचीत करने लगा। उन सवारों ने भी कमर खोली जो भीमसेन के साथ आए थे।

भीमसेन–(गद्गद स्वर से) इन चरणों के दर्शन की कदापि आशा न थी।

शिवदत्त–ठीक है, केवल मेरी ही भूल ने यह सब किया, परन्तु आज मुझ पर ईश्वर की दया हुई है, जिसका सबूत इससे बढ़कर और क्या हो सकता है कि बीरेन्द्रसिंह को मैंने फांस लिया और मेरा प्यारा लड़का भी मुझसे आ मिला। हां, यह कहो, तुम्हें छुट्टी क्योंकर मिली?

भीमसेन–(अपने साथियों में से एक की तरफ इशारा करके) केवल इनकी बदौलत मेरी जान बची।

भीमसेन ने उस आदमी को जिसकी तरफ इशारा किया था, अपने पास बुलाया और बैठने का इशारा किया, वह अदब के साथ सलाम करने के बाद बैठ

गया। उसकी उम्र लगभग चालीस वर्ष होगी, शरीर दुबला और कमजोर था। रंग यद्यपि गोरा और आंखें बड़ी थीं परन्तु चेहरे से उदासी और लाचारी पाई जाती थी और यह भी मालूम होता था कि कमजोर होने पर भी क्रोध ने उसे अपना सेवक बना रखा है।

भीमसेन–इसी ने मेरी जान बचाई है। यद्यपि यह दुबला और कमजोर मालूम होता है परन्तु परले सिरे का दिलावर और बात का धनी है और मैं दृढ़तापूर्वक कह सकता हूं कि इसके जैसा चतुर और बुद्धिमान होना आजकल के जमाने में कठिन है। यह ऐयार नहीं है, मगर ऐयारों को कोई चीज नहीं समझता! यह रोहतासगढ़ का रहनेवाला है, बीरेन्द्रसिंह के कारिन्दों के हाथ से दुःखी होकर भागा और इसने कसम खा ली है कि जब तक बीरेन्द्रसिंह और उनके खानदान का नाम-निशान न मिटा लूंगा अन्न न खाऊंगा, केवल कन्दमूल खाकर जान बचाऊंगा। इसमें कोई सन्देह नहीं कि यह जो कुछ चाहे कर सकता है। रोहतासगढ़ के तहखाने और (हाथ का इशारा करके) इस खण्डहर का भेद भी यह बखूबी जानता है, जिसमें बीरेन्द्रसिंह वगैरह लाचार और आपके सिपाहियों से घिरे पड़े हैं। इसने मुझे जिस चालाकी से निकाला उसका हाल इस समय कहकर समय नष्ट करना उचित नहीं जान पड़ता क्योंकि आज ही इस थोड़ी-सी बची हुई रात में इसकी मदद से एक भारी काम निकलने की उम्मीद है। अब आप स्वयं इससे बातचीत कर लें।

भीमसेन की बात, जो उस आदमी की तारीफ से भरी हुई थी, सुनकर शिवदत्त खुशी के मारे फूल उठा और उससे स्वयं बातचीत करने लगा।

शिवदत्त–सबके पहले मैं आपका नाम सुनना चाहता हूं।

वह–(धीरे से कान की तरफ झुककर) मुझे लोग बांकेसिंह कहकर पुकारते थे, परन्तु अब कुछ दिनों के लिए मैंने अपना नाम बदल दिया है। आप मुझे 'रूहा' कहकर पुकारा कीजिए जिसमें किसी को मेरा असल नाम मालूम न हो।

शिवदत्त–जैसा आपने कहा वैसा ही होगा। इस समय तो हमने बीरेन्द्रसिंह को अच्छी तरह घेर लिया है, उनके साथ सिपाही भी बहुत कम हैं जिन्हें हम लोग सहज ही गिरफ्तार कर लेंगे। आपका प्रण भी अब पूरा हुआ ही चाहता है।

रूहा–(मुस्कुराकर) इस बन्दोबस्त से आप बीरेन्द्रसिंह का कुछ भी नहीं कर सकते।

शिवदत्त–सो क्यों?

रूहा–क्या आप इस बात को नहीं जानते कि इस खण्डहर की दीवार बड़ी मजबूत है?

शिवदत्त–बेशक मजबूत है, मगर इससे क्या हो सकता है।

रूहा–क्या इस खण्डहर के भीतर घुसकर आप उनका मुकाबला कर सकेंगे?

शिवदत्त–क्यों नहीं!

रूहा–कभी नहीं। इसके अन्दर सौ आदमियों से ज्यादे के जाने की जगह नहीं है और इतने आदमियों को बीरेन्द्रसिंह के साथी सहज ही में काट गिरावेंगे।

शिवदत्त–हमारे आदमी दीवारों पर चढ़कर हमला करेंगे और सबसे भारी बात यह है कि वे लोग दो ही तीन दिन में भूख-प्यास से तंग होकर लाचार बाहर निकलेंगे, उस समय उनको मार लेना कोई बड़ी बात नहीं है।

रूहा–सो भी नहीं हो सकता, क्योंकि यह खण्डहर एक छोटा-सा तिलिस्म है, जिसका रोहतासगढ़ के तहखानेवाले तिलिस्म से सम्बन्ध है। इसके अन्दर घुसना और दीवारों पर चढ़ना खेल नहीं है। बीरेन्द्रसिंह और उनके लड़ाकों को इस खण्डहर का बहुत कुछ भेद मालूम है और आप कुछ भी नहीं जानते, इसी से समझ लीजिए कि आपमें और उनमें क्या फर्क है, इसके अतिरिक्त इस खण्डहर में बहुत से तहखाने और सुरंगें भी हैं, जिनसे वे लोग बहुत फायदा उठा सकते हैं।

शिवदत्त–(कुछ सोचकर) आप बड़े बुद्धिमान हैं और इस खण्डहर का हाल अच्छी तरह जानते हैं। अब मैं अपना बिलकुल काम आप ही की राय पर छोड़ता हूं, जो आप कहेंगे मैं वही करूंगा, अब आप ही कहिए क्या किया जाए?

रूहा–अच्छा, मैं आपकी मदद करूंगा और राय दूंगा, पहले आप बतावें कि क्या बीरेन्द्रसिंह के यहां आने का सबब आप जानते हैं?

शिवदत्त–नहीं।

रूहा–इसका असल हाल मुझे मालूम हो चुका है। (भीमसेन की तरफ देखकर) उस आदमी का कहना बहुत ठीक है।

भीमसेन–बेशक, ऐसा ही है, वह आपका शागिर्द होकर आपसे झूठ कभी नहीं बोलेगा।

शिवदत्त–क्या बात है?

रूहा–हम लोग यहां आ रहे थे तो रास्ते में मेरा एक चेला मिला था जिसकी जुबानी बीरेन्द्रसिंह के यहां आने का सबब हम लोगों को मालूम हो गया।

शिवदत्त–क्या मालूम हुआ?

रूहा–इस खण्डहर के तहखाने में कुंअर इन्द्रजीतसिंह न मालूम क्योंकर जा फंसे हैं जो किसी तरह निकल नहीं सकते, उन्हीं को छुड़ाने के लिए ये लोग आए हैं। मैं खण्डहर के हर एक तहखाने और उसके रास्ते को जानता हूं, अगर चाहूं तो कुंअर इन्द्रजीतसिंह को सहज ही निकाल लाऊं।

शिवदत्त–ओ हो, यदि ऐसा हो तो क्या बात है। परन्तु आपको इस खण्डहर में कोई जाने क्यों देगा और बिना खण्डहर में गए आप तहखाने के अन्दर पहुंच नहीं सकते।

रूहा–नहीं-नहीं, खण्डहर में जाने की कोई जरूरत नहीं है, मैं बाहर-ही-बाहर अपना काम कर सकता हूं।

शिवदत्त–तो फिर ऐसे काम में क्यों न जल्दी की जाए?

रूहा–मेरी राय है कि आप या आपके लड़के भीमसेन पांच सौ बहादुरों को साथ लेकर मेरे साथ चलें, यहां से लगभग दो कोस जाने के बाद एक छोटा-सा टूटा-फूटा मकान मिलेगा, पहले उसे घेर लेना चाहिए।

शिवदत्त–उसके घेरने से क्या फायदा होगा?

रूहा–इस खण्डहर में से एक सुरंग गई है जो उसी मकान में निकली है, ताज्जुब नहीं है कि बीरेन्द्रसिंह वगैरह उस राह से भाग जाएं इसलिए उस पर कब्जा कर लेना चाहिए। सिवाय इसके एक बात और है!

शिवदत्त–वह क्या?

रूहा–उसी मकान में से एक दूसरी सुरंग उस तहखाने में गई है जिसमें कुंअर इन्द्रजीतसिंह हैं। यद्यपि उस सुरंग की राह से इस तहखाने तक पहुंचते-पहुंचते पांच दरवाजे लोहे के मिलते हैं जिनको खोलना अति कठिन है परन्तु उनके खोलने की तरकीब मुझे मालूम है। वहां पहुंचकर मैं और भी कई काम करूंगा।

शिवदत्त–(खुश होकर) तब तो सबसे पहले हमें वहां ही पहुंचना चाहिए।

रूहा–बेशक ऐसा ही होना चाहिए, पांच सौ सिपाही लेकर आप मेरे साथ चलिए या भीमसेन चलें, फिर देखिए मैं क्या करता हूं।

शिवदत्त–अब भीमसेन को तकलीफ देना तो मैं पसन्द नहीं करता।

रूहा–यह बहुत थक गए हैं और कैद की मुसीबत उठाकर कमजोर भी हो गए हैं, यहां का इन्तजाम इन्हें सुपुर्द कीजिए और आप मेरे साथ चलिए।

इसके कुछ ही देर बाद शिवदत्त पांच सौ की फौज लेकर रूहा के साथ उत्तर की तरफ रवाना हुआ। इस समय पहर-भर रात बाकी थी, चांद ने भी अपना चेहरा छिपा लिया था मगर रहमदिल तारे डबडबाई हुई आंखों से दुष्ट शिवदत्त और उसके साथियों की तरफ देख-देख अफसोस कर रहे थे।

ये पांच सौ लड़ाके घोड़ों पर सवार थे, रूहा और शिवदत्त अरबी घोड़ों पर सवार सबके आगे-आगे जा रहे थे। रूहा केवल एक तलवार कमर से लगाए हुए था मगर शिवदत्त पूरे ठाठ से था। कमर में कटार और तलवार तथा हाथ में नेजा लिये हुए बड़ी खुशी से घुल-घुलकर बातें करता जाता था। सड़क पथरीली और ऊंची-नीची थी इसलिए ये लोग पूरी तेजी के साथ नहीं जा सकते थे, तिस पर भी घण्टे-भर चलने के बाद एक छोटे से टूटे-फूटे मकान की दीवार पर रूहा की नजर पड़ी और उसने हाथ का इशारा करके शिवदत्त से कहा, ''बस अब हम लोग ठिकाने आ पहुंचे, यही मकान है।''

शिवदत्त के साथी सवारों ने उस मकान को चारों तरफ से घेर लिया।

रूहा–इस मकान में कुछ खजाना भी है, जिसका हाल मुझे अच्छी तरह मालूम है।

शिवदत्त–(खुश होकर) आजकल मुझे रुपए की जरूरत भी है।

रूहा–मैं चाहता हूं कि पहले केवल आपको इस मकान में ले चलकर दो-एक जगह निशान और वहां का कुछ भेद बता दूं फिर आगे जैसा मुनासिब होगा वैसा किया जाएगा। आप मेरे साथ अकेले चलने के लिए तैयार हैं, डरते तो नहीं?

शिवदत्त–(घमंड के साथ) क्या तुमने मुझे डरपोक समझ लिया है? और फिर ऐसी अवस्था में जबकि हमारे पांच सौ सवारों से यह मकान घिरा हुआ है?

रूहा–(हंसकर) नहीं-नहीं, मैंने इसलिए टोका कि शायद इस पुराने मकान में आपको भूत-प्रेत का गुमान पैदा हो।

शिवदत्त–छिः, मैं ऐसे खयाल का आदमी नहीं हूं, बस देर न कीजिए, चलिए।

रूहा ने पथरी से आग झाड़कर मोमबत्ती जलाई, जो उसके पास थी और शिवदत्त को साथ लेकर मकान के अन्दर घुसा। इस समय उस मकान की अवस्था बिलकुल खराब थी, केवल तीन कोठरियां बची हुई थीं, जिनकी तरफ इशारा करके रूहा ने शिवदत्त से कहा, "यद्यपि यह मकान बिलकुल टूट-फूट गया है मगर इन तीनों कोठरियों को अभी तक किसी तरह का सदमा नहीं पहुंचा है, मुझे केवल इन्हीं कोठरियों से मतलब है। इस मकान की मजबूत दीवारें अभी दो-तीन और बरसातें सम्हालने की हिम्मत रखती हैं।"

शिवदत्त–मैं देखता हूं कि वे तीनों कोठरियां एक के साथ एक सटी हुई हैं और इसका भी कोई सबब जरूर होगा।

रूहा–जी हां, मगर इन तीन कोठरियों से इस समय तीन काम निकलेंगे।

इसके बाद रूहा एक कोठरी के अन्दर घुसा। इसमें एक तहखाना था और नीचे उतरने के लिए सीढ़ियां नजर आती थीं। शिवदत्त ने पूछा, "मालूम होता है इसी सुरंग की राह आप मुझे ले चलेंगे?" इसके जवाब में रूहा ने कहा, "हां, इन्द्रजीतसिंह को गिरफ्तार करने के लिए इसी सुरंग में चलना होगा, मगर अभी नहीं, मैं पहले आपको दूसरी कोठरी में ले चलता हूं, जिसमें खजाना है, मेरी तो यही राय है कि पहले खजाना निकाल लेना चाहिए, आपकी क्या राय है?"

शिवदत्त–(खुश होकर) हां-हां, पहले खजाना अपने कब्जे में कर लेना चाहिए। कहिए, तो कुछ आदमियों को अन्दर बुलाऊं?

रूहा–अभी नहीं, पहले आप स्वयं चलकर उस खजाने को देख तो लीजिए।

शिवदत्त–अच्छा चलिए।

अब ये दोनों कोठरी में पहुंचे। इसमें भी एक वैसा ही तहखाना नजर आया जिसमें उतरने के लिए सीढ़ियां मौजूद थीं। शिवदत्त को साथ लिये हुए रूहा उस तहखाने में उतर गया। यह ऐसी जगह थी कि यदि सौ आदमी एक साथ मिलकर चिल्लाएं तो भी मकान के बाहर आवाज न जाए। शिवदत्त को उम्मीद थी कि अब रुपए और अशर्फियों से भरे हुए देग दिखाई देंगे, मगर उसके बदले यहां दस सिपाही

ढाल-तलवार लिये मुंह पर नकाब डाले दिखाई पड़े और साथ ही इसके एक सुरंग पर भी नजर पड़ी जो मालूम होता था कि अभी खोदकर तैयार की गई है। शिवदत्त एकदम कांप उठा, उसे निश्चय हो गया कि रूहा ने मेरे साथ दगा की, और ये लोग मुझे मारकर इसी गड्ढे में दबा देंगे। उसने एक लाचारी की निगाह रूहा पर डाली और कुछ कहना चाहा मगर खौफ ने उसका गला ऐसा दबा दिया कि एक शब्द भी मुंह से न निकल सका।

उन दसों ने शिवदत्त को गिरफ्तार कर लिया और मुश्कें बांध लीं। रूहा ने कहा, ''बस अब आप चुपचाप इन लोगों के साथ इस सुरंग में चले चलिए नहीं तो इसी जगह आपका सिर काट लिया जाएगा।''

इस समय शिवदत्त रूहा और उसके साथियों का हुक्म मानने के सिवाय और कुछ भी न कर सकता था। सुरंग में उतरने के बाद लगभग आध कोस के चलना पड़ा, इसके बाद सब लोग बाहर निकले और शिवदत्त ने अपने को एक सुनसान मैदान में पाया। यहां पर कई साईसों की हिफाजत में बारह घोड़े कसे-कसाए तैयार थे। एक पर शिवदत्त को सवार कराया गया और नीचे से उसके दोनों पैर बांध दिए गए, बाकी पर रूहा और वे दसों नकाबपोश सवार हुए और शिवदत्त को लेकर एक तरफ को चलते हुए।

कुंअर इन्द्रजीतसिंह पर आफत आने से बीरेन्द्रसिंह दुखी होकर उनको छुड़ाने का उद्योग कर ही रहे थे परन्तु बीच में शिवदत्त का आ जाना बड़ा ही दुखदायी हुआ। ऐसे समय में जबकि यह अपनी फौज से बहुत ही दूर पड़े हैं, सौ-दो सौ आदमियों को लेकर शिवदत्त की दो हजार फौज से मुकाबला करना बहुत ही कठिन मालूम पड़ता था, साथ ही इसके यह सोचकर कि जब तक शिवदत्त यहां है, कुंअर इन्द्रजीतसिंह के छुड़ाने की कार्रवाई किसी तरह नहीं हो सकती, वे और भी उदास हो रहे थे। यदि उन्हें कुंअर इन्द्रजीतसिंह का खयाल न होता तो शिवदत्त का आना उन्हें न गढ़ाता और वे लड़ने से बाज न आते, मगर इस समय राजा बीरेन्द्रसिंह बड़ी फिक्र में पड़ गए और सोचने लगे कि क्या करना चाहिए। सबसे ज्यादे फिक्र तारासिंह को थी क्योंकि वह कुंअर इन्द्रजीतसिंह का मृत शरीर अपनी आंखों से देख चुका था। राजा बीरेन्द्रसिंह और उनके साथी लोग तो अपनी फिक्र में लगे हुए थे और खण्डहर के दरवाजे पर तथा दीवारों पर से लड़ने का इन्तजाम कर रहे थे, परन्तु तारासिंह उस छोटी-सी बावली के किनारे, जो अभी जमीन खोदने से निकली थी, बैठा अपने खयाल में ऐसा डूबा था कि उसे दीन-दुनिया की खबर न थी। वह नहीं जानता था कि हमारे संगी-साथी इस समय क्या कर रहे हैं। आधी रात से ज्यादे जा चुकी थी मगर वह अपने ध्यान में डूबा हुआ बावली के किनारे बैठा है। राजा बीरेन्द्रसिंह ने भी यह सोचकर कि शायद वह इसी बावली के विषय में कुछ सोच रहा है, तारासिंह को कुछ न टोका और न कोई काम उसके सुपुर्द किया।

हम ऊपर लिख आए हैं कि इस बावली में से कुल मिट्टी निकल जाने पर बावली के बीचोबीच में पीतल की मूरत दिखाई पड़ी। उस मूरत का भाव यह था कि एक हरिन का शेर ने शिकार किया है और हरिन की गर्दन का आधा भाग शेर के मुंह में है। मूरत बहुत ही खूबसूरत बनी हुई थी।

जिस समय का हाल हम लिख रहे हैं अर्थात् आधी रात गुजर जाने के बाद यकायक उस मूरत में एक प्रकार की चमक पैदा हुई और धीरे-धीरे वह चमक यहां तक बढ़ी कि तमाम बावली बल्कि तमाम खण्डहर में उजियाला हो गया, जिसे देख सब-के-सब घबड़ा गए। बीरेन्द्रसिंह, तेजसिंह और कमला ये तीनों आदमी फुर्ती के साथ उस जगह पहुंचे जहां तारासिंह बैठा हुआ ताज्जुब में आकर उस मूरत को देख रहा था।

घण्टा-भर बीतते-बीतते मालूम हुआ कि वह मूरत हिल रही है। उस समय शेर की दोनों आंखें ऐसी चमक रही थीं कि निगाह नहीं ठहरती थी। मूरत को हिलते देख सभों को बड़ा ताज्जुब हुआ और निश्चय हो गया कि अब तिलिस्म की कोई-न-कोई कार्रवाई हम लोग जरूर देखेंगे।

यकायक मूरत बड़े जोर से हिली और तब एक भारी आवाज के साथ जमीन के अन्दर धंस गई। खण्डहर में चारों तरफ अंधेरा हो गया। कायदे की बात है कि आंखों के सामने जब थोड़ी देर तक कोई तेज रोशनी रहे और वह यकायक गायब हो जाए या बुझा दी जाए तो आंखों में मामूली से ज्यादे अंधेरा छा जाता है, वही हालत इस समय खण्डहरवालों की हुई। थोड़ी देर तक उन लोगों को कुछ भी नहीं सूझता था। आधी घड़ी गुजर जाने के बाद वह गड्ढा दिखाई देने लगा जिसके अन्दर मूरत धंस गई थी। अब उस गड्ढे के अन्दर भी एक प्रकार की चमक मालूम होने लगी और देखते-देखते हाथ में चमकता हुआ नेजा लिये वही राक्षसी उस गड्ढे में से बाहर निकली जिसका जिक्र ऊपर कई दफे किया जा चुका है।

हमारे बीरेन्द्रसिंह और उनके ऐयार लोग उस औरत को कई दफे देख चुके थे और वह औरत इनके साथ अहसान भी कर चुकी थी, इसलिए उसे यकायक देखकर वे लोग कुछ प्रसन्न हुए और उन्हें विश्वास हो गया कि इस समय यह औरत जरूर हमारी कुछ-न-कुछ मदद करेगी और थोड़ा-बहुत यहां का हाल भी हम लोगों को जरूर मालूम होगा।

उस औरत ने नेजे को हिलाया। हिलने के साथ ही बिजली-सी चमक उसमें पैदा हुई और तमाम खण्डहर में उजाला हो गया। वह बीरेन्द्रसिंह के पास आई और बोली, "आपको पहर-भर की मोहलत दी जाती है। इसके अन्दर इस खण्डहर के हर एक तहखाने में यदि रास्ता मालूम है तो आप घूम सकते हैं। शाहदरवाजा जो बन्द हो गया था, उसे आपके खातिर से पहर-भर के लिए मैंने खोल दिया है। इससे विशेष समय लगाना अनर्थ करना है।"

इतना कह वह राक्षसी उसी गड्ढे में घुस गई और वह पीतलवाली मूरत जो जमीन के अन्दर धंस गई थी, फिर अपने स्थान पर आकर बैठ गई। इस समय उसमें किसी तरह की चमक न थी।

अब बीरेन्द्रसिंह और आनन्दसिंह वगैरह को कुंअर इन्द्रजीतसिंह से मिलने की उम्मीद हुई।

बीरेन्द्र–कुछ मालूम नहीं होता कि यह औरत कौन है और समय-समय पर हम लोगों की सहायता क्यों करती है।

तारा–जब तक वह स्वयं अपना हाल न कहे हम लोग उसे किसी तरह नहीं जान सकते। परन्तु इसमें कोई सन्देह नहीं कि यह औरत तिलिस्मी है और कोई भारी सामर्थ्य रखती है।

कमला–परन्तु सूरत इसकी भयानक है।

तेज–यदि यह सूरत बनावटी हो तो भी कोई आश्चर्य नहीं।

बीरेन्द्र–हो सकता है, खैर, अब हमको तहखाने के अन्दर चलना और इन्द्रजीत को छुड़ाना चाहिए, पहर-भर का समय हम लोगों के लिए कम नहीं है, मगर शिवदत्त के लिए क्या किया जाए? यदि वह इस खण्डहर में घुस आने और लड़ने का उद्योग करेगा तो यह अमूल्य समय पहर-भर यों ही नष्ट हो जाएगा।

तेज–इसमें क्या सन्देह है? ऐसे समय में इस कमबख्त का चढ़ आना बड़ा ही दुःखदायी हुआ।

इतना कहकर तेजसिंह गौर में पड़ गए और सोचने लगे कि अब क्या करना चाहिए। इसी बीच में खण्डहर के फाटक की तरफ से सिपाहियों के चिल्लाने की आवाज आई और यह भी मालूम हुआ कि वहां लड़ाई हो रही है।

जिस समय शिवदत्त के चढ़ आने की खबर मिली थी, उसी समय राजा बीरेन्द्रसिंह के हुक्म से पचास सिपाही खण्डहर के फाटक पर मुस्तैद कर दिए गए थे और उन सिपाहियों ने आपुस में निश्चय कर लिया था कि जब तक पचास में से एक भी जीता रहेगा, फाटक के अन्दर कोई घुसने न पावेगा।

फाटक पर कोलाहल सुनकर तेजसिंह और तारासिंह दौड़े गए और थोड़ी देर में वापस आकर खुशी-भरी आवाज में तेजसिंह ने बीरेन्द्रसिंह से कहा, ''बेशक फाटक पर लड़ाई हो रही है। न मालूम हमारे किस दोस्त ने किस ऐयारी से शिवदत्त को गिरफ्तार कर लिया जिससे उसकी फौज हताश हो गई। थोड़े आदमी तो फाटक पर आकर लड़ रहे हैं और बहुत से लोग भागे जा रहे हैं। मैंने एक सिपाही से पूछा तो उसने कहा कि मैं अपने साथियों के साथ फाटक पर पहरा दे रहा था कि यकायक कुछ सवार इसी तरफ से मैदान की ओर भागे जाते दिखाई दिए। वे लोग चिल्ला-चिल्लाकर यह कहते जाते थे कि 'तुम लोग भागो और अपनी जान बचाओ। शिवदत्त गिरफ्तार हो गया, अब तुम उसे किसी तरह से नहीं छुड़ा सकते!' इसके

बाद बहुत-से तो भाग गए और भाग रहे हैं, मगर थोड़े आदमी यहां आ गए जो लड़ रहे हैं।

तेजसिंह की बात सुनकर बीरेन्द्रसिंह वीर भाव से यह कहते हुए फाटक की तरफ लपके कि 'तब तो पहले उन्हीं लोगों को भगाना चाहिए जो भागने से बच रहे हैं, जब तक दुश्मन का कोई आदमी गिरफ्तार न होगा, खुलासा हाल मालूम न होगा।'

खण्डहर के फाटक पर से लौटकर तेजसिंह ने जो कुछ हाल राजा बीरेन्द्रसिंह से कहा, वह बहुत ठीक था। जब रूहा अपनी बातों में फंसाकर शिवदत्त को ले गया, उसके दो घण्टे बाद भीमसेन ने अपने साथियों को तैयार होने और घोड़े कसने की आज्ञा दी। शिवदत्त के ऐयारों को ताज्जुब हुआ, उन्होंने भीमसेन से इसका सबब पूछा जिसके जवाब में भीमसेन ने केवल इतना ही कहा कि 'हम क्या करते हैं सो अभी मालूम हो जाएगा।' जब घोड़े तैयार हो गए तो साथियों को कुछ इशारा करके भीमसेन घोड़े पर सवार हो गया और म्यान से तलवार निकाल शिवदत्त के आदमियों को जख्मी करता और यह कहता हुआ कि 'तुम लोग भागो और अपनी जान बचाओ, तुम्हारा शिवदत्त गिरफ्तार हो गया अब तुम उसे किसी तरह नहीं छुड़ा सकते' मैदान की तरफ भागा। उस समय शिवदत्त के ऐयारों की आंखें खुलीं और वे समझ गए कि हम लोगों के साथ ऐयारी की गई तथा यह भीमसेन नहीं है, बल्कि कोई ऐयार है! उस समय शिवदत्त की फौज हर तरह से गाफिल और बेफिक्र थी। शिवदत्त के ऐयारों के हुक्म से यद्यपि कई आदमियों ने घोड़ों की नंगी पीठ पर सवार होकर नकली भीमसेन का पीछा किया मगर अब क्या हो सकता था, बल्कि उसका नतीजा यह हुआ कि फौजी आदमी अपने साथियों को भागता हुआ समझ खुद भी भागने लगे। ऐयारों ने रोकने के लिए बहुत उद्योग किया, परन्तु बिना मालिक की फौज कब तक रुक सकती थी, बड़ी मुश्किल से थोड़े आदमी रुके और खण्डहर के फाटक पर आकर हुल्लड़ मचाने लगे, परन्तु उस समय उन लोगों की हिम्मत भी जाती रही जब बहादुर बीरेन्द्रसिंह, आनन्दसिंह, उनके ऐयार तथा शेरदिल साथी और सिपाही हाथों में नंगी तलवारें लिये उन लोगों पर आ टूटे। राजा बीरेन्द्रसिंह और कुंअर आनन्दसिंह शेर की तरह जिस तरफ झपटते थे, सफाई हो जाती थी, जिसे देख शिवदत्त के आदमियों में से बहुतों की तो यह अवस्था हो गई कि खड़े होकर उन दोनों की बहादुरी देखने के सिवाय कुछ भी न कर सकते थे। आखिर यहां तक नौबत पहुंची कि सभों ने पीठ दिखा दी और मैदान का रास्ता लिया।

इस लड़ाई में जो घण्टे-भर से ज्यादे देर तक होती रही, राजा बीरेन्द्रसिंह के दस आदमी मारे गए और बीस जख्मी हुए। शिवदत्त के चालीस मारे गए और साठ जख्मी हुए जिनसे दरियाफ्त करने पर राजा बीरेन्द्रसिंह को भीमसेन और शिवदत्त का खुलासा हाल जैसा कि हम ऊपर लिख आए हैं मालूम हो गया, मगर इसका पता न लगा कि शिवदत्त को किसने किस रीति से गिरफ्तार कर लिया।

बीरेन्द्रसिंह ने अपने कई आदमी लाशों को हटाने और जख्मियों की हिफाजत के लिए तैनात किए और इसके बाद कुंअर इन्द्रजीतसिंह को छुड़ाने के लिए खण्डहर के तहखाने में जाने का इरादा किया।

जिस तहखाने में कुंअर इन्द्रजीतसिंह थे, उसके रास्ते का हाल कई दफे लिखा जा चुका है, पुनः लिखने की कोई आवश्यकता नहीं, इसलिए केवल इतना ही लिखा जाता है कि वे दरवाजे जिनका खुलना शाहदरवाजा बन्द हो जाने के कारण कठिन हो गया था, अब सुगमता से खुल गए जिससे सभों को खुशी हुई और केवल बीरेन्द्रसिंह, तेजसिंह, कमला और तारासिंह मशाल लेकर उस तहखाने के अन्दर उतर आए।

इस समय तारासिंह की अजब हालत थी। उसका कलेजा कांपता और उछलता था। वह सोचता था कि देखें कुंअर इन्द्रजीतसिंह, भैरोसिंह और कामिनी को किस अवस्था में पाते हैं। ताज्जुब नहीं कि हमारे पाठकों की भी इस समय वही अवस्था हो और वे इसी सोच-विचार में हों, मगर वहां तहखाने में तो मामला ही दूसरे ढंग का था।

तहखाने में उतर जाने के बाद राजा बीरेन्द्रसिंह, आनन्दसिंह और ऐयारों ने चारों तरफ देखना शुरू किया, मगर कोई आदमी दिखाई न पड़ा और न कोई ऐसी चीज नजर पड़ी, जिससे उन लोगों का पता लगता, जिनकी खोज में वे लोग तहखाने के अन्दर गए थे। न तो वह सन्दूक था जिसमें इन्द्रजीतसिंह की लाश थी और न भैरोसिंह, कामिनी या उस सिपाही की सूरत नजर आई, जो उस संदूक के साथ तहखाने में आया था, जिसमें कुंअर इन्द्रजीतसिंह की लाश थी।

बीरेन्द्र–(तारासिंह की तरफ देखकर) यहां तो कोई भी नहीं है! क्या तुमने उन लोगों को किसी दूसरे तहखाने में छोड़ा था?

तारा–जी नहीं, मैंने उन सभों को इसी जगह छोड़ा। (हाथ से इशारा करके) इसी कोठरी में कामिनी ने अपने को बन्द कर रखा था!

बीरेन्द्र–कोठरी का दरवाजा खुला हुआ है, उसके अन्दर जाकर देखो तो शायद कोई हो।

कमला ने कोठरी का दरवाजा खोला और झांककर देखा। इसके बाद कोठरी के अन्दर घुसकर उसने आनन्दसिंह और तारासिंह को पुकारा और उन दोनों ने भी कोठरी के अन्दर पैर रखा।

कमला, तारासिंह और आनन्दसिंह को कोठरी के अन्दर घुसे आधी घड़ी से ज्यादे गुजर गई, मगर उन तीनों में से एक भी बाहर न निकला। आखिर तेजसिंह ने पुकारा, परन्तु जवाब न मिलने पर लाचार हो हाथ में मशाल लेकर तेजसिंह खुद कोठरी के अन्दर गए और इधर-उधर ढूंढ़ने लगे।

वह कोठरी बहुत छोटी और संगीन थी। चारों तरफ पत्थर की दीवारों पर खूब ध्यान देने से कोई खिड़की या दरवाजे का निशान नहीं पाया जाता था, हां ऊपर की तरफ एक छोटा-सा छेद दीवार में था, मगर वह भी इतना छोटा था कि आदमी का

सिर किसी तरह उसके अन्दर नहीं जा सकता था और दीवार में कोई ऐसी रुकावट भी न थी जिस पर चढ़के या पैर रखकर कोई आदमी अपना हाथ उस मोखे (छेद) तक पहुंचा सके। ऐसी कोठरी में से यकायक कमला, तारासिंह और आनन्दसिंह का गायब हो जाना, बड़े ही आश्चर्य की बात थी। तेजसिंह ने इसका सबब बहुत कुछ सोचा मगर अक्ल ने कुछ मदद न की। बीरेन्द्रसिंह भी कोठरी के अन्दर गए और तलवार के कब्जे से हर एक दीवार को ठोंक-ठोंककर देखने लगे जिसमें मालूम हो जाए कि किसी जगह से दीवार पोली तो नहीं है, मगर इससे भी कोई काम न चला। थोड़ी देर तक दोनों आदमी हैरान हो चारों तरफ देखते रहे। आखिर किसी आवाज ने उन्हें चौकन्ना कर दिया और वे दोनों ध्यान देकर उस छेद की तरफ देखने लगे जो उस कोठरी के अन्दर ऊंची दीवार में था और जिसमें से आवाज आ रही थी। वह आवाज यह थी–

"बस, जहां तक जल्द हो सके तुम दोनों आदमी इस तहखाने से बाहर निकल जाओ, नहीं तो व्यर्थ तुम दोनों की जान चली जाएगी। अगर बचे रहोगे तो दोनों कुमारों को छुड़ाने का उद्योग करोगे और पता लगा ही लोगे। मैं वही बिजली की तरह चमकनेवाला नेजा हाथ में रखनेवाली औरत हूं, पर लाचार, इस समय किसी तरह तुम्हारी मदद नहीं कर सकती। अब तुम लोग बहुत जल्द रोहतासगढ़ चले जाओ, उसी जगह आकर मैं तुमसे मिलूंगी और सब हाल खुलासा कहूंगी। अब मैं जाती हूं क्योंकि इस समय मुझे भी अपनी जान की पड़ी है।"

इस बात को सुनकर दोनों आदमी ताज्जुब में आ गए और कुछ देर तक सोचने के बाद तहखाने के बाहर निकल आए।

डबडबाई आंखों के साथ उसांसें लेते हुए राजा बीरेन्द्रसिंह रोहतासगढ़ की तरफ रवाना हुए। कैदियों और अपने कुल आदमियों को साथ लेते गए, मगर तेजसिंह ने न मालूम क्या कह-सुनकर और क्यों छुट्टी ले ली और राजा बीरेन्द्रसिंह के साथ रोहतासगढ़ न गए।

राजा बीरेन्द्रसिंह, रोहतासगढ़ की तरफ रवाना हुए और तेजसिंह ने दक्खिन का रास्ता लिया। इस वारदात को कई महीने गुजर गए और इस बीच में कोई बात ऐसी नहीं हुई जो लिखने योग्य हो।

तीसरा बयान

अब हम अपने पाठकों को फिर उस मैदान के बीचवाले अद्भुत मकान के पास ले चलते हैं जिसके अन्दर इन्द्रजीतसिंह, देवीसिंह, शेरसिंह और कमलिनी के सिपाही लोग जा फंसे थे अर्थात् कमन्द के सहारे दीवार पर चढ़कर अन्दर की तरफ झांकने के

बाद हंसते-हंसते उस मकान में कूद पड़े थे। हम लिख आए हैं कि जब वे लोग मकान के अन्दर कूद गए तो न मालूम क्या समझकर कमलिनी हंसी और अपनी ऐयारा तारा को साथ ले वहां से रवाना हो गई।

तारा को साथ लिए और बातें करती हुई कमलिनी दक्खिन की तरफ रवाना हुई जिधर का जंगल घना और सोहावना था। लगभग दो कोस चले जाने के बाद जंगल बहुत ही रमणीक मिला, बल्कि यों कहना चाहिए कि जैसे-जैसे वे दोनों बढ़ती जाती थीं, जंगल सोहावना और खुशबूदार जंगली फूलों की महक से बसा हुआ मिलता जाता था। यहां तक कि दोनों एक ऐसे सुन्दर चश्मे के किनारे पहुंचीं जिसका जल बिल्लौर की तरह साफ था और जिसके दोनों किनारों पर दूर-दूर तक मौलसिरी के पेड़ लगे हुए थे। इस चश्मे का पाट दस हाथ का होगा और गहराई दो हाथ से ज्यादे न होगी। यहां की जमीन पथरीली और पहाड़ी थी।

अब ये दोनों उस चश्मे के किनारे-किनारे जाने लगीं। ज्यों-ज्यों आगे जाती थीं, जमीन ऊंची मिलती जाती थी, जिससे समझ लेना चाहिए कि यह मुकाम किसी पहाड़ी की तराई में है। लगभग आधा कोस जाने के बाद वे दोनों ऐसी जगह पहुंचीं, जहां चश्मे के दोनों किनारेवाले मौलसिरी[1] के पेड़ झुककर आपस में मिल गए थे और जिसके सबब से चश्मा अच्छी तरह से ढककर मुसाफिरों का दिल लुभा लेनेवाली छटा दिखा रहा था। इस जगह चश्मे के किनारे एक छोटा-सा चबूतरा था जिसकी ऊंचाई पुर्सा-भर से कम न होगी। चबूतरे पर एक छोटी-सी पिण्डी इस ढब से बनी हुई थी जिसे देखते ही लोगों को विश्वास हो जाए कि किसी साधु की समाधि है।

इस ठिकाने पर पहुंचकर वे दोनों रुकीं और घोड़े से नीचे उतर पड़ीं। तारा ने अपने घोड़े का असबाब नहीं उतारा अर्थात् उसे कसा-कसाया छोड़ दिया परन्तु कमलिनी ने अपने घोड़े का चारजामा उतार लिया और लगाम उतारकर घोड़े को यों ही छोड़ दिया। घोड़ा पहले तो चश्मे के किनारे आया और पानी पीने के बाद कुछ दूर जाकर सब्ज जमीन पर चरने और खुशी-खुशी घूमने लगा। तारा ने भी अपने घोड़े को पानी पिलाया और बागडोर के सहारे एक पेड़ से बांध दिया। इसके बाद कमलिनी और तारा चश्मे के किनारे पत्थर की एक चट्टान पर बैठ गईं और यों बातचीत करने लगीं–

कमलिनी–अब इसी जगह से मैं तुमसे अलग होऊंगी।

तारा–अफसोस, यह दुश्मनी अब हद से ज्यादे बढ़ चली?

कमलिनी–फिर क्या किया जाए, तू ही बता, इसमें मेरा क्या कसूर है।

तारा–तुम्हें कोई भी दोषी नहीं ठहरा सकता। इसमें कोई सन्देह नहीं कि महारानी अपने पैर में आप कुल्हाड़ी मार रही हैं।

कमलिनी–हर एक लक्षण पर ध्यान देने से महारानी को भी निश्चय हुआ है कि ये ही दोनों भाई तिलिस्म के मालिक होंगे, फिर उसके लिए जिद करना और उन दोनों की जान लेने का उद्योग करना भूल नहीं तो क्या है?

तारा–बेशक भूल है और इसकी वह सजा पावेंगी। तुमने बहुत अच्छा किया कि उनका साथ छोड़ दिया। (मुस्कुराकर) इसके बदले में जरूर तुम्हारी मुराद पूरी होगी।

कमलिनी–(ऊंची सांस लेकर) देखें, क्या होता है।

तारा–होना क्या है? क्या उनकी आंखों ने उनके दिल का हाल तुमसे नहीं कह दिया?

कमलिनी–हां, ठीक है। खैर, इस समय तो उन पर भारी मुसीबत आ पड़ी है, जहां तक हो सके, उन्हें बचाना चाहिए।

तारा–मगर मुझे ताज्जुब मालूम पड़ता है कि उनके छुड़ाने का कोई उद्योग किए बिना ही तुम यहां चली आईं?

कमलिनी–क्या तुझे मालूम नहीं कि नानक ने इसी ठिकाने पर मुझसे मिलने का वादा किया है? उसने कहा था कि जब मिलना हो, इसी ठिकाने पर आना।

तारा–(कुछ सोचकर) हां-हां, ठीक है, अब याद आया, तो क्या वह यही जगह है?

कमलिनी–हां, यही जगह है।

तारा–मगर तुम तो इस तरह घोड़ा फेंके चली आईं, जैसे कई दफे जाने-आने के कारण यहां का रास्ता तुम्हें बखूबी याद हो।

कमलिनी–बेशक मैं यहां कई दफे आ चुकी हूं, बल्कि नानक को इस ठिकाने का पता पहले मैंने ही बताया था, और यहां का कुछ भेद भी कहा था।

तारा–अफसोस, इस जगह का भेद तुमने आज तक मुझसे कुछ नहीं कहा।

कमलिनी–यद्यपि तू ऐयारा है और मैं तुझे चाहती हूं, परन्तु तिलिस्मी कायदे के मुताबिक मेरे भेदों को तू नहीं जान सकती।

तारा–सो तो मैं जानती हूं, मगर अफसोस इस बात का है कि मुझसे तो तुमने छिपाया और नानक को यहां का भेद बता दिया। न मालूम, नानक की कौन-सी बात पर तुम रीझ गई हो?

कमलिनी–(कुछ हंसकर और तारा के गाल पर धीरे-से चपत मारकर) बदमाश कहीं की, मैं नानक पर क्यों रीझने लगी?

तारा–(झुंझलाकर) तो फिर ऐसा क्यों किया?

कमलिनी–अरे, उससे उस कोठरी की ताली लेनी है न, जिसमें खून से लिखी हुई किताब रखी है।

तारा–तो फिर ताली लेने के पहले ही यहां का भेद उसे क्यों बता दिया? अगर वह ताली न दे तब?

---

1. इसका नाम 'मौलिश्री' भी है।

कमलिनी–ऐसा नहीं हो सकता, क्योंकि भूतनाथ ने मेरी दिलजमई कर दी है और वह भूतनाथ के कब्जे में है।

"हां-हां, वह मेरे कब्जे में है–" उसी समय यह आवाज पेड़ों के झुरमुट में से, जो कमलिनी के पीछे की तरफ था, आई और कमलिनी ने फिरकर देखा तो भूतनाथ की सूरत दिखाई पड़ी।

कमलिनी–अजी आओ भूतनाथ, तुम कहां थे? मैं बड़ी देर से यहां बैठी हूं, नानक कहां है?

भूतनाथ–(पास आकर) आ ही तो गए, (हाथ का इशारा करके) वह देखो, नानक भी आ रहा है।

बात-की-बात में नानक भी वहां आ पहुंचा और कमलिनी को सलाम करके खड़ा हो गया।

कमलिनी–कहो जी नानकप्रसाद, अब वादा पूरा करने में क्या देर है?

नानक–कुछ देर नहीं, मैं तैयार हूं, परन्तु आप भी अपना वादा पूरा कीजिए और समाधि पर हाथ रखकर कसम खाइए।

कमलिनी–हां-हां, लो, मैं अपना वादा पूरा करती हूं।

भूतनाथ–मेरा भी ध्यान रखना।

कमलिनी–अवश्य।

कमलिनी उठी और समाधि के पास जाकर खड़ी हो गई। पहले तो उसने समाधि के सामने अदब से सिर झुकाया और तब उस पर हाथ रखकर यों बोली–

"मैं उस महात्मा की समाधि पर हाथ रखकर कसम खाती हूं जो अपना सानी नहीं रखता था, हर एक शास्त्र का पूरा पण्डित, पूरा योगी, भूत-भविष्य और वर्तमान का हाल जाननेवाला और ईश्वर का सच्चा भक्त था। यद्यपि यह उसकी समाधि है परन्तु मुझे विश्वास है कि योगिराज सजीव हैं और मेरी रक्षा का ध्यान उन्हें सदैव रहता है। (हाथ जोड़कर) योगिराज से मैं प्रार्थना करती हूं कि मेरी प्रतिज्ञा को निबाहें। (समाधि पर हाथ रखकर) यदि नानक मुझे वह ताली दे देगा तो मैं उसके साथ कभी दगा न करूंगी, उसे अपने भाई के समान मानूंगी और उसी काम में उद्योग करूंगी जिसमें उसकी खुशी हो। मैं उस आदमी के लिए भी कसम खाती हूं जिसने अपना नाम भूतनाथ रखा हुआ है। उसे मैं अपने सहोदर भाई के समान मानूंगी और जब तक वह मेरे साथ बुराई न करेगा, मैं उसकी भलाई करती रहूंगी।"

इतना कहकर कमलिनी समाधि से अलग हो गई। नानक ने एक छोटी-सी डिबिया कमलिनी के हाथ में दी और उसके पैरों पर गिर पड़ा। कमलिनी ने पीठ ठोंककर उसे उठाया और उस डिबिया को इज्जत के साथ सिर से लगाया। इसके बाद चारों आदमी फिर उस पत्थर की चट्टान पर आकर बैठ गए और बातचीत होने लगी।

भूतनाथ–(कमलिनी से) जब आपने मुझे और नानक को अपने भाई के समान मान लिया तो मुझे जो कुछ आपसे कहना हो, दिल खोलकर कह सकता हूं और जो कुछ मांगना हो मांग सकता हूं, चाहे आप दें अथवा न दें।

कमलिनी–(मुस्कुराकर) हां-हां, जो कुछ कहना हो कहो और जो मांगना हो, मांगो।

भूतनाथ–इसमें कोई सन्देह नहीं कि आपके पास एक-से-एक बढ़कर अनमोल चीजें होंगी, अस्तु मुझे और नानक को कोई ऐसी चीज दीजिए जो समय पर काम आए और दुश्मनों को धमकाने और उन पर फतह पाने के लिए बेनजीर हो।

कमलिनी–इसके कहने की तो कोई जरूरत न थी, मैं स्वयं चाहती थी कि तुम दोनों को कोई अनमोल वस्तु दूं, खैर ठहरो, मैं अभी ला देती हूं।

इतना कहकर कमलिनी उठी और चश्मे के जल में कूद पड़ी। उस जगह जल बहुत गहरा था, इसलिए मालूम न हुआ कि वह कहां चली गई। कमलिनी के इस काम ने सभों को ताज्जुब में डाल दिया और तीनों आदमी टकटकी बांधकर उसी तरफ देखने लगे।

आधे घण्टे बाद कमलिनी जल के बाहर निकली। उसके एक हाथ में छोटी-सी कपड़े की गठरी और दूसरे हाथ में लोहे की जंजीर थी। यद्यपि कमलिनी जल में से निकली थी और उसके कपड़े गीले हो रहे थे, तथापि उस कपड़े की गठरी पर जल ने कुछ भी असर न किया था, जिसे कमलिनी लाई थी।

कमलिनी ने कपड़े की गठरी पत्थर की चट्टान पर रख दी और लोहे की जंजीर भूतनाथ के हाथ में देकर बोली, "इसे तुम दोनों आदमी मिलकर खैंचो।" उस जंजीर के साथ लोहे का एक छोटा-सा मगर हलका सन्दूक बंधा हुआ था, जिसे भूतनाथ और नानक ने खैंचकर बाहर निकाला।

कमलिनी ने एक खटका दबाकर सन्दूक खोला। इसके अन्दर चार खंजर, एक नेजा और पांच अंगूठियां थीं। कमलिनी ने पहले एक अंगूठी निकाली और अपनी अंगुली में पहिर लिया, इसके बाद एक खंजर निकाला और उसे म्यान से बाहर कर तारा, भूतनाथ और नानक को दिखाकर बोली, "देखो इस खंजर का लोहा कितना उम्दा है।"

भूतनाथ–बेशक बहुत उम्दा लोहा है।

कमलिनी–अब इसके गुण सुनो। यह खंजर जिस चीज पर पड़ेगा उसे दो टुकड़े कर देगा चाहे वह चीज लोहा, पत्थर, अष्टधातु या फौलादी हर्बा क्यों न हो। इसके अतिरिक्त जब इसका कब्जा दबाओगे तो इसमें बिजली की तरह चमक पैदा होगी, उस समय यदि सौ आदमी भी तुम्हें घेरे हुए होंगे तो चमक से सभी की आंखें बन्द हो जाएंगी। यद्यपि इस समय दिन है और किसी तरह की चमक सूर्य का मुकाबला नहीं कर सकती, तथापि इसका मजा मैं तुम्हें दिखाती हूं।

इतना कहकर कमलिनी ने खंजर का कब्जा दबाया। यकायक इतनी ज्यादे चमक उसमें से पैदा हुई कि दिन का समय होने पर भी उन तीनों की आंखें बन्द हो गईं, मालूम हुआ कि एक बिजली-सी आंख के सामने चमक गई।

कमलिनी–सिवाय इसके इस खंजर को जो कोई छूएगा या जिसके बदन से यह खंजर छुआ दोगे, उसके खून में एक प्रकार की बिजली दौड़ जाएगी और वह तुरत बेहोश होकर जमीन पर गिर पड़ेगा। लो, इसे तुम लोग छूकर देखो, यही अद्‌भुत खंजर मैं तुम लोगों को दूंगी।

कमलिनी ने खंजर भूतनाथ के आगे रख दिया। भूतनाथ ने उसे उठाना चाहा मगर हाथ लगाने के साथ ही वह कांपा और बदहवास होकर जमीन पर गिर पड़ा। कमलिनी ने अपना दूसरा हाथ, जिसमें अंगूठी थी, उसके बदन पर फेरा तब उसे होश आया।

भूतनाथ–चीज तो बहुत अच्छी है, मगर इसका छूना गजब है।

कमलिनी–(सन्दूक में से कई अंगूठियां निकालकर) पहले इन अंगूठियों को तुम लोग पहिरो तब इस खंजर को हाथ में ले सकोगे और तब इसकी तेज चमक भी तुम्हारी आंखों पर अपना पूरा असर न कर सकेगी अर्थात् जो कोई मुकाबले में या तुम्हारे चारों तरफ होगा, उसकी आंखें तो बन्द हो जाएंगी , मगर तुम्हारी आंखें खुली रहेंगी और तुम दुश्मनों को बखूबी मार सकोगे।

इतना कहकर कमलिनी ने एक-एक अंगूठी तीनों को पहिरा दी और इसके बाद एक-एक खंजर तीनों के हवाले किया। तारा, भूतनाथ और नानक ऐसा अद्‌भुत खंजर पाकर हद से ज्यादे खुश हुए और घड़ी-घड़ी उसका कब्जा दबाकर उसकी चमक का मजा लेते रहे।

कमलिनी–अब एक खंजर और एक अंगूठी बच गई, सो कुंअर इन्द्रजीतसिंह के लिए अपने पास रखूंगी। जिस समय उनसे मुलाकात होगी उनके हवाले करूंगी, और यह अंगूठी जो मेरी उंगली में है और यह नेजा, जो अपने वास्ते लाई हूं, इसमें भी वही गुण हैं जो खंजर में हैं मगर फर्क इतना है कि बनिस्बत खंजर के इस नेजे में बिजली का असर बहुत ज्यादे है।

उस नेजे के चार टुकड़े थे जो पेंच पर चढ़ाकर एक कर दिए जाते थे। कमलिनी ने इन चारों टुकड़ों को एक कर दिया और अब वह पूरा नेजा हो गया।

भूतनाथ–इसमें कोई सन्देह नहीं कि आपने हम लोगों को अद्‌भुत और अनमोल चीजें दीं, इसकी बदौलत हम लोगों के हाथ से बड़े-बड़े काम निकलेंगे।

इसके बाद कमलिनी ने वह कपड़े की गठरी खोली। इसमें स्याह रंग की एक साड़ी, एक चोली और एक बोतल थी। कमलिनी उठकर समाधि के पीछे गई और गीले कपड़े उतारकर वही काली साड़ी और चोली पहिरकर अपने ठिकाने आ बैठी। वह साड़ी और चोली रेशमी थी और उसमें एक प्रकार का रोगन चढ़ा हुआ था जिससे सबब उस कपड़े

पर पानी का असर नहीं होता था। कमलिनी ने वह गीली साड़ी और चोली तारा के सामने रख दी और बोली, "इसे तू पेड़ पर डाल दे जिससे झटपट सूख जाए, इसके बाद तू कमलिनी बन जा अर्थात् मेरी तरह अपनी सूरत बना ले और इसी साड़ी और चोली को पहिरकर मेरे घर अर्थात् उस तालाबवाले मकान में जाकर बैठ जिससे नौकरों को मेरे गायब होने का हाल मालूम न हो, वे यही समझें कि तारा कहीं गई हुई है!

तारा–बहुत अच्छा, मगर आप कहां जाएंगी?

कमलिनी–मेरा कोई ठिकाना नहीं, मुझे बहुत काम करना है। (भूतनाथ और नानक की तरफ देखकर) आप लोग भी जाइए और जहां तक हो सके, राजा बीरेन्द्रसिंह की भलाई का उद्योग कीजिए।

नानक–बहुत अच्छा। (हाथ जोड़कर) मेरी एक बात का जवाब दीजिए तो बड़ी कृपा होगी।

कमलिनी–वह क्या?

नानक–इस प्रकार का खंजर उन लोगों के पास भी है या नहीं?

कमलिनी–(हंसकर) क्या उन लोगों के पास पुनः जाने की इच्छा है? अपनी रामभोली को देखा चाहता है?

नानक–हां, यदि मौका मिलेगा तो।

कमलिनी–अच्छा जा, कोई हर्ज नहीं, इस प्रकार की कोई वस्तु उन लोगों के पास नहीं है और न इसका पता ही उन्हें मिल सकता है, मगर जो कुछ कीजियो, होशियारी के साथ।

इसके बाद कमलिनी ने वह बोतल खोली, जो कपड़े की गठरी में थी। उसमें किसी प्रकार का अर्क था। समाधि के पीछे जाकर कमलिनी ने वह अर्क अपने तमाम बदन में लगाया, जिससे बात-की-बात में उसका रंग बहुत ही काला हो गया, तब वह फिर तारा के पास आई और उससे दो लम्बे बनावटी दांत लेकर अपने मुंह में लगाने के बाद नेजा हाथ में लेकर खड़ी हो गई।

तारा ने भी अपनी सूरत बदली और कमलिनी बनकर तैयार हो गई। इस काम में भूतनाथ ने उसकी मदद की। कमलिनी के हुक्म से वह सन्दूक और जंजीर पानी में डाल दी गई।

कमलिनी ने अपने घोड़े को आवाज दी। यद्यपि वह कुछ दूर पर चर रहा था, परन्तु मालिक की आवाज के साथ ही दौड़ता हुआ पास आ गया। तारा ने उसे पकड़ लिया और चारजामा कसकर उस पर सवार हो गई तथा कमलिनी तारा के घोड़े पर सवार हुई। अन्त में चारों आदमी कुछ सलाह करके अलग हुए और चारों ने अपना-अपना रास्ता लिया अर्थात् उसी जगह से चारों आदमी जुदा हो गए।

इस वारदात के कई दिन बाद कमलिनी इसी राक्षसी वेश में नेजा लिए रोहतासगढ़ की पहाड़ी पर कब्रिस्तान में कमला से मिली थी, इसी ने राजा बीरेन्द्रसिंह

वगैरह को कैद से छुड़ाया, और फिर भी कई दफे उनके काम आई थी, जिसका हाल पिछले बयानों में लिखा जा चुका है।

चौथा बयान

अब तो मौसम में फर्क पड़ गया। ठंडी-ठंडी हवा जो कलेजे को दहला देती थी और बदन में कंपकंपी पैदा करती थी, अब भली मालूम पड़ती है। वह धूप जिसे देख चित्त प्रसन्न होता था और जो बदन में लगकर रग-रग से सर्दी निकाल देती थी, अब बुरी मालूम होती है। यद्यपि अभी आसमान पर बादल के टुकड़े दिखाई नहीं देते तथापि संध्या के समय मैदान, बाग और तराई की ठंडी-ठंडी और शीतल तथा मन्द-मन्द वायु सेवन करने को जी चाहता है। वहां से हिलते हुए पेड़ों की कोमल-कोमल पत्तियों की बहार आंखों की राह घुसकर अन्दर से दिल को अपनी तरफ खैंच लेती है तथा टकटकी बंधी हुई आंखों को दूसरी तरफ देखने का यकायक मौका नहीं मिलता। यद्यपि सूर्य अस्त हुआ ही चाहता है और आसमान पर उड़नेवाले परिन्दों के उतार और जमीन की तरफ झुके हुए एक ही तरफ उड़े जाने से मालूम होता है कि बात-की-बात में चारों तरफ अंधेरा छा जाएगा तथापि हम अपने पाठकों को किसी पहाड़ की तराई में ले चलकर एक-एक अनूठा रहस्य दिखाया चाहते हैं।

तीन तरफ ऊंचे-ऊंचे पहाड़ और बीच में कोसों तक का मैदान रमणीक तो है परन्तु रात की अवाई और सन्नाटे ने उसे भयानक बना दिया है। सूर्य अस्त होने में अभी विलम्ब है, परन्तु ऊंचे-ऊंचे पहाड़ सूर्य की आखिरी लालिमा को इस मैदान में पहुंचने नहीं देते। चारों तरफ सन्नाटा है, जहां तक निगाह काम करती है, इस मैदान में आदमी की सूरत दिखाई नहीं पड़ती, हां पश्चिम की तरफवाले पहाड़ के नीचे एक छोटा चमड़े का खेमा दिखाई पड़ता है। इस समय हमें इसी खेमे से मतलब है और इसी के दरवाजे पर पहुंचकर अपना काम निकाला चाहते हैं।

इस खेमे के दरवाजे पर केवल एक आदमी कमर में खंजर लगाए टहल रहा है। यद्यपि इसकी जवानी ने इसका साथ छोड़ दिया है और फिक्र ने इसे दुर्बल कर दिया है मगर फुर्ती, मजबूती और दिलेरी ने अभी तक इसके साथ दुश्मनी नहीं की और वे इस गई-गुजरी हालत में भी इसका साथ दिए जाती हैं। इस आदमी की सूरत-शक्ल के बारे में हमें कुछ विशेष लिखने की आवश्यकता नहीं है, क्योंकि हमारे पाठक इसे पहचानते हैं और जानते हैं कि इसका नाम 'भूतनाथ' है।

भूतनाथ को खेमे के दरवाजे पर टहलते हुए देर हो गई। वह न मालूम किस सोच में डूबा हुआ था कि सिर नीचा किए हुए सिवाय टहलने के इधर-उधर देखने की उसे बिलकुल फुरसत न थी, हां कभी-कभी वह सिर उठाता और एक लम्बी सांस

लेकर केवल उत्तर की तरफ देखता और सिर नीचा कर फिर उसी तरह टहलने लगता। अब सूर्य ने अपना मुंह अच्छी तरह जमीन के पर्दे में छिपा लिया और भूतनाथ ने कुछ बेचैन होकर उत्तर की तरफ देख धीरे से कहा, "अब तो बहुत ही विलम्ब हो गया, क्या बेमौके जान आफत में फंसी है।"

यकायक तेजी के साथ घोड़ा दौड़ाता हुआ एक सवार उत्तर की तरफ से आता हुआ दिखाई पड़ा। कुछ और पास आने से मालूम हो गया कि वह औरत है मगर सिपाहियाना ठाठ में, ढाल-तलवार के सिवाय उसके पास कोई हर्बा न था। इस औरत की उम्र लगभग चालीस वर्ष की होगी। सूरत-शक्ल से मालूम होता था कि किसी समय में यह बहुत ही हसीन और दिल लुभानेवाली रही होगी। बात-की-बात में यह औरत खेमे के पास आ पहुंची और घोड़े से उतरकर, उसकी लगाम खेमे की एक डोरी से अटका देने के बाद, भूतनाथ के पास आकर बोली, "शाबाश भूतनाथ, बेशक तुम वादे के सच्चे हो।"

भूतनाथ–मगर अभी तक मेरी समझ में यह न आया कि तुम मुझसे दुश्मनी रखती हो या दोस्ती।

औरत–(हंसकर) अगर तुम ऐसे ही समझदार होते तो जीते-जागते और निरोग रहने पर भी मुर्दों में क्यों गिने जाते?

भूतनाथ–(कुछ सोचकर) खैर, जो हुआ सो हुआ, अब मुझसे क्या चाहती हो?

औरत–तुमसे एक काम कराया चाहती हूं।

भूतनाथ–वह कौन काम है, जिसे तुम स्वयं नहीं कर सकतीं?

औरत–केवल यही एक काम!

भूतनाथ–(आश्चर्य की रीति से गर्दन हिलाकर) खैर कहो तो सही, करने लायक होगा तो करूंगा।

औरत–मैं खूब जानती हूं कि तुम उस काम को सहज ही में कर सकते हो।

भूतनाथ–तब कहने में देर क्यों करती हो?

औरत–अच्छा सुनो, यह तो जानते ही हो कि कमलिनी को ईश्वर ने अद्‌भुत बल दे रखा है।

भूतनाथ–हां, बेशक उसमें कोई दैवी शक्ति है, वह जो कुछ चाहे, सो कर सकती है। जो कोई उसे जानता है, वही कहेगा कि कमलिनी को कोई जीत नहीं सकता।

औरत–हां, ठीक है परन्तु मैं खूब जानती हूं कि तुम कमलिनी से ज्यादे ताकत रखते हो।

भूतनाथ–(चौंक और कांपकर) इसका क्या मतलब?

औरत–मतलब यही कि तुम अगर चाहो तो उसे मार सकते हो।

भूतनाथ–मगर मैं ऐसा क्यों करने लगा?

औरत–केवल मेरी आज्ञा से।

इतना सुनते ही भूतनाथ के चेहरे पर मुर्दनी छा गई, उसका कलेजा कांपने लगा और सिर कमजोर होकर चक्कर खाने लगा, यहां तक कि वह अपने को संभाल न सका और जमीन पर बैठ गया। मालूम होता था कि उस औरत की आखिरी बात ने उसका खून निचोड़ लिया है। न मालूम क्या सबब था कि निडर होकर भी एक साधारण और अकेली औरत की बातों का जवाब नहीं दे सकता और उसकी सूरत से मजबूरी और लाचारी झलक रही है।

भूतनाथ की ऐसी अवस्था देखकर उस औरत को किसी तरह का रंज नहीं हुआ बल्कि वह मुस्कुराई और उसी जगह घास पर बैठकर न मालूम क्या सोचने लगी। थोड़ी देर बाद जब भूतनाथ का जी ठिकाने हुआ तो उसने उस औरत की तरफ देखा और हाथ जोड़कर कहा, "क्या सचमुच मुझे ऐसा हुक्म लगाया जाता है?"

औरत–हां, कमलिनी का सिर लेकर मेरे पास हाजिर होना पड़ेगा और यह काम सिवाय तेरे और कोई भी नहीं कर सकता, क्योंकि वह तुझ पर विश्वास रखती है।

भूतनाथ–(कुछ सोचकर) नहीं-नहीं, मेरे किए यह काम न होगा। जो कुछ कर चुका हूं, उसी के प्रायश्चित से आज तक छुट्टी नहीं मिलती।

औरत–क्या तू मेरा हुक्म टाल सकता है? क्या तुझमें इतनी ताकत है?

यह सुन भूतनाथ बहुत बेचैन हुआ। वह उठ खड़ा हुआ और सिर नीचा किए इधर-उधर टहलने और नीचे लिखी बातें धीरे-धीरे बोलने लगा–

"आह मुझ-सा बदनसीब भी दुनिया में कोई न होगा। मुद्दत तक मुर्दों में अपनी गिनती कराई, अब ऐसा संयोग हो गया कि अपने को जीता-जागता साबित करूं, मगर अफसोस, करी-कराई मेहनत मिट्टी हुआ चाहती है। हाय, उस आदमी के साथ, जिसमें नेकी कूट-कूटकर भरी है, मैं बदी करने के लिए मजबूर किया जा रहा हूं। क्या उसके साथ बदी करनेवाला कभी सुख भोग सकता है? नहीं-नहीं, कभी नहीं, फिर मैं ऐसा क्यों करूं? मगर मेरी जान क्योंकर बच सकती है, इसका हुक्म न मानना मेरी कुदरत के बाहर है। हाय, एक दफे की भूल जन्म-भर के लिए दुःखदायी हो जाती है। शेरसिंह सच कहता था, इन्हीं बातों को सोचकर उसने मेरा नाम 'काल' रख दिया था और उसे मेरी सूरत से घृणा हो गई थी। (कुछ देर तक चुप रहकर) ओफ, मैं भी व्यर्थ के विचार में पड़ा हूं, आखिर जान तो जाएगी ही, इसका हुक्म मानूंगा तो भी मारा जाऊंगा और यदि न मानूंगा तो भी मौत की तकलीफ उठाऊंगा और तमाम दुनिया में मेरी बुराई फैलेगी। (चौंककर) राम-राम, मुझे क्या हो गया जो..."

भूतनाथ–(उस औरत की तरफ देखके) अच्छा मैं कमलिनी को मारने के लिए तैयार हूं, मगर इसके बदले में मुझे इनाम क्या मिलेगा?

औरत–(हंसकर) तू इस लायक नहीं है कि तुझे इनाम दिया जाए।

भूतनाथ–क्या मैं इस दर्जे को पहुंच गया?

औरत–बेशक।

भूतनाथ–नहीं, कभी नहीं! जा, मैं तेरा हुक्म नहीं मानता, देखूं तू मेरा क्या कर लेती है!

औरत–भूतनाथ, देख खूब सोचकर कोई बात मुंह से निकाल, ऐसा न हो कि अन्त में पछताना पड़े।

भूतनाथ–जा-जा, जो करते बने, कर ले।

भूतनाथ की आखिरी बात सुनकर वह औरत क्रोध में आकर कांपने लगी। उसके होंठ कांप रहे थे, मगर कुछ कहना मुश्किल हो रहा था।

इस समय चारों तरफ अंधेरा छा चुका था अर्थात् रात बखूबी हो चुकी थी। थोड़ी देर के लिए दोनों आदमी चुप हो गए, यकायक घोड़ों के टापों की आवाज (जो बहुत दूर से आ रही थी) भूतनाथ के कान में पड़ी और साथ ही इसके वह औरत भी बोल उठी, "अच्छा देख, मैं तेरी ढिठाई का मजा चखाती हूं।"

भूतनाथ पहले तो कुछ घबड़ाया मगर उसने तुरन्त ही अपने को संभाला और कमर से खंजर निकालकर उस औरत के सामने खड़ा हो गया। वह खंजर वही था, जो कमलिनी ने उसे दिया था। कब्जा दबाते ही खंजर में से बिजली की चमक पैदा हुई जिसके सबब से उस औरत की आंखें बन्द हो गईं और वह बावली-सी हो गई तथा उस समय तो उसे तनोबदन की सुध भी न रही, जब भूतनाथ ने खंजर उसके बदन से छुला दिया।

भूतनाथ ने बड़ी होशियारी से उस बेहोश औरत को उसके घोड़े पर लादा और आप भी उसी पर सवार हो तेजी के साथ मैदान का रास्ता लिया। थोड़ी दूर जाकर भूतनाथ ने बेहोशी की तेज दवा उसे सुंघाई, जिससे वह औरत बहुत देर के लिए मुर्दे की-सी हो गई। हमको इससे कोई मतलब नहीं कि वे सवार, जिनके घोड़ों के टापों की आवाज भूतनाथ के कान में पड़ी थी, कौन थे और उन्होंने वहां पहुंचकर क्या किया, जहां से भूतनाथ उस औरत को ले भागा था, हम केवल भूतनाथ के साथ चलते हैं, जिससे उस औरत का और भूतनाथ का हाल मालूम हो।

यद्यपि रात अंधेरी और रास्ता पथरीला था, तथापि भूतनाथ ने चलने में कसर न की। थोड़ी-थोड़ी दूर पर घोड़ा ठोकर खाता था, जिससे भूतनाथ को तकलीफ होती थी और वह बड़ी मुश्किल से उस बेहोश औरत को संभाले लिये जाता था मगर यह तकलीफ ज्यादे देर के लिए न थी क्योंकि पहर-भर के बाद ही आसमान पर कुदरती माहताबी जलने लगी और उसकी (चन्द्रमा की) रोशनी ने चारों तरफ ठंडक और खूबसूरती के साथ उजाला कर दिया। ऐसी अवस्था में भूतनाथ ने रुकना उचित न समझा और सबेरा होने तक तेजी के साथ बराबर चला गया। जिस समय आसमान पर सुबह की सुफेदी फैल रही थी, घोड़े ने यहां तक हिम्मत हार दी कि दस कदम भी चलना उसके लिए कठिन हो गया। लाचार भूतनाथ घोड़े से नीचे उतरा और उस

औरत को भी उतार लिया। घोड़ा उसी समय जमीन पर गिर पड़ा, मगर भूतनाथ ने उसकी कुछ परवाह न की।

कमर से चादर खोल उसने औरत की गठरी बांधी और पीठ पर लाद आगे का रास्ता लिया।

पहर-भर चले जाने के बाद भूतनाथ एक ऐसी पहाड़ी के नीचे पहुंचा जिसकी ऊंचाई बहुत ज्यादे न थी मगर खुशनुमा और सायेदार दरख्त पहाड़ी के ऊपर तथा उसकी तराई में बहुत थे। पहाड़ी की चोटी पर सलई का एक ऊंचा पेड़ था और उसके ऊपर लम्बी कांड़ी में लगा हुआ एक लाल फरहरा (ध्वजा) दूर से दिखाई दे रहा था। यह निशान कमलिनी का लगाया हुआ था। भूतनाथ, तारा और नानक से मिलने के लिए कमलिनी ने एक यह जगह भी मुकर्रर की थी और निश्चय कर रखा था कि जब इन चारों में किसी को किसी से मिलने की आवश्यकता पड़े तो वह इसी जगह आवे और यदि किसी से मुलाकात न हो तो इस झंडे को झुका दे और उन चारों में से जो कोई इस झंडे को झुका हुआ देखे, तुरत इस पहाड़ी के नीचे आवे और नियत स्थान पर अपने साथी को ढूंढ़े। यह फरहरा बहुत दूर से दिखाई देता था और यह पहाड़ी रोहतासगढ़ और गयाजी के बीच में पड़ती थी।

उस औरत को पीठ पर लादे हुए भूतनाथ पहाड़ी के ऊपर चढ़ने लगा। लगभग दो सौ कदम जाने के बाद रास्ता छोड़कर दाहिनी तरफ घूमा, जिधर छोटे-छोटे जंगली पेड़ों की गुंजान झाड़ी दूर तक चली गई थी। उस झाड़ी में आदमी बखूबी छिप सकता था अर्थात् उस झाड़ी के पेड़ यद्यपि छोटे थे, परन्तु आदमी की ऊंचाई से उन पेड़ों की ऊंचाई कुछ ज्यादे थी। भूतनाथ दोनों हाथ से पेड़ों को हटाता हुआ कुछ दूर तक चला गया। आखिर उसे एक गुफा मिली जिसका मुंह जंगली लताओं ने अच्छी तरह ढांक रखा था। भूतनाथ उस गुफा के अन्दर चला गया और अपना बोझ अर्थात् उस औरत को गुफा के अन्दर छोड़ बाहर निकल आया। इसके बाद पहाड़ी की चोटी पर चढ़ गया और सलई के पेड़ पर चढ़कर लाल फरहरे (झण्डे) को झुकाने का इरादा किया, परन्तु उसी समय सलई के पेड़ पर चढ़ी हुई कमलिनी उसे दिखाई पड़ी जो फरहरा झुकाने का उद्योग कर रही थी। इस समय भी कमलिनी उसी राक्षसी के भेष में थी, जैसा कि ऊपर के बयानों में लिख आए हैं। भूतनाथ ने कमलिनी को पहचाना और उसने भी भूतनाथ को देखा। कमलिनी पेड़ से नीचे उतर आई और बोली–

कमलिनी–खूब पहुंचे, मैं तुमसे मिला चाहती थी, इसीलिए झण्डा झुकाने का उद्योग कर रही थी।

भूतनाथ–मैं खुद तुमसे मिला चाहता था और इसीलिए यहां तक आया हूं। यदि इस समय तुम न मिलतीं तो मैं इस पेड़ पर चढ़कर फरहरा झुकाता।

कमलिनी–कहो, क्या बात है और कौन-सी जरूरत आ पड़ी?

भूतनाथ–पहले तुम कहो कि मुझसे मिलने की क्या आवश्यकता थी?

कमलिनी—नहीं-नहीं, पहले तुम्हारा हाल सुन लूंगी तब कुछ कहूंगी, क्योंकि तुम्हारे चेहरे पर घबराहट और उदासी हद से ज्यादे पाई जाती है।

भूतनाथ—बेशक ऐसा ही है और मैं तुमसे आखिरी मुलाकात करने आया हूं, क्योंकि अब जीने की उम्मीद नहीं रही और खुली बदनामी, बल्कि कलंक मंजूर नहीं।

कमलिनी—क्यों-क्यों, ऐसी क्या आफत आ गई, कुछ कहो तो सही!

भूतनाथ—मेरे साथ पहाड़ी के नीचे चलो। मैं एक औरत को बेहोश करके लाद लाया हूं, जो उसी खोह के अन्दर है, पहले उसे देख लो तब मेरी सुनो।

कमलिनी—खैर, ऐसा ही सही, चलो।

भूतनाथ के साथ-ही-साथ कमलिनी पहाड़ी के नीचे उतरी और उस खोह के मुहाने पर आकर बैठ गई जिसके अन्दर भूतनाथ ने उस औरत को रखा था। भूतनाथ उस बेहोश औरत को खोह के बाहर निकाल लाया। कमलिनी उस औरत को देखते ही चौंकी और उठ खड़ी हुई।

भूतनाथ—इसी के मारे मेरी जिन्दगी बबाल हो रही है, मगर तुम इसे देख चौंकी क्यों? क्या इस औरत को पहचानती हो?

कमलिनी—हां, मैं इसे पहचानती हूं। यह वह काली नागिन है कि जिसके डंसने का मन्त्र ही नहीं! जिसे इसने काटा वह पानी तक नहीं मांगता, तुमने इसके साथ दुश्मनी की, सो अच्छा नहीं किया।

भूतनाथ—मैंने जान-बूझकर इसके साथ दुश्मनी नहीं की। तुम खुद जानती हो कि मैं इसके काबू में हूं, किसी तरह इसका हुक्म टाल नहीं सकता, मगर कल इसने जो कुछ काम करने के लिए मुझे कहा, वह मैं किसी तरह नहीं कर सकता था और इनकार की भी हिम्मत न थी, लाचार इसी खंजर की मदद से गिरफ्तार कर लाया हूं। अब कोई ऐसी तरकीब निकालो, जिसमें जान बचे और मैं बीरेन्द्रसिंह को मुंह दिखाने लायक हो जाऊं।

कमलिनी—मेरी समझ में नहीं आता कि तुम क्या कह रहे हो! मुझे कुछ भी नहीं मालूम कि तुम इसके कब्जे में क्योंकर फंसे हो, न तुमने इसके बारे में कभी मुझसे कुछ कहा ही।

भूतनाथ—बेशक मैं इसका हाल तुमसे कह चुका हूं और यह भी कह चुका हूं कि इसी की बदौलत मुझे मरना पड़ा, बल्कि तुमने वादा किया था कि इसके हाथ से तुम्हें छुट्टी दिला दूंगी।

कमलिनी—हां, वह बात मुझे याद है, मगर तुमने तो श्यामा का नाम लिया था!

भूतनाथ—ठीक है, वह यही श्यामा है।

कमलिनी—(हंसकर) इसका नाम श्यामा नहीं है, मनोरमा है। मैं इसकी सात पुश्तों को जानती हूं। बेशक इसने अपने नाम में भी तुमको धोखा दिया। खैर, अब मालूम हुआ कि तुम्हें इसी ने सता रखा है, तुम्हारे हाथ की लिखी हुई दस्तावेज इसी

के कब्जे में है और इस सबब से तुम इसे जान से मार भी नहीं सकते। इसने मुझे भी कई दफे धोखा देना चाहा था मगर मैं कब इसके पंजे में आनेवाली हूं। हां, यह तो कहो कि इसने क्या काम करने के लिए कहा था?

भूतनाथ–इसने कहा था कि तू कमलिनी का सिर काटकर मेरे पास ले आ, यह काम तुझसे बखूबी हो सकेगा क्योंकि वह तुझ पर विश्वास करती है।

कमलिनी–(कुछ देर तक सोचकर) खैर, कोई हर्ज नहीं। पहले तो मुझे इसकी कोई विशेष फिक्र न थी, परन्तु अब इसके साथ चाल चले बिना काम नहीं निकलता। देखो तो, मैं इसे कैसा दुरुस्त करती हूं और तुम्हारे कागजात भी इसके कब्जे से कैसे निकालती हूं।

भूतनाथ–मगर इस काम में देर न करनी चाहिए।

कमलिनी–नहीं-नहीं, देर न होगी, क्योंकि कुंअर इन्द्रजीतसिंह को छुड़ाने के लिए भी मुझे इसी के मकान पर जाना पड़ेगा। बस, दोनों काम एक साथ ही निकल जाएंगे।

भूतनाथ–अच्छा, तो अब क्या करना चाहिए?

कमलिनी–(हाथ का इशारा करके) तुम इस झाड़ी में छिप रहो, मैं इसे होश में लाकर कुछ बातचीत करूंगी। आज यह मुझे किसी तरह नहीं पहचान सकती।

भूतनाथ झाड़ी के अन्दर छिप रहा, कमलिनी ने अपने बटुए में से लखलखे की डिबिया निकाली और सुंघाकर उस औरत को होश में लाई। मनोरमा जब होश में आई, उसने अपने सामने एक भयानक रूपधारी औरत को देखा। वह घबड़ाकर उठ बैठी और बोली–

मनोरमा–तुम कौन हो और मैं यहां क्योंकर आई?

कमलिनी–मैं जंगल की रहनेवाली भिल्लनी हूं। तुम्हें एक लम्बे कद का आदमी पीठ पर लादे लिये जाता था। मैं इस पहाड़ी के नीचे सूअर का शिकार कर रही थी, जब वह मेरे पास पहुंचा मैंने उसे ललकारा और पूछा कि पीठ पर क्या लादे लिये जाता है? जब उसने कुछ न बताया तो लाचार (नेजा दिखाकर) इसी जहरीले नेजे से उसे जख्मी किया। जब वह बेहोश होकर गिर पड़ा तब मैंने गठरी खोली, जब तुम्हारी सूरत नजर आई तो हाल जानने की इच्छा हुई। लाचार इस जगह उठा लाई और होश में लाने का उद्योग करने लगी। अब तुम्हीं बताओ कि वह आदमी कौन था और तुम्हें इस तरह क्यों लिये जाता था?

मनोरमा–मैं अपना हाल तुमसे जरूर कहूंगी, मगर पहले यह बताओ कि वह आदमी तुम्हारे इस जहरीले नेजे के असर से मर गया या जीता है?

मनोरमा–वह मर गया और मेरे साथी लोग उसे जला देने के लिए ले गए।

मनोरमा–(ऊंची सांस लेकर) अफसोस, यद्यपि उसने मेरे साथ बहुत बुरा बर्ताव किया तथापि उसकी मोहब्बत मेरे दिल से किसी तरह नहीं जा सकती, क्योंकि वह मेरा प्यारा पति था। अफसोस, अफसोस, तुमने उसके हाथ से मुझे व्यर्थ छुड़ाया।

पाठक, झाड़ी के अन्दर छिपा हुआ भूतनाथ भी मनोरमा की बातें सुन रहा था। मनोरमा ने जो कुछ कमलिनी से कहा, न मालूम उसमें क्या तासीर थी कि सुनने के साथ ही भूतनाथ का कलेजा कांपने लगा और उसे चक्कर-सा आ गया। बहुत मुश्किल से उसने अपने को सम्हाला और कान लगाकर फिर दोनों की बातें सुनने लगा।

कमलिनी—(कुछ सोचकर) मैं कैसे विश्वास करूं कि तुमने जो कुछ कहा वह सच है?

मनोरमा—पहले यह सोचो कि मैं तुमसे झूठ क्यों बोलूंगी?

कमलिनी—इसके कई सबब हो सकते हैं, सबसे भारी सबब यह है कि तुम्हारा भेद एक गैर के सामने खुल जाएगा जिससे तुम्हें कोई मतलब नहीं। मगर मुझे विश्वास नहीं होता कि जो आदमी तुम्हें इतना कष्ट दे और बेहोश करके गठरी में बांधकर कहीं ले जाने का इरादा रखे, उसे तुम प्यार करो और अपना पति कहकर सम्बोधित करो।

मनोरमा—नहीं-नहीं, यों तो शक की कोई दवा नहीं। परन्तु मैं इतना अवश्य कहूंगी कि उस आदमी के बारे में मैंने जो कुछ कहा, वह सच है।

कमलिनी—खैर, ऐसा ही होगा, मुझे इससे कोई मतलब नहीं, चाहे वह आदमी तुम्हारा पति हो अथवा नहीं, अब तो वह मर चुका, किसी तरह जी नहीं सकता। खैर, यह बताओ कि अब तुम क्या करना चाहती हो और कहां जाने की इच्छा रखती हो?

मनोरमा—मुझे गयाजी का रास्ता बता दो। मेरे मां-बाप उसी शहर में रहते हैं। अब मैं उन्हीं के पास जाऊंगी।

कमलिनी—अच्छा, पहाड़ी के नीचे चलो, मैं तुम्हें गयाजी का रास्ता बता देती हूं। हां, मैं तुम्हारा नाम पूछना तो भूल ही गई।

मनोरमा—मेरा नाम इमामन है।

कमलिनी—(जोर से हंसकर) क्या ठगने के लिए मैं ही थी!

मनोरमा—(चौंककर और कमलिनी को सिर से पैर तक खूब अच्छी तरह देखकर) मुझे तुम पर शक होता है।

कमलिनी—यह कोई ताज्जुब की बात नहीं, मगर शक होने ही से क्या हो सकता है? आज तक तुमने मुझे कभी नहीं देखा और न फिर देखोगी।

मनोरमा—तब मैं अवश्य ही कह सकती हूं कि तुम कमलिनी हो!

कमलिनी—नहीं-नहीं, मैं कमलिनी नहीं हो सकती, हां, कमलिनी को पहचानती जरूर हूं, क्योंकि वह बीरेन्द्रसिंह और उनके खानदान की दोस्त है, इसलिए मेरी दुश्मन!

मनोरमा—अब मैं तुम्हारी बातों का विश्वास नहीं कर सकती।

कमलिनी—तो इसमें मेरा कोई भी हर्ज नहीं। (आहट पाकर और दाहिनी तरफ देखकर) लो देखो, अब तो मैं सच्ची हुई। वह कमलिनी आ रही है!

संयोग से उसी समय तारा भी आ पहुंची जो कमलिनी की सूरत में उसके कहे मुताबिक सब काम किया करती थी। कमलिनी ने गुप्त रीति से तारा को कुछ इशारा किया जिससे वह कमलिनी का मतलब समझ गई। कमलिनी रूपी तारा लपककर उन दोनों के पास पहुंची और कमर से खंजर निकालकर और उसे चमकाकर बोली, "इस समय तुम दोनों भले मौके पर मुझे मिल गई हो, आज मेरा मनोरथ पूर्ण हुआ, अब मैं तुम दोनों से बिना बदला लिये टलनेवाली नहीं।"

तारा की यह बात सुन कमलिनी जान-बूझकर कांपने लगी, मालूम होता था कि वह डर से कांप रही है। मनोरमा भी यकायक कमलिनी को मौजूद देखकर घबड़ा गई, इसके अतिरिक्त उस चमकते हुए खंजर को देखकर उसे विश्वास हो गया कि अब किसी तरह जान नहीं बचती, क्योंकि इसी तरह का खंजर भूतनाथ के हाथ में वह देख चुकी थी और उसके प्रबल प्रताप का नमूना उसे मालूम हो चुका था, साथ ही उसे इस बात का भी विश्वास हो गया कि राक्षसी (कमलिनी), जिसने उसे भूतनाथ के हाथ से छुड़ाया, सच्ची और उसकी खैरख्वाह है।

कमलिनी ने तारा को फिर इशारा किया जिसे मनोरमा ने नहीं जाना। पर तारा ने वह खंजर मनोरमा के बदन से लगा दिया और वह बात-की-बात में बेहोश होकर जमीन पर गिर गई। झाड़ी में छिपा हुआ भूतनाथ भी निकल आया और कमलिनी से बोला–

भूतनाथ–जो हो, मगर मेरा काम कुछ भी न हुआ।

कमलिनी–इसमें कोई शक नहीं कि तुम बड़े बुद्धिमान हो, परन्तु कभी-कभी तुम्हारी अक्ल भी हवा खाने चली जाती है। तुम इस बात को नहीं जानते कि तुम्हारा काम पूरा-पूरा हो गया। यकायक तारा के पहुंच जाने से मालूम हुआ कि तुम्हारी किस्मत तेज है, नहीं तो मुझे बहुत-कुछ बखेड़ा करना पड़ता।

भूतनाथ–सो क्या, मुझे साफ समझा दो तो जी ठिकाने हो।

कमलिनी–मेरे पास बैठ जाओ, मैं अच्छी तरह समझा देती हूं। (तारा की तरफ देखकर) कहो, तुम्हारा आना क्योंकर हुआ?

तारा–मुझे एक ऐसा काम आ पड़ा कि बिना तुमसे मिले कठिनता दूर होने की आशा न रही, लाचार झण्डी टेढ़ी करके तुमसे मिलने की उम्मीद में यहां आई थी।

कमलिनी–अच्छा हुआ कि तुम आईं, इस समय तुम्हारे आने से बड़ा ही काम चला, अच्छा, बैठ जाओ और जो कुछ मैं कहती हूं, उसे सुनो।

इसके बाद कमलिनी, तारा और भूतनाथ में देर तक बातचीत होती रही जिसे यहां पर लिखना हम मुनासिब नहीं समझते, क्योंकि इन लोगों ने जो कुछ करना विचारा है, वह आगे के बयान में स्वयं खुल जाएगा। जब बातचीत से छुट्टी मिली तो मनोरमा को उठा तीनों आदमी पहाड़ी के नीचे उतरे, मनोरमा एक पेड़ के साथ

बांध दी गई और उसके बाद कमलिनी भी कैदियों की तरह एक पेड़ के साथ बांध दी गई। इस काम से छुट्टी पाकर तारा और भूतनाथ वहां से अलग हो गए और किसी झाड़ी में छिपकर दूर से इन दोनों को देखते रहे। थोड़ी ही देर बाद मनोरमा होश में आई और अपने को बेबस पाकर चारों तरफ देखने लगी। पास ही में पेड़ से बंधी हुई कमलिनी पर भी उसकी निगाह पड़ी और वह अफसोस के साथ कमलिनी की तरफ देखकर बोली–

मनोरमा–बेशक तुम सच्ची हो, मेरी भूल थी जो तुम पर शक करती थी।

कमलिनी–खैर, इस समय तो तुम्हारे ही सबब से मुझे भी कष्ट भोगना पड़ा।

मनोरमा–इसमें कोई सन्देह नहीं।

कमलिनी–तुम्हारा छूटना तो मुश्किल है मगर मैं किसी-न-किसी तरह धोखा देकर छूट ही जाऊंगी और तब कमलिनी से समझूंगी, अब बिना उसकी जान लिये मुझे चैन कहां?

मनोरमा–तुम्हारी भी तो वह दुश्मन है, फिर तुम्हें क्योंकर छोड़ देगी?

कमलिनी–मेरी-उसकी दुश्मनी भीतर-ही-भीतर की है, इसके अतिरिक्त एक और सबब ऐसा है कि जिससे मैं अवश्य छूट जाऊंगी, तब तुम्हारे छुड़ाने का भी उद्योग करूंगी।

मनोरमा–वह कौन-सा सबब है?

कमलिनी–सो मैं अभी नहीं कह सकती, तुम्हें स्वयं मालूम हो जाएगा। (चारों तरफ देखकर) न मालूम वह कमबख्त कहां गई!

मनोरमा–क्या तुम्हें भी नहीं मालूम?

कमलिनी–नहीं, मुझे जब होश आया, मैंने अपने को इसी तरह बेबस पाया।

मनोरमा–खैर, कहीं भी हो, आवेगी ही। हां तुम्हें यदि अपने छूटने की उम्मीद है तो कब तक?

कमलिनी–उसके आने पर दो-चार बातें करने से ही मुझे छुट्टी मिल जाएगी और मैं तुम्हें भी अवश्य छुड़ाऊंगी, हां, अकेली होने के कारण विलम्ब जो कुछ हो। यदि तुम्हारा कोई मददगार हो तो बताओ, ताकि छुट्टी मिलने पर मैं तुम्हारे हाल की उसे खबर दूं।

मनोरमा–(कुछ सोचकर) यदि कष्ट उठाकर तुम मेरे घर तक जाओ और मेरी सखी को मेरा हाल कह सको, तो वह सहज ही में मुझे छुड़ा लेगी।

कमलिनी–इसमें तो कोई सन्देह नहीं कि मैं अवश्य छूट जाऊंगी। तुम अपने घर का पता और अपनी सखी का नाम बताओ, मैं जरूर उससे मिलकर तुम्हारा हाल कहूंगी और स्वयं भी जहां तक हो सकेगा, तुम्हें छुड़ाने के लिए उसका साथ दूंगी।

मनोरमा–यदि ऐसा करो तो मैं जन्म-भर तुम्हारा अहसान मानूंगी। जब उसके कान तक मेरा हाल पहुंच जाएगा तो तुम्हारी मदद की आवश्यकता न रहेगी।

कमलिनी–खैर, लो अब पता और नाम बताने में विलम्ब न करो, कहीं ऐसा न हो कि कमलिनी आ जाए, तब कुछ न हो सकेगा।

मनोरमा–हां ठीक है–काशीजी में त्रिलोचनेश्वर महादेव के पास लाल रंग का मकान एक छोटे से बाग के अन्दर है। मछली के निशान की स्याह रंग की झण्डी दूर से ही दिखाई पड़ेगी। मेरी सखी का नाम 'नागर' है, समझ गई।

कमलिनी–मैं खूब समझ गई, मगर उसे मेरी बात का विश्वास कब होगा?

मनोरमा–इसमें विश्वास की कोई जरूरत नहीं है, वह मुझ पर आफत आने का हाल सुनते ही बेचैन हो जाएगी और किसी तरह न रुकेगी।

कमलिनी–तथापि मुझे हर तरह से दुरुस्त रहना चाहिए, शायद वह समझे कि यह मुझे धोखा देने आई है और चाहती है कि मैं घर के बाहर जाऊं तो कोई मतलब निकाले।

मनोरमा–(कुछ सोचकर) हां, ऐसा हो सकता है। अच्छा मैं तुम्हें एक परिचय बताती हूं। जब वह बात उसके कान में कहोगी, तब वह तुम्हारा पूरा विश्वास कर लेगी। परन्तु उस परिचय को बड़ी होशियारी से अपने दिल में रखना, खबरदार! दूसरा जानने न पावे, नहीं तो मुश्किल होगी और मेरी जान किसी तरह न बचेगी।

कमलिनी–तुम विश्वास रखो कि वह शब्द सिवाय एक दफे के जब मैं तुम्हारी सखी के कान में कहूंगी, दूसरी दफे मेरे मुंह से न निकलेगा। (इधर-उधर देखकर) जल्द कहो, अब देर न करो।

मनोरमा–(कमलिनी की तरफ झुककर धीरे से) 'विकट' शब्द कहना। बस फिर सन्देह न करेगी और तुम्हें मेरा विश्वासपात्र समझेगी।

कमलिनी–ठीक है, अब जहां तक जल्द हो सकेगा, मैं तुम्हारी सखी के पास पहुंचूंगी और अपना मतलब निकालूंगी।

मनोरमा–पहले तो मुझे यह देखना है कि कमलिनी तुम्हें क्योंकर छोड़ती है! जब तुम छूट जाओगी तब कहीं जाकर मुझे अपने छूटने की कुछ उम्मीद होगी।

कमलिनी–(हंसकर) मैं उतनी ही देर में छूट जाऊंगी जितनी देर में तुम एक से लेकर निन्यानवे तक गिन सको।

इतना कहकर कमलिनी ने सीटी बजाई। सीटी की आवाज सुनते ही तारा और भूतनाथ जो वहां से थोड़ी दूर पर एक झाड़ी के अन्दर छिपे हुए थे, कमलिनी के पास आ पहुंचे। कमलिनी ने मुस्कुराते हुए उनकी तरफ देखा और कहा, "मुझे छोड़ दो।"

भूतनाथ ने कमलिनी को, जो पेड़ से बंधी हुई थी, खोल दिया। कमलिनी उठकर मनोरमा के पास आई और बोली, "क्यों, मैं अपने कहे मुताबिक छूट गई या नहीं!"

कमलिनी की चालाकी के साथ ही भूतनाथ की सूरत देखकर मनोरमा सन्न हो गई और ताज्जुब के साथ उन तीनों की तरफ देखने लगी। इस समय भूतनाथ के

चेहरे पर उदासी के बदले खुशी की निशानी पाई जाती थी। भूतनाथ ने हंसकर मनोरमा की तरफ देखा और कहा, "क्या अब भी भूतनाथ तेरे कब्जे में है? अगर हो तो कह, इसी समय कमलिनी का सिर काटकर तेरे आगे रख दूं, क्योंकि वह यहां मौजूद है।"

मनोरमा ने क्रोध के मारे दांत पीसा और सिर नीचा कर लिया। थोड़ी देर बाद बोली, "अफसोस, मैं धोखा खा गई!"

कमलिनी–(तारा से) अब समय नष्ट करना ठीक नहीं। इस हरामजादी को तुम ले जाओ और लोहेवाले तहखाने में बन्द करो, फिर देखा जाएगा। (अपने हाथ का नेजा देकर) इस नेजे को अपने पास रखो और वह खंजर मुझे दे दो। अब नेजे के बदले खंजर रखना ही मैं उत्तम समझती हूं। यद्यपि एक खंजर मेरे पास है परन्तु वह कुंअर इन्द्रजीतसिंह के लिए है।

तारा–मैं भी यही कहा चाहती थी, क्योंकि खंजर और नेजे में गुण तो एक ही है फिर ढोढा लेकर घूमने से क्या फायदा, यह लो खंजर, अपने पास रखो।

कमलिनी–(भूतनाथ से) तुम भी तारा के साथ जाओ और इस हरामजादी को हमारे घर पहुंचाकर बहुत जल्द लौट आओ, तब तक मैं इसी जगह रहूंगी और तुम्हारे आते ही तुम्हें साथ लेकर काशीजी जाऊंगी। पहले तुम्हारा काम करके कुंअर इन्द्रजीतसिंह से मिलूंगी और मायारानी की मण्डली को, जिसने दुनिया में अंधेर मचा रखा है, जहन्नुम में भेजूंगी।

भूतनाथ–(सिर झुकाकर) जो हुक्म!

पांचवां बयान

रात आधी से कुछ ज्यादे जा चुकी है। चारों तरफ सन्नाटा छाया हुआ है, कभी-कभी कुत्तों के भूंकने की आवाज के सिवाय और किसी तरह की आवाज सुनाई नहीं देती। ऐसे समय में काशी की तंग गलियों में दो आदमी, जिनमें एक औरत और दूसरा मर्द है, घूमते हुए दिखाई देते हैं। ये दोनों कमलिनी और भूतनाथ हैं जो त्रिलोचनेश्वर महादेव के पास मनोरमा के मकान पर पहुंचने की धुन में कदम बढ़ाए हुए तेजी के साथ जा रहे हैं। जब ये दोनों एक चौमुहानी के पास पहुंचे तो देखा कि दाहिनी तरफ से एक आदमी पीठ पर गट्ठर लादे आया और उसी तरफ को घूमा, जिधर ये दोनों जानेवाले थे। कमलिनी ने धीरे से भूतनाथ के कान में कहा, "इस गठरी में जरूर कोई आदमी है।"

भूतनाथ–बेशक ऐसा ही है। इस आदमी की चाल पर भी मुझे कुछ शक पड़ता है, ताज्जुब नहीं कि यह मनोरमा का नौकर श्यामलाल हो।

कमलिनी–तुम्हारा शक ठीक हो सकता है क्योंकि तुम बहुत दिनों तक मनोरमा के मकान पर रह चुके हो और वहां के हर एक आदमी को बखूबी जानते हो।

भूतनाथ–कहो तो इसे रोकूं?

कमलिनी–हां-हां, रोको, जाने न पावे।

भूतनाथ लपककर उस आदमी के सामने आया और कमर से खंजर निकालकर उसके सामने चमकाया। उसकी चमक में भूतनाथ और कमलिनी ने उस आदमी को पहचान लिया, मगर वह इन दोनों को अच्छी तरह न देख सका, क्योंकि बिजली की तरह चमकनेवाली रोशनी ने उसकी आंखें बन्द कर दीं और वह घबराकर बैठ गया। भूतनाथ ने खंजर उसके बदन से लगाया जिसकी तासीर से वह एक दफे कांपा और बेहोश होकर जमीन पर लम्बा हो गया। भूतनाथ ने उसे उसी तरह छोड़ दिया और गठरी का कोना खोलकर देखा तो उसमें एक कमसिन औरत बंधी हुई पाई। कमलिनी के हुक्म से भूतनाथ ने वह गठरी अपनी पीठ पर लाद ली और मनोरमा के घर का रास्ता छोड़ दोनों आदमी गंगा-किनारे की तरफ रवाना हुए।

बात-की-बात में दोनों गंगा-किनारे जा पहुंचे। इस समय चन्द्रमा की रोशनी अच्छी तरह फैली हुई थी। एक मढ़ी के ऊपर बैठने के बाद भूतनाथ ने वह गठरी खोली। उस बेहोश औरत के चेहरे पर चन्द्रमा की रोशनी पड़ते ही भूतनाथ चौंककर बोला, "ओफ, यह तो कमला है!"

कमला होश में लाई गई। जब उसकी निगाह भूतनाथ के ऊपर पड़ी तो वह एकदम कांप उठी। कमला को उस दिन की बात याद आ गई, जिस दिन खण्डहर के तहखाने में अपने चाचा शेरसिंह के पास भूतनाथ को देखा था, कमला को शक हो गया कि इस समय वह जिसके हुक्म से बेहोश करके लाई गई, वह भूतनाथ ही है। कमला की दूसरी निगाह कमलिनी पर पड़ी मगर वह कमलिनी को पहचान न सकी। यद्यपि कमला, कमलिनी को रोहतासगढ़ पहाड़ी पर देख चुकी थी परन्तु इस समय कमलिनी उस भयानक राक्षसी के भेष में न थी, रंग काला जरूर था, परन्तु लम्बे-लम्बे दांत उसके मुंह में न थे, इसी से वह कमलिनी को न पहचान सकी।

कमलिनी ने जब देखा कि कमला बहुत ही डरी हुई और हैरान मालूम पड़ती है तो उसने कमला का हाथ पकड़ लिया और धीरे से दबाकर कहा, "कमला, तू डर मत। हम लोगों ने इस समय तुझे एक दुश्मन के हाथ से छुड़ाया है।"

कमला–अब मेरा जी ठिकाने हुआ, मुझे उम्मीद है कि आप लोगों की तरफ से मुझे तकलीफ न पहुंचेगी। परन्तु आप लोगों को जानने के लिए मेरा जी बेचैन हो रहा है।

कमलिनी–ठीक है, जरूर तेरा जी चाहता होगा कि हम लोगों का हाल जाने और इसी तरह मैं भी तुझसे बहुत-कुछ पूछा चाहती हूं मगर इस समय केवल चार-पांच

घण्टे के लिए तुझसे जुदा होती हूं, तब तक तू (भूतनाथ की तरफ इशारा करके) इनके साथ रह। किसी तरह से डर मत, सबेरा होने के पहले ही मैं तुझसे आकर मिलूंगी और बातचीत के बाद कुंअर इन्द्रजीतसिंह के छुड़ाने का उद्योग करूंगी।

कमला–मैं आपके हुक्म के खिलाफ कुछ न करूंगी। मैं आपसे हर तरह पर भलाई की आशा रखती हूं क्योंकि आपने मुझे एक ऐसे दुश्मन के हाथ से छुड़ाया है, जिसका हाल मैं ही जानती हूं।

कमलिनी–अच्छा, तो अब बातों में समय नष्ट करना ठीक नहीं है। (भूतनाथ की तरफ देखकर) भूतनाथ, यहां छोटी-छोटी बहुत-सी डोंगियां बंधी हुई हैं, सन्नाटा और मौका देखकर कोई एक डोंगी खोल लो और कमला को साथ लेकर गंगा-पार चले जाओ। मैं अब मनोरमा के घर पर जाती हूं, वहां से अपना मतलब साधकर सबेरा होने के पहले ही तुमसे आ मिलूंगी।

कमला–(चौंककर) क्या नाम लिया, मनोरमा! हाय-हाय, वह तो बड़ी शैतान है, हम लोगों को तो उसने तबाह कर डाला! क्या तुम उसके...

कमलिनी–डर मत!, मनोरमा को मैंने कैद कर लिया है और अब एक जरूरी काम के लिए उसके घर पर जा रही हूं। (आसमान की तरफ देखकर) ओफ, बहुत विलम्ब हुआ, खैर, अब बिदा होती हूं, पुनः मिलने पर सब हाल कहूंगी।

कमलिनी वहां से रवाना हुई और थोड़ी ही देर में उस बाग के फाटक पर जा पहुंची, जिसमें मनोरमा का मकान था। फाटक के साथ लोहे की एक जंजीर लगी हुई थी जिसे हिलाने से दरबान ने एक छोटे-से सूराख में से बाहर की तरफ देखा जो इसी काम के लिए बना हुआ था। केवल एक औरत को दरवाजे पर मौजूद पाकर दरबान ने फाटक खोल दिया और जब कमलिनी अन्दर चली गई तो फाटक उसी तरह बन्द कर दिया और तब कमलिनी से पूछा, "तुम कौन हो और यहां किसलिए आई हो?"

कमलिनी–मुझे मनोरमा ने पत्र देकर अपनी सखी नागर के पास भेजा है, तुम मुझे नागर के पास बहुत जल्द ले चलो।

दरबान–वह तो यहां नहीं हैं, किसी दूसरी जगह गई हैं।

कमलिनी–कब आवेंगी?

दरबान–सो मैं ठीक नहीं कह सकता।

कमलिनी–क्या तुम यह भी नहीं कह सकते कि वे आज या कल तक लौट आवेंगी या नहीं?

दरबान–हां, यह तो मैं कह सकता हूं कि चार-पांच दिन तक वे न आवेंगी; इसके बाद चाहे जब आवें।

कमलिनी–अफसोस, अब बेचारी मनोरमा नहीं बच सकती।

दरबान–(चौंककर) क्यों-क्यों, उन पर क्या आफत आई?

कमलिनी–यह एक गुप्त बात है जो मैं तुमसे नहीं कह सकती, हां, इतना कहने में कोई हर्ज नहीं कि यदि तीन दिन के अन्दर उन्हें बचाने का उद्योग न किया जाएगा तो चौथे दिन कुछ नहीं हो सकता, वे अवश्य मार डाली जाएंगी।

दरबान–अफसोस, यदि आप एक दिन तक यहां अटकना मंजूर करें तो मैं नागरजी के पास जाकर उन्हें बुला लाऊं, आपको यहां किसी तरह की तकलीफ न होगी।

कमलिनी–(कुछ सोचकर) मुझे एक जरूरी काम है, इसलिए अटक तो नहीं सकती, परन्तु कल शाम तक अपना काम करके लौट आ सकती हूं।

दरबान–यदि आप ऐसा भी करें तो काम चल सकता है, परन्तु आप अटक न जाएं। यदि आपका काम ऐसा हो जिसे हम लोग कर सकते हों तो आप कहें, उसका बन्दोबस्त कर दिया जाएगा।

कमलिनी–नहीं, बिना मेरे गए वह काम नहीं हो सकता, मगर कोई चिन्ता नहीं, मैं कल शाम तक अवश्य आ जाऊंगी।

दरबान–जैसी मर्जी, आपकी मेहरबानी से यदि हमारे मालिक की जान बच जाएगी तो हम लोग जन्म-भर के लिए गुलाम रहेंगे।

कमलिनी–मैं अवश्य आऊंगी और उनके लिए हर तरह का उद्योग करूंगी, तुम जाती समय इसका बन्दोबस्त कर जाना कि यदि तुम्हारे लौट आने के पहले ही मैं यहां पहुंच जाऊं तो मुझे यहां रहने में किसी तरह का तरद्दुद न हो।

दरबान–इससे आप बेफिक्र रहें, मैं पूरा-पूरा इन्तजाम करके जाऊंगा और नागरजी को लेकर बहुत जल्द लौटूंगा।

फाटक खोल दिया गया और कमलिनी बाग के बाहर हो गई। वह अभी बीस कदम भी आगे न गई होगी कि एक आदमी बदहवास और दौड़ता हुआ उसी बाग के फाटक पर पहुंचा और दरवाजा खुलवाने का उद्योग करने लगा। कमलिनी जान गई कि यह वही आदमी है जिसके हाथ से अभी थोड़ी ही देर हुई है, कमला को छुड़ाया है। कमलिनी उसी जगह आड़ में खड़ी होकर उसे देखने और कुछ सोचने लगी। जब बाग का फाटक खुल गया और वह आदमी अन्दर चला गया तो न मालूम क्या सोचती-विचारती कमलिनी भी वहां से रवाना हुई और थोड़ी रात बाकी थी, जब कमला और भूतनाथ के पास पहुंची, जो गंगा-पार उसके आने की राह देख रहे थे। कमलिनी को बहुत जल्द लौट आते देख भूतनाथ को ताज्जुब हुआ और उसने कहा–

भूतनाथ–मालूम होता है कि कुछ काम न हुआ और आपको खाली ही लौट आना पड़ा!

कमलिनी–हां, इस समय तो खाली ही लौटना पड़ा, मगर काम हो जाएगा। नागर घर पर मौजूद न थी, उसका आदमी उसे बुलाने के लिए गया है। मैं कल शाम तक फिर वहां पहुंचने का वादा कर आई हूं, इच्छा तो यही थी कि वहां अटक जाऊं

क्योंकि ऐसा करने से और भी कुछ काम निकलने की उम्मीद थी, परन्तु कमला के खयाल से लौट आना पड़ा। मैं चाहती हूं कि कमला को रोहतासगढ़ रवाना कर दूं क्योंकि उसकी जुबानी कुछ हाल सुनकर राजा बीरेन्द्रसिंह को ढाढ़स होगी और लड़कों के सोच में बहुत व्याकुल न रहेंगे। (कमला की तरफ देखकर) तेरी क्या राय है?

कमला–जो कुछ आप हुक्म दें मैं करने को तैयार हूं, परन्तु इस समय मैं बहुत-सी बातों का असल भेद जानने के लिए बेचैन हो रही हूं और सिवाय आपके कोई दूसरा मेरी दिलजमई नहीं कर सकता!

कमलिनी–कोई हर्ज नहीं, मैं हर तरह से तेरी दिलजमई कर दूंगी।

इतना सुनकर कमला भूतनाथ की तरफ देखने लगी। कमलिनी समझ गई कि यह निराले में मुझसे कुछ पूछा चाहती है। अस्तु, उसने भूतनाथ को वहां से हट जाने के लिए कहा और जब वह कुछ दूर चला गया तो कमला से बोली, "अब निराला हो गया, जो कुछ पूछना हो पूछो।"

कमला–मुझे आपका कुछ हाल भूतनाथ की जुबानी मालूम हुआ है परन्तु उससे पूरी दिलजमई नहीं होती। मुझे पूरा-पूरा पता लग चुका था कि कुंअर इन्द्रजीतसिंह आपके यहां कैद हैं, फिर न मालूम, उन पर क्या आफत आई और उनके साथ आपने क्या सलूक किया। यद्यपि उस समय हम लोग आपके नाम से डरते थे, परन्तु जब आपने कई दफे हम लोगों के साथ नेकी की जिसका हाल आज मालूम हुआ है तो वह बात अब मेरे दिल से जाती रही, फिर भी कुंअर इन्द्रजीतसिंह के बारे में शक बना ही रहा है।

कमलिनी–सुन, मैं तुझसे पूरा-पूरा हाल कहती हूं। यह तो तुझे मालूम ही हो चुका कि मैं कमलिनी हूं।

कमला–जी हां, यह तो (भूतनाथ की तरफ इशारा करके) इनकी कृपा से मालूम हो गया और इन्हीं के जुबानी यह भी जान गई कि रोहतासगढ़ में उस कब्रिस्तान के अन्दर हाथ में चमकता हुआ नेजा लेकर आप ही ने हम लोगों की मदद की थी और बेहोश करके रोहतासगढ़ किले के अन्दर पहुंचा दिया था। दूसरी दफे राजा बीरेन्द्रसिंह वगैरह को रोहतासगढ़ के कैदखाने से आप ही ने छुड़ाया था और तीसरी दफे उस खण्डहर में यकायक विचित्र रीति से आप ही को पहुंचते हम लोगों ने देखा था।

कमलिनी–यद्यपि कुछ लोगों ने मुझे बदनाम कर रखा है, परन्तु वास्तव में मैं वैसी नहीं हूं। मैं नेकों के साथ नेकी करने के लिए हरदम तैयार रहती हूं, इसी तरह दुष्टों को मजा चखाने की भी नीयत रहती है। मैंने कुंअर इन्द्रजीतसिंह के साथ किसी तरह की बुराई नहीं की, बल्कि उनके साथ नेकी की और उन्हें एक बहुत बड़े दुश्मन के हाथ से छुड़ाया। जब वे तुम लोगों से मिलेंगे और हाल कहेंगे, तब मालूम होगा कि कमलिनी ने सच कहा था!

इसके बाद कमलिनी ने इन्द्रजीतसिंह का अपने लश्कर से गायब होना और उन्हें दुश्मन के हाथ से छुड़ाना, कई दिनों तक अपने मकान में रखना, माधवी को गिरफ्तार करना, किशोरी का रोहतासगढ़ के तहखाने से निकलना और धनपति के कब्जे में पड़ना, तारा के खबर पहुंचाने पर इन्द्रजीतसिंह को साथ लेकर किशोरी को छुड़ाने के लिए जाना, रास्ते नें शेरसिंह और देवीसिंह से मिलना, अग्निदत्त का हाल और अन्त में उस तिलिस्मी मकान के अन्दर सभों का कूद जाना, कमला से पूरा-पूरा बयान किया। कमला ताज्जुब से सब बातें सुनती रही और अब कमलिनी पर उसे पूरा-पूरा विश्वास हो गया।

कमला–फिर किशोरी और कुंअर इन्द्रजीतसिंह उस खण्डहरवाले तहखाने में क्योंकर पहुंचे?

कमलिनी–वह खण्डहर एक छोटे-से तिलिस्म से सम्बन्ध रखता है। एक औरत जो मायारानी के नाम से पुकारी जाती है और जिसका हाल कुछ दिन बाद तुम लोगों को मालूम होगा, उस तिलिस्म पर राज्य करती है। मैं उसकी सगी बहिन हूं। हमारी तिलिस्मी किताब से साबित होता है कि कुंअर इन्द्रजीतसिंह और आनन्दसिंह उस तिलिस्म को तोड़ेंगे क्योंकि तिलिस्म तोड़नेवालों के जो-जो लक्षण उस किताब में लिखे हैं, वे सब इन दोनों भाइयों में पाए जाते हैं, परन्तु मायारानी चाहती है कि तिलिस्म टूटने न पावे और इसीलिए वह दोनों कुमारों को अपनी कैद में रखने अथवा मार डालने का उद्योग कर रही है। मैंने उसे बहुत-कुछ समझाया और कहा कि तिलिस्म बनानेवालों के खिलाफ चलने और इन दोनों भाइयों से दुश्मनी रखने का नतीजा अच्छा न होगा परन्तु उसने न माना, बल्कि मेरी भी दुश्मन बन बैठी। अन्त में लाचार होकर मुझे उसका साथ छोड़ देना पड़ा। मैंने उस तालाबवाले मकान पर अपना कब्जा कर लिया और उसी में रहने लगी। उस मकान में मैं बेफिक्र रहती हूं। मायारानी के कई आदमियों ने, जो नेक और ईमानदार थे, मेरा साथ दिया। तिलिस्म का जितना हाल उसे मालूम है, उतना ही मुझे भी मालूम है, यही सबब है कि वह अर्थात् तिलिस्मी महारानी (मायारानी) बीरेन्द्रसिंह और उनके खानदान के साथ दुश्मनी कर रही है और मैं हर तरह से उनकी मदद कर रही हूं। उस तिलिस्मी मकान के अन्दर इन्द्रजीतसिंह और उनके साथियों तथा मेरे नौकरों का हंसते-हंसते कूद जाना उसी तिलिस्मी महारानी की कार्रवाई थी और उस खण्डहरवाले तहखाने में जो कुछ तुम लोगों ने देखा, वह सब भी उसी की बदौलत था। अफसोस, गुप्त राह से मायारानी के बहुत से आदमियों के पहुंच जाने के कारण मैं कुछ कर न सकी। खैर, कोई हर्ज नहीं, कुंअर इन्द्रजीतसिंह, आनन्दसिंह और किशोरी तथा कामिनी वगैरह का मायारानी कुछ भी नहीं बिगाड़ सकती, क्योंकि उसकी असल जमा-पूंजी जो थी, वह मेरे हाथ लग चुकी है जिसका खुलासा हाल इस समय मैं नहीं कह सकती, हां, इतना प्रतिज्ञापूर्वक कहती हूं कि उन लोगों को मैं बहुत जल्द कैद से छुड़ाऊंगी।

कमला–मैं समझती हूं कि वह मकान भी तिलिस्मी होगा, जिसके अन्दर कुंअर इन्द्रजीतसिंह वगैरह हंसते-हंसते कूद पड़े थे।

कमलिनी–नहीं, उस मकान का तिलिस्म से कोई सम्बन्ध नहीं, वह नया बनाया गया है। मुझे उसकी खबर न थी, इसी से मैं धोखे में आ गई, पीछे पता लगाने से मालूम हुआ कि वह भी मायारानी की कार्रवाई थी।

कमला–अब मेरा जी ठिकाने हुआ और आपकी बदौलत अपनी प्यारी सखी किशोरी और कुंअर इन्द्रजीतसिंह वगैरह के छूटने की उम्मीद हुई। अब आशा है कि आपकी कृपा से एक दफे मायारानी को भी देखूंगी।

कमलिनी–इसके लिए जल्दी करना मुनासिब नहीं, मैं आज-ही-कल में तुझे अपने साथ मायारानी के घर ले चलती, क्योंकि मुझे वहां जाने की बहुत जल्दी है परन्तु इस समय तेरा रोहतासगढ़ लौट जाना ही ठीक है क्योंकि राजा बीरेन्द्रसिंह लड़कों की जुदाई में हद से ज्यादे दुःखी होंगे, तेरे लौट जाने से उन्हें ढाढ़स होगा और मेरी जुबानी जो कुछ तूने सुना है, जब उनसे बयान करेगी तो उन्हें एक प्रकार की आशा हो जाएगी। हां, एक बात तुझसे पूछना मैं भूल गई।

कमला–वह क्या?

कमलिनी–तू कहती है कि मैं मायारानी को देखा चाहती हूं, तो क्या तूने उसे नहीं देखा? उसी के आदमी तो तुझे गिरफ्तार करके ले गए थे, जहां तक मैं समझती हूं, तू उसके पास जरूर पहुंचाई गई होगी।

कमला–हां-हां, मैं एक जनाने दरबार में पहुंचाई गई थी, मगर यह नहीं कह सकती कि वह मायारानी का ही दरबार था या कोई दूसरा, और यदि मायारानी का ही दरबार था तो...

कमलिनी–पहले तू अपना हाल कह जा कि जब खण्डहर के अन्दर तहखाने में घुसी तो क्या हुआ और क्योंकर गिरफ्तार होकर कहां गई?

कमला–जब हम लोग राजा बीरेन्द्रसिंह के साथ कुमार को निकालने के लिए उस खण्डहरवाले तहखाने में गए तो वहां किसी को न पाया। सीढ़ी के नीचे एक छोटी कोठरी थी, मैं उसमें घुस गई। देखा कि पत्थर की एक सिल्ली दीवार से अलग होकर जमीन पर पड़ी हुई है और उस जगह एक आदमी के जाने लायक रास्ता है। उस दरवाजे के दूसरी तरफ एक और कोठरी नजर आई जिसमें चिराग जल रहा था। मैंने आनन्दसिंह और तारासिंह को पुकारा, जब वे आ गए तो तीनों आदमी उस कोठरी के अन्दर घुसे, जब दो-तीन कदम आगे गए तो यकायक पीछे से खटके की आवाज आई, घूमकर देखा तो उस रास्ते को बन्द पाया जिधर से आए थे। ताज्जुब में आकर हम लोग सोचने लगे कि अब क्या करना चाहिए। यकायक कई आदमी एक तरफ से निकल आए और उन लोगों ने फुर्ती के साथ एक-एक चादर हम लोगों के ऊपर डाल दी। मुझे उस चादर की तेज महक कभी न भूलेगी। सिर

पर चादर पड़ते ही अजब हालत हो गई, एक प्रकार की तेज महक नाक के अन्दर घुसी और उसने तनोबदन की सुध भुला दी। न मालूम उसी दिन या दूसरे या कई दिन के बाद जब मैं होश में आई तो अपने को रात के समय एक जनाने दरबार में पाया।

कमलिनी–वह दरबार कैसा था?

कमला–वह दरबार एक बारहदरी में था। जड़ाऊ सिंहासन पर एक नौजवान औरत दक्षिणी ढंग की पोशाक पहने बैठी थी, मैं कह सकती हूं कि सिवाय किशोरी के उसके मुकाबले की खूबसूरत औरत आज तक किसी ने न देखी होगी।

कमलिनी–बस-बस, मैं समझ गई, वही मायारानी थी, हां, और क्या देखा?

कमला–उसके दाहिनी तरफ सोने की एक चौकी पर मृगछाला बिछा हुआ था, मगर उस पर कोई बैठा न था।

कमलिनी–वह तिलिस्म के दारोगा की जगह थी जो वृद्ध साधु के वेश में रहता है, मगर आजकल उसे राजा बीरेन्द्रसिंह ने कैद कर लिया है।

कमला–(ताज्जुब से) राजा बीरेन्द्रसिंह ने कब और किस दारोगा को कैद किया है?

कमलिनी–उस तिलिस्मी खण्डहर में जब तुम लोग गए तो किसी साधु को बेहोश पाया था या नहीं?

कमला–(कुछ सोचकर) हां-हां, एक कोठरी के अन्दर जिसमें एक मूरत थी। क्या वही तिलिस्मी दारोगा है?

कमलिनी–हां, वही दारोगा है, वही बहुत से आदमियों को साथ लेकर तहखाने में से कुमार को उठा लाने के लिए उस खण्डहर में गया था, मगर तारासिंह की चालाकी से अपने साथियों के सहित बेहोश हो गया। उस समय भेष बदले मेरा भी एक आदमी वहां मौजूद था, मगर दूर ही से सबकुछ देख रहा था। हां, तो उस दरबार में और क्या देखा?

कमला–उस मृगछाला बिछी हुई चौकी के पास अर्धगोलाकार बीस जड़ाऊ कुर्सियां और थीं और उसी तरह सिंहासन के बाईं तरफ छोटे जड़ाऊ सिंहासन पर एक खूबसूरत औरत बैठी हुई थी जिसके बाद फिर बीस या इक्कीस जड़ाऊ कुर्सियां थीं, और दोनों तरफवाली जड़ाऊ कुर्सियों पर नौजवान और खूबसूरत औरतें बड़े ठाठ से बैठी हुई थीं।[1] मैं उस दरबार को कभी न भूलूंगी।

कमलिनी–ठीक है, तो अब तुझे मायारानी को देखने की कोई आवश्यकता नहीं, खैर, मुख्तसर में कह कि फिर क्या हुआ?

कमला–पहले यह बता दीजिए कि मायारानी के बगल में छोटे जड़ाऊ सिंहासन पर कौन औरत थी, क्योंकि वह बड़ी ही खूबसूरत थी।

1. इसी दरबार में रामभोली का आशिक नानक गया था।

कमलिनी–वह मेरी छोटी बहिन थी। सबसे बड़ी मायारानी, उससे छोटी मैं और मुझसे छोटी वही औरत है, उसका नाम लाडिली है।

कमला–आपकी और भी कोई बहिन है?

कमलिनी–नहीं, हम तीनों के सिवाय और कोई बहिन या भाई नहीं है। अब तू अपना हाल कह, फिर क्या हुआ?

कमला–मायारानी के सिंहासन के पीछे मनोरमा खड़ी थी। उन सभों की बातचीत से मुझे मालूम हुआ कि उसका नाम मनोरमा है। वह बड़ी दुष्ट थी!

कमलिनी–थी नहीं, बल्कि है। हां, खैर, तब क्या हुआ?

कमला–ऐसे दरबार को देख मैं घबरा गई। जिधर निगाह पड़ती थी उधर ही एक-से-एक बढ़के जड़ाऊ चीजें नजर आती थीं। मैं हैरान थी कि इतनी दौलत इन लोगों के पास कहां से आई और ये लोग कौन हैं। मैं ताज्जुब में आकर चारों तरफ देखने लगी। यकायक मेरी निगाह कुंअर आनन्दसिंह और तारासिंह पर पड़ी। कुंअर आनन्दसिंह हथकड़ी और बेड़ी से लाचार मेरे पीछे की तरफ बैठे थे, उनके पास उन्हीं की तरह हथकड़ी-बेड़ी से बेबस तारासिंह भी बैठे थे, फर्क इतना था कि कुंअर आनन्दसिंह जख्मी न थे, मगर तारासिंह बहुत ही जख्मी और खून से तरबतर हो रहे थे। उनकी पोशाक खून से रंगी हुई मालूम पड़ती थी। यद्यपि उनके जख्मों पर पट्टी बंधी हुई थी मगर सूरत देखने से साफ मालूम पड़ता था कि उनके बदन से खून बहुत निकल गया है और इसी से वे सुस्त और कमजोर हो रहे हैं। कुमार की अवस्था देखकर मुझे क्रोध चढ़ आया, मगर क्या कर सकती थी, क्योंकि हथकड़ी और बेड़ी ने मुझे भी लाचार कर रखा था। हाथ में नंगी तलवारें लिये कई औरतें कुंअर आनन्दसिंह, तारासिंह और मुझको घेरे हुए थीं। यह जानने के लिए मेरा जी बेचैन हो रहा था कि जब हम लोग बेहोश करके यहां लाए गए तो तारासिंह को जख्मी करने की आवश्यकता क्यों पड़ी। मायारानी ने मनोरमा की तरफ देखा और कुछ इशारा किया, मनोरमा तुरत मेरे पास आई। उसके एक हाथ में कोई चीठी थी और दूसरे हाथ में कलम और दावात। मनोरमा ने वह चीठी मेरे आगे रख दी और उस पर हस्ताक्षर कर देने के लिए मुझे कहा, मैंने चीठी पढ़ी और क्रोध के साथ हस्ताक्षर करने से इनकार किया।

कमलिनी–उस चीठी में क्या लिखा हुआ था?

कमला–वह चीठी मेरी तरफ से राजा बीरेन्द्रसिंह के नाम लिखी गई थी और उसमें यह लिखा था–

"आप चीठी देखते ही केवल एक ऐयार को लेकर इस आदमी के साथ बेखौफ चले आइए। कुंअर इन्द्रजीतसिंह, आनन्दसिंह और किशोरी वगैरह इसी जगह कैद हैं। उनको छुड़ाने का पूरा-पूरा उद्योग मैं कर चुकी हूं, केवल आपके आने की देर है। यदि आप तीन दिन के अन्दर यहां न पहुंचेंगे तो उन लोगों में से एक की भी जान

न बचेगी।''

कमलिनी–अच्छा फिर क्या हुआ?

कमला–जब मैंने दस्तखत करने से इनकार किया तो मनोरमा बहुत बिगड़ी और बोली कि ''यदि तू हस्ताक्षर न करेगी, तो तेरे सामने ही कुंअर आनन्दसिंह और तारासिंह का सिर काट लिया जाएगा और उसके बाद तुझे भी सूली दे दी जाएगी।'' यह सुनकर मैं घबरा गई और सोचने लगी कि अब क्या करना चाहिए। इतने में ही तारासिंह ने मुझे पुकारकर कहा, ''कमला, उस चीठी में जो कुछ लिखा है, मैं अन्दाज से कुछ-कुछ समझ गया। खबरदार, इन लोगों के धमकाने में न आइयो, और चाहे जो हो, उस चीठी पर दस्तखत न कीजियो।'' तारासिंह की बात सुनकर मायारानी की तो केवल भृकुटी ही चढ़कर रह गई, परन्तु मनोरमा बहुत ही उछली-कूदी और बकझक करने लगी। उसने मायारानी की तरफ देखकर कहा, ''कमबख्त तारासिंह को अवश्य सूली देनी चाहिए, उसने यहां का रास्ता भी देख लिया है इसलिए उसका मारना आवश्यक हो गया है और इस नालायक कमला को सरकार मेरे हवाले करें, मैं इसे अपने घर ले जाऊंगी।'' मायारानी ने इशारे से मनोरमा की बात मंजूर की। मनोरमा ने एक चोबदार औरत की तरफ देखकर कहा, ''कमला को ले जाकर कैद में रखो। चार-पांच दिन बाद काशीजी में हमारे घर पर भेजवा देना, क्योंकि इस समय मुझे एक जरूरी काम के लिए जाना है, जहां से तीन-चार दिन के अन्दर शायद न लौट सकूंगी।'' हुक्म के साथ ही मुझ पर पुनः चादर डाल दी गई जिसकी तेज महक ने मुझको बेहोश कर दिया और फिर जब मैं होश में आई अपने को एक अंधेरी कोठरी में कैद पाया। कई दिन तक उसी कोठरी में कैद रही और इस बीच में जो कुछ रंज और तकलीफ उठानी पड़ी, उसका कहना व्यर्थ है। आखिर एक दिन भोजन में मुझे बेहोशी की दवा दी गई और बेहोश होने के बाद जब मैं होश में आई तो अपने को आपके कब्जे में पाया। अब न मालूम कुंअर इन्द्रजीतसिंह, आनन्दसिंह, किशोरी और उनके ऐयार लोगों पर क्या मुसीबत आई और वे लोग किस अवस्था में पड़े हुए हैं!

यहां तक कहकर कमला चुप हो गई, मगर उसकी आंखों से आसू की बूंदें बराबर जारी थीं। कमलिनी भी बड़े गौर और अफसोस के साथ उसकी बातें सुनती जाती थी और जब वह चुप हो गई तो बोली–

कमलिनी–कमल, सब्र कर, घबरा मत, देख, मैं उन लोगों को कैसा छकाती हूं। उन लोगों की क्या मजाल जो मेरे हाथ से बचकर निकल जाएं। तिलिस्मी मकान के अन्दर जब कुंअर इन्द्रजीतसिंह वगैरह हंसते-हंसते कूद गए थे तो उन लोगों के पहले मैंने अपने कई आदमी उस मकान के अन्दर कुदाए थे जिसका हाल थोड़ी देर पहले मैं तुझसे कह चुकी हूं। मैंने उन आदमियों को बेसबब दुश्मनों के हाथ में नहीं फंसाया, कुछ समझ-बूझके ही ऐसा किया था। वे लोग साधारण मनुष्य

न थे, आशा है कि थोड़े दिन में तू सुन लेगी कि उन लोगों ने क्या-क्या कार्रवाई की।

कमला–आज आपके मिलने से और बहुत-सी बातें सुनकर मेरा जी ठिकाने हुआ। आप सरीखा मददगार पाकर मैं भी अपने जी का हौसला निकाला चाहती हूं और...

कमलिनी–नहीं-नहीं, इस समय तू और कुछ मत सोच और सीधे रोहतासगढ़ चली जा। तेरे वहां जाने से दो काम निकलेंगे, एक तो तेरी जुबानी सब हाल सुनकर राजा बीरेन्द्रसिंह को बहुत-कुछ ढाढ़स होगी, दूसरे, तू इस बात से होशियार रहियो और सभों को भी होशियार कर दीजियो कि वह तिलिस्मी दारोगा अर्थात् बूढ़ा साधु कहीं धोखा देकर निकल न जाए। इसमें कोई शक नहीं कि मायारानी ने उसे छुड़ाने के लिए कई आदमी रोहतासगढ़ भेजे होंगे।

कमला–बहुत अच्छा, मैं रोहतासगढ़ जाती हूं और उस बुड्ढे कमबख्त से होशियार रहूंगी, मगर एक भेद बहुत दिनों से मेरे दिल में खटक रहा है, यदि आप चाहें तो मेरे दिल से वह खुटका निकाल सकती हैं।

कमलिनी–वह क्या है?

कमला–(भूतनाथ की तरफ इशारा करके) यह कौन हैं? इनका असल भेद मुझको बता दीजिए।

कमलिनी–(हंसकर) इसमें सन्देह नहीं कि भूतनाथ के बारे में तरह-तरह की बातें तू सोचती होगी, परन्तु लाचार हूं कि इस समय इनका असल भेद तुझसे नहीं कह सकती, थोड़े ही दिनों में इनका हाल तुझे ही नहीं, सभों को मालूम हो जाएगा। हां, इतना अवश्य कहूंगी कि तुझे अपने चाचा शेरसिंह की तरह इनसे डरने की कोई जरूरत नहीं, ये तुझे किसी तरह की तकलीफ न देंगे, बल्कि जहां तक हो सकेगा, तेरी मदद करेंगे।

कमलिनी से अपने सवाल का पूरा-पूरा जवाब न पाकर कमला चुप हो रही और कमलिनी की आज्ञानुसार उसको उसी समय रोहतासगढ़ चले जाना पड़ा।

छठवां बयान

दूसरे दिन कुछ रात बीते कमलिनी फिर मनोरमा के मकान पर पहुंची। बाग के फाटक पर उसी दरबान को टहलते पाया जिससे कल बातचीत कर चुकी थी। इस समय बाग का फाटक खुला हुआ था और उस दरबान के अतिरिक्त और भी कई सिपाही वहां मौजूद थे। दरबान कमलिनी को देखते ही खुशी से आगे बढ़ा और बोला, ''आइए-आइए, मैं कब से राह देख रहा हूं। नागरजी को आए दो घण्टे से ज्यादे हो गए और वे आपसे मिलने के लिए बेताब हो रही हैं।''

दरबान के साथ-ही-साथ कमलिनी बाग के अन्दर गई और उस आलीशान मकान के सहन में पहुंची जो इस बाग के बीचोबीच बना हुआ था। इस मकान के कमरों, दालानों, कोठरियों, तहखानों और पेचीले रास्तों का यदि यहां पूरा-पूरा बयान किया जाए तो पाठकों का बहुत समय नष्ट होगा, क्योंकि इस हिकमती मकान के हर एक दर्जे और हर एक हिस्से बड़ी कारीगरी और मतलब के साथ बनाए गए हैं। यदि हमारे पाठकों को तीन-चार बार इस मकान के अन्दर जाने और रात भर रहने का मौका मिल जाएगा तो उन्हें यहां का बहुत भेद मालूम हो जाएगा।

कमलिनी ने नागर को सहन में टहलते हुए पाया। वह सिर नीचा किए किसी सोच में डूबी हुई टहल रही थी, कमलिनी के पैर की आहट पाकर चौंकी और बोली–

नागर–क्या मेरी सखी मनोरमा का सन्देशा लेकर तुम ही आई हो?

कमलिनी–हां।

नागर–तुम कौन और कहां की रहनेवाली हो? मैंने तुम्हें सिवाय आज के पहले कभी नहीं देखा।

कमलिनी–हां, ठीक है, परन्तु मैं अपना परिचय किसी तरह नहीं दे सकती।

नागर–यदि ऐसा है तो मैं तुम्हारी बातों पर क्योंकर विश्वास करूंगी?

कमलिनी–यदि मेरी बातों पर विश्वास न करोगी तो मेरा कुछ भी न बिगड़ेगा, अगर कुछ बिगड़ेगा तो तुम्हारा या तुम्हारी सखी मनोरमा का। जब मनोरमा ने मुझे तुम्हारे पास भेजा तो मुझे भी इस बात का तरद्दुद हुआ और मैंने उनसे कहा कि तुम मुझे भेजती तो हो, मगर जाने से कोई काम न निकलेगा क्योंकि मैं किसी तरह अपना परिचय किसी को नहीं दे सकती और बिना मुझे अच्छी तरह जांचे, नागर मेरी बात पर विश्वास न करेंगी। इसके जवाब में मनोरमा ने कहा कि मैं लाचार हूं, सिवाय तेरे यहां पर मेरा हितू कोई नहीं जिसे नागर के पास भेजूं। यदि तू न जाएगी तो मेरी जान किसी तरह नहीं बच सकती। खैर, तुम्हें मैं एक शब्द बताती हूं, मगर खबरदार, वह शब्द सिवाय नागर के किसी दूसरे के सामने जुबान से न निकालियो। जिस समय नागर तेरी जबान से वह शब्द सुनेगी, उस समय उसका शक जाता रहेगा और जो कुछ तू उसे कहेगी, वह अवश्य करेगी। आखिर मनोरमा ने वह शब्द मुझे बताया और उसी के भरोसे मैं यहां तक आई हूं।

नागर–(कुछ सोचकर) वह शब्द क्या है?

कमलिनी–(चारों तरफ देखकर और किसी को न पाकर) 'विकट'!

नागर–(कुछ देर तक सोचने के बाद) खैर, मुझे तुम पर भरोसा करना पड़ा, अब कहो, मनोरमा किस अवस्था में है और मुझे क्या करना चाहिए?

कमलिनी–मनोरमा भूतनाथ से मिलने के लिए गई थी, मगर उससे मुलाकात होने पर न मालूम कौन-सा ऐसा सबब आ पड़ा कि उसने भूतनाथ का सिर काट लिया।

नागर–(चौंककर) हैं! भूतनाथ को मार ही डाला!!

कमलिनी–हां, उस समय मैं मनोरमा के साथ, मगर कुछ दूर पर, खड़ी यह हाल देख रही थी।

नागर–अफसोस, मनोरमा ने बहुत ही बुरा किया, आजकल भूतनाथ से बहुत कुछ काम निकलने का जमाना था। खैर, तब क्या हुआ?

कमलिनी–मनोरमा को मालूम न था कि राजा बीरेन्द्रसिंह का ऐयार तेजसिंह इस समय थोड़ी ही दूर पर एक पेड़ की आड़ में खड़ा भूतनाथ और मनोरमा की तरफ देख रहा है।

नागर–ओफ, तेजसिंह को भूतनाथ के मरने का सख्त रंज हुआ होगा, क्योंकि इन दिनों भूतनाथ दिलोजान से उन लोगों की मदद कर रहा था, अच्छा तब?

कमलिनी–तेजसिंह बड़ी फुर्ती से उस जगह जा पहुंचा, जहां मनोरमा खड़ी थी और एक लात मनोरमा की छाती पर ऐसी लगाई कि वह बदहवास जमीन पर गिर पड़ी। तेजसिंह ने उसकी मुश्कें बांध लीं और जफील बजाई, जिसकी आवाज सुन कई आदमी वहां आ पहुंचे। उन लोगों ने मनोरमा के साथ मुझे भी गिरफ्तार कर लिया। उसी समय मनोरमा के कई सवार दूर से आते हुए दिखाई पड़े, मगर उन लोगों के पहुंचने के पहले ही तेजसिंह और उसके साथी हम दोनों को लेकर वहां से थोड़ी दूर पर पेड़ों की आड़ में जा छिपे। दूसरे दिन हम दोनों ने अपने को रोहतासगढ़ किले के अन्दर पाया। मनोरमा ने अपने छूटने की बहुत-कुछ कोशिश की, मगर कोई काम न चला। आखिर उसने तेजसिंह से कहा कि 'भूतनाथ बड़ा ही शैतान, नालायक और खूनी आदमी था; उसका असल हाल आप लोग नहीं जानते, यदि जानते तो आप लोग खुद भूतनाथ का सिर काट डालते।' इसके जवाब में तेजसिंह ने कहा कि 'यदि इस बात को तू साबित कर दे तो मैं तुझे छोड़ दूंगा।' मनोरमा ने मेरी तरफ इशारा करके कहा कि 'यदि आप इसे छोड़ दें और पांच दिन की मोहलत दें तो इसे मैं अपने घर भेजकर भूतनाथ के लिखे थोड़े कागजात ऐसे मंगा दूं कि जिन्हें पढ़ते ही आपको मेरी बातों पर विश्वास हो जाए और भूतनाथ का बहुत कुछ विचित्र हाल भी, जिसे आप लोग नहीं जानते, मालूम हो। यदि मैं झूठी निकलूं तो जो कुछ चाहें, मुझे सजा दीजिएगा।' तेजसिंह ने कुछ देर सोच-विचारकर कहा कि 'हो सकता है मुझसे बहाना करके इसे तुम अपने घर भेजो और किसी तरह की मदद मंगाओ, मगर मुझे इसकी कुछ परवाह नहीं, मैं तुम्हारी बात मंजूर करता हूं और इसे (मेरी तरफ इशारा करके) छोड़ देता हूं, जो कुछ चाहे, इसे समझा-बुझाकर अपने घर भेजो।' इसके बाद मुझसे निराले में बातचीत करने के लिए आज्ञा मांगी गई और तेजसिंह ने उसे भी मंजूर किया। आखिर मनोरमा ने मुझे बहुत-कुछ समझा-बुझाकर तुम्हारे पास रवाना किया। अब मैं तो रोहतासगढ़ जानेवाली नहीं, क्योंकि बड़ी मुश्किल से जान बची है, मगर तुम्हें मुनासिब है कि जहां तक हो सके, भूतनाथ के कागजात लेकर जल्द रोहतासगढ़ जाओ और अपनी सखी के छुड़ाने का बन्दोबस्त करो।

कमलिनी की बातें सुनकर नागर सोच-सागर में डूब गई। न मालूम उसके दिल में क्या-क्या बातें पैदा हो रही थीं, मगर लगभग आधी घड़ी के वह चुपचाप बैठी रही। इसके बाद उसने सिर उठाया और कमलिनी की तरफ देखकर कहा, "खैर, अब मुझे रोहतासगढ़ जाना जरूरी हुआ, रात-भर में वे सब इन्तजाम करके सबेरे या कुछ दिन चढ़े रवाना हो जाऊंगी।"

कमलिनी–अच्छा, तो मेरे जिम्मे जो कुछ काम था, उसे मैं कर चुकी। अब तुम जो मुनासिब समझो, करो और मुझे आज्ञा दो कि जाऊं और अपना काम देखूं।

नागर–इसमें कोई सन्देह नहीं कि तुमने मुझ पर और मनोरमा पर भारी अहसान किया। अब मैं चाहती हूं कि आज की रात तुम यहां रह जाओ क्योंकि मनोरमा को छुड़ाने के लिए रात-भर में मैं जो कुछ इन्तजाम करूंगी, उसका हाल सबेरे तुमसे कुछ सलाह करके तब रोहतासगढ़ जाऊंगी।

कमलिनी–मैं इस योग्य नहीं हूं कि तुम्हें राय दूं परन्तु रात-भर के लिए अटक जाने में मेरा कोई हर्ज नहीं है, यदि इससे आप लोगों की कुछ भी भलाई हो।

नागर ने कमलिनी के लिए एक कमरा खोल दिया और उसके खाने-पीने के लिए बखूबी इन्तजाम कर दिया।

सातवां बयान

आधी रात जा चुकी है। कमलिनी उस कमरे में, जो उसके सोने के लिए मुकर्रर किया गया था, चारपाई पर लेटी हुई करवटें बदल रही है क्योंकि उसकी आंखों में नींद का नामोनिशान नहीं है। उसके दिल में तरह-तरह की बातें पैदा होती और मिटती हैं। उसे इस कोठरी की बनावट ने और भी तरद्दुद में डाल रखा है। यद्यपि इस कोठरी में विशेष सामान नहीं और न किसी तरह की सजावट ही है, केवल एक चारपाई जिस पर कमलिनी सोई है और एक चौकी पड़ी है तथा कोने में एक शमादान जल रहा है, परन्तु तीन तरफ की दीवारों पर वह ताज्जुब और तरद्दुद की निगाह डाल रही है। इस कमरे की एक तरफ की दीवार, जिधर से इसमें आने के लिए दरवाजा था, ईंट और चूने से बनी हुई थी, परन्तु बाकी तीन तरफ की दीवारें तख्तेबन्दी की थीं, अर्थात् लकड़ी से बनी हुई थीं। कमलिनी के दिल में शक पैदा हुआ और उसने सोचा कि इन तख्तेबन्दी की दीवारों में कोई भेद जरूर है। इस मकान का कुछ-कुछ भेद कमलिनी को मालूम था, पर यहां का पूरा-पूरा हाल वह नहीं जानती थी और जानने की इच्छा रखती थी। आखिर कमलिनी से चुप न रहा गया, और वह चारपाई से उठी। पहले उसने उस दरवाजे को भीतर की तरफ से बन्द किया, जो इस कमरे में आने-जाने के लिए था। इसके बाद कमर से खंजर निकाल लिया और उसके कब्जे

से उन तख्तेबन्दी की दीवारों को जगह-जगह से ठोंककर देखने लगी। एक जगह से उसे दीवार पोली मालूम पड़ी और उस पर वह बखूबी गौर करने लगी। जब कुछ मालूम न हुआ तो उसने शमादान उठा लिया और फिर उस जगह को गौर से देखने लगी। थोड़ी ही देर में उसे विश्वास हो गया कि यहां पर एक छोटा-सा दरवाजा है, क्योंकि दरवाजे के चारों तरफ की बारीक दरार का निशान बहुत गौर करने पर मालूम होता था। कमलिनी ने दरार में खंजर की नोक चुभाई और उसे अच्छी तरह दो-चार बार हिलाया। दरार बड़ी हो गई और आधा खंजर उसके अन्दर चला गया। फिर से कोशिश करने पर लकड़ी का एक तख्ता अलग हो गया और दूसरी तरफ जाने लायक रास्ता निकल आया।

हाथ में शमादान लिये हुए कमलिनी अन्दर घुसी और एक बहुत लम्बी-चौड़ी कोठरी में पहुंची। इस कोठरी के चारों तरफ की दीवार भी तख्तेबन्दी की थी। इसमें कई चीजें ऐसी पड़ी हुई थीं जिनके देखने से चाहे कैसा ही संगदिल और दिलावर आदमी क्यों न हो, एक दफे जरूर कांप उठे और उसका कलेजा मामूली से चौगुना और आठगुना धड़कने लग जाए।

इस कोठरी में एक घोड़े की लाश थी, मगर वह अजब ढंग की थी। उसके चारों तरफ चार खूंटियां जमीन में गड़ी हुई थीं और उन खूंटियों के सहारे उस घोड़े के चारों पैर बंधे हुए थे। उस घोड़े का पेट चीरा हुआ और आंतें निकालकर बाहर रखी हुई थीं। चारों तरफ खून फैला हुआ था, मालूम होता था कि यह घोड़ा किसी काम के लिए आज ही मारा गया है। उसके पास ही थोड़ी दूर पर फूलों के कई गमले रखे हुए थे और उनके पास ही एक सुन्दर बिछौना, जिस पर सुफेद चादर भी बिछी हुई थी तथा उस पर एक आदमी गर्दन तक सुफेद ही चादर ओढ़े सो रहा था। घोड़े के पास से लेकर उस बिछावन तक पैर से लगे हुए खून के दाग जमीन पर दिखाई दे रहे थे और बिछावन की चादर तथा उस चादर में भी, जो वह आदमी ओढ़े हुए था, खून के धब्बे लगे हुए थे।

उस आदमी को देखकर कमलिनी इसलिए हिचकी कि कहीं वह जागकर कमलिनी को देख न ले, मगर थोड़ी देर तक खड़े रहने पर भी उसके हिलने-डुलने अथवा उसकी सांस चलने की आहट न मिली। तब कमलिनी हाथ में शमादान लिये हुए उस बिछावन के पास गई और रोशनी में उस आदमी की सूरत देखने लगी, जिसका बिलकुल चेहरा बखूबी खुला हुआ था। सूरत देखते ही कमलिनी चौंक पड़ी और शमादान जमीन पर रख बेधड़क उस आदमी का बाजू पकड़के हिलाने और यह कहकर उसको जगाने का उद्योग करने लगी कि 'वाह-वाह! तुम यहां बेखबर पड़े हुए हो और मुझे इसका जरा भी हाल नहीं मालूम!'

जब बाजू पकड़के हिलाने से भी वह आदमी न जागा तब कमलिनी को ताज्जुब हुआ और गौर से उसकी सूरत देखने लगी, मगर नब्ज पर हाथ रखा तो मालूम हो

गया कि वह जिन्दा नहीं, बल्कि मुर्दा है। यह जानते ही कमलिनी का जी भर आया और वह मुर्दे के सिर पर हाथ रखकर रोने और गरम-गरम आंसू गिराने लगी। थोड़ी देर तक कमलिनी इसी अवस्था में पड़ी रही, आखिर वह चैतन्य हुई और यह कहकर उठ खड़ी हुई कि 'बात तो बहुत ही बुरी हुई, मगर इस समय मुझे सब्र करना चाहिए, नहीं तो कुछ भी न कर सकूंगी। हाय, मेरा दिल और मेरे काबू में न रहे! नहीं-नहीं, ऐसा नहीं हो सकता, मैं पूरा-पूरा सब्र करूंगी और देखूंगी कि क्या कर सकती हूं। इसमें जरा भी सन्देह नहीं कि इसकी जान निकले चार पहर से ज्यादे अभी नहीं हुए।'' कमलिनी फिर शमादान उठाकर उस कोठरी में घूमने और चारों तरफ देखने लगी। पूरब और दक्खिन के कोने में एक लाश छत से लटकती हुई दिखाई पड़ी जिसके गले में फांसी लगी थी। वह ताज्जुब के साथ शमादान ऊंचा करके उसकी सूरत देखने लगी, जब अच्छी तरह पहचान चुकी तो नफरत के साथ उस लाश पर थूककर अपना मुंह फेर लिया और दूसरी तरफ चली ही थी कि यह आवाज सुनकर ठहर गई और उस तरफ देखने लगी, जिधर से आवाज आई थी। आवाज यह थी–'हाय, मौत को भी मौत आ गई!' उसे ताज्जुब मालूम हुआ कि यह आवाज क्योंकर आई! वह यह देखने के लिए उस तरफ बढ़ी, जिधर से आवाज आई थी कि शायद कोई सूराख या खिड़की दिखाई दे और आखिर ऐसा ही हुआ। दीवार के पास पहुंचते ही एक सूराख ऐसा दिखा जिसमें आदमी की गर्दन बखूबी जा सकती थी। यह टेढ़ा और नीचे की तरफ झुका हुआ सूराख, जिसे किसी कमरे का रोशनदान कहना चाहिए, दीवार के बिलकुल नीचे की तरफ था।

कमलिनी ने उस सूराख में झांककर देखा तो एक छोटे-से मगर सजे हुए कमरे में निगाह गई। यह कमरा उस कोठरी से एक खंड नीचे था जिसमें से कमलिनी झांक रही थी। उस कमरे में जो कुछ कमलिनी ने देखा, उससे उसके दिल को बड़ा ही सदमा पहुंचा और जब तक वह देखती रही उसकी आंखों से आंसू बराबर जारी रहे।

कमलिनी ने देखा कि एक पलंग पर, जिसके पास ही शमादान जल रहा है, आफत की मारी बेचारी किशोरी पड़ी हुई है। रंज और गम के मारे सूखकर कांटा हो रही है। चेहरे पर मुर्दनी छायी हुई है और कमजोरी की यह अवस्था है कि सांस भी मुश्किल से आती-जाती है। थोड़ी-थोड़ी देर पर उसके होंठ हिलते हैं और धीरे-धीरे कुछ कहती है, मगर जब कहती है तो उसकी आवाज साफ सुनाई देती है। वह कह रही थी–

''हाय, अब इससे बढ़कर दुर्दशा क्या हो सकती है! इन्द्रजीतसिंह, तुम्हारी मुहब्बत में मैं यहां तक पहुंच चुकी, कुल में कलंकिनी कहाई, लज्जा को तिलांजलि दे बैठी, और वह सब दुःख झेलने को तैयार हुई, जो तुम्हारी बदौलत...

"(थोड़ी देर चुप रहकर) यहां तक रोई कि अब आंखों में आंसू भी नहीं रहे। खाना-पीना छोड़ देने पर भी निगोड़ी जान नहीं निकलती। हाय, मौत को भी मौत

आ गई! नहीं-नहीं, मौत को मौत नहीं आई, वह देखो, मेरे सामने खड़ा हुआ काल मेरी तरफ देख रहा है। अब कुछ दम की मेहमान हूं। मैं तो जाती हूं, मगर अफसोस, अपने प्यारे की जुदाई का रंज और उसकी बेवफाई और बेमुरौवती की शिकायत अपने साथ लिये जाती हूं। हाय, इस समय ऐसा कोई भी नहीं, जो मेरी हालत देखे और मेरे बाद उनसे जाकर...

"(थोड़ी देर चुप रहकर) जब उनको मेरी परवाह ही नहीं है तो मेरा हाल कोई उनसे कहकर करेगा ही क्या? उन्होंने तो खुद कहला भेजा है कि मुझे कुछ भी परवाह नहीं। हाय, मैं ऐसी बात कैसे सुन सकी! उसी समय मेरी जान क्यों न निकल गई! नहीं-नहीं, यह सब ऐयारी है, उन्होंने ऐसी बात कभी न कही होगी। पर इससे क्या हो सकता है जबकि दम निकलने में कुछ कसर बाकी नहीं है। देखो-देखो, वह काल अब मेरी तरफ बढ़ा चला आता है। अच्छा है, किसी तरह वह सायत आए भी तो। हे सर्वशक्तिमान् जगदीश्वर! मैं तुम्हीं को गवाह रखती हूं क्योंकि तुम खूब जानते हो कि मैं निर्दोष इस दुनिया से उठी जाती हूं और इन्द्रजीतसिंह की मुहब्बत के सिवाय अपने साथ कुछ भी नहीं लिए जाती। हां, उस प्यारे की..."

इसके बाद बहुत देर तक राह देखने पर भी कुछ सुनाई न दिया। कमलिनी ने समझा कि या तो इसे कमजोरी से गश आ गया और या इस बेचारी हसरत की मारी का दम ही निकल गया। इस समय कमलिनी ने जो कुछ देखा या सुना, वह उसे बेसुध करने के लिए काफी था। कमलिनी जार-जार रो रही थी, यहां तक कि हिचकी बंध गई और उसे इस बात का ध्यान बिलकुल ही जाता रहा कि मैं यहां किस काम के लिए आई हूं, क्या कर रही हूं और इस समय कैसे खतरे में फंसी हुई हूं।

कमलिनी के लिए यह समय बड़े ही संकट का था। वह नहीं चाहती थी कि बेचारी किशोरी का पूरा-पूरा हाल जाने या उसे किसी तरह की मदद पहुंचाए बिना यहां से चली जाए और साथ ही इसके भूतनाथ के कागजात को भी, जिनके लेने का वह पूरा-पूरा उद्योग कर चुकी थी, किसी तरह छोड़ नहीं सकती थी, क्योंकि यह मौका निकल जाने पर फिर उनका हाथ लगना बहुत ही कठिन था।

किशोरी की हालत पर अफसोस करती हुई कमलिनी अभी नीचे देख ही रही थी कि यकायक उस कमरे का दरवाजा खुला और एक खूबसूरत नौजवान अमीराना पोशाक पहने अन्दर आता हुआ दिखाई पड़ा। उसके पीछे हाथ में पंखा लिये एक लौंडी भी थी जिसने अन्दर पहुंचने पर उस दरवाजे को उसी तरह बन्द कर दिया।

इस नौजवान की उम्र लगभग पच्चीस वर्ष के होगी। मियाना कद, गोरा रंग, हाथ-पैर से मजबूत और खूबसूरत था। वह किशोरी के पलंग के पास आकर खड़ा हो गया और गौर से उसकी तरफ देखने लगा। उस पलंग के पास ही एक मोढ़ा कपड़े से मढ़ा हुआ पड़ा था जिसे लौंडी उटा लाई और पलंग के पास रखकर पंखा झलने लगी। नौजवान ने बड़े गौर से किशोरी की नाड़ी देखी और फिर उस लौंडी की तरफ

मुंह करके कहा, ''गश आ गया है।''

लौंडी–कमजोरी के सबब से।

नौजवान–एक तो बीमार, दूसरे कई दिन से खाना-पीना सब छोड़ दिया, फिर ऐसी नौबत तो हुआ ही चाहे। अफसोस, यह मेरी बात नहीं मानती और मुफ्त में जान दे रही है।

लौंडी–इस जिद का भी कोई ठिकाना है!

नौजवान–खैर, चाहे जो हो, मगर दो बात से तीसरी कभी हो ही नहीं सकती, या तो यह मेरी होकर रहेगी या इसी अवस्था में पड़ी-पड़ी यमलोक को सिधार जाएगी। अच्छा, इसे होश में लाना चाहिए।

''जो हुक्म'' कहकर लौंडी वहां से चली गई और एक आलमारी में से जो पलंग के सिरहाने की तरफ थी, कई बोतलें निकाल लाई, जिन्हें उस नौजवान के पास रखकर वह फिर पंखा झलने लगी।

नौजवान ने अपनी जेब में से रूमाल निकालकर एक बोतल के अर्क से उसे तर किया और दूसरी बोतल में से थोड़ा-सा अर्क हाथ में लेकर किशोरी के मुंह पर छींटा दिया। इसके बाद वही रूमाल नाक के पास ले जाकर कुछ देर तक सुंघाया। जब उससे कुछ काम न चला तो तीसरी बोतल से अर्क लेकर उसके मुंह पर छींटा दिया। थोड़ी देर में किशोरी का गश जाता रहा और उसने आंखें खोलकर देखा, मगर जैसे ही उस नौजवान पर निगाह पड़ी वह कांप उठी और दोनों हाथों से मुंह ढांपकर बोली–

''हाय, न मालूम यह चाण्डाल अब क्यों मेरे पास आया है!''

नौजवान–मैं इसी वास्ते आया हूं कि एक दफे तुमसे और पूछ लूं।

किशोरी–एक दफे क्या सौ दफे कह चुकी कि तू मुझसे किसी तरह की उम्मीद न रख। मैं तेरी सूरत देखने की बनिस्बत मौत को हजार दर्जे अच्छा समझती हूं!

नौजवान–क्या अभी तक तुझे इस बात की उम्मीद है कि इन्द्रजीतसिंह आकर तेरी मदद करेंगे और छुड़ा ले जाएंगे?

किशोरी–मुझे क्या पड़ी है कि इन सब बातों का तुझे जवाब दूं? मैं तुझ पर बल्कि तेरी सात पुश्त पर थूकती हूं। चाण्डाल, हट जा मेरे सामने से!

लौंडी–(नौजवान से) हुजूर, इस कमीनी औरत से क्यों बेइज्जती करा रहे हैं? इसमें क्या ऐसा हीरा जड़ा है?

नौजवान क्रोध के मारे कांपने लगा, आंखें लाल हो गईं, और दांत पीसता हुआ मोढ़े पर से उठ खड़ा हुआ। दाहिने हाथ से वह छुरा निकाल लिया जो उसकी कमर में छिपा हुआ था और बाएं हाथ से किशोरी का हाथ पकड़ यह कहता हुआ उसकी तरफ झुका, ''जब ऐसा ही है तो मैं इसी समय क्यों न तुझे यमलोक पहुंचाऊं!''

उस नौजवान और किशोरी की यह अवस्था देखकर कमलिनी परेशान हो गई और सोचने लगी कि इस जल्दी में कौन-सी तरकीब की जाए कि किशोरी की जान

बचे। मगर वह कर ही क्या सकती थी? एक तो वह स्वयं चोरों की तरह कोठरियों में घूम रही थी, यदि किसी को जरा भी शक हो जाए तो उसकी जान पर आ बने, दूसरे, कोई ऐसा रास्ता भी नहीं दिखाई देता था जिधर से किशोरी के पास पहुंचकर उसकी सहायता करती, मगर इसमें कोई सन्देह नहीं कि कमलिनी बहुत होशियार, चालाक और बुद्धिमान थी। उसने बहुत जल्द दिल में इस बात का फैसला कर लिया कि अब क्या करना चाहिए। एक खयाल बिजली की तरह उसके दिल में दौड़ गया मगर देखा चाहिए उससे कहां तक काम निकलता है।

जिस समय किशोरी को मारने के लिए वह नौजवान झुका और कमलिनी को मालूम हुआ कि अब उस बेचारी का काम तमाम हुआ चाहता है, उसी समय कमलिनी ने अपनी कमर से तिलिस्मी खंजर निकाल लिया और जिस मोखे में देख रही थी उसके अन्दर डालकर उसका कब्जा दबाया[1]। यह खंजर बिजली की तरह चमका और उस कोठरी में इतनी ज्यादे चमक या रोशनी पैदा हुई कि लौंडी, किशोरी और उस नौजवान की आंखें बिलकुल बन्द हो गईं जो किशोरी को मारना चाहता था, इसके साथ ही कमलिनी ने भारी स्वर में यह आवाज दी, ''खबरदार! किशोरी की जान लेकर अपनी जान का ग्राहक मत बन!''

उस बिजली की चमक ने तो नौजवान को परेशान कर ही दिया था, मगर साथ ही कमलिनी की आवाज ने जो गैब की आवाज मालूम होती थी, उसे बदहवास कर दिया और वह इतना डरा और घबराया कि बिना कुछ सोचे और किशोरी को दुःख दिए उस कोठरी से निकल भागा। कमलिनी ने भी अब उस जगह ठहरना मुनासिब न जाना। जहां तक जल्द हो सका अपने कमरे में चली आई। उस तख्ते के दरवाजे को जिसे खोल दूसरी कोठरी में गई थी, ज्यों-का-ज्यों बन्द करने के बाद अपने कमरे का दरवाजा भी खोल दिया, जो दूसरी कोठरी में जाने के पहले भीतर से बन्द कर लिया था।

इस समय रात बहुत थोड़ी रह गई थी। कमलिनी ने चाहा कि दो घण्टे आराम करे, मगर जो कुछ अद्‌भुत बातें उसने देखी और सुनी थीं, उनके खयाल और विचार ने आराम लेने न दिया और उसे किसी तरह नींद न आई। अभी आसमान पर सुबह की सुफेदी अच्छी तरह फैलने भी नहीं पाई थी कि दरवाजा खुलने की आहट मालूम हुई, कमलिनी ने दरवाजे की तरफ देखा तो नागर पर नजर पड़ी।

कमलिनी पहले ही से सोचे हुए थी कि आज की अद्‌भुत बातों का असर कुछ-न-कुछ नागर पर जरूर पड़ेगा और वह सबेरा होने से पहले ही यहां पहुंचेगी बल्कि ताज्जुब नहीं कि वह मुझ पर किसी तरह का शक भी करे। आखिर कमलिनी का सोचना ठीक निकला।

इस समय नागर के चेहरे पर परेशानी और उदासी छाई हुई थी। उसने आते ही कमलिनी पर एक तेज निगाह डाली और सवाल करना शुरू किया–

---

1. पाठकों को याद होगा कि कमलिनी की कमर में इस समय दो तिलिस्मी खंजर मौजूद हैं।

नागर–इस समय तुम्हारी आंखें लाल मालूम होती हैं, क्या नींद नहीं आई?

कमलिनी–हां, दो घण्टे के लगभग तो मैं सोई मगर फिर नींद नहीं आई, अभी तक डर के मारे मेरा कलेजा कांप रहा है, यह उम्मीद न थी कि तुम मुझे ऐसी भयानक जगह सोने के लिए दोगी, क्योंकि मैंने तुम्हारे साथ किसी तरह की बुराई नहीं की थी।

नागर–(ताज्जुब से) सो क्या? तुम्हें किस बात की तकलीफ हुई और यहां पर क्या भयानक वस्तु देखने में आई?

कमलिनी–मैं यहां पर अब एक सायत भी नहीं ठहर सकती, केवल तुम्हारी राह देख रही थी।

नागर–आखिर मामला क्या है, कुछ कहो भी तो।

कमलिनी–अच्छा, बाहर चलो तो जो कुछ देखा है, तुमसे कहूं।

इसमें कोई शक नहीं कि नागर बहुत तेजी के साथ आई थी और उसे कमलिनी पर शक था, मगर कमलिनी ने ऐसे ढंग से बातें कीं कि उसकी हालत बिलकुल ही बदल गई और वह तरह-तरह के सोच में पड़ गई। नागर और कमलिनी बाहर आईं और सहन में एक संगमरमर की चौकी पर बैठकर बातचीत करने लगीं।

नागर–हां कहो, तुमने क्या देखा?

कमलिनी–दो घण्टे तो मैं बड़े आराम से सोई पर यकायक घड़घड़ाहट की आवाज सुन चौंक पड़ी और घबराकर चारों तरफ देखने लगी।

नागर–घड़घड़ाहट की आवाज कैसी?

कमलिनी–मालूम होता था कि इस कमरे के नीचे कई गाड़ियां दौड़ रही हैं। पहले तो मुझे शक हुआ कि शायद भूकम्प आनेवाला है क्योंकि उसके पहले भी प्रायः ऐसी घटना हुआ करती है, मगर सो न हुआ। आखिर थोड़ी देर तक राह देखकर फिर सो रही। आधा घण्टा भी न हुआ होगा कि मेरी चारपाई हिली, मैं घबराकर उठ बैठी और अपने सामने एक कम-उम्र लड़के को देखकर ताज्जुब करने लगी।

नागर–(ताज्जुब से) कम-उम्र लड़का! या कोई औरत थी? शायद तुमने अच्छी तरह खयाल न किया हो।

कमलिनी–जी नहीं, जहां तक मैं समझती हूं, वह लड़का ही था!

नागर–भला उसकी उम्र क्या होगी? और सूरत-शक्ल कैसी थी?

कमलिनी–शायद चौदह-पन्द्रह वर्ष होगी, चेहरा खूबसूरत और रंग गोरा, सिर पर मुंड़ासा बांधे और हाथ में एक बड़ा-सा डिब्बा लिये था।

नागर–(कुछ सोचकर) तुमने धोखा खाया, वह जरूर औरत बल्कि कमलि... अच्छा, तब क्या हुआ?

कमलिनी–उसने आते ही मुझसे पूछा कि 'सच बता, किशोरी कहां है?'

नागर–आते ही किशोरी को पूछा!

कमलिनी–जी हां। मैंने जवाब दिया कि 'मुझे खबर नहीं'। इतना सुनते ही उसकी आंखें लाल हो गईं और गुस्से के मारे थरथर कांपने लगा। उसने वह बड़ा डिब्बा जो हाथ में लिये था जमीन पर दे मारा। उस डिब्बे में से इतनी तेज चमक पैदा हुई कि जिसे मैं अच्छी तरह बयान नहीं कर सकती। मालूम होता था कि आसमान से उतरकर कई बिजलियां एकसाथ कमरे के अन्दर आ घुसी हैं। मेरी आंखें एकदम बन्द हो गईं और मैं कांपकर चारपाई पर गिर पड़ी। थोड़ी देर बाद मालूम हुआ कि कोई आदमी मेरे बदन पर हाथ फेर रहा है। बस, उसी समय मैं बेहोश हो गई और तनोबदन की सुध जाती रही। मैं समझती हूं कि कोई पहर-भर के बाद मुझे होश आई और तब से बराबर जाग रही हूं। मैंने बहुत चाहा कि कमरे से निकल भागूं मगर डर के मारे हाथ-पैर ऐसे कमजोर हो गए थे कि चारपाई से उठ न सकी, इस समय जब तुम्हारी सूरत देखी तो जरा जी ठिकाने हुआ।

नागर–(कुछ देर सोचने के बाद धीरे से) बेशक, यह काम मंझली रानी का है, दूसरे का नहीं।

कमलिनी–मंझली रानी कौन?

नागर–तुम उसे नहीं जानती हो।

कमलिनी–खैर, जो हो, मैं तो सोचे हुए थी कि कल या परसों जब मैं अपना काम करके लौटूंगी और एक रात इस शहर में काटने की नौबत आवेगी तो बस इसी मकान में रह जाऊंगी, क्योंकि मनोरमा की मोहब्बत के भरोसे इसे भी अपना घर समझती हूं मगर रात की बात ने ऐसा डरा दिया कि अब हिम्मत नहीं पड़ती।

नागर–नहीं-नहीं, तुम जब इधर आया-जाया करो तो यहां जरूर टिका करो और इस मकान को अपना ही समझो। मैं लौंडियों और नौकरों को इस विषय में पूरा-पूरा हुक्म देती हूं। यह भयानक घटना जो आज हुई है, रोज नहीं हो सकती, इससे निश्चिंत रहो।

कमलिनी–क्या कहूं अभी तक होशहवास दुरुस्त नहीं हुए।

नागर–जरा ठहरो, मैं इस कमरे में जाती हूं और एक चीज देखकर अभी लौट आती हूं।

नागर उठी और उस कमरे में चली गई जिसमें कमलिनी सोई थी। मगर थोड़ी देर बाद आकर बोली, "तुम बेखौफ रहो, आज के बाद फिर कभी इस मकान में ऐसी घटना न देखोगी। क्या करूं, लाचार हूं, क्योंकि इस समय मुझे झख मारकर रोहतासगढ़ मनोरमा को छुड़ाने के लिए जाना ही पड़ेगा नहीं तो आज एक भारी काम निकलने का मौका आ गया था।"

कमलिनी–तुमने क्या कहा, मेरी समझ में कुछ नहीं आया।

नागर–इन बातों को तुम नहीं समझ सकतीं। खैर, अब तुम्हारा क्या इरादा है? मैं तो रोहतासगढ़ जाने के लिए तैयार हो चुकी हूं।

कमलिनी–अच्छी बात है। जहां तक हो सके जल्दी जाओ, मैं भी एक जरूरी काम के लिए मिर्जापुर जाती हूं, कल या परसों तक लौटूंगी। मैं तो कल ही चली जाती, मगर तुमने व्यर्थ मुझे रोक लिया।

नागर–मैंने व्यर्थ नहीं रोका था, मगर हां, अब उसे व्यर्थ ही कहना चाहिए, खैर माफ करो और कृपा करके मेरी एक बात स्वीकार करो तो बड़ा अहसान मानूंगी।

कमलिनी–वह क्या?

नागर–इस समय तो मैं रोहतासगढ़ जाती हूं, क्या जाने कब तक लौटना हो, मगर तुम पन्द्रह दिन के अन्दर-ही-अन्दर मुझसे एक दफे जरूर मिलो।

कमलिनी–पन्द्रह दिन तक तो मैं इस प्रान्त में नहीं रह सकती, हां पांच-सात दिन तक में यदि मुझसे मिल सको तो ठीक है।

नागर–शायद पांच-सात दिन तक मेरा लौटना न हो।

कमलिनी–ऐसा नहीं हो सकता, तुम जिस समय पहुंचोगी और भूतनाथ के कागजात तेजसिंह को दिखाओगी, उसी समय मनोरमा की छुट्टी हो जाएगी। इसमें कुछ सन्देह नहीं कि तेजसिंह बात का बड़ा धनी है।

नागर–यदि ऐसा हो तो मैं अपने तेज घोड़े पर सवार होकर कल बखूबी रोहतासगढ़ पहुंच सकती हूं।

कमलिनी–ऐसा करो तो तुम चार ही दिन में लौट आओगी। मैं भी कल या परसों मिर्जापुर से आ जाऊंगी और जब तक तुम न लौटोगी, इस मकान में टिकी रहूंगी क्योंकि मनोरमा ने पुनः मिलने के लिए मुझसे कसम खिला ली है। अस्तु, पांच-चार दिन तक अपना हर्ज करके भी मनोरमा के लिए यहां अटकना आवश्यक है।

नागर–बहुत अच्छी बात है। जब मनोरमा से वादा कर चुकी हो तो मुझे विशेष कहने की कोई आवश्यकता नहीं।

कमलिनी–अच्छा तो आप अब मेरा एक काम करें।

नागर–कहिए।

कमलिनी–अपने किसी आदमी को भेजकर एक घोड़ा किराए का मंगवा दीजिए, जिस पर सवार होकर मैं मिर्जापुर जाऊं, क्योंकि यद्यपि मैं ऐयार हूं परन्तु रोहतासगढ़ से यहां तक तेजी के साथ आने के कारण बहुत सुस्त हो रही हूं।

नागर–क्या मनोरमा के घर में घोड़ों की कमी है, जो तुम्हारे लिए किराए का घोड़ा मंगवाया जाए।

इतना कहकर नागर चली गई। थोड़ी देर के बाद एक लौंडी आई जिसने कमलिनी को स्नान इत्यादि से छुट्टी पा लेने के लिए कहा। कमलिनी ने दो-एक जरूरी काम से तो छुट्टी पा ली, मगर स्नान करने से इनकार किया और अपने बटुए से सामान निकालकर चीठी लिखने लगी।

घण्टे-भर बाद सफर के सामान से लैस होकर कई लौंडियों को साथ लिये हुए नागर भी उसी जगह आ पहुंची, जहां कमलिनी बैठाई गई थी। उस समय कमलिनी चीठी लिख चुकी थी।

नागर–मैंने तुम्हारे पास इसलिए एक लौंडी भेजी थी कि तुम्हें नहला-धुला दे मगर तुमने...

कमलिनी–हां, मैंने स्नान नहीं किया क्योंकि इस समय अर्थात् सूर्योदय के पहले स्नान करने की मेरी आदत नहीं। कहीं स्नान कर लूंगी, और कामों से छुट्टी पा चुकी हूं।

नागर–खैर, कुछ मेवा खाकर जल पी लो।

कमलिनी–नहीं, इस समय माफ करो। हां, थोड़ा-सा मेवा साथ रख लूंगी जो सफर में काम आवेगा।

थोड़ी देर बाद दो घोड़े कसे-कसाए लाए गए, एक पर नागर और दूसरे पर कमलिनी सवार हुई। उस समय कमलिनी ने वह चीठी जो अभी घण्टा-भर हुआ, लिखकर तैयार की थी, नागर के हाथ में दे दी और कहा, "इसे हिफाजत से रखो, मनोरमा को देकर मेरी तरफ से 'जय माया की' कहना।" वह चीठी लिफाफे के अन्दर थी और जोड़ पर मोहर लगाई हुई थी।

बाग के बाहर निकलकर कमलिनी ने पूरब का रास्ता लिया और नागर पश्चिम की तरफ रवाना हुई।

॥ छठवां भाग समाप्त ॥

सातवां भाग

पहिला बयान

नागर थोड़ी दूर पश्चिम जाकर घूमी और उस सड़क पर चलने लगी जो रोहतासगढ़ की तरफ गई थी।

पाठक स्वयं समझ सकते हैं कि नागर का दिल कितना मजबूत और कठोर था। उन दिनों जो रास्ता काशी से रोहतासगढ़ को जाता था, वह बहुत ही भयानक और खतरनाक था। कहीं-कहीं तो बिलकुल ही मैदान में जाना पड़ता था और कहीं गहन वन में होकर दरिन्दे जानवरों की दिल दहलानेवाली आवाजें सुनते हुए सफर करना पड़ता था। इसके अतिरिक्त उस रास्ते में लुटेरों और डाकुओं का डर तो हरदम बना ही रहता था। मगर इन सब बातों पर जरा भी ध्यान न देकर नागर ने अकेले ही सफर करना पसन्द किया, इसी से कहना पड़ता है कि वह बहुत ही दिलावर, निडर और संगदिल औरत थी। शायद उसे अपनी ऐयारी का भरोसा या घमण्ड हो क्योंकि ऐयार लोग यमराज से भी नहीं डरते और जिस ऐयार का दिल इतना मजबूत न हो, उसे ऐयार कहना भी न चाहिए।

नागर एक नौजवान मर्द की सूरत बनाकर तेज और मजबूत घोड़े पर सवार तेजी के साथ रोहतासगढ़ की तरफ जा रही थी। उसकी कमर में ऐयारी का बटुआ, खंजर, कटार और एक पथरकला[1] भी था। दोपहर होते-होते उसने लगभग पचीस कोस का रास्ता तय किया और उसके बाद एक ऐसे गहन वन में पहुंची जिसके अन्दर सूरज की रोशनी बहुत कम पहुंचती थी, केवल एक पगडंडी सड़क थी, जिस पर बहुत सम्हलकर सवारों को सफर करना पड़ता था क्योंकि उसके दोनों तरफ कंटीले दरख्त और झाड़ियां थीं। इस जंगल के बाहर एक चौड़ी सड़क भी थी, जिस पर गाड़ी और छकड़ेवाले जाते थे, मगर घुमाव और चक्कर पड़ने के कारण, उस रास्ते को छोड़कर घुड़सवार और पैदल लोग अकसर इसी जंगल में से होकर जाया करते थे, जिसमें इस समय नागर जा रही है, क्योंकि इधर से कई कोस का बचाव पड़ता था।

---

1. पथरकला उस छोटी-सी बन्दूक को कहते हैं जिसके घोड़े में चकमक लगा होता है, जो रंजक पर गिरकर आग पैदा करता है।

यकायक नागर का घोड़ा भड़का और रुककर अपने दोनों कान आगे की तरफ करके देखने लगा। नागर शहसवारी का फन बखूबी जानती और अच्छी तरह समझती थी, इसलिए घोड़े के भड़कने और रुकने से उसे किसी तरह का रंज न हुआ बल्कि वह चौकन्नी हो गई और बड़े गौर से चारों तरफ देखने लगी। अचानक सामने की तरफ पगडंडी के बीचोबीच में बैठे हुए एक शेर पर उसकी निगाह पड़ी जिसका पिछला भाग नागर की तरफ था, अर्थात् मुंह उस तरफ था, जिधर नागर जा रही थी। नागर बड़े गौर से शेर को देखने और सोचने लगी कि अब क्या करना चाहिए। अभी उसने कोई राय पक्की नहीं की थी कि दाहिनी बगल की झाड़ी में से एक आदमी निकलकर बढ़ा और फुर्ती के साथ घोड़े के पास आ पहुंचा, जिसे देखते ही वह चौंक पड़ी और घबड़ाहट के मारे बोल उठी, "ओफ, मुझे बड़ा भारी धोखा दिया गया!" साथ ही इसके वह अपना हाथ पथरकले पर ले गई, मगर उस आदमी ने इसे कुछ भी करने न दिया। उसने नागर का हाथ पकड़कर अपनी तरफ खैंचा और एक झटका ऐसा दिया कि वह घोड़े के नीचे आ रही। वह आदमी तुरत उसकी छाती पर सवार हो गया और उसके दोनों हाथ कब्जे में कर लिए।

यद्यपि नागर को विश्वास हो गया कि अब उसकी जान किसी तरह नहीं बच सकती तो भी उसने बड़ी दिलेरी से अपने दुश्मन की तरफ देखा और कहा–

नागर–बेशक, उस हरामजादी ने मुझे पूरा धोखा दिया, मगर भूतनाथ, तुम मुझे मारकर जरूर पछताओगे। वह कागज जिसके मिलने की उम्मीद में तुम मुझे मार रहे हो, तुम्हारे हाथ कभी न लगेगा क्योंकि मैं उसे अपने साथ नहीं लाई हूं। यदि तुम्हें विश्वास न हो तो मेरी तलाशी ले लो, और बिना वह कागज पाए मेरे या मनोरमा के साथ बुराई करना तुम्हारे हक में ठीक नहीं है, इसे तुम अच्छी तरह जानते हो।

भूतनाथ–अब मैं तुझे किसी तरह छोड़ नहीं सकता। मुझे विश्वास है कि वे कागजात, जिनके सबब से मैं तुझ जैसे कमीनों की ताबेदारी करने पर मजबूर हो रहा हूं, इस समय जरूर तेरे पास हैं तथा इसमें भी कोई सन्देह नहीं कि कमलिनी ने अपना वादा पूरा किया और कागजों के सहित तुझे मेरे हाथ फंसाया। अब तू मुझे धोखा नहीं दे सकती और न तलाशी लेने की नीयत से मैं तुझे कब्जे से छोड़ ही सकता हूं। तेरा जमीन से उठना मेरे लिए काल हो जाएगा क्योंकि फिर तू हाथ नहीं आवेगी।

नागर–(चौंककर और ताज्जुब से) हैं, तो क्या वह कमबख्त कमलिनी थी, जिसने मुझे धोखा दिया! अफसोस, शिकार घर में आकर निकल गया। खैर, जो तेरे जी में आवे कर, यदि मेरे मारने ही में तेरी भलाई हो तो मार, मगर मेरी एक बात सुन ले।

भूतनाथ–अच्छा कह, क्या कहती है? थोड़ी देर तक ठहर जाने में मेरा कोई हर्ज भी नहीं।

नागर–इसमें तो कोई शक नहीं कि अपने कागजात, जिन्हें तेरा जीवन-चरित्र कहना चाहिए, उन्हें लेने के लिए ही तू मुझे मारना चाहता है।

भूतनाथ–बेशक, ऐसा ही है। यदि वह मुट्ठा मेरे हाथ का लिखा हुआ न होता तो मुझे उसकी परवाह न होती।

नागर–हां, ठीक है, परन्तु इसमें भी कोई सन्देह नहीं कि मुझे मारकर तू वे कागजात न पावेगा। खैर, जब मैं इस दुनिया से जाती ही हूं तो क्या जरूरत है कि तुझे भी बर्बाद करती जाऊं? मैं तेरी लिखी चीजें खुशी से तेरे हवाले करती हूं, मेरा दाहिना हाथ छोड़ दे, मैं तुझे बता दूं कि मुझे मारने के बाद वे कागजात तुझे कहां से मिलेंगे।

भूतनाथ इतना डरपोक और कमजोर भी न था कि नागर का केवल दाहिना हाथ, जिसमें हर्बे की किस्म से एक कांटा भी न था, छोड़ने से डर जाए, दूसरे उसने यह भी सोचा कि जब यह स्वयं ही कागजात देने को तैयार है तो क्यों न ले लिए जाएं, कौन ठिकाना इसे मारने के बाद कागजात हाथ न लगें। थोड़ी देर कुछ सोच-विचारकर भूतनाथ ने नागर का दाहिना हाथ छोड़ दिया जिसके साथ ही उसने फुर्ती से वह हाथ भूतनाथ के गाल पर दबाकर फेरा। भूतनाथ को ऐसा मालूम हुआ कि नागर ने एक सूई उसके गाल में चुभो दी, मगर वास्तव में ऐसा न था। नागर की उंगली में एक अंगूठी थी, जिस पर नगीने की जगह स्याह रंग का कोई पत्थर जड़ा हुआ था, वही भूतनाथ के गाल में गड़ा, जिससे एक लकीर-सी पड़ गई और जरा खून भी दिखाई देने लगा। पर मालूम होता है कि वह नोकीला स्याह पत्थर, जो अंगूठी में जड़ा हुआ था, किसी प्रकार का जहर हलाहल था, जो खून के साथ मिलते ही अपना काम कर गया क्योंकि उसने भूतनाथ को बात करने की मोहलत न दी। वह एकदम चक्कर खाकर जमीन पर गिर पड़ा और नागर उसके कब्जे से छूटकर अलग हो गई।

नागर ने घोड़े की बागडोर, जो चारजामे में बंधी हुई थी, खोली और उसी से भूतनाथ के हाथ-पैर बांधने के बाद एक पेड़ के साथ कस दिया, इसके बाद उसने अपने ऐयारी के बटुए में से एक शीशी निकाली, जिसमें किसी प्रकार का तेल था। उसने थोड़ा तेल उसमें से भूतनाथ के गाल पर उसी जगह जहां लकीर पड़ी हुई थी, मला। देखते-ही-देखते उस जगह एक बड़ा फफोला पड़ गया। नागर ने खंजर की नोक से उस फफोले में छेद कर दिया, जिससे उसके अन्दर का बिलकुल पानी निकल गया और भूतनाथ होश में आ गया।

नागर–क्यों बे कमबख्त, अपने किए की सजा पा चुका या कुछ कसर है? तूने देखा, मेरे पास कैसी अद्‌भुत चीज है। अगर हाथी भी हो तो इस जहर को बर्दाश्त न कर सके और मर जाए, तेरी क्या हकीकत है!

भूतनाथ–बेशक, ऐसा ही है और अब मुझे निश्चय हो गया कि मेरी किस्मत में जरा भी सुख भोगना बदा नहीं है।

नागर–साथ ही इसके तुझे यह भी मालूम हो गया कि इस जहर को मैं सहज ही में उतार भी सकती हूं। इसमें सन्देह नहीं कि तू मर चुका था, मगर मैंने इसलिए तुझे जिला दिया कि अपने लिखे हुए कागजों का हाल दुनिया में फैला हुआ तू स्वयं

देख और सुन ले, क्योंकि उससे बढ़कर कोई दुःख तेरे लिए नहीं है, पर यह भी देख ले कि उस कमबख्त कमलिनी के साथ मैंने क्या किया, जिसने मुझे धोखे में डाला था। इस समय वह मेरे कब्जे में है, क्योंकि कल वह मेरे घर में जरूर आकर टिकेगी! अहा, अब मैं समझ गई कि रातवाले अद्भुत मामले की जड़ भी वही है। जरूर ही इस मुर्दे शेर को रास्ते में तूने ही बैठाया होगा।

भूतनाथ–(आंखों में आंसू भरकर) अबकी दफे मुझे माफ करो, जो कुछ हुक्म दो, मैं करने को तैयार हूं।

नागर–मैं अभी कह चुकी हूं कि तुझे मारूंगी नहीं, फिर इतना क्यों डरता है?

भूतनाथ–नहीं-नहीं, मैं वैसी जिन्दगी नहीं चाहता, जैसी तुम देती हो, हां, यदि इस बात का वादा करो कि वे कागजात किसी दूसरे को न दोगी तो मैं वे सब काम करने के लिए तैयार हूं, जिनसे पहले इनकार करता था।

नागर–मैं ऐसा कर सकती हूं, क्योंकि आखिर तुझे जिन्दा छोड़ूंगी ही, और यदि मेरे काम से तू जी न चुरावेगा तो मैं तेरे कागजात भी बड़ी हिफाजत से रखूंगी। हां, खूब याद आया–उस चीठी को तो जरा पढ़ना चाहिए जो उस कमबख्त कमलिनी ने यह कहकर दी थी कि मुलाकात होने पर मनोरमा को दे देना।

यह सोचते ही नागर ने बटुए में से वह चीठी निकाली और पढ़ने लगी। यह लिखा हुआ था–

"जिस काम के लिए मैं आई थी, ईश्वर की कृपा से वह काम बखूबी हो गया। वे कागजात इसके पास हैं, ले लेना। दुनिया में यह बात मशहूर है कि उस आदमी का जहान से उठ जाना ही अच्छा है, जिससे भलों को कष्ट पहुंचे। मैं तुमसे मिलने के लिए यहां बैठी हूं।"

नागर–देखो नालायक ने चीठी भी लिखी तो ऐसे ढंग से कि यदि मैं चोरी से पढ़ूं भी तो किसी तरह का शक न हो और इसका पता भी न लगे कि यह भूतनाथ के नाम लिखी गई है या मनोरमा के, स्त्रीलिंग और पुल्लिंग को भी बचा ले गई है। उसने यही सोच के चीठी मुझे दी होगी कि जब यह भूतनाथ के कब्जे में आ जाएगी, और वह इसकी तलाशी लेगा तो यह चीठी उसके हाथ लग जाएगी और जब वह पढ़ेगा तो नागर को अवश्य मार डालेगा, और फिर तुरत आकर मुझसे मिलेगा, जिसमें वह किशोरी को छुड़ा ले। अच्छा कमबख्त, देख, मैं तेरे साथ क्या सलूक करती हूं।

भूतनाथ–अच्छा, इतना वादा तो मैं कर ही चुका हूं कि हर तरह से तुम्हारी ताबेदारी करूंगा और जो कुछ तुम कहोगी, बेउज्र बजा लाऊंगा, अब इस समय मैं तुम्हें एक भेद की बात बताता हूं, जिसे जानकर तुम बहुत प्रसन्न होओगी।

नागर–कहो, क्या कहते हो? शायद तुम्हारी नेकचलनी का सबूत मिल जाए।

भूतनाथ–मेरे हाथ तो बंधे हैं, खैर, तुम ही आओ, मेरी कमर से खंजर निकालो। उसके साथ एक पुर्जा बंधा है, खोलकर पढ़ो, देखो, क्या लिखा है?

नागर भूतनाथ के पास गई और उसकी कमर से खंजर निकालना चाहा, मगर खंजर पर हाथ पड़ते ही उसके बदन में बिजली दौड़ गई और वह कांपकर जमीन पर गिरते ही बेहोश हो गई। भूतनाथ पुकार उठा–"वह मारा!" उस तिलिस्मी खंजर का हाल जो कमलिनी ने भूतनाथ को दिया था, पाठक बखूबी जानते ही हैं, कुछ लिखने की आवश्यकता नहीं। इस समय वही खंजर भूतनाथ की कमर में था। उसकी तासीर से नागर बिलकुत बेखबर थी। वह नहीं जानती थी कि जिसके पास उसके जोड़ की अंगूठी न हो, वह उस खंजर को छू नहीं सकता।

अब भूतनाथ का जो ठिकाने हुआ, और वह अपने छूटने का उद्योग करने लगा, परन्तु हाथ-पैर बंधे रहने के कारण कुछ न कर सका। आखिर वह जोर-जोर से चिल्लाने लगा, जिससे किसी आते-जाते मुसाफिर के कान में आवाज पड़े तो वह आकर उसको छुड़ावे।

दो घण्टे बीत गए, मगर किसी मुसाफिर के कान में भूतनाथ की आवाज न पड़ी और तब तक नागर भी होश में आकर उठ बैठी।

दूसरा बयान

हम ऊपर लिख आए हैं कि राजा बीरेन्द्रसिंह तिलिस्मी खण्डहर से (जिसमें दोनों कुमार और तारासिंह इत्यादि गिरफ्तार हो गए थे) निकलकर रोहतासगढ़ की तरफ रवाना हुए तो तेजसिंह उनसे कुछ कह-सुनकर अलग हो गए और उनके साथ रोहतासगढ़ न गए। अब हम यह लिखना मुनासिब समझते हैं कि राजा बीरेन्द्रसिंह से अलग होकर तेजसिंह ने क्या किया।

एक दिन और रात उस खण्डहर के चारों तरफ जंगल और मैदान में तेजसिंह घूमते रहे, मगर कुछ काम न चला। दूसरे दिन वह एक छोटे-से पुराने शिवालय के पास पहुंचे, जिसके चारों तरफ बेल और पारिजात के पेड़ बहुत ज्यादे थे, जिसके सबब से वह स्थान बहुत ठंडा और रमणीक मालूम होता था। तेजसिंह शिवालय के अन्दर गए और शिवजी का दर्शन करने के बाद बाहर निकल आए, उसी जगह से बेलपत्र तोड़कर शिवजी की पूजा की और फिर उस चश्मे के किनारे जो मन्दिर के पीछे की तरफ बह रहा था, बैठकर सोचने लगे कि अब क्या करना चाहिए। इस समय तेजसिंह एक मामूली जमींदार की सूरत में थे और यह स्थान भी उस खण्डहर से बहुत दूर न था।

थोड़ी देर बाद तेजसिंह के कान में आदमियों के बोलने की आवाज आई। बात साफ समझ में नहीं आती थी, इससे मालूम हुआ कि वे लोग कुछ दूर पर हैं। तेजसिंह ने सिर उठाकर देखा तो कुछ दूर पर दो आदमी दिखाई पड़े जो उसी शिवालय की

तरफ आ रहे थे। तेजसिंह चश्मे के किनारे से उठ खड़े हुए और एक झाड़ी के अन्दर छिपकर देखने लगे कि वे लोग कहां जाते और क्या करते हैं। इन दोनों की पोशाकें उन लोगों से बहुत-कुछ मिलती थीं जो तारासिंह की चालाकी से तिलिस्मी खण्डहर में बेहोश हुए थे और जिन्हें राजा बीरेन्द्रसिंह साधु बाबा (तिलिस्मी दारोगा) के सहित कैदी बनाकर रोहतासगढ़ ले गए थे, इसलिए तेजसिंह ने सोचा कि ये दोनों आदमी भी जरूर उन्हीं लोगों में से हैं जिनकी बदौलत हम लोग दुःख भोग रहे हैं, अस्तु, इन लोगों में से किसी को फंसाकर अपना काम निकालना चाहिए।

तेजसिंह के देखते-ही-देखते वे दोनों आदमी वहां पहुंचकर उस शिवालय के अन्दर घुस गए और लगभग दो घड़ी के बीत जाने पर भी बाहर न निकले। तेजसिंह ने छिपकर राह देखना उचित न जाना। वह झाड़ी में से निकलकर शिवालय में आए मगर झांककर देखा तो शिवालय के अन्दर किसी आदमी की आहट न मिली। ताज्जुब करते हुए शिवलिंग के पास तक चले गए मगर किसी आदमी की सूरत दिखाई न पड़ी। तेजसिंह तिलिस्मी कारखाने और अद्‌भुत मकानों तथा तहखानों की हालत से बहुत-कुछ वाकिफ हो चुके थे इसलिए समझ गए कि इस शिवालय के अन्दर कोई गुप्त राह या तहखाना अवश्य है और इसी सबब से ये दोनों आदमी गायब हो गए हैं।

शिवालय के सामने की तरफ बेल का एक पेड़ था। उसी के नीचे तेजसिंह यह निश्चय करके बैठ गए कि जब तक वे लोग अथवा उनमें से कोई एक बाहर न आएगा, तब तक यहां से न टलेंगे। आखिर घण्टे-भर के बाद उन्हीं में से एक आदमी शिवालय के अन्दर से बाहर आता हुआ दिखाई पड़ा। उसे देखते ही तेजसिंह उठ खड़े हुए, निगाह मिलते ही झुककर सलाम किया और तब कहा, ''ईश्वर आपका भला करे, मेरे भाई की जान बचाइए!''

आदमी–तू कौन है और तेरा भाई कहां है?

तेज–मैं जमींदार हूं, (हाथ का इशारा करके) उस झाड़ी के दूसरी ओर मेरा भाई है। बेचारे को एक बुढ़िया व्यर्थ मार रही है। आप पुजेरीजी हैं, धर्मात्मा हैं, किसी तरह मेरे भाई को बचाइए। इसीलिए मैं यहां आया हूं। (गिड़गिड़ाकर) बस, अब देर न कीजिए, ईश्वर आपका भला करे!

तेजसिंह की बातें सुनकर उस आदमी को बड़ा ही ताज्जुब हुआ और बेशक ताज्जुब की बात भी थी, क्योंकि तेजसिंह बदन के मजबूत और निरोग मालूम होते थे, देखने वाला कह सकता था कि बेशक इसका भाई भी वैसा ही होगा, फिर ऐसे दो आदमियों के मुकाबले में एक बूढ़ी औरत का जबर्दस्त पड़ना ताज्जुब नहीं तो क्या है!

आखिर बहुत-कुछ सोच-विचारकर उस आदमी ने तेजसिंह से कहा, ''खैर, चलो देखें वह बुढ़िया कैसी पहलवान है।''

उस आदमी को साथ लिये हुए तेजसिंह शिवालय से कुछ दूर चले गए और एक गुंजान झाड़ी के पास पहुंचकर इधर-उधर घूमने लगे।

आदमी—तुम्हारा भाई कहां है?

तेज—उसी को तो ढूंढ़ रहा हूं।

आदमी—क्या तुम्हें याद नहीं कि उसे किस जगह छोड़ गए थे?

तेज—राम-राम, कैसे बेवकूफ से पाला पड़ा है! अरे कमबख्त, जब जगह याद नहीं तो यहां तक कैसे आए!

आदमी—पाजी कहीं का! हम तो तेरी मदद को आए और तू हमें ही कमबख्त कहता है!

तेज—बेशक, तू कमबख्त बल्कि कमीना है, तू मेरी मदद क्या करेगा, जब तू अपने ही को नहीं बचा सकता?

इतना सुनते ही वह आदमी चौकन्ना हो गया और बड़े गौर से तेजसिंह की तरफ देखने लगा। जब उसे निश्चय हो गया कि यह कोई ऐयार है, तब उसने खंजर निकालकर तेजसिंह पर वार किया। तेजसिंह ने वार बचाकर उसकी कलाई पकड़ ली और एक झटका ऐसा दिया कि खंजर उसके हाथ से छूटकर दूर जा गिरा। वह और कुछ चोट करने की फिक्र ही में था कि तेजसिंह ने उसकी गर्दन में हाथ डाल दिया और बात-की-बात में जमीन पर दे मारा। वह घबड़ाकर चिल्लाने लगा, मगर इससे भी कुछ काम न चला क्योंकि उसके नाक में बेहोशी की दवा जबर्दस्ती ठूंस दी गई और एक छींक मारकर वह बेहोश हो गया।

उस बेहोश आदमी को उठाकर तेजसिंह एक ऐसी झाड़ी में घुस गए, जहां से आते-जाते मुसाफिरों को वे बखूबी देख सकते मगर उन पर किसी की निगाह न पड़ती। उस बेहोश आदमी को जमीन पर लेटा देने के बाद तेजसिंह चारों तरफ देखने लगे और जब किसी को न पाया तो धीरे-से बोले, "अफसोस, इस समय मैं अकेला हूं, यदि मेरा कोई साथी होता तो इसे रोहतासगढ़ भेजवाकर बेखौफ हो जाता और बेफिक्री के साथ काम करता! खैर, कोई चिन्ता नहीं, अब किसी तरह काम तो निकालना ही पड़ेगा।"

तेजसिंह ने ऐयारी का बटुआ खोला और आईना निकालकर सामने रखा, अपनी सूरत ठीक वैसी ही बनाई जैसा कि वह आदमी था, इसके बाद अपने कपड़े उतारकर रख दिए और उसके बदन से कपड़े उतारकर आप पहन लेने के बाद, उसकी सूरत बदलने लगे। किसी तेज दवा से उसके चेहरे पर कई जख्म के दाग ऐसे बनाए कि सिवाय तेजसिंह के दूसरा कोई छुड़ा ही नहीं सकता था और मालूम ऐसा होता था कि ये जख्म के दाग कई वर्षों से उसके चेहरे पर मौजूद हैं। इसके बाद उसका तमाम बदन एक स्याह मसाले से रंग दिया। इसमें यह गुण था कि जिस जगह लगाया जाए वह आबनूस के रंग की तरह स्याह हो जाए और जब तक केले के अर्क से न धोया जाए वह दाग किसी तरह न छूटे चाहे वर्षों बीत जाएं।

वह आदमी गोरा था, मगर अब पूर्ण रूप से काला हो गया, चेहरे पर कई जख्म के निशान भी बन गए। तेजसिंह ने बड़े गौर से उसकी सूरत देखी और इस ढंग से गर्दन हिलाकर उठ खड़े हुए कि जिससे उनके दिल का भाव साफ झलक गया। तेजसिंह ने सोच लिया कि बस इसकी सूरत बखूबी बदल गई, अब और कोई कारीगरी करने की आवश्यकता नहीं है और वास्तव में ऐसा ही था भी, दूसरे की बात तो दूर रही यदि उसकी मां भी उसे देखती तो अपने लड़के को कभी न पहचान सकती।

उस आदमी की कमर के साथ ऐयारी का बटुआ था, तेजसिंह ने उसे खोल लिया और अपने बटुए की कुल चीजें उसमें रखकर अपना बटुआ उसकी कमर से बांध दिया और वहां से रवाना हो गए।

तेजसिंह फिर उसी शिवालय के सामने आए और एक बेल के पेड़ के नीचे बैठकर कुछ गाने लगे। दिन केवल घण्टे-भर बाकी रह गया था, जब वह दूसरा आदमी भी शिवालय के बाहर निकला। तेजसिंह को जो उसके साथी की सूरत में थे, पेड़ के नीचे मौजूद पाकर वह गुस्से में आ गया और उनके पास आकर कड़ी आवाज में बोला, "वाह जी बिहारीसिंह, अभी तक आप यहां बैठे गीत गा रहे हैं।"

तेजसिंह को इतना मालूम हो गया कि हम जिसकी सूरत में हैं, उसका नाम बिहारीसिंह है। अब, जब तक ये अपनी असली सूरत में न आवें, हम भी इन्हें बिहारीसिंह के ही नाम से लिखेंगे, हां कहीं-कहीं तेजसिंह लिख जाएं तो कोई हर्ज भी नहीं।

बिहारीसिंह ने अपने साथी की बात सुनकर गाना बन्द किया और उसकी तरफ देखके कहा–

बिहारी–(दो-तीन दफे खांसकर) बोलो मत, इस समय मुझे खांसी हो गई है, आवाज भारी हो रही है, जितना कोशिश करता हूं उतना ही गाना बिगड़ जाता है। खैर, तुम भी आ जाओ और जरा सुर-में-सुर मिलाकर साथ गाओ तो!

वह–क्या बात है! मालूम होता है, तुम कुछ पागल हो गए हो, मालिक का काम गया जहन्नुम में और हम लोग बैठे गाया करें!

बिहारी–वाह, जरा-सी बूटी ने क्या मजा दिखाया। अहा-हा, जीते रहो पट्ठे! ईश्वर तुम्हारा भला करे, खूब सिद्धी पिलाई।

वह–बिहारीसिंह, यह तुम्हें क्या हो गया? तुम तो ऐसे न थे!

बिहारी–जब न थे तब बुरे थे, जब हैं तो अच्छे हैं। तुम्हारी बात ही क्या है, सत्रह हाथी जलपान करके बैठा हूं। कमबख्त ने जरा नमक भी नहीं दिया, फीका ही उड़ाना पड़ा। हो-ही-ही-ही, आओ एक गदहा तुम भी खा लो, नहीं-नहीं सूअर, अच्छा कुत्ता ही सही। ओ हो हो हो, क्या दूर की सूझी! बच्चाजी ऐयारी करने बैठे हैं, हल जोतना

आता ही नहीं, जिन्न पकड़ने लगे। हा-हा-हा-हा-हा, वाह रे बूटी, अभी तक जीभ चटचटाती है–लो देख लो (जीभ चटचटाकर दिखाता है)।

वह–अफसोस!

बिहारी–अब अफसोस करने से क्या फायदा? जो होना था, वह तो हो गया। जाके पिण्डदान करो। हां, यह तो बताओ, पितर-मिलौनी कब करोगे? मैं जाता हूं, तुम्हारी तरफ से ब्राह्मणों को नेवता दे आता हूं।

वह–(गर्दन हिलाकर) इसमें कोई सन्देह नहीं कि तुम पूरे पागल हो गए हो। तुम्हें जरूर किसी ने कुछ खिला-पिला दिया है।

बिहारी–न इसमें सन्देह, न उसमें सन्देह, पागल की बातचीत तो बिलकुल जाने दो क्योंकि तुम लोगों नें केवल मैं ही हूं सो हूं, बाकी सब पागल। खिलानेवाले की ऐसी-तैसी, पिलानेवाले का बोलबाला। एक लोटा भांग, दो सौ पैंतीस साढ़े तेरह आना, लोटा निशान। ऐयारी के नुस्खे एक-से-एक बढ़के याद हैं, जहाज की चाल भी खूब ही उड़ती है। वाह, कैसी अंधेरी रात है। बाप-रे-बाप, सूरज भी अस्त हुआ ही चाहता है। तुम भी नहीं हम भी नहीं, अच्छा तुम भी सही, बड़े अकिलमन्द हो, अकिल-अकिल-अकिल मन्द-मन्द-मन्द। (कुछ देर तक चुप रहकर) अरे बाप-रे-बाप, मैया-री-मैया, बड़ा ही गजब हो गया, मैं तो अपना नाम भी भूल गया! अभी तक तो याद था कि मेरा नाम बिहारीसिंह है मगर अब भूल गया, तुम्हारे सिर की कसम जो कुछ भी याद हो। भाई यार-दोस्त मेरे, जरा बता तो दो, मेरा नाम क्या है?

वह–अफसोस, रानी मुझी को दोष देंगी, कहेंगी कि हरनामसिंह अपने साथी की हिफाजत न कर सका।

बिहारी–ही-ही-ही-ही, वाह रे भाई हरनामसिंह, अलिफ बे ते से च छ ज झ, उल्लू की दुम फाख्ता...!

हरनामसिंह को विश्वास हो गया कि जरूर किसी ऐयार की शैतानी से जिसने कुछ खिला या पिला दिया है, हमारा साथी बिहारीसिंह पागल हो गया, इसमें कोई सन्देह नहीं। उसने सोचा कि अब इससे कुछ कहना-सुनना उचित नहीं, इसे इस समय किसी तरह फुसलाकर घर ले चलना चाहिए।

हरनाम–अच्छा यार, अब देर हो गई, चलो घर चलें।

बिहारी–क्या हम औरत हैं कि घर चलें! चलो जंगल में चलें। शेर का शिकार खेलें, रंडी का नाच देखें, तुम्हारा गाना सुनें और सबके अन्त में तुम्हारे सिरहाने बैठकर रोएं। ही-ही-ही-ही...!

हरनाम–खैर, जंगल ही में चलो।

बिहारी–हम क्या साधु-वैरागी या उदासी हैं कि जंगल में जाएं बस, इसी जगह रहेंगे, भंग पीएंगे, चैन करेंगे, यह भी जंगल ही है। तुम्हारे जैसे गदहों का शिकार करेंगे, गदहे भी कैसे कि बस पूरे अन्धे! (इधर-उधर देखकर) सात-पांच बारह, पांच

तीन, तीन घण्टे बीत गए अभी तक भंग लेकर नहीं आया, पूरा झूठा निकला मगर मुझसे बढ़के नहीं! बदमाश है, लुच्चा है, अब उसकी राह या सड़क नहीं देखूंगा! चलो भाई साहब चलें, घर ही की तरफ मुंह करना उत्तम है, मगर मेरा हाथ पकड़ लो, मुझे कुछ सूझता नहीं।

हरनामसिंह ने गनीमत समझा और बिहारीसिंह का हाथ पकड़, घर की तरफ अर्थात् मायारानी के महल की तरफ ले चला। मगर वाह रे तेजसिंह, पागल बनके क्या काम निकाला है! अब ये चाहे दो सौ दफे चूकें, मगर किसी की मजाल नहीं कि शक करे। बिहारीसिंह को मायारानी बहुत चाहती थी क्योंकि इसकी ऐयारी खूब चढ़ी-बढ़ी थी, इसलिए हरनामसिंह उसे ऐसी अवस्था में छोड़कर अकेला जा भी नहीं सकता था। मजा तो उस समय होगा, जब नकली बिहारीसिंह मायारानी के सामने होंगे और भूत की सूरत बने असली बिहारीसिंह भी पहुंचेंगे।

बिहारीसिंह को साथ लिये हरनामसिंह जमानिया[1] की तरफ रवाना हुआ। मायारानी वास्तव में जमानिया की रानी थी, इसके बाप-दादे भी इस जगह हुकूमत कर गए थे। जमानिया के सामने गंगा के किनारे से कुछ दूर हटकर एक बहुत ही खुशनुमा और लम्बा-चौड़ा बाग था जिसे वहांवाले 'खास बाग' के नाम से पुकारते थे। इस बाग में राजा अथवा राज्य-कर्मचारियों के सिवाय कोई दूसरा आदमी जाने नहीं पाता था। इस बाग के बारे में तरह-तरह की गप्पें लोग उड़ाया करते थे, मगर असल भेद यहां का किसी को मालूम न था। इस बाग के गुप्त भेदों को राजखानदान और दीवान तथा ऐयारों के सिवाय कोई गैर आदमी नहीं जानता था और न कोई जानने की कोशिश कर सकता था, यदि कोई गैर आदमी इस बाग में पाया जाता तो तुरन्त मार डाला जाता था, और यह कायदा बहुत पुराने जमाने से चला आता था।

जमानिया में जिस किले के अन्दर मायारानी रहती थी, उसमें से गंगा के नीचे-नीचे एक सुरंग भी इस बाग तक गई थी और इसी राह से मायारानी वहां आती-जाती थी, इस सबब से मायारानी का इस बाग में आना या यहां से जाना खास-खास आदमियों के सिवाय किसी गैर को न मालूम होता था। किले और इस बाग का खुलासा हाल पाठकों को स्वयं मालूम हो जाएगा, इस जगह विशेष लिखने की कोई आवश्यकता नहीं। हां, इस जगह इतना लिख देना मुनासिब मालूम होता है कि रामभोली के आशिक नानक तथा कमला ने इसी बाग में मायारानी का दरबार देखा था।

जमानिया पहुंचने तक बिहारीसिंह ने अपने पागलपन से हरनामसिंह को बहुत ही तंग किया और साबित कर दिया कि पढ़ा-लिखा आदमी किस ढंग का पागल होता

---

1. जमानिया—इसे लोग जमनिया भी कहते हैं। काशी के पूरब गंगा के दाहिने किनारे पर आबाद है।

है। यदि मायारानी का डर न होता तो हरनामसिंह अपने साथी को बेशक छोड़ देता और हजार खराबी के साथ घर ले जाने की तकलीफ न उठाता।

कई दिन के बाद बिहारीसिंह को साथ लिये हुए हरनामसिंह जमानिया के किले में पहुंच गया। उस समय पहर-भर रात जा चुकी थी। किले के अन्दर पहुंचने पर मालूम हुआ कि इस समय मायारानी बाग में हैं, लाचार बिहारीसिंह को साथ लिये हुए हरनामसिंह को उस बाग में जाना पड़ा और इसलिए बिहारीसिंह (तेजसिंह) ने किले और सुरंग का रास्ता भी बखूबी देख लिया। सुरंग के अन्दर दस-पन्द्रह कदम जाने के बाद बिहारीसिंह ने हरनामसिंह से कहा–

बिहारी–सुनो जी, इस सुरंग के अन्दर सैकड़ों दफे हम आ चुके और आज भी तुम्हारे मुलाहिजे से चले आए, मगर आज के बाद फिर कभी यहां लाओगे तो मैं तुम्हें कच्चा ही खा जाऊंगा और इस सुरंग को भी बर्बाद कर दूंगा, अच्छा, यह बताओ कि मुझे लिये कहां जाते हो?

हरनाम–मायारानी के पास।

बिहारी–तब तो मैं न जाऊंगा क्योंकि मैं सुन चुका हूं कि मायारानी आजकल आदमियों को खाया करती है, तुम भी तो कल तीन गदहियां खा चुके हो! मायारानी के सामने चलो तो सही, देखो मैं तुम्हें कैसे छकाता हूं, ही-ही-ही, बच्चा तुम्हें छकाने से क्या होगा, मायारानी को छकाऊं तो कुछ मजा मिले! भज मन राम चरन सुखदाई! (भजन गाता है)।

बड़ी मुश्किल से सुरंग खतम किया और बाग में पहुंचे। उस सुरंग का दूसरा सिरा बाग में एक कोठरी के अन्दर निकलता था। जिस समय वे दोनों कोठरी के बाहर हुए तो उस दालान में पहुंचे, जिसमें मायारानी का दरबार होता था। इस समय मायारानी उसी दालान में थी, मगर दरबार का सामान वहां कुछ न था, केवल अपनी बहिन और सखी-सहेलियों के साथ बैठी दिल बहला रही थी। मायारानी पर निगाह पड़ते ही उसकी पोशाक और गम्भीर भाव ने बिहारीसिंह (तेजसिंह) को निश्चय करा दिया कि यहां की मालिक यही है।

हरनामसिंह और बिहारीसिंह को देखकर मायारानी को एक प्रकार की खुशी हुई और उसने बिहारीसिंह की तरफ देखकर पूछा, "कहो, क्या हाल है?"

बिहारी–रात अंधेरी है, पानी खूब बरस रहा है, काई फट गई, दुश्मन ने सिर निकाला, चोर ने घर देख लिया, भूख के मारे पेट फूल गया, तीन दिन से भूखा हूं, कल का खाना अभी तक हजम नहीं हुआ। मुझ पर बड़े अन्धेर का पत्थर आ टूटा, बचाओ! बचाओ!

बिहारीसिंह के बेतुके जवाब से मायारानी घबड़ा गई, सोचने लगी कि इसको क्या हो गया जो बेमतलब की बात बक गया। आखिर हरनामसिंह की तरफ देखकर पूछा, "बिहारी क्या कह गया मेरी समझ में न आया!"

बिहारी—अहा हा, क्या बात है! तुमने मारा हाथ पसारा, छुरा लगाया खंजर खाया, शेर लड़ाया गीदड़ जाया! राम लिखाया नहीं मिटाया, फांस लगाया आप चुभाया, ताड़ खुजाया खून बहाया, समझ खिलाड़ी बूझ मेरे लल्लू, हा-हा-हा, भला समझो तो!

मायारानी और भी घबड़ाई, बिहारीसिंह का मुंह देखने लगी। हरनामसिंह मायारानी के पास गया और धीरे से बोला, "इस समय मुझे दुख के साथ कहना पड़ता है कि बेचारा बिहारीसिंह पागल हो गया है, मगर ऐसा पागल नहीं है कि हथकड़ी-बेड़ी की जरूरत पड़े क्योंकि किसी को दुःख नहीं देता, केवल बकता बहुत है और अपने-पराए का होश नहीं है, कभी बहुत अच्छी तरह भी बातें करता है। मालूम होता है कि बीरेन्द्रसिंह के किसी ऐयार ने धोखा देकर इसे कुछ खिला दिया।"

माया—तुम्हारा और इसका साथ क्योंकर छूटा और क्या हुआ कुछ कहो तो हाल मालूम हो।

हरनाम—पहले इनके लिए कुछ बन्दोबस्त कर दीजिए, फिर सब हाल कहूंगा। वैद्यजी को बुलाकर जहां तक जल्द हो इनका इलाज कराना चाहिए।

बिहारी—यह काना-फुसकी अच्छी नहीं, मैं समझ गया कि तुम मेरी चुगली खा रहे हो। (चिल्लाकर) दोहाई रानी साहिबा की, इस कमबख्त हरनामसिंह ने मुझे मार डाला, जहर खिलाकर मार डाला, मैं जिन्दा नहीं हूं, मैं तो मरने के बाद भूत बनकर यहां आया हूं, तुम्हारी कसम खाकर कहता हूं, मैं अब वह बिहारीसिंह नहीं हूं, मैं कोई दूसरा ही हूं, हाय-हाय, बड़ा गजब हुआ। या ईश्वर उन लोगों से तू ही समझियो, जो भले आदमियों को पकड़कर पिंजरे में बन्द किया करते हैं।

माया—अफसोस, इस बेचारे की क्या दशा हो गई, मगर हरनामसिंह, यह तो तुम्हारा ही नाम लेता है, कहता है हरनामसिंह ने जहर खिला दिया!

हरनाम—इस समय मैं इसकी बातों से रंज नहीं हो सकता, क्योंकि इस बेचारे की अवस्था ही दूसरी हो रही है।

माया—इसकी फिक्र जल्द करना चाहिए। तुम जाओ, वैद्यजी को बुला लाओ।

हरनाम—बहुत अच्छा।

माया—(बिहारी से) तुम मेरे पास आकर बैठो। कहो, तुम्हारा मिजाज कैसा है?

बिहारी—(मायारानी के पास बैठकर) मिजाज? मिजाज है, बहुत है, अच्छा है, क्यों अच्छा है, सो ठीक है!

माया—क्या तुम्हें मालूम है कि तुम कौन हो?

बिहारी—हां, मालूम है, मैं महाराजाधिराज श्री बीरेन्द्रसिंह हूं। (कुछ सोचकर) नहीं, वह तो अब बुड्ढे हो गए, मैं कुंअर इन्द्रजीतसिंह बनूंगा क्योंकि वह बड़े खूबसूरत हैं, औरतें देखने के साथ ही उन पर रीझ जाती हैं, अच्छा अब मैं कुंअर इन्द्रजीतसिंह

हूं। (सोचकर) नहीं, नहीं, नहीं, वह तो अभी लड़के हैं और उन्हें ऐयारी भी नहीं आती, और मुझे बिना ऐयारी के चैन नहीं, अतएव मैं तेजसिंह बनूंगा। बस यही बात पक्की रही, मुनादी फिरवा दीजिए कि लोग मुझे तेजसिंह कहके पुकारा करें।

माया–(मुस्कुराकर) बेशक, ठीक है, अब हम भी तुमको तेजसिंह ही कहके पुकारेंगे।

बिहारी–ऐसा ही उचित है। जो मजा दिन-भर भूखे रहने में है, वह मजा आपकी नौकरी में है, जो मजा डूब मरने में है, वह मजा आपका काम करने में है।

माया–सो क्यों?

बिहारी–इतना दुःख भोगा, लड़े-झगड़े, सिर के बाल नोंच डाले, सब-कुछ किया, मगर अभी तक आंख से अच्छी तरह न देखा। यह मालूम ही न हुआ कि किसके लिए, किसको फांसा और उस फंसाई से फंसनेवाले की सूरत अब कैसी है!

माया–मेरी समझ में न आया कि इस कहने से तुम्हारा क्या मतलब है?

बिहारी–(सिर पीटकर) अफसोस, हम ऐसे नासमझ के साथ हैं। ऐसी जिन्दगी ठीक नहीं, ऐसा खून किसी काम का नहीं, जो कुछ मैं कह चुका हूं जब तक उसका कोई मतलब न समझेगा और मेरी इच्छा पूरी न होगी, तब तक मैं किसी से न बोलूंगा, न खाऊंगा, न सोऊंगा. न एक, न दो, न चार, हजार, पांच सौ कुछ नहीं, चाहे जो हो मैं तो देखूंगा!

माया–क्या देखोगे?

बिहारी–मुंह से तो मैं बोलनेवाला नहीं, आपको समझने की गौं हो तो समझिए।

माया–भला कुछ कहो भी तो सही।

बिहारी–समझ जाइए।

माया–कौन-सी चीज ऐसी है जो तुम्हारी देखी नहीं है?

बिहारी–देखी है, मगर अच्छी तरह देखूंगा।

माया–क्या देखोगे?

बिहारी–समझिए!

माया–कुछ कहो भी कि समझिए-समझिए ही बकते जाओगे।

बिहारी–अच्छा एक हर्फ कहो तो कह दूं।

माया–खैर, यही सही।

बिहारी–कै कै कै कै!

माया–(मुस्कुराकर) कैदियों को देखोगे?

बिहारी–हां, हां, हां, बस बस बस, वही वही वही।

माया–उन्हें तो तुम देख ही चुके हो, तुम्हीं लोगों ने तो गिरफ्तार किया है।

बिहारी–फिर देखेंगे, सलाम करेंगे, नाच नचावेंगे, ताक धिनाधिन नाचो भालू (उठकर कूदता है)।

मायारानी बिहारीसिंह को बहुत मानती थी। मायारानी के कुल ऐयारों का वह सरदार था और वास्तव में बहुत ही तेज और ऐयारी के फन में पूरा ओस्ताद भी था। यद्यपि इस समय वह पागल है तथापि मायारानी को उसकी खातिर मंजूर है। मायारानी हंसकर उठ खड़ी हुई और बिहारीसिंह को साथ लिये हुए उस कोठरी में चली गई जिसमें सुरंग का रास्ता था। दरवाजा खोलकर सुरंग के अन्दर गई। सुरंग में कई शीशे की हांडियां लटक रही थीं और रोशनी बखूबी हो रही थी। मायारानी लगभग पचास कदम के जाकर रुकी, उस जगह दीवार में एक छोटी-सी आलमारी बनी हुई थी। मायारानी की कमर में जो सोने की जंजीर थी, उसके साथ तालियों का एक छोटा-सा गुच्छा लटक रहा था। मायारानी ने वह गुच्छा निकाला और उसमें की एक ताली लगाकर यह आलमारी खोली। आलमारी के अन्दर निगाह करने से सीढ़ियां नजर आईं जो नीचे उतर जाने के लिए थीं। वहां भी शीशे की कन्दील में रोशनी हो रही थी। बिहारीसिंह को साथ लिये हुए मायारानी नीचे उतरी। अब बिहारीसिंह ने अपने को ऐसी जगह पाया जहां लोहे के जंगलेवाली कई कोठरियां थीं, और हर एक कोठरी का दरवाजा मजबूत ताले से बंद था। उन कोठरियों में हथकड़ी-बेड़ी से बेबस, उदास और दुःखी केवल चटाई पर लेटे अथवा बैठे हुए कई कैदियों की सूरत दिखाई दे रही थी। ये कोठरियां गोलाकार ऐसे ढंग से बनी हुई थीं कि हर एक कोठरी में अलग-अलग कैद करने पर भी कैदी लोग आपुस में बातें कर सकते थे।

सबसे पहले बिहारीसिंह की निगाह जिस कैदी पर पड़ी, वह तारासिंह था, जिसे देखते ही बिहारीसिंह खिलखिलाकर हंसा और चारों तरफ देख न मालूम क्या-क्या बक गया, जिसे मायारानी कुछ भी न समझ सकी, इसके बाद बिहारीसिंह ने मायारानी की तरफ देखा और कहा–

"छिः छिः, मुझे आप इन कमबख्तों के सामने क्यों लाईं? मैं इन लोगों की सूरत नहीं देखा चाहता। मैं तो कै देखूंगा कै, बस केवल कै देखूंगा और कुछ नहीं, आप जब तक चाहें यहां रहें, मगर मैं दम-भर नहीं रह सकता, अब कै देखूंगा कै, बस कै देखूंगा, बस कै केवल कै!"

'कै-कै' बकता हुआ बिहारीसिंह वहां से भागा और उस जगह आकर बैठ गया जहां मायारानी से पहले-पहल मुलाकात हुई थी। बिहारीसिंह की बदहवासी देखकर मायारानी घबड़ाई और जल्दी-जल्दी सीढ़ियां चढ़ कैदखाने का ताला बन्द करने के बाद अपनी जगह पर आई, जहां लम्बी-लम्बी सांसें लेते बिहारीसिंह को बैठे हुए पाया। मायारानी की वे सहेलियां भी उसी जगह बैठी थीं, जिन्हें छोड़कर मायारानी कैदखाने की तरफ गई थी।

मायारानी ने बिहारीसिंह से भागने का सबब पूछा, मगर उसने कुछ जवाब न दिया। मायारानी ने कई तरह के प्रश्न किए, मगर बिहारीसिंह ने ऐसी चुप्पी साधी

कि जिसका कोई हिसाब ही नहीं। मालूम होता था कि यह जन्म का गूंगा और बहरा है, न सुनता है, न कुछ बोल सकता है। मायारानी की सहेलियों ने भी बहुत कुछ जोर मारा मगर बिहारीसिंह ने मुंह न खोला। इस परेशानी में मायारानी को बिहारीसिंह की हालत पर अफसोस करते हुए घण्टा-भर बीत गया और तब तक वैद्यजी को जिनकी उम्र लगभग अस्सी वर्ष के होगी, अपने साथ लिये हुए हरनामसिंह भी आ पहुंचा।

वैद्यराज ने इस अनोखे पागल की जांच की और अन्त में यह निश्चय किया कि बेशक इसे कोई ऐसी दवा खिलाई गई है, जिसके असर से यह पागल हो गया है, और यदि इसी समय इसका इलाज किया जाए तो एक ही दो दिन में आराम हो सकता है। मायारानी ने इलाज करने की आज्ञा दी और वैद्यराज ने अपने पास से एक जड़ाऊ डिबिया निकाली जो कई तरह की दवाओं से भरी हुई हमेशा उनके पास रहा करती थी।

वैद्यराज को उस अनोखे पागल की जांच में कुछ भी तकलीफ न हुई। बिहारीसिंह ने नाड़ी दिखाने में उज्र न किया और अन्त में दवा की वह गोली भी खा गया जो वैद्यराज ने अपने हाथ से उसके मुंह में रख दी थी। बिहारीसिंह ने अपने को ऐसा बनाया जिससे देखनेवालों को विश्वास हो कि वह दवा खा गया, परन्तु उस चालाक पागल ने गोली दांतों के नीचे छिपा ली और थोड़ी देर बाद मौका पा इस ढब से थूक दी कि किसी को गुमान तक न हुआ।

आधी घड़ी तक उछल-कूद करने के बाद बिहारीसिंह जमीन पर गिर पड़ा और सबेरा होने तक उसी तरह पड़ा रहा। वैद्यराज ने नब्ज देखकर कहा कि यह दवा की तासीर से बेहोश हो गया है, इसे कोई छेड़े नहीं, आशा है कि जब इसकी आंख खुलेगी तो अच्छी तरह बातचीत करेगा। बिहारीसिंह चुपचाप पड़ा ये बातें सुन रहा था। मायारानी बिहारीसिंह की हिफाजत के लिए कई लौंडियां छोड़ दूसरे कमरे में चली गई और एक नाजुक पलंग पर जो वहां बिछा हुआ था, सो रही।

सूर्योदय से पहले ही मायारानी उठी और हाथ-मुंह धोकर उस जगह पहुंची जहां बिहारीसिंह को छोड़ गई थी। हरनामसिंह पहले ही वहां जा चुका था। बिहारीसिंह को जब मालूम हो गया कि मायारानी उसके पास आकर बैठ गई है तो वह भी दो-तीन करवटें लेकर उठ बैठा और ताज्जुब से चारों तरफ देखने लगा।

माया–अब तुम्हारा क्या हाल है?

बिहारी–हाल क्या कहूं, मुझे ताज्जुब मालूम होता है कि मैं यहां क्योंकर आया, मेरी आवाज क्यों बैठ गई और इतनी कमजोरी क्यों मालूम होती है कि मैं उठकर चल-फिर नहीं सकता!

माया–ईश्वर ने बड़ी कृपा की जो तुम्हारी जान बच गई, तुम तो पूरे पागल हो गए थे, वैद्यराज ने भी ऐसी दवा दी कि एक ही खुराक में फायदा हो गया।

बेशक उन्होंने इनाम पाने का काम किया। तुम अपना हाल तो कहो, तुम्हें क्या हो गया था?

बिहारी–(हरनामसिंह की तरफ देखकर) मैं एक ऐयार के फेर में पड़ गया था, मगर पहले आप कहिए कि मुझे इस अवस्था में कहां पाया?

हरनाम–आप मुझसे यह कहकर कि तुम थोड़ा-सा काम जो बच रहा है उसे पूरा करके जमानिया चले जाना, मैं कमलिनी से मुलाकात करके और जिस तरह होगा, उसे राजी करके जमानिया आऊंगा–खण्डहरवाले तहखाने से बाहर चले गए, परन्तु काम पूरा करने के बाद मैं सुरंग के बाहर निकला तो आपको शिवालय के सामने पेड़ के नीचे विचित्र दशा में पाया। (पागलपने की बातचीत और मायारानी के पास तक आने का खुलासा हाल कहने के बाद) मालूम होता है, आप कमलिनी के पास नहीं गए?

बिहारी–(मायारानी से) जैसा धोखा मैंने अबकी खाया, आज तक नहीं खाया। हरनामसिंह का कहना सही है। जब मैं सुरंग से निकलकर शिवालय से बाहर हुआ तो एक आदमी पर नजर पड़ी जो मामूली जमींदार की सूरत में था। वह मुझे देखते ही मेरे पैरों पर गिर पड़ा और गिड़गिड़ाकर कहने लगा कि 'पुजेरी जी महाराज, किसी तरह मेरे भाई की जान बचाइए!' मैंने उससे पूछा कि 'तेरे भाई को क्या हुआ है?' उसने जवाब दिया कि 'उसे एक बुढ़िया बेतरह मार रही है। किसी तरह उसके हाथ से छुड़ाइए।' वह जमींदार बहुत ही मजबूत और मोटा-ताजा था। मुझे ताज्जुब मालूम हुआ कि वह कैसी बुढ़िया है, जो ऐसे-ऐसे दो भाइयों से नहीं हारती! आखिर मैं उसके साथ चलने पर राजी हो गया। वह मुझे शिवालय से कुछ दूर एक झाड़ी में ले गया, जहां कई आदमी छिपे हुए बैठे थे। उस जमींदार के इशारे से सभों ने मुझे घेर लिया और एक ने चांदी की एक लुटिया मेरे सामने रखकर कहा कि 'यह भंग है इसे पी जाओ।' मुझे मालूम हो गया कि यह वास्तव में कोई ऐयार है जिसने मुझे धोखा दिया। मैंने भंग पीने से इनकार किया और वहां से लौटना चाहा, मगर उन सभों ने भागने न दिया। थोड़ी देर तक मैं उन लोगों से लड़ा, मगर क्या कर सकता था क्योंकि वे लोग गिनती में पन्द्रह से कम न थे। आखिर में उन लोगों ने पटककर मुझे मारना शुरू किया और जब मैं बेदम हो गया तो भंग या दवा जो कुछ हो मुझे जबर्दस्ती पिला दी, बस इसके बाद मुझे कुछ भी खबर नहीं कि क्या हुआ।

थोड़ी देर तक इसी तरह की ताज्जुब की बातें कहकर बिहारीसिंह ने मायारानी का दिल बहलाया और इसके बाद कहा, "मेरी तबीयत बहुत खराब हो रही है, यदि कुछ देर तक बाग में टहलूं तो बेशक जी प्रसन्न हो, मगर कमजोरी इतनी बढ़ गई है कि स्वयं उठने और टहलने की हिम्मत नहीं पड़ती।" मायारानी ने कहा, "कोई हर्ज नहीं, हरनामसिंह सहारा देकर तुम्हें टहलावेंगे, मैं समझती हूं कि बाग की ताजा हवा खाने और फूलों की खुशबू सूंघने से तुम्हें बहुत कुछ फायदा पहुंचेगा।"

आखिर हरनामसिंह ने बिहारीसिंह को हाथ पकड़के बाग में अच्छी तरह टहलाया और इस बहाने से तेजसिंह ने उस बाग को तथा वहां की इमारतों को भी अच्छी तरह देख लिया। ये लोग घूम-फिरकर मायारानी के पास पहुंचे ही थे कि एक लौंडी ने जो चोबदार थी, मायारानी के सामने आकर और हाथ जोड़कर कहा, "बाग के फाटक पर एक आदमी आया है और सरकार में हाजिर हुआ चाहता है। बहुत ही बदसूरत और काला-कलूटा है, परन्तु, कहता है कि मैं बिहारीसिंह हूं, मुझे किसी ऐयार ने धोखा दिया और चेहरे तथा बदन को ऐसे रंग से रंग दिया कि अभी तक साफ नहीं होता!"

माया–यह अनोखी बात सुनने में आई कि ऐयारों का रंगा हुआ रंग और धोने से न छूटे! कोई-कोई रंग पक्का जरूर होता है मगर उसे भी ऐयार लोग छुड़ा सकते हैं। (हंसकर) बिहारीसिंह ऐसा बेवकूफ नहीं है कि अपने चेहरे का रंग न छुड़ा सके!

बिहारी–रहिए-रहिए, मुझे शक पड़ता है कि शायद यह वही आदमी हो जिसने मुझे धोखा दिया, बल्कि ऐसा कहना चाहिए कि मेरे साथ जबर्दस्ती की। (लौंडी की तरफ देखकर) उसके चेहरे पर जख्म के दाग भी हैं?

लौंडी–जी हां, पुराने जख्म के कई दाग हैं।

बिहारी–भौंह के पास भी कोई जख्म का दाग है?

लौंडी–एक आड़ा दाग है, मालूम होता है कि कभी लाठी की चोट खाई है।

बिहारी–बस-बस, यह वही आदमी है, देखो जाने न पावे। चंडूल को यह खबर ही नहीं कि बिहारीसिंह यहां पहुंच गया है। (मायारानी की तरफ देखकर) यहां पर्दा करवाकर उसे बुलवाइए, मैं भी पर्दे के अन्दर रहूंगा, देखिए क्या मजा करता हूं। हां, हरनामसिंह पर्दे के बाहर रहें, देखें पहचानता है या नहीं।

माया–(लौंडी की तरफ देखकर) पर्दा करने के लिए कहो और नियमानुसार आंखों पर पट्टी बांधकर उसे यहां लिवा लाओ।

लौंडी–वह यहां की हर एक चीज का पूरा-पूरा पता देता है और जरूर इस बाग के अन्दर आ चुका है।

बिहारी–पक्का चोर है, ताज्जुब नहीं कि यहां आ चुका हो! खैर, तुम लोगों को अपना नियम पूरा करना चाहिए।

हुक्म पाते ही लौंडियों ने पर्दे का इन्तजाम कर दिया और वह लौंडी जिसने बिहारीसिंह के आने की खबर दी थी, इसलिए फाटक की तरफ रवाना हुई कि नियमानुसार आंख पर पट्टी बांधकर बिहारीसिंह को बाग के अन्दर ले आवे और मायारानी के सामने हाजिर करे।

इस जगह इस बाग का कुछ थोड़ा-सा हाल लिख देना मुनासिब मालूम होता है। यह दो सौ बिगहे का बाग मजबूत चहारदीवारी के अन्दर था। इसके चारों तरफ की दीवारें बहुत मोटी, मजबूत और लगभग पचीस हाथ के ऊंची थीं। दीवार के ऊपरी

हिस्से में तेज नोक और धारवाले लोहे के कांटे और फाल इस ढंग से लगे हुए थे कि काबिल ऐयार भी दीवार लांघकर बाग के अन्दर जाने का साहस नहीं कर सकते थे। कांटों के सबब यद्यपि कमन्द लगाने में सुभीता था, परन्तु उसके सहारे ऊपर चढ़ना बिलकुल ही असम्भव था। इस चहारदीवारी के अन्दर की जमीन जिसे हम बाग कहते हैं, चार हिस्सों में बंटी हुई थी। पूरब की तरफ आलीशान फाटक था, जिसके अन्दर जाकर एक बाग जिसे पहला हिस्सा कहना चाहिए, मिलता था। इसकी चौड़ी-चौड़ी रविशें ईंट और चूने से बनी हुई थीं। पश्चिम तरफ अर्थात् इस हिस्से के अन्त में बीस हाथ मोटी और इससे ज्यादे ऊंची दीवार बाग की पूरी चौड़ाई तक बनी हुई थी जिसके नीचे बहुत-सी कोठरियां थीं जो सिपाहियों के काम में आती थीं। उस दीवार के ऊपर चढ़ने के लिए खूबसूरत सीढ़ियां थीं, जिन पर जाने से बाग का दूसरा हिस्सा दिखाई देता था और इन्हीं सीढ़ियों की राह दीवार के नीचे उतरकर उस हिस्से में जाना पड़ता था, सिवा इसके और कोई दूसरा रास्ता उस बाग में, जिसे हम दूसरा हिस्सा कहते हैं, जाने के लिए नहीं था। बाग के इसी दूसरे हिस्से में वह इमारत या कोठी थी, जिसमें मायारानी दरबार किया करती थी या जिसमें पहुंचकर नानक ने मायारानी को देखा था। पहले हिस्से की अपेक्षा यह हिस्सा विशेष खूबसूरत और सजा हुआ था। बाग के तीसरे हिस्से में जाने का रास्ता उसी मकान के अन्दर से था, जिसमें मायारानी रहा करती थी। बाग के तीसरे हिस्से का हाल लिखना जरा मुश्किल है तथापि इमारत के बारे में इतना कह सकते हैं कि इस तीसरे हिस्से के बीचोबीच में एक बहुत ऊंचा बुर्ज था। उस बुर्ज के चारों तरफ कई मकान थे जिनके दालानों, कोठरियों, कमरों और बारहदरियों तथा तहखानों का हाल इस जगह लिखना कठिन है, क्योंकि उन सभों का तिलिस्मी बातों से विशेष सम्बन्ध है। हां, इतना कह सकते हैं कि उसी बुर्ज में से बाग के चौथे हिस्से में जाने का रास्ता था, मगर इस बाग के चौथे हिस्से में क्या-क्या है, उसका हाल लिखते कलेजा कांपता है। इस जगह हम उसका जिक्र करना मुनासिब नहीं समझते, आगे जाकर किसी मौके पर वह हाल लिखा जाएगा।

जब वह लौंडी असली बिहारीसिंह को जो बाग के फाटक पर आया था, लेने चली गई तो नकली बिहारीसिंह अर्थात् तेजसिंह ने मायारानी से कहा, "इसे ईश्वर की कृपा ही कहना चाहिए कि वह शैतान ऐयार, जिसने मेरे साथ जबर्दस्ती की और ऐसी दवा खिलाई कि जिसके असर से मैं पागल ही हो गया था, घर बैठे फंदे में आ गया।"

माया–ठीक है, मगर देखा चाहिए, यहां पहुंचकर क्या रंग लाता है।

बिहारी–जिस समय वह यहां पहुंचे, सबके पहले हथकड़ी और बेड़ी उसके नजर करनी चाहिए जिसमें मुझे देखकर भागने का उद्योग न करे।

माया–जो मुनासिब हो करो, मगर मुझे यह आश्चर्य जरूर मालूम होता है कि वह ऐयार जब तुम्हारे साथ बुरा बर्ताव कर ही चुका और तुम्हें पागल बनाकर छोड़

ही चुका था तो बिना अपनी सूरत बदले, यहां क्यों चला आया? ऐयारों से ऐसी भूल न होनी चाहिए, उसे मुनासिब था कि तुम्हारी या मेरे किसी और आदमी की सूरत बनाकर आता।

बिहारी–ठीक, मगर जो कुछ उसने किया, वह भी उचित ही किया। मेरी या यहां के किसी और नौकर की सूरत बनाकर उसका यहां आना तब अच्छा होता जब मुझे गिरफ्तार रखता!

माया–मैं यह भी सोचती हूं कि तुम्हें गिरफ्तार करके केवल पागल ही बनाकर छोड़ देने में उसने क्या फायदा सोचा था? मेरी समझ में तो यह उसने भूल की।

इतना कहकर मायारानी ने टटोलने की नीयत से नकली बिहारीसिंह अर्थात् तेजसिंह पर एक तेज निगाह डाली। तेजसिंह भी समझ गए कि मायारानी को मेरी तरफ से कुछ शक हो गया है और इस शक को मिटाने के लिए वह किसी तरह की जांच जरूर करेगी, तथापि इस समय बिहारीसिंह (तेजसिंह) ने ऐसा गम्भीर भाव धारण किया कि मायारानी का शक बढ़ने न पाया। थोड़ी देर तक इधर-उधर की बातें होती रहीं और इसके बाद लौंडी असली बिहारीसिंह को लेकर आ पहुंची। आज्ञानुसार असली बिहारीसिंह पर्दे के बाहर बैठाया गया। अभी तक उसकी आंखों पर पट्टी बंधी हुई थी।

असली बिहारीसिंह की आंखों से पट्टी खोली गई और उसने चारों तरफ अच्छी तरह निगाह दौड़ाने के बाद कहा, ''बड़ी खुशी की बात है कि मैं जीता-जागता अपने घर में आ पहुंचा। (हाथ का इशारा करके) मैं इस बाग को और अपने साथियों को खुशी की निगाह से देखता हूं। इस बात का अफसोस नहीं है कि मायारानी ने मुझसे पर्दा किया क्योंकि जब तक मैं अपना बिहारीसिंह होना साबित न कर दूं, तब तक इन्हें मुझ पर भरोसा न करना चाहिए, मगर मुझे (हरनामसिंह की तरफ देखकर और इशारा करके) अपने इस अनूठे दोस्त हरनामसिंह पर अफसोस होता है कि इन्होंने मेरी कुछ भी परवाह न की और मुझे ढूंढ़ने का भी कष्ट न उठाया। शायद इसका सबब यह हो कि वह ऐयार मेरी सूरत बनाकर इनके साथ हो लिया हो, जिसने मुझे धोखा दिया। अगर मेरा खयाल ठीक है तो वह ऐयार यहां जरूर आया होगा, मगर ताज्जुब की बात है कि मैं चारों तरफ निगाह दौड़ाने पर भी उसे नहीं देखता। खैर, यदि यहां आया तो देख ही लूंगा कि बिहारीसिंह वह है या मैं हूं। केवल इस बाग के चौथे भाग के बारे में थोड़े सवाल करने से ही सारी कलई खुल जाएगी।''

असली बिहारीसिंह की बातों ने, जो इस जगह पहुंचने के साथ ही उसने कहीं, सभों पर अपना असर डाला। मायारानी के दिल पर तो उसका बहुत ही गहरा असर पड़ा, मगर उसने बड़ी मुश्किल से अपने को सम्हाला और तब एक निगाह तेजसिंह के ऊपर डाली। तेजसिंह को यह क्या खबर थी कि यहां कोई ऐसा विचित्र बाग देखने में आवेगा और उसके भाग अथवा दर्जों के बारे में सवाल किए जाएंगे। उन्होंने सोच

लिया कि अब मामला बेढब हो गया, काम निकालना अथवा राजकुमारों को छुड़ाना तो दूर रहा कोई दूसरा उद्योग करने के लिए मेरा बचकर यहां से निकल जाना भी मुश्किल हो गया, क्योंकि मैं किसी तरह उसके सवालों का जवाब नहीं दे सकता और न उस बाग के गुप्त भेदों की मुझे खबर ही है।

असली बिहारीसिंह अपनी बात कहकर चुप हो गया और इस फिक्र में हुआ कि मेरी बात का कोई जवाब दे ले तो मैं कुछ कहूं, मगर मायारानी की आज्ञा बिना कोई भी उसकी बातों का जवाब न दे सकता था। चालाक और धूर्त मायारानी न मालूम क्या सोच रही थी कि आधी घड़ी तक उसने सिर न उठाया। इसके बाद उसने एक लौंडी की तरफ देखकर कहा, "हरनामसिंह को यहां बुलाओ!"

हरनामसिंह पर्दे के अन्दर आया और मायारानी के सामने खड़ा हो गया।

माया—यह ऐयार जो अभी आया है और बड़ी तेजी से बोलकर चुप बैठा है, बड़ा ही शैतान और धूर्त मालूम होता है। मैं इससे बहुत-कुछ पूछना चाहती हूं परंतु इस समय मेरे सिर में दर्द है, बात करना या सुनना मुश्किल है। तुम इस ऐयार को ले जाओ, चार नम्बर के कमरे में इसके रहने का बन्दोबस्त कर दो, जब मेरी तबीयत ठीक होगी तो देखा जाएगा।

हरनाम—बहुत मुनासिब है, और मैं सोचता हूं कि बिहारीसिंह को भी...

माया—हां, बिहारीसिंह भी दो-चार दिन इसी बाग में रहें तो ठीक है, क्योंकि यह इस समय बहुत ही कमजोर और सुस्त हो रहे हैं, यहां की आबहवा से दो-तीन दिन में यह ठीक हो जाएंगे। इनके लिए बाग के तीसरे हिस्से का दो नम्बरवाला कमरा ठीक है, जिसमें तुम रहा करते हो।

हरनाम—मैं सोचता हूं कि पहले बिहारीसिंह का बन्दोबस्त कर लूं, तब शैतान ऐयार की फिक्र करूं।

माया—हां, ऐसा ही होना चाहिए।

हरनाम—(नकली बिहारीसिंह अर्थात् तेजसिंह की तरफ देखकर) चलिए, उठिए।

यद्यपि तेजसिंह को विश्वास हो गया कि अब बचाव की सूरत मुश्किल है तथापि उन्होंने हिम्मत न हारी और अपनी कार्रवाई सोचने से बाज न आए। इस समय चुपचाप हरनामसिंह के साथ चले जाना ही उन्होंने मुनासिब जाना।

तेजसिंह को साथ लेकर हरनामसिंह उस कोठरी में पहुंचा जिसमें सुरंग का रास्ता था। इस कोठरी में दीवार के साथ लगी हुई छोटी-छोटी कई आलमारियां थीं। हरनामसिंह ने उनमें से एक आलमारी खोली, मालूम हुआ कि यह दूसरी कोठरी में जाने का दरवाजा है। हरनामसिंह और तेजसिंह दूसरी कोठरी में गए। यह कोठरी बिलकुल अंधेरी थी, अस्तु तेजसिंह को मालूम न हुआ कि यह कितनी लम्बी और चौड़ी है। दस-बारह कदम आगे बढ़कर हरनामसिंह ने तेजसिंह की कलाई पकड़ी और कहा, "बैठ जाइए।" यहां की जमीन कुछ हिलती हुई मालूम हुई और इसके बाद

इस तरह की आवाज आई, जिससे तेजसिंह ने समझा कि हरनामसिंह ने किसी कल या पुर्जे को छेड़ा है।

वह जमीन का टुकड़ा जिस पर दोनों ऐयार बैठे थे, यकायक नीचे की तरफ धंसने लगा और थोड़ी देर के बाद किसी दूसरी जमीन पर पहुंचकर ठहर गया। हरनामसिंह ने हाथ पकड़कर तेजसिंह को उठाया और दस कदम आगे बढ़ाकर हाथ छोड़ दिया, इसके बाद फिर घड़घड़ाहट की आवाज आई जिससे तेजसिंह ने समझ लिया कि वह जमीन का टुकड़ा जो नीचे उतर आया था फिर ऊपर की तरफ चढ़ गया। यहां तेजसिंह को सामने की तरफ कुछ उजाला मालूम हुआ। ये उसी तरफ बढ़े मगर अपने साथ हरनामसिंह के आने की आहट न पाकर उन्होंने हरनामसिंह को पुकारा पर कुछ जवाब न मिला। अब तेजसिंह को विश्वास हो गया कि हरनामसिंह मुझे इस जगह कैद करके चलता बना, लाचार वे उसी तरफ रवाना हुए जिधर कुछ उजाला मालूम होता था। लगभग पचास कदम जाने के बाद दरवाजा मिला और उसके पार होने पर तेजसिंह ने अपने को एक बाग में पाया।

यह बाग भी हरा-भरा था और मालूम होता था कि इसकी रविशों पर अभी छिड़काव किया गया है मगर माली या किसी दूसरे आदमी का नाम भी न था। इस बाग में बनिस्बत फूलों के मेवों के पेड़ बहुत ज्यादे थे और एक छोटी-सी नहर भी जारी थी, जिसका पानी मोती की तरह साफ था, सतह की कंकड़ियां भी साफ दिखाई देती थीं। बाग के बीचोबीच में एक ऊंचा बुर्ज था और उसके चारों तरफ कई मकान, कमरे और दालान इत्यादि थे जैसा कि हम ऊपर लिख आए हैं। तेजसिंह सुस्त और उदास होकर नहर के किनारे बैठ गए और न मालूम क्या-क्या सोचने लगे। और चाहे जो कुछ भी हो, मगर अब तेजसिंह इस योग्य न रहे कि अपने को बिहारीसिंह कहें। उनकी बची-बचाई कलई भी हरनामसिंह के साथ इस बाग में आने से खुल गई। क्या बिहारीसिंह, तेजसिंह की तरह चुपचाप हरनामसिंह के साथ अनजान आदमियों की तरह चला आता? क्या मायारानी अथवा उसका कोई ऐयार अब तेजसिंह को बिहारीसिंह समझ सकता है? कभी नहीं, कभी नहीं! इन सब बातों को तेजसिंह भी बखूबी समझ सकते थे और उन्हें विश्वास हो गया कि अब हम कैद कर लिए गए।

थोड़ी देर बाद यहां के मकानों को घूम-घूमकर देखने के लिए तेजसिंह उठे, मगर सिवाय एक कमरे के जिसके दरवाजे पर मोटे अक्षर में दो (2) का अंक लिखा हुआ था बाकी सब कमरे और मकान बन्द पाए। दो का नम्बर देखते ही तेजसिंह को ध्यान आया कि मायारानी ने इसी कमरे में मुझे रखने का हुक्म दिया है। उस कमरे में एक दरवाजा और छोटी-छोटी कई खिड़कियां थीं, अन्दर फर्श बिछा हुआ और कई तकिए भी मौजूद थे। तेजसिंह को भूख लगी हुई थी, बाग में मेवों की कमी न थी, उन्हीं से पेट भरा और नहर का पानी पीकर उसी दो नम्बरवाले कमरे को अपना मकान या कैदखाना समझा।

तीसरा बयान

रात पहर-भर से ज्यादे जा चुकी है। तेजसिंह उसी दो नम्बरवाले कमरे के बाहर सहन में तकिया लगाए सो रहे हैं। चिराग बालने का कोई सामान यहां मौजूद नहीं जिससे रोशनी करते, पास में कोई आदमी नहीं, जिससे दिल बहलाते। बाग से बाहर निकलने की उम्मीद नहीं कि कुमारों को छुड़ाने के लिए कोई बन्दोबस्त करते, लाचार तरह-तरह के तरद्दुदों में पड़े उन पेड़ों पर नजर दौड़ा रहे थे जो सहन के सामने बहुतायत से लगे हुए थे।

यकायक पेड़ों की आड़ में रोशनी मालूम पड़ी। तेजसिंह घबड़ाकर ताज्जुब के साथ उसी तरफ देखने लगे। थोड़ी ही देर में मालूम हुआ कि कोई आदमी हाथ में चिराग लिए तेजी के साथ कदम बढ़ाता उनकी तरफ आ रहा है। देखते-देखते वह आदमी तेजसिंह के पास आ पहुंचा और चिराग एक तरफ रखकर सामने खड़ा हो के बोला, "जय माया की!"

यह आदमी सिपाहियाना ठाठ में था। छोटी-छोटी स्याह दाढ़ी से इसके चेहरे का ज्यादे हिस्सा ढका हुआ था। दरमियाना कद और शरीर से हृष्ट-पुष्ट था। तेजसिंह ने भी यह समझकर कि कोई ऐयार है, जवाब में कहा, "जय माया की!"

सिपाही–(जो अभी आया है) उस्ताद, तुमने चालाकी तो खूब की थी मगर जल्दी करके काम बिगाड़ दिया।

तेज–चालाकी क्या और जल्दी कैसी?

सिपाही–इसमें तो कोई सन्देह नहीं कि मायारानी के बाग में रूप बदलकर आने वाला ऐयार पागल बने बिना किसी दूसरी रीति से काम चला ही नहीं सकता था परन्तु आपने जल्दी कर दी, दो-चार दिन और पागल बने रहते तो ठीक था, असली बिहारीसिंह की बातों का जवाब आपको देना न पड़ता और इस बाग के तीसरे या चौथे हिस्से का भेद भी आपसे पूछा न जाता, अब तो सभी को मालूम हो गया कि आप असली बिहारीसिंह नहीं बल्कि कोई ऐयार हैं।

तेज–सब लोग जो चाहे समझें मगर तुम मेरे पास क्यों आए हो?

सिपाही–इसीलिए कि आपका हाल जानूं और जहां तक हो सके, आपकी मदद करूं।

तेज–मैं अपना हाल सिवाय इसके और क्या कहूं कि मैं वास्तव में बिहारीसिंह हूं।

सिपाही–(हंसकर) क्या खूब, अभी तक आपका मिजाज ठिकाने नहीं हुआ! मगर मैं फिर कहता हूं कि मुझ पर भरोसा कीजिए और अपना ठीक-ठीक नाम बताइए।

तेज–जब तुम यह समझते हो कि मैं ऐयार हूं तो क्या यह नहीं जानते कि ऐयार लोग किसी ऐसे बतोलिए पर जैसे कि आप हैं, यकायकी कैसे भरोसा कर सकते हैं?

सिपाही–हां, आपका कहना ठीक है, ऐयारों को यकायक किसी का विश्वास न करना चाहिए, मगर मेरे पास एक ऐसी चीज है कि आपको झख मारकर मुझ पर भरोसा करना पड़ेगा।

तेज–(ताज्जुब से) वह ऐसी कौन-सी अनोखी चीज तुम्हारे पास है जिसमें इतना बड़ा असर है कि मुझे झख मारकर तुम पर भरोसा करना पड़ेगा?

सिपाही–नेमची रिक्तग्रन्थ![1]

'नेमची रिक्तग्रन्थ' इस शब्द में न मालूम कैसा असर था कि सुनते ही तेजसिंह के रोंगटे खड़े हो गए, सिर नीचा कर लिया और न जाने क्या सोचने लगे। थोड़ी देर तक तो ऐसा मालूम होता था कि वह तेजसिंह नहीं हैं बल्कि पत्थर की कोई मूरत हैं। आखिर वे एक लम्बी सांस लेकर उठ खड़े हुए और सिपाही का हाथ पकड़कर बोले, "अब कहो तुम्हें मैं अपने साथियों में से कोई समझूं या अपना पक्का दुश्मन जानूं?"

सिपाही–दोनों में से कोई भी नहीं।

तेज–यह और भी ताज्जुब की बात है! (कुछ सोचकर) हां, ठीक है, यदि तुम चोर होते तो इतनी दिलावरी के साथ मुझसे बातें न करते, बल्कि मेरे सामने ही न आते, लेकिन यह तो मालूम होना चाहिए कि तुम हो कौन? क्या रिक्तग्रन्थ तुम्हारे पास है?

सिपाही–जी नहीं, यदि वह मेरे पास होता तो अब तक राजा बीरेन्द्रसिंह के पास पहुंच गया होता।

तेज–फिर यह शब्द तुमने कहां से सुना?

सिपाही–यह वही शब्द है जिसे आप लोग समय पड़ने पर आपुस में कहकर इस बात का परिचय देते हैं कि हम राजा बीरेन्द्रसिंह के दिली दोस्तों में से कोई हैं।

तेज–हां, बेशक यह वही शब्द है, तो क्या तुम राजा बीरेन्द्रसिंह के दिली दोस्तों में से कोई हो।

सिपाही–नहीं, हां, होंगे।

तेज–(चिढ़कर) तुम अजब मसखरे हो जी, साफ-साफ क्यों नहीं कहते कि तुम कौन हो?

सिपाही–(हंसकर) क्या उस शब्द के कहने पर भी आप मुझ पर भरोसा न करेंगे?

तेज–(मुंह बनाकर और बात पर जोर देकर) हाय-हाय, कह तो दिया कि भरोसा किया, भरोसा किया, भरोसा किया! झख मारा और भरोसा किया! अब भी कुछ कहोगे या नहीं? अपना नाम बताओगे या नहीं?

---

1. नेमची रिक्तग्रन्थ–यह ऐयारी भाषा का शब्द है, इसका अर्थ है–खून से लिखो किताब का घर।

सिपाही–अच्छा तो आप ही पहले अपना परिचय दीजिए।

तेज–मैं तेजसिंह हूं–बस हुआ? अब भी तुम अपना कुछ परिचय दोगे या नहीं?

सिपाही–हां-हां, अब मैं अपना परिचय दूंगा, मगर पहले एक बात का जवाब और दीजिए।

तेज–अभी एक आंच की कसर रह गई, अच्छा पूछिए।

सिपाही–यदि कोई ऐसा आदमी आपके सामने आवे जो आपसे मुहब्बत रखे, आपके काम में दिलोजान से मदद दे, आपकी भलाई के लिए जान तक देने को तैयार रहे, मगर उसके बाप-दादा या चाचा-भाई इत्यादि में से कोई आदमी आपके साथ पूरी-पूरी दुश्मनी कर चुका हो तो आप उसके साथ कैसा बर्ताव करेंगे?

तेज–जो मेरे साथ नेकी करेगा उसके साथ मैं दोस्ती का बर्ताव करूंगा, चाहे उसके बाप-दादे मेरे साथ पूरी दुश्मनी क्यों न कर चुके हों।

सिपाही–ठीक है ऐसा ही करना चाहिए, अच्छा तो फिर सुनिए–मेरा नाम नानक है और मकान काशीजी।

तेज–नानक!

सिपाही–जी हां और मेरा किस्सा बहुत ही अनूठा और आश्चर्यजनक है।

तेज–मैंने यह नाम कहीं सुना है मगर याद नहीं पड़ता कि कब और क्यों सुना। इसमें कोई सन्देह नहीं कि तुम्हारा हाल आश्चर्य और अद्‌भुत घटनाओं से भरा होगा। मेरी तबीयत घबड़ा रही है, जहां तक जल्दी हो सके अपना ठीक-ठीक हाल कहो।

नानक–दिल लगाकर सुनिए, मैं कहता हूं, यद्यपि उस काम में देर हो जाएगी जिसके लिए मैं आया हूं तथापि मेरा किस्सा सुनकर आप अपना काम बहुत आसानी से निकाल सकेंगे और यहां की बहुत-सी बातें भी आपको मालूम हो जाएंगी।

नानक का किस्सा

लड़कपन में बड़े चैन से गुजरती थी। मेरे घर में किसी चीज की कमी न थी। खाने के लिए अच्छी-से-अच्छी चीजें, पहिरने के लिए एक-से-एक बढ़के कपड़े और वे सब चीजें मुझे मिला करतीं, जिनकी मुझे जरूरत होती या जिनके लिए मैं जिद किया करता। मां से मुझे बहुत ज्यादे मुहब्बत थी और बाप से कम क्योंकि मेरा बाप किसी दूसरे शहर में किसी राजा के यहां नौकर था, चौथे-पांचवें महीने और कभी-कभी साल-भर पीछे घर में आता और दस-पांच दिन रहकर चला जाता था। उसका पूरा हाल आगे चलकर आपको मालूम होगा। मेरा बाप, मेरी मां को बहुत चाहता था और जब घर आता तो बहुत-सा रुपया और अच्छी-अच्छी चीजें उसे दे जाया करता था और इसलिए हम लोग अमीरी ठाठ के साथ अपना दिन बिताते थे।

मैं जिस बुड्ढी दाई की गोद में खेला करता था, वह बहुत ही नेक थी और उसकी बहिन एक जमींदार के यहां जिसका घर मेरे पड़ोस में था, रहती और उसकी लड़की को खिलाया करती थी। मेरी दाई कभी मुझे लेकर, उस जमींदार के घर जा बैठा करती और कभी उसकी बहिन उस लड़की को लेकर जिसके खिलाने पर वह नौकर थी, मेरे घर आ बैठा करती, इसलिए मेरा और उस लड़की का रोज साथ रहता तथा धीरे-धीरे हम दोनों में मुहब्बत दिन-दिन बढ़ने लगी। उस लड़की का नाम, जो मुझसे उम्र में दो वर्ष कम थी, रामभोली था और मेरा नाम नानक, मगर घरवाले मुझे ननकू कहके पुकारा करते। वह लड़की बहुत खूबसूरत थी मगर जन्म की गूंगी-बहरी थी तथापि हम दोनों की मुहब्बत का यह हाल था कि उसे देखे बिना मुझे और मुझे देखे बिना उसे चैन न पड़ता। गुरु के पास बैठकर पढ़ना मुझे बहुत बुरा मालूम होता और उस लड़की से मिलने के लिए तरह-तरह के बहाने करने पड़ते।

धीरे-धीरे मेरी उम्र दस वर्ष की हुई और मैं अपने-पराए को अच्छी तरह समझने लगा। मेरे पिता का नाम रघुबरसिंह था। बहुत दिनों पर उसका घर आया करना मुझे बहुत बुरा मालूम हुआ और मैं अपनी मां से उसका हाल खोद-खोदके पूछने लगा। मालूम हुआ कि वह अपना हाल बहुत छिपाता है, यहां तक कि मेरी मां भी उसका पूरा-पूरा हाल नहीं जानती तथापि यह मालूम हो गया कि मेरा बाप ऐयार है और किसी राजा के यहां नौकर है। यह भी सुना कि वहां मेरी एक सौतेली मां भी रहती है जिससे एक लड़का और एक लड़की भी है।

मेरा बाप जब आता तो महीने-दो महीने या कभी-कभी केवल आठ-ही-दस दिन रहकर चला जाता और जितने दिन रहता, मुझे ऐयारी सिखाने में विशेष ध्यान देता। मुझे भी पढ़ने-लिखने से ज्यादे खुशी ऐयारी सीखने में होती, क्योंकि रामभोली से मिलने तथा अपना मतलब निकालने के लिए ऐयारी बड़ा काम देती थी। धीरे-धीरे लड़कपन का जमाना बहुत-कुछ निकल गया और वे दिन आ गए कि जब लड़कपन नौजवानी के साथ ऊधम मचाने लगा और मैं अपने को नौजवान और ऐयार समझने लगा।

एक रात मैं अपने घर में नीचे के खण्ड में कमरे के अन्दर चारपाई पर लेटा हुआ रामभोली के विषय में तरह-तरह की बातें सोच रहा था। इश्क की चपेट में नींद हराम हो गई थी, दीवार के साथ लटकती हुई तस्वीरों की तरफ टकटकी बांधकर देख रहा था, यकायक ऊपर की छत पर धमधमाहट की आवाज आने लगी। मैं यह सोचकर निश्चिन्त हो रहा कि शायद कोई लौंडी जरूरी काम के लिए उठी होगी, उसी के पैरों की धमधमाहट मालूम होती है, मगर थोड़ी देर बाद ऐसा मालूम हुआ कि सीढ़ियों की राह कोई आदमी नीचे उतरा चला आता है। पैर की आवाज भारी थी जिससे मालूम हुआ कि यह कोई मर्द है। मुझे ताज्जुब मालूम हुआ कि इस समय मर्द इस मकान में कहां से आया क्योंकि मेरा बाप घर में न था, उसे नौकरी पर गए हुए दो महीने से ज्यादे हो चुके थे।

मैं आहट लेने और कमरे से बाहर निकलकर देखने की नीयत से उठ बैठा। चारपाई की चरमराहट और मेरे उठने की आहट पाकर यह आदमी फुर्ती से उतरकर चौक में पहुंचा और जब तक मैं कमरे के बाहर होकर उसे देखूं, तब तक वह सदर दरवाजा खोलकर मकान के बाहर निकल गया। मैं हाथ में खंजर लिये हुए मकान के बाहर निकला और उस आदमी को जाते हुए देखा। उस समय मेरे नौकर और सिपाही, जो दरवाजे पर रहा करते थे, बिलकुल गाफिल सो रहे थे, मगर मैं उन्हें सचेत करके उस आदमी के पीछे रवाना हुआ।

मैं नहीं कह सकता कि उस आदमी को, जो स्याह कपड़ा ओढ़े मेरे घर से निकला था, यह खबर थी या नहीं कि मैं उसके पीछे-पीछे आ रहा हूं क्योंकि वह बड़ी बेफिक्री से कदम बढ़ाता हुआ मैदान की तरफ जा रहा था।

थोड़ी दूर जाने के बाद मुझे यह भी मालूम हुआ कि यह आदमी अपनी पीठ पर एक गठरी लादे हुए है जो एक स्याह कपड़े के अन्दर है। अब मुझे विश्वास हो गया कि यह चोर है और इसने जरूर मेरे यहां चोरी की है। जी में तो आया कि गुल मचाऊं जिसमें बहुत-से आदमी इकट्ठे होकर उसे गिरफ्तार कर लें, मगर कई बातें सोचकर चुप ही रहा और उसके पीछे-पीछे जाना ही उचित समझा।

घण्टे-भर तक बराबर मैं उस आदमी के पीछे-पीछे चला गया, यहां तक कि वह शहर के बाहर मैदान में एक ऐसी जगह जा पहुंचा, जहां इमली के बड़े-बड़े पेड़ इतने ज्यादे लगे हुए थे कि उनके सबब से मामूली से विशेष अंधकार हो रहा था। जब मैं उन घने पेड़ों के बीच पहुंचा तो मालूम हुआ कि यहां लगभग दस-बारह आदमी और भी हैं जो एक समाधि के बगल में बैठे धीरे-धीरे बातें कर रहे थे। वह आदमी उसी जगह पहुंचा और उन लोगों में से दो ने बढ़कर पूछा, "कहो, अबकी दफे किसे लाए?" इसके जवाब में उस आदमी ने कहा, "नानक की मां को।"

आप खयाल कर सकते हैं कि इस शब्द को सुनकर मेरे दिल पर कैसी चोट लगी होगी। अब तक मैं यही समझ रहा था कि वह चोर मेरे यहां से माल-असबाब चुराकर लाया है जिसकी मुझे विशेष परवाह न थी और मैं उसका पूरा-पूरा हाल जानने की नीयत से चुपचाप उसके पीछे-पीछे चला गया था, मगर जब यह मालूम हुआ कि वह कमबख्त मेरी मां को चुरा लाया है तो मुझे बड़ा ही रंज हुआ और मैं इस बात पर अफसोस करने लगा कि उसे यहां तक आने का मौका क्यों दिया, क्योंकि अब इस समय यहां मेरे किए कुछ भी नहीं हो सकता था। चारों तरफ ऐसा सन्नाटा था कि अगर गला फाड़कर चिल्लाता तो भी मेरी आवाज किसी के कान तक न पहुंचती, इसके अतिरिक्त वे लोग गिनती में भी ज्यादे थे, किसी तरह उनका मुकाबला नहीं कर सकता था, लाचार उस समय बड़ी मुश्किल से मैंने अपने दिल को सम्हाला और चुपचाप एक पेड़ की आड़ में खड़े रहकर उन लोगों की कार्रवाई देखने और यह सोचने लगा कि अब क्या करना चाहिए।

वह समाधि जो औंधी हांडी की तरह थी, बहुत बड़ी तथा मजबूत बनी हुई थी और मुझे उसी समय यह भी मालूम हो गया कि उसके अन्दर जाने के लिए कोई रास्ता भी है क्योंकि मेरे देखते-देखते वे सब-के-सब उसी समाधि के अन्दर घुस गए और जब तक मैं रहा, बाहर न निकले।

घण्टे-भर तक राह देखकर मैं उस समाधि के पास गया और उसके चारों तरफ घूम-घूमकर अच्छी तरह देखने लगा, मगर कोई दरवाजा या छेद ऐसा न दिखाई दिया जिस राह से कोई उसके अन्दर जा सकता और न मैंने उस जगह कोई दरवाजे का निशान ही पाया। मैं उस समाधि को अच्छी तरह जानता था, उसके बारे में कभी कोई बुरा खयाल किसी के दिल में न हुआ होगा। देहाती लोग वहां तरह-तरह की मन्नतें मानते और प्रायः पूजा करने के लिए आया करते थे, परन्तु मुझे आज मालूम हुआ कि वह वास्तव में समाधि नहीं, बल्कि खूनियों का अड्डा है।

मैंने बहुत सिर पीटा मगर कुछ काम न निकला, लाचार यह सोचकर घर की तरफ लौटा कि पहले लोगों को इस मामले की खबर करूं और इसके बाद आदमियों को साथ लाकर इस समाधि को खुदवा अपनी मां और बदमाशों का पता लगाऊं।

रात बहुत थोड़ी रह गई थी, जब मैं घर पहुंचा। मैं चाहता था कि अपनी परेशानी का हाल नौकरों से कहूं, मगर वहां तो मामला ही दूसरा था। वह बूढ़ी दाई जिसने मुझे गोद में खिलाया था और अब बहुत ही बूढ़ी और कमजोर हो रही थी, इस समय दरवाजे पर बैठी नौकरों पर खफा हो रही थी और कह रही थी कि आधी रात के समय तुमने लड़के को अकेले क्यों जाने दिया? तुम लोगों में से कोई आदमी उसके साथ क्यों न गया? इतने ही में मुझे देख नौकरों ने कहा, ''लो ननकू बाबू आ गए, खफा क्यों होती हो!''

मैंने पास जाकर कहा, ''क्या है जो हल्ला मचा रही हो?''

दाई–है क्या, चुपचाप न जाने कहां चले गए, न किसी से कुछ कहा, न सुना! तुम्हारी मां बेचारी रो-रोकर जान दे रही है! ऐसा जाना किस काम का कि एक आदमी भी साथ न ले गए, जा के अपनी मां का हाल तो देखो।

मैं–मां कहां है?

दाई–घर में है और कहां है, तुम जाओ तो सही!

दाई की बात सुनकर मैं बड़ी हैरानी में पड़ गया। वहां उस चोर ऐयार की जुबानी जो कुछ सुना था, उससे तो साफ मालूम हुआ था कि वह मेरी मां को गिरफ्तार करके ले गया है, मगर घर पहुंचकर सुनता हूं कि मां यहां मौजूद है! खैर, मैंने अपने दिल का हाल किसी से न कहा और चुपचाप मकान के अन्दर उस कमरे में पहुंचा जिसमें मेरी मां रहती थी। देखा कि वह चारपाई पर पड़ी रो रही है, उसका सिर फटा हुआ है और उसमें से खून बह रहा है, एक लौंडी हाथ में कपड़ा लिये खून पोंछ रही है। मैंने घबड़ाकर पूछा, ''यह क्या हाल है! सिर कैसे फट गया?''

मां–मैंने जब सुना कि तुम घर में नहीं हो तो तुम्हें ढूंढ़ने के लिए घबड़ाकर नीचे उतरी, अकस्मात् सीढ़ी पर गिर पड़ी। तुम कहां गए थे?

मैं–हां, घर में से एक चोर को कुछ असबाब लेकर बाहर जाते देख मैं उसके पीछे-पीछे चला गया था।

मां–(कुछ घबराकर) क्या यहां से किसी चोर को बाहर जाते देखा था?

मैं–हां, कहा तो कि उसी के पीछे-पीछे मैं गया था।

मां–तुम उसके पीछे-पीछे कहां तक गए? क्या उसका घर देख आए?

मैं–नहीं, थोड़ी दूर जाने के बाद गलियों में घूम-फिरकर न मालूम वह कहां गायब हो गया, मैंने बहुत ढूंढ़ा मगर पता न लगा। आखिर लाचार होकर लौट आया। (लौंडी की तरफ देखकर) कुछ मालूम हुआ, घर में से क्या चीज चोरी हो गई?

लौंडी–(ताज्जुब में आकर और चारों तरफ देखकर) यहां से तो कोई चीज चोरी नहीं गई।

यह जवाब सुन मैं चुपचाप नीचे उतर आया और घर में चारों तरफ घूम-घूमकर देखने लगा। जिस घर में खजाना रहता था, उसमें भी ताला बन्द पाया और कई कीमती चीजें जो मामूली तौर पर भण्डेरियों और खुली आलमारियों में पड़ी रहा करती थीं, ज्यों-की-त्यों मौजूद पाईं, लाचार मैं अपनी चारपाई पर जाकर लेट रहा और तरह-तरह की बातें सोचने लगा। उस समय रात बीत चुकी थी और सुबह की सुफेदी घर में घुसकर कह रही थी कि अब थोड़ी ही देर में सूर्य भगवान निकला चाहते हैं।

इस बात को कई महीने बीत गए। मैंने अपने दिल का हाल और वे बातें जो देखी-सुनी थीं, किसी से न कहीं, हां, छिपे-छिपे तहकीकात करता रहा कि असल मामला क्या है। चाल-चलन, बातचीत और मुहब्बत की तरफ ध्यान देने से मुझे निश्चय हो गया कि मेरी मां जो घर में है, वह असल में मेरी मां नहीं है बल्कि कोई ऐयारा है। मैं छिपे-छिपे अपनी मां की खोज करने लगा और इस विषय पर ध्यान देने लगा कि वह ऐयारा घर में मेरी मां बनकर क्यों रहती है और उसकी नीयत क्या है? इसके अलावे मैं अपनी जान की हिफाजत भी अच्छी तरह करने लगा। इस बीच में रामभोली ने मुझसे मुहब्बत ज्यादे बढ़ा दी। यद्यपि उसकी चाल-चलन में भी मुझे कुछ फर्क मालूम होता था, परन्तु मुहब्बत ने मुझे अन्धा बना रखा था और मैं उसका पूरा आशिक बन गया था।

एक पढ़ी-लिखी बुद्धिमान नौजवान औरत ने जिम्मा लिया हुआ था कि यद्यपि रामभोली गूंगी और बहरी है, परन्तु वह उसे इशारे ही में समझा-बुझाकर पढ़ना-लिखना सिखा देगी और वास्तव में उस औरत ने बड़ी चालाकी से रामभोली को पढ़ना-लिखना सिखा दिया। उसी औरत के हाथ रामभोली की लिखी चीठी मेरे पास आती और मैं उसी के हाथ जवाब भेजा करता था। ऊपर कही वारदात के कुछ दिन बाद ही जो

चीठियां रामभोली की मेरे पास आने लगीं, उनके अक्षरों का ढंग और गढ़न कुछ निराले ही तौर का था परन्तु मैंने उस समय उस पर कुछ विशेष ध्यान न दिया।

अब ऊपरवाले मामले को छह महीने से ज्यादे गुजर गए। इस बीच में मेरा बाप कई दफे घर आया और थोड़े-थोड़े दिन रहकर चला गया। घर की बातों में सिर्फ इतना फर्क पड़ा कि मेरा बाप मेरी मां से मुहब्बत ज्यादे करने लगा, मगर मेरी नकली मां तरह-तरह की बेढब फरमाइशों से उसे तंग करने लगी।

एक दिन जब मेरा बाप घर ही में था, आधी रात के समय मेरे बाप और मेरी मां में कुछ खटपट होने लगी। उस समय मैं जागता था। मेरे जी में आया कि किसी तरह इस झगड़े का सबब मालूम करना चाहिए। आखिर ऐसा ही किया, मैं चुपके से उठा और धीरे-धीरे उस कमरे के पास गया जिसके अन्दर वे दोनों जली-कटी बातें कर रहे थे। उस कमरे में तीन दरवाजे थे, जिनमें से एक खुला हुआ, मगर उसके आगे पर्दा गिरा हुआ था और दो दरवाजे बन्द थे। मैं एक बन्द दरवाजे के आगे जाकर (जो खुले दरवाजे के ठीक दूसरी तरफ था) लेट रहा और उन दोनों की बातें सुनने लगा। जो कुछ मैंने सुना, उसे ठीक-ठीक बयान करता हूं–

मां–जब तुम्हें मेरा विश्वास नहीं तो किस मुंह से कहते हो कि मैंने तेरे तिए यह किया और वह किया?

बाप–बेशक, मैंने तेरे लिए अपनी जान खतरे में डाली और जन्म-भर के लिए अपने नाम पर धब्बा लगाया, और अब तू चाहती है कि मैं न मरने लायक रहूं और न जीते रहकर किसी को मुंह दिखा सकूं।

मां–अपने मुंह से तुम जो चाहे कहो, मगर मैं ऐसा नहीं चाहती जो तुम कहते हो। क्या मैं वह किताब खा जाऊंगी या किसी दूसरे को दे दूंगी? जाओ, अपनी किताब ले जाओ और अपनी चहेती बेगम को नजर कर दो!

बाप–मेरी वह जोरू, जिसे तुम ताना देकर बेगम कहती हो, तुम्हारे जैसी जिद्दी नहीं। उसने मुझे राजा बीरेन्द्रसिंह के यहां चोरी करने के लिए नहीं कहा और न वह तिलिस्म का तमाशा ही देखा चाहती है।

मां–उसको इतना दिमाग ही नहीं, कंगाल की लड़की का हौसला ही कितना!

बाप–हां, बेशक उसका इतना बड़ा हौसला नहीं कि मेरी जान की ग्राहक बन बैठे।

इसके बाद थोड़ी-सी बातें बहुत ही धीरे-धीरे हुईं, जिन्हें मैं अच्छी तरह सुन न सका। अन्त में मेरा बाप इतना कहकर चुप हो रहा–"खैर, फिर जो कुछ भाग्य में बदा है, वह भोगूंगा। लो यह खूनी किताब तुम्हारे हवाले करता हूं, पांच रोज में लौट के आऊंगा तो तिलिस्म का तमाशा दिखा दूंगा और फिर यह किताब राजा बीरेन्द्रसिंह के यहां किसी ढंग से पहुंचा दूंगा।"

मैं यह सोचकर कि अब मेरा बाप बाहर निकलना ही चाहता है, उठ खड़ा हुआ और चुपचाप नीचे उतर अपने कमरे में चला आया। मगर मेरे दिल की अजब हालत

थी। मैं खूब जानता था कि वह मेरी मां नहीं है और अब तो मालूम हो गया कि उस कमबख्त के फेर में पड़कर मेरा बाप अपने ऊपर कोई आफत लाया चाहता है, इसलिए यह सोचने लगा कि किसी तरह अपने बाप को इसके फरेब से बचाना और अपनी असली मां का पता लगाना चाहिए।

दो घण्टे बीत गए, मगर मेरा बाप नीचे न उतरा। मेरी चिन्ता और भी बढ़ गई। मैं सोचने लगा कि शायद फिर कुछ खटपट होने लगी। आखिर मुझसे रहा न गया, मैंने अपने कमरे से बाहर निकलके बाप को आवाज दी। आवाज सुनते ही वे मेरे पास चले आए और धीरे-से बोले, "क्यों बेटा, क्या है?"

मैं—आपसे एक बात कहा चाहता हूं, मगर कुछ छिपाकर।

बाप—कहो, यहां ऐसा कोई भी सुननेवाला नहीं है, ऐसा ही डर है तो ऊपर चले चलो।

मैं—(धीरे से) नहीं, मैं उस दुष्टा के सामने कुछ भी कहा नहीं चाहता जिसे आप मेरी मां समझते हैं।

बाप—(ताज्जुब में आकर) क्या वह तुम्हारी मां नहीं है?

मैं—नहीं।

बाप—आज क्या है, जो तुम ऐसी बातें कर रहे हो? क्या उसने तुम्हें कुछ तकलीफ दी है?

मैं—आप इस जगह मुझसे कुछ भी न पूछिए, निराले में जब मेरी बातें सुनिएगा तो असल भेद मालूम हो जाएगा!

इतना सुनते ही मेरे बाप ने घबड़ाकर मेरा हाथ पकड़ लिया और मकान के अपने खास बैठके में ले जाकर दरवाजा बन्द करने के बाद पूछा, "कहो, क्या बात है?" मैंने वे कुल बातें जो देखी-सुनी थीं और जो ऊपर बयान कर चुका हूं, कह सुनाईं जिनके सुनते ही मेरे बाप की अजब हालत हो गई, चेहरे पर उदासी और तरद्दुद की निशानी मालूम होने लगी, थोड़ी देर तक चुप रहने और कुछ गौर करने के बाद बोले, "बेशक धोखा हो गया! अब जो गौर करता हूं तो इस कमबख्त की बातचीत और चाल-चलन में बेशक बहुत-कुछ फर्क पाता हूं। मगर अफसोस, तुमने इतने दिनों तक न मालूम क्या समझकर यह बात छिपा रखी और अपनी मां की तरफ से भी गाफिल रहे! न जाने वह बेचारी जीती भी है या इस दुनिया से ही उठ गई!"

मैं—जरा-सा गौर करने पर आप खुद समझ सकते हैं कि इस बात को इतने दिनों तक मैं क्यों छिपाए रहा। मां की तरफ से भी गाफिल न रहा, जहां तक हो सका पता लगाने के लिए परेशान हुआ मगर अभी तक कोई अच्छा नतीजा न निकला। तथापि मुझे विश्वास है कि वह इस दुनिया में जीती-जागती मौजूद है।

बाप—तुम्हारा खयाल ठीक है और इसका सबूत इससे बढ़कर और क्या होगा कि एक ऐयारा उसकी सूरत बनकर अपना काम निकाला चाहती है और इस घर

में अभी तक मौजूद है, जब तक इसका काम न निकलेगा, बेशक उसकी जान बची रहेगी। मगर अफसोस, मैंने बड़ा धोखा खाया और अपने को किसी लायक न रखा। अच्छा यह कहो कि इस समय तुम्हें क्या सूझी जो यह सब कहने के लिए तैयार हो गए?

मैं–खुटका तो बहुत दिनों से लगा हुआ था मगर इस समय कुछ तकरार की आहट पाकर मैं ऊपर चढ़ गया और बड़ी देर तक छिपकर आप लोगों की बातें सुनता रहा, ज्यादे तो समझ में न आया, मगर इतना मालूम हो गया कि आप उसकी खातिर से राजा बीरेन्द्रसिंह के यहां से कोई किताब चुरा लाए हैं और अब कोई काम ऐसा किया चाहते हैं जो आपके लिए बहुत बुरा नतीजा पैदा करेगा। अस्तु, ऐसे समय में चुप रहना मैंने उचित न जाना। अब आप कृपा करके यह कहिए कि वह किताब जो आप चुरा लाए हैं, कैसी है?

बाप–इस समय खुलासा हाल कहने का मौका तो नहीं है, परन्तु संक्षेप में कुछ हाल कह तुम्हें होशियार कर देना भी बहुत जरूरी है, क्योंकि अब मेरी जिन्दगी का कोई ठिकाना नहीं। हां, अगर यह औरत तुम्हारी मां होती तो कोई हर्ज न था। वह एक प्राचीन समय की किसी के खून से लिखी हुई किताब है जो राजा बीरेन्द्रसिंह को बिक्रमी तिलिस्म से मिली थी। उस तिलिस्म में स्याह पत्थर के दालान में एक सिंहासन के ऊपर छोटा-सा पत्थर का एक सन्दूक था, जिसके छूने से आदमी बेहोश हो जाता था।

मैं–हां, यह किस्सा आप पहले भी मुझसे कह चुके हैं, बल्कि आपने यह भी कहा कि सिंहासन के ऊपर जो पत्थर था और जिसके छूने से आदमी बेहोश हो जाता था, वास्तव में वह एक सन्दूक था और उसके अन्दर से कोई नायाब चीज राजा बीरेन्द्रसिंह को मिली थी।

बाप–ठीक है, ठीक है, इस समय मेरी अक्ल ठिकाने नहीं है, इसी से बहुत-सी बातें भूल रहा हूं, हां तो उसी पत्थर के टुकड़े में से जिसे छोटा सन्दूक कहना चाहिए, यह किताब और हीरे का एक सरपेंच निकला था।

मैं–उस किताब में क्या बात लिखी है?

बाप–उस किताब में उस तिलिस्म के भेद लिखे हुए हैं जो राजा बीरेन्द्रसिंह के हाथ से न टूट सका और जिसके विषय में मशहूर है कि राजा बीरेन्द्रसिंह के लड़के उस तिलिस्म को तोड़ेंगे।

मैं–यदि उस पुस्तक में उस भारी तिलिस्म के भेद लिखे हुए थे, तो राजा बीरेन्द्रसिंह ने उस तिलिस्म को क्यों छोड़ दिया?

बाप–केवल उस किताब की सहायता से ही यह तिलिस्म नहीं टूट सकता। हां, जिसके पास वह पुस्तक हो, उसे तिलिस्म का कुछ हाल जरूर मालूम हो सकता है और यदि वह चाहे तो तिलिस्म में जाकर वहां की सैर भी कर सकता है। इस

कमबख्त औरत ने यही कहा कि मुझे तिलिस्म की सैर करा दो। उसी जिद ने मुझसे यह अपराध कराया, लाचार मैंने वह किताब चुराई। मैंने सोच लिया था कि इसकी इच्छा पूरी करने के बाद मैं वह पुस्तक जहां-की-तहां रख आऊंगा, मगर जब यह औरत कोई दूसरी ही है तो बेशक मुझे धोखा दिया गया तथा इसमें भी कोई सन्देह नहीं कि यह औरत उस तिलिस्म से कोई सम्बन्ध रखती है और यदि ऐसा है तो अब उस पुस्तक का मिलना मुश्किल है। अफसोस, जब मैं किताब चुराकर राजा बीरेन्द्रसिंह के शीशमहल से बाहर निकल रहा था तो उसके एक ऐयार ने मुझे देख लिया था। मैं मुश्किल से निकल भागा और यह सोचे हुए था कि यदि मैं पुस्तक फिर वहीं रख आऊंगा तो फिर मेरी खोज न होगी, मगर हाय, यहां तो कोई दूसरा ही रंग निकला।

मैं–आपने उस पुस्तक को पढ़ा भी था?

बाप–(आंखों में आंसू भरकर) उसका पहला पृष्ठ देख सका था, जिसमें इतना ही लिखा था कि जिसके कब्जे में यह पुस्तक रहेगी, उसे तिलिस्मी आदमियों के हाथ से दुःख नहीं पहुंच सकता। जो हो, परन्तु अब इन बातों का समय नहीं है, यदि हो सके तो उस औरत के हाथ से किताब ले लेनी चाहिए, उठो और मेरे साथ चलो।

इतना कहकर मेरा बाप उठा, मकान के अन्दर चला, मैं भी उसके पीछे-पीछे था। अन्दर से मकान का दरवाजा बन्द कर लिया गया, मगर जब मेरा बाप ऊपर के कमरे में जाने लगा, जहां मेरी मां रहा करती थी, तो मुझे सीढ़ी के नीचे खड़ा कर गया और कहता गया कि देखो जब मैं पुकारूं तो तुरत चले आना।

घण्टे-भर तक मैं खड़ा रहा। इसके बाद छत पर धमधमाहट मालूम होने लगी, मानो कई आदमी आपस में लड़ रहे हैं। अब मुझसे रहा न गया, हाथ में खंजर लेकर मैं ऊपर चढ़ गया और बेधड़क उस कमरे में घुस गया, जिसमें मेरा बाप था। इस समय धमधमाहट की आवाज बन्द हो गई थी और कमरे के अन्दर सन्नाटा था। भीतर की अवस्था देखकर मैं घबड़ा गया। वह औरत जो मेरी मां बनी हुई थी, वहां न थी। मेरा बाप जमीन पर पड़ा हुआ था, और उसके बदन से खून बह रहा था। मैं घबड़ाकर उसके पास गया और देखा कि वह बेहोश पड़ा है और उसके सिर और बाएं हाथ में तलवार की गहरी चोट लगी हुई है जिसमें से अभी तक खून निकल रहा है। मैंने अपनी धोती फाड़ी और पानी से जख्म धोकर बांधने के बाद बाप को होश में लाने की फिक्र करने लगा। थोड़ी देर बाद वह होश में आया और उठ बैठा।

मैं–मुझे ताज्जुब है कि एक औरत के हाथ से आप चोट खा गए!

बाप–केवल औरत ही न थी, यहां आने पर मैंने कई आदमी देखे, जिनके सबब से यहां तक नौबत आ पहुंची। अफसोस, वह किताब हाथ न लगी और मेरी जिन्दगी मुफ्त में बरबाद हुई!

मैं—ताज्जुब है कि इस मकान में लोग किस राह से आकर अपना काम कर जाते हैं, पहले भी कई दफे यह बात देखने में आई!

बाप—खैर, जो हुआ सो हुआ, अब मैं जाता हूं, गुमनाम रहकर अपने किए का फल भोगूंगा, यदि वह किताब हाथ लग गई और अपने माथे से बदनामी का टीका मिटा सका तो फिर तुमसे मिलूंगा, नहीं तो हरि-इच्छा। तुम इस मकान को मत छोड़ना और जो कुछ देख-सुन चुके हो, उसका पता लगाना। तुम्हारे घर में जो कुछ दौलत है, उसे हिफाजत से रखना और होशियारी से रहकर गुजारा करना तथा बन पड़े तो अपनी मां का भी पता लगाना।

बाप की बातें सुनकर मेरी अजब हालत हो गई, दिल धड़कने लगा, गला भर आया, आंसुओं ने आंखों के आगे पर्दा डाल दिया। मैं बहुत-कुछ कहना चाहता था मगर कह न सका। मेरे बाप ने देखते-देखते मकान के बाहर निकलकर न मालूम किधर का रास्ता लिया। उस समय मेरे हिसाब से दुनिया उजड़ गई थी और मैं बिना मां-बाप के, मुर्दे से भी बदतर हो रहा था। मेरे घर में जो उपद्रव हुआ था, उसका कुछ हाल नौकरों और लौंडियों को मालूम हो चुका था, मगर मेरे समझाने से उन लोगों ने छिपा लिया और बड़ी कठिनाई से मैं उस मकान में रहने और बीती हुई बातों का पता लगाने लगा।

प्रतिदिन आधी रात के समय मैं ऐयारी के सामान से दुरुस्त होकर उस समाधि के पास जाया करता, जहां मैं पहले दिन उस आदमी के पीछे-पीछे गया था, जो मेरी मां को चुराकर ले गया था। अब यहां से मैं अपने किस्से को बहुत ही संक्षेप में कहता हूं क्योंकि समय बहुत कम है।

एक दिन आधी रात के समय उसी समाधि के पास एक इमली के पेड़ पर चढ़कर मैं बैठा हुआ था और अपनी बदकिस्मती पर रो रहा था कि इतने में उस समाधि के अन्दर से एक आदमी निकला और पूरब की तरफ रवाना हुआ। मैं झटपट पेड़ से उतरा और पैर दबाता हुआ उसके पीछे-पीछे जाने लगा, इसलिए उसे मेरे आने की आहट कुछ भी मालूम न हुई। उस आदमी के हाथ में एक कपड़े का लिफाफा था। उस लिफाफे की सूरत ठीक उस खलीते की तरह थी जैसा प्रायः राजे और बड़े जमींदार लोग राजों-महाराजों के यहां चीठी भेजते समय लिफाफे की जगह काम में लाते हैं। यकायक मेरे जी में आया कि किसी तरह यह लिफाफा इसके हाथ से ले लेना चाहिए, इससे मेरा मतलब कुछ-न-कुछ जरूर निकलेगा।

वह लिफाफा अंधेरी रात के सबब मुझे दिखाई न देता, मगर राह चलते-चलते वह एक ऐसी दुकान के पास से होकर निकला जो बांस की जाफरीदार टट्टी से बन्द थी, मगर भीतर जलते हुए चिराग की रोशनी बाहर सड़क पर आने-जानेवाले के ऊपर बखूबी पड़ती थी। उसी रोशनी ने मुझे दिखा दिया कि इसके हाथ में एक बड़ा लिफाफा मौजूद है। मैंने उसके हाथ से किसी तरह लिफाफा ले लेने के बारे में अपनी

राय पक्की कर ली और कदम बढ़ाकर उसके पास जा पहुंचा। मैंने उसे धोखे में इस जोर से धक्का दिया कि वह किसी तरह सम्हल न सका और मुंह के बल जमीन पर गिर पड़ा। लिफाफा उसके हाथ से छूटकर दूर जा रहा जिसे मैंने फुर्ती से उठा लिया और वहां से भागा। जहां तक हो सका मैंने भागने में तेजी की। मुझे मालूम हुआ कि वह आदमी भी उठकर मुझे पकड़ने के लिए दौड़ा पर मुझे पा न सका। गलियों में घूमता और दौड़ता हुआ मैं अपने घर पहुंचा और दरवाजे पर खड़ा होकर दम लेने लगा। उस समय मेरे दरवाजे पर रामधनीसिंह नामी मेरा एक सिपाही पहरा दे रहा था। यह सिपाही नाटे कद का बहुत मजबूत और चालाक था, थोड़े ही दिनों से चौकीदारी के काम पर मेरे बाप ने इसे नौकर रखा था।

मुझे उम्मीद थी कि रामधनीसिंह दौड़ते हुए आने का कारण मुझसे पूछेगा मगर उसने कुछ भी न पूछा। दरवाजा खुलवाकर मैं मकान के अन्दर गया और दरवाजा बन्द करके अपने कमरे में पहुंचा। शमादन अभी तक जल रहा था। उस लिफाफे को खोलने के लिए मेरा जी बेचैन हो रहा था, आखिर शमादान के पास जाकर लिफाफा खोला। उस लिफाफे में एक चीठी और लोहे की एक ताली थी। वह ताली विचित्र ढंग की थी, उसमें छोटे-छोटे कई छेद और पत्तियां बनी हुई थीं, वह ताली जेब में रख लेने के बाद मैं चीठी पढ़ने लगा, यह लिखा हुआ था–"श्री 108 मनोरमा जी की सेवा में–

महीनों की मेहनत आज सफल हुई। जिस काम पर आपने मुझे तैनात किया था वह ईश्वर की कृपा से पूरा हुआ। रिक्तग्रन्थ मेरे हाथ लगा। आपने लिखा था कि–'हारीत[1] सप्ताह में मैं रोहतासगढ़ के तिलिस्मी तहखाने में रहूंगी, इस बीच में यदि रिक्तग्रन्थ (खून से लिखी हुई किताब) मिल जाए तो उसी तहखाने के बलिमण्डप में मुझसे मिलकर मुझे देना।' आज्ञानुसार रोहतासगढ़ के तहखाने में गया परन्तु आप न मिलीं। रिक्तग्रन्थ लेकर लौटने की हिम्मत न पड़ी क्योंकि तेजसिंह की गुप्त अमलदारी तहखाने में हो चुकी थी और उनके साथी ऐयार लोग चारों तरफ ऊधम मचा रहे थे। मैंने यह सोचकर कि यहां से निकलते समय शायद किसी ऐयार के पाले पड़ जाऊं और यह रिक्तग्रन्थ छिन जाए तो मुश्किल होगी, रिक्तग्रन्थ को चौबीस नम्बर की कोठरी में, जिसकी ताली आपने मुझे दे रखी थी रख दिया और खाली हाथ बाहर निकल आया। ईश्वर की कृपा से किसी ऐयार से मुलाकात न हुई, परन्तु दस्त की बीमारी ने मुझे बेकार कर दिया, मैं आपके पास आने लायक न रहा, लाचार अपने एक दोस्त के हाथ जिससे अचानक मुलाकात हो गई यह ताली आपके पास भेजता हूं। मुझे उम्मीद है कि वह आदमी चौबीस नम्बर की कोठरी को कदापि नहीं खोल सकता, जिसके पास यह ताली न हो, अस्तु अब आपको जब समय मिले,

---

1. ऐयारी भाषा में 'हारीत' देवीपूजा को कहते हैं।

रिक्तग्रन्थ मंगवा लीजिएगा और बाकी हाल पत्र ले जानेवाले के मुंह से सुनिएगा। मुझमें अब कुछ लिखने की ताकत नहीं, बस अब साधोराम को इस दुनिया में रहने की आशा नहीं, अब साधोराम आपके चरणों को नहीं देख सकता। यदि आराम हुआ तो पटने से होता हुआ सेवा में उपस्थित होऊंगा, यदि ऐसा न हुआ तो समझ लीजिएगा कि साधोराम नहीं रहा। इस पत्र को पाते ही नानक की मां को निपटा दीजिएगा।

आपका–साधोराम।''

इस चीठी के पाते ही मेरे दिल की मुरझाई कली खिल गई। निश्चय हो गया कि मेरी मां अभी जीती है, यदि वह चीठी ठिकाने पहुंच जाती तो उस बेचारी का बचना मुश्किल था। अब मैं यह सोचने लगा कि जिसके हाथ से यह चीठी मैंने ली है, वह साधोराम था या उसका कोई मित्र! परन्तु मेरी विचारशक्ति ने तुरन्त ही उत्तर दिया कि नहीं, वह साधोराम नहीं था, यदि वह होता तो अपने लिखे अनुसार उस सड़क से आता जो पटने की तरफ से आती है। साधोराम के मरने का दूसरा सबूत यह भी है कि यह चीठी और ताली काले खलीते (कपड़े के लिफाफे) के अन्दर है।

चीठी के ऊपर मनोरमा का नाम लिखा था, इससे निश्चय हो गया कि यह बिलकुल बखेड़ा मनोरमा ही का मचाया हुआ है। मैं मनोरमा को अच्छी तरह जानता था। त्रिलोचनेश्वर महादेव के पास उसका आलीशान मकान देखने से यही मालूम होता था कि वह किसी राजा की लड़की होगी मगर ऐसा नहीं था, हां उसका खर्च हद से ज्यादे बढ़ा हुआ था और आमदनी का ठिकाना कुछ मालूम नहीं होता था। दूसरी बात यह कि वह प्रचलित रीति पर ध्यान न देकर बेपर्द खुलेआम पालकी, तामझाम और कभी-कभी घोड़े पर सवार होकर बड़े ठाठ से घूमा करती और इसीलिए काशी के छोटे-बड़े सभी मनुष्य उसे पहचानते थे। उस चीठी के पढ़ने से मुझे विश्वास हो गया कि मनोरमा जरूर तिलिस्म से कुछ सम्बन्ध रखती है और मेरी मां उसी के कब्जे में है।

इस सोच में कि किस तरह अपनी मां को छुड़ाना और रिक्तग्रन्थ पर कब्जा करना चाहिए, कई दिन गुजर गए और इस बीच में उस ताली को मैं अपने मकान के बाहर किसी दूसरे ठिकाने हिफाजत से रख आया।

यहां तक अपना हाल कहकर नानक चुप हो रहा और झुककर बाहर की तरफ देखने लगा।

तेज–हां-हां, कहो, फिर क्या हुआ! तुम्हारा हाल बड़ा ही दिलचस्प है, बिलकुल बातें हमारे ही सम्बन्ध की हैं।

नानक–ठीक है, परन्तु अफसोस, इस समय मैं जो कुछ आपसे कह रहा हूं उससे मेरे बाप का कसूर और...

तेज–मैं समझ गया जो कुछ तुम कहा चाहते हो, मगर मैं सच्चे दिल से कहता हूं कि यद्यपि तुम्हारे बाप ने भारी जुर्म किया है और उसके विषय में हमारे तरफ से विज्ञापन दिया गया है कि जो कोई रिक्तग्रन्थ के चोर को गिरफ्तार करेगा उसे मुंहमांगा इनाम दिया जाएगा, तथापि तुम्हारे इस किस्से को सुनकर, जिसे तुम सचाई के साथ कह रहे हो, मैं वादा करता हूं कि उसका कसूर माफ कर दिया जाएगा और तुम जो कुछ नेकी हमारे साथ किया चाहते हो या करोगे उसके लिए धन्यवाद के साथ पूरा-पूरा इनाम दिया जाएगा। मैं समझता हूं कि तुम्हें अपना किस्सा अभी बहुत कुछ कहना है और इसमें भी कोई सन्देह नहीं कि जो कुछ तुम कहोगे मेरे मतलब की बात होगी, परन्तु इस बात का जवाब मैं सबसे पहले सुना चाहता हूं कि वह रिक्तग्रन्थ तुम्हारे कब्जे में है या नहीं? अथवा हम लोग उसके पाने की आशा कर सकते हैं या नहीं?

इसके पहले कि तेजसिंह की आखिरी बात का कुछ जवाब नानक दे, बाहर से यह आवाज आई–"यद्यपि रिक्तग्रन्थ नानक के कब्जे में अब नहीं है तथापि तुम उसे उस अवस्था में पा सकते हो जब अपने को उसके पाने योग्य साबित करो!" इसके बाद खिलखिलाकर हंसने की आवाज आई।

इस आवाज ने दोनों ही को परेशान कर दिया, दोनों ही को दुश्मन का शक हुआ। नानक ने सोचा कि शायद मायारानी का कोई ऐयार आ गया और उसने छिपकर मेरा किस्सा सुन लिया, अब यहां से निकलना या जान बचाकर भागना बहुत मुश्किल है, तेजसिंह को भी यह निश्चय हो गया कि नानक द्वारा जो कुछ भलाई की आशा हुई थी, अब निराशा के साथ बदल गई।

दोनों ऐयार उसे ढूंढ़ने के लिए उठे जिसकी आवाज ने यकायक उन दोनों को चौंका और होशियार कर दिया था। दो कदम भी आगे न बढ़े थे कि फिर आवाज आई, "क्यों कष्ट करते हो, मैं स्वयं तुम्हारे पास आता हूं।" साथ ही इसके एक आदमी इन दोनों की तरफ आता हुआ दिखाई पड़ा। जब वह पास पहुंचा तो बोला, "ऐ तेजसिंह और नानक, तुम दोनों मुझे अच्छी तरह देख और पहचान लो, मैं तुमसे कई दफे मिलूंगा, देखो भूलना मत।"

तेजसिंह और नानक ने उस आदमी को अच्छी तरह देखा। उसका कद नाटा और रंग सांवला था। घनी और स्याह दाढ़ी और मूंछों ने उसका आधा चेहरा छिपा रखा था। उसकी आंखें बड़ी-बड़ी मगर बहुत ही सुर्ख और चमकीली थीं, हाथ-पैर से मजबूत और फुर्तीला जान पड़ता था। माथे पर सुफेद चार अंगुल जगह घेरे हुए रामानन्दी तिलक था जिस पर देखनेवाले की निगाह सबसे पहले पड़ सकती थी, परन्तु ऐसी अवस्था होने पर भी उसका चेहरा नमकीन और खूबसूरत था तथा देखने वाले का दिल उसकी तरफ खिंच जाना कोई ताज्जुब न था। उसकी पोशाक बेशकीमत और चुस्त मगर कुछ भूंडी थी। स्याह पायजामा, सुर्ख अंगा, जिसमें बड़े-बड़े कई जेब

किसी चीज से भरे हुए थे, और सब्ज रंग के मुंड़ासे की तरफ ध्यान देने से हंसी आती थी, एक खंजर बगल में और दूसरा हाथ में लिये हुए था।

तेजसिंह ने बड़े गौर से उसे देखा और पूछा, "क्या तुम अपना नाम बता सकते हो?" जिसके जवाब में उसने कहा, "नहीं, मगर चण्डूल के नाम से आप मुझे बुला सकते हैं।"

तेज–जहां तक मैं समझता हूं, आप इस नाम के योग्य नहीं हैं।

चण्डूल–चाहे न हों।

तेज–खैर, यह भी कह सकते हो कि तुम्हारा आना यहां क्यों हुआ?

चण्डूल–इसलिए कि तुम दोनों को होशियार कर दूं कि कल शाम के वक्त उन आठ आदमियों के खून से इस बाग की क्यारियां रंगी जाएंगी जो फंसकर यहां आ चुके हैं।

तेज–क्या उनके नाम भी बता सकते हो?

चण्डूल–हां, सुनो–राजा बीरेन्द्रसिंह एक, रानी चन्द्रकान्ता दो, इन्द्रजीतसिंह तीन, आनन्दसिंह चार, किशोरी पांच, कामिनी छह, तेजसिंह सात, नानक आठ।

तेज–(घबड़ाकर) यह तो मैं जानता हूं कि दोनों कुमार और उनके ऐयार मायारानी के फंदे में फंसकर यहां आ चुके हैं मगर राजा बीरेन्द्रसिंह और चन्द्रकान्ता तो...

चण्डूल–हां-हां, वे दोनों भी फंसकर यहां आ चुके हैं, पूछो नानक से।

नानक–(तेजसिंह की तरफ देखकर) हां, ठीक है, अपना किस्सा कहने के बाद राजा बीरेन्द्रसिंह और रानी चन्द्रकान्ता का हाल मैं आपसे कहने ही वाला था, मगर मुझे यह बात अच्छी तरह मालूम नहीं है कि वे लोग क्योंकर मायारानी के फन्दे में फंसे।

चण्डूल–(नानक से) अब विशेष बातों का मौका नहीं है, तेजसिंह से जो कुछ करते बनेगा कर लेंगे, मैं इस समय तुम्हारे लिए आया हूं, आओ और मेरे साथ चलो।

नानक–मैं तुम पर विश्वास करके तुम्हारे साथ क्योंकर चल सकता हूं?

चण्डूल–(कड़ी निगाह से नानक की तरफ देखके और हुकूमत के साथ) लुच्चा कहीं का! अच्छा सुन, एक बात मैं तेरे कान में कहा चाहता हूं।

इतना कहकर चण्डूल चार-पांच कदम पीछे हट गया। उसकी डपट और बात ने नानक के दिल पर कुछ ऐसा असर किया कि वह अपने को उसके पास जाने से रोक न सका। नानक चण्डूल के पास गया मगर अपने को हर तरह सम्हाले और अपना दाहिना हाथ खंजर के कब्जे पर रखे हुए था। चण्डूल ने झुककर नानक के कान में कुछ कहा जिसे सुनते ही नानक दो कदम पीछे हट गया और बड़े गौर से उसकी सूरत देखने लगा। थोड़ी देर तक यही अवस्था रही, इसके बाद नानक ने तेजसिंह की तरफ देखा और कहा, "माफ कीजिएगा, लाचार होकर मुझे इनके साथ

जाना ही पड़ा, अब मैं बिलकुल इनके कब्जे में हूं यहां तक कि मेरी जान भी इनके हाथ नें है।" इसके बाद नानक ने कुछ न कहा। वह चण्डूल के साथ चला गया और पेड़ों की आड़ में घूम-फिरकर देखते-देखते नजरों से गायब हो गया।

अब तेजसिंह फिर अकेले पड़ गए। तरह-तरह के खयालों ने चारों तरफ से आकर उन्हें घेर लिया। नानक की जुबानी जो कुछ उन्होंने सुना था उससे बहुत-सी भेद की बातें मालूम हुई थीं और अभी बहुत-कुछ मालूम होने की आशा थी, परन्तु नानक अपना किस्सा पूरा कहने भी न पाया था कि इस चण्डूल ने आकर दूसरा ही रंग मचा दिया जिससे तरद्दुद और घबड़ाहट सौ गुनी ज्यादे बढ़ गई। बिछावन पर पड़े-पड़े वे तरह-तरह की बातें सोचने लगे।

'नानक की बातों से विश्वास होता है कि उसने अपना हाल जो कुछ कहा, सही-सही कहा, मगर उसके किस्से में कोई ऐसा पात्र नहीं आया जिसके बारे में चण्डूल होने का अनुमान किया जाए। फिर यह चण्डूल कौन है जिसकी थोड़ी-सी बात से जो उसने झुककर नानक के कान में कही, नानक घबड़ा गया और उसके साथ जाने पर मजबूर हो गया! हाय यह कैसी भयानक खबर सुनने में आई कि अब शीघ्र ही राजा बीरेन्द्रसिंह, रानी चन्द्रकान्ता तथा दोनों कुमार और ऐयार लोग इस बाग में मारे जाएंगे। बेचारे राजा बीरेन्द्रसिंह और रानी चन्द्रकान्ता के बारे में भी अब ऐसी बातें!...ओफ न मालूम अब ईश्वर क्या किया चाहता है! मगर हिम्मत न हारनी चाहिए, आदमी की हिम्मत और बुद्धि की जांच ऐसी ही अवस्था में होती है। ऐयारी का बटुआ और खंजर अभी मेरे पास मौजूद है, कोई-न-कोई उद्योग करना चाहिए, और वह भी जहां तक हो सके शीघ्रता के साथ।'

इन्हीं सब विचारों और गम्भीर चिन्ताओं में तेजसिंह डूबे हुए थे और सोच रहे थे कि अब क्या करना उचित है कि इतने ही में सामने से आती हुई मायारानी दिखाई पड़ी। इस समय वह असली बिहारीसिंह (जिसकी सूरत तेजसिंह ने बदल दी थी और अभी तक खुद जिसकी सूरत में थे) और हरनामसिंह तथा और भी कई ऐयारों और लौंडियों से घिरी हुई थी। इस समय सबेरा अच्छी तरह हो चुका था और सूर्य की लालिमा ऊंचे-ऊंचे पेड़ों की डालियों पर फैल चुकी थी।

मायारानी तेजसिंह के पास आई और असली बिहारीसिंह ने आगे बढ़कर तेजसिंह से कहा, "धर्मावतार बिहारीसिंह, मिजाज दुरुस्त है या अभी तक आप पागल ही हैं?"

तेज–अब मुझे बिहारीसिंह कहकर पुकारने की आवश्यकता नहीं, क्योंकि आप जान ही गए हैं कि यह पागल असल में राजा बीरेन्द्रसिंह का कोई ऐयार है और अब आपको यह जानकर हद दर्जे की खुशी होगी कि यह पागल बिहारीसिंह वास्तव में ऐयारों के गुरुघंटाल तेजसिंह हैं जिनकी बढ़ी हुई हिम्मतों का मुकाबला करनेवाला इस दुनिया में कोई नहीं है और जो इस कैद की अवस्था में भी अपनी हिम्मत और बहादुरी का दावा करके कुछ कर गुजरने की नीयत रखता है।

बिहारी–ठीक है, मगर अब आप ऐयारों के गुरुघंटाल की पदवी नहीं रख सकते, क्योंकि आपकी अनमोल ऐयारी यहां मिट्टी में मिल गई और अब शीघ्र ही हथकड़ी-बेड़ी भी आपके नजर की जाएगी।

तेज–अगर तुम मेरी ऐयारी चौपट कर चुके थे तो ऐयारी का बटुआ और खंजर भी ले लिये होते! यह गुरुघंटाल ही का काम था कि पागल होने पर भी ऐयारी का बटुआ और खंजर किसी के हाथ में जाने न दिया। बाकी रही बेड़ी सो मेरा चरण कोई छू नहीं सकता जब तक हाथ में खंजर मौजूद है! (हाथ में खंजर लेकर और दिखाकर) वह कौन-सा हाथ है जो हथकड़ी लेकर इसके सामने आने की हिम्मत रखता है।

बिहारी–मालूम होता है कि इस समय तुम्हारी आंखें केवल मुझी को देख रही हैं, उन लोगों को नहीं देखतीं जो मेरे साथ हैं, अतएव सिद्ध हो गया कि तुम पागल होने के साथ-साथ अन्धे भी हो गए, नहीं तो...

बिहारीसिंह की बात पूरी न हुई थी कि बगल की एक कोठरी का दरवाजा खुला और वही चण्डूल फुर्ती के साथ निकलकर सभों के बीच में आ खड़ा हुआ जिसे देखते ही मायारानी और उसके साथियों की हैरानी का कोई ठिकाना न रहा। केवल इतना ही नहीं, बल्कि यह भी मालूम हुआ कि उस कोठरी में और भी कई आदमी हैं जिसके अन्दर से चण्डूल निकला था, क्योंकि उस कोठरी का दरवाजा चण्डूल ने खुला ही छोड़ दिया था और उसके अन्दर के आदमी कुछ-कुछ दिखाई पड़ रहे थे।

चण्डूल–(मायारानी और उसके साथियों की तरफ देखकर) यह कहने की कोई जरूरत नहीं कि मैं कौन हूं, हां, अपने आने का सबब जरूर कहूंगा। मुझे एक लौंडी और एक गुलाम की जरूरत है, कहो, तुम लोगों में से किसे चुनूं, (मायारानी की तरफ इशारा करके) मैं समझता हूं कि इसी को अपनी लौंडी बनाऊं, और (बिहारीसिंह की तरफ इशारा करके) इसे गुलाम की पदवी दूं।

बिहारी–तू कौन है जो इस बेअदबी के साथ बातें कर रहा है। (मायारानी की तरफ इशारा करके) तू जानता नहीं कि ये कौन हैं?

चण्डूल–(हंसकर) मेरी शान में चाहे कोई कैसी ही कड़ी बात कहे, मगर मुझे क्रोध नहीं आता क्योंकि मैं जानता हूं कि सिवा ईश्वर के कोई दूसरा मुझसे बड़ा नहीं है, और मेरे सामने खड़ा होकर जो बातें कर रहा है वह तो गुलाम के बराबर भी हैसियत नहीं रखता! मैं क्या जानूं कि (मायारानी की तरफ इशारा करके) यह कौन है? हां, यदि मेरा हाल जानना चाहते हो तो मेरे पास आओ और कान में सुनो कि मैं क्या कहता हूं।

बिहारी–हम ऐसे बेवकूफ नहीं हैं कि तुम्हारे चकमे में आ जाएं।

चण्डूल–क्या तू समझता है कि मैं उस समय तुझ पर वार करूंगा, जब तू कान झुकाए हुए मेरे पास आकर खड़ा होगा?

बिहारी–बेशक ऐसा ही है।

चण्डूल–नहीं-नहीं, यह काम हमारे जैसे बहादुरों का नहीं है। अगर डरता है तो किनारे चल, मैं दूर ही से जो कुछ कहना है, कह दूं, जिससे कोई दूसरा न सुने!

बिहारी–(कुछ सोचकर) ओफ, मैं तुझ जैसे कमजोर से डरनेवाला नहीं, कह, क्या कहता है।

यह कहकर बिहारीसिंह उसके पास गया और झुककर सुनने लगा कि वह क्या कहता है?

न मालूम चण्डूल ने बिहारीसिंह के कान में क्या कहा, न मालूम उन शब्दों में कितना असर था, न मालूम वह बात कैसे-कैसे भेदों से भरी हुई थी, जिसने बिहारीसिंह को अपने आपे से बाहर कर दिया। वह घबड़ाकर चण्डूल को देखने लगा, उसके चेहरे का रंग जर्द हो गया और बदन में थरथराहट पैदा हो गई।

चण्डूल–क्यों, अगर अच्छी तरह न सुन सका हो तो जोर से पुकारके कहूं जिससे और लोग भी सुन लें।

बिहारी–(हाथ जोड़कर) बस-बस, क्षमा कीजिए, मैं आशा करता हूं कि आप अब दोहराकर उन शब्दों को श्रीमुख से न निकालेंगे, मुझे यह जानने की भी आवश्यकता नहीं कि आप कौन हैं, चाहे जो भी हों।

माया–(बिहारी से) उसने तुम्हारे कान में क्या कहा जिससे तुम घबड़ा गए?

बिहारी–(हाथ जोड़कर) माफ कीजिए, मैं इस विषय में कुछ भी नहीं कह सकता।

माया–(कड़ी आवाज में) क्या मैं वह बात सुनने योग्य नहीं हूं?

बिहारी–कह तो चुका कि उन शब्दों को अपने मुंह से नहीं निकाल सकता।

माया–(आंखें लाल करके) क्या तुझे अपनी ऐयारी पर घमंड हो गया? क्या तू अपने को भूल गया या इस बात को भूल गया कि मैं क्या कर सकती हूं और मुझमें कितनी ताकत है?

बिहारी–मैं आपको और अपने को खूब जानता हूं, मगर इस विषय में कुछ नहीं कह सकता। आप व्यर्थ खफा होती हैं, इसमें कोई काम न निकलेगा।

माया–मालूम हो गया कि तू भी असली बिहारीसिंह नहीं है। खैर, क्या हर्ज है, समझ लूंगी! (चण्डूल की तरफ देखके) क्या तू भी दूसरे को वह बात नहीं कह सकता?

चण्डूल–जो कोई मेरे पास आवेगा उसके कान में मैं कुछ कहूंगा। मगर इसका वादा नहीं कर सकता कि वही बात कहूंगा या हर एक को नई-नई बात का मजा चखाऊंगा।

माया–क्या यह भी नहीं कह सकता कि तू कौन है और इस बाग में किस राह से आया है?

चण्डूल–मेरा नाम चण्डूल है, आने के विषय में तो केवल इतना ही कह देना काफी है कि मैं सर्वव्यापी हूं, जहां चाहूं पहुंच सकता हूं। हां, कोई नई बात सुनना चाहती हो तो मेरे पास आओ और सुनो।

हरनाम–(मायारानी से) पहले मुझे उसके पास जाने दीजिए, (चण्डूल के पास जाकर) अच्छा, लो कहो, क्या कहते हो?

चण्डूल ने हरनामसिंह के कान में भी कोई बात कही। उस समय हरनामसिंह चण्डूल की तरफ कान झुकाए जमीन की तरफ देख रहा था। चण्डूल कान में कुछ कहके दो कदम पीछे हट गया मगर हरनामसिंह ज्यों-का-त्यों झुका हुआ खड़ा ही रह गया। यदि उस समय, उसे कोई नया आदमी देखता तो यही समझता कि यह पत्थर का पुतला है। मायारानी को बड़ा ही आश्चर्य हुआ, कई सायत बीत जाने पर भी जब हरनामसिंह वहां से न हिला तो उसने पुकारा, "हरनाम!" उस समय वह चौंका और चारों तरफ देखने लगा, जब चण्डूल पर निगाह पड़ी तो मुंह फेर लिया और बिहारीसिंह के पास जा सिर पर हाथ रखकर बैठ गया।

माया–हरनाम, क्या तू भी बिहारी का साथी हो गया? वह बात मुझसे न कहेगा जो अभी तूने सुनी है?

हरनाम–मैं इसी वास्ते यहां आ बैठा हूं कि आखिर तुम रंज होकर मेरा सिर काट लेने का हुक्म दोगी ही क्योंकि तुम्हारा मिजाज बड़ा क्रोधी है। मगर, लाचार हूं, मैं वह बात कदापि नहीं कह सकता।

माया–मालूम होता है कि यह आदमी कोई जादूगर है। अस्तु, मैं हुक्म देती हूं कि यह फौरन गिरफ्तार किया जाए!

चण्डूल–गिरफ्तार होने के लिए तो मैं आया ही हूं, कष्ट उठाने की क्या आवश्यकता है? लीजिए स्वयं मैं आपके पास आता हूं, हथकड़ी-बेड़ी कहां हैं, लाइए!

इतना कहकर चण्डूल तेजी के साथ मायारानी के पास गया और जब तक वह अपने को सम्हाले, झुककर उसके कान में न मालूम क्या कह दिया कि उसकी अवस्था बिलकुल ही बदल गई। बिहारीसिंह और हरनामसिंह तो बात सुनने के बाद इस लायक भी रहे थे कि किसी की बात सुनें और उसका जवाब दें मगर, मायारानी इस लायक भी न रही। उसके चेहरे पर मुर्दनी छा गई तथा वह घूमकर जमीन पर गिर पड़ी और बेहोश हो गई। बिहारीसिंह और हरनामसिंह को छोड़कर बाकी जितने आदमी उसके साथ आए थे, सभों में खलबली मच गई और सभों को इस बात का डर बैठ गया कि चण्डूल उनके कान में भी कोई ऐसी बात न कह दे जिससे मायारानी की-सी अवस्था हो जाए।

घण्टा-भर बीत गया पर मायारानी होश में न आई। चण्डूल, तेजसिंह के पास गया और उनके कान में भी कोई बात कही, जिसके जवाब में तेजसिंह ने केवल इतना ही कहा, "मैं तैयार हूं!"

तेजसिंह का हाथ पकड़े हुए चण्डूल उसी कोठरी में चला गया जिसमें से बाहर निकला था। अन्दर जाने के बाद दरवाजा बखूबी बन्द कर लिया। मायारानी के साथियों में से किसी की भी हिम्मत न पड़ी कि चण्डूल को या तेजसिंह को जाने से रोके। जिस समय चण्डूल यकायक कोठरी का दरवाजा खोलकर बाहर निकला था, उस समय मालूम होता था कि उस कोठरी के अन्दर और भी कई आदमी हैं। मगर, उस समय तेजसिंह ने वहां सिवाय अपने और चण्डूल के और किसी को भी न पाया। उधर मायारानी जब होश में आई तो बिहारीसिंह, हरनामसिंह तथा अपने और साथियों को लेकर खास महल में चली गई। उसके दोनों ऐयार बिहारीसिंह और हरनामसिंह अपने मालिक के वैसे ही ताबेदार और खैरख्वाह बने रहे, जैसे थे मगर, चण्डूल की कही हुई बात वे दोनों अपने मुंह से कभी भी निकाल नहीं सकते थे। जब-जब चण्डूल का ध्यान आता, बदन के रोंगटे खड़े हो जाते थे और ठीक यही अवस्था मायारानी की भी थी। मायारानी को यह भी निश्चय हो गया कि चण्डूल नकली बिहारीसिंह अर्थात् तेजसिंह को छुड़ा ले गया।

चौथा बयान

शाम का वक्त है। सूर्य भगवान अस्त हो चुके हैं, तथापि पश्चिम की तरफ आसमान पर कुछ-कुछ लाली अभी तक दिखाई दे रही है। ठण्डी हवा मन्द गति से चल रही है। गरमी तो नहीं मालूम होती लेकिन इस समय की हवा बदन में कंपकंपी भी पैदा नहीं कर सकती। हम इस समय आपको एक ऐसे मैदान की तरफ ध्यान देने के लिए कहते हैं, जिसकी लम्बाई और चौड़ाई का अन्दाज करना कठिन है। जिधर निगाह दौड़ाइए, सन्नाटा नजर आता है। कोई पेड़ भी ऐसा नहीं है, जिसके पीछे या जिस पर चढ़कर कोई आदमी अपने को छिपा सके। हां, पूरब की तरफ निगाह कुछ ठोकर खाती है और एक धुंधली चीज को देखकर गौर करनेवाला कह सकता है कि उस तरफ शायद कोई छोटी-सी पहाड़ी या पुराने जमाने का कोई ऊंचा टीला है।

ऐसे मैदान में तीन औरतें घोड़ियों पर सवार धीरे-धीरे उसी तरफ जा रही हैं, जिधर उस टीले या छोटी पहाड़ी की स्याही मालूम हो रही है। यद्यपि उन औरतों की पोशाक जनाना वजः की है मगर, फिर भी चुस्त और दक्षिणी ढंग की है। तीनों के चेहरे पर नकाब पड़ी है, तथापि बदन की सुडौली और कलाई तथा नाजुक उंगलियों पर ध्यान देने से देखनेवाले के दिल में यह बात जरूर पैदा होगी कि ये तीनों ही नाजुक, नौजवान और खूबसूरत हैं। इन औरतों के विषय में हम अपने पाठकों को ज्यादे देर तक खटके में न डालकर इसी समय इनका परिचय दे देना उत्तम समझते

हैं। वह देखिए ऊंची और मुश्की घोड़ी पर जो सवार है, वह मायारानी है। चोगर आंखोंवाली सुफेद पचकल्यान घोड़ी पर जो पटरी जमाए वह उसकी छोटी बहिन लाडिली है, जिसे अभी तक हम रामभोली के नाम से लिखते चले आए हैं, और सब्जी घोड़ी पर सवार चारों तरफ निगाह दौड़ा-दौड़ाकर देखनेवाली धनपति है। ये तीनों आपुस में धीरे-धीरे बातें करती जा रही हैं। लीजिए तीनों ने अपने चेहरों पर से नकाबें उलट दीं, अब हमें तीनों की बातों पर ध्यान देना उचित है।

माया–न मालूम वह चण्डूल कमबख्त तीसरे नम्बर के बाग में क्योंकर जा पहुंचा! इसमें तो कुछ सन्देह नहीं कि जिस राह से हम लोग आते-जाते हैं उस राह से वह नहीं गया था।

लाडिली–तिलिस्म बनानेवालों ने वहां पहुंचने के लिए और कई रास्ते बनाए हैं, शायद उन्हीं रास्तों में से कोई रास्ता उसे मालूम हो गया हो।

धनपति–मगर उन रास्तों का हाल किसी दूसरे को मालूम हो जाना तो बड़ी भयानक बात है।

माया–और यह एक ताज्जुब की बात है कि उन रास्तों का हाल जब मुझको, जो तिलिस्म की रानी कहलाती हूं, नहीं मालूम तो किसी दूसरे को कैसे मालूम हुआ!

लाडिली–ठीक है, तिलिस्म की बहुत-सी बातें ऐसी हैं, जो तुम्हें मालूम हैं। मगर नियमानुसार तुम मुझसे भी नहीं कह सकती हो। हां, उन रास्तों का हाल जीजाजी[1] को जरूर मालूम था। अफसोस, उन्हें मरे पांच वर्ष हो गए, अगर जीते होते तो...

माया–(कुछ घबड़ाकर और जल्दी से) तुम कैसे जानती हो कि उन रास्तों का हाल उन्हें मालूम था?

लाडिली–हंसी-हंसी में उन्होंने एक दिन मुझसे कहा था कि बाग के तीसरे दर्जे में जाने के लिए पांच रास्ते हैं, बल्कि वे मुझे अपने साथ वहां ले चलकर नया रास्ता दिखाने को तैयार भी थे मगर मैं तुम्हारे डर से उनके साथ न गई।

माया–आज तक तूने यह हाल मुझसे क्यों न कहा?

लाडिली–मेरी समझ में यह कोई जरूरी बात न थी, जो तुमसे कहती।

लाडिली की बात सुन मायारानी चुप हो गई और बड़े गौर में पड़ गई। उसकी अवस्था और उसकी सूरत पर ध्यान देने से मालूम होता था कि लाडिली की बात से उसके दिल पर एक सख्त सदमा पहुंचा है और वह थोड़ी देर के लिए अपने को बिलकुल ही भूल गई है। मायारानी की ऐसी अवस्था क्यों हो गई और इस मामूली-सी बात से उसके दिल पर क्यों चोट लगी, इसका सबब उसकी छोटी बहिन लाडिली भी न समझ सकी। कदाचित् यह कहा जाए कि वह अपने पति को याद करके इस अवस्था में पड़ गई, सो भी नहीं हो सकता, क्योंकि लाडिली खूब जानती थी कि मायारानी अपने खूबसूरत, हंसमुख और नेक चाल-चलनवाले पति को कुछ भी नहीं

1. जीजाजी से मतलब मायारानी के पति से है जो लाडिली का बहनोई था।

चाहती थी। इस समय लाडिली के दिल में एक तरह का खुटका पैदा हुआ और शक की निगाह से मायारानी की तरफ देखने लगी, मगर मायारानी कुछ भी नहीं जानती थी कि उसकी छोटी बहिन उसे किस निगाह से देख रही है। लगभग दो सौ कदम चले जाने के बाद वह चौंकी और लाडिली की तरफ जरा-सा मुंह फेरकर बोली, "हां, तो वह उन रास्तों का हाल जानता था?"

लाडिली के दिल में और भी खुटका हुआ बल्कि इस बात का रंज हुआ कि मायारानी ने अपने पति या लाडिली के प्यारे बहनोई की तरफ ऐसे शब्दों में इशारा किया जो किसी नीच या खिदमतगार तथा नौकर के लिए बरता जाता है। लाडिली का ध्यान धनपति की तरफ भी गया जिसके चेहरे पर उदासी और रंज की निशानी मामूली से कुछ ज्यादे पाई जाती थी और जिसकी घोड़ी भी पांच-सात कदम पीछे रह गई थी। मगर मायारानी और धनपति की ऐसी अवस्था ज्यादे देर तक न रही, उन दोनों ने बहुत जल्द अपने को सम्हाला और फिर मामूली तौर पर बातचीत करने लगीं।

धनपति–अब वह टीला भी आ पहुंचा, देखा चाहिए बाबाजी से मुलाकात होती है या नहीं!

माया–मुलाकात अवश्य होगी क्योंकि वे कहीं नहीं जाते, मगर अब मेरा जी नहीं चाहता कि वहां तक जाऊं या उनसे मिलूं।

लाडिली–सो क्यों! तुम तो बड़े उत्साह से उनसे मिलने के लिए आई हो!

माया–ठीक है, मगर अब जो मैं सोचती हूं तो यही जान पड़ता है कि बेचारे बाबाजी इन सब बातों का जवाब कुछ भी न दे सकेंगे।

लाडिली–खैर, जब इतनी दूर आ चुकी हो तो अब लौट चलना भी उचित नहीं।

माया–नहीं, अब मैं वहां न जाऊंगी!

इतना कहकर मायारानी ने घोड़ी फेरी, लाचार होकर लाडिली और धनपति को भी घूमना पड़ा, मगर इस कार्रवाई से लाडिली के दिल का शक और भी ज्यादे हुआ और उसे निश्चय हो गया कि मेरी बात से मायारानी के दिल पर गहरी चोट बैठी है मगर इसका सबब क्या है सो कुछ भी नहीं मालूम होता।

मायारानी ने जैसे ही घोड़ी की बाग फेरी, वैसे ही उसकी निगाह तेजसिंह पर पड़ी जो तीर और कमान हाथ में लिये बहुत दूर से कदम बढ़ाए इन तीनों के पीछे-पीछे आ रहे थे। मायारानी तेजसिंह को अच्छी तरह जानती थी। यद्यपि इस समय कुछ अंधेरा हो गया था परन्तु मायारानी की तेज निगाहों ने तेजसिंह को तुरन्त ही पहचान लिया और इसके साथ ही वह तलवार खैंचकर तेजसिंह पर झपटी।

मायारानी को नंगी तलवार लिये झपटते देख तेजसिंह ने ललकारके कहा, "खबरदार, आगे न बढ़ना, नहीं तो एक ही तीर में काम तमाम कर दूंगा!"

तेजसिंह के ललकारने से मायारानी रुक गई मगर धनपति से न रहा गया। वह तलवार खैंचकर यह कहती हुई आगे बढ़ी, "मैं तेरे तीर से डरनेवाली नहीं!"

तेज–मालूम होता है तुझे अपनी जान प्यारी नहीं है, इसे खूब समझ लीजियो कि तेजसिंह के हाथ से छूटा तीर खाली न जाएगा।

धनपति–मालूम होता है कि तू केवल एक तीर ही से हम तीनों को डराकर अपना काम निकालना चाहता है। अफसोस, इस समय मेरे पास तीर-कमान नहीं है, यदि होता तो तुझे जान पड़ता कि तीर चलाना किसे कहते हैं?

तेज–(हंसकर) न मालूम तूने औरत होने पर भी अपने को क्या समझ रखा है? खैर, अब मैं एक कमसिन औरत पर तीर न चलाऊंगा।

इतना कहकर तेजसिंह ने तीर तरकस में रख लिया और कमान बगल में लटकाने के बाद ऐयारी के बटुए में से एक छोटा-सा लोहे का गोला निकालकर सामने खड़े हो गए और धनपति को वह गोला दिखाकर बोले, "तुम लोगों के लिए यही बहुत है, मगर मैं फिर कहे देता हूं कि मुझ पर तलवार चलाकर भलाई की आशा मत रखियो!"

धनपति–(मायारानी की तरफ इशारा करके) क्या तू जानता नहीं कि यह कौन हैं?

तेज–मैं तुम तीनों को खूब जानता हूं और यह भी जानता हूं कि मायारानी सैंतालीस नम्बर की कोठरी को पवित्र करके बेवा हो गई और इस बात को पांच वर्ष का जमाना हो गया।

इतना कहकर मुस्कुराते हुए तेजसिंह ने एक भेद की निगाह मायारानी पर डाली और देखा कि मायारानी का चेहरा पीला पड़ गया और शर्म से उसकी आंखें नीचे की तरफ झुकने लगीं। मगर यह अवस्था उसकी बहुत देर तक न रही, तेजसिंह के मुंह से बात निकलने के बाद जैसे ही लाडिली की ताज्जुब-भरी निगाह मायारानी पर पड़ी, वैसे ही मायारानी ने अपने को सम्हालकर धनपति की तरफ देखा।

अब धनपति अपने को रोक न सकी, उसने घोड़ी बढ़ाकर तेजसिंह पर तलवार का वार किया। तेजसिंह ने फुर्ती से वार खाली देकर अपने को बचा लिया और वही लोहे का गोला धनपति की घोड़ी के सिर में इस जोर से मारा कि वह सम्हल न सकी और सिर हिलाकर जमीन पर गिर पड़ी। लोहे का गोला छिटककर दूर जा गिरा और तेजसिंह ने लपककर उसे उठा लिया।

आशा थी कि घोड़ी के गिरने से धनपति को भी कुछ चोट लगेगी मगर वह घोड़ी पर से उछल, कुछ दूर जा रही और बड़ी चालाकी से गिरते-गिरते उसने अपने को बचा लिया। तेजसिंह फिर वही गोला लेकर सामने खड़े हो गए।

तेज–(गोला दिखाकर) इस गोले की करामात देखी? अगर अबकी फिर वार करने का इरादा करेगी तो यह गोला तेरे घुटने पर बैठेगा और तुझे लंगड़ी होकर

मायारानी का साथ देना पड़ेगा। मैं यह नहीं चाहता कि तुम लोगों को इस समय जान से मारूं, मगर हां, उस समय जिस काम के लिए आया हूं, उसे किए बिना लौट जाना भी मुनासिब नहीं समझता।

माया–अच्छा बताओ, तुम हम लोगों के पीछे-पीछे क्यों आए हो और क्या चाहते हो?

तेज–(लाडिली की तरफ इशारा करके) केवल इनसे एक बात कहनी है और कुछ नहीं।

लाडिली–कहो, क्या कहते हो?

तेज–मैं इस तरह नहीं कहा चाहता कि तुम्हारे सिवाय कोई दूसरा सुने, इन दोनों से अलग होकर सुन लो फिर मैं चला जाऊंगा। डरो मत, मैं दगाबाज नहीं हूं, यदि चाहूं तो ललकारकर तुम तीनों को यमलोक पहुंचा सकता हूं, मगर नहीं, तुमसे केवल एक बात कहने के लिए आया हूं जिसके सुनने का अधिकार सिवाय तुम्हारे और किसी को नहीं है।

कुछ सोचकर लाडिली वहां से हट गई और कुछ दूर जाकर तेजसिंह की तरफ देखने लगी मानो वह तेजसिंह की बात सुनने के लिए तैयार हो। तेजसिंह लाडिली के पास गए और बटुए में से एक चीठी निकाल उसके हाथ में देकर बोले, "इसे जल्द पढ़ लो, देखो, मायारानी को इसका हाल न मालूम हो!"

लाडिली ने बड़े गौर से वह चीठी पढ़ी और इसके बाद टुकड़े-टुकड़े कर फेंक दी।

तेज–इसका जवाब?

लाडिली–केवल इतना ही कह देना कि 'बहुत अच्छा!'

अब तेजसिंह को ठहरने की कोई जरूरत न थी। उन्होंने उत्तर का रास्ता लिया, मगर घूम-घूमकर देखते जाते थे कि पीछे कोई आता तो नहीं। तेजसिंह के जाने के बाद मायारानी ने लाडिली से पूछा, "वह चीठी किसकी थी और उसमें क्या लिखा था!" लाडिली ने असल भेद तो छिपा रखा, मगर कोई विचित्र बात गढ़कर उस समय मायारानी की दिलजमई कर दी।

पांचवां बयान

पाठकों को याद होगा कि भूतनाथ को नागर ने एक पेड़ के साथ बांध रखा है। यद्यपि भूतनाथ ने अपनी चालाकी और तिलिस्मी खंजर की मदद से नागर को बेहोश कर दिया मगर देर तक उसके चिल्लाने पर भी वहां कोई उसका मददगार न पहुंचा और नागर फिर से होश में आकर उठ बैठी।

नागर–अब मुझे मालूम हुआ कि तेरे पास भी एक अद्भुत वस्तु है।

भूतनाथ—जो अब तुम्हारी होगी।

नागर—नहीं, जिसके छूने से मैं बेहोश हो गई, उसे अपने पास क्योंकर रख सकती हूं! मगर मालूम होता है कि कोई ऐसी चीज भी तेरे पास जरूर है जिसके सबब से इस खंजर का असर तुझ पर नहीं होता। खैर, मैं तेरा यह तीसरा कसूर भी माफ करूंगी, यदि तू यह खंजर मुझे दे दे और वह दूसरी चीज भी मेरे हवाले कर दे जिसके सबब से इस खंजर का असर तुझ पर नहीं होता।

भूतनाथ—मगर मुझे क्योंकर विश्वास होगा कि तुमने मेरा कसूर माफ किया?

नागर—और मुझे क्योंकर विश्वास होगा कि तूने वास्तव में वही चीज मुझे दी, जिसके सबब से खंजर की करामात से तू बचा हुआ है?

भूतनाथ—बेशक मैं वही चीज तुम्हें दूंगा, और तुम आजमाने के बाद मुझे छोड़ सकती हो।

नागर—मगर ताज्जुब नहीं कि आजमाते ही मैं फिर बेहोश हो जाऊं क्योंकि तू धोखा देने में मुझसे किसी तरह कम नहीं है!

भूतनाथ—इसका जवाब तुम खुद समझ सकती हो!

नागर—हां, ठीक है, यदि मैं थोड़ी देर के लिए बेहोश भी हो जाऊंगी तो तू मेरा कुछ कर नहीं सकता क्योंकि पेड़ के साथ बंधा हुआ है और तेरे हाथ-पैर भी खुले नहीं हैं।

भूतनाथ—और मेरे चिल्लाने से भी यहां कोई मददगार न पहुंचेगा।

नागर—हां, इसका प्रमाण भी...

कहते-कहते नागर रुक गई क्योंकि तभी पत्तों के खड़खड़ाने की आवाज उसने सुनी और किसी के आने का उसे शक हुआ। नागर ने पीछे घूमकर देखा तो कमलिनी पर नजर पड़ी जो नागर के दिए घोड़े पर सवार इसी तरफ आ रही थी। कमलिनी इस समय भी उसी सूरत में थी जिस सूरत में नागर के यहां गई थी और उसका पहचानना मुश्किल था, मगर भूतनाथ की जुबानी नागर को पता लग चुका था इसलिए उसने कमलिनी को तुरत पहचान लिया और भूतनाथ को उसी तरह छोड़ फुर्ती से अपने घोड़े पर सवार हो गई। कमलिनी भी पास पहुंची और नागर की तरफ देखकर बोली—

कमलिनी—तुझे तो विश्वास हो गया होगा कि मैं मिर्जापुर चली गई!

नागर—बेशक, तुमने मुझे धोखा दिया, खैर, अब मेरे हाथ से बचकर कहां जा सकती हो? यद्यपि तुम मायारानी की बहिन हो और इस सबब से मुझे तुम्हारा अदब करना चाहिए, मगर तुम्हारी बुराइयों पर ध्यान देकर मायारानी ने हुक्म दे रखा है कि जो कोई तुम्हारा सिर काटकर उसके पास ले जाएगा वह मुंहमांगा इनाम पाएगा, अस्तु अब मैं तुम्हें किसी तरह छोड़ नहीं सकती। हां, अगर तुम खुशी से मायारानी के पास चली चलो तो अच्छी बात है!

कमलिनी–(मुस्कुराकर) ठीक है, मालूम होता है कि तू अभी तक अपने को अपने मकान में मौजूद समझती है और चारों तरफ अपने नौकरों को देख रही है।

नागर–(कुछ शरमाकर) मैं खूब जानती हूं कि इस मैदान में मैं अकेली हूं लेकिन यह भी देख रही हूं कि तुम्हारे साथ भी कोई दूसरा नहीं है। अगर तुम अपने को हर्बा चलाने और ताकत में मुझसे बढ़कर समझती हो तो यह तुम्हारी भूल है और इसका फैसला हाथ मिलाने से ही हो सकता है (हाथ बढ़ाकर) आइए!

कमलिनी–(हंसकर) वाह, तू समझती है कि मुझे उस अंगूठी की खबर नहीं जो तेरे इस बढ़े हुए हाथ में देख रही हूं, अच्छा ले!

"अच्छा ले" कहकर कमलिनी ने दिखा दिया कि उसमें कितनी तेजी और फुर्ती है। घोड़ा आगे बढ़ाया और तिलिस्मी खंजर निकालकर इतनी तेजी के साथ नागर के हाथ पर रख दिया कि वह अपना हाथ हटा भी न सकी और खंजर की तासीर से बदहवास होकर जमीन पर गिर पड़ी। कमलिनी ने घोड़े से उतरकर भूतनाथ को कैद से छुट्टी दी और कहा, "वाह, तुम इतने बड़े चालाक होकर भी इसके फन्दे में आ गए!"

भूतनाथ–मैं इसके फन्दे में न आता यदि उस अंगूठी का गुण जानता जो इसकी उंगली में चमक रही है, वास्तव में यह अनमोल वस्तु है और कठिन समय पर काम दे सकती है।

कमलिनी–इस कमबख्त के पास यही तो एक चीज है जिसके सबब से मायारानी की आंखों में इसकी इज्जत है। इसके जहर से कोई बच नहीं सकता, हां यदि यह चाहे तो जहर उतार भी सकती है। न मालूम यह अंगूठी और इसका जहर उतारने की तरकीब मनोरमा ने कहां से पाई।

भूतनाथ–मायारानी से और इससे क्या सम्बन्ध?

कमलिनी–मनोरमा उसकी सखियों में सबसे बड़ा दर्जा रखती है और वह इस कमबख्त को अपनी बहिन से बढ़के मानती है। यह अंगूठी भी मनोरमा ही की है।

भूतनाथ–तो मायारानी ने यह अंगूठी क्यों न ले ली? उसके तो बड़े काम की चीज थी!

कमलिनी–उसको भी मनोरमा ने ऐसी ही अंगूठी बना दी है और जहर उतारने की दवा भी तैयार कर दी है, मगर इसके बनाने की तरकीब नहीं बताती।

भूतनाथ–खैर, अब यह अंगूठी आप ले लीजिए।

कमलिनी–यद्यपि यह मेरे काम की चीज नहीं है बल्कि इसको अपने पास रखने में मैं पाप समझती हूं तथापि जब तक मायारानी से खटपट चली जाती है तब तक यह अंगूठी अपने पास जरूर रखूंगी (तिलिस्मी खंजर की तरफ इशारा करके) इसके सामने यह अंगूठी कोई चीज नहीं है।

भूतनाथ–बेशक-बेशक! जिसके पास यह खंजर है, उसे दुनिया में किसी चीज की परवाह नहीं और वह अपने दुश्मन से चाहे वह कैसा जबरदस्त क्यों न हो कभी नहीं डर सकता। आपने मुझ पर बड़ी ही कृपा की जो ऐसा खंजर थोड़े दिन के लिए मुझे दिया। आह, वह दिन भी कैसा होगा जिस दिन यह खंजर हमेशा अपने पास रखने की आज्ञा आप मुझे देंगी।

कमलिनी–(मुस्कुराकर) खैर, वह दिन आज ही समझ लो, मैं हमेशा के लिए यह खंजर तुम्हें देती हूं, मगर नानक के लिए ऐसा करने की सिफारिश मत करना।

भूतनाथ ने खुश होकर कमलिनी को सलाम किया। कमलिनी ने नागर की उंगली से जहरीली अंगूठी उतार ली और उसके बटुए में से खोजकर उस दवा की शीशी भी निकाल ली जो उस अंगूठी के भयानक जहर को बात-की-बात में दूर कर सकती थी। इसके बाद कमलिनी ने भूतनाथ से कहा, ''नागर को हमारे अद्भुत मकान में ले जाकर तारा के सुपुर्द करो और फिर मुझसे आकर मिलो। मैं फिर वहीं अर्थात् मनोरमा के मकान पर जाती हूं। अपने कागजात भी उसके बटुए में से निकाल लो और इसी समय उन्हें जलाकर सदैव के लिए निश्चिन्त हो जाओ।''

छठवां बयान

मायारानी का डेरा अभी तक खास बाग (तिलिस्मी बाग) में है। रात आधी से ज्यादे जा चुकी है, चारों तरफ सन्नाटा छाया हुआ है, पहरेवालों के सिवाय सभी को निद्रादेवी ने बेहोश करके डाल रखा है, मगर उस बाग में दो औरतों की आंखों में नींद का नाम-निशान भी नहीं। एक तो मायारानी की छोटी बहिन लाडिली, जो अपने सोनेवाले कमरे में मसहरी के ऊपर पड़ी कुछ सोच रही है और थोड़ी-थोड़ी देर पर उठकर बाहर निकलती और सन्नाटे की तरफ ध्यान देकर लौट जाती है, मालूम होता है कि वह मकान से बाहर जाकर किसी से मिलने का मौका ढूंढ़ रही है, और दूसरी मायारानी, जो निद्रा न आने के कारण अपने कमरे में टहल रही है। उसे भी तरह-तरह के खयालों ने सता रखा है। कभी-कभी उसका सिर हिल जाता है जो उसके दिल की परेशानी को पूरी तरह से छिपा रहने नहीं देता, उसके होंठ भी कभी-कभी अलग होकर दिल का दरवाजा खोल देते हैं जिससे दिल के अन्दर कैद रहनेवाले कई भेद शब्द-रूप होकर धीरे-से बाहर निकल पड़ते हैं।

जब चारों तरफ अच्छी तरह सन्नाटा हो गया तो लाडिली ने काले कपड़े पहने और ऐयारी का बटुआ कमर में लगाने के बाद कमरे के बाहर निकलकर इधर-उधर टहलना शुरू किया। वह उस कमरे के पास आई जिसके अन्दर मायारानी तरद्दुद और घबड़ाहट से निद्रा न आने के कारण टहल रही थी। लाडिली छिपकर देखने लगी

कि मायारानी क्या कर रही है। थोड़ी देर के बाद मायारानी के मुंह से निकले हुए शब्द लाडिली ने सुने और वे शब्द ये थे–"वह इस रास्ते को जानता है...वह भेद जिसे लाडिली नहीं जानती–आह, धनपति की मुहब्बत ने–"

इन शब्दों को सुनकर लाडिली घबड़ा गई और बेचैनी से अपने कमरे में लौट आने के लिए तैयार हुई, मगर उसके दिल ने उसे वहां से लौटने न दिया, इच्छा हुई कि मायारानी के मुंह से और भी कोई शब्द निकले तो सुने, परन्तु इसके बाद मायारानी कुछ ज्यादे बेचैन मालूम हुई और अपनी मसहरी पर जाकर लेट रही। आधी घड़ी से ज्यादे न बीती थी कि मायारानी की सांस ने लाडिली को उसके सो जाने की खबर दी और लाडिली वहां से लौटकर बाग में टहलने लगी। फिर घूमती-फिरती और अपने को पेड़ों की आड़ में बचाती हुई वह बाग के पिछले कोने में पहुंची जहां एक छोटा-सा मगर मजबूत बुर्ज बना था। इसके अन्दर जाने के लिए छोटा-सा लोहे का दरवाजा था जिसे उसने धीरे से खोला और अन्दर जाने के बाद फिर बन्द कर लिया। भीतर बिलकुल अंधेरा था। बटुए में से सामान निकालकर मोमबत्ती जलाई और उस कोठरी की हालत अच्छी तरह देखने लगी। यह बुर्जवाली कोठरी वर्षों से ही बन्द थी और इस सबब से इसके अन्दर मकड़ों ने अच्छी तरह अपना घर बना लिया था, मगर लाडिली ने इस कोठरी की गन्दी हालत पर कुछ ध्यान न दिया। इस कोठरी की जमीन चौखूंटे पत्थरों से बनी हुई थी और छत में छोटे-छोटे दो-तीन सूराख थे जिनमें से आसमान में जड़े हुए तारे दिखाई दे रहे थे। पहले तो लाडिली इस विचार में पड़ी कि बहुत दिनों से बन्द रहने के कारण इस कोठरी की हवा खराब होकर जहरीली हो गई होगी, शायद किसी तरह का नुकसान पहुंचे, मगर छत के सूराखों को देख निश्चिन्त हो गई और मोमबत्ती एक किनारे जमाकर जमीन पर बैठ गई। आधी घड़ी तक वह सोच-विचार में पड़ी रही, इसके बाद हलकी आवाज के साथ कोने की तरफ जमीन का एक चौखूंटा पत्थर किवाड़ के पल्ले की तरह खुलकर अलग हो गया और नीचे से अपनी असली सूरत में कमलिनी निकलकर लाडिली के सामने खड़ी हो गई। कमलिनी को देखते ही लाडिली उठ खड़ी हुई और बड़ी मुहब्बत से उसके साथ लिपटकर रोने लगी तथा कमलिनी की आंखें भी आंसू की बूंदें गिराने लगीं, कुछ देर बाद दोनों अलग हुईं और जमीन पर बैठकर बातचीत करने लगीं।

लाडिली–मेरी प्यारी बहिन, इस समय मेरी खुशी का अन्दाजा कोई भी नहीं कर सकता। मुझे तो इस बात का बड़ा ही रंज था कि तुमने मुझे अपने दिल से भुला दिया जिसकी आशा कदापि न थी, मगर आज शाम को तुम्हारे हाथ की लिखी हुई उस चीठी ने मुझमें जान डाल दी जो तेजसिंह के हाथ मुझ तक पहुंचाई गई थी।

कमलिनी–नहीं-नहीं, अभी तक मैं तुझे उतना ही प्यार करती हूं जितना यहां रहने पर करती थी, परन्तु इस समय आशा कम थी कि मेरे लिखे अनुसार यहां

आकर तू मुझसे मिलेगी, क्योंकि बड़ी बहिन मायारानी मेरी जान की ग्राहक हो रही है और तू पूरी तरह उसके कब्जे में है।

लाडिली–प्यारी बहिन, चाहे मायारानी का दिल तुम्हारी दुश्मनी से भरा हुआ क्यों न हो, मगर मेरा दिल तुम्हारी मुहब्बत से किसी तरह खाली नहीं हो सकता। तुम्हारी चीठी पाते ही मैं बेचैन हो गई और हजारों आफतों की तरफ ध्यान न देकर बेखटके यहां चली आई। क्या अब भी तुम्हें...

कमलिनी–हां-हां, मुझे विश्वास है और मैं खूब जानती हूं कि अगर तेरे दिल में मेरी मुहब्बत न होती तो तू मेरे लिखने पर यकायक यहां न आती।

लाडिली–मुझे इस बात की शिकायत करने का मौका आज मिला कि तुमने इस घर को तिलांजुलि देते समय अपने इरादे से मुझे बेखबर रखा।

कमलिनी–तो क्या मेरा इरादा जानने पर तू मेरा साथ देती?

लाडिली–(जोर देकर) जरूर साथ देती! हाय, यहां रहकर जैसी तकलीफ में दिन काट रही हूं, वह मेरा ही जी जान रहा है। ऐसे-ऐसे भयानक काम मुझसे लिए जाते हैं कि जिसे मैं मुख्तसर में कह नहीं सकती, लाचार होकर और झख मारकर सब-कुछ करना पड़ता है क्योंकि इस बात को मैं अच्छी तरह जानती हूं कि मायारानी के गुस्से में पड़कर मैं अपनी जान भारतवर्ष के किसी घने जंगल में छिपकर भी नहीं बचा सकती।

कमलिनी–इसका सबब यही है कि तू तिलिस्मी हाल से बिलकुल बेखबर और भोली है, बल्कि वास्तव में रामभोली है।

लाडिली–(चौंककर) क्या तुम जानती हो कि मैं रामभोली बनने पर लाचार की गई थी?

कमलिनी–मुझे अच्छी तरह मालूम है, अभी तक नानक मेरे साथ रहकर मेरा काम कर रहा है।

लाडिली–हाय, जब वह तुम्हारे साथ है तो जरूर एक दिन सामना होगा। उस समय शर्म से मेरी आंखें ऊंची न होंगी, उस बेचारे के साथ मैंने बड़ी बुराई की।

कमलिनी–लेकिन मैं खूब जानती हूं कि इसमें तेरा कोई कसूर नहीं। खैर, इस बात को जाने दे, मुझे तेरी मुहब्बत यहां तक खैंच लाई है, मैं इस समय यह पूछने आई हूं कि अब तेरा क्या इरादा है क्योंकि इस तिलिस्म की उम्र अब तमाम हो गई और मायारानी अपने बुरे कर्मों का फल भोगा ही चाहती है।

लाडिली–(हाथ जोड़कर) मैं यही चाहती हूं कि तुम मुझे अपने साथ रखो जिसमें मायारानी का मुंह देखना नसीब न हो। मैं जानती हूं कि यह तिलिस्म अब टूटा ही चाहता है क्योंकि इधर थोड़े दिनों से बड़ी-बड़ी अद्‌भुत बातें देखने में आ रही हैं, जिनसे खुद मायारानी की अक्ल चक्कर में है, मगर शक है तो इतना ही कि तिलिस्म

तोड़नेवाले कुंअर इन्द्रजीतसिंह और आनन्दसिंह इस समय मायारानी के कैदी हो रहे हैं और कल उन दोनों का सिर जरूर काटा जाएगा।

कमलिनी–यह बात मुझे भी मालूम है, मगर सवेरा होने के पहले ही मैं उन दोनों को छुड़ाकर ले जाऊंगी।

लाडिली–यदि ऐसा हो तो क्या बात है! वे दोनों कैसे नेक और खूबसूरत हैं। जिस समय मैंने आनन्दसिंह को देखा...

इतना कह लाडिली चुप हो रही, उसकी आंखें नीची हो गईं और उसके गालों पर शर्म की सुर्खी दौड़ गई। कमलिनी समझ गई कि यह आनन्दसिंह को चाहती है।

कमलिनी–मगर उन दोनों को छुड़ाने के लिए कुछ तुमसे भी मदद चाहती हूं।

लाडिली–तुम्हारी आज्ञा मानने के लिए मैं हर तरह से तैयार हूं।

कमलिनी–तू उस कैदखाने की ताली मुझे ला दे जिसमें दोनों कुमार कैद हैं।

लाडिली–मैं उद्योग कर सकती हूं, मगर वह तो हरदम मायारानी की कमर में रहती है!

कमलिनी–उसके लेने की सहज तरकीब मैं बताती हूं।

लाडिली–क्या?

कमलिनी–(कमर से तिलिस्मी खंजर निकाल और दिखाकर) यह तिलिस्म की सौगात है, हाथ में लेकर जब इसका कब्जा दबाया जाएगा तो बिजली की-सी चमक पैदा होगी, जिसके सामने किसी की आंख खुली नहीं रह सकती। इसके अतिरिक्त इसमें और भी दो गुण हैं, एक तो यह कि जिसके बदन से यह लगा दिया जाए उसके बदन में बिजली दौड़ जाती है और वह तुरत बेहोश होकर जमीन पर गिर पड़ता है, और दूसरे यह हर एक चीज को काट डालने की ताकत रखता है।

कमलिनी ने खंजर का कब्जा दबाया। उसमें से ऐसी चमक पैदा हुई कि लाडिली ने दोनों हाथों से आंखें बन्द कर लीं और कहा, "बस-बस, इस चमक को दूर करो तो आंखें खोलूं!"

कमलिनी–(कब्जा ढीला करके) लो चमक बन्द हो गई, आंखें खोलो।

लाडिली–(आंखें खोलकर) मेरे हाथ में दो तो मैं भी कब्जा दबाकर देखूं! मगर नहीं तुम तो कह चुकी हो कि यह जिसके बदन से छुआया जाएगा वह बेहोश हो जाएगा, तो मैं इसे कैसे ले सकूंगी और तुम पर इसका असर क्यों नहीं होता?

हम ऊपर लिख आए हैं कि कमलिनी की कमर में दो तिलिस्मी खंजर थे और उनके जोड़ की दो अंगूठियां भी उसकी उंगलियों में थीं। उसने एक अंगूठी लाडिली की उंगली में पहिराकर उसका गुण अच्छी तरह समझा दिया और कह दिया कि जिसके हाथ में यह अंगूठी रहेगी, केवल वही इस खंजर को अपने पास रख सकेगा।

लाडिली–जब ऐसी चीज तुम्हारे पास है तो वह ताली तुम स्वयं उससे ले सकती हो।

कमलिनी–हां, मैं यह काम खुद भी कर सकती हूं, मगर ताज्जुब नहीं कि मायारानी के कमरे तक जाते-आते मुझे कोई देख ले और गुल करे तो मुश्किल होगी। यद्यपि मेरा कोई कुछ कर नहीं सकता और मैं इस खंजर की बदौलत सैकड़ों को मारकर निकल जा सकती हूं, मगर जहां तक बिना खून-खराबा किए काम निकल जाए तो उत्तम ही है।

लाडिली–हां ठीक है, तो अब विलम्ब न करना चाहिए।

कमलिनी–तो फिर जा, मैं इसी जगह बैठी तेरी राह देखूंगी!

खंजर के जोड़ की अंगूठी हाथ में पहिरने बाद लाडिली ने तिलिस्मी खंजर ले लिया और बुर्ज का दरवाजा खोल वहां से रवाना हुई। कमलिनी को आधे घण्टे से ज्यादे राह न देखना पड़ा, इसके भीतर ही ताली लिए हुए लाडिली आ पहुंची और अपनी बड़ी बहिन के सामने ताली रखकर बोली, "इस ताली के लेने में कुछ भी कठिनाई न हुई। मुझे किसी ने भी न देखा। चारों तरफ सन्नाटा छाया हुआ था, मायारानी बेखबर सो रही थी, ताली लेते समय वह जाग न उठे इससे यह तिलिस्मी खंजर एक दफे उसके बदन से लगा देना पड़ा, बस तुरत ही उसका बदन कांप उठा, मगर वह आंखें न खोल सकी, मुझे विश्वास हो गया कि वह बेहोश हो गई। बस मैं ताली लेकर चली आई, मगर अब यहां ठहरना उचित नहीं।

कमलिनी–हां, अब यहां से चलना और उन कैदियों को छुड़ाना चाहिए।

लाडिली–मगर उन कैदियों को छुड़ाने के लिए तुमको इसी बाग की राह से कैदखाने तक जाना होगा!

कमलिनी–नहीं, वहां जाने के लिए दूसरी राह भी है जिसे मैं जानती हूं।

लाडिली–(ताज्जुब से कमलिनी का मुंह देखके) जीजाजी यहां के बहुत से रास्तों और सुरंगों तथा तहखानों को जानते थे, मालूम होता है तुमने उन्हीं से इसका हाल जाना होगा?

कमलिनी–नहीं, यहां की बहुत-सी बातें किसी दूसरे ही सबब से मुझे मालूम हुईं जिसे सुनकर तू बहुत ही खुश होगी, हां यदि जीजाजी हम लोगों से जुदा न किए जाते तो यहां की अजीब बातों के देखने का आनन्द मिलता। मायारानी को भी यहां के भेद अच्छी तरह मालूम नहीं हैं।

लाडिली–जीजाजी हम लोगों से जुदा किए गए इसका मतलब मैं नहीं समझी।

कमलिनी–क्या तू समझती है कि गोपालसिंह जी (मायारानी के पति) अपनी मौत मरे?

लाडिली–(कुछ सोचकर) मुझे तो यही विश्वास है कि उन्हें जहर दिया गया। मैंने स्वयं देखा कि मरने पर उनका रंग काला हो गया था और चेहरा ऐसा बिगड़ गया कि मैं पहचान न सकी। हाय, हम दोनों बहिनों पर उनकी बड़ी कृपा रहती थी!

कमलिनी–उनकी कृपा किस पर नहीं रहती थी! (कुछ सोचकर) खैर, आज मैं तुझे इस बाग के चौथे दर्जे में ले चलकर एक तमाशा दिखलाऊंगी।

लाडिली–(ताज्जुब से) क्या चौथे दर्जे में तुम जा सकती हो?

कमलिनी–हां, मैं यहां के बहुत से भेदों को जान गई हूं और सब जगह घूम-फिर सकती हूं।

लाडिली–अहा, तब तो मैं जरूर चलूंगी! जीजाजी अकसर कहा करते थे कि इस बाग के चौथे दर्जे में अगर कोई जाए तो उसे मालूम हो कि दुनिया क्या चीज है और ईश्वर की सृष्टि में कैसी विचित्रता दिखाई दे सकती है।

कमलिनी–अच्छा, अब चलकर पहले कैदियों को छुड़ाना चाहिए।

इतना कहकर कमलिनी उठी और मोमबत्ती हाथ में लिये हुए उस सुरंग के मुहाने पर गई जिसका मुंह चौखूंटे पत्थर के हट जाने से खुल गया था और जिसमें से वह कुछ ही देर पहले निकली थी। नीचे उतरने के लिए सीढ़ियां मौजूद थीं, दोनों बहिनें नीचे उतर गईं। आखिरी सीढ़ी पर पहुंचने के साथ ही वह चौखूंटा पत्थर एक हलकी आवाज के साथ अपने ठिकाने पहुंच गया और उस सुरंग का मुंह बन्द हो गया।

॥ सातवां भाग समाप्त ॥

आठवां भाग

पहिला बयान

मायारानी की कमर में से ताली लेकर जब लाडिली चली गई तो उसके घण्टे-भर बाद मायारानी होश में आकर उठ बैठी। उसके बदन में कुछ-कुछ दर्द हो रहा था जिसका सबब वह समझ नहीं सकती थी। उसे फिर उन्हीं खयालों ने आकर घेर लिया जिनकी बदौलत दो घण्टे पहले वह बहुत ही परेशान थी। न वह बैठकर आराम पा सकती थी और न कोई उपन्यास इत्यादि पढ़कर ही अपना जी बहला सकती थी। उसने अपनी आलमारी में से नाटक की किताब निकाली और शमादान के पास जाकर पढ़ना शुरू किया, पर नान्दी पढ़ते-पढ़ते ही उसकी आंखों पर पलकों का पर्दा पड़ गया और फिर आधे घण्टे तक वह गम्भीर चिन्ता में डूबी रह गई, इसके बाद किसी के आने की आहट ने उसे चौंका दिया और वह घूमकर दरवाजे की तरफ देखने लगी। धनपति उसके सामने आकर खड़ी हो गई और बोली–

धनपति–मेरी प्यारी रानी, मैं देखती हूं कि इस समय तू बहुत ही उदास और किसी गम्भीर चिन्ता में डूबी हुई है, शायद अभी तक तेरी आंखों में निद्रादेवी का डेरा नहीं पड़ा।

माया–बेशक ऐसा ही है, मगर तेरे चेहरे पर भी...

धनपति–मैं तो बहुत घबड़ा गई हूं क्योंकि अब यह बात लोगों को मालूम हुआ चाहती है। मैं खूब जानती हूं कि तुम्हारी कट्टर रिआया उसे जी-जान से...

माया–बस-बस, आगे कहने की कोई आवश्यकता नहीं, इसी सोच ने तो मुझे बेकाम कर दिया है।

धनपति–मैं थोड़े दिनों के लिए तुमसे जुदा हो जाना उचित समझती हूं और यही कहने के लिए मैं यहां तक आई हूं।

माया–(घबड़ाकर) तुझे क्या हो गया है? मुंह से बात भी सम्हालकर नहीं निकालती!

धनपति–हां-हां, मुझसे भूल हो गई, इस समय तरद्दुद और डर ने मुझे बेकाम कर रखा है।

माया–अच्छा तो तू मुझसे जुदा होकर कहां जाएगी?

धनपति–जहां कहो।

माया–(कुछ सोचकर) अभी जल्दी न करो, इन्द्रजीतसिंह और आनन्दसिंह कब्जे में आ ही चुके हैं, सूर्योदय के पहले ही मैं उनका काम तमाम कर दूंगी।

धनपति–मगर उसका क्या बन्दोबस्त किया जाएगा जिसके विषय में चण्डूल ने तेरे कान में...

माया–आह, उसकी तरफ से भी अब मुझे निराशा हो गई, वह बड़ा जिद्दी है।

धनपति–तो क्यों नहीं उसकी तरफ से भी निश्चिन्त हो जाती हो?

माया–हां, अब यही होगा।

धनपति–फिर देर करने की क्या जरूरत है?

माया–मैं अभी जाती हूं, क्या तू भी मेरे साथ चलेगी?

धनपति–मैं चलने को तैयार हूं, मगर न मालूम उसे (चण्डूल को) यह बात क्योंकर मालूम हो गई।

माया–खैर, अब चलना चाहिए।

अब मायारानी का ध्यान कैदखाने की ताली पर गया। अपनी कमर में ताली न देखकर बहुत हैरान हुई। थोड़ी देर के लिए वह अपने को बिलकुल ही भूल गई पर आखिर एक लम्बी सांस लेकर धनपति से बोली–आफत आने की यह दूसरी निशानी है।

धनपति–सो क्या? मेरी समझ में कुछ भी न आया कि यकायक तेरी अवस्था क्यों बदल गई और किस नई घटना ने आकर तुझे घेर लिया।

माया–कैदखाने की ताली जिसे मैं सदा अपनी कमर में रखती थी, गायब हो गई।

धनपति–(घबड़ाकर) कहीं दूसरी जगह न रख दी हो।

माया–नहीं-नहीं, जरूर मेरे पास ही थी। चल लाडिली से पूछूं, शायद वह इस विषय में कुछ कह सके।

मायारानी धनपति को साथ लिये लाडिली के कमरे में गई मगर वहां लाडिली थी कहां, जो मिलती। अब उसकी घबड़ाहट का कोई हद्द न रहा। एकदम बोल उठी, ''बेशक लाडिली ने धोखा दिया।''

धनपति–उसे ढूंढ़ना चाहिए।

माया–(आसमान की तरफ देखकर और लम्बी सांस लेकर) आह, यह पहर-भर के लगभग रात जो बाकी है, मेरे लिए बड़ी ही अनमोल है। इसे मैं लाडिली की खोज में व्यर्थ नहीं खोना चाहती। इतने ही समय में मुझे उस जिद्दी के पास पहुंचना और उसका सिर काटकर लौट आना है। कैदियों से भी ज्यादे तरद्दुद मुझे उसका है। हाय, अभी तक वह आवाज मेरे कानों में गूंज रही है, जो चण्डूल ने कही थी। खैर, वहां जाते-जाते कैदखाने को भी देखती चलूंगी, (जोश में आकर) कैदी चाहे कैदखाने के

बाहर हो जाएं मगर इस बाग की चहारदीवारी को नहीं लांघ सकते। जा, बिहारीसिंह और हरनामसिंह को बहुत जल्द बुला ला।

धनपति दौड़ी हुई गई और थोड़ी ही देर में दोनों ऐयारों को साथ लिये हुए लौट आई। वे दोनों ऐयारी के सामान से दुरुस्त और हर एक काम के लिए मुस्तैद थे। यद्यपि बिहारीसिंह के चेहरे का रंग अच्छी तरह साफ नहीं हुआ था, तथापि उसकी कोशिश ने उसके चेहरे की सफाई आधी से ज्यादे कर दी थी, आशा थी कि दो ही एक दिन में वह आईने में अपनी असली सूरत देख लेगा।

कैदखाने का रास्ता पाठकों को मालूम है, क्योंकि तेजसिंह जब बिहारीसिंह की सूरत में यहां आए थे तो मायारानी के साथ कैदियों को देखने गए थे।

लाडिली के कमरे में से दस-बारह तीर और कमान ले के धनपति तथा दोनों ऐयारों को साथ लिये हुए मायारानी सुरंग में घुसी। जब कैदखाने के दरवाजे पर पहुंची तो दरवाजा ज्यों-का-त्यों बन्द पाया। कैदखाने की ताली और लाडिली के गायब होने का हाल कहके बिहारीसिंह और हरनामसिंह को ताकीद कर दी कि जब तक मैं लौटकर न आऊं, तब तक तुम दोनों बड़ी होशियारी से इस दरवाजे पर पहरा दो। इसके बाद धनपति को साथ लिये हुए मायारानी बाग के तीसरे दर्जे में उसी रास्ते से गई जिस राह से तेजसिंह भेजे गए थे।

हम पहले लिख आए हैं कि बाग के तीसरे दर्जे में एक बुर्ज है और उसके चारों तरफ बहुत-से मकान, कमरे और कोठरियां हैं। बाग में एक छोटा-सा चश्मा बह रहा था जिसमें हाथ-भर से ज्यादे पानी नहीं था। मायारानी उसी चश्मे के किनारे-किनारे थोड़ी दूर तक गई यहां तक कि वह एक मौलसिरी के पेड़ के नीचे पहुंची, जहां संगमरमर का एक छोटा-सा चबूतरा बना हुआ था और उस चबूतरे पर पत्थर की मूरत आदमी के बराबर की बैठी हुई थी। रात पहर-भर से कम बाकी थी। चन्द्रमा धीरे-धीरे निकलकर अपनी सुफेद रोशनी पूरे आसमान पर फैला रहा था। मायारानी ने उस मूरत की कलाई पकड़कर उमेठी, साथ ही मूरत ने मुंह खोल दिया। मायारानी ने उसके मुंह में हाथ डालकर कोई पेंच घुमाना शुरू किया। थोड़ी देर में चबूतरे के सामने की तरफ का एक बड़ा-सा पत्थर हल्की आवाज के साथ हटकर अलग हो गया और नीचे उतरने के लिए सीढ़ियां दिखाई दीं। अपने पीछे-पीछे धनपति को आने का इशारा करके मायारानी उस तहखाने में उतर गई। यद्यपि तहखाने में अंधेरा था मगर मायारानी ने टटोलकर एक आले पर से लालटेन और उसके बालने का सामान उतारा और बत्ती बालकर चारों तरफ देखने लगी। पूरब तरफ सुरंग का एक छोटा-सा दरवाजा खुला हुआ था, दोनों उसके अन्दर घुसीं और सुरंग में चलने लगीं। लगभग सौ कदम जाने के बाद वह सुरंग खत्म हुई और ऊपर चढ़ने के लिए सीढ़ियां दिखाई दीं। दोनों औरतें ऊपर चढ़ गईं और उस बुर्ज के निचले हिस्से में पहुंचीं जो बहुत-से मकानों से घिरा हुआ था। यहां भी उसी तरह का चबूतरा और उस पर पत्थर का

आदमी बैठा हुआ था। वह भी किसी सुरंग का दरवाजा था जिसे मायारानी ने पहली रीति से खोला। यह सुरंग चौथे दर्जे में जाने के लिए थी।

दोनों औरतें उस सुरंग में घुसीं। दो सौ कदम के लगभग जाने के बाद वह सुरंग खत्म हुई और ऊपर चढ़ने के लिए सीढ़ियां नजर आईं। दोनों औरतें ऊपर चढ़कर एक कोठरी में पहुंचीं जिसका दरवाजा खुला हुआ था। कोठरी के बाहर निकलकर धनपति और मायारानी ने अपने को बाग के चौथे हिस्से में पाया। इस बाग का पूरा-पूरा नक्शा हम आगे चलकर खैंचेंगे यहां केवल मायारानी की कार्रवाई का हाल लिखते हैं।

कोठरी से आठ-दस कदम की दूरी पर पक्का मगर सूखा कुआं था जिसके अन्दर लोहे की एक मोटी जंजीर लटक रही थी। कुएं के ऊपर डोल और रस्सा पड़ा था। डोल में लालटेन रखकर कुएं के अन्दर ढीला और जब वह तह में पहुंच गया तो दोनों औरतें जंजीर थामकर कुएं के अन्दर उतर गईं। नीचे कुएं की दीवार के साथ छोटा-सा दरवाजा था जिसे खोलकर धनपति को पीछे आने का इशारा करके मायारानी हाथ में लालटेन लिये हुए अन्दर घुसी। वहां पर छोटी-छोटी कई कोठरियां थीं। बिचली कोठरी में, जिसके आगे लोहे का जंगला लगा हुआ था, एक आदमी हाथ में फौलादी ढाल लिये टहलता हुआ दिखाई पड़ा। यहां बिलकुल अंधेरा था मगर मायारानी के हाथवाली लालटेन ने उस कोठरी की हर एक चीज और उस आदमी की सूरत बखूबी दिखा दी। इस समय उस आदमी की उम्र का अन्दाज करना मुश्किल है क्योंकि रंज और गम ने उसे सुखाकर कांटा कर दिया है, बड़ी-बड़ी आंखों के चारों तरफ स्याही दौड़ गई है और उसके चेहर पर झुर्रियां पड़ी हुई हैं, तो भी हर एक हालत पर ध्यान देकर कह सकते हैं कि वह किसी जमाने में बहुत ही हसीन और नाजुक रहा होगा मगर इस समय कैद ने उसे मुर्दा बना रखा है। उसके बदन के कपड़े बिलकुल फटे और मैले थे और वह बहुत ही मजहूल हो रहा था। कोठरी के एक तरफ तांबे का घड़ा, लोटा और कुछ खाने का सामान रखा हुआ था, ओढ़ने और बिछाने के लिए दो कम्बल थे। कोठरी की पिछली दीवार में खिड़की थी जिसके अन्दर से बदबू आ रही थी।

मायारानी और धनपति को देखकर वह आदमी ठहर गया और इस अवस्था में भी लाल-लाल आंखें करके उन दोनों की तरफ देखने लगा।

माया–यह आखिरी दफे मैं तेरे पास आई हूं।

कैदी–ईश्वर करे ऐसा ही हो और फिर तेरी सूरत दिखाई न दे।

माया–अब भी अगर वह भेद मुझे बता दे तो तुझे छोड़ दूंगी।

कैदी–हरामजादी, कमीनी औरत, दूर हो मेरे सामने से!

माया–मालूम होता है वह भेद तू अपने साथ ले जाएगा?

कैदी–बेशक, ऐसा ही है।

माया–यह ढाल तेरे हाथ में कहां से आई?

कैदी–तुझ चाण्डालिनी की इस बात का जवाब मैं क्यों दूं?

माया–मालूम होता है कि तुझे अपनी जान प्यारी नहीं है और अब तू मौत के पंजे में पड़ना चाहता है!

कैदी–बेशक, पहले मुझे अपनी जान प्यारी न थी, पांच दिन पीछे भोजन करना मुझे पसन्द न था, कभी-कभी तेरी सूरत देखने की बनिस्बत मौत को हजार दर्जे अच्छा समझता था, मगर अब मैं मरने के लिए तैयार नहीं हूं।

माया–(हंसकर) तुझे मेरे हाथ से बचानेवाला कौन है?

कैदी–(ढाल दिखाकर) यह!

धनपति–(मायारानी के कान में) न मालूम यह ढाल इसे क्योंकर मिल गई! क्या चण्डूल यहां तो नहीं पहुंच गया?

माया–(धनपति से) कुछ समझ में नहीं आता। यह ढाल भविष्य बुरा बता रही है।

धनपति–मेरा कलेजा डर के मारे कांप रहा है।

माया–(कैदी से) यह तुझे किसी तरह बचा नहीं सकती और मैं तेरी जान लिये बिना नहीं जा सकती।

कैदी–खैर, जो कुछ तू कर सके, कर ले।

माया–तू जिद्दी और बेहया है।

कैदी–हरामजादी की बच्ची, बेहया तो तू है जो घड़ी-घड़ी के बाद मेरे सामने आती है।

इस बात के जवाब में मायारानी ने एक तीर कैदी को मारा, जिसे उसने बड़ी चालाकी से ढाल पर रोक लिया, दूसरा तीर चलाया, वह भी बेकार हुआ, तीसरा तीर चलाया, उससे भी कोई काम न चला। लाचार मायारानी कैदी का मुंह देखने लगी।

कैदी–तेरे किए कुछ भी न होगा।

माया–खैर, देखूंगी, तू कब तक अपनी जान बचाता है।

कैदी–मेरी जान कोई भी नहीं ले सकता, बल्कि मुझे निश्चय हो गया कि अब तेरी मौत आ गई।

इसका जवाब मायारानी कुछ दिया ही चाहती थी कि एक आवाज ने उसे चौंका दिया। कैदी की बात पूरी होने के साथ ही किसी ने कहा, "बेशक मायारानी की मौत आ गई!"

दूसरा बयान

कैदखाने का हाल हम ऊपर लिख चुके हैं, पुनः लिखने की कोई आवश्यक्ता नहीं। उस कैदखाने में कई कोठरियां थीं जिनमें से आठ कोठरियों में तो हमारे बहादुर लोग कैद थे और बाकी कोठरियां खाली थीं। कोई आश्चर्य नहीं, यदि हमारे पाठक महाशय

उन बहादुरों के नाम भूल गए हों जो इस समय मायारानी के कैदखाने में बेबस पड़े हैं अस्तु, एक दफे पुनः याद दिला देते हैं। उस कैदखाने में कुंअर इन्द्रजीतसिंह, कुंअर आनन्दसिंह, तारासिंह, भैरोसिंह, देवीसिंह और शेरसिंह के अतिरिक्त एक कुमारी भी थी जिसके मुख की सुन्दर आभा ने उस कैदखाने में उजाला कर रखा था। पाठक समझ ही गए होंगे कि हमारा इशारा कामिनी की तरफ है। यद्यपि वह ऐसी कोठरी में बन्द थी जिसके अन्दर मर्दों की निगाह नहीं जा सकती थी तथापि कुंअर आनन्दसिंह को इस बात पर ढाढ़स थी कि उनकी प्यारी कामिनी उनसे दूर नहीं है, मगर कुंअर इन्द्रजीतसिंह के रंज का कोई ठिकाना न था। वे कुछ भी नहीं जानते थे कि उनकी प्यारी किशोरी कहां और किस अवस्था में है।

इस कैदखाने में छत के सहारे शीशे की एक कन्दील लटक रही थी, उसी में मायारानी का एक आदमी रोज जाकर रोशनी ठीक कर देता था। ठीक कर देना हम इसलिए कहते हैं कि उस कैदखाने में अंधेरा रहने के कारण दिन-रात बत्ती जला करती थी और ठीक समय पर आदमी जाकर उसे दुरुस्त कर दिया करता था। खाने-पीने का सामान आठ पहर में एक दफे कैदियों को दिया जाता था। कैदखाने की भयानक अवस्था लिखने में विशेष समय हम नष्ट करना नहीं चाहते, क्योंकि हमें किस्सा बहुत लिखना है और जगह कम है।

अब हम उस संध्या का हाल लिखते हैं जिस दिन मायारानी से और चण्डूल से बातचीत हुई थी या जब कमलिनी से लाडिली मिली थी। यों तो तहखाने के अन्दर दिन-रात समान था और कैदियों को इस बात का ज्ञान बिलकुल नहीं हो सकता था कि सूर्य कब उदय और कब अस्त हुआ, तथापि बाहरी हिसाब से हमें समय लिखना ही पड़ता है।

संध्या होने के बाद एक आदमी कैदखाने में आया और कैदियों की तरफ देखकर बोला, "मायारानी की तरफ से इस समय मैं आप लोगों के पास यह कहने के लिए आया हूं कि कल पहर दिन चढ़ने के पहले ही आप लोग इस दुनिया से उठा दिए जाएंगे। इसके अतिरिक्त अपनी तरफ से अफसोस के साथ आपको इत्तिला देता हूं कि राजा बीरेन्द्रसिंह और रानी चन्द्रकान्ता को भी हमारी मायारानी ने गिरफ्तार कर लिया है। उन्हीं के सामने आप लोग मारे जाएंगे और इसके बाद उन दोनों की भी जान ली जाएगी।"

इस आदमी के आने के पहले कैदी लोग सुस्त और उदास बैठे हुए थे, मगर जब इस आदमी ने आकर ऊपर लिखी बातें कहीं तो सभों की अवस्था बदल गई। क्रोध से सभों का चेहरा लाल हो गया और बदन कांपने लगा, लेकिन उस आदमी की बात का जवाब किसी ने भी कुछ न दिया।

कैदियों को सन्देश देने के बाद मायारानी का आदमी उस कोठरी में गया, जिसमें हथकड़ी और बेड़ी से बेबस बेचारी कामिनी कैद थी। थोड़ी ही देर बाद कामिनी को

साथ लिये हुए वह आदमी बाहर निकला। उस समय सभों की निगाह उस बेचारी पर पड़ी। देखा कि रंजोगम और दुःख के मारे वह सूखकर कांटा हो गई है। मालूम होता है मानो वर्षों से बीमार है। सिर के बाल खुले और फैले हुए हैं, साड़ी मैली और खराब हो गई है, मगर भोलापन, खूबसूरती और नजाकत ने इस अवस्था में भी उसका साथ नहीं छोड़ा है। उसके दोनों हाथ बंधे थे, और वह बेड़ी के सबब से अच्छी तरह कदम नहीं उठा सकती थी।

सभों को देखते-देखते कामिनी को साथ लिये हुए मायारानी का आदमी कैदखाने के बाहर चला गया और कैदखाने का दरवाजा फिर बन्द हो गया। ताली भरने की आवाज भी बहादुर कैदियों के कानों में पड़ी। यों तो वहां जितने कैदी थे, सभी क्रोध के मारे कांप रहे थे, मगर हमारे आनन्दसिंह की अवस्था कुछ और ही थी। एक तो अपने मां-बाप का हाल सुनकर जोश में आ ही चुके थे, दूसरे कामिनी को जो इस बेबसी के साथ कैदखाने के बाहर जाते देखा तो और भी उबल पड़े, क्रोध सम्हाल न सके, उठके खड़े हो गए और जंगलेवाली कोठरी में, जिसमें कैद थे, टहलने लगे। जिस जंगलेवाली कोठरी में कुंअर इन्द्रजीतसिंह थे, वह आनन्दसिंह के ठीक सामने थी और ऐयार लोग भी उन्हें अच्छी तरह देख सकते थे। टहलने के साथ आनन्दसिंह के पैर की जंजीर बोली, जिससे सभों का ध्यान उनकी तरफ जा रहा।

इन्द्रजीत–आनन्द!

आनन्द–आज्ञा!

इन्द्रजीत–क्या बेबसी हम लोगों का साथ न छोड़ेगी?

आनन्द–बेशक छोड़ेगी, अब हम लोग इस अवस्था में कदापि नहीं रह सकते। हम लोग पालतू शेर नहीं हैं जो जंगले के अन्दर बन्द पड़े रहें।

इन्द्रजीत–(खड़े होकर) हां, ऐसा ही है, यह लोहे की तार अब हमें रोक नहीं सकती!

इतना कहके इन्द्रजीतसिंह ने इष्टदेव का ध्यान कर अपनी कलाई उमेठी और जोर करके हथकड़ी तोड़ डाली। बड़े भाई की देखादेखी आनन्दसिंह ने भी वैसा ही किया। हथकड़ी तोड़ने के बाद दोनों ने अपने पैरों की बेड़ियां खोलीं, और तब जंगले के बाहर निकलने का उद्योग करने लगे। दोनों हाथों से लोहे का छड़ जो जंगले में लगा हुआ था, पकड़के और लात अड़ाके खैंचने लगे। इसमें कोई सन्देह नहीं कि दोनों कुमार बड़े बहादुर और ताकतवर थे। छड़ टेढ़े हो-होकर छेदों से बाहर निकलने लगे और बात-की-बात में दोनों शेर जंगलेवाली कोठरी के बाहर निकलके खड़े हो गए। दोनों गले मिले, और इसके बाद हर एक जंगले के छड़ों को निकालकर दोनों भाइयों ने अपने ऐयारों को भी छुड़ाया और जोश में आकर बोले, "उद्योग से बढ़के दुनिया में कोई पदार्थ नहीं!"

आनन्द–ईश्वर चाहेगा तो अब थोड़ी देर में हम लोग इस कैदखाने के बाहर भी निकल जाएंगे।

इन्द्रजीत–हां, अब हम लोगों को इसके लिए भी उद्योग करना चाहिए।

भैरो–हम लोग जोर करके तहखाने का दरवाजा उखाड़ डालेंगे और इसी समय कमबख्त मायारानी के सामने जा खड़े होंगे।

ऐयारों को साथ लिये हुए दोनों भाई सदर दरवाजे के पास गए जो बाहर से बन्द था। यह दरवाजा चार अंगुल मोटे लोहे का बना था और इसकी मजबूत चूल भी जमीन में बहुत गहरी घुसी हुई थी, इसलिए पूरे दो घण्टे तक मेहनत करने पर भी कोई नतीजा न निकला। क्रोध में आकर इन्द्रजीतसिंह और आनन्दसिंह ने लोहे का छड़ जो जंगले में से निकला था, उठा लिया और बाईं तरफ की दीवार जो चूना और ईंटों से बनी हुई थी, तोड़ने लगे। उसी समय ऐयारों ने दोनों भाइयों के हाथ से छड़ ले लिया, और दीवार तोड़ना शुरू किया।

पहर-भर की मेहनत से दीवार में इतना बड़ा छेद हो गया कि आदमी उसकी राह बखूबी निकल जाए। भैरोसिंह ने झांककर देखा, उस तरफ बिलकुल अंधेरा था और इस बात का ज्ञान जरा-भी नहीं हो सकता था कि दीवार के दूसरी तरफ क्या है। हम ऊपर लिख आए हैं कि इस कैदखाने में छत के सहारे शीशे की एक कन्दील लटकती थी। इस समय ऐयारों ने उसी कन्दील की रोशनी से काम लेना चाहा। तारासिंह ने भैरोसिंह के कन्धे पर चढ़कर कन्दील उतार ली और उसे हाथ में लिये हुए उस सूराख की राह दूसरी तरफ निकल गए। इनके पीछे दोनों कुमार और ऐयार लोग भी गए। अब मालूम हुआ कि यह कोठरी है जो लगभग तीस हाथ लम्बी और पन्द्रह हाथ से कम चौड़ी है। कुमार तथा ऐयार लोग अगर बिना रोशनी के इस कोठरी में आते तो जरूर दुःख भोगते, क्योंकि यहां जमीन बराबर न थी, बीचोबीच में एक कुआं था और उसके चारों तरफ जमीन में चार दरवाजे बने हुए थे, जिनके देखने से मालूम होता था कि यहां कई तहखाने हैं और ये दरवाजे नहीं, तहखानों के रास्ते हैं। इस समय उन दरवाजों के पल्ले जो लकड़ी के थे, अच्छी तरह देखने से मालूम हुआ कि नीचे उतरने के लिए सीढ़ियां बनी हुई हैं, और उस कुएं में भी लोहे की एक जंजीर लटक रही थी। इसके अतिरिक्त चारों तरफ की दीवारें बराबर थीं, अर्थात् किसी तरफ कोई दरवाजा न था, जिसे खोलकर ये लोग बाहर जाने की इच्छा करते।

इन्द्रजीत–मालूम होता है कि यहां आने या यहां से जाने के लिए इन तहखानों के सिवाय कोई राह नहीं है।

आनन्द–मैं भी यही समझता हूं।

देवी–इन तहखानों में उतरे बिना काम न चलेगा।

तारा–आज्ञा हो तो मैं रोशनी लेकर एक तहखाने में उतरूं और देखूं कि क्या है।

इन्द्रजीत–खैर, जाओ, कोई हर्ज नहीं।

आज्ञा पाकर तारासिंह एक तहखाने के मुंह पर गए, मगर जब नीचे उतरने लगे तो कुछ देखकर रुक गए। कुंअर इन्द्रजीतसिंह ने रुकने का सबब पूछा जिसके जवाब में तारासिंह ने कहा, "इस तहखाने में रोशनी मालूम होती है और धीरे-धीरे वह रोशनी तेज होती जाती है। मालूम होता है कि सुरंग है और कोई आदमी हाथ में बत्ती लिये इसी तरफ आ रहा है।"

दोनों कुमार और ऐयार लोग भी वहां गए और झांककर देखने लगे। थोड़ी देर में दो कमसिन औरतें नजर पड़ीं, जो सीढ़ी के पास आकर ऊपर चढ़ने का इरादा कर रही थीं। एक के हाथ में मोमबत्ती थी, जिसे देखते ही कुमार ने पहचान लिया कि यह कमलिनी है, साथ में लाडिली भी थी, मगर उसे वे पहचानते न थे। हां, जब कैदी बनकर मायारानी के दरबार में लाए गए थे, तो मायारानी की बगल में बैठे हुए उसे देखा था और समझते थे कि वह भी हम लोगों की दुश्मन है। इस समय कमलिनी के साथ उसे देखकर कुमार को शक मालूम हुआ, क्योंकि इन्द्रजीतसिंह कमलिनी को दोस्त समझते थे और दोस्त के साथ दुश्मन का होना बेशक खुटके की बात है।

कमलिनी जब सीढ़ी के पास पहुंची तो ऊपर रोशनी देखकर रुक गई, साथ ही कुमार ने पुकारकर कहा, "डरो मत, ऊपर चली आओ, मैं हूं इन्द्रजीतसिंह!"

कमलिनी ने कुमार की आवाज पहचान ली और लाडिली को साथ लिये ऊपर चली आई, मगर दोनों कुमारों और उनके ऐयारों को वहां देखकर ताज्जुब करने लगी।

कमलिनी–आप लोग यहां कैसे आए?

इन्द्रजीत–यही बात मैं तुमसे पूछनेवाला था!

कमलिनी–मैं तो आपको छुड़ाने के लिए आई हूं, मगर मालूम होता है कि मेरे आने के पहले ही, किसी ने पहुंचकर आप लोगों को छुड़ा दिया।

देवी–कोई दूसरा नहीं आया, दोनों कुमारों ने स्वयं अपनी-अपनी हथकड़ी तोड़ डाली, जंगलों का सींखचा खैंचकर बाहर निकल आए और हम लोगों को भी कैद से छुड़ाया, इसके बाद दीवार तोड़कर हम लोग अभी थोड़ी देर हुई, इधर आए हैं!

कमलिनी–(हंसकर) बहादुर हैं, यह न ऐसा करेंगे तो दूसरा कौन करेगा!

इन्द्रजीत–हम एक बात तुमसे और पूछना चाहते हैं।

कमलिनी–आपका मतलब मैं समझ गई। (लाडिली की तरफ देखकर) शायद इसके बारे में आप कुछ पूछेंगे!

इन्द्रजीत–हां ठीक है, क्योंकि इन्हें हमने उसके पास बैठा देखा था, जिसके फरेब ने हमारी यह दशा की है और लोगों की बातों से यह भी मालूम हुआ कि उसका नाम मायारानी है।

कमलिनी–बहुत दिनों तक साथ रहने पर भी आपको मेरा भेद कुछ भी मालूम नहीं हुआ, मगर इस समय मैं इतना कह देना उचित समझती हूं कि यह मेरी छोटी बहिन है और मायारानी बड़ी बहिन है। हम तीनों बहिनें हैं। लेकिन अनबन होने के कारण मैं उससे अलग हो गई और आज इसने भी उसका साथ छोड़ दिया। आज से पहले वह मेरी ही दुश्मन थी, मगर आज से इसकी भी जिसका नाम लाडिली है, जान की प्यासी हो गई, मगर इतना सुनने पर भी मैं समझती हूं कि आप मुझे अपना दुश्मन न समझते होंगे।

इन्द्रजीत–नहीं-नहीं, कदापि नहीं। मैं तुम्हें अपना हमदर्द समझता हूं, तुमने मेरे साथ बहुत-कुछ नेकी की है।

कमलिनी–आप लोगों को छुड़ाने के लिए तेजसिंह भी यहां आए थे, मगर गिरफ्तार हो गए!

इन्द्रजीत–क्या तेजसिंह भी गिरफ्तार हो गए? लेकिन उस कैदखाने में नहीं लाए गए जहां हम लोग थे।

कमलिनी–वह दूसरी जगह रखे गए थे। मैंने उन्हें भी कैद से छुड़ाया है, अब थोड़ी ही देर में आप उनसे मिला चाहते हैं।

आनन्दसिंह चुपचाप इन दोनों की बातें सुन रहे थे और छिपी निगाहों से लाडिली के रूप की अलौकिक छटा का भी आनन्द ले रहे थे। लाडिली भी प्रेम की निगाहों से उन्हें देख रही थी। इस बात को कमलिनी ने भी जान लिया, मगर वह तरह दे गई। जब आनन्दसिंह ने तेजसिंह का हाल सुना तब चौंके और कमलिनी की तरफ देखकर बोले–

आनन्द–सुना है कि हमारे माता-पिता भी...

कमलिनी–हां, उन दोनों को भी कमबख्त मायारानी ने फंसा लिया है! हाय, मैंने सुना है कि वे दोनों बेचारे बड़े संकट में हैं और सहज ही में उन दोनों का छूटना मुश्किल है, तथापि उद्योग में विलम्ब न करना चाहिए। अब आप कोई सवाल न कीजिए और यहां से जल्द निकल चलिए।

राजा बीरेन्द्रसिंह और रानी चन्द्रकान्ता का हाल सुनकर सब-के-सब घबड़ा गए और आगे कुछ सवाल करने की हिम्मत न पड़ी। कुमार कमलिनी के साथ चलने के लिए तैयार हो गए और सभों को साथ लिए हुए कमलिनी फिर उसी तहखाने में उतर गई, जहां से आई थी। कुंअर इन्द्रजीतसिंह किशोरी का और आनन्दसिंह कामिनी का हाल पूछने के लिए बेचैन थे, मगर मौका न समझकर चुप रह गए।

नीचे जाने पर मालूम हुआ कि वह एक सुरंग का रास्ता था, मगर यह सुरंग साधारण न थी। इसकी चौड़ाई केवल इतनी थी कि दो आदमी बराबर मिलकर जा सकते थे। ऊंचाई की यह अवस्था थी कि हर एक मर्द हाथ ऊंचा करके उसकी छत छू सकता था। दोनों तरफ की दीवार स्याह पत्थर की थी, जिस पर तरह-तरह की

खूबसूरत, भयानक और कहीं-कहीं आश्चर्यजनक तस्वीरें मुसौवरों की कारीगरी का नमूना दिखा रही थीं, अर्थात् रंगों से बनी थीं। पत्थर गढ़कर नहीं बनाई गई थीं, परन्तु उन तस्वीरों के रंग की भी यह अवस्था थी कि अभी दो-चार दिन की बनी मालूम होती थीं, जिन्हें देख हमारे कुमारों और ऐयारों को बहुत ही ताज्जुब मालूम हो रहा था।

कमलिनी–(इन्द्रजीतसिंह से) आप चाहते होंगे कि इन विचित्र तस्वीरों को अच्छी तरह देखें!

इन्द्रजीत–बेशक ऐसा ही है, किंतु इस दौड़ादौड़ में ऐसी उत्तम तस्वीरों के देखने का आनन्द कुछ भी नहीं मिल सकता और यहां की एक-एक तस्वीर ध्यान देकर देखने योग्य है, परन्तु क्या किया जाए, जब से अपने माता-पिता का हाल तुम्हारी जुबानी सुना है, जी बेचैन हो रहा है, यही इच्छा होती है कि जहां तक जल्द हो सके, उनके पास पहुंचें और उन्हें कैद से छुड़ावें। तुम स्वयं कह चुकी हो कि वह बड़े संकट में पड़े हैं, परन्तु यह न जाना गया कि उन्हें किस प्रकार का संकट है!

कमलिनी–आपका कहना बहुत ठीक है, इन तस्वीरों को देखने के लिए बहुत समय चाहिए बल्कि इनका हाल और मतलब जानने के लिए कई दिन चाहिए, और यह समय यहां अटकने का नहीं है, मगर साथ ही इसके यह भी याद रखिए कि आप दो-चार या दस घण्टे के अन्दर ठिकाने पहुंचकर भी अपने माता-पिता को नहीं छुड़ा सकते। मुझे ठीक-ठीक मालूम नहीं कि वह किस कैदखाने में कैद हैं, पहले तो इसी बात का पता लगाने के लिए कई दिन नहीं तो कई पहर चाहिए।

इन्द्रजीत–तो क्या तुमने उन्हें अपनी आंखों से नहीं देखा?

कमलिनी–नहीं, मगर इतना जानती हूं कि इस बाग के चौथे दर्जे में किसी ठिकाने वे कैद हैं।

इन्द्रजीत–क्या इस बाग के कई दर्जे हैं, जिसमें मायारानी रहती है और जहां हम लोग बेबस करके लाए गए थे?

कमलिनी–हां, इस बाग के चार दर्जे हैं। पहले में तो सिपाहियों और नौकरों के ठहरने का ठिकाना है, दूसरे दर्जे में स्वयं मायारानी रहती है, तीसरे और चौथे दर्जे में कोई नहीं रहता। हां, यदि कोई ऐसा कैदी हो जिसे बहुत ही गुप्त रखना मंजूर हो तो वहां भेज दिया जाता है। तीसरे और चौथे दर्जे को तिलिस्म कहना चाहिए, बल्कि चौथा दर्जा तो (कांपकर) ओफ, बड़ी-बड़ी भयानक चीजों से भरा हुआ है।

इन्द्रजीत–तो उसी चौथे दर्जे में हमारे माता-पिता कैद हैं?

कमलिनी–जी हां।

आनन्द–शायद तुम्हारी छोटी बहिन कुछ जानती हों, जो तुम्हारे साथ हैं?

कमलिनी–नहीं-नहीं, यह बेचारी तीसरे और चौथे दर्जे का हाल कुछ भी नहीं जानती।

लाडिली–बल्कि तीसरे और चौथे दर्जे का पूरा-पूरा हाल मायारानी को भी नहीं मालूम। कमलिनी बहिन को भी कुछ मालूम न था, मगर दो-ही-चार महीनों में न मालूम क्योंकर वहां का विचित्र हाल इन्हें मालूम हो गया। देखिए, इसी सुरंग को जिसमें हम लोग जा रहे हैं, मायारानी भी नहीं जानती थी और मुझे तो इसका कुछ गुमान भी न था।

यहां पर कमलिनी के साथ की वह मोमबत्ती जलकर पूरी हो गई और कमलिनी ने उसे जमीन पर फेंक दिया। अब इस सुरंग में केवल उस कन्दील की रोशनी रह गई, जो ये लोग कैदखाने में से लाए थे और इस समय तारासिंह उसे अपने हाथ में लटकाए सभों के पीछे-पीछे आ रहे थे। कमलिनी के कहे मुताबिक तारासिंह अब कन्दील लिये हुए आगे-आगे चलने लगे। लगभग बीस कदम जाने के बाद एक चौमुहानी मिली, अर्थात् वहां से चारों तरफ सुरंगें गई हुई थीं। कमलिनी ने रुककर इन्द्रजीतसिंह की तरफ देखा और कहा, ''अब यहां से अगर हम लोग चाहें तो इस तिलिस्मी मकान के बाहर निकल जा सकते हैं।''

इन्द्रजीत–यह सामनेवाला रास्ता कहां गया है?

कमलिनी–बाग के तीसरे और चौथे दर्जे में जाने के लिए यही रास्ता है और बाईं तरफवाली सुरंग उस दूसरे दर्जे में गई है, जिसमें मायारानी रहती है।

आनन्द–और दाहिनी तरफ जाने से हम लोग कहां पहुंचेंगे?

कमलिनी–इस तिलिस्मी मकान या बाग से बाहर जाने के लिए वही राह है।

इन्द्रजीत–तो अब तुम हम लोगों को कहां ले जाना चाहती हो?

कमलिनी–जहां आप कहिए।

आनन्द–अगर मायारानी के बाग में ले चलो तो हम उसे इसी समय गिरफ्तार कर लें, इसके बाद सब काम सहज ही में हो जाएगा।

कमलिनी–यह काम सहज नहीं है और इसके सिवाय जहां तक मैं समझती हूं, मायारानी इस समय अपने कमरे में न होगी या यदि होगी भी तो हर तरह से होशियार होगी। केवल इतना ही नहीं वहां जाने से और भी कई प्रकार का धोखा है। एक तो उस बाग की चहारदीवारी के बाहर कूदकर या कमन्द लगाकर निकल जाना असंभव है, दूसरे उस बाग की हिफाजत के लिए पांच सौ सिपाही मुकर्रर हैं जो हमेशा मुस्तैद और सहज ही मायारानी के पास पहुंच जाने के लिए तैयार रहते हैं। मायारानी को गिरफ्तार करके बाग के बाहर ले जाना कठिन है। मेरी समझ में तो आपको एक दफे यहां से बाहर निकल जाना चाहिए।

इन्द्रजीत–मगर मैं कुछ और ही चाहता हूं।

कमलिनी–वह क्या?

इन्द्रजीत–यदि तुमसे हो सके तो हमें किसी ऐसी जगह ले चलो, जो इस बाग की सरहद के अन्दर हो और जहां दो-तीन रोज तक गुप्त रीति से हम लोग रह भी सकें।

कमलिनी–(कुछ सोचकर) हां, यह हो सकता है और इस राय को मैं भी पसंद करती हूं।

लाडिली–(कमलिनी से) तुमने कौन-सी ऐसी जगह सोची है?

कमलिनी–ऐसी जगह बाग के तीसरे दर्जे में है, बल्कि चौथे दर्जे में भी है।

लाडिली–चौथे दर्जे में जाकर दो-तीन दिन तक रहना उचित नहीं, क्योंकि वह बड़ी भयानक जगह है, क्या तुम वहां के भेद अच्छी तरह जानती हो?

कमलिनी–हरे कृष्ण गोविन्द! वहां का हाल जानना क्या खिलवाड़ है? हां, एक मकान के अन्दर जाने का रास्ता जरूर मालूम है, जहां कोई दूसरा नहीं पहुंच सकता।

इन्द्रजीत–तो फिर उसी जगह हम लोगों को क्यों नहीं ले चलती हो?

कमलिनी–(कुछ सोचकर) हां, मुझे अब याद आया, इतनी देर से व्यर्थ भटक रही हूं, अच्छा आप लोग मेरे पीछे-पीछे चले आइए।

सभों को साथ लिये हुए कमलिनी रवाना हुई। थोड़ी दूर जाने के बाद एक बन्द दरवाजा मिला। वह दरवाजा लोहे का था, मगर यह नहीं मालूम होता था कि वह किस तरह खुलेगा क्योंकि न तो उसमें कहीं ताली लगाने की जगह थी, और न कोई जंजीर या कुंडी ही दिखाई देती थी। दरवाजे के दोनों बगल दीवार में तीन-तीन हाथ ऊंचे दो हाथी बने हुए थे। ये हाथी चांदी के थे और इनके धड़ का अगला हिस्सा कुछ आगे की तरफ बढ़ा हुआ था। एक हाथी के सूंड़ में दूसरे हाथी की सूंड़ गुंथी थी। इन दोनों हाथियों के अगले एक-एक पैर आगे बढ़े और कुछ जमीन की तरफ इस प्रकार मुड़े हुए थे, जिसके देखने से मालूम होता था कि दो सुफेद हाथी क्रोध में आकर सूंड़ मिला रहे हैं और लड़ने के लिए तैयार हैं।

कमलिनी–एक ग्रन्थ के पढ़ने से मुझे मालूम हुआ है कि दरवाजा कमानी के सहारे से खुलता और बन्द होता है और इसकी कमानी इन दोनों हाथियों के पेट में है, जिस पर दोनों सूंड़ों के दबाने से दबाव पहुंचता है, अस्तु यहां ताकत का काम है। इस दोनों सूंड़ों को जोर के साथ यहां तक झुकाना और दबाना चाहिए कि दरवाजे के साथ लग जाएं। मैं देखा चाहती हूं कि आपके ऐयारों में कितनी ताकत है।

देवी–अगर किसी आदमी के झुकाए यह झुक सकता है, तो पहले मुझे उद्योग करने दीजिए।

कमलिनी–आइए-आइए, लीजिए, मैं हट जाती हूं।

देवीसिंह ने दोनों सूंड़ों पर हाथ रख और छाती से अड़ाकर जोर किया, मगर एक बित्ते से ज्यादे न दबा सके और दरवाजा दो हाथ की दूरी पर था, इसलिए दो हाथ दबाकर ले जाने की आवश्यकता थी। आखिर देवीसिंह यह कहते हुए पीछे हटे, "यह राक्षसी काम है।"

इसके बाद और ऐयारों ने भी जोर किया, मगर देवीसिंह से ज्यादे काम न कर सके। तब कमलिनी कुमारों की तरफ देखकर हंसी और बोली, "सिवाय आप दोनों के यह काम किसी तीसरे से न हो सकेगा!"

आनन्द–(इन्द्रजीतसिंह की तरफ देखकर) यदि आज्ञा हो तो मैं भी जोर करूं?

इन्द्रजीत–क्या हर्ज है, तुम यह काम बखूबी कर सकते हो!

आज्ञा पाते ही कुंअर आनन्दसिंह ने दोनों सूंड़ों पर हाथ रखके जोर किया और पहले ही जोर में दरवाजे के साथ लगा दिया। यह हाल देखते ही लाडिली ने जोश में आकर कहा, "वाह-वाह! कैद की मुसीबत उठाकर कमजोर होने पर भी यह हाल है!"

दरवाजे के साथ सूंड़ों का लगना था कि हाथियों के चिंघाड़ने की हलकी आवाज आई और दरवाजा जो एक ही पल्ले का था, सरसर करता जमीन के अन्दर घुस गया। कमलिनी ने आनन्दसिंह से कहा, "अब सूंड़ को पीछे की तरफ हटाइए, मगर पहले सूंड़ के नीचे से या उसके ऊपर से लांघकर दूसरी तरफ निकल चलिए।

हाथ में कंदील लिये हुए पहले तारासिंह टप गए और दरवाजे के उस पार जा खड़े हुए, तब इन्द्रजीतसिंह दरवाजे के उस पार पहुंचे, उसके बाद कुंअर आनन्दसिंह जाया ही चाहते थे कि एक नई घटना ने सब खेल ही बिगाड़ दिया।

दरवाजे के उस पार एक आदमी न मालूम कब से छिपा बैठा था। उसने फुर्ती से आगे बढ़कर एक लात उस कन्दील में मारी जो तारासिंह के हाथ में थी। कंदील हाथ से छूटकर जमीन पर तो न गिरी, मगर बुझ गई और एकदम अन्धकार हो गया। यद्यपि यह काम उसने बड़ी फुर्ती से किया, तथापि इन लोगों की निगाह उस पर पड़ ही गई, लेकिन उसकी असली सूरत नजर न पड़ी क्योंकि वह काला कपड़ा पहने और अपने चेहरे को नकाब से छिपाए हुए था।

अंधेरा होते ही उसने दूसरा काम किया। भुजाली उसके पास थी, जिसका भरपूर हाथ उसने कुंअर इन्द्रजीतसिंह के सिर पर जमाया। अंधेरे के सबब से निशाने में फर्क पड़ गया तो भी कुमार के बाएं मोढ़े पर गहरी चोट बैठी। चोट खाते ही कुमार ने पुकारकर कहा, "सब कोई होशियार रहना! दुश्मन के हाथ में हर्बा है और वह मुझे जख्मी भी कर चुका है!"

यह हाल देख और सुनकर कमलिनी ने झट अपने तिलिस्मी खंजर से काम लिया। हम ऊपर लिख आए हैं कि उसकी कमर में दो तिलिस्मी खंजर हैं। उसने एक खंजर हाथ में लेकर उसका कब्जा दबाया और उसमें से बिजली की तरह चमक पैदा हुई जिससे कमलिनी के सिवाय जो आदमी वहां थे, कोई भी उस चमक को न सह सका और सभों ने अपनी-अपनी आंखें बन्द कर लीं।

दरवाजे के उस पार भी उसी तरह की सुरंग थी। कमलिनी ने देखा कि दुश्मन अपना काम करके सामने की तरफ भागा जा रहा है, मगर खंजर की चमक ने उसे

भी चौंधिया दिया था जिसका नतीजा यह हुआ कि कमलिनी बहुत जल्द ही उसके पास जा पहुंची और खंजर उसके बदन से लगा दिया, जिसके साथ ही वह बेहोश होकर जमीन पर गिर पड़ा। खंजर कमर में रखकर कमलिनी लौटी और उसने अपने बटुए में से सामान निकालकर एक मोमबत्ती जलाई तथा इतने में हमारे ऐयार लोग भी दरवाजे के दूसरी तरफ जा पहुंचे।

कुंअर इन्द्रजीतसिंह के मोढ़े से खून निकल रहा था। यद्यपि कुमार को उसकी कुछ परवाह न थी और उनके चेहरे पर भी किसी प्रकार का रंज न मालूम होता था तथापि देवीसिंह ने जख्म बांधने का इरादा किया, मगर कमलिनी ने रोककर अपने बटुए में से किसी प्रकार के तेल की एक शीशी निकाली और अपने नाजुक हाथों से घाव पर तेल लगाया, जिससे तुरन्त ही खून बन्द हो गया। इसके बाद अपने आंचल में से थोड़ा कपड़ा फाड़कर जख्म बांधा। उसके एहसान ने कुंअर इन्द्रजीतसिंह को पहले ही अपना कर लिया था, अब उसकी मुहब्बत और हमदर्दी ने उन्हें अच्छी तरह अपने काबू में कर लिया।

इन्द्रजीत–(कमलिनी से) तुम्हारे अहसानों के बोझ से मैं दबा ही जाता हूं। (मुस्कुराकर और धीरे से) देखना चाहिए, सिर उठाने का दिन भी कभी आता है या नहीं।

कमलिनी–(मुस्कुराकर) बस, रहने दीजिए, बहुत बातें न बनाइए।

आनन्द–मालूम होता है, वह शैतान भाग गया?

कमलिनी–नहीं-नहीं, मेरे सामने से भागकर निकल जाना जरा मुश्किल है, आगे चलकर आप उसे जमीन पर बेहोश पड़ा हुआ देखेंगे।

इन्द्रजीत–इस समय तो तुमने वह काम किया है जिसे करामात कहना चाहिए!

कमलिनी–मैं बेचारी क्या कर सकती हूं, इस समय तो (खंजर की तरफ इशारा करके) इसने बड़ा काम किया।

इन्द्रजीत–बेशक यह अनूठी चीज है, इसकी चमक ने तो आंखें बन्द कर दीं, कुछ देख भी न सके कि तुमने क्या किया।

कमलिनी–यह तिलिस्मी खंजर है और इसमें बहुत-से गुण हैं।

इन्द्रजीत–मैं सुना चाहता हूं कि इस खंजर में क्या-क्या गुण हैं। बल्कि और कई बातें पूछा चाहता हूं मगर यकायक दुश्मन के पहुंचने से...

कमलिनी–खैर, ईश्वर की मर्जी, मैं खूब जानती हूं कि सिवाय इस शैतान के और कोई यहां तक नहीं आ सकता, तिस पर भी इस दरवाजे को खोलने की इसे सामर्थ्य न थी, इसी से चुपचाप दुबका हुआ था। मगर फिर भी इसका यहां तक पहुंच जाना ताज्जुब मालूम होता है।

इन्द्रजीत–क्या तुम उसे पहचानती हो?

कमलिनी–हां, कुछ-कुछ शक तो होता है, मगर निश्चय किए बिना कुछ नहीं कह सकती।

इन्द्रजीत–जो हो, मगर अब हम लोगों को यहां से निकल चलने के लिए जल्दी करना चाहिए।

कमलिनी–पहले इस दरवाजे को बन्द कर लीजिए नहीं तो इस राह से दुश्मन के आ पहुंचने का डर रहेगा।

दरवाजे के दूसरी तरफ भी उसी प्रकार के दो हाथी बने हुए थे। कमलिनी के कहे मुताबिक आनन्दसिंह ने जोर से सूंड़ को दरवाजे की तरफ हटाया जिससे उस तरफवाले हाथियों की सूंड़ ज्यों-की-त्यों सीधी हो गई और दरवाजा भी बन्द हो गया।

इन्द्रजीत–मालूम होता है कि इस तरफ से कोई दरवाजा खोलना चाहे तो इन हाथियों की सूंड़ों को जो इस समय दरवाजे के साथ लगी हुई हैं, अपनी तरफ खैंचकर सीधा करना पड़ेगा और ऐसा करने से उस तरफ के हाथियों की सूंड़ें दरवाजे के पास आ लगेंगी।

कमलिनी–आपका सोचना बहुत ठीक है, वास्तव में ऐसा ही है।

इन्द्रजीत–अच्छा, अब यहां से चल देना चाहिए, चलते-चलते इस खंजर का गुण भी कहो, जिसकी करामात मैं अभी देख चुका हूं।

कमलिनी–चलते-चलते कहने की कोई जरूरत नहीं, मैं इसी जगह अच्छी तरह समझाकर एक खंजर आपके हवाले करती हूं।

उस खंजर में जो-जो गुण था, उसके विषय में ऊपर कई जगह लिखा जा चुका है, कमलिनी ने कुंअर इन्द्रजीतसिंह को सब समझाया और इसके बाद खंजर के जोड़ के अंगूठी उनके हाथ में पहनाकर एक खंजर उनके हवाले किया, जिसे पाकर कुमार बहुत प्रसन्न हुए।

लाडिली–(कमलिनी से) एक खंजर छोटे कुमार को भी देना चाहिए।

कमलिनी–(मुस्कुराकर) आपकी सिफारिश की कोई जरूरत नहीं है, मैं खुद एक खंजर छोटे कुमार को दूंगी।

आनन्द–कब?

कमलिनी–यह दूसरा खंजर उसी तरह का मेरे पास है। इसे मैं आपको अभी दे देती मगर इसलिए रख छोड़ा है कि आप ही के लिए इस घर में अभी कई तरह का काम करना है, शायद कभी दुश्मनों के...

आनन्द–नहीं-नहीं, यह खंजर जो तुम्हारे पास रह गया है, लेकर मैं तुम्हें खतरे में नहीं डाल सकता, कल-परसों या दस दिन में जब मौका हो तब मुझे देना।

कमलिनी–जरूर दूंगी, अच्छा अब यहां से चलना चाहिए।

दोनों कुमारों और ऐयारों को साथ लिये हुए कमलिनी वहां से रवाना हुई और उस ठिकाने पहुंची जहां वह शैतान बेहोश पड़ा हुआ था जिसने कन्दील बुझाकर कुमार को जख्मी किया था। चेहरे पर से नकाब हटाते ही कमलिनी चौंकी और बोली, "हैं,

यह तो कोई दूसरा ही है! मैं समझे हुए थी कि दारोगा, किसी तरह राजा बीरेन्द्रसिंह की कैद से छूटकर आ गया होगा, मगर इसे तो मैं बिलकुल नहीं पहचानती। (कुछ रुककर) उसने मेरे साथ दगा तो नहीं की! कौन ठिकाना, ऐसे आदमी का विश्वास न करना चाहिए, मगर मैंने तो उसके साथ...''

ऊपर लिखी बातें कह कमलिनी चुप हो गई और थोड़ी देर तक किसी गम्भीर चिन्ता में डूबी-सी दिखाई पड़ी। आखिर कुंअर इन्द्रजीतसिंह से रहा न गया, धीरे से कमलिनी की उंगली पकड़कर बोले–

इन्द्रजीत–तुम्हें इस अवस्था में देखकर मुझे जान पड़ता है कि शायद कोई नई मुसीबत आनेवाली है जिसके विषय में तुम कुछ सोच रही हो।

कमलिनी–हां, ऐसा ही है, मेरे कामों में विघ्न पड़ता दिखाई देता है। अच्छा मर्जी परमेश्वर की! आपके लिए कष्ट उठाना क्या, जान तक देने को तैयार हूं। (कुछ रुककर) अब देर करना उचित नहीं, यहां से निकल ही जाना चाहिए।

इन्द्रजीत–क्या मायारानी के अनूठे बाग के बाहर निकलने को कहती हो?

कमलिनी–हां।

इन्द्रजीत–मैं तो सोचे हुए था कि माता-पिता को छुड़ाकर तभी यहां से जाऊंगा।

कमलिनी–मैंने भी यही निश्चय किया था, परन्तु अब क्या किया जाए, सबके पहले अपने को बचाना उचित है, यदि आप ही आफत में फंसे रहेंगे तो उन्हें कौन छुड़ाएगा!

इन्द्रजीत–यहां की अद्‌भुत बातों से मैं अनजान हूं इसलिए जो कुछ करने को कहोगी, करना ही पड़ेगा, नहीं तो मेरी राय तो यहां से भागने की न थी, क्योंकि जब मेरे हाथ-पैर खुले हैं और सचेत हूं तो एक क्या पांच सौ से भी डर नहीं सकता। जिस पर तुम्हारा दिया हुआ यह अनूठा तिलिस्मी खंजर पाकर तो साक्षात् काल का भी मुकाबला करने से बाज न आऊंगा।

कमलिनी–आपका कहना ठीक है, मैं आपकी बहादुरी को अच्छी तरह जानती हूं, परन्तु इस समय नीति यही कहती है कि यहां से निकल जाओ।

इन्द्रजीत–अगर ऐसा ही है तो चलो मैं चलता हूं। (धीरे-से कान में) तुम्हारी बुद्धिमानी पर मुझे डाह होता है।

कमलिनी–(धीरे से) डाह कैसा?

इन्द्रजीत–(दो कदम आगे ले जाकर) डाह इस बात का कि वह बड़ा ही भाग्यशाली होगा जिसके तुम पाले पड़ोगी।

इसके जवाब में कमलिनी ने कुमार को एक हल्की चुटकी काटी और धीरे से कहा, ''मुझे तो तुमसे बढ़कर भाग्यशाली कोई दिखाई नहीं पड़ता, मगर...!''

आह, कमलिनी की इस बात ने तो कुमार को फड़का दिया लेकिन इस 'मगर' शब्द ने भी बड़ा अंधेर किया जिसका सबब हमारे मनचले पाठक स्वयं समझ जाएंगे

क्योंकि वे कमलिनी और कुंअर इन्द्रजीतसिंह की पहली बातें अभी भूले न होंगे, जो तालाब के बीचवाले उस मकान में हुई थीं जहां कमलिनी रहा करती थी।

कमलिनी–(देवीसिंह से) इस आदमी को जो बेहोश पड़ा है, उठाके ले चलना चाहिए।

देवी–हां-हां, इसे मैं उठाकर ले चलूंगा।

इन्द्रजीत–शायद हम लोगों को फिर लौटना पड़े क्योंकि बाहर निकलने का रास्ता पीछे छोड़ आए हैं।

कमलिनी–हां, सुगम रास्ता तो यही था मगर अब मैं उधर न जाऊंगी। कौन ठिकाना हाथीवाले दरवाजे के उस तरफ दुश्मन लोग आ गए हों, क्योंकि कैदखाने की दीवार आप तोड़ ही चुके हैं और उधरवाली सुरंग का मुंह खुला रहने के कारण किसी का आना कठिन नहीं है।

इन्द्रजीत–तब दूसरी राह कौन-सी है? क्या उधर चलोगी जिधर से यह दुश्मन आया है?

कमलिनी–नहीं, उधर भी दुश्मनों का गुमान है, आइए मैं एक और ही राह से ले चलती हूं।

आगे-आगे कमलिनी और उसके पीछे दोनों कुमार और ऐयार लोग रवाना हुए।

यहां भी दोनों तरफ दीवारों पर सुन्दर तस्वीरें बनी हुई थीं। दस-बारह कदम आगे जाने के बाद बगल की दीवार में एक छोटा-सा खुला हुआ दरवाजा था जिसे देखकर कमलिनी ने इन्द्रजीतसिंह से कहा, "यह आदमी इसी राह से आया होगा, क्योंकि अभी तक दरवाजा खुला हुआ है, मगर मैं दूसरी ही राह से चलूंगी जो जरा कठिन है।"

कुमार–मैं तो कहता हूं कि इसी राह से चलो। दरवाजे पर दस-पांच दुश्मन मिल ही जाएंगे तो क्या होगा।

कमलिनी–खैर, तब चलिए।

सब कोई उस राह से बाहर हुए और कमलिनी ने उस दरवाजे को जो एक खटके के सहारे खुलता और बन्द होता था बन्द कर दिया। उस तरफ भी थोड़ी दूर सुरंग में ही जाना पड़ा। जब सुरंग का अन्त हुआ तो छोटी-छोटी सीढ़ियां ऊपर चढ़ने के लिए मिलीं। कमलिनी ने ऊपर की तरफ देखा और कहा, "यहां का दरवाजा तो बन्द है।" सबके आगे कमलिनी और फिर दोनों कुमार और ऐयार लोग ऊपर चढ़े। ये सीढ़ियां घूमती हुई ऊपर गई थीं, मालूम होता था कि किसी बुर्ज पर चढ़ रहे हैं।

जब सीढ़ियों का अन्त हुआ तो एक चक्कर, पहिए की तरह बना हुआ दिखाई दिया जिसे कमलिनी ने चार-पांच दफे घुमाया। खटके की आवाज के साथ पत्थर की चट्टान अलग हो गई और सभी लोग उस राह से निकलकर बाहर मैदान में दिखाई

देने लगे। बाहर सन्नाटा देखकर कमलिनी ने कहा, "शुक्र है कि यहां हमारा दुश्मन कोई नहीं दिखाई देता।"

जिस राह से कुमार और ऐयार लोग बाहर निकले, वह पत्थर का एक चबूतरा था, जिसके ऊपर महादेव का लिंग स्थापित था। चबूतरे के नीचे की तरफ का बगल वाला पत्थर खुलकर जमीन के साथ सट गया था और वही बाहर निकलने का रास्ता बन गया था। लिंग के बगल में तांबे का बड़ा-सा नन्दी (बैल) बना हुआ था और उसके मोढ़े पर लोहे का एक सर्प कुण्डली मारे बैठा था। कमलिनी ने सांप के सिर को दोनों हाथ से पकड़कर उभाड़ा और साथ ही नन्दी ने मुंह खोल दिया, तब कमलिनी ने उसके मुंह में हाथ डालकर कोई पेंच घुमाया। वह पत्थर की चट्टान जो अलग हो गई थी, फिर ज्यों-की-त्यों हो गई और सुरंग का मुंह बन्द हो गया। कमलिनी ने सांप के फन को फिर दबा दिया और बैल ने भी अपना मुंह बन्द कर लिया।

इन्द्रजीत–(कमलिनी से) यह दरवाजा भी अजब तरह से खुलता और बन्द होता है।

कमलिनी–हां, बड़ी कारीगरी से बनाया गया है।

इन्द्रजीत–इसके खोलने और बन्द करने की तरकीब मायारानी को मालूम होगी?

कमलिनी–जी हां, बल्कि (लाडिली की तरफ इशारा करके) यह भी जानती है, क्योंकि बाग के तीसरे दर्जे में जाने के लिए यह भी एक रास्ता है जिसे हम तीनों बहिनें जानती हैं, मगर उस हाथीवाले दरवाजे का हाल, जिसे आपने खोला था, सिवाय मेरे और कोई भी नहीं जानता।

आनन्द–यह जगह बड़ी भयानक मालूम पड़ती है!

कमलिनी–जी हां, यह पुराना मसान है और गंगाजी भी यहां से थोड़ी ही दूर पर हैं। किसी जमाने में जब का यह मसान है, गंगाजी इसी जगह पास ही में बहती थीं, मगर अब कुछ दूर हट गईं और इस जगह बालू पड़ गया है।

आनन्द–खैर, अब क्या करना और कहां चलना चाहिए?

कमलिनी–अब हमको गंगा पार होकर जमानिया में पहुंचना चाहिए। वहां मैंने एक मकान किराए पर ले रखा है जो बहुत ही गुप्त स्थान में है, उसी में दो-तीन दिन रहकर कार्रवाई करूंगी।

इन्द्रजीत–गंगा पार किस तरह जाना होगा?

कमलिनी–थोड़ी ही दूर पर गंगा के किनारे एक किश्ती बंधी हुई है जिस पर मैं आई थी, मैं समझती हूं वह किश्ती अभी तक वहां ही होगी।

सबेरा होने में कुछ विलम्ब न था। मन्द-मन्द दक्षिणी हवा चल रही थी और आसमान पर केवल दस-पांच तारे दिखाई पड़ रहे थे जिनके चेहरे की चमक-दमक

चलाचली की उदासी के कारण मन्द पड़ती जा रही थी, जबकि कमलिनी और कुमार इत्यादि सब कोई वहां से रवाना हुए और उसी किश्ती पर सवार होकर, जिसका जिक्र कमलिनी ने किया था, गंगा पार हो गए।

तीसरा बयान

मायारानी उस बेचारे मुसीबत के मारे कैदी को रंज, डर और तरद्दुद की निगाहों से देख रही थी जबकि यह आवाज उसने सुनी, ''बेशक, मायारानी की मौत आ गई!'' इस आवाज ने मायारानी को हद से ज्यादे बेचैन कर दिया। वह घबड़ाकर चारों तरफ देखने लगी मगर कुछ मालूम न हुआ कि यह आवाज कहां से आई। आखिर, वह लाचार होकर धनपति को साथ लिये हुए वहां से लौटी और जिस तरह वहां गई थी, उसी तरह बाग के तीसरे दर्जे से होती हुई कैदखाने के दरवाजे पर पहुंची, जहां अपने दोनों ऐयार बिहारीसिंह और हरनामसिंह को छोड़ गई थी। मायारानी को देखते ही बिहारीसिंह बोला–"आप हम लोगों को यहां व्यर्थ ही छोड़ गईं!"

माया–हां, अब मैं भी यही सोचती हूं क्योंकि अगर तुम दोनों को अपने साथ ले जाती तो इसी समय टण्टा तै हो जाता। यद्यपि धनपति मेरे साथ थी और तुम लोग भी जानते हो कि यह बहुत ताकतवर है तथापि मेरा हौसला न पड़ा कि उसे बाहर निकालती।

बिहारी–(चौंककर) तो क्या आप अपने कैदी को देखने के लिए चौथे दर्जे में गई थीं! मगर मैंने जो कुछ कहा, वह कुछ दूसरे मतलब से कहा था।

माया–हां, मैं उसी दुश्मन के पास गई थी जिसके बारे में चण्डूल ने मुझे होशियार किया था, मगर तुमने यह किस मतलब से कहा कि आप हम लोगों को यहां व्यर्थ ही छोड़ गई थीं?

बिहारी–मैंने इस मतलब से कहा कि हम लोग यहां बैठे-बैठे जान रहे थे कि इस कैदखाने के अन्दर ऊधम मच रहा है मगर कुछ कर नहीं सकते थे।

माया–ऊधम कैसा?

बिहारी–इस कैदखाने के अन्दर से दीवार तोड़ने की आवाज आ रही थी, मालूम होता है कि कैदियों की हथकड़ी-बेड़ी किसी ने खोल दीं।

माया–मगर तुम्हारी बातों से यह जाना जाता है कि अभी कैदी लोग इसके अन्दर ही हैं। मैं सोच रही थी कि जब ताली लेकर लाडिली चली गई तो कहीं कैदियों को भी छुड़ा न ले गई हो।

बिहारी–नहीं-नहीं, कैदी बेशक इसके अन्दर थे और आपके जाने के बाद कैदियों की बातचीत की कुछ-कुछ आवाज भी आ रही थी, कुछ देर बाद दीवार

तोड़ने की आहट मालूम होने लगी, मगर अब मैं नहीं कह सकता कि कैदी इसके अन्दर हैं या निकल गए, क्योंकि थोड़ी देर से भीतर सन्नाटा-सा जान पड़ता है, न तो किसी की बातचीत की आहट मिलती है, न दीवार तोड़ने की।

माया–(कुछ सोचकर) दीवार तोड़कर इस बाग के बाहर निकल जाना जरा मुश्किल है, मगर मुझे ताज्जुब मालूम होता है कि उन कैदियों की हथकड़ी-बेड़ी किसने खोली और दीवार तोड़ने का सामान उन्हें क्योंकर मिला! शायद तुम्हें धोखा हुआ हो।

बिहारी–नहीं-नहीं, मुझे धोखा नहीं हुआ, मैं पागल नहीं हूं!

हरनाम–क्या हम लोग इतना भी नहीं पहचान सकते कि यह दीवार तोड़ने की आवाज है?

माया–(ऊंची सांस लेकर) हाय, न मालूम मेरी क्या दुर्दशा होगी! खैर, कैदियों के बारे में मैं पीछे सोचूंगी, पहले तुम लोगों से एक दूसरे काम में मदद लिया चाहती हूं!

बिहारी–वह कौन-सा काम है?

माया–मैंने जिस काम के लिए उसे कैद किया था, वह न हुआ और न आशा है कि वह कोई भेद बताएगा, अस्तु, अब उसे मारकर टण्टा मिटाया चाहती हूं।

बिहारी–हां, आपने उसे जिस तरह की तकलीफ दे रखी है उससे तो उसका मर जाना ही उत्तम है। हाय, वह बेचारा इस योग्य न था। हाय, आपकी बदौलत मेरा भी लोक-परलोक दोनों बिगड़ गया! ऐसे नेक और होनहार मालिक के साथ आपके बहकाने से जो कुछ मैंने किया, उसका दुःख जन्म-भर न भूलूंगा।

माया–और उन नेकियों को याद न करोगे जो मैंने तुम लोगों के साथ की थीं।

बिहारी–खैर, अब इस विषय पर हुज्जत करना व्यर्थ है। जब लालच में आकर बुरा काम कर ही चुके तो अब रोना काहे का है।

हरनाम–मुझे भी इस बात का बहुत ही दुःख है, देखा चाहिए क्या होता है। आजकल जो कुछ देखने-सुनने में आ रहा है, उसका नतीजा अवश्य ही बुरा होगा।

माया–(लम्बी सांस लेकर) खैर, जो होगा देखा जाएगा मगर इस समय यदि सुस्ती करोगे तो मेरी जान तो जाएगी ही, तुम लोग भी जीते न बचोगे।

बिहारी–यह तो हम लोगों को पहले ही मालूम हो चुका है कि अब उन बुरे कर्मों का फल शीघ्र ही भोगना पड़ेगा, मगर खैर, आप यह कहिए कि हम लोग क्या करें? जान बचाने की क्या कोई सूरत दिखाई पड़ती है?

माया–मेरे साथ बाग के चौथे दर्जे में चलकर पहले उस कैदी को मारकर छुट्टी करो तो दूसरा काम बताऊं।

हरनाम–नहीं-नहीं-नहीं, यह काम मुझसे न हो सकेगा। बिहारीसिंह से हो सके तो इन्हें ले जाइए। मैं उनके ऊपर हर्बा नहीं उठा सकता। नारायण-नारायण, इस अनर्थ का भी कोई ठिकाना है।

माया–(चिढ़कर) हरनाम, क्या तू पागल हो गया है जो मेरे सामने ऐसी बेतुकी बातें करता है? अदब और लेहाज को भी तूने एकदम चूल्हे में डाल दिया! क्या तू मेरी सामर्थ्य को भूल गया?

हरनाम–नहीं, मैं आपकी सामर्थ्य को नहीं भूला बल्कि आपकी सामर्थ्य ने स्वयं आपका साथ छोड़ दिया।

बिहारीसिंह और हरनामसिंह की बातें सुनकर मायारानी को क्रोध तो बहुत आया, परन्तु इस समय क्रोध करने का मौका न देखकर, वह तरह दे गई। मायारानी बड़ी ही चालबाज और दुष्ट औरत थी, समय पड़ने पर वह एक अदने को बाप बना लेती और काम न होने पर किसी को एक तिनके बराबर भी न मानती। इस समय अपने ऊपर संकट आया हुआ जान उसने दोनों ऐयारों को किसी तरह राजी रखना ही उचित समझा।

माया–क्यों हरनामसिंह, तुमने कैसे जाना कि मेरी सामर्थ्य ने मेरा साथ छोड़ दिया?

हरनाम–वह तो इसी से जाना जाता है कि बेबस कैदी की जान लेने के लिए हम लोगों को ले जा चाहती हो। उस बेचारे को तो एक अदना लड़का भी मार सकता है।

बिहारी–हरनामसिंह का कहना ठीक है, बाहर खड़े होकर आपके हाथ से चलाया हुआ एक तीर उसका काम तमाम कर सकता है।

माया–नहीं, यदि ऐसा होता तो मैं उसे बिना मारे लौट न आती, मेरे कई तीर व्यर्थ गए और नतीजा कुछ भी न निकला!

बिहारी–(चौंककर) सो क्यों?

माया–उसके हाथ में एक ढाल है। न मालूम वह ढाल उसे किसने दी जिस पर वह तीर रोककर हंसता है और कहता है कि अब मुझे कोई मार नहीं सकता।

बिहारी–(कुछ सोचकर) अब अनर्थ होने में कोई सन्देह नहीं, यह काम बेशक चण्डूल का है। कुछ समझ में नहीं आता कि वह कौन कमबख्त है?

माया–अब सोच-विचार में विलम्ब करना उचित नहीं, जो होना था सो हो चुका, अब जान बचाने की फिक्र करनी चाहिए।

बिहारी–आपने क्या विचारा?

माया–तुम लोग यदि मेरी मदद न करोगे तो मेरी जान न बचेगी और जब मुझ पर आफत आवेगी तो तुम लोग भी जीते न बचोगे।

बिहारी–हां, यह तो ठीक है, जान बचाने के लिए कोई-न-कोई उद्योग तो करना

ही होगा।

माया–अच्छा तो तुम लोग मेरे साथ चलो और जिस तरह हो उस कैदी को यमलोक पहुंचाओ। मुझे विश्वास हो गया कि उस कैदी की जान के साथ हम लोगों की आधी बला टल जाएगी और इसके बदले में मैं तुम दोनों को एक लाख दूंगी।

हरनाम–काम तो बड़ा कठिन है!

यद्यपि बिहारीसिंह और हरनामसिंह अपने हाथ से उस कैदी को मारा नहीं चाहते थे, तथापि मायारानी की मीठी-मीठी बातों से और रुपए के लालच तथा जान के डर से वे लोग यह अनर्थ करने के लिए तैयार हो गए। धनपति और दोनों ऐयारों को साथ लिये हुए मायारानी फिर बाग के चौथे दर्जे की ओर रवाना हुई। सूर्य भगवान के दर्शन तो नहीं हुए थे मगर सबेरा हो चुका था और मायारानी के नौकर नींद से उठकर अपने-अपने कामों में लग चुके थे। लेकिन मायारानी का ध्यान उस तरफ कुछ न था, उस बेचारे कैदी की जान लेना ही सबसे जरूरी काम समझ रखा था।

थोड़ी ही देर में चारों आदमी बाग के चौथे दर्जे में जा पहुंचे और कुएं के अन्दर उतरकर उस कैदखाने में गए जिसमें मायारानी का वह अनूठा कैदी बन्द था। मायारानी को उम्मीद थी कि उस कैदी को फिर उसी तरह हाथ में ढाल लिये हुए देखेगी, मगर ऐसा न हुआ। उस जंगलेवाली कोठरी का दरवाजा खुला हुआ था और उस कैदी का कहीं पता न था।

वहां की ऐसी अवस्था देखकर मायारानी अपने रंज और गम को सम्हाल न सकी और एकदम 'हाय' करके जमीन पर गिरकर बेहोश हो गई। धनपति और दोनों ऐयारों के भी होश जाते रहे, उनके चेहरे पीले पड़ गए और निश्चय हो गया कि अब जान जाने में कोई कसर नहीं है। केवल इतना ही नहीं, बल्कि डर के मारे वहां ठहरना भी वे लोग उचित न समझते थे, मगर बेहोश मायारानी को वहां से उठाकर बाग के दूसरे दर्जे में ले जाना भी कठिन काम था, इसलिए लाचार होकर उन लोगों को वहां ठहरना पड़ा।

बिहारीसिंह ने अपने बटुए में से लखलखा निकालकर मायारानी को सुंघाया और कोई अर्क उसके मुंह में टपकाया। थोड़ी देर में मायारानी होश में आई और पड़े-पड़े, नीचे लिखी बातें प्रलाप की तरह बकने लगी–

"हाय, आज मेरी जिन्दगी का दिन पूरा हो गया और मेरी मौत आ पहुंची। हाय, मुझे तो अपनी जान का धोखा उसी दिन हो चुका था, जिस दिन कमबख्त नानक ने दरबार में मेरे सामने कहा था कि 'उस कोठरी की ताली मेरे पास है जिसमें किसी के खून से लिखी हुई किताब रखी है।'[1] इस समय उसी किताब ने धोखा दिया। हाय, उस किताब के लिए नानक को छोड़ देना ही बुरा हुआ। यह काम उसी हरामजादे का

---

1. देखिए चौथा भाग, सातवां बयान।

है, लाडिली और धनपति के किए कुछ भी न हुआ। (धनपति की तरफ देखकर) सच तो यों है कि मेरी मौत तेरे ही सबब से हुई। तेरी ही मुहब्बत ने मुझे गारत किया, तेरे ही सबब से मैंने पाप की गठरी सिर पर लादी, तेरे ही सबब से मैंने अपना धर्म खोया, तेरे ही सबब से मैं बुरे कामों पर उतारू हुई, तेरे ही सबब से मैंने अपने पति के साथ बुराई की, तेरे ही सबब से मैंने अपना सर्वस्व बिगाड़ दिया। तेरे ही सबब से मैं बीरेन्द्रसिंह के लड़कों के साथ बुराई करने के लिए तैयार हुई, तेरे ही सबब से कमलिनी मेरा साथ छोड़कर चली गई, और तेरे ही सबब से आज मैं इस दशा को पहुंची। हाय, इसमें कोई सन्देह नहीं कि बुरे कर्मों का बुरा फल अवश्य मिलता है। हाय, मुझ-सी औरत, जिसे ईश्वर ने हर प्रकार का सुख दे रखा था, आज बुरे कर्मों की बदौलत ही इस अवस्था को पहुंची। आह, मैंने क्या सोचा था और क्या हुआ? क्या बुरे कर्म करके भी कोई सुख भोग सकता है! नहीं-नहीं, कभी नहीं, दृष्टान्त के लिए स्वयं मैं मौजूद हूं!''

मायारानी न मालूम और भी क्या-क्या बकती, मगर एक आवाज ने उसके प्रलाप में विघ्न डाल दिया और उसके होश-हवास दुरुस्त कर दिए। किसी तरफ से यह आवाज आई–''अब अफसोस करने से क्या होता है, बुरे कर्मों का फल भोगना ही पड़ेगा।''

बहुत-कुछ विचारने और चारों तरफ निगाह दौड़ाने पर भी किसी की समझ में न आया कि बोलनेवाला कौन या कहां है। डर के मारे सभों के बदन में कंपकंपी पैदा हो गई। मायारानी उठ बैठी और धनपति तथा दोनों ऐयारों को साथ लिये और कांपते हुए कलेजे पर हाथ रखे वहां से अपने स्थान अर्थात् बाग के दूसरे दर्जे की तरफ भागी।

चौथा बयान

कमलिनी की आज्ञानुसार बेहोश नागर की गठरी पीठ पर लादे हुए भूतनाथ कमलिनी के उस तिलिस्मी मकान की तरफ रवाना हुआ जो एक तालाब के बीचोंबीच में था। इस समय उसकी चाल तेज थी और वह खुशी के मारे बहुत ही उमंग और लापरवाही के साथ बड़े-बड़े कदम भरता जा रहा था। उसे दो बातों की खुशी थी, एक तो उन कागजों को वह अपने हाथ से जलाकर खाक कर चुका था जिनके सबब से वह मनोरमा और नागर के आधीन हो रहा था और जिनका भेद लोगों पर प्रकट होने के डर से अपने को मुर्दे से भी बदतर समझे हुए था। दूसरे, उस तिलिस्मी खंजर ने उसका दिमाग आसमान पर चढ़ा दिया था, और ये दोनों बातें कमलिनी की बदौलत उसे मिली थीं, एक तो भूतनाथ पहले ही भारी मक्कार

ऐयार और होशियार था, अपनी चालाकी के सामने किसी को कुछ गिनता ही न था, दूसरे आज खंजर का मालिक बनके खुशी के मारे अन्धा हो गया। उसने समझ लिया कि अब न तो उसे किसी का डर है और न किसी की परवाह।

अब हम उसके दूसरे दिन का हाल लिखते हैं, जिस दिन भूतनाथ नागर की गठरी पीठ पर लादे कमलिनी के मकान की तरफ रवाना हुआ था। भूतनाथ अपने को लोगों की निगाहों से बचाते हुए आबादी से दूर-दूर जंगल, मैदान, पगडंडी और पेचीले रास्ते पर सफर कर रहा था। दोपहर के समय वह एक छोटी-सी पहाड़ी के नीचे पहुंचा जिसके चारों तरफ मकोय और बेर इत्यादि कंटीले और झाड़ीवाले पेड़ों ने एक प्रकार का हलका-सा जंगल बना रखा था। उसी जगह एक छोटा-सा 'चूआ'[1] भी था और पास ही में जामुन का एक छोटा-सा पेड़ था। थकावट और दोपहर की धूप से व्याकुल भूतनाथ ने दो-तीन घण्टे के लिए वहां आराम करना पसन्द किया। जामुन के पेड़ के नीचे गठरी उतारकर रख दी और आप भी उसी जगह जमीन पर चादर बिछाकर लेट गया। थोड़ी देर बाद जब सुस्ती जाती रही तो उठ बैठा, कुएं के जल से हाथ-मुंह धोकर कुछ मेवा खाया जो उसके बटुए में था और इसके बाद लखलखा सुंघा नागर को होश में लाया। नागर होश में आकर उठ बैठी और चारों तरफ देखने लगी। जब सामने बैठे भूतनाथ पर नजर पड़ी तो समझ गई कि कमलिनी की आज्ञानुसार यह मुझे कहीं लिये जाता है।

नागर–यह तो मैं समझ ही गई कि कमलिनी ने मुझे गिरफ्तार कर लिया और उसी की आज्ञा से तू मुझे लिये जाता है, मगर यह देखकर मुझे ताज्जुब होता है कि कैदी होने पर भी मेरे हाथ-पैर क्यों खुले हैं और मेरी बेहोशी क्यों दूर की गई?

भूतनाथ–तेरी बेहोशी इसलिए दूर की गई कि जिसमें तू भी इस दिलचस्प मैदान और यहां की साफ हवा का आनन्द उठा ले। तेरे हाथ-पैर बंधे रहने की कोई आवश्यकता नहीं है क्योंकि अब मैं तेरी तरफ से होशियार हूं, तू मेरा कुछ भी नहीं बिगाड़ सकती, दूसरे तेरे पास वह अंगूठी भी अब नहीं रही जिसके भरोसे तू फूली हुई थी, तीसरे (खंजर की तरफ इशारा करके) यह अनूठा खंजर भी मेरे पास मौजूद है, फिर किसका डर है? इसके अलावे उन कागजों को भी मैं जला चुका जो तेरे पास थे और जिनके सबब से मैं तुम लोगों के आधीन हो रहा था।

नागर–ठीक है, अब तुझे किसी का डर नहीं है, मगर फिर भी मैं इतना कहे बिना न रहूंगी कि तू हम लोगों के साथ दुश्मनी करके कोई फायदा नहीं उठा सकता और राजा बीरेन्द्रसिंह तेरा कसूर कभी माफ न करेंगे।

भूतनाथ–राजा बीरेन्द्रसिंह अवश्य मेरा कसूर माफ करेंगे और जब मैं उन कागजों

---

1. 'चूआ'–छोटा-सा (हाथ दो हाथ का) गड़हा जिसमें से पहाड़ी पानी धीरे-धीरे दिन-रात बारहों महीना निकला करता है।

को जला ही चुका तो मेरा कसूर साबित भी कैसे हो सकता है?

नागर–ऐसा होने पर भी तुझे सच्ची खुशी इस दुनिया में नहीं मिल सकती और राजा बीरेन्द्रसिंह के लिए जान दे देने पर भी तुझे उनसे कुछ विशेष लाभ नहीं हो सकता।

भूतनाथ–सो क्यों? वह कौन सच्ची खुशी है जो मुझे नहीं मिल सकती?

नागर–तेरे लिए सच्ची खुशी यही है कि तेरे पास इतनी धन-दौलत हो कि तू बेफिक्र होकर अमीरों की तरह जिन्दगी काट सके और तेरे पास, तेरी वह प्यारी स्त्री भी हो, जो काशी में रहती थी और जिसके पेट से नानक पैदा हुआ है।

भूतनाथ–(चौंककर) तुझे यह कैसे मालूम हुआ कि वह मेरी ही स्त्री थी?

नागर–वाह-वाह, क्या मुझसे कोई बात छिपी रह सकती है? मालूम होता है नानक ने तुझसे वह सब हाल नहीं कहा जो तेरे निकल जाने के बाद उसे मालूम हुआ था और जिसकी बदौलत नानक को उस जगह का पता लग गया जहां किसी के खून से लिखी हुई किताब रखी हुई थी?

भूतनाथ–नहीं, नानक ने मुझसे वह सब हाल नहीं कहा, बल्कि वह यह भी नहीं जानता कि मैं ही उसका बाप हूं, हां, खून से लिखी किताब का हाल मुझे जरूर मालूम है।

नागर–शायद वह किताब अभी तक नानक ही के कब्जे में है।

भूतनाथ–उसका हाल मैं तुझसे नहीं कह सकता।

नागर–खैर, मुझे उसके विषय में कुछ जानने की इच्छा भी नहीं है।

भूतनाथ–हां, तो मेरी स्त्री का हाल तुझे मालूम है?

नागर–बेशक, मालूम है।

भूतनाथ–क्या अभी तक वह जीती है?

नागर–हां, जीती है मगर अब चार-पांच दिन के बाद जीती न रहेगी।

भूतनाथ–सो क्यों? क्या बीमार है?

नागर–नहीं, बीमार नहीं है, जिसके यहां वह कैद है, उसी ने उसके मारने का विचार किया है।

भूतनाथ–उसे किसने कैद कर रखा है?

नागर–यह हाल तुझसे मैं क्यों कहूं? जब तू मेरा दुश्मन है और मुझे कैदी बनाकर लिये जाता है तो मैं तेरे साथ नेकी क्यों करूं?

भूतनाथ–इसके बदले में, मैं भी तेरे साथ कुछ नेकी कर दूंगा।

नागर–बेशक इसमें कोई सन्देह नहीं कि तू हर तरह से मेरे साथ नेकी कर सकता है और मैं भी तेरे साथ बहुत-कुछ भलाई कर सकती हूं, सच तो यों है कि तुझ पर मेरा दावा है।

भूतनाथ–दावा कैसा?

नागर–(हंसकर) उस चांदनी रात में मेरी चुटिया के साथ फूल गूंथने का दावा! उस मसहरी के नीचे रूठ जाने का दावा! नाखून के साथ खून निकालने का दावा! और उस कसम की सचाई का दावा जो रोहतासगढ़ जाती समय नरमी लिये हुए कठोर पिण्डी पर...! क्या और कहूं?

भूतनाथ–बस-बस-बस, मैं समझ गया! विशेष कहने की कोई आवश्यकता नहीं है। वह सब कार्रवाई तुम्हीं लोगों की तरफ से हुई थी। जरूर नानक की मां के गायब होने के बाद तू ही उसकी शक्ल बनाके बहुत दिनों तक मेरे घर रही और तेरे ही साथ बहुत दिनों तक मैंने ऐश किया।

नागर–और अन्त में वह 'रिक्तग्रन्थ' तुमने मेरे ही हाथ में दिया था।

भूतनाथ–ठीक है, ठीक है, तो तेरा दावा मुझ पर उतना ही हो सकता है जितना किसी बेईमान और बेमुरौवत रण्डी का अपने यार पर।

नागर–खैर, उतना ही सही, मैं रण्डी तो हूं ही, मुझे चालाक और अपने काम का समझकर मनोरमा ने अपनी सखी बना लिया और इसमें भी कोई सन्देह नहीं कि उसकी बदौलत मैंने बहुत कुछ सुख भोगा।

भूतनाथ–खैर, तो मालूम हुआ कि यदि तू चाहे तो मेरी स्त्री को मुझसे मिला सकती है?

नागर–बेशक ऐसा ही है, मगर इसके बदले में तू मुझे क्या देगा?

भूतनाथ–(खंजर की तरफ इशारा करके) यह तिलिस्मी खंजर छोड़कर, जो मांगे सो तुझे दूं।

नागर–मैं तेरा खंजर नहीं चाहती, मैं केवल इतना ही चाहती हूं कि तू बीरेन्द्रसिंह की तरफदारी छोड़ दे और हम लोगों का साथी बन जा। फिर तुझे हर तरह की खुशी मिल सकती है। तू करोड़ों रुपए का धनी हो जाएगा और दुनिया में बड़ी खुशी से अपनी जिन्दगी बितावेगा।

भूतनाथ–यह मुश्किल बात है, ऐसा करने से मेरी सख्त बदनामी ही नहीं होगी, बल्कि मैं बड़ी दुर्दशा के साथ मारा जाऊंगा।

नागर–तुम्हारा कुछ न बिगड़ेगा, मैं खूब जानती हूं कि इस समय जिस सूरत में तुम हो, वह तुम्हारी असली सूरत नहीं है और कमलिनी से तुम्हारी नई जान-पहचान है, जरूर कमलिनी तुम्हारी असली सूरत से वाकिफ न होगी, इसलिए तुम सूरत बदलकर दुनिया में घूम सकते हो और कमलिनी तुम्हारा कुछ भी नहीं कर सकती।

भूतनाथ–(हंसकर) कमलिनी को मेरा सब भेद मालूम है और कमलिनी के साथ दगा करना अपनी जान के साथ दुश्मनी करना है क्योंकि वह साधारण औरत नहीं है। वह जितनी हो खूबसूरत है, उतनी ही बड़ी चालाक, धूर्त, विद्वान और ऐयार भी है और साथ ही इसके नेक और दयावान भी। ऐसे के साथ दगा करना बुरा है। ऐसा

करने से दूसरे की क्या कहूं, खास मेरा लड़का नानक ही मुझसे घृणा करेगा।

नागर–नानक जिस समय अपनी मां का हाल सुनेगा, बहुत ही प्रसन्न होगा बल्कि मेरा अहसान मानेगा, रहा तुम्हारा कमलिनी से डरना तो वह बहुत बड़ी भूल है, महीने-दो महीने के अन्दर ही तुम सुन लोगे कि कमलिनी इस दुनिया से उठ गई, और यदि तुम हम लोगों की मदद करोगे तो आठ-ही-दस दिन में कमलिनी का नाम-निशान मिट जाएगा। फिर तुम्हें किसी तरह का डर नहीं रहेगा और तुम्हारे इस खंजर का मुकाबला करनेवाला भी इस दुनिया में कोई न रहेगा। तुम विश्वास करो कि कमलिनी बहुत जल्दी मारी जाएगी और तब उसका साथ देने से तुम सूखे ही रह जाओगे। मैं तुम्हें फिर समझाकर कहती हूं कि हम लोगों की मदद करो। तुम्हारी मदद से हम लोग थोड़े ही दिनों में कमलिनी, राजा बीरेन्द्रसिंह और उनके दोनों कुमारों को मौत की चारपाई पर सुला देंगे। तुम्हारी खूबसूरत प्यारी जोरू तुम्हारे बगल में होगी, करोड़ों रुपए की सम्पत्ति के तुम मालिक होगे और मैं भी तुम्हारी रण्डी बनकर तुम्हारी बगल गर्म करूंगी क्योंकि मैं तुम्हें दिल से चाहती हूं, और ताज्जुब नहीं कि तुम्हें विजयगढ़ का राज्य दिला दूं। मैं समझती हूं कि तुम्हें मायारानी की ताकत का हाल मालूम होगा।

भूतनाथ–हां-हां, मैं मशहूर मायारानी को अच्छी तरह जानता हूं, परन्तु उसके गुप्त भेदों का हाल कुछ-कुछ सिर्फ कमलिनी की जुबानी सुना है, अच्छी तरह नहीं मालूम।

नागर–उसका हाल मैं तुमसे कहूंगी, वह लाखों आदमियों को इस तरह मार डालने की कुदरत रखती है कि किसी को कानों-कान मालूम न हो। उसके एक जरा से इशारे पर तुम दीन-दुनिया से बेकार कर दिए गए, तुम्हारी जोरू छीन ली गई, और तुम किसी को मुंह दिखाने लायक न रहे। कहो, जो मैं कहती हूं वह ठीक है या नहीं?

भूतनाथ–हां ठीक है, मगर इस बात को मैं नहीं मान सकता कि वह गुप्त रीति से लाखों आदमियों को मार डालने की कुदरत रखती है। अगर ऐसा ही होता तो बीरेन्द्रसिंह आदि को तथा मुझे मारने में कठिनता ही काहे की थी?

नागर–यह कौन कहता है कि बीरेन्द्रसिंह आदि के मारने में उसे कठिनता है! इस समय बीरेन्द्रसिंह, उनके दोनों कुमार, किशोरी, कामिनी और तेजसिंह आदि कई ऐयारों को उसने कैद कर रखा है, जब चाहे तब मार डाले, और तुम्हें तो वह ऐसा समझती है जैसे तुम एक खटमल हो, हां कभी-कभी उसके ऐयार धोखा खा जाएं तो यह बात दूसरी है। यही सबब था कि रिक्तग्रंथ हम लोगों के हाथ में आकर इत्तिफाक से निकल गया, परन्तु क्या हर्ज है, आज-ही-कल में वह किताब फिर मायारानी के हाथ में दिखाई देगी। यदि तुम हमारी बात न मानोगे तो कमलिनी तथा बीरेन्द्रसिंह इत्यादि के पहले ही मारे जाओगे। हम तुमसे कुछ काम निकालना

चाहते हैं इसलिए तुम्हें छोड़े जा रहे हैं। फिर जरा-सी मदद के बदले में क्या तुम्हें दिया जाता है, इस पर भी ध्यान दो और यह मत सोचो कि कमलिनी ने मुझे और मनोरमा को कैद कर लिया तो कोई बड़ा काम किया, इससे मायारानी का कुछ भी न बिगड़ेगा और हम लोग भी ज्यादे दिन तक कैद में न रहेंगे। जो कुछ मैं कह चुकी हूं उस पर अच्छी तरह विचार करो और कमलिनी का साथ छोड़ो, नहीं तो पछताओगे और तुम्हारी जोरू भी बिलख-बिलखके मर जाएगी। दुनिया में ऐश व आराम से बढ़कर कोई चीज नहीं है सो सब-कुछ तुम्हें दिया जाता है, और यदि यह कहो कि तेरी बातों का मुझे विश्वास क्योंकर हो तो इसका जवाब अभी से यह देती हूं कि मैं तुम्हारी दिलजमई ऐसी अच्छी तरह से कर दूंगी कि तुम स्वयं कहोगे कि हां, मुझे विश्वास हो गया। (मुस्कुराकर और नखरे के साथ भूतनाथ की उंगली दबाकर) मैं तुम्हें चाहती हूं इसलिए इतना कहती हूं, नहीं तो मायारानी को तुम्हारी परवाह न थी, तुम्हारे साथ रहकर मैं भी दुनिया का कुछ आनन्द ले लूंगी।

नागर की बातें सुनकर भूतनाथ चिन्ता में पड़ गया और देर तक कुछ सोचता रह गया। इसके बाद वह नागर की तरफ देखकर बोला, "खैर, तुम जो कुछ कहती हो मैं करूंगा और अपनी प्यारी स्त्री के साथ तुम्हारी मुहब्बत की भी कदर करूंगा!"

इतना सुनते ही नागर ने झट भूतनाथ के गले में हाथ डाल दिया और तब दोनों प्रेमी हंसते हुए उस छोटी-सी पहाड़ी के ऊपर चढ़ गए।

पांचवां बयान

दिन दो पहर से कुछ ज्यादे चढ़ चुका है मगर मायारानी को खाने-पीने की कुछ भी सुध नहीं है। पल-पल में उसकी परेशानी बढ़ती ही जाती है। यद्यपि बिहारीसिंह, हरनामसिंह और धनपति ये तीनों उसके पास मौजूद हैं, परन्तु समझाने-बुझाने की तरफ किसी का ध्यान नहीं। उसे कोई भी नहीं दिलासा देता, कोई धीरज नहीं बंधाता और कोई भी यह विश्वास नहीं दिलाता कि तुझ पर आई हुई बला टल जाएगी, यहां तक कि किसी के मुंह से यह भी नहीं निकलता कि सब्र कर, हम लोग ऐयारी के फन में होशियार हैं, कोई-न-कोई काम अवश्य करेंगे।

ऊपर के बयानों को पढ़कर पाठक समझ ही गए होंगे कि मायारानी की तरह उसकी सखी धनपति और उसके दोनों ऐयार बिहारीसिंह तथा हरनामसिंह किसी भारी पाप के बोझ से दबे हुए हैं और ऊपर की घटनाओं ने उन तीनों की भी जान सुखा दी है। ये तीनों ही बदहोश और परेशान हो रहे हैं, इन तीनों को भी अपनी-अपनी फिक्र पड़ी है और इस समय इन तीनों के अतिरिक्त कोई चौथा आदमी मायारानी

के सामने नहीं है, फिर उसे कौन समझावे-बुझावे? इनके सिवाय कोई चौथा आदमी उसके भेदों को जानता भी नहीं और न वह किसी को अपना भेद बताने का साहस कर सकती है। मायारानी की उदासी से चारों तरफ उदासी फैली हुई है। लौंडियों, नौकरों और सिपाहियों को भी चिन्ता ने आकर घेर लिया और कोई भी नहीं जानता कि क्या हुआ या क्या होनेवाला है।

बहुत देर तक चुप रहने के बाद बिहारीसिंह ने सिर उठाया और मायारानी की तरफ देखकर कहा–

बिहारी–एक तो बीरेन्द्रसिंह के ऐयार स्वयं धुरंधर हैं जिनका मुकाबला कोई कर नहीं सकता, दूसरे कमलिनी की मदद से उन लोगों का साहस और भी बढ़ गया है।

धनपति–इसमें कोई सन्देह नहीं कि आजकल जो खराबी हो रही है, वह सब कमलिनी ही की बदौलत है जिसका हम लोग कुछ भी नहीं बिगाड़ सकते।

माया–अफसोस, वह कमबख्त इस तिलिस्मी बाग के अन्दर आकर अपना काम कर जाए और किसी को कानोकान खबर न हो! हाय, न मालूम हम लोगों की क्या दुर्दशा होनेवाली है! क्या करूं, कहां भागकर जाऊं, अपनी जान बचाने के लिए क्या उद्योग करूं।

धनपति–अभी एकदम से हताश न हो जाना चाहिए बल्कि देखना चाहिए कि इस मुनादी का क्या असर रिआया के दिल पर होता है।

माया–हां, मुझे जरा फिर से समझाके कह तो सही कि मुनादीवाले को क्या कहके पुकारने की आज्ञा मेरी तरफ से दी गई है? उस समय मैं आपे में बिलकुल न थी, इससे कुछ समझ में न आया।

धनपति–आपकी तरफ से मैंने दीवान साहब को हुक्म दिया जिसका बन्दोबस्त उन्होंने पूरा-पूरा किया। मेरे सामने ही उन्होंने चार डुग्गीवालों को तलब किया और समझाकर कह दिया कि वे लोग शहर भर में पुकारकर इस बात की मुनादी कर दें कि 'सरकारी ऐयारों को मालूम हुआ है कि बीरेन्द्रसिंह का एक ऐयार राजा गोपालसिंह की सूरत बनकर शहर में आया है, जिन्हें बैकुण्ठ पधारे पांच वर्ष के लगभग हो चुके हैं और रिआया को भड़काना चाहता है। जो कोई उस कमबख्त का सिर काटकर लावेगा उसे एक लाख रुपया इनाम दिया जाएगा।'

माया–ठीक है, मगर देखा चाहिए इसका नतीजा क्या निकलता है।

बिहारी–दो दिन के अन्दर-ही-अन्दर कुछ काम न चला तो समझ लेना चाहिए कि इस मुनादी का असर उलटा ही होगा।

माया–खैर, जो कुछ नसीब में लिखा है, भोगूंगी, इस समय बदहवास होने से तो काम नहीं चलेगा। मगर यह तो कहो कि तुम दोनों ऐयार ऐसी अवस्था में मेरी सहायता किस रीति से करोगे?

बिहारी–मेरे किए तो कुछ न होगा। मैं खूब समझ चुका हूं कि बीरेन्द्रसिंह के

ऐयारों तथा कमलिनी का मुकाबला मैं किसी तरह नहीं कर सकता। देखो, तेजसिंह ने मेरा मुंह ऐसा काला किया कि अभी तक रंग साफ नहीं होता। न मालूम उसे कैसे-कैसे मसाले याद हैं। इसके अतिरिक्त तुम्हें अपने लिए शायद कुछ उम्मीद हो, मगर मैं तो बिलकुल ही नाउम्मीद हो चुका हूं और अब एक घण्टे के लिए भी यहां ठहरना बुरा समझता हूं।

माया—क्या तुम वास्तव में ऐसा ही करोगे, जैसा कह चुके हो?

बिहारी—हां, बेशक मैं अपनी राय पक्की कर चुका हूं, मैं इसी समय यहां से चला जाऊंगा और फिर मेरा पता कोई भी न लगा सकेगा।

माया—(हरनामसिंह की तरफ देखके) और तुम्हारी क्या राय है?

हरनाम—मेरी भी वही राय है जो बिहारीसिंह की है।

माया—खूब समझ-बूझकर मेरी बातों का जवाब दो।

हरनाम—जो कुछ समझना था, समझ चुका।

माया—(कुछ सोचकर) अच्छा मैं एक तरकीब बताती हूं, अगर उससे कुछ काम न चले तो फिर जो कुछ तुम्हारी समझ में आवे करना या जहां जी चाहे जाना।

बिहारी—अब उद्योग करना वृथा है, मेरे किए कुछ भी न होगा!

माया—नहीं-नहीं, घबड़ाओ मत, तुम जानते हो कि मैं इस तिलिस्म की रानी हूं और इस तिलिस्म में बहुत-सी अद्‌भुत चीजें हैं। मैं तुम दोनों को एक चीज देती हूं जिसे देखकर और जिसका मतलब समझकर तुम दोनों स्वयं कहोगे कि 'कोई हर्ज नहीं, अब हम लोग बात-की-बात में लाखों आदमियों की जान ले सकते हैं।'

हरनाम—बेशक, तुम इस तिलिस्म की रानी हो और तुम्हारे अधिकार में बहुत-सी अनमोल चीजें हैं परन्तु जब तक हम लोग उस वस्तु को देख नहीं लें, जिसके विषय में तुम कह रही हो, तब तक किसी तरह का वादा नहीं कर सकते।

माया—मैं भी तो यही कह रही हूं, तुम दोनों मेरे साथ चलो और उस चीज को खुद देख लो, फिर अगर मन भरे तो मेरा साथ दो, नहीं तो जहां जी चाहे चले जाओ।

हरनाम—खैर, पहले देखें तो सही वह कौन-सी अनूठी चीज है, जिस पर तुम्हें इतना भरोसा है।

माया—हां, मेरे साथ चलो, मैं अभी वह चीज तुम दोनों के हवाले करती हूं।

मायारानी उठ खड़ी हुई और धनपति तथा दोनों ऐयारों को साथ लिए हुए वहां से रवाना हुई। बाग में घूमती वह उस बुर्ज के पास गई जो बाग के पिछले कोने में था और जिसमें लाडिली और कमलिनी की मुलाकात हुई थी। उस बुर्ज के बगल ही में एक और कोठरी स्याह पत्थर से बनी हुई थी मगर यह मालूम न होता था कि उसका दरवाजा किधर से है क्योंकि पिछली तरफ तो बाग की दीवार थी और बाकी तीनों तरफवाली कोठरी की स्याह दीवारों में दरवाजे का कहीं कोई निशान न था। मायारानी ने बिहारी से कहा, "कमन्द लगाओ क्योंकि हम लोगों को इस कोठरी की

छत पर चलना होगा।'' बिहारीसिंह ने वैसा ही किया। सबसे पहले मायारानी कमन्द के सहारे उस कोठरी पर चढ़ गई और उसके बाद धनपति और दोनों ऐयार भी उसी छत पर जा पहुंचे।

ऊपर जाकर दोनों ऐयारों ने देखा कि छत के बीचोबीच में एक दरवाजा ठीक वैसा ही है, जैसा प्रायः तहखानों के मुंह पर रहता है। वह दरवाजा लकड़ी का था मगर उस पर लोहे की चादर मढ़ी हुई थी और उसमें एक साधारण ताला लगा हुआ था। मायारानी ने हरनामसिंह से कहा, ''यह ताला मामूली है, इसे किसी तरह खोलना चाहिए।''

बिहारीसिंह ने ऐयारी के बटुए में से लोहे की एक टेढ़ी सलाई निकाली और उसे ताले के मुंह में डालकर ताला खोल डाला, इसके बाद दरवाजे का पल्ला हटाकर किनारे किया। मायारानी ने दोनों ऐयारों को अन्दर जाने के लिए कहा, मगर बिहारीसिंह ने इनकार किया और कहा, ''पहले आप इसके अन्दर उतरिए तब हम लोग इसके अन्दर जाएंगे क्योंकि यहां की अद्भुत बातों से हम लोग बहुत डर गए हैं।'' लाचार होकर मायारानी कमन्द के सहारे उस कोठरी के अन्दर उतर गई और इसके बाद धनपति और दोनों ऐयार भी नीचे उतर गए।

ऊपर का दरवाजा खुला रहने से कोठरी के अन्दर चांदना पहुंच रहा था। यह कोठरी लगभग बीस हाथ के चौड़ी और इससे कुछ ज्यादे लम्बी थी। यहां की जमीन लकड़ी की थी और उस पर किसी तरह का मसाला चढ़ा हुआ था। कोठरी के बीचों-बीच में एक छोटा-सा सन्दूक पड़ा हुआ था। धनपति का हाथ पकड़े मायारानी एक किनारे खड़ी हो गई और दोनों ऐयारों की तरफ देखकर बोली, ''तुम दोनों मिलकर इस सन्दूक को मेरे पास लाओ।''

हुक्म के मुताबिक दोनों ऐयार उस सन्दूक के पास गए, मगर सन्दूक का कुण्डा पकड़ के उठाने का इरादा किया ही था कि उस जमीन का एक गोल हिस्सा जिस पर दोनों ऐयार खड़े थे, किवाड़ के पल्ले की तरह एक तरफ से अन्दर की तरफ यकायक धंस गया और वे दोनों ऐयार जमीन के अन्दर जा रहे, साथ ही एक आवाज ऐसी आई जिसके सुनने से धनपति को मालूम हो गया कि दोनों ऐयार नीचे जल की तह तक पहुंच गए।

इसके बाद जमीन का वह हिस्सा जो लकड़ी का था, फिर बराबर हो गया और सन्दूक भी उसी तरह दिखाई देने लगा।

यह हाल देख धनपति डर के मारे कांपने लगी और मायारानी की तरफ देखके बोली, ''क्या यह कोई कुआं है?''

माया–हां, यह कुआं है और ऐसे नमकहरामों को सजा देने के लिए बनाया गया है! दोनों बेईमान ऐयार मेरा साथ छोड़के अपनी जान बचाया चाहते थे। हरामजादे, पाजी नालायक, अब अपनी सजा को पहुंचे।

धनपति–इतने दिनों तक आपके साथ रहने पर भी इस कुएं का हाल मुझे मालूम न था।

माया–यहां के बहुत-से भेद अभी तुम्हें मालूम नहीं, खैर, अब यहां से चलना चाहिए।

धनपति को साथ लिये मायारानी उस कोठरी के बाहर निकली और दरवाजा बन्द करने के बाद कमन्द के सहारे उतरकर अपने खास सोनेवाले कमरे में चली आई। मायारानी की लौंडियों ने मायारानी को दोनों ऐयारों और धनपति के साथ उस कोठरी की तरफ जाते देखा था मगर अब केवल धनपति को साथ लिये लौटते देख उनको ताज्जुब हुआ लेकिन डर के मारे कुछ पूछ न सकीं।

संध्या का समय हो गया। मायारानी अपने कमरे में जाकर मसहरी पर लेट गई। उस समय बहुत-सी लौंडियां उसके सामने थीं मगर इशारा पाकर सब बाहर चली गईं केवल धनपति वहां रह गई।

धनपति–आपने बहुत जल्दी की, बेचारे ऐयारों की जान व्यर्थ ही गई।

माया–वे दोनों कमीने इसी लायक थे। इसीलिए मैं उनसे बार-बार पूछ रही थी, जब देख लिया कि वे अपने विचार पर दृढ़ हैं तो लाचार...

धनपति–खैर, जो कुछ हुआ सो अच्छा हुआ लेकिन अब क्या करना चाहिए? अफसोस यह है कि ऐसे समय में बेचारी मनोरमा भी नहीं है।

माया–(लम्बी सांस लेकर) हाय, बेचारी मनोरमा मेरी सच्ची सहायक थी पर उसे भी तेजसिंह ने गिरफ्तार कर लिया। इसी खबर के साथ नागर ने कहला भेजा था कि भूतनाथ के कागजात अपने साथ लेकर उसे छुड़ाने जाती हूं, मगर उस बात को भी बहुत दिन बीत गए और अभी तक मालूम न हुआ कि नागर के जाने का क्या नतीजा निकला। तेजसिंह ने उसे भी गिरफ्तार कर लिया हो तो ताज्जुब नहीं, सच तो यह है कि भूतनाथ के मारने में मनोरमा ने बड़ी जल्दी की।

धनपति–बेशक भूतनाथ के मारने में उसने भूल की, भूतनाथ से बहुत-कुछ काम निकलने की आशा थी!

इतने ही में बाहर से आवाज आई, "थी नहीं बल्कि है!" मायारानी ने दरवाजे की तरफ देखा तो नागर पर निगाह पड़ी।

माया–आह, इस समय तेरा आना बहुत ही अच्छा हुआ, आ, मेरे पास आकर बैठ।

नागर–(मायारानी के पास बैठकर) मैं देखती हूं कि आज आपकी अवस्था बिलकुल बदली हुई है। कहिए मिजाज तो अच्छा है?

माया–अच्छा क्या है, बस दम निकलने की देर है।

नागर–(घबड़ाकर) सो क्यों?

माया–अब आई है तो सबकुछ सुन ही लेगी, पर पहले अपना हाल तो कह कि मेरी प्यारी सखी मनोरमा को छुड़ा लाई या नहीं और चौखट के अन्दर पैर रखते ही तूने यह क्या कहा कि 'थी नहीं बल्कि है!' क्या भूतनाथ मारा नहीं गया? क्या वह खबर झूठ थी?

नागर–हां, वह खबर झूठी थी, मनोरमा ने भूतनाथ की जान नहीं ली और न उसे तेजसिंह ने गिरफ्तार किया है बल्कि वह कमलिनी का कैदी है।

माया–तो वह औरत जो मनोरमा की खबर लेकर तेरे पास आई थी, झूठी थी?

नागर–वह स्वयं कमलिनी थी, मनोरमा को कैद कर चुकी थी और मुझे भी गिरफ्तार किया चाहती थी, वह तो असल में भूतनाथ के कागजात ले लेने का बन्दोबस्त कर रही थी बल्कि यों कहना चाहिए कि मैं उसके धोखे में आ भी गई। उसने मुझे गिरफ्तार कर लिया और भूतनाथ के कुल कागजात भी मुझसे लेकर जला दिए।

माया–यह बहुत ही बुरा हुआ, अब भूतनाथ बिलकुल हम लोगों के कब्जे से बाहर हो गया, खैर जीता है, यही बहुत है। यह कह कि तेरी जान कैसे बची?

इसके बाद नागर ने अपना पूरा-पूरा हाल मायारानी के सामने कहा और उसने बड़े गौर से सुना। अन्त में नागर ने कहा, "इस समय भूतनाथ को अपने साथ ले आई हूं जो जी-जान से हम लोगों की मदद करने के लिए तैयार है।"

यह सुनकर कि भूतनाथ अब हम लोगों का पक्षपाती हो गया और नागर के साथ आया है, मायारानी बहुत ही खुश हुई और उसे एक प्रकार की आशा बंध गई। उसने धनपति की तरफ देखकर कहा, "ताज्जुब नहीं कि अब वह बला मेरे सिर से टल जाए जिसके टलने की आशा न थी।"

नागर–आपने अपना हाल तो कुछ कहा ही नहीं! यह जानने के लिए मेरा जी बेचैन हो रहा है कि आप क्यों उदास हो रही हैं और आप पर क्या बला आई है?

माया–थोड़ी देर में तुझे सबकुछ मालूम हो जाएगा, पहले भूतनाथ को मेरे पास बुला ला, मैं स्वयं उससे कुछ बात किया चाहती हूं!

नागर–नहीं-नहीं, पहले आप अपना कुल हाल मुझसे कहिए क्योंकि मेरी तबीयत घबड़ा रही है।

मायारानी ने अपना बिलकुल हाल अर्थात् तेजसिंह का पागल बनके आना, उन्हें बाग के तीसरे दर्जे में कैद करना, चण्डूल का यकायक पहुंचना और उसकी अद्भुत बातें तथा लाडिली का दगा दे जाना आदि नागर से कहा, मगर अपने पुराने कैदी के छुड़ाने का और दोनों ऐयारों के मार डालने का हाल छुपा रखा, हां उसके बदले में इतना कहा कि "बीरेन्द्रसिंह का एक ऐयार मेरे पति की सूरत बनकर आया है जिन्हें मरे पांच वर्ष के लगभग हुए, उसी को गिरफ्तार करने के लिए बिहारीसिंह और हरनामसिंह गए हैं।"

नागर–मगर यह तो कहिए कि चण्डूल ने आपके तथा बिहारीसिंह और हरनामसिंह के कान में क्या कहा था?

माया–बहुत पूछने पर भी बिहारीसिंह और हरनामसिंह ने नहीं बताया कि चण्डूल ने उनके कान में क्या कहा था।

नागर–और आपके कान में उसने क्या कहा?

माया–मेरे कान में तो उसने केवल इतना ही कहा था कि 'आठ दिन के अन्दर ही यह राज्य इन्द्रजीतसिंह का हो जाएगा और तू मारी जाएगी।' खैर, जो होगा देखा जाएगा, अब भूतनाथ को यहां ले आ, उससे मिलने की बहुत जरूरत है।

नागर–बहुत अच्छा, तो क्या इसी जगह बुला लाऊं?

माया–हां-हां, इसी जगह बुला ला। वह तो ऐयार है, उससे पर्दा काहे का।

नागर कुछ सोचती-विचारती वहां से रवाना हुई और भूतनाथ को जिसे बाग के फाटक पर छोड़ गई थी, साथ लेकर बाग के अन्दर घुसी। पहरेवालों ने किसी तरह का उज्र न किया और भूतनाथ इस बाग की हर एक चीज को अच्छी तरह देखता और ताज्जुब करता हुआ मायारानी के पास पहुंचा। नागर ने मायारानी की तरफ इशारा करके कहा, "यही हम लोगों की मायारानी हैं।" और भूतनाथ ने यह कहकर कि "मैं बखूबी पहचानता हूं" मायारानी को सलाम किया।

मायारानी ने भूतनाथ की उतनी ही खातिरदारी और चापलूसी की, जितनी कोई खुदगर्ज आदमी उसकी खातिरदारी करता है, जिससे कुछ मतलब निकातने की आवश्यकता होती है।

माया–तुम्हारी स्त्री तुम्हें मिल गई?

भूतनाथ–जी हां, मिल गई और यह उस इनाम का पहला नमूना है जो आपकी ताबेदारी करने पर मुझे मिलने की आशा है।

माया–नागर ने जो कुछ प्रतिज्ञा तुमसे की है, मैं अवश्य पूरी करूंगी बल्कि उससे बहुत ज्यादे इनाम हर एक काम के बदले में दिया करूंगी।

भूतनाथ–मैं दिलोजान से आपके काम में उद्योग करूंगा और कमलिनी को बुरा धोखा दूंगा। वह जितना मुझ पर विश्वास रखती है, उतना ही पछताएगी। परन्तु आपको कई बातों का खयाल रखना चाहिए।

माया–वह क्या?

भूतनाथ–एक तो जाहिर में मैं कमलिनी का दोस्त बना रहूंगा, जिसमें उसे मुझ पर किसी तरह का शक न हो, यदि आपका कोई जासूस मेरे विषय में आपको इस बात का सबूत दे कि मैं कमलिनी से मिला हुआ हूं तो आप किसी तरह की चिन्ता न कीजिएगा।

माया–नहीं, नहीं, ऐसी छोटी-छोटी बातें मुझे समझाने की जरूरत नहीं है, मैं खूब जानती हूं कि बिना उससे मिले किसी तरह पर काम न चलेगा।

भूतनाथ–बेशक-बेशक, और इसी वजह से मैं बहुत छिपकर आपके पास आया करूंगा।

माया–ऐसा होना ही चाहिए, और दूसरी बात कौन-सी है?

भूतनाथ–दूसरे यह कि मुझसे आप अपने भेद न छिपाया कीजिए क्योंकि ऐयार का काम बिना ठीक-ठीक भेद जाने नहीं चल सकता।

माया–मुझे तुम पर पूरा भरोसा है, इसलिए मैं अपना कोई भेद तुमसे न छिपाऊंगी।

भूतनाथ–अच्छा, अब एक बात मैं आपसे और कहूंगा।

माया–कहो!

भूतनाथ–नागर की जुबानी यह तो आपको मालूम ही हुआ होगा कि काशी में मनोरमा के तिलिस्मी मकान के अन्दर किशोरी के रखने का हाल अब कमलिनी जान गई है।

माया–हां, नागर वह सब हाल मुझसे कह चुकी है।

भूतनाथ–ठीक है, तो आपने यह भी विचारा होगा कि किशोरी को उस मकान से निकालकर किसी दूसरे मकान में रखना चाहिए।

माया–हां, मेरी तो यही राय है।

भूतनाथ–मगर नहीं, आप किशोरी को उसी मकान में रहने दीजिए, इस बात की खबर मैं किशोरी के पक्षपातियों को दूंगा जिसे सुनकर वे लोग किशोरी को छुड़ाने की नीयत से अवश्य उस मकान के अन्दर जाएंगे, उस समय उन लोगों को ऐसे ढंग से फंसा लूंगा कि किसी को पता न लगेगा और न इसी बात का शक किसी को होगा कि मैं आपका तरफदार हूं।

माया–तुम्हारी यह राय बहुत अच्छी है, मैं इसे पसन्द करती हूं और ऐसा ही करूंगी।

भूतनाथ–अच्छा तो अब आप यह बताइए कि कुंअर इन्द्रजीतसिंह वगैरह के साथ आपने क्या बर्ताव किया जो आपके यहां कैद हैं?

माया–(ऊंची सांस लेकर) अफसोस, कमलिनी उन लोगों को यहां से छुड़ा ले गई और मेरी छोटी बहिन लाडिली भी मुझे धोखा दे गई जिसका खुलासा हाल मैं तुमसे कहती हूं।

मायारानी ने अपना कुल हाल जो नागर से कहा था, भूतनाथ को कह सुनाया। मगर अपने पुराने कैदी का हाल और यह बात कि चण्डूल ने उसके कान में क्या कहा था, भूतनाथ से भी छिपा रखा और उसके बदले में वह कहा जो नागर से कहा था मगर, भूतनाथ ने उस जगह मुस्कुरा दिया जिससे मायारानी समझ गई कि भूतनाथ को मेरी बातों में कुछ शक हुआ।

माया–जो कुछ मैं कह चुकी हूं, उसमें एक बात झूठ थी और एक मैंने छिपा ली।

भूतनाथ–(हंसकर) वह बात शायद मुझसे कहने योग्य नहीं है!

माया–हां, मगर अब तो मैं वादा कर चुकी हूं कि तुमसे कोई बात न छिपाऊंगी। इसलिए यद्यपि उस बात का भेद अभी तक मैंने नागर को भी नहीं दिया, मगर तुमसे जरूर कहूंगी। परन्तु इसके पहले एक बात तुमसे पूछूंगी क्योंकि बहुत देर से उसके पूछने की इच्छा लगी है, पर बातों का सिलसिला दूसरी तरफ हो जाने के कारण पूछ न सकी।

भूतनाथ–खैर, अब पूछ लीजिए।

माया–मनोरमा को कमलिनी की कैद से छुड़ाने के लिए तुमने क्या विचारा है?

भूतनाथ–मनोरमा को यद्यपि मैं सहज ही छुड़ा सकता हूं, परन्तु उसे भी इस ढंग से छुड़ाया चाहता हूं कि कमलिनी को मुझ पर शक न हो। अगर जरा भी शक हो जाएगा तो वह सम्हल जाएगी क्योंकि वह बड़ी धूर्त और शैतान है।

माया–सो तो ठीक है, मगर कोई बन्दोबस्त तो करना ही चाहिए।

भूतनाथ–हां-हां, उसका बन्दोबस्त बहुत जल्द किया जाएगा।

माया–अच्छा, तो अब वह भेद की बात भी तुमसे कहती हूं, जिसे मैं अभी तक बड़ी कोशिश से छिपाए हुए थी, यहां तक कि अपनी प्यारी सखी मनोरमा को भी उस समय से आज तक मैंने कुछ नहीं कहा था। (नागर की तरफ देखकर) लो, तुम भी सुन लो।

मायारानी दो घण्टे तक अपने गुप्त भेद की बात भूतनाथ से कहती रही और वह बड़े गौर से सुनता रहा और अन्त में मायारानी को कुछ समझा-बुझाकर और इनाम में हीरे की एक माला पाकर वहां से रवाना हुआ।

छठवां बयान

रात आधी जा चुकी है, चारों तरफ सन्नाटा छाया हुआ है, हवा भी एकदम बन्द है, यहां तक कि किसी पेड़ की एक पत्ती भी नहीं हिलती। आसमान में चांद तो नहीं दिखाई देता, मगर जंगल मैदान में चलनेवाले मुसाफिरों को तारों की रोशनी जो अब बहुतायत से दिखाई दे रहे हैं, काफी है। ऐसे समय में गंगा के किनारे-किनारे दो मुसाफिर तेजी के साथ जमानिया की तरफ जा रहे हैं। जमानिया, अब बहुत दूर नहीं है और ये दोनों मुसाफिर शहर के बाहरी प्रान्त में पहुंच चुके हैं।

अब वे दोनों आदमी शहर के पास पहुंच गए, मगर शहर के अन्दर न जाकर बाहर-ही-बाहर मैदान के उस हिस्से की तरफ जाने लगे जिधर पुराने जमाने की आबादी का कुछ-कुछ निशान मौजूद था। यहां बहुत-से टूटे-फूटे मकानों के कोई-कोई हिस्से बचे हुए थे जो बदमाशों तथा चोरों के काम में आते थे। यहां की

बनिस्बत शहर के कमजोर दिमागवालों और डरपोक आदमियों में तरह-तरह की गप्पें उड़ा करती थीं। कोई कहता था कि वहां किसी जमाने में बहुत-से आदमी मारे गए हैं और वे लोग भूत होकर अभी तक मौजूद हैं और उधर से आने-जानेवालों को सताया करते हैं, कोई कहता था कि उस जमीन में जिन्नों ने अपना घर बना लिया है और जो कोई उधर से जाता है उसे मारकर अपनी जात में मिला लिया करते हैं, इत्यादि तरह-तरह की बातें लोग करते थे। मगर उन दोनों मुसाफिरों को जो इस समय उसी तरफ कदम बढ़ाए जा रहे हैं, इन बातों की कुछ परवाह न थी।

थोड़ी ही देर में ये दोनों आदमी जिनमें से एक बहुत ही कमजोर और थका हुआ जान पड़ता था, उस हिस्से में जा पहुंचे और खड़े होकर चारों तरफ देखने लगे। पास ही में एक पुराना मकान दिखाई दिया जो तीन हिस्से से ज्यादे टूट चुका था और उसके चारों तरफ जंगली पेड़ों और लताओं ने एक भयानक-सा दृश्य बना रखा था। उसी जगह एक आदमी टहलता हुआ नजर आया, जो उन दोनों को देखते ही पास आया और बोला, "हमारे साथियों ने उस नियत जगह पर ठहरना उचित न जाना और राय पक्की हुई कि एक नाव पर सवार होकर सब लोग काशी की तरफ रवाना हो जाएं और उसी जगह से अपनी कार्रवाई करें। वे लोग नाव पर सवार हो चुके हैं, कमलिनी जी यह कहकर मुझे इस जगह छोड़ गई हैं कि तेजसिंह राजा गोपालसिंह को साथ लेकर आवें तो उन्हें लिये हुए बालाघाट की तरफ, जहां हम लोगों की नाव खड़ी होगी, बहुत जल्द चले आना।"

पाठक समझ ही गए होंगे कि ये दोनों मुसाफिर तेजसिंह और राजा गोपालसिंह (मायारानी के पुराने कैदी) थे। हां, उस आदमी का परिचय हम दिए देते हैं, जो उन दोनों को इस भयानक स्थान में मिला था। वह तेजसिंह के प्यारे दोस्त देवीसिंह थे।

देवीसिंह की बात सुनकर तेजसिंह अपने साथी राजा गोपालसिंह को साथ लिए हुए वहां से रवाना हुए और थोड़ी देर में गंगा के किनारे पहुंचकर उस नाव पर जा सवार हुए, जिस पर कमलिनी, लाडिली, इन्द्रजीतसिंह, आनन्दसिंह, तारासिंह, भैरोसिंह और शेरसिंह सवार थे। वह किश्ती बहुत छोटी तो न थी, मगर हल्की और तेज जानेवाली थी। मालूम होता है कि उसको उन लोगों ने खरीद लिया था, क्योंकि उस पर कोई मल्लाह न था और केवल ऐयार लोग खेकर ले जाने के लिए तैयार थे। तेजसिंह को और राजा गोपालसिंह को देखते ही सब उठ खड़े हुए। कुंअर इन्द्रजीतसिंह ने खातिर के साथ राजा गोपालसिंह को अपने पास बैठाकर किश्ती किनारे से हटाने की आज्ञा दी और बात-की-बात में नाव किनारा छोड़कर दूर दिखाई देने लगी।

इन्द्रजीत–(राजा गोपालसिंह से) मैं इस समय आपको अपने पास देखकर बहुत ही प्रसन्न हूं, ईश्वर ही ने आपकी जान बचाई।

गोपाल–मुझे अपने बचने की कुछ भी आशा न थी, यह तो बस आपके चरणों का प्रताप है कि कमलिनी वहां गई और उसे इत्तिफाक से मेरा हाल मालूम हो गया।

कमलिनी–मुझे आशा थी कि आपको साथ लिये तेजसिंह सूर्य निकलने के साथ ही हम लोगों से आ मिलेंगे, मगर दो दिन की देर हो गई और यह दो दिन का समय बड़ी मुश्किल से बीता क्योंकि हम लोगों को बड़ी चिन्ता इस बात की थी कि आपके आने में देर क्यों हुई। अब सबके पहले इस विलम्ब का कारण हम लोग सुना चाहते हैं।

गोपाल–तेजसिंह जिस समय मुझे कैद से छुड़ाकर उस तिलिस्मी बाग के बाहर हुए, उस समय उन्होंने राजा बीरेन्द्रसिंह का जिक्र किया और कहा कि हरामजादी मायारानी ने राजा बीरेन्द्रसिंह और रानी चन्द्रकान्ता को भी इस तिलिस्म में कहीं पर कैद कर रखा है जिनका पता नहीं लगता। यह सुनते ही मैं उन्हें साथ लिये हुए फिर उसी तिलिस्मी बाग में चला गया। जहां-जहां मैं जा सकता था, जाकर अच्छी तरह पता लगाया क्योंकि कैद से छूट जाने पर मैं बिलकुल ही लापरवाह और निडर हो गया था।

इन्द्रजीत–यह काम आपने बहुत ही उत्तम किया। हां, तो उनका कहीं पता लगा?

गोपाल–(सिर हिलाकर) नहीं, वह खबर बिलकुल झूठी थी। उसने आप लोगों को धोखा देने के लिए अपने ही दो आदमियों को राजा बीरेन्द्रसिंह और रानी चन्द्रकान्ता की सूरत में रंग के कैद कर रखा है।

कमलिनी–यह आपको कैसे निश्चय हुआ?

गोपाल–हमने स्वयं उन दोनों को अच्छी तरह आजमाकर देख लिया।

इन्द्रजीत–यह खबर सुनकर हम लोगों को हद से ज्यादे खुशी हुई। अब हम लोग उनकी तरफ से निश्चिन्त हो गए और केवल किशोरी और कामिनी की फिक्र रह गई।

तेज–बेशक हम लोग उनकी तरफ से निश्चिन्त हो गए (राजा गोपालसिंह की तरफ इशारा करके) इनके साथ दो दिन तक बाग में रहने और गुप्त स्थानों में घूमने का मौका मिला। ऐसी-ऐसी चीजें देखने में आईं कि होश दंग हो गए। यद्यपि राजा बीरेन्द्रसिंह के साथ विक्रमी तिलिस्म में मैं बहुत-कुछ तमाशा देख चुका हूं परन्तु अब यही कहते बन पड़ता है कि इस तिलिस्म के आगे उसकी कोई हकीकत न थी।

कमलिनी–यह उस तिलिस्म के राजा ही ठहरे, फिर इनसे ज्यादे वहां का हाल कौन जान सकता था और किसकी सामर्थ्य थी कि दो दिन तक उस बाग में आपको रखकर घुमाए? वहां का जितना हाल ये जानते हैं, उसका सोलहवां हिस्सा भी मायारानी नहीं जानती। ये बेचारे नेक और धर्मात्मा हैं, पर न मालूम क्योंकर उस कमबख्त के धोखे में पड़ गए।

आनन्द–बेशक, इनका किस्सा बहुत ही दिलचस्प होगा।

गोपाल–मैं अपना अनूठा किस्सा आपसे कहूंगा जिसे सुनकर आप अफसोस करेंगे। (लाडिली की तरफ देखके) क्यों लाडिली, तू अच्छी तरह से तो है?

लाडिली–(गद्गद स्वर से) इस समय मेरी खुशी का कोई ठिकाना नहीं! क्या स्वप्न में भी गुमान हो सकता था कि इस जिन्दगी में पुनः आपको देखूंगी? यह दिन आज कमलिनी बहिन की बदौलत देखने में आया।

गोपाल–बेशक-बेशक, और ये पांच वर्ष मैंने किस मुसीबत में काटे हैं, सो बस मैं ही जानता हूं (कमलिनी की तरफ देखकर) मगर, तुझे उस तिलिस्मी बाग के अन्दर घुसने का साहस कैसे हुआ?

कमलिनी–'रिक्तग्रन्थ' मेरे हाथ लग गया इसी से मैं इतना काम कर सकी।

गोपाल–ठीक है, तब तो तू मुझसे भी ज्यादे वहां का हाल जान गई होगी।

इन्द्रजीत–(चौंककर और कमलिनी की तरफ देखकर) क्या 'रिक्तग्रन्थ' तुम्हारे पास है?

कमलिनी–(हंसकर) जी हां, मगर इससे यह न समझ लीजिएगा कि मैंने आपके यहां चोरी की थी?

तेज–नहीं, नहीं, मैं खूब जानता हूं, 'रिक्तग्रन्थ' का चोर कोई दूसरा ही है, आपको नानक की बदौलत वह किताब हाथ लगी।

कमलिनी–जी हां, जिस समय तिलिस्मी बाग में नानक अपना किस्सा आपसे कह रहा था, मैं छिपकर सुन रही थी।

इन्द्रजीत–नानक का किस्सा कैसा है?

तेज–मैं आपसे कहता हूं, जरा सब्र कीजिए।

इस समय उस किश्ती पर जितने आदमी थे, सभी खुश थे, केवल इन्द्रजीतसिंह और आनन्दसिंह को किशोरी और कामिनी का ध्यान था। तेजसिंह ने अपने पागल बनने का हाल और उसी बीच में नानक का किस्सा जितना उसकी जुबानी सुना था, कह सुनाया। तेजसिंह के पागल बनने का हाल सुनकर सभों को हंसी आ गई। दोनों कुमारों ने नानक का बाकी हाल कमलिनी से पूछा, जिसके जवाब में कमलिनी ने कहा–"यद्यपि नानक का कुछ हाल मुझे मालूम है, मगर मैं इस समय कुछ भी न कहूंगी, क्योंकि उसका किस्सा सुने बिना इस समय कोई हर्ज भी नहीं। हां, इस समय थोड़ा-सा अपना हाल मैं आपसे कहूंगी।"

कमलिनी ने भूतनाथ का, मनोरमा और नागर का तथा अपना हाल जितना हम ऊपर लिख आए हैं, सभों के सामने कहना शुरू किया। अपना हाल कहते-कहते जब कमलिनी ने मनोरमा के मकान का अद्भुत हाल कहना शुरू किया तो सभों को बड़ा ही ताज्जुब हुआ और किशोरी की अवस्था पर इन्द्रजीतसिंह को रुलाई आ गई। उनके दिल पर बड़ा ही सदमा गुजरा, मगर तेजसिंह के लिहाज से, जिन्हें वे चाचा के बराबर

समझते थे, अपने को सम्हाला। गोपालसिंह ने दिलासा देकर कहा, "आप लोग घबड़ाइए नहीं, कमबख्त मनोरमा के मकान का पूरा-पूरा भेद मैं जानता हूं, इसलिए मैं बहुत जल्द किशोरी को उसकी कैद से छुड़ा लूंगा।"

लाडिली–कामिनी भी उसी के मकान में भेज दी गई है।

गोपाल–यह और अच्छी बात है, 'एक पंथ दो काज' हो जाएगा?

इन्द्रजीत–(कमलिनी से) अब यह 'रिक्तग्रन्थ' मुझे कब मिलेगा?

कमलिनी–वह मेरे पास है, उसी की बदौलत मैं आपको उस कैदखाने से छुड़ा सकी और उसी की बदौलत आपको तिलिस्म तोड़ने में सुगमता होगी, मैं बहुत जल्द वह किताब आपके हवाले करूंगी।

गोपाल–(चारों तरफ देखके कमलिनी से) ओफ, बात-ही-बात में हम लोग बहुत दूर निकल आए! क्या तुम्हारा इरादा काशी चलने का है?

कमलिनी–जी हां, हम लोगों ने तो यही इरादा कर लिया है कि काशी चलकर किसी गुप्त स्थान में रहेंगे और उसी जगह से अपनी कार्रवाई करेंगे?

गोपाल–मगर मेरी राय तो कुछ दूसरी है।

कमलिनी–वह क्या? मुझे विश्वास है कि आप बनिस्बत मेरे बहुत अच्छी राय देंगे।

गोपाल–यद्यपि मैं इस शहर जमानिया का राजा हूं और इस शहर को फिर कब्जे में कर सकता हूं, परन्तु पांच वर्ष तक मेरे मरने की झूठी खबर लोगों में फैली रहने के कारण यहां की रिआया के मन में बहुत कुछ फर्क पड़ गया होगा। यदि ऐसा न भी हो तो भी मैं अपने को जाहिर नहीं किया चाहता और न मायारानी को ही अभी जान से मारूंगा, क्योंकि यदि वह मर ही जाएगी तो अपने किए का यथार्थ फल मेरे देखते कौन भोगेगा? इसलिए मैं थोड़े दिनों तक छिपे रहकर ही उसे सजा देना उचित समझता हूं।

कमलिनी–जैसी मर्जी।

गोपाल–(कमलिनी से) इसलिए मैं चाहता हूं कि कुंअर साहब अपना एक ऐयार मुझे दें, मैं उसे साथ लेकर काशी जाऊंगा और किशोरी तथा कामिनी को, जो मनोरमा के मकान में कैद हैं, बहुत जल्द छुड़ा लाऊंगा, तब तक तुम दोनों कुमारों और लाडिली को अपने साथ लेकर मायारानी के उस तिलिस्मी बाग के चौथे दर्जे में जाकर देवमन्दिर में रहो। वहां खाने के लिए मेवों की बहुतायत है और पानी का चश्मा भी जारी है। मायारानी को तुम लोगों का हाल मालूम न होगा क्योंकि उसे वह स्थान मालूम नहीं है और न वहां तक जा ही सकती है। उसी जगह रहकर दोनों कुमारों को एक-दो दफे 'रिक्तग्रंथ' शुरू से आखिर तक अच्छी तरह पढ़ जाना चाहिए। जो बातें इनकी समझ में न आवें, तुम समझा देना और इसी बीच में वहां की बहुत-सी अद्भुत बातें भी ये देख लेंगे, इसलिए कि इनको बहुत जल्द वह तिलिस्म तोड़ना

होगा, जैसा कि हम बुजुर्गों की लिखी किताबों में देख चुके हैं, वह इन्हीं लोगों के हाथ से टूटेगा।

कमलिनी–बेशक-बेशक।

गोपाल–और एक ऐयार को रोहतासगढ़ भेज दो कि वहां जाकर महाराज बीरेन्द्रसिंह को कुमारों के कुशल-मंगल का हाल कहे और थोड़ी-सी फौज अपने साथ ले आकर जमानिया के मुकाबिले में लड़ाई शुरू कर दे, मगर वह लड़ाई जोर के साथ शीघ्र बखेड़ा निपटाने की नीयत से न की जाए जब तक कि हम लोग दूसरा हुक्म न दें। बस इसके बाद जब मैं अपना काम करके अर्थात् किशोरी और कामिनी को छुड़ाकर लौटूंगा और तुमसे मिलूंगा तो जो कुछ मुनासिब होगा, किया जाएगा। हां देवमन्दिर में रहकर मौका मिले तो मायारानी को गुप्त रूप से छेड़ती रहना।

कमलिनी–आपकी राय बहुत ठीक है, मगर आप कैद की तकलीफ उठाने के कारण बहुत ही सुस्त और कमजोर हो रहे हैं, इतनी तकलीफ क्योंकर उठा सकेंगे?

गोपाल–तुम इसकी चिन्ता मत करो! (कुमारों की तरफ देखकर) आप लोग मेरी राय पसन्द करते हैं या नहीं?

कुमार–बेशक आपकी राय उत्तम है।

कमलिनी–अच्छा तो अपना तिलिस्मी खंजर जिसका गुण आपसे कह चुकी हूं, आपको देती हूं, यह आपकी बहुत सहायता करेगा।

गोपाल–हां बेशक, यह खंजर ऐसी अवस्था में मेरे साथ रहने योग्य है, परन्तु वह जब तक तुम्हारे पास है, मैं तुम्हें किसी तरह का खतरा नहीं पहुंचा सकता, इसलिए खंजर को मैं तुमसे जुदा न करूंगा।

इन्द्रजीत–उस खंजर का जोड़ा, जो कमलिनी ने मुझे दिया है, मैं आपको देता हूं, आप इसे अवश्य अपने साथ रखें।

गोपाल–नहीं-नहीं, इसकी कोई आवश्यकता नहीं।

इन्द्रजीत–आपको मेरी यह बात अवश्य माननी पड़ेगी।

इतना कहकर इन्द्रजीतसिंह ने वह खंजर जबर्दस्ती गोपालसिंह के हवाले किया और किश्ती किनारे लगाने का हुक्म दिया।

गोपाल–अच्छा तो मेरे साथ कौन ऐयार चलेगा?

इन्द्रजीत–जिसे आप पसन्द करें! केवल तेजसिंह चाचा को मैं अपने पास रखना चाहता हूं, इसलिए कि उनकी जुबानी उन घटनाओं का हाल सुनूंगा जो आपको कैद से छुड़ाने के समय हुई होंगी।

गोपाल–(हंसकर) बेशक वे बातें सुनने योग्य हैं!

देवी–आपके साथ मैं चलूंगा।

गोपाल–अच्छी बात है।

इन्द्रजीत–भैरोसिंह को रोहतासगढ़ भेजता हूं!

गोपाल–बहुत मुनासिब, मगर तेजसिंह के अतिरिक्त और दोनों ऐयारों को अर्थात् तारासिंह और शेरसिंह को अपने साथ मत फंसाए रहिएगा।

इन्द्रजीत–नहीं-नहीं, उन दोनों को अपने रहने का ठिकाना दिखाकर छोड़ देंगे, ये दोनों चारों तरफ घूमकर खबर लगाते रहेंगे।

गोपाल–और मैं भी यही चाहता हूं। (कमलिनी की तरफ देखकर) बाग के चौथे दर्जे में जो देवमन्दिर है, वहां जाने का रास्ता तुझे अच्छी तरह मालूम है या नहीं?

कमलिनी–'रिक्तग्रन्थ' की बदौलत वहां का रास्ता मैं अच्छी तरह जानती हूं।

इतने में किश्ती किनारे लगी और सब कोई उतर पड़े।

सातवां बयान

राजा गोपालसिंह और देवीसिंह को काशी की तरफ और भैरोसिंह को रोहतासगढ़ की तरफ रवाना करके ये कमलिनी अपने साथियों को साथ लिये हुए मायारानी के तिलिस्मी बाग की तरफ रवाना हुई। इस समय रात नाममात्र को बाकी थी। प्रायः सुबह को चलनेवाली दक्षिणी हवा ताजी खिली हुई खुशबूदार फूलों की कलियों में से अपने हिस्से की सबसे पहली खुशबू लिये हुए अठखेलियां करती सामने से चली आ रही थी। हमारे बहादुर कुमार लोग भी धीरे-धीरे उसी तरफ जा रहे थे। यद्यपि मायारानी का तिलिस्मी बाग यहां से बहुत दूर था, मगर वह खूबसूरत बंगला, जो चश्मे के ऊपर बना हुआ था और जिसमें पहले-पहल नानक और बाबाजी (मायारानी के दारोगा) से मुलाकात हुई थी, थोड़ी ही दूर पर था, बल्कि उसकी स्याही दिखाई दे रही थी। हमारे पाठक इस बंगले को भी भूले न होंगे और उन्हें यह बात भी याद होगी कि नानक, रामभोली को ढूंढ़ता हुआ चश्मे के किनारे चलकर इसी बंगले में पहुंचा था और इसी जगह से बेबस करके मायारानी के दरबार में पहुंचाया गया था।

इन्द्रजीत–(कमलिनी से) सूर्योदय के पहले ही हम लोगों को अपना सफर पूरा कर लेना चाहिए, क्योंकि दूसरे के राज्य में, बल्कि यों कहना चाहिए कि एक दुश्मन के राज्य में लापरवाही के साथ घूमना उचित नहीं है।

कमलिनी–ठीक है, मगर हमें अब बहुत दूर जाना भी नहीं है। (हाथ का इशारा करके) वह जो मकान दिखाई देता है, बस वहीं तक चलना है।

लाडिली–वह तो दारोगावाला बंगला है!

कमलिनी–हां, और मैं समझती हूं कि जब से कमबख्त दारोगा कैद हो गया है तब से वह खाली ही रहता होगा?

ताडिली–हां, वह मकान आजकल बिलकुल खाली पड़ा है। वहां से एक सुरंग मायारानी के बाग तक गई है, मगर उसका हाल सिवाय दारोगा के और किसी को मालूम नहीं है और दारोगा ने आज तक उसका भेद किसी से नहीं कहा।

कमलिनी–ठीक है, मगर मुझे उस सुरंग से कोई मतलब नहीं, उस मकान के पास ही चश्मे के दूसरी तरफ एक टीला है, मैं वहां चलूंगी, क्योंकि आज दिन-भर उसी टीले पर बिताना होगा।

लाडिली–यदि मायारानी का कोई आदमी मिल गया तो?

कमलिनी–एक नहीं अगर दस भी हों तो क्या परवाह!

थोड़ी ही देर में यह मण्डली उस मकान के पास जा पहुंची, जिसमें दारोगा रहा करता था। कमलिनी ने चाहा कि उस मकान के बगल से होकर चश्मे के पार चली जाए और उस टीले पर पहुंचे, जहां जाने की आवश्यकता थी, मगर बंगले के बरामदे में एक लम्बे कद के आदमी को टहलते देख वह रुकी और उसी तरफ गौर से देखने लगी। कमलिनी के रुकने से दोनों कुमार और ऐयार लोग भी रुक गए और सभों का ध्यान उसी तरफ जा रहा। सवेरा तो हो चुका था, मगर इतना साफ नहीं हुआ था कि सौ कदम की दूरी से कोई किसी को पहचान सके।

उस आदमी ने भी कुंअर इन्द्रजीतसिंह की मण्डली को देखा और तेजी से इन लोगों की तरफ बढ़ा। कुछ पास आते ही कमलिनी ने उसे पहचाना और कहा, "यह तो भूतनाथ है!" भूतनाथ का नाम सुनते ही शेरसिंह कांप उठा, मगर दिल कड़ा करके चुपचाप खड़ा रह गया।

कमलिनी–(भूतनाथ से) वाह-वाह-वाह! तुम्हारे भरोसे पर अगर कोई काम छोड़ दिया जाए तो वह बिलकुल ही चौपट हो जाए!

भूतनाथ–(हाथ जोड़कर) माफ कीजिएगा, मुझसे एक भूल हो गई और इसी सबब से मैं आज्ञानुसार काशी में आपसे मिल न सका।

कमलिनी–भूल कैसी?

भूतनाथ–नागर को लिये हुए मैं आपके मकान की तरफ जा रहा था। एक दिन तो बखूबी चला गया, दूसरे दिन जब बहुत थक गया तो एक पहाड़ी के नीचे घने जंगल में उसकी गठरी रखकर सुस्ताने के लिए जमीन पर लेट गया, यकायक कमबख्त नींद ने धर दबाया और मैं सो गया। जब आंख खुली तो नागर को अपने पास न देखकर घबड़ा गया और उसे चारों तरफ ढूंढ़ने लगा, मगर कहीं पता न लगा।

कमलिनी–अफसोस!

भूतनाथ–कई दिन तक ढूंढ़ता रहा, आखिर भेष बदल जब काशी में आया तो खबर लगी कि नागर अपने मकान में मौजूद है। इसके बाद मैं गुप्त रीति से मायारानी

के तिलिस्मी बाग के चारों तरफ घूमने लगा, वहां पता लगा कि दोनों कुमार और उनके ऐयारों को, जिन्हें मायारानी ने कैद कर रखा था, कोई छुड़ाकर ले गया, मैं उसी समय समझ गया कि यह काम आपका है। बस, तभी से आपको ढूंढ़ रहा हूं। इस समय इत्तिफाक से इधर आ निकला।

कमलिनी—(कुछ सोचकर) तुम अपने को बड़ा होशियार लगाते हो, मगर वास्तव में कुछ भी नहीं हो! खैर, हम लोगों के साथ चले आओ।

भूतनाथ को भी साथ लिये हुए कमलिनी वहां से रवाना हुई और चश्मे के पास से होकर उस टीले के पास पहुंची जिसके ऊपर जाने का इरादा था। कमलिनी जब अपने साथियों को पीछे-पीछे आने के लिए कहकर टीले के ऊपर चढ़ने लगी, तब शेरसिंह ने टोक दिया और कहा, ''यदि कोई हर्ज न हो तो मेरी एक बात पहले सुन लीजिए।''

कमलिनी—आप जो कुछ कहेंगे, मैं पहले ही समझ गई, आप चिन्ता न कीजिए और चले आइए।

शेर—ठीक है, मगर जब तक मैं कुछ कह न लूंगा, जी न मानेगा।

कमलिनी—(हंसकर) अच्छा कहिए।

शेरसिंह को अपने साथ आने का इशारा करके कमलिनी टीले के दूसरी तरफ चली और दोनों कुमार, तेजसिंह, तारासिंह, लाडिली और भूतनाथ को टीले के ऊपर धीरे-धीरे चढ़ने के लिए कह गई। टीले के पीछे निराले में पहुंचने पर शेरसिंह ने अपने दिल का हाल कहना शुरू किया—

"चाहे आप भूतनाथ को कैसा ही नेक और ईमानदार समझती हों, मगर मैं इतना कहे बिना नहीं रह सकता कि आप उस बेईमान शैतान पर भरोसा न कीजिए।"

कमलिनी—मैं पहले ही समझ गई थी कि आप यही बात मुझसे कहेंगे। इसमें कोई सन्देह नहीं कि भूतनाथ ने जो कुछ काम किए हैं वे उसकी नेकनामी, ईमानदारी और ऐयारी में बट्टा लगाते हैं, परन्तु आप कोई तरद्दुद न कीजिए, मैं बड़े-बड़े बेईमानों से अपना मतलब निकाल लेती हूं, मेरे साथ वह अगर जरा भी दगा करेगा तो उसे बेकाम करके छोड़ दूंगी।

शेर—मैं समझता हूं कि आप उसका पूरा-पूरा हाल नहीं जानतीं।

कमलिनी—भूतनाथ यद्यपि तुम्हारा भाई है, मगर मैं उसका हाल तुमसे भी ज्यादे जानती हूं। तुम्हें अगर डर है तो इसी बात का कि यदि कुमारों को मालूम हो जाएगा कि वह तुम्हारा भाई है, तो तुम्हारी तरफ से उनका दिल मैला हो जाएगा या भूतनाथ अगर कोई बुराई कर बैठेगा तो मुफ्त में तुम भी बदनाम किए जाओगे।

शेर—हां-हां, बस इसी सोच में मैं मरा जाता हूं!

कमलिनी—तो तुम निश्चिन्त रहो। तुम्हारे सिर कोई बदनामी न आवेगी, जो कुछ होगा, मैं समझ लूंगी।

शेर–अख्तियार आपको है, मुझे जो कुछ कहना था, कह चुका।

दोनों कुमार और उनके साथी लोग टीले पर चढ़ चुके थे, इसके बाद शेरसिंह को अपने साथ लिये हुए कमलिनी भी वहां जा पहुंची। टीले के ऊपर की अवस्था देखने से मालूम होता था कि किसी जमाने में वहां पर जरूर कोई खूबसूरत मकान बना हुआ होगा, मगर इस समय तो एक कोठरी के सिवाय वहां और कुछ भी मौजूद न था। यह कोठरी बीस-पच्चीस आदमियों के बैठने के योग्य थी। कोठरी के बीचोबीच पत्थर का एक चबूतरा बना हुआ था और उसके ऊपर पत्थर ही का शेर बैठा था। कमलिनी ने उसी जगह सभों को बैठने के लिए कहा और भूतनाथ की तरफ देखकर बोली, "इसी जगह से एक रास्ता मायारानी के तिलिस्मी बाग में गया है। तुम्हें छोड़ सब लोगों को लेकर मैं वहां जाऊंगी और कुछ दिनों तक उसी बाग में रहकर अपना काम करूंगी। तब तक के लिए एक दूसरा काम तुम्हारे सुपुर्द करती हूं, आशा है कि तुम बड़ी होशियारी से उस काम को करोगे।"

भूतनाथ–जो कुछ आज्ञा हो, मैं करने के लिए तैयार हूं, मगर इस समय सबसे पहले मैं दो-चार बातें आपसे कहा चाहता हूं, यदि आप एकान्त में सुन लें तो ठीक है।

कमलिनी–कोई हर्ज नहीं, तुम जो कुछ कहोगे, मैं सुनने के लिए तैयार हूं।

इतना कहकर भूतनाथ को साथ लिये कमलिनी उस कोठरी के बाहर निकल आई और दूसरी तरफ एक पत्थर की चट्टान पर बैठकर भूतनाथ से बातचीत करने लगी। दो घड़ी से ज्यादे दोनों में बातचीत होती रही, जिसे इस जगह लिखना हम मुनासिब नहीं समझते। अन्त में भूतनाथ ने अपने बटुए में से कलम-दवात और कागज का टुकड़ा निकालकर कमलिनी के सामने रख दिया। कमलिनी ने एक चीठी अपने बहनोई राजा गोपालसिंह के नाम लिखी और उसमें यह लिखा कि 'भूतनाथ को यह चीठी देकर हम तुम्हारे पास भेजते हैं। इसे बहुत ही नेक और ईमानदार समझना और हर एक काम में इसकी राय और मदद लेना। यदि यह किसी जगह ले जाए तो बेखटके चले जाना और यदि अपनी इच्छानुसार कोई काम करने के लिए कहे तो उसमें किसी तरह का शक न करना। मैं इससे अपना भेद नहीं छिपाती और इसे अपना विश्वासपात्र समझती हूं।' इसके बाद हस्ताक्षर और एक निशान करके वह चीठी भूतनाथ के हवाले की और कहा कि 'बस तुम इसी समय मनोरमा के मकान की तरफ चले जाओ और राजा गोपालसिंह से मिलकर काम करो या जो मुनासिब हो करो, मगर देखो, खूब होशियारी से काम करना, मामला बहुत नाजुक है और तुम्हारे ईमान में जरा-सा फर्क पड़ेगा तो मैं बहुत बुरी तरह पेश आऊंगी।'

"आप हर तरह से बेफिक्र रहिए!" कहकर भूतनाथ टीले के नीचे उतर आया और देखते-देखते सामने के जंगल में घुसकर गायब हो गया।

आठवां बयान

अपनी बहिन लाडिली, ऐयारों और दोनों कुमारों को साथ लेकर कमलिनी राजा गोपालसिंह के कहे अनुसार मायारानी के तिलिस्मी बाग के चौथे दर्जे में जाकर देवमन्दिर में कुछ दिन रहेगी। वहां रहकर ये लोग जो कुछ करेंगे, उसका हाल पीछे लिखेंगे, इस समय तो भूतनाथ का कुछ हाल लिखकर हम अपने पाठकों के दिल में एक प्रकार का खुटका पैदा करते हैं।

भूतनाथ कमलिनी से विदा होकर सीधे काशीजी की तरफ नहीं गया, बल्कि मायारानी से मिलने के लिए उसके खास बाग (तिलिस्मी बाग) की तरफ रवाना हुआ और दो पहर दिन चढ़ने के पहले ही बाग के फाटक पर जा पहुंचा। पहरेवाले सिपाहियों में से एक की तरफ देखकर बोला, "जल्द इत्तिला कराओ कि भूतनाथ आया है।" इसके जवाब में उस सिपाही ने कहा, "आपके लिए रुकावट नहीं है, आप चले जाइए, जब दूसरे दर्जे के फाटक पर जाइएगा तो लौंडियों से इत्तिला कराइएगा।"

भूतनाथ बाग के अन्दर चला गया। जब दूसरे दर्जे के फाटक पर पहुंचा तो लौंडियों ने उसके आने की इत्तिला की और वह बहुत जल्द मायारानी के सामने हाजिर किया गया।

माया–कहो भूतनाथ, कुशल से तो हो? तुम्हारे चेहरे पर खुशी की निशानी पाई जाती है, इससे मालूम होता है कि कोई खुशखबरी लाए हो और तुम्हारे शीघ्र लौट आने का भी यही सबब है। तुम जो चाहो कर सकते हो! हां, क्या खबर लाए?

भूतनाथ–अब तो मैं बहुत कुछ इनाम लूंगा, क्योंकि वह काम कर आया हूं जो सिवा मेरे दूसरा कोई कर ही नहीं सकता था।

माया–बेशक तुम ऐसे ही हो, भला कहो तो सही क्या कर आए?

भूतनाथ–वह बात ऐसी नहीं है कि किसी के सामने कही जाए।

माया–(लौंडियों को चले जाने का इशारा करके) बेशक, मुझसे भूल हुई कि इन सभी के सामने तुमसे खुशी का सबब पूछती थी। हां, अब तो सन्नाटा हो गया।

भूतनाथ–आपने अपने पति गोपालसिंह के लिए जो उद्योग किया था, वह तो बिलकुल ही निष्फल हुआ। मैं अब कमलिनी के पास से चला आ रहा हूं। उसे मुझ पर पूरा भरोसा और विश्वास है और वह मुझसे अपना कोई भेद नहीं छिपाती। उसकी जुबानी जो कुछ मुझे मालूम हुआ है, उससे जाना जाता है कि गोपालसिंह अभी किसी के सामने अपने को जाहिर नहीं करेगा, बल्कि गुप्त रहकर, आपको तरह-तरह की तकलीफें पहुंचावेगा और अपना बदला लेगा।

माया–(कांपकर) बेशक वह मुझे तकलीफ देगा। हाय, मैंने दुनिया का सुख कुछ भी नहीं भोगा। खैर, तुम कौन-सी खुशखबरी सुनाने आए हो सो तो कहो।

भूतनाथ–कह तो रहा हूं–पर आप स्वयं बीच में टोक देती हैं तो क्या करूं। हां, तो इस समय आपको सताने के लिए बड़ी-बड़ी कार्रवाइयां हो रही हैं और रोहतासगढ़ से फौज चली आ रही है क्योंकि गोपालसिंह और तेजसिंह ने कुमारों की दिलजमई करा दी है कि राजा बीरेन्द्रसिंह और रानी चन्द्रकान्ता को मायारानी ने कैद नहीं किया, बल्कि धोखा देने की नीयत से दो आदमियों को नकली चन्द्रकान्ता और बीरेन्द्रसिंह बनाकर कैद किया है। अब कुंअर इन्द्रजीतसिंह के दो ऐयारों को साथ लेकर गोपालसिंह किशोरी और कामिनी को छुड़ाने के लिए मनोरमा के मकान में गए हैं।

माया–बिना बोले रहा नहीं जाता! मैं न तो कुंअर इन्द्रजीतसिंह, आनन्द या उनके ऐयारों से डरती हूं और न रोहतासगढ़ की फौज से डरती हूं, मैं अगर डरती हूं तो केवल गोपालसिंह से बल्कि उसके नाम से, क्योंकि मैं उसके साथ बुराई कर चुकी हूं और वह मेरे पंजे से निकल गया है। खैर, यह खबर तो तुमने अच्छी सुनाई कि वह किशोरी और कामिनी को छुड़ाने के लिए मनोरमा के मकान में गया है। मैं आज ही यहां से काशीजी की तरफ रवाना हो जाऊंगी और जिस तरह होगा, उसे गिरफ्तार करूंगी!

भूतनाथ–नहीं-नहीं, अब आप उसे कदापि गिरफ्तार नहीं कर सकतीं, आप क्या बल्कि आप-सी अगर दस हजार एक साथ हो जाएं तो भी उसका कुछ नहीं बिगाड़ सकतीं।

माया–(चिढ़कर) सो क्यों?

भूतनाथ–कमलिनी ने उसे एक ऐसी अनूठी चीज दी है कि वह जो चाहे कर सकता है और आप उसका कुछ नहीं बिगाड़ सकतीं।

माया–वह कौन ऐसी अनमोल चीज है?

इसके जवाब में भूतनाथ ने उस तिलिस्मी खंजर का हाल और गुण बयान किया जो कमलिनी ने कुंअर इन्द्रजीतसिंह को दिया था और कुंअर साहब ने गोपालसिंह को दे दिया था। अभी तक उस खंजर का पूरा हाल मायारानी को मालूम न था इसलिए उसे बड़ा ही ताज्जुब हुआ और वह कुछ देर तक सोचने के बाद बोली–

"अगर ऐसा खंजर उसके हाथ लग गया है तो उसका कोई भी कुछ बिगाड़ नहीं सकता। बस मैं अपनी जिन्दगी से निराश हो गई। परन्तु मुझे विश्वास नहीं होता कि ऐसा तिलिस्मी खंजर कहीं से कमलिनी के हाथ लगा हो। यह असम्भव है, बल्कि ऐसा खंजर हो ही नहीं सकता। कमलिनी ने तुमसे झूठ कहा होगा।"

भूतनाथ–(हंसकर) नहीं-नहीं, बल्कि उसी तरह का एक खंजर कमलिनी ने मुझे भी दिया है। (कमर से खंजर निकालकर और हर तरह पर दिखाकर) देखिए, यही है।

माया–(ताज्जुब से) हां-हां, अब मुझे याद आया। नागर ने अपना और तुम्हारा हाल बयान किया था तो ऐसे खंजर का जिक्र किया था और मैं इस बात को बिलकुल भूल गई थी। खैर, तो अब मैं उस पर किसी तरह फतह नहीं पा सकती।

भूतनाथ–नहीं, घबड़ाइए मत, उसके लिए भी मैं बन्दोबस्त करके आया हूं।

माया–वह क्या?

भूतनाथ ने वह कमलिनीवाली चीठी बटुए में से निकालकर मायारानी के सामने रखी जिसे पढ़ते हुए वह खुश हो गई और बोली, "शाबाश भूतनाथ, तुमने बड़ा ही काम किया! अब तो तुम उस नालायक को मेरे पंजे में इस तरह फंसा सकते हो कि कमलिनी को तुम पर कुछ भी शक न होगा।

भूतनाथ–बेशक, ऐसा ही है, मगर इसलिए अब हम लोगों को अपनी राय बदल देनी पड़ेगी अर्थात् पहले जो यह बात सोची गई थी कि किशोरी को छुड़ाने के लिए जो कोई वहां जाएगा, उसे फंसाते जाएंगे सो न करना पड़ेगा।

माया–तुम जैसा कहोगे वैसा ही किया जाएगा, बेशक तुम्हारी अक्ल हम लोगों से तेज है। तुम्हारा खयाल बहुत ठीक है अगर उसे पकड़ने की कोशिश की जाएगी तो वह कई आदमियों को मारकर निकल जाएगा और फिर कब्जे में न आवेगा, और ताज्जुब नहीं कि इसकी खबर भी लोगों को हो जाए, जो हमारे लिए बहुत बुरा होगा।

भूतनाथ–हां, अस्तु, आप एक चीठी नागर के नाम की लिखकर मुझे दीजिए और उसमें केवल इतना ही लिखिए कि किशोरी और कामिनी को निकाल ले जानेवाले से रोक-टोक न करे बल्कि तरह दे जाए और उस मकान के तहखाने का भेद मुझे बता दे, फिर जब ये दोनों किशोरी और कामिनी को ले जाएंगे तो उसके बाद मैं उन्हें धोखा देकर दारोगावाले बंगले में जो नहर के ऊपर है, ले जाकर झट फंसा लूंगा। वहां के तहखानों की ताली आप मुझे दे दीजिए। कमलिनी की जुबानी मैंने सुना है कि वहां का तहखाना बड़ा ही अनूठा है, इसलिए मैं समझता हूं कि मेरा काम उस मकान से बखूबी चलेगा। जब मैं गोपालसिंह को वहां फंसा लूंगा तो आपको खबर दूंगा, फिर आप जो चाहे कीजिएगा!

माया–बस-बस, तुम्हारी यह राय बहुत ठीक है, अब मुझे निश्चय हो गया कि मेरी मुराद पूरी हो जाएगी!

मायारानी ने दारोगावाले बंगले तथा तहखाने की ताली भूतनाथ के हवाले करके उसे वहां का भेद बता दिया और भूतनाथ के कहे बमूजिब एक चीठी भी नागर के नाम की लिख दी। दोनों चीजें लेकर भूतनाथ वहां से रवाना हुआ और काशीजी की तरफ तेजी के साथ चल निकला।

नौवां बयान

रात पहर-भर से ज्यादे जा चुकी है। काशी में मनोरमा के मकान के अन्दर फर्श पर नागर बैठी हुई है और उसके पास ही एक खूबसूरत नौजवान आदमी छोटे-छोटे तीन-चार तकियों का सहारा लगाए अधलेटा-सा पड़ा जमीन की तरफ देखता हुआ कुछ सोच रहा है। इन दोनों के सिवाय कमरे में कोई तीसरा नहीं है।

नागर–मैं फिर भी तुम्हें कहती हूं कि किशोरी का ध्यान छोड़ दो क्योंकि इस समय मौका समझकर मायारानी ने उसे आराम के साथ रखने का हुक्म दिया है।

जवान–ठीक है, मगर मैं उसे किसी तरह की तकलीफ तो नहीं देता फिर उसके पास मेरा जाना तुमने क्यों बन्द कर दिया?

नागर–बड़े अफसोस की बात है कि तुम मायारानी की तरफ कुछ भी ध्यान नहीं देते! जब भी तुम किशोरी के सामने जाते हो वह जान देने के लिए तैयार हो जाती है। तुम्हारे सबब से वह सूखकर कांटा हो गई है। मुझे निश्चय है कि दो-तीन दफे अगर तुम और उसके सामने आओगे तो वह जीती न बचेगी, क्योंकि उसमें अब बात करने की भी ताकत नहीं रही, और उसका मरना मायारानी के हक में बहुत ही बुरा होगा। जब तक किशोरी को यह निश्चय न होगा कि तुम इस मकान से निकाल दिए गए तब तक वह मुझसे सीधी तरह बात भी न करेगी। ऐसी अवस्था में मायारानी की आज्ञानुसार मैं उसे कैद रखने की अवस्था में भी क्योंकर खुश रख सकती हूं?

जवान–(कुछ चिढ़कर) यह बात तो तुम कई दफे कह चुकी हो, फिर घड़ी-घड़ी क्यों कहती हो?

नागर–खैर न सही, सौ की सीधी एक ही कहे देती हूं कि किशोरी के बारे में तुम्हारी मुराद पूरी न होगी और जहां तक जल्द हो सके, तुम्हें मायारानी के पास चले जाना पड़ेगा।

जवान–यदि ऐसा ही है तो लाचार होकर मुझे मायारानी के साथ दुश्मनी करनी पड़ेगी। मैं उसके कई ऐसे भेद जानता हूं कि उन्हें प्रकट करने में उसकी कुशल नहीं है।

नागर–अगर तुम्हारी यह नीयत है तो तुम अभी जहन्नुम में भेज दिए जाओगे।

जवान–तुम मेरा कुछ भी नहीं कर सकतीं, मैं तुम्हारी जहरीली अंगूठी से डरने वाला नहीं हूं।

इतना कहकर वह नौजवान उठ खड़ा हुआ और कमरे के बाहर निकला ही चाहता था कि सामने का दरवाजा खुला और भूतनाथ आता हुआ दिखाई दिया। नागर ने जवान की तरफ इशारा करके भूतनाथ से कहा, "देखो, इस नालायक को मैं पहरों से समझा रही हूं, मगर कुछ भी नहीं सुनता और जान-बूझकर मायारानी को मुसीबत

में डालना चाहता है!" इसके जवाब में भूतनाथ ने कहा, "हां, मैं भी पिछले दरवाजे की तरफ खड़ा-खड़ा इस हरामजादे की बातें सुन रहा था!"

'हरामजादे' का शब्द सुनते ही उस नौजवान को क्रोध चढ़ आया और वह हाथ में खंजर लेकर भूतनाथ की तरफ झपटा। भूतनाथ ने चालाकी से उसकी कलाई पकड़ ली और कमरबन्द नें हाथ डालके ऐसी अड़ानी मारी कि वह धम्म से जमीन पर गिर पड़ा। नागर दौड़ी हुई बाहर चली गई और एक मजबूत रस्सी ले आई जो उस नौजवान के हाथ-पैर बांधने के काम में आई। भूतनाथ उस नौजवान को घसीटता हुआ दूसरी कोठरी में ले गया और नागर भी भूतनाथ के पीछे-पीछे चली गई।

आधे घण्टे के बाद नागर और भूतनाथ फिर उसी कमरे में आए और दोनों प्रेमी मसनद पर बैठकर खुशी-खुशी हंसी-दिल्लगी की बातें करने लगे। अन्दाज से मालूम होता है कि ये दोनों उस नौजवान को कहीं कैद कर आए हैं।

थोड़ी देर तक हंसी-दिल्लगी होती रही, इसके बाद मतलब की बातें होने लगीं। नागर के पूछने पर भूतनाथ ने अपना हाल कहा और सबके पहले वह चीठी नागर को दिखाई जो राजा गोपालसिंह के लिए कमलिनी ने लिख दी थी, इसके बाद मायारानी के पास जाने और बातचीत करने का खुलासा हाल कहके वह दूसरी चीठी भी नागर को दिखाई जो मायारानी ने नागर के नाम की लिखकर भूतनाथ के हवाले की थी। यह सब हाल सुनकर नागर बहुत खुश हुई और बोली, "यह काम सिवाय तुम्हारे और किसी से नहीं हो सकता था और यदि तुम मायारानी की चीठी न भी लाते तो भी तुम्हारी आज्ञानुसार काम करने को मैं तैयार थी।"

भूतनाथ–सो तो ठीक है, मुझे भी यही आशा थी, परन्तु यों ही एक चीठी तुम्हारे नाम की लिखा लो।

नागर–पर ताज्जुब है कि राजा गोपालसिंह और देवीसिंह आज के पहले से इस शहर में आए हुए हैं, मगर अभी तक इस मकान के अन्दर उन दोनों के आने की आहट नहीं मिली। न मालूम वे दोनों कहां और किस धुन में हैं! खैर, जो होगा देखा जाएगा, अब यह कहिए कि आप क्या करना चाहते हैं?

भूतनाथ–(कुछ देर तक सोचकर) अगर ऐसा है, तो मुझे स्वयं उन दोनों को ढूंढ़ना पड़ेगा। मुलाकात होने पर दोनों को गुप्त रीति से इस मकान के अन्दर ले आऊंगा और किशोरी-कामिनी को छुड़ाकर यहां से निकल जाऊंगा, फिर धोखा देकर किशोरी और कामिनी को अपने कब्जे में कर लूंगा, अर्थात् उन्हें कोई दूसरा काम करने के लिए कहकर किशोरी और कामिनी को रोहतासगढ़ पहुंचाने का वादा कर ले जाऊंगा और उस गुप्त खोह में, जिसे मैं अपना मकान समझता हूं और तुम्हें दिखा चुका हूं, अपने आदमियों के सुपुर्द करके गोपालसिंह से आ मिलूंगा और फिर उसे कैद करके मायारानी के पास पहुंचा दूंगा, जिसमें वह अपने हाथ से उसे मारकर निश्चिन्त हो जाए।

नागर–बस-बस, तुम्हारी राय बहुत ठीक है, अगर इतना काम हो जाए तो फिर क्या चाहिए! मायारानी से मुंहमांगा इनाम मिले क्योंकि इस समय वह राजा गोपालसिंह के सबब से बहुत ही परेशान हो रही है, यहां तक कि कुंअर इन्द्रजीतसिंह वगैरह के हाथ से तिलिस्म को बचाने का ध्यान तक भी उसे बिलकुल ही जाता रहा। यदि वह गोपालसिंह को मारके निश्चिंत हो जाए तो अपने से बढ़कर भाग्यवान दुनिया में किसी को नहीं समझेगी, जैसा कि थोड़े दिन पहले समझती थी।

भूतनाथ–जो मैं कह चुका हूं, वही होगा इसमें कोई सन्देह नहीं। अच्छा अब तुम इस मकान का पूरा-पूरा भेद मुझे बता दो जिसमें किसी तहखाने, कोठरी, रास्ते या चोर दरवाजे का हाल मुझसे छिपा न रहे।

नागर–बहुत अच्छा, चलिए, उठिए, जहां तक हो सके, इस काम से भी जल्द ही निपट लेना चाहिए।

नागर ने उस मकान का पूरा-पूरा भेद भूतनाथ को बता दिया, हर एक कोठरी, तहखाना, रास्ता और चोर दरवाजा तथा सुरंग दिखा दिया और उनके खोलने और बन्द करने की विधि भी बता दी। इस काम से छुट्टी पाकर भूतनाथ नागर से बिदा हुआ और राजा गोपालसिंह तथा देवीसिंह की खोज में चारों ओर घूमने लगा।

दसवां बयान

दूसरे दिन आधी रात जाते-जाते भूतनाथ फिर उसी मकान में नागर के पास पहुंचा। इस समय नागर आराम से सोई न थी, बल्कि न मालूम किस धुन और फिक्र में मकान की पिछली तरफ नजरबाग में टहल रही थी। भूतनाथ को देखते ही वह हंसती हुई पास आई और बोली–

"कहो, कुछ काम हुआ?"

भूतनाथ–काम तो बखूबी हो गया, उन दोनों से मुलाकात भी हुई और जो कुछ मैंने कहा दोनों ने मंजूर भी किया। कमलिनी की चीठी जब मैंने गोपालसिंह के हाथ में दी तो वे पढ़कर बहुत खुश हुए और बोले, "कमलिनी ने जो कुछ लिखा है मैं उसे मंजूर करता हूं। वह तुम पर विश्वास रखती है तो मैं भी रखूंगा और जो कुछ कहोगे, वही करूंगा।"

नागर–बस, तब काम बखूबी बन गया, अच्छा अब क्या करना चाहिए?

भूतनाथ–अब वे दोनों आते ही होंगे, तुम टहलना बन्द करो और कमरे में जाकर किवाड़ बन्द करके सो रहो और सिपाहियों को भी हुक्म दे दो कि आज कोई

सिपाही पहरा न दे बल्कि सब आराम से सो रहें, यहां तक कि अगर किसी को इस बाग में देखें भी तो चुपके हो रहें।

नागर "बहुत अच्छा" कहकर अपने कमरे में चली गई और भूतनाथ के कहे मुताबिक सिपाहियों को हुक्म देकर, अपने कमरे का दरवाजा बन्द करके चारपाई पर लेट रही। भूतनाथ उसी बाग में घूमता-फिरता पिछली दीवार के पास जहां एक चोर दरवाजा था, जा पहुंचा और उसी जगह बैठकर किसी के आने की राह देखने लगा।

आधे घण्टे तक सन्नाटा रहा, इसके बाद किसी ने दरवाजे पर दो दफे हाथ से थपकी लगाई। भूतनाथ ने उठकर झट दरवाजा खोल दिया और दो आदमी उस राह से आ पहुंचे। बंधे हुए इशारे के होने से मालूम हो गया कि ये दोनों राजा गोपालसिंह और देवीसिंह हैं। भूतनाथ उन दोनों को अपने साथ लिये हुए धीरे-धीरे कदम रखता हुआ नजरबाग के बीचोबीच आया, जहां एक छोटा-सा फव्वारा था।

गोपाल–(भूतनाथ से) कुछ मालूम है कि इस समय किस तरफ पहरा पड़ रहा है?

भूतनाथ–कहीं भी पहरा नहीं पड़ता, चारों तरफ सन्नाटा छाया हुआ है। इस मकान में जितने आदमी रहते हैं सभों को मैंने बेहोशी की दवा दे दी है और सब-के-सब उठने के लिए मुर्दों से बाजी लगाकर पड़े हैं।

गोपाल–तब तो हम लोग बड़ी लापरवाही से अपना काम कर सकते हैं?

भूतनाथ–बेशक!

गोपाल–अच्छा मेरे पीछे-पीछे चले आओ। (हाथ का इशारा करके) हम उस हम्माम की राह तहखाने में घुसा चाहते हैं। क्या तुम्हें मालूम है कि इस समय किशोरी और कमिनी किस तहखाने में कैद हैं?

भूतनाथ–हां, जरूर मालूम है। किशोरी और कामिनी दोनों एक ही साथ 'वायु-मण्डप' में कैद हैं।

गोपाल–तब तो हम्माम में जाने की कोई जरूरत नहीं, अच्छा तुम ही आगे चलो।

भूतनाथ आगे-आगे रवाना हुआ और उसके पीछे राजा गोपालसिंह और देवीसिंह चलने लगे। तीनों आदमी उत्तर तरफ के दालान में पहुंचे, जिसके दोनों तरफ दो कोठरियां थीं और इस समय दोनों कोठरियों का दरवाजा खुला हुआ था। तीनों आदमी दाहिने तरफवाली कोठरी में घुसे और अन्दर जाकर कोठरी का दरवाजा बन्द कर लिया। बटुए में से सामान निकालकर मोमबत्ती जलाई और देखा कि सामने दीवार में एक आलमारी है, जिसका दरवाजा एक खटके पर खुला करता था। भूतनाथ उस दरवाजे को खोलना जानता था इसलिए पहले उसी ने खटके पर

हाथ रखा। दरवाजा खुल जाने पर मालूम हुआ कि उसके अन्दर सीढ़ियां बनी हुई हैं। तीनों आदमी उस सीढ़ी की राह से नीचे तहखाने में उतर गए और एक कोठरी में पहुंचे, जिसका दूसरा दरवाजा बन्द था। भूतनाथ ने उस दरवाजे को भी खोला और तीनों आदमियों ने दूसरी कोठरी में पहुंचकर देखा कि एक चारपाई पर बेचारी किशोरी पड़ी हुई है, सिरहाने की तरफ कामिनी बैठी धीरे-धीरे उसका सिर दबा रही थी। कामिनी का चेहरा जर्द और सुस्त था मगर किशोरी तो वर्षों की बीमार जान पड़ती थी। जिस चारपाई पर वह पड़ी थी, उसका बिछावन बहुत मैला था और उसी के पास एक दूसरी चारपाई बिछी हुई थी जो शायद कामिनी के लिए हो। कोठरी के एक कोने में पानी का घड़ा, लोटा, गिलास और कुछ खाने का सामान रखा हुआ था।

किशोरी और कामिनी देवीसिंह को बखूबी पहचानती थीं मगर भूतनाथ को केवल कामिनी ही पहचानती थी, जब कमला के साथ शेरसिंह से मिलने के लिए कामिनी उस तिलिस्मी खण्डहर में गई थी तब उसने भूतनाथ को देखा था और यह भी जानती थी कि भूतनाथ को देखकर शेरसिंह डर गया था, मगर इसका सबब पूछने पर भी उसने कुछ न कहा था। इस समय वह फिर उसी भूतनाथ को यहां देखकर डर गई और जी में सोचने लगी कि एक बला में तो फंसी ही थी, यह दूसरी बला कहां से आ पहुंची, मगर उसी के साथ देवीसिंह को देख उसे कुछ ढाढ़स हुई और किशोरी को तो पूरी उम्मीद हो गई कि ये लोग हमको छुड़ाने ही आए हैं। वह भूतनाथ और राजा गोपालसिंह को पहचानती न थी, मगर सोच लिया कि शायद ये दोनों भी राजा बीरेन्द्रसिंह के ऐयार होंगे। किशोरी यद्यपि बहुत ही कमजोर बल्कि अधमरी-सी हो रही थी, मगर इस समय यह जानकर कि कुंअर इन्द्रजीतसिंह के ऐयार हमें छुड़ाने आ गए हैं और अब शीघ्र ही इन्द्रजीतसिंह से मुलाकात होगी, उसकी मुरझाई हुई आशालता हरी हो गई और उसमें जान आ गई। इस समय किशोरी का सिर कुछ खुला हुआ था जिसे उसने अपने हाथ से ढक लिया और देवीसिंह की तरफ देखकर बोली—

किशोरी—मैं समझती हूं, आज ईश्वर को मुझ पर दया आई है, इसी से आप लोग मुझे यहां से छुड़ाकर ले जाने के लिए आए हैं।

देवी—जी हां, हम लोग आपको छुड़ाने के लिए ही आए हैं, मगर आपकी दशा देखकर रुलाई आती है। हाय, क्या दुनिया में भलों और नेकों को यही इनाम मिला करता है!

किशोरी—मैंने सुना था कि राजा साहब के दोनों लड़कों और ऐयारों को मायारानी ने कैद कर लिया है?

देवी—जी हां, उन कैदी ऐयारों में मैं भी था परन्तु ईश्वर की कृपा से सब कोई छूट गए और अब हम लोग आपको और (कामिनी की तरफ इशारा करके) इनको

छुड़ाने आए हैं। इसमें कोई सन्देह नहीं कि आप बहुत-कुछ मुझसे पूछना चाहती हैं और मेरे पेट में भी बहुत-सी बातें कहने योग्य भरी हैं, परन्तु यह अमूल्य समय बातों में नष्ट करने योग्य नहीं है इसलिए जो कुछ कहने-सुनने की बातें हैं, फिर होती रहेंगी, इस समय जहां तक जल्द हो सके यहां से निकल चलना ही उत्तम है।

"हां ठीक है," कहकर किशोरी उठ बैठी। उसमें चलने-फिरने की ताकत न थी परन्तु इस समय की खुशी ने उसके खून में कुछ जोश पैदा कर दिया और वह इस लायक हो गई कि कामिनी के मोढ़े पर हाथ रखके तहखाने से ऊपर आ सके और वहां से बाग की चहारदीवारी के बाहर जा सके। कामिनी यद्यपि भूतनाथ को देखकर सहम गई थी मगर देवीसिंह के भरोसे से उसने इस विषय में कुछ कहना उचित न जाना, दूसरे उसने यह सोच लिया कि इस कैदखाने से बढ़कर और कोई दुःख की जगह न होगी, अतएव यहां से तो निकल चलना ही उत्तम है!

किशोरी और कामिनी को लिये हुए, तीनों आदमी तहखाने से बाहर निकले। इस समय भी उस मकान में चारों तरफ तथा नजरबाग में सन्नाटा ही था, इसलिए ये लोग बिना किसी रोकटोक उसी दरवाजे की राह यहां से बाहर निकल गए जिससे राजा गोपालसिंह बाग के अन्दर आए थे। थोड़ी दूर पर तीन घोड़े और एक रथ, जिसके आगे दो घोड़े जुते हुए थे, मौजूद था। रथ पर किशोरी और कामिनी को सवार कराया गया और तीनों घोड़ों पर राजा गोपालसिंह, देवीसिंह और भूतनाथ ने सवार होकर रथ को तेजी के साथ हांकने के लिए कहा। बात-की-बात में ये लोग शहर के बाहर हो गए, बल्कि सुबह की सुफेदी निकलने के पहले ही लगभग पांच कोस दूर निकल जाने के बाद एक चौमुहानी पर रुककर विचार करने लगे कि अब रथ को किस तरफ ले चलना है या रथ की हिफाजत किसके सुपुर्द करनो चाहिए।

ग्यारहवां बयान

ऊपर के बयान में जो कुछ लिख आए हैं, उस बात को कई दिन बीत गए, आज भूतनाथ को हम फिर मायारानी के पास बैठे हुए देखते हैं। रंग-ढंग से जाना जाता है कि भूतनाथ की कार्रवाइयों से मायारानी बहुत ही प्रसन्न है और वह भूतनाथ को कद्र और इज्जत की निगाह से देखती है। इस समय मायारानी के सामने सिवाय भूतनाथ के कोई दूसरा आदमी मौजूद नहीं है।

माया—इसमें कोई सन्देह नहीं कि तुमने मेरी जान बचा ली।

भूतनाथ—गोपालसिंह को धोखा देकर गिरफ्तार करने में मुझे बड़ी-बड़ी कठिनाइयों का सामना करना पड़ा। आज दो दिन से केवल पानी के सहारे मैं जान बचाए हूं। अभी तक तो कोई ऐसी बात नहीं हुई जिसमें कमलिनी या राजा बीरेन्द्रसिंह

के पक्षवाले किसी को मुझ पर शक हो। राजा गोपालसिंह के साथ केवल देवीसिंह था जिसको मैंने किसी जरूरी काम के लिए रोहतासगढ़ जाने की सलाह दे दी और उसके जाने के बाद गोपालसिंह को बातों में उलझाकर दारोगावाले मकान में ले जाकर कैद कर दिया।

माया–तो उसे तुमने खतम ही क्यों न कर दिया?

भूतनाथ–केवल तुम्हारे विश्वास के लिए उसे जीता रख छोड़ा है।

माया–(हंसकर) केवल उसका सिर ही काट लाने से मुझे पूरा विश्वास हो जाता! पर जो हुआ, सो हुआ, अब उसके मारने में विलम्ब न करना चाहिए!

भूतनाथ–ठीक है, जहां तक हो, अब इस काम में जल्दी करना ही उचित है क्योंकि अबकी दफे यदि वह छूट जाएगा तो मेरी बड़ी दुर्गति होगी।

माया–नहीं-नहीं, अब वह किसी तरह नहीं बच सकता। मैं तुम्हारे साथ चलती हूं और अपने हाथ से उसका सिर काटकर सदैव के लिए टंटा मिटाती हूं। घण्टे-भर और ठहर जाओ, अच्छी तरह अंधेरा हो जाने पर ही यहां से चलना उचित होगा, बल्कि तब तक तुम भोजन भी कर लो क्योंकि दो दिन के भूखे हो। यह तो कहो कि किशोरी और कामिनी को तुमने कहां छोड़ा?

भूतनाथ–किशोरी और कामिनी को मैं एक ऐसी खोह में रख आया हूं जहां से सिवाय मेरे कोई दूसरा उन्हें निकाल ही नहीं सकता। बहुत दिनों से मैं स्वयं उस खोह में रहता हूं और मेरे आदमी भी अभी तक वहां मौजूद हैं। अब केवल एक बात का खुटका मेरे जी में लगा हुआ है।

माया–वह क्या?

भूतनाथ–यदि कमलिनी मुझसे पूछेगी कि किशोरी और कामिनी को कहां रख आए तो मैं क्या जवाब दूंगा? यदि यह कहूंगा कि रोहतासगढ़ या तुम्हारे तालाबवाले मकान में रख आया हूं तो बहुत जल्द झूठा बनूंगा और सब भंडा फूट जाएगा।

माया–हां, सो तो ठीक है, मगर तुम चालाक हो, इसके लिए भी कोई-न-कोई बात जरूर सोच लोगे।

भूतनाथ–खैर, जो होगा देखा जाएगा। अब कहिए कि आपका काम तो मैंने कर दिया, अब इसका इनाम क्या मिलता है? आपका कौल है कि जो मांगोगे वही मिलेगा।

माया–हां-हां, जो कुछ तुम मांगोगे वही मिलेगा। जरा दारोगावाले मकान में चलकर उसे मारकर निश्चिन्त हो जाऊं तो तुम्हें मुंहमांगा इनाम दूं। अच्छा यह तो कहो कि तुम चाहते क्या हो?

भूतनाथ–दारोगावाला मकान मुझे दे दीजिए और उसमें जो अजायबघर है उसकी ताली मेरे हवाले कर दीजिए।

माया–(चौंककर) उस अजायबघर का हाल तुम्हें कैसे मालूम हुआ?

भूतनाथ–कमलिनी की जुबानी मैंने सुना था कि वह भी तिलिस्म ही है और उसमें बहुत अच्छी-अच्छी चीजें हैं?

माया–ठीक है, मगर उसमें बहुत-सी ऐसी चीजें हैं जो यदि मेरे दुश्मनों के हाथ लगें तो आफत ही हो जाए।

भूतनाथ–मैं उस जगह को अपने लिए चाहता हूं, किसी दूसरे के लिए नहीं, मेरे रहते कोई दूसरा आदमी उस मकान से फायदा नहीं उठा सकता।

माया–(देर तक देखकर) खैर, मैं दूंगी, क्योंकि तुमने मुझ पर भारी अहसान किया है, मगर उस ताली को बड़ी हिफाजत से रखना। यद्यपि उसका पूरा-पूरा हाल मुझे मालूम नहीं है तथापि मैं समझती हूं कि वह कोई अनूठी चीज है क्योंकि गोपालसिंह उसे बड़े यत्न से अपने पास रखता था, हां अगर तुम अजायबघर की ताली मुझसे न लो तो मैं बहुत ज्यादे दौलत तुम्हें देने के लिए तैयार हूं।

भूतनाथ–आप तरद्दुद न कीजिए, उस चीज को आपका कोई दुश्मन मेरे कब्जे से नहीं ले जा सकता और आप देख लेंगी कि महीने-भर के अन्दर-ही-अन्दर मैं आपके दुश्मनों का नाम-निशान मिटा दूंगा और खुल्लमखुल्ला अपनी प्यारी स्त्री को लेकर उस मकान में रहकर आपकी बदौलत खुशी से जिन्दगी बिताऊंगा।

माया–(ऊंची सांस लेकर) अच्छा, दूंगी।

भूतनाथ–तो अब उसके देने में विलम्ब क्या है?

माया–बस, उस काम से निपट जाने की देर है।

भूतनाथ–वहां भी केवल आपके चलने की ही देर है।

माया–मैं कह चुकी हूं कि तुम भोजन कर लो, तब तक अंधेरा भी हो जाता है।

मायारानी ने घण्टी बजाई, जिसकी आवाज सुनते ही कई लौंडियां दौड़ी हुई आई और हाथ जोड़कर सामने खड़ी हो गईं। मायारानी ने भूतनाथ के लिए भोजन का सामान ठीक करने को कहा, और यह बहुत जल्द हो गया। भूतनाथ ने भोजन किया और अंधेरा होने पर मायारानी के साथ दारोगावाले मकान में चलने के लिए तैयार हुआ। मायारानी ने धनपति को भी साथ लिया और तीनों आदमी चेहरे पर नकाब डाले घोड़ों पर सवार हो वहां से रवाना हुए तथा बात-की-बात में दारोगावाले मकान के पास जा पहुचे।[1] पेड़ों के साथ घोड़ों को बांध तीनों आदमी उस मकान के अन्दर चले। हम ऊपर लिख आए हैं कि मायारानी ने इस मकान की ताली भूतनाथ को दे दी थी और मकान का भेद भी उसे बता दिया था। इसलिए भूतनाथ सबके आगे हुआ और उसके पीछे धनपति और मायारानी जाने लगीं। भूतनाथ उस मकान के दाहिनी तरफवाले दालान में पहुंचा, जिसमें एक कोठरी बन्द दरवाजे की थी, मगर यह नहीं जान पड़ता था कि यह दरवाजा क्योंकर खुलेगा या ताली लगाने की जगह

1. इस मकान का जिक्र कई दफे आ चुका है, नानक इसी मकान में बाबाजी से मिला था।

कहां है। दरवाजे के पास पहुंचकर भूतनाथ ने बटुए में से एक ताली निकाली और दरवाजे के दाहिनी तरफ की दीवार में जो लकड़ी की बनी हुई थी, पैर से धक्का देना शुरू किया। चार-पांच ठोकर के बाद लकड़ी का एक छोटा-सा तख्ता अलग हो गया और उसके अन्दर हाथ जाने लायक सूराख दिखाई दिया। ताली लिये हुए, उसी छेद के अन्दर भूतनाथ ने हाथ डाला और किसी गुप्त ताले में ताली लगाई। कोठरी का दरवाजा तुरत खुल गया और तीनों अन्दर चले गए। भीतर जाकर वह दरवाजा पुनः बन्द कर लिया, जिससे वह लकड़ी का टुकड़ा भी ज्यों-का-त्यों बराबर हो गया, जिसके अन्दर हाथ डालकर भूतनाथ ने ताला खोला था।

कोठरी के अन्दर बिलकुल अंधेरा था इसलिए भूतनाथ ने अपने बटुए में से सामान निकालकर मोमबत्ती जलाई। अब मालूम हुआ कि कोठरी के बीचोबीच में लोहे का एक गोल तख्ता जमीन में जड़ा हुआ है जिस पर लगभग चार या पांच आदमी खड़े हो सकते थे। उस तख्ते के बीचोबीच में तीन हाथ ऊंचा लोहे का एक खम्भा था और उसके ऊपर एक चर्खी लगी हुई थी। तीनों आदमी उस खम्भे को थामकर खड़े हो गए और भूतनाथ ने दाहिने हाथ से चर्खी को घुमाना शुरू किया, साथ ही घड़घड़ाहट की आवाज आई और खम्भे के सहित वह लोहे का टुकड़ा जमीन के अन्दर घुसने लगा। यहां तक कि लगभग बीस हाथ के नीचे जाकर जमीन पर ठहर गया और तीनों आदमी उस पर से उतर पड़े। अब ये तीनों एक लम्बी-चौड़ी कोठरी के अन्दर घुसे। कोठरी के पूरब तरफ दीवार में एक सुरंग बनी हुई थी, पश्चिम तरफ कुआं था, उत्तर तरफ चार सन्दूक पड़े हुए थे और दक्षिण तरफ एक जंगलेदार कोठरी बनी हुई थी, जिसके अन्दर एक आदमी जमीन पर औंधा पड़ा हुआ था और पास की जमीन खून से तरबतर हो रही थी। उसे देखते ही भूतनाथ चौंककर बोला–

भूतनाथ–ओफ, मालूम होता है कि इसने सिर पटककर जान दे दी (मायारानी की तरफ देखके) क्योंकि तुम्हारा सामना करना इसे मंजूर न था!

माया–शायद ऐसा ही हो! आखिर मैं भी तो इसे मारने ही को आई थी। अच्छा हुआ, इसने अपनी जान आप ही दे दी, मगर अब यह क्योंकर निश्चय हो कि यह अभी जीता है या मर गया?

धनपति–(गौर से गोपालसिंह को देखकर) सांस लेने की आहट नहीं मालूम होती, जहां तक मैं समझती हूं, इसमें अब दम नहीं है।

भूतनाथ–(मायारानी से) आप इस जंगले में जाकर इसे अच्छी तरह देखिए, कहिए तो ताला खोलूं।

माया–नहीं-नहीं, मुझे अब भी इसके पास जाते डर मालूम होता है, कहीं नकल न किए हो! (गोपालसिंह को अच्छी तरह देखके) वह तिलिस्मी खंजर इसके पास नहीं दिखाई देता?

भूतनाथ–वह खंजर देवीसिंह ने एक सप्ताह के लिए इससे मांग लिया था और इस समय उसी के पास है।

माया–तब तो तुम बेखौफ इसके अन्दर जा सकते हो, अगर जीता भी होगा तो कुछ न कर सकेगा, क्योंकि इसका हाथ खाली है और तुम्हारे पास तिलिस्मी खंजर है!

भूतनाथ–बेशक, मैं इसके पास जाने में नहीं डरता।

उस जंगले के दरवाजे में एक ताला लगा हुआ था, जिसे भूतनाथ ने खोला और अन्दर जाकर राजा गोपालसिंह की लाश को सीधा किया, तब मायारानी की तरफ देखकर कहा, ''अब इसमें दम नहीं है, आप बेखौफ चली आवें और इसे देखें।'' मायारानी धनपति का हाथ थामे हुए उस कोठरी के अन्दर गई और अच्छी तरह गोपालसिंह को देखा। सिर फट जाने और खून निकलने के साथ ही दम निकल जाने से गोपालसिंह का चेहरा कुछ भयानक-सा हो गया था। मायारानी को जब निश्चय हो गया कि इसमें दम नहीं है, तब वह बहुत खुश हुई और भूतनाथ की तरफ देखकर बोली, ''अब मैं इस दुनिया में निश्चिन्त हुई, मगर इस लाश का भी नाम-निशान मिटा देना ही उचित है।''

भूतनाथ–यह कौन बड़ी बात है। इसे ऊपर ले चलिए, और जंगल में से लकड़ियां बटोरकर फूंक दीजिए।

माया–नहीं-नहीं, रात के वक्त जंगल में विशेष रोशनी होने से ताज्जुब नहीं कि किसी को शक हो या राजा बीरेन्द्रसिंह का कोई ऐयार ही इधर आ निकले और देख ले।

भूतनाथ–खैर, जाने दीजिए, इसकी भी एक सहज तरकीब बताता हूं।

माया–वह क्या?

भूतनाथ–इसे ऊपर ले चलिए और टुकड़े-टुकड़े कर नहर में डाल दीजिए, बात-की-बात में मछलियां खा जाएंगी।

माया–हां, यह राय बहुत ठीक है। अच्छा, इसे ले चलो।

भूतनाथ ने उस लाश को उठाकर उस लोहे के तख्ते पर रखा और तीनों आदमी खम्भे को थामकर खड़े हो गए। भूतनाथ ने उस चर्खी को उल्टा घुमाना शुरू किया। बात-की-बात में वह तख्ता ऊपर की जमीन के साथ बराबर मिल गया। भूतनाथ ने अन्दर से कोठरी का दरवाजा खोला और उस लाश को बाहर दालान में लाकर पटक दिया। इसके बाद उस कोठरी का दरवाजा, जिस तरह पहले खोला था, उसी तरह बन्द कर दिया। मायारानी के इशारे से धनपति ने कमर से खंजर निकालकर लाश के टुकड़े किए और हड्डी और मांस नहर में डालने के बाद, नहर से जल लेकर जमीन धो डाली। इसके बाद हर तरह से निश्चिन्त हो अपने-अपने घोड़े पर सवार होकर तीनों आदमी तिलिस्मी बाग की तरफ रवाना हुए और आधी रात जाने के पहले ही वहां पहुंचकर भूतनाथ ने कहा, ''बस लाइए, अब मेरा इनाम दे दीजिए।''

माया–हां-हां, लीजिए, इनाम देने के लिए मैं तैयार हूं। (मुस्कुराकर) लेकिन भूतनाथ, अगर इनाम में अजायबघर की ताली मैं तुम्हें न दूं, तो तुम क्या करोगे? क्योंकि मेरा काम तो हो ही चुका है!

भूतनाथ–करेंगे क्या, बस अपनी जान दे देंगे!

माया–अपनी जान दे दोगे तो मेरा क्या बिगड़ेगा?

भूतनाथ–(खिलखिलाकर हंसने के बाद) क्या तुम समझती हो कि मैं सहज ही में अपनी जान दे दूंगा? नहीं-नहीं, ऐसा नहीं हो सकता। पहले तो मैं कमलिनी के पास जाकर अपना कसूर साफ-साफ कह दूंगा, इसके बाद तुम्हारे सब भेद खोल दूंगा, जो तुमने मुझे बताए हैं। इतना ही नहीं, बल्कि तुम्हारी जान लेकर तब कमलिनी के हाथ से मारा जाऊंगा। इस बाग का, दारोगावाले मकान का, और मनोरमा के मकान का, रत्ती-रत्ती भेद मुझे मालूम हो चुका है और तुम खुद समझ सकती हो कि मैं कहां तक उपद्रव मचा सकता हूं! तुम यह भी न सोचना कि इस समय इस बाग में रहने के कारण मैं तुम्हारे कब्जे में हूं, क्योंकि वह...

माया–बस-बस, बहुत जोश में न आओ, मैं दिल्लगी के तौर पर इतना कह गई और तुन सच ही समझ गए! इस बात का पूरा-पूरा विश्वास रखना कि मायारानी वादा पूरा करने से हटनेवाली नहीं है और इनाम देने में भी किसी से कम नहीं है। बैठो, मैं अभी अजायबघर की ताली ला देती हूं।

भूतनाथ–लाइए, और मुझे भी अपने कौल का सच्चा ही समझिए, ऐसे काम कर दिखाऊंगा कि खुश हो जाइएगा और ताज्जुब कीजिएगा।

माया–देखो रंज न होना, मैं तुमसे एक बात और पूछती हूं।

भूतनाथ–(हंसकर) पूछिए-पूछिए!!

माया–अगर मैं धोखा देकर कोई दूसरी चीज तुम्हें दे दूं, तो तुम कैसे समझोगे कि अजायबघर की ताली यही है?

भूतनाथ–भूतनाथ को निरा मौलवी न समझ लेना। उस ताली को जो किताब की सूरत में है और जिसे दोनों तरफ से भौंरों ने घेरा हुआ है, भूतनाथ अच्छी तरह पहचानता है।

माया–शाबाश, तुम बहुत ही होशियार और चालाक हो, किसी के फरेब में आनेवाले नहीं, मालूम होता है कि इतनी जानकारी तुम्हें उसी कमबख्त कमलिनी की बदौलत...

भूतनाथ–जी हां, बेशक ऐसा ही है, मगर हाय! जिस कमलिनी ने मेरी इतनी इज्जत की, मैं आपके लिए उसी के साथ दुश्मनी कर रहा हूं और सो भी केवल इसी अजायबघर की ताली के लिए!

माया–अजायबघर की ताली तो तुम्हारी इच्छानुसार तुम्हें देती ही हूं, इसके बाद इससे भी बढ़कर एक ऐसी चीज तुम्हें दूंगी जिसे देखकर तुम भी कहोगे कि मायारानी ने कुछ दिया।

भूतनाथ—बेशक, मुझे आपसे बहुत-कुछ उम्मीद है।

भूतनाथ को उसी जगह बैठाकर मायारानी कहीं चली गई, मगर आधे घण्टे के अन्दर एक जड़ाऊ डिब्बा हाथ में लिये हुए आ पहुंची और वह डिब्बा भूतनाथ के सामने रखकर बोली, "लीजिए, वह अनोखी चीज हाजिर है।" भूतनाथ ने डिब्बा खोला। उसके अन्दर गुटके की तरह एक छोटी-सी पुस्तक थी जिसे उलट-पुलटकर भूतनाथ ने अच्छी तरह देखा और तब कहा, "बेशक यही है। अच्छा, अब मैं जाता हूं, जरा कमलिनी से मिलकर खबर लूं कि उधर क्या हो रहा है।"

भूतनाथ अजायबघर की ताली लेकर मायारानी से बिदा हुआ और तिलिस्मी बाग के बाहर होकर खुशी-खुशी उत्तर की तरफ चल निकला, मगर थोड़ी ही दूर जाकर खड़ा हो गया और इधर-उधर देखने लगा। पेड़ की आड़ में से दो आदमी निकलकर भूतनाथ के सामने आए और एक ने आगे बढ़कर पूछा, "टेम गिन चाप?"[1] इसके जवाब में भूतनाथ ने कहा, "चेह[2]!" इतना सुनकर उस आदमी ने भूतनाथ को गले लगा लिया। इसके बाद तीनों आदमी एक साथ आगे की तरफ रवाना हुए।

बारहवां बयान

आज से आठ-दस दिन के पहले मायारानी कैसी परेशान और घबड़ाई हुई थी कि जिसका कुछ हिसाब नहीं। वह जीते-जी अपने को मुर्दा समझने लगी थी। राजा गोपालसिंह के छूट जाने के डर, चिन्ता, बेचैनी और घबड़ाहट ने चारों तरफ से उसे घेर लिया था, यहां तक कि राजा बीरेन्द्रसिंह के पक्षवालों और कमलिनी का ध्यान भी उसके दिल से जाता रहा था जिनके लिए सैकड़ों ऊटक-नाटक उसे रचने पड़े थे और ध्यान था केवल गोपालसिंह का। कहीं ऐसा न हो कि गोपालसिंह का असल भेद रिआया को मालूम हो जाए, इसी सोच ने उसे बेकार कर दिया था। मगर आज वह भूतनाथ की बदौलत अपने को हर तरह से बेफिक्र मानती है, आई हुई बला को टला समझती है और उसे विश्वास है कि अब कुछ दिन तक चैन से गुजरेगी। अब उसे केवल यही फिक्र रह गई कि कुंअर इन्द्रजीतसिंह और आनन्दसिंह के हाथ से तिलिस्म टूटने न पावे और कमलिनी को, जो यहां का बहुत-कुछ हाल जानती है और उन दोनों कुमारों से मिली हुई है, किसी-न-किसी तरह गिरफ्तार करना या मार डालना चाहिए जिसमें तिलिस्म तोड़ने में वह दोनों

1. (टेम गिन चाप) मिली वह ताली?
2. (चेह) हां।

कुमारों को मदद न पहुंचा सके। वह समझती है कि इस समय केवल इस तिलिस्म की बदौलत ही हर एक पर मैं अपना रुआब जमा सकती हूं और बड़े-बड़े महाराजों के दिल में भी डर पैदा कर सकती हूं, इतना ही नहीं, बल्कि जो चाहे कर सकती हूं, और जब तिलिस्म ही न रहेगा तो मैं एक मामूली जमींदार के बराबर भी न समझी जाऊंगी, इत्यादि।

वास्तव में मायारानी का सोचना बहुत ठीक था, लेकिन फिर भी आज उसका दिमाग आसमान पर चढ़ा हुआ है। भूतनाथ जैसा ऐयार पाकर वह बहुत प्रसन्न है और उसे निश्चय है कि मैं जो चाहूंगी, कर गुजरूंगी, हां, लाडिली के चले जाने का उसे जरूर बहुत बड़ा रंज है।

जिस समय अजायबघर की ताली लेकर भूतनाथ उससे बिदा हुआ उस समय रात बहुत कम बाकी थी और मायारानी रात-भर की थकी और जागी हुई थी इसलिए चारपाई पर जाते ही सो गई और पहर-भर दिन चढ़े तक सोई रही। जब धनपति ने आकर जगाया तो उठी और मामूली कामों से छुट्टी पाकर हंसी-दिल्लगी में उसके साथ समय बिताने लगी। दिन तो हंसी-दिल्लगी में बीत गया, मगर रात को उसने आश्चर्यजनक घटना देखी जिससे वह बहुत परेशान और दुखी हुई।

आधी रात जा चुकी है। मायारानी अपने कमरे में, जो कीमती चीजों से भरा था, खूबसूरत जड़ाऊ पावों की मसहरी पर गाढ़ी नींद में सोई हुई है। कमरे के बाहर हाथ में नंगी तलवार लिये नौजवान और कमसिन लौंडियां पहरा दे रही हैं। जिस समय सोने के इरादे से पलंग पर जाकर मायारानी ने आंखें बन्द कीं, उस समय केवल एक बिल्लौरी हांडी के अन्दर खुशबूदार तेल से भरे हुए बिल्लौरी गिलास में हलकी रोशनी हो रही थी और कमरे का दरवाजा भिड़काया हुआ था, मगर इस समय न जाने वह रोशनी क्यों गुल हो गई थी और कमरे के अन्दर अन्धकार हो रहा था।

मायारानी यद्यपि रानी, नौजवान और हर तरह से सुखिया थी, मगर उसकी नींद बहुत ही कच्ची थी, जरा खुटका पाते ही वह उठ बैठती थी। इस समय भी यद्यपि वह गहरी नींद में सोई थी मगर शीशे के एक शमादान के टूटने और झन्नाटे की आवाज आने से चौंककर उठ बैठी। कमरे में अंधकार देख वह चारपाई से नीचे उतरी और टटोलती हुई दरवाजे के पास पहुंची, मगर दरवाजा खोलना चाहा तो मालूम हुआ कि उसमें ताला लगा हुआ है। यह अद्भुत मामला देख वह बहुत घबड़ाई और डर के मारे उसका कलेजा धक-धक करने लगा। "हैं, ऐसा क्यों हुआ! इस कमरे के अन्दर कौन आया जिसने दरवाजे में ताला लगा दिया? क्या बाहर पहरा नहीं पड़ता है! जरूर पड़ता होगा, फिर बिना इत्तिला किए, इस कमरे के अन्दर आने का साहस किसको हुआ! अगर कोई आया है तो अवश्य ही इस कमरे

के अन्दर ही है क्योंकि दरवाजे में अभी तक ताला बन्द है। क्या यह काम धनपति का तो नहीं है! मगर इतना बड़ा हौसला वह नहीं कर सकती!''

ऐसे-ऐसे सोच-विचार ने मायारानी को घबड़ा दिया। वह यहां तक डरी कि मुंह से आवाज निकलना मुश्किल हो गया और वह अपनी लौंडियों को पुकार भी न सकी। अन्त में वह लाचार होकर दरवाजे के पास ही बैठ गई और आंखों से आंसू की बूंदें टपकाने लगीं। इतने ही में पैर की आहट जान पड़ी। मालूम हुआ कि कोई आदमी इस कमरे के अन्दर टहल रहा है। अब मायारानी और भी डरी और दरवाजे से कुछ हटकर दीवार के पास चिपक गई। साफ मालूम होता था कि कोई आदमी पैर पटकता हुआ कमरे में घूम रहा है।

मायारानी यद्यपि दीवार के साथ दुबकी हुई थी, मगर पैर पटककर चलनेवाला आदमी पल-पल में उसके पास होता जाता था। अन्त में एक मजबूत हाथ ने मायारानी की कलाई पकड़ ली। मायारानी चिल्ला उठी और इसके साथ ही उस आदमी ने, जिसने कलाई पकड़ी थी, मायारानी के गाल पर जोर से एक तमाचा मारा जिसकी तकलीफ वह बर्दाश्त न कर सकी और बेहोश होकर जमीन की ओर झुक गई।

उस आदमी ने अपने बगल से चोर लालटेन निकाली जिसके आगे से ढक्कन हटाते ही कमरे में उजाला हो गया। इस समय यदि मायारानी होश में आ जाती तो भी उस आदमी को न पहचान सकती क्योंकि वह अपने मुंह पर नकाब डाले हुए था। इस कमरे के चारों तरफ की दीवार आबनूस की लकड़ी से बनी हुई थी और उस पर उत्तम रीति से पालिश की हुई थी। पलंग के पायताने की तरफ दीवार में एक आदमी के घुसने लायक रास्ता हो गया था अर्थात् लकड़ी का तख्ता पल्ले की तरफ घूमकर बगल में हट गया था। उस आदमी ने बेहोश मायारानी को धीरे से उठाकर उसकी चारपाई पर डाल दिया, इसके बाद कमरे के दरवाजे में जो ताला लगा हुआ था, खोलकर अपने पास रखा और फिर पायताने की तरफ जाकर, उसी दरार की राह दीवार के अन्दर घुस गया। उसके जाने के साथ ही लकड़ी का तख्ता भी बराबर हो गया।

घण्टे-भर के बाद मायारानी होश में आई और आंख खोलकर देखने लगी मगर अभी तक कमरे में अंधेरा ही था।

हाथ से टटोलने और जांच करने से मालूम हो गया कि वह चारपाई पर पड़ी हुई है। डर के मारे देर तक चारपाई पर पड़ी रही, जब किसी के पैर की आहट न मालूम हुई तो जी कड़ा करके उठी और दरवाजे के पास आई। कुण्डी खुली हुई थी, झट दरवाजा खोलकर कमरे के बाहर निकल आई। कई लौंडियों को नंगी तलवार लिये दरवाजे पर पहरा देते पाया। उसने लौंडियों से पूछा, ''कमरे के अन्दर कौन गया था?'' जिसके जवाब में उन्होंने ताज्जुब के साथ कहा, ''कोई नहीं।''

लौंडियों के कहने का विश्वास मायारानी को न हुआ, वह देर तक उन लोगों पर गुस्सा करती और बकती-झकती रही। उसे शक हो गया कि इन लोगों ने मेरे साथ दगा की और कुल लौंडियां दुश्मनों से मिली हुई हैं, मगर कसूर साबित किए बिना उन सभी को सजा देना भी उसने उचित न जाना।

डर के मारे मायारानी उस कमरे के अन्दर न गई, बाहर ही एक आरामकुर्सी पर बैठकर उसने बची हुई रात बिताई। रात तो बीत गई, मगर सुबह की सुफेदी ने आसमान पर अपना दखल अभी नहीं जमाया था कि एक मालिन का हाथ पकड़े धनपति आ पहुंची और मायारानी को बाहर बैठे हुए देख ताज्जुब के साथ बोली, "इस समय आप यहां क्यों बैठी हैं?"

माया—(घबड़ाई हुई आवाज में) क्या कहूं, आज ईश्वर ने ही मेरी जान बचाई, नहीं तो मरने में कुछ बाकी न था!

धनपति—(ताज्जुब के साथ चौंककर) सो क्या?

माया—पहले यह तो कहो कि इस मालिन को कैदियों की तरह पकड़कर यहां लाने का क्या सबब है?

धनपति—नहीं, मैं पहले आपका हाल सुन लूंगी तो कुछ कहूंगी।

मायारानी ने धीरे-धीरे अपना पूरा हाल विस्तार के साथ धनपति से कहा जिसे सुनकर धनपति भी डरी और बोली, "इन लौंडियों पर शक करना मुनासिब नहीं है, हां, जब इस कमबख्त मालिन का हाल आप सुनेंगी, जिसे मैं गिरफ्तार करके लाई हूं, तो आपका जी अवश्य दुखेगा और इस पर शक करना, बल्कि यह निश्चय कर लेना अनुचित न होगा कि यह दुश्मनों से मिली हुई है। ये लौंडियां, जिनके सुपुर्द पहरे का काम है और जिन पर आप शक करती हैं, बहुत ही नेक और ईमानदार हैं, मैं इन लोगों को अच्छी तरह आजमा चुकी हूं।"

माया—खैर, मैं इस विषय में अच्छी तरह सोचकर और इन सभों को आजमाकर निश्चय करूंगी, तुम यह कहो कि इस मालिन ने क्या कसूर किया है? यह तो अपने काम में बहुत तेज और होशियार है!

धनपति—हां, बाग की दुरुस्ती और गुलबूटों के संवारने का काम तो यह बहुत ही अच्छी तरह जानती है, मगर इसका दिल नुकीले और विषैले कांटों से भरा हुआ है। आज रात को नींद न आने और कई तरह की चिन्ता के कारण मैं चारपाई पर आराम न कर सकी और यह सोचकर बाहर निकली कि बाग में टहलकर दिल बहलाऊंगी। मैं चुपचाप बाग में टहलने लगी, मगर मेरा दिल तरह-तरह के विचारों से खाली न था, यहां तक कि सिर नीचे किए टहलते मैं हम्माम के पास जा पहुंची और वहां अंगूर की टट्टी में पत्तों की खड़खड़ाहट पाकर घबड़ाके रुक गई। थोड़ी ही देर में जब चुटकी बजाने की आवाज मेरे कान में पड़ी तब तो मैं चौंकी और सोचने लगी कि बेशक यहां कुछ दाल में काला है।

माया–उस समय तू अंगूर की टट्टी से कितनी दूर और किस तरफ थी?

धनपति–मैं टट्टी के पूरब तरफ पास ही वाली चमेली की झाड़ी तक पहुंच चुकी थी, किंतु जब पत्तों की खड़खड़ाहट सुनी तो रुक गई और जब चुटकी की आवाज कानों में पड़ी तो झट झाड़ी के अन्दर छिप गई और अंगूर की टट्टी की तरफ ध्यान देकर देखने लगी। यद्यपि रात अंधेरी थी मगर मेरी आंखों ने चुटकी की आवाज के साथ ही दो आदमियों को टट्टी के अन्दर घुसते देख लिया।

माया–चुटकी बजाने की आवाज कहां से आई थी?

धनपति–अंगूर की टट्टी के अन्दर से।

माया–अच्छा, तब क्या हुआ?

धनपति–मैं जमीन पर लेटकर धीरे-धीरे टट्टी की तरफ घसकने लगी और उसके बहुत पास पहुंच गई, अन्त में किसी की आवाज भी मेरे कान में पड़ी और मैं ध्यान देकर सुनने लगी। बातें धीरे-धीरे हो रही थीं, मगर मैं बहुत पास पहुंच जाने के कारण साफ-साफ सुन सकती थी। सबसे पहले जिसकी आवाज मेरे कानों में पड़ी, वह यही कमबख्त मालिन थी।

माया–हां, अच्छा, इसने क्या कहा?

धनपति–इसने केवल इतना कहा कि "मैं बड़ी देर से तुम लोगों की राह देख रही हूं।" इसके जवाब में आए हुए दोनों आदमियों में से एक ने कहा, "बेशक, तूने अपना वादा पूरा किया जिसका इनाम मैं इसी समय तुझे दूंगा, मगर आज किसी कारण से कमलिनी यहां न आ सकी, हम लोग केवल इतना ही कहने आए हैं कि कल आधी रात को आज ही की तरह फिर चोर दरवाजा खोल दीजियो, तुझे आज से ज्यादे इनाम दिया जाएगा।" यह कमबख्त 'बहुत अच्छा' कहकर चुप हो गई और फिर किसी के बातचीत की आवाज न आई। थोड़ी ही देर में उन दोनों आदमियों को अंगूर की टट्टी से निकलकर दक्खिन की तरफ जाते हुए मैंने देखा, उन्हीं के पीछे-पीछे यह मालिन भी चली गई और मैं चुपचाप उसी जगह पड़ी रही।

माया–तुमने गुल मचाकर उन दोनों को गिरफ्तार क्यों न किया?

धनपति–मैं यह सोचकर चुप हो रही कि यदि दोनों आदमी गिरफ्तार हो जाएंगे तो कल रात को इस बाग में कमलिनी का आना न होगा।

माया–ठीक है, तुमने बहुत अच्छा सोचा, हां, तब क्या हुआ?

धनपति–थोड़ी देर बाद मैं वहां से उठी और पीछे की तरफ लौटकर बाग में होशियारी के साथ टहलने लगी। आधी घड़ी न बीती थी कि यह मालिन लौटकर आपके डेरे की तरफ जाती हुई मिली। मैंने झट इसकी कलाई पकड़ ली और यह देखने के लिए दरवाजे की तरफ गई कि इसने दरवाजा बन्द कर दिया या नहीं। वहां पहुंचकर मैंने दरवाजा बन्द पाया, तब इस कमीनी को लिये हुए मैं आपके पास आई।

माया–(मालिन की तरफ देखकर) क्यों री! तुझ पर जो कुछ दोष लगाया गया है, वह सच है या झूठ?

मालिन ने मायारानी की बात का कुछ भी जवाब न दिया। तब मायारानी ने पहरा देनेवाली लौंडियों की तरफ देखके कहा, "आज रात को तुम लोगों की मदद से अगर कमलिनी गिरफ्तार हो गई तो ठीक है, नहीं तो मैं समझूंगी कि तुम लोग भी इस मालिन की तरह नमकहराम होकर दुश्मनों से मिली हुई हो!"

पहरा देनेवाली लौंडियों ने मायारानी को दण्डवत् किया और एक ने कुछ आगे बढ़कर और हाथ जोड़कर कहा, "बेशक आप हम लोगों को नेक और ईमानदार पावेंगी! (धनपति की तरफ इशारा करके) आपकी बात से निश्चय होता है कि आज रात को कमलिनी जी इस बाग में जरूर आवेंगी। अगर ऐसा हुआ तो हम लोग उन्हें गिरफ्तार किए बिना कदापि न रहेंगे!"

मायारानी ने कहा, "हां, ऐसा ही होना चाहिए! मैं खुद भी इस काम में तुम लोगों का साथ दूंगी और आधी रात के समय अपने हाथ से चोर दरवाजा खोलकर उसे बाग के अन्दर आने का मौका दूंगी। देखो, होशियार और खबरदार रहना, यह बात किसी के कान में न पड़ने पावे!"

॥ आठवां भाग समाप्त ॥

❑❑❑